우주를 삼킨 소년

우주를 삼킨 소년

트렌트 돌턴 장편소설

이영아 옮김

B O Y

SWALLOWS

UNIVERSE

TRENT DALTON

다산
책방

어머니와 아버지,
조엘과 벤, 제시에게 이 책을 바칩니다.

엘리 벨

어른의 마음을 가진 열두 살 소년. 범죄 기사를 쓰는 기자를 꿈꾼다. 어쩌다 좋은 사람이 아닌 나쁜 사람이 되기로 결심했는지가 궁금하다. 평소에도 궁금한 게 많은데 어른들은 단편적인 얘기만 해주고 구체적인 내용은 꼭꼭 숨겨두는 것 같아 답답하다.

오거스트 벨

엘리의 형. 여섯 살 이후로 말을 하지 않는다. 대신 오른손 검지로 허공에 암호 같은 메시지를 끄적이는데, 엘리만이 이를 읽을 줄 안다.

프랜시스 벨

엘리의 엄마. 변호사 같은 훌륭한 사람이 되고 싶었지만 바람과 달리 마약에 빠져 인생이 꼬였다. 엘리와 오거스트가 '특별한 아이들'이라는 믿음을 갖고 있다.

라일

엘리의 새아빠. '휴먼 터치'의 정비사로 일하며 부업으로 마약 거래를 한다. 프랜시스를 마약에 빠지게 한 장본인이자 마약에서 빠져나오게 한 구원자다.

아서 슬림 할리데이

악명 높은 전설의 탈옥수인 70대 노인. 그러나 엘리에겐 베이비시터일 뿐이다. 엘리에게 운전과 낚시는 물론 교도소에서 터득한 지혜(?)를 알려준다. 토요일 아침이면 엘리와 함께 교도소에 부칠 편지를 쓴다.

로버트 벨

엘리의 아빠. 아침 일찍 일어나 하루 동안 피울 담배를 말아두고 종일 술을 마시며 책만 읽는다. 오래전 아이들과 차를 타고 캠핑을 가던 중 댐에 부딪히는 사고를 냈는데, 이 사고 이후 아내와 아이들이 떠나 혼자 살고 있다.

테디 칼라스

라일의 단짝 친구. 라일과 함께 정비사로 일하며 마약 거래를 부업으로 하고 있다. 프랜시스를 몰래 좋아하고 있는데 엘리가 이를 알아채고는 테디를 예의 주시한다.

대런 당

엘리와 같은 학년인 베트남계 오스트레일리아인. 지역사회의 큰손인 빅 당의 장남으로 한번 엮이면 현실적으로 피할 수 있는 방법이 없다. 늘 상대가 눈물이나 피를 흘리는 것으로 끝이 난다.

타이터스 브로즈

의수족·의료 보조기 판매 센터 겸 제조회사인 '휴먼 터치'의 대표. 실은 퀸즐랜드주 동남부에서 제일 큰 헤로인 밀매 조직을 운영하고 있으며, 엘리 가족과 악연으로 엮인다.

이완 크롤

타이터스 브로즈의 부하. 위험한 일은 모두 다 하는 인물로 알려져 있다. 특히 표적으로 삼은 사람들을 무시무시한 방법으로 처리한다는 소문이 무성하다.

알렉스 버뮤데스

폭주족 갱단 레벨스의 퀸즐랜드주 규율 부장이자 엘리의 펜팔 친구. 밀수입된 기관총을 갱단에 뿌리려고 했다가 교도소에 수감되었다. 바깥세상의 시시콜콜한 이야기가 담긴 엘리의 편지를 읽는 게 삶의 낙이다.

케이틀린 스파이스

《사우스웨스트 스타》의 범죄부 기자. 오거스트가 푸른 하늘을 종이 삼아 끄적이던 단어의 주인공이자 베일에 싸인 인물이다.

차례

소년, 글을 쓰다 ― 11

소년, 무지개를 만들다 ― 33

소년, 발자국을 따라가다 ― 63

소년, 편지를 받다 ― 101

소년, 황소를 죽이다 ― 132

소년, 행운을 잃다 ― 177

소년, 탈출하다 ― 214

소년, 그녀를 만나다 ― 273

소년, 괴물을 깨우다 ― 298

소년, 균형을 잃다 ― 316

소년, 도움을 구하다 ― 331

소년, 바다를 가르다 ― 360

소년, 태양을 훔치다 ― 401

소년, 시간을 지배하다 — 431

소년, 환영을 보다 — 452

소년, 거미를 물다 — 459

소년, 올가미를 조이다 — 482

소년, 깊이 파고들다 — 498

소년, 비상하다 — 517

소년, 바다를 침몰시키다 — 542

소년, 달을 정복하다 — 569

소년, 우주를 삼키다 — 662

그녀, 소년을 구하다 — 665

감사의 말 — 672

소년, 글을 쓰다

너의 마지막은 죽은 솔새.

"저거 봤어요, 슬림 할아버지?"

"뭘?"

"아무것도 아니에요."

너의 마지막은 죽은 솔새. 틀림없어. 너의. 마지막은. 틀림없어. 죽은. 솔새.

*

슬림 할아버지의 자동차 앞유리에 금이 간 자국은 키 크고 팔 없는 막대 인간이 왕족에게 허리 굽혀 절하는 모습을 닮았다. 그 자국은 할아버지를 닮았다. 할아버지의 자동차 와이퍼가 오래 묵은 알록달록한 먼지를 내가 앉은 조수석 쪽으로 박박 문질렀다. 할아버지는 내 인생의 사소하고 세부적인 것들을 기억하는 좋은 방법을 알려주었다. 어떤 순간이나 장면을 맞이할 때, 몸에 지니고 있거나 평소에 자주 보고 만지고 냄새

맞는 물건을 연결지어 생각하는 것이다. 내 몸과 방과 부엌에 있는 물건들. 그렇게 하면 아무리 사소한 일이라도 두 개의 단서가 동시에 떠올라 쉽게 기억할 수 있다고 했다.

그게 바로 슬림 할아버지가 블랙 피터를 이겨낸 비결이었다. 그게 바로 할아버지가 지하 독방에서 살아남은 비결이었다. 모든 것에는 두 가지 의미가 있다. '여기'와 '거기'에서의 의미. '여기'는, 그때 할아버지가 있었던 보고 로드 교도소 제2구역 D9번 방이다. 그리고 '거기'는 할아버지의 머리와 가슴 안에서 팽창하며 무한하게 열리는 우주다. 여기에는 사방의 녹색 콘크리트 벽과 겹겹이 쌓인 어둠, 그리고 외따로 떨어진 채 움직이지 않는 몸뚱이밖에 없다. 벽에 용접해 붙인 철망을 얹은 철재 침대 하나, 칫솔 하나와 수감자용 천 슬리퍼 한 켤레가 다다. 하지만 간수가 감방 문에 뚫린 가느다란 구멍으로 말없이 밀어 넣어준 오래된 우유 한 컵은 할아버지를 '거기', 1930년대의 퍼니 그로브로 데려다준다. 브리즈번 외곽에서 소젖을 짜는 젊고 비쩍 마른 농장 일꾼이던 그 시절로. 팔뚝의 흉터는 어린 시절 자전거를 타던 시간으로 들어가는 문이었다. 어깨의 주근깨는 선샤인 코스트의 해변으로 통하는 웜홀이었다. 그것을 한 번 문지르기만 하면 할아버지는 사라졌다. 여기 D9번 방 안에 있으면서 탈옥하는 것이다. 가짜 자유였지만 도망 다닐 필요가 없었다. 지하 독방으로 던져지기 전, 진짜 자유의 몸이었지만 항상 도망 다녀야 했으니 별로 다를 것도 없었다.

손가락 마디의 마루와 골을 엄지손가락으로 만지면 '거기'
로, 골드코스트의 외진 언덕으로, 스프링브룩 폭포로 떠날 수
있었다. D9번 방의 차가운 강철 침대는 물살에 씻겨 반들반들
해진 석회암이 되고, 할아버지의 맨발에 닿는 차가운 콘크리
트 바닥은 발가락을 담글 따뜻한 물이 되었다. 갈라진 입술을
만지면, 아이린의 입술처럼 보드랍고 완벽한 것이 할아버지의
입술에 닿던 촉감이 기억났다. 갈증을 풀어주는 키스로 모든
죄와 고통을 없애주고, 머리 위로 쏟아져 몸을 씻겨 내린 스프
링브룩 폭포의 흰 물처럼 할아버지를 깨끗이 씻겨준 그녀.

슬림 할아버지가 감옥에서 겪었던 환상이 점점 내 것이 되
어가고 있는 건 아닌지 걱정된다. 그 축축하고 이끼 낀 에메랄
드빛 바위 위에서 알몸으로 쉬고 있는 금발의 아이린, 메릴린
먼로처럼 고개를 뒤로 젖히고 자유분방하고 시원스럽게 웃어
젖히는 아이린, 모든 남자들의 우주를 마음대로 주무르는 주인,
꿈을 간직한 여인. '거기'의 환영 덕분에 할아버지는 '여기'에 머
물며, 몰래 숨겨온 칼을 쓰지 않고 하루 더 버틸 수 있었다.

"난 어른의 마음을 갖고 있었거든." 슬림 할아버지는 항상
이렇게 말한다. 그 덕분에 보고 로드의 지하 독방, 블랙 피터
를 이겨냈다고. 퀸즐랜드주에 여름 폭염이 닥쳤을 때 할아버
지는 열나흘 동안 중세 시대의 그 네모 방에 갇혀 있었다. 할
아버지는 2주 동안 빵 반 덩어리만 먹었다. 물은 네 컵 아니면
다섯 컵을 마셨다.

슬림 할아버지는 다른 동료 죄수 절반은 블랙 피터에서 일

주일을 못 넘기고 죽었을 거라고 말한다. 교도소든 세계의 어느 대도시든 아이의 마음을 가진 어른들이 절반 이상 차지하고 있기 때문이다. 하지만 할아버지 말로는 어른의 마음을 갖고 있으면 원하는 곳은 어디든 갈 수 있단다.

블랙 피터에 갇혀 있는 동안 할아버지는 현관 매트만 한, 아니 길이가 정강이뼈만 한 따끔거리는 코코넛 섬유로 만든 매트에서 잠을 잤다. 날마다 매트에 옆으로 누워 기다란 정강이뼈를 가슴에 끌어안고 눈을 감으면 문이 보였다. 그 문을 열고 아이린의 방으로 들어가 흰 이불 속으로 파고든 다음 아이린을 뒤에서 살며시 껴안아 도자기 같은 맨살이 드러난 배에 오른팔을 두른 채로 열나흘을 보냈다고 한다. "곰처럼 몸을 웅크리고 겨울잠을 잤지. 그 밑에 있는 지옥이 너무 포근해서 다시 올라가기 싫더라니까."

슬림 할아버지는 내가 아이의 몸에 어른의 마음을 가지고 있다고 말한다. 나는 겨우 열두 살이지만, 할아버지는 내가 어려운 이야기도 받아들일 수 있다고 생각한다. 그래서 남자가 남자를 강간하는 이야기, 햇볕 잘 드는 로열 브리즈번 병원에서 일주일 휴가를 즐기고 싶어 매듭을 묶은 이불로 자기 목을 부러뜨리거나 날카로운 금속을 삼켜 내장을 찢는 남자들의 이야기를 전부 들려준다. 가끔은 도를 넘어, 강간당한 똥구멍에서 피가 튀는 광경까지 세세하게 들려주기도 한다. "빛과 그림자란다, 꼬마야." 할아버지는 이렇게 말한다. "빛도 그림자도 피할 수 없어." 아이린과의 추억이 할아버지에게 어떤 영향을 미쳤는지 이해하려면, 마음속의 병과 죽음에 대해서 알아야 한다. 할아버지는 내가 몸의 나이는 어리지만 영혼의 나이가 많아서 난해한 이야기도 받아들일 수 있는 거라고 했다. 그러면서 내 영혼의 나이를 70대 초반에서 치매 노인 사이의 어딘가로 점차 좁혀갔다. 몇 달 전 바로 이 의자에 앉아서 슬림 할아버지는 내가 이야기를 잘 들어주고 들은 것을 잘 기억하니 나와 기꺼이 감방을 함께 쓰겠다고 말했다. 슬림 할아버지의 감방 짝꿍이라는 큰 영광에 내 눈에서 눈물 한 방울이 또르르 흘러내렸다.

"안에서는 눈물이 잘 흐르지 않지." 할아버지가 말했다.

감방 안을 말한 걸까, 몸속을 말한 걸까. 반은 뿌듯하고 반은 부끄러운 마음에 나는 울었다. 왜냐하면 난 그럴 자격이 없으니까. 감방 짝꿍에게 자격이라는 말이 어울리는지는 모르겠지만.

"죄송해요." 나는 눈물을 보여 미안하다고 사과했다.

할아버지는 어깨를 으쓱하며 말했다. "앞으로도 눈물 흘릴 일은 많을 거다."

너의 마지막은 죽은 솔새. '너의 마지막은 죽은 솔새.'

*

내 왼손의 엄지손톱에 떠오른 우윳빛 달을 볼 때마다, 슬림 할아버지의 자동차 앞유리에서 닦여 나간 알록달록한 묵은 먼지가 떠오를 것이다. 그 우윳빛 달을 볼 때마다, 희대의 탈옥

수이자 미꾸라지처럼 잘도 피해 다니는 경이로운 '보고 로드의 후디니*', 아서 '슬림' 할리데이가 나이 든 영혼과 어른의 마음을 가진 소년이자 유력한 감방 짝꿍 후보이며 눈물을 참지 못하는 소년인 나, 엘리 벨에게 녹슨 남색 도요타 랜드크루저를 운전하는 법을 가르쳐준 날이 떠오를 것이다.

32년 전인 1953년 2월, 브리즈번 법원에서 열린 엿새간의 재판 끝에 에드윈 제임스 드로턴 스탠리 판사는 슬림 할아버지에게 무기징역을 선고했다. 애솔 매코원이라는 택시 기사를 45구경 콜트 권총으로 잔인하게 때려죽인 죄였다. 신문들은 항상 할아버지를 '택시 기사 살인범'이라 불렀다.

내게는 그냥 베이비시터다.

"클러치." 할아버지가 말한다.

나이테처럼 750개의 주름이 자글자글한 할아버지의 구릿빛 늙은 다리가 클러치를 밟자 왼쪽 허벅지가 팽팽해진다. 늙은 구릿빛 왼손이 기어를 움직인다. 손으로 만 담배는 노란색, 회색, 검은색으로 점점 더 타들어가면서, 아랫입술 꼬리로 흘러나온 침에 아슬아슬하게 붙어 있다.

"주우우웅립으로 놓고."

앞유리의 갈라진 금 사이로 우리 형 오거스트가 보인다. 형은 갈색 벽돌 담장에 앉아 허공에다 오른손 검지를 놀리며 자기의 인생 이야기를 부드러운 흘림체로 새겨 넣는다.

---

* 탈출 마술로 유명세를 떨친 헝가리 출신의 마술사.

'소년이 허공에 글을 쓴다.'

옆집의 진 크리민스 할아버지에게 모차르트가 피아노를 어떻게 연주하는지 들은 적이 있는데, 형이 허공에 글을 쓰는 모습이 꼭 그렇다. 모든 단어가 형의 바쁜 머릿속 너머 어딘가에서 소포로 배달되어 오는 것 같다. 형은 그 단어들을 종이나 편지나 타자기가 아니라 눈에 보이지 않는 허공에다 옮긴다. 가끔 바람이 되어 우리의 얼굴을 때리지 않으면 우리가 그 존재를 믿지도 알지도 못할 물질에다. 형은 텅 빈 곳으로 오른손 검지를 쭉 뻗어 글자와 문장을 휘두르고 긋고 쓰며 메모와 감상과 일기를 남긴다. 머릿속에 들어 있는 모든 걸 끄집어낸 다음 세상에서 지워버릴 기세로, 눈에 보이지 않는 잉크가 담긴 영원의 유리샘에다 손가락을 끊임없이 담근다. 단어들을 안에만 품고 있는 건 별로 좋지 않다. 안에 담아두기보다는 밖으로 내보내는 편이 더 낫다.

형은 왼손에 레이아 공주를 꼭 움켜쥐고 있다. 그녀를 절대 놓아주지 않는다. 6주 전, 슬림 할아버지가 나와 형을 야탈라 자동차 극장에 데려가 「스타워즈」 영화 세 편을 모두 보여주었다. 우리는 이 랜드크루저의 뒷좌석에서 바람을 넣어 부풀린 박스 와인 백에 머리를 기댄 채 저 머나먼 은하수를 넋을 잃고 바라보았다. 와인 백은 죽은 숭어 냄새가 풍기는 낡은 게잡이 통발에 기대 있었고, 그 근처에는 낚시 도구 상자와 오래된 등유 램프가 널려 있었다. 그날 밤 퀸즐랜드주의 동남쪽 하늘에는 별이 참 많이도 떠 있었다. 그래서 밀레니엄 팰컨이 스크린 끝으로 날아갔을 때, 나는 순간적으로 그 우주선이 우리 하늘의 별들 속으로 날아 올라가 곧장 시드니까지 빛의 속도로 특급 비행을 할 줄 알았다.

"내 말 듣고 있냐?" 슬림 할아버지가 소리를 버럭 지른다.

"네."

아니다. 실은 듣는 둥 마는 둥 하고 있다. 나는 항상 생각이 많다. 형. 엄마. 라일 아저씨. 슬림 할아버지의 버디 홀리* 안경. 할아버지의 이마에 깊이 팬 주름들. 1952년에 자기 다리를 총으로 쏜 뒤로 이상해진 걸음걸이. 나처럼 할아버지한테도 행운의 주근깨가 있다. 내 행운의 주근깨에는 힘이 있고 그게 나에게는 의미가 있다고 말했을 때 할아버지는 믿어주었다. 긴장되거나 무섭거나 막막할 때 오른손 검지 중간에 있는 짙은 갈색 주근깨를 무심코 쳐다보면 기분이 좋아진다는 말을 할아버지는 믿어주었다. 바보처럼 들리죠, 할아버지, 하고 나는 말했다. 미친 소리 같죠, 슬림 할아버지. 하지만 할아버지는 오른손 손목뼈가 툭 튀어나온 부분에 사마귀처럼 나 있는 행운의 주근깨를 내게 보여주었다. 암이라도 걸린 줄 알았는데 행운의 주근깨라서 차마 잘라낼 수 없었다고, D9번 방에서 그 주근깨가 신성해졌다고 할아버지는 말했다. 아이린의 왼쪽 허벅지 위쪽, 가장 거룩한 성역에서 그리 멀지 않은 곳에 있던 주근깨를 연상시켰기 때문이다. 할아버지는 언젠가 나도 여자의

• 두꺼운 뿔테 안경을 유행시킨, 1950년대에 활동한 미국의 로큰롤 가수.

허벅지 위에 있는 그 진귀한 곳을 알게 될 거라고, 마르코 폴로가 손가락으로 비단을 처음 훑었을 때 어떤 느낌이었을지 나도 알게 될 거라고 장담했다.

나는 그 이야기가 마음에 들어서, 내 인생의 첫 기억은 네 살 무렵 갈색 소매가 달린 노란 셔츠를 입고 기다란 갈색 비닐 의자에 앉아 있을 때 처음으로 보았던 내 오른손 검지 마디에 있는 주근깨라고 말해주었다. 그 기억 속에서는 텔레비전이 켜져 있다. 검지를 내려다보니 주근깨가 보이고, 고개를 오른쪽으로 돌리니 라일 아저씨처럼 보이지만 아마도 아버지일 어떤 남자의 얼굴이 보인다. 아버지의 얼굴이 잘 기억나지는 않지만.

그러니까 주근깨와 함께 내 의식이 깨어난 셈이다. 주근깨는 나만의 빅뱅이고, 의자이며, 노란색과 갈색의 셔츠다. 그리고 내가 등장한다. 이 세상에. 나는 슬림 할아버지에게 나머지는 잘 모르겠다고, 그 순간 이미 지나간 4년은 아예 없었던 것 같다고 말했다. 그러자 할아버지는 빙긋 웃으며 말했다. 내 오른손 검지에 있는 주근깨가 내 집이라고.

*

시동.

"환장하겠네, 이 소크라테스 같은 녀석아, 내가 방금 뭐라던?" 슬림 할아버지가 고함을 지른다.

"발로 살살 누르라고요?"

"넌 그냥 나만 빤히 쳐다보고 있었잖아. 내 말을 듣는 척하면서 귓등으로도 안 듣고. 눈알을 굴리면서 내 얼굴을 이리저리 훑기만 했지, 귀로는 내 말을 한 마디도 안 들었잖아."

그건 형 탓이다. 형은 말을 하지 않는다. 골무처럼 조용하다. 첼로처럼 과묵하다. 말을 할 줄 알지만, 말하기를 싫어한다. 내가 기억하는 한 형은 한 마디도 한 적이 없다. 내게도, 엄마에게도, 라일 아저씨에게도, 심지어는 슬림 할아버지에게도. 하지만 아무 문제 없이 다른 사람과 대화를 나눈다. 상대의 팔을 부드럽게 만지고, 웃고, 머리를 흔들며 수많은 말을 전한다. 형이 베지마이트* 병을 어떻게 여는지 보기만 해도 형의 감정을 알 수 있다. 빵에 버터를 바르는 모습을 보면 형이 얼마나 행복한지, 신발 끈을 묶는 모습을 보면 얼마나 슬픈지 알 수 있다.

어떤 날은 소파에 형과 마주 앉아 아타리 게임기**로 '슈퍼 브레이크아웃'을 신나게 하다가 형이 뭔가를 말하려는 바로 그 순간에 형을 쳐다볼 때도 있다. 내가 "말해. 말하고 싶은 거 다 알아. 그냥 말해"라고 하면, 형은 미소 짓고, 고개를 왼쪽으로 갸우뚱하며 왼쪽 눈썹을 치켜올린다. 그러고는 마치 눈에 안 보이는 스노볼을 문지르듯이 오른손으로 포물선을 그린다. 미안하다는 뜻이다. '언젠가는, 엘리, 내가 왜 말을 안 하는지

---

* 빵이나 크래커에 발라서 먹는 오스트레일리아의 잼. 채소즙과 소금, 이스트 추출물로 만든다.
** 최초의 상업용 콘솔 게임기로 유명한 미국의 가정용 게임기.

너도 알게 될 거야. 오늘은 그날이 아니야, 엘리. 이제 네 차례 니까 게임이나 신경 써.'

엄마 말로는, 엄마가 아빠에게서 도망쳤을 즈음부터 형이 말을 안 하기 시작했다고 한다. 그때 형은 여섯 살이었다. 엄마가 어린 내게는 아직 말해줄 수 없는 어떤 일에 심하게 빠져서 한눈파는 사이, 우주가 엄마 아들의 말을 훔쳐 갔다고 한다. 우주가 엄마 아들을 훔쳐 가고 불가사의한 A급 외계 물체와 바꿔치기했단다. 나는 지난 8년 동안 그 외계 물체와 이층 침대를 함께 써야 했다.

가끔은 형과 같은 반에 있는 뭣도 모르는 녀석들이 말 안 하는 형을 놀리기도 한다. 형의 반응은 늘 똑같다. 그달에 유난히 못된 말을 많이 하며 형을 괴롭힌 녀석, 오거스틴 형 안에 숨겨져 있는 정신병적인 분노를 전혀 모르는 녀석에게 다가간다. 그리고 원래 자기 행동을 설명하지 못하는 아이로 정평이 나 있어 무서울 것 없는 형은 녀석의 흠집 하나 없는 턱과 코와 갈비뼈를 공격한다. 엄마의 오랜 남자친구인 라일 아저씨가 겨울의 기나긴 주말마다 뒷마당 창고에 있는 낡은 갈색 가죽 샌드백으로 우리 둘에게 끈기 있게 가르쳐준 16펀치 복싱 콤비네이션 기술 세 개 중 하나를 사용해서. 라일 아저씨는 이 세상에서 믿는 건 별로 없지만, 상대의 코를 부러뜨리면 전세를 역전할 수 있다는 사실만큼은 믿는다.

선생님들은 보통 형의 편을 든다. 형은 전 과목 A의 아주 충실한 우등생이니까. 아동 심리학자가 와서 문을 두드리면, 엄

마는 형이 어느 학급에 들어가든 완벽하게 들어맞는 이유와
형처럼 지독하게 말 없는 아이들을 많이 받을수록 퀸즐랜드주
의 교육 시스템에 이득이 되는 이유에 대해 선생님들에게서
들었던 휘황찬란한 증언을 급히 늘어놓는다.

엄마가 말하기를, 형은 대여섯 살이었을 때 빛을 반사하는
면들을 몇 시간이고 뚫어지게 쳐다봤다고 한다. 엄마가 당근
케이크를 만드는 사이, 내가 장난감 트럭과 블록을 부엌 바닥
에 쾅쾅 때려대고 있을 때 형은 엄마의 낡고 동그란 화장 거울
을 물끄러미 들여다보고 있었다. 물웅덩이 옆에 몇 시간이고
앉아서 거기에 비친 자기 얼굴을 내려다보곤 했다. 나르키소
스처럼 자기 얼굴에 반한 건 아니었다. 엄마는 형이 무언가를
찾기 위해 탐색하는 것 같다고 했다. 우리 방에 들어가면, 형
이 오래된 베니어판으로 만든 서랍장 위에 놓인 거울을 들여
다보며 얼굴을 찡그리고 있기도 했다. "아직 못 찾았어?" 내가
아홉 살이었을 때 형에게 이렇게 물어본 적이 있다. 형은 멍한
얼굴로 거울에서 고개를 돌리더니 윗입술 왼쪽 귀퉁이를 비틀
었다. 우리의 크림색 침실 벽 너머에, 나는 감당할 수 없고 나
를 필요로 하지도 않는 세상이 있다는 뜻이었다. 그래도 나는
형이 자기 얼굴을 뚫어지게 보고 있을 때마다 그렇게 물었다.
"아직 못 찾았어?"

형은 밤마다 우리 방 창문으로 하늘을 빤히 올려다보며, 달
이 우리 집 위를 지나가는 길을 뒤쫓았다. 형은 달빛의 각도를
알았다. 가끔은 한밤중에 창밖으로 몰래 빠져나가 잠옷 차림

으로 호스를 집 앞 도랑까지 질질 끌고 가서는 몇 시간이고 거기 앉아 소리 없이 거리를 물로 가득 채우곤 했다. 각도만 잘 맞추면, 거대한 물웅덩이에 은빛 보름달이 가득 비쳤다. 어느 추운 밤에 나는 "달 웅덩이"라고 선언하듯 말했다. 그러자 형은 환하게 웃으면서 오른팔로 내 두 어깨를 감싸고 고개를 끄덕였다. 진 크리민스 할아버지가 좋아하는 오페라 「돈 조반니」가 끝날 때 모차르트도 그렇게 고개를 끄덕이지 않았을까. 형은 무릎을 꿇고 오른손 검지로 달 웅덩이에다 완벽한 흘림체로 세 단어를 썼다.

'소년, 우주를 삼키다.'

세세한 것에 주의를 기울이는 방법, 표정을 읽는 방법, 비언어적인 단서에서 최대한 많은 정보를 뽑아내는 방법, 바로 눈앞에 있는 말 없는 모든 것에서, 말없이 내게 이런저런 것을 알려주는 모든 것에서 감정 표현과 대화와 이야기를 캐내는 방법을 가르쳐준 사람은 형이었다. 항상 귀 기울일 필요는 없다는 걸, 그냥 보기만 해도 충분하다는 걸 가르쳐준 사람도 형이었다.

*

랜드크루저의 육중한 철 덩어리가 덜커덩하며 살아나자, 비닐 의자에 앉은 내 몸이 튀어 오른다. 내가 일곱 시간 동안 가지고 다닌 주시 프루트 껌 두 개가 반바지 주머니에서 흘러나와 의자 스펀지에 뚫린 구멍으로 빠진다. 슬림 할아버지의 늘고 충성스러운 흰색 잡종견 팻이 죽기 전까지 차에 타기만 하면 씹어서 생긴 구멍이다. 할아버지는 교도소에서 탈출한 뒤 브리즈번에서 킬코이의 북쪽 마을 짐나까지 팻을 자주 데리고 다녔다.

팻의 원래 이름은 패치였지만, 할아버지에게는 어려운 발음이었다. 할아버지와 팻은 종종 짐나의 은밀한 오지에 가서 금을 찾으려고 개울 바닥의 흙을 체로 치곤 했다. 지금까지도 할아버지는 그곳에 솔로몬 왕이 눈썹을 치켜올릴 만큼 많은 금이 묻혀 있다고 믿는다. 그래서 아직도 매달 첫 일요일마다 낡은 냄비를 들고 그곳에 간다. 하지만 할아버지가 말하기로는, 팻이 없으니 금 찾는 일이 예전 같지는 않을 거란다. 정말 금을 찾을 줄 아는 건 팻이었다고. 그 개는 금 냄새를 맡을 줄 알았다. 할아버지는 팻이 진정으로 금을 탐했고, 황금에 미친 세계 최초의 개였다고 생각한다. "팻은 반짝이는 걸 너무 좋아하다가 돌아버렸어."

슬림 할아버지가 기어를 움직인다.

"클러치를 살살 밟아. 기어는 1단. 이제 클러치 풀고."

할아버지가 액셀러레이터를 살짝 밟는다.

"그리고 페달을 계속 밟아주는 거야."

덩치 큰 랜드크루저가 도로변의 풀밭을 따라 3미터 움직인다. 그리고 할아버지가 브레이크를 밟자, 여전히 오른손 검지로 허공에다 맹렬하게 글을 쓰고 있는 형 옆에 나란히 선다. 할아버지와 나는 고개를 왼쪽으로 휙 돌려, 창의력을 마구 분출하고 있는 형을 지켜본다. 한 문장을 다 쓰고 나자 형은 마침표를 찍는 것처럼 허공에 대고 손가락을 살짝 누른다. 형은 녹색 바탕에 무지개색으로 '지금부터가 진짜 시작이다'라고 적힌 티셔츠를 입고 있다. 평소에 즐겨 입는 옷이다. 축 늘어진 갈색 머리칼은 비틀스 스타일을 어설프게 닮았다. 형이 입고 있는 라일 아저씨의 헌 바지는 파라마타 일스* 팬들이 입고 다니는 파란색과 노란색이 섞인 반바지다. 열세 살인 형은 적어도 5년 동안 라일 아저씨와 나와 함께 소파에 앉아 파라마타 일스의 경기를 봤지만, 럭비 리그에는 눈곱만큼도 관심이 없다. 우리의 수수께끼 같은 소년. 우리의 모차르트. 형은 나보다 한 살 많고, 모든 사람보다 한 살 많다. 형은 우주보다 한 살 많다.

형은 문장 다섯 개를 다 쓰고 나자 펜의 깃에 잉크를 묻히는 것처럼 검지 끝을 핥은 다음, 눈에 보이지 않는 펜을 떠밀어 눈에 보이지 않는 글을 끼적거리게 만드는 신비로운 힘에 다시 접속한다. 슬림 할아버지는 두 팔을 운전대에 얹고, 형에게서 눈을 떼지 않은 채 담배를 길게 한 모금 빤다.

"지금 뭐라고 쓰는 거야?" 할아버지가 묻는다.

형은 우리의 시선은 아랑곳없이, 형만의 파란 하늘을 바라보며 글자들을 써나간다. 어쩌면 형의 머릿속에는 패션지가 끝없이 펼쳐져 있는지도 모른다. 아니면 형에게는 하늘에 쭉

---

* 오스트레일리아의 프로 럭비 팀.

뻗어 있는 검은 줄이 보이는지도 모른다. 형이 쓰는 글이 내게는 거울 문자와 같다. 형을 제대로 된 각도에서 바라보고 있거나, 형이 쓴 글자가 머릿속이나 마음의 거울로 회전시킬 수 있을 만큼 선명하다면 나는 그 글을 읽을 수 있다.

"이번에는 똑같은 문장을 계속 쓰는데요."

"뭐라는데?"

형의 어깨 위에 떠 있는 태양. 하얗게 작열하는 신. 내 이마를 가리키는 손. 틀림없다.

"너의 마지막은 죽은 솔새."

형이 얼어붙는다. 나를 빤히 쳐다본다. 형은 나를 닮았지만, 나보다 낫다. 더 강하고, 더 아름답고, 얼굴 전체가 매끄럽다. 달 웅덩이 속의 얼굴처럼 매끄럽다.

나는 다시 한번 말한다. "너의 마지막은 죽은 솔새."

형은 희미하게 미소 지으며 고개를 젓고, 미친 사람 보듯 나를 쳐다본다. 상상에 빠진 사람이 나인 것처럼. '넌 항상 상상에 빠져 있잖아, 엘리.'

"그래, 형을 봤어. 5분 동안 형을 지켜보고 있었어."

형이 환하게 웃더니, 손바닥을 펴서 하늘에 쓴 글자를 미친 듯이 지운다. 슬림 할아버지도 환하게 웃으며 고개를 젓는다.

"저 아이는 답을 알고 있어." 할아버지가 말한다.

"무슨 답요?" 내가 묻는다.

"의문들에 대한 답."

할아버지는 랜드크루저를 3미터 뒤로 후진시킨 다음 브레이크를 밟는다.

"이제 네가 해봐."

할아버지는 콜록대다 담배에 찌든 갈색빛 침이 목에 걸리자, 운전석 창 너머 햇볕이 쨍쨍 내리쬐는 거리, 여기저기 아스팔트가 움푹 파인 거리로 침을 발사한다. 이 거리에는 크림색, 남청색, 하늘색을 띤 나지막한 석면 집 열네 채가 제멋대로 뻗어 있다. 폴란드와 베트남에서 온 난민들, 엄마와 오거스트 형과 나처럼 안 좋은 과거에서 도망쳐 온 사람들, 오스트레일리아 하층 계급의 쓸모없는 인간들을 끌고 온 커다란 배에서 살아남은 사람들이 이 작은 교외 마을 다라의 산다칸 거리에서 나머지 세상을 등진 채로 지난 8년 동안 망명 생활을 해왔다. 여기서 미국과 유럽으로, 그리고 제인 시모어*에게 가려면, 대양들과 더럽게 예쁜 그레이트 배리어 리프, 7000킬로미터 길이의 퀸즐랜드주 해안선과 브리즈번으로 이어지는 고가도로를 건너야 한다. 근처에는 퀸즐랜드 시멘트 회사도 있는데, 바람이 많이 부는 날이면 시멘트 가루를 다라 쪽으로 날려 넝쿨 같은 우리 집의 하늘색 석면 벽을 먼지로 뒤덮어버린다. 그래서 비가 내려 먼지가 붙어버리기 전에 형과 내가 호스로 먼지를 씻어내야 한다. 그러면 집의 앞면에, 그리고 라일 아저씨가 담배꽁초를 내다버리는 큼직한 창문에 딱딱한 잿빛 줄무늬가 흉측하게 생긴다. 나도 사과를 다 먹고 속만 남으면 라일

• 영국의 영화배우.

아저씨처럼 그 창문 밖으로 버린다. 아저씨를 따라 하는 이유는, 내가 아직 철이 없어 그런지 몰라도, 아저씨가 하는 일은 뭐든 따라 할 가치가 있어 보이기 때문이다.

다라는 꿈이자 악취, 흘러넘친 쓰레기통, 금이 간 거울, 낙원이며, 새우, 반달 모양 게맛살, 돼지 귀, 돼지 발목 살, 돼지 뱃살로 가득 찬 베트남 국수 한 그릇이다. 다라는 배수관으로 씻겨 내려온 소녀, 부활절 밤에 반짝일 정도로 농익은 콧물을 흘리는 소년, 중앙역과 그 너머까지 가는 급행열차를 기다리며 선로에 누워 있는 10대 소녀, 수단산 마리화나를 피우는 남아프리카공화국 남자, 퀸즐랜드주의 달링다운스에서 온 우유를 홀짝이는 캄보디아 소녀의 옆집에서 아프가니스탄산 마약 주사를 맞는 필리핀 남자다. 다라는 나의 고요한 한숨, 나의 전쟁에 대한 감상, 나의 10대 초반다운 어리석은 갈망, 나의 집이다.

"언제 돌아올까요?" 내가 묻는다.

"금방."

"뭘 보러 갔을까요?"

슬림 할아버지는 단추가 달린 얇은 구릿빛 면 셔츠를 남색 반바지 안에 넣어 입었다. 할아버지는 항상 이 반바지를 입는다. 말로는 똑같은 반바지 세 벌을 돌려가면서 입는다지만, 오른쪽 뒷주머니 아래 구석에 뚫린 구멍이 날마다 보인다. 평소에는 군은살 박이고 때가 잔뜩 끼고 땀내가 지독한 늙은 발에 파란색 고무 슬리퍼가 꼭 들러붙어 있지만, 지금은 할아버지가 어색한 자세로 차에서 내리는 바람에 왼쪽 슬리퍼가 클러치에 끼어 벗겨지고 만다. 후디니도 나이를 먹고 있다. 후디니는 브리즈번 서쪽 외곽에 있는 교외 마을의 수조에 갇혀 있다. 천하의 후디니도 시간에서 달아나지는 못한다. 슬림 할아버지는 MTV에서 도망칠 수 없다. 할아버지는 마이클 잭슨에게서 도망칠 수 없다. 할아버지는 1980년대에서 달아날 수 없다.

"「애정의 조건」." 할아버지가 조수석 문을 열면서 말한다.

나는 형과 나를 진심으로 사랑해주는 슬림 할아버지를 진심으로 사랑한다. 젊은 시절의 할아버지는 매정하고 차가운 사람이었지만, 나이가 들면서 온화해졌다. 할아버지는 항상 형과 나를 챙겨주고, 우리가 어떻게 자라고 있는지, 어떤 어른이 될지 신경 써준다. 엄마와 라일 아저씨가 지금처럼 오랜 시간 집을 비울 때, 두 사람이 베트남 식당에서 산 헤로인을 팔러 간 게 아니라 영화를 보러 갔다고 우리를 설득하려 애쓰는 할아버지를 나는 정말 사랑한다.

"라일 아저씨가 그런 영화를 고를까요?"

닷새 전 나는 우리 집 뒷마당에 있는 잔디 깎는 기계의 풀받이에 500그램짜리 골든트라이앵글산 헤로인 봉지가 채워져 있는 걸 발견했다. 그 후로 나는 혹시 엄마와 라일 아저씨가 마약상이 아닐까 의심해왔다. 두 사람이 「애정의 조건」을 보러 갔다는 할아버지의 말을 듣고 나니 더 확신이 든다.

할아버지가 매서운 눈초리로 나를 노려보더니 한쪽 입꼬리를 올리며 중얼거린다. "그냥 좀 넘어가, 이 건방진 녀석아."

클러치 밟고. 기어는 1단. 페달을 계속 밟는다. 그러자 차가 앞으로 덜컹하더니 움직이기 시작한다. "속도를 조금 더 내봐." 할아버지의 말에 나는 다리를 쭉 뻗어 맨발인 오른발을 꾹 누른다. 우리는 잔디밭을 가로질러 옆집 도롯가에 있는 두진스키 아줌마의 장미 덤불까지 간다.

"도로로 나가봐." 할아버지가 웃으며 말한다.

나는 운전대를 오른쪽으로 세게 꺾어 배수로를 지나 산다칸 거리의 아스팔트 길로 들어간다.

"클러치 밟아, 2단." 할아버지가 고함을 지른다.

이제 더 빨라진다. 프레디 폴러드의 집을 지나고, 프레디 폴러드의 여동생 에비를 지나간다. 에비는 머리 없는 바비 인형을 태운 장난감 유모차를 밀고 있다.

"멈출까요?" 내가 묻는다.

슬림 할아버지는 룸미러를 들여다보다가 조수석 옆에 달린 거울로 고개를 휙 돌린다. "아니, 까짓것, 블록 한 바퀴 돌고 오지 뭐."

기어를 3단으로 바꾸고 우리는 시속 40킬로미터로 덜커덩 덜커덩 움직인다. 이제 우리는 자유다. 탈출이다. 도망치는 나와 후디니. 도주 중인 두 명의 위대한 탈출 곡예사들.

"내가 운전을 한다아아아아아." 나는 괴성을 지른다.

슬림 할아버지가 늙은 가슴을 쌔근거리며 웃는다.

왼쪽으로 꺾어 스와나벨더 거리로 들어가, 오래전 라일 아저씨의 부모님이 오스트레일리아로 와 첫 며칠을 보낸 제2차 세계대전 폴란드 이민자 센터를 지나간다. 왼쪽으로 꺾으니, 프리먼 가족이 꽥꽥거리는 공작, 회색기러기, 머스코비오리 같은 이국적인 새들을 수집해놓은 버처 거리가 나온다. 훨훨 날아라, 새야. 우리 차는 달리고 또 달린다. 왼쪽으로 꺾어서 하디 거리로, 왼쪽으로 꺾어서 다시 산다칸 거리로.

"속도 늦춰." 할아버지가 말한다.

내가 브레이크를 탁 밟고 클러치에 발을 헛디디자 차가 갑자기 멈추면서 다시 한번 형과 나란히 서 있게 된다. 형은 아직도 허공에 글을 쓰며 창작에 푹 빠져 있다.

"봤어, 형?" 내가 소리 지른다. "내가 운전하는 거 봤어, 형?"

형은 자기 글에서 눈을 떼지 않는다. 형은 우리가 차를 몰고 떠나는 것도 보지 못했다.

"지금은 뭐라고 쓰고 있는 거야?" 슬림 할아버지가 묻는다.

똑같은 단어 두 개가 자꾸 반복된다. 초승달 같은 대문자 'C'. 통통하고 작은 'a'. 밑으로 쭉 한 획 긋고 꼭대기에 점 하나 콕 찍은 빼빼 마르고 작은 'i'. 형은 평소와 똑같이 담장 위의 빠진 벽돌 옆에 앉아 있다. 빨간 연철 우편함에서부터 담장을 따라 벽돌 두 개를 차지하고서.

형은 빠진 벽돌이다. 달 웅덩이는 우리 형이다. 형은 달 웅덩이다.

"두 단어예요." 내가 말한다. "'C'로 시작하는 이름요."

내가 운전을 배운 날은 그녀의 이름으로 기억될 것이다. 이제부터는 빠진 벽돌과 달 웅덩이와 슬림 할아버지의 도요타

랜드크루저와 그 앞유리에 생긴 금과 내 행운의 주근깨와 우리 형을 볼 때마다 그녀가 떠오를 것이다.

"무슨 이름?" 할아버지가 묻는다.

"케이틀린요."

케이틀린. 틀림없다. 케이틀린. 끝없이 펼쳐진 푸른 하늘을 종이 삼아 저 오른손 검지가 적고 있는 이름.

"케이틀린이라는 사람 알아?" 할아버지가 묻는다.

"아니요."

"두 번째 단어는 뭔데?"

나는 하늘을 휘젓고 있는 형의 손가락을 따라간다.

"'스파이스'예요."

"케이틀린 스파이스. 케이틀린 스파이스라." 슬림 할아버지는 생각에 잠긴 채 담배를 한 모금 빤다. "그게 뭐야?"

케이틀린 스파이스. 틀림없다.

너의 마지막은 죽은 솔새. 소년, 우주를 삼키다. 케이틀린 스파이스.

이 말들이 답이다.

의문들에 대한 답.

소
년 ,

무 지 개 를
만 들 다

진실한 사랑의 방. 피의 방. 하늘색 석면 벽. 라일 아저씨가 구멍들을 메워놓은 우중충한 페인트 얼룩들. 깔끔하게 정리된 퀸 사이즈 침대에 팽팽하게 끼워진 흰 시트, 라일 아저씨의 부모님이 탈출했던 죽음의 수용소에나 어울릴 법한 얇고 낡은 회색 담요. 사람들은 누구나 무언가로부터 탈출하려 애쓴다. 특히 생각으로부터.

침대 위에 걸려 있는 예수의 초상화 액자. 성자와 그의 삐죽삐죽한 왕관. 이마로 피가 뚝뚝 떨어지는데도 상당히 차분해 보이지만(스트레스가 엄청날 텐데 참 대단한 사람이다), 있으면 안 될 곳에 들어온 형과 나 때문에 언제나처럼 얼굴을 찡그리고 있다. 멈춰 있는 이 푸른 방, 세상에서 가장 고요한 곳. 진정한 동지애가 흐르는 방.

슬림 할아버지는 옛 영국 작가들과 낮 시간대의 영화들 때문에 사람들이 진실한 사랑을 쉽게 찾을 수 있을 거라 착각하고 있다고 말한다. 별들과 행성들이 태양 주위를 돌고 나면 진실한 사랑이 찾아올 것처럼. 진실한 사랑이 운명인 것처럼. 발견되기만을 기다리며 잠들어 있다가, 인생의 실 가닥이 우연과 충돌하고 두 연인의 눈이 마주치는 순간 쾅 하고 터져버리는 진실한 사랑. 내가 지금까지 지켜본 바에 따르면 진실한 사랑은 힘겹다. 진짜 로맨스 안에는 죽음이 있다. 한밤중에 진동이 일어나고 침대 시트에 똥이 흩뿌려진다. 이런 진실한 사랑은 운명을 기다린다면 사라져버린다. 이런 진실한 사랑을 하는 연인이라면 운명을 버리고 현재를 감당해야 한다.

형이 내게 보여주고 싶은 게 있는지 앞장선다.

"여기 있다가 들키면 죽음이야."

레나의 방은 출입 금지 구역이다. 레나의 방은 신성하다. 오로지 라일 아저씨만이 레나의 방에 들어온다. 형은 어깨를 으쓱하고는 오른손에 손전등을 꽉 쥐고서 레나의 침대를 지나간다.

"이 침대를 보니까 슬퍼진다."

형은 다 안다는 듯 고개를 끄덕인다. '나는 더 슬퍼, 엘리. 뭐든 내가 더 슬퍼. 난 너보다 감정이 더 깊잖아, 엘리, 그걸 잊지 마.'

레나 오를리크가 8년 동안 홀로 밤을 보낸 이 침대는 한쪽이 푹 꺼져 있다. 1968년, 이 침대에서 그녀의 남편 아우렐리 오를리크가 죽는 바람에 무게의 균형을 맞춰줄 사람이 사라진 탓이다.

아우렐리는 조용히 죽었다. 이 방만큼이나 조용히.

"지금 레나가 우리를 보고 있을까?"

형은 빙긋 웃으며 어깨를 으쓱한다. 레나는 신을 믿었지만, 사랑, 적어도 하늘의 뜻 같은 것은 믿지 않았다. 그녀는 운명을 믿지 않았다. 아우렐리에 대한 사랑이 운명이라면, 아돌프 히틀러가 태어나 불경스럽고 정신 나간 미치광이로 자란 것 역시 운명일 테니까. 그 괴물, '그 괘씸한 포트보르*'가 그들이 만난 유일한 이유였으므로. 두 사람은 1945년 한 미국인이 운영하던 독일의 난민 수용소에서 만났고 아우렐리는 그곳에서 4년 동안 모은 은으로 레나의 결혼반지를 만들어주었다. 라일은 1949년 수용소에서 태어나, 바로 여기 이 침대에 있는 것과 비슷한 회색 담요에 감싸인 채 커다란 양동이 안에서 이 세상의 첫 밤을 보냈다. 미국과 영국은 라일 아저씨를 받아주려 하지 않았지만 오스트레일리아는 받아주었다. 아저씨는 이 사실을 잊지 않았기에, 막살았던 젊은 시절에도 '오스트레일리아산'이라고 표시된 물건은 절대 태우거나 망가뜨리지 않았다.

1951년 오를리크 가족은 우리 집에서 자전거로 60초 거리에 있는 와콜 동부 난민 가족 수용소에 도착했다. 4년 동안 그들은 340개의 방과 공동 화장실과 욕실이 있는 나무 오두막에서 2만 명의 사람들과 함께 살았다. 아우렐리는 다라와 그 부근의 교외 마을인 옥슬리와 코린다 사이에 새로 깔릴 철도에 침목 박는 일을 구했다. 레나는 남서쪽의 이어롱필링에 있는 목재 공장에서, 덩치는 그녀의 두 배지만 배짱은 절반밖에 안

• potwor. '극악무도한 인간'이라는 뜻의 폴란드어.

되는 남자들과 함께 합판을 잘랐다.

아우렐리는 철로를 같이 깔았던 폴란드 친구들과 함께 주말마다 집을 지으면서 이 방을 직접 만들었다. 첫 두 해 동안에는 전기가 들어오지 않았다. 레나와 아우렐리는 등유 램프를 켜놓고 영어를 독학했다. 짧은 그루터기들을 하나씩 이어 붙이고 못으로 박은 방들이 하나씩 늘어나면서 집은 점점 더 커져갔다. 레나가 만든 폴란드식 야생 버섯 수프, 감자 치즈 피로시키, 양배추 골랍키, 구운 양고기 바라니나의 냄새가 세 칸의 방, 부엌, 거실, 응접실, 부엌에 딸린 세탁실, 욕실, 그리고 홀로 서 있는 수세식 변기에 진동했다. 변기 위에는 바르샤바의 흰색 삼랑식(三廊式) 바실리카인 '가장 거룩한 구세주 성당'의 모양을 본뜬 벽걸이 장식이 걸려 있었다.

형이 멈춰 서더니 붙박이장으로 고개를 돌린다. 라일 아저씨가 자기 아버지와 아버지의 폴란드 친구들이 이 집을 짓는 모습을 지켜보며 배운 목공 기술로 직접 만든 옷장이다.

"왜 그래, 형?"

형은 고개를 오른쪽으로 까딱한다. '옷장 문 열어봐.'

평온한 인생을 살았던 아우렐리 오를리크는 죽음 역시 평온하게, 품위 있게 맞기로 결심했다. 법석을 떠는 의료진 사이에서 심장 모니터 소리를 들으며 죽고 싶지는 않았다. 그는 소동을 일으킬 생각이 없었다. 레나가 남편의 가슴에 묻은 구토물을 닦아줄 새 수건이나 오줌을 비운 요강을 들고 죽음의 방으로 돌아올 때마다 아우렐리는 고생시켜서 미안하다고 사과

했다. 그가 레나에게 마지막으로 남긴 말은 "후회돼"였는데, 정확히 뭐가 후회되는지는 밝히지 못한 채 세상을 떠났다. 레나는 그들의 사랑은 아니라고 확신했다. 진실한 사랑과 인내와 보상과 실패와 새 출발과 마지막 죽음까지 그 안에는 고난이 있었지만, 후회는 절대 없었다는 걸 그녀는 알고 있었다.

나는 옷장을 열어본다. 낡은 다리미판 하나가 서 있다. 레나의 헌 옷들을 담아놓은 가방이 옷장 바닥에 놓여 있다. 황록색, 황갈색, 검은색, 파란색 등등 레나의 단색 원피스들이 옷걸이 봉에 한 줄로 걸려 있다.

레나는 강철이 박살 나는 소리와 프랭키 밸리*가 내지르는 고음의 지독한 불협화음 속에서 요란하게 죽었다. 터움바의 꽃 축제에 갔다가 해 질 무렵 와레고 고속도로를 타고 돌아오는 길, 브리즈번을 벗어난 지 80분 만에 그녀의 포드 코티나가 파인애플을 끌고 가는 세미트레일러의 강철 그릴을 들이받았다. 그때 라일 아저씨는 옛 여자친구인 애스트리드와 함께 저 남쪽 킹스 로드의 어느 마약 중독 재활 센터에 있었다. 10년 동안 피우던 헤로인을 끊기 위한 세 번의 시도 중 두 번째를 위해서였다. 사고 현장에 찾아간 아저씨는 고속도로 근처 마을인 개튼의 경관들을 만나는 내내 미친 듯이 약을 빨고 싶었다. 한 상급 경관이 "고통스럽지는 않았을 겁니다"라고 말했을 때, 아저씨는 이 말을 "트럭이 '어엄청' 무지막지했거든요"라

• 미국의 가수.

는 뜻으로 받아들였다. 경관은 망가진 코티나에서 건져낸 레나의 소지품을 넘겨주었다. 레나의 핸드백, 묵주, 앉은키를 높이려고 좌석에 깔았던 작고 동그란 베개. 그리고 프랭키 밸리와 포 시즌스의 「루킨 백(Lookin' Back)」이 녹음되어 있는 카세트테이프도 차의 변변찮은 오디오 안에서 기적적으로 살아남았다.

"젠장." 아저씨는 테이프를 든 채 고개를 저으며 말했다.

"왜요?" 경관이 물었다.

"아무것도 아니에요." 아저씨는 이렇게 답했다. 해명을 하다 보면, 머릿속을 온통 장악하고 있는 헤로인 주사를 맞을 수 있는 시간이 더 늦어지니까. 언젠가 엄마가 '시에스타'라고 부른, 마약과 그 아름다운 백일몽을 갈망하는 몸의 욕구를 당장에 채울 수 없으니까. 헤로인이 만들어준 감정의 둑은 일주일이면 무너져 내려, 이제 이 세상에 그를 사랑하는 사람은 아무도 없다는 서러움이 물밀 듯이 밀려들게 된다. 그날 밤 불알친구 타데우시 '테디' 칼라스의 지하방에 있는 작은 소파 베드에서 라일 아저씨는 오른팔 팔뚝에 헤로인 주사를 맞으며 생각했다. 엄마는 참 낭만적인 사람이라고, 엄마는 남편을 깊이 사랑했다고, 프랭키 밸리의 시원한 고음은 엄마를 뺀 지상의 모든 인간을 행복하게 만들었다고. 프랭키 밸리는 레나 오를리크를 울렸다. 아저씨는 헤로인에 취해 해롱해롱해진 상태로 포 시즌스의 카세트테이프를 테디의 지하방에 있는 카세트 플레이어에 집어넣었다. 엄마가 파인애플로 가득 찬 세미트레일러를 들이받았을 때 흐르고 있던 노래를 듣고 싶어서 테이프를 틀었다. 「빅 걸스 돈 크라이(Big Girls Don't Cry)」였다. 그 순간 라일 아저씨는 레나 오를리크에게 사고 같은 건 절대 일어나지 않는다는 사실을 프랭키 밸리의 첫 고음만큼이나 선명하게 기억했다.

진실한 사랑은 힘겹다.

*

"왜 그래, 형?"

형이 입술에 검지를 댄다. 그러더니 말없이 레나의 옷 가방을 옆으로 치우고, 옷장의 옷걸이 봉에 걸린 레나의 원피스들을 스르륵 미끄러뜨린다. 형이 옷장의 뒷벽을 밀자 흰색으로 칠해진 가로세로 1미터의 나무판이 벽 뒤의 압축 장치에 찰칵 걸리면서 앞으로 빠진다.

"지금 뭐 하는 거야, 형?"

형은 레나의 원피스들 뒤로 나무판을 쭉 미끄러뜨린다.

옷장 뒤로 시커먼 틈, 아주 깊은 구멍이 열린다. 벽 너머 거리를 알 수 없는 공간. 그 텅 빈 공간이 품고 있는 희망과 가능성에 마냥 신이 난 형은 두 눈을 휘둥그레 뜬다.

"저게 뭐야?"

*

우리는 애스트리드를 통해 라일 아저씨를 만났다. 그리고 엄마는 브리즈번 북부의 넌다에 있는 자비의 성모 동정회의 여성 보호소에서 애스트리드를 만났다. 엄마와 형과 나는 보호소 식당에서 비프 롤을 비프 스튜에다 찍어 먹고 있었다. 엄마 말로는 애스트리드가 우리 테이블 끝에 앉아 있었다고 한다. 그때 나는 다섯 살이었다. 여섯 살이었던 형은 애스트리드의 왼쪽 눈 밑에 새겨진 자주색 크리스털 문신을 계속 손으로 가리키고 있었다. 그 문신 때문에 애스트리드는 꼭 크리스털 눈물을 흘리는 것처럼 보였다. 모로코 사람인 애스트리드는 아름다웠고 언제나 젊었으며, 항상 보석으로 치장한 모습이 신비로워 보였다. 그래서 나는 그녀와 그녀가 까놓고 다니는 커피색 배를 『아라비안 나이트』의 캐릭터로 생각하게 되었다. 마법의 램프와 단검들과 날아다니는 마법의 양탄자와 숨겨진 의미를 간직한 사람. 보호소의 식당 테이블에서 애스트리드가 고개를 돌려 형의 눈을 빤히 쳐다보자 형도 그녀를 말똥말똥 쳐다보며 빙긋 웃었다. 형이 한참이나 그러고 있자 결국 애스트리드는 엄마 쪽으로 시선을 돌렸다.

"특별한 느낌이겠어요." 그녀가 말했다.

"뭐가요?" 엄마가 물었다.

"성령의 선택을 받아서 저 아이를 돌보고 있잖아요." 애스트리드는 형에게 고개를 까딱하며 말했다.

나중에 알았는데, 성령이란 생명을 가진 모든 것을 창조한 자를 뜻하는 포괄적인 용어였다. 성령은 세 가지 모습으로 애스트리드를 찾아왔다. 흰 가운을 입은 신비로운 여신의 영, 샤

르나. 이집트의 파라오 옴 라. 작은 술주정뱅이 아일랜드인처럼 입이 거칠며 이 세상의 모든 악을 대표하는 방귀쟁이 에롤. 우리에게 운이 따랐는지 성령은 우리 형을 마음에 들어 했고, 모종의 오묘한 대화를 통해 애스트리드에게 메시지를 전했다. 그녀가 깨달음을 얻으려면, 브리즈번의 동쪽 교외 마을 맨리에 있는 그녀의 할머니 조라의 집으로 우리를 보내 일광욕실에서 석 달 동안 지내게 해줘야 한다고 말이다. 그때 난 겨우 다섯 살이었는데도 헛소리라고 생각했다. 하지만 맨리는 모어턴 만의 물이 빠지면 개펄을 맨발로 한참 뛰어다니다 그대로 죽 아틀란티스의 경계선까지 달려가 그곳에서 영원히, 아니 대구와 감자튀김 냄새가 집으로 유혹할 때까지만이라도 살 수 있을 것 같은 생각이 드는 곳이다. 그래서 나는 형을 흉내 내어 가만히 입을 닫고 있었다.

라일 아저씨는 애스트리드를 보러 조라의 집에 왔다. 그러다 머지않아 엄마와 스크래블*을 하러 조라의 집에 오게 됐다. 아저씨는 책으로 배운 건 많지 않지만 세상 물정에 밝은 데다 문고판 소설을 끊임없이 읽어대서 엄마만큼이나 단어를 많이 안다. 아저씨는 점수가 세 배로 늘어나는 구간에서 엄마가 'quixotic(돈키호테 같은)'이라는 단어를 만들어내는 순간 엄마와 사랑에 빠졌다고 한다.

엄마의 사랑은 힘들었다. 그 안에는 고통이 있었고, 피와 비

* 철자가 적힌 플라스틱 조각들로 글자 만들기를 하는 보드게임.

명, 그리고 석면 벽을 때리는 주먹질이 있었다. 라일 아저씨가 제일 잘못한 일은 엄마를 마약쟁이로 만든 거다. 아저씨가 가장 잘한 일은 엄마가 마약을 끊게 한 거다. 하지만 그렇다고 해서 아저씨의 잘못이 만회되지는 않는다는 사실을 내가 안다는 걸 아저씨도 알고 있다. 아저씨는 이 방에서 엄마가 마약을 끊게 만들었다. 진실한 사랑의 방. 피의 방에서.

*

형이 손전등을 켜더니 옷장 벽 너머의 시커먼 공간을 비춘다. 우중충한 흰 불빛이 우리 욕실만 한 작은 방을 밝힌다. 손전등 불빛이 갈색 벽돌 벽의 세 면과 어른이 한 명 들어가 설 수 있을 정도로 깊이 파인 구멍을 비춘다. 방사능 낙진 대피소처럼 생겼는데, 비축된 물건이라곤 하나도 없이 텅 비어 있다. 바닥은 흙바닥 그대로다. 형의 손전등이 텅 빈 공간을 비추다 드디어 방에 있는 몇 안 되는 물건들을 발견한다. 앉는 부분이 동그란 쿠션으로 된 나무 의자 하나, 그리고 그 위에 네모난 버튼이 달린 전화기가 한 대 있다. 빨간색 전화기다.

*

최악의 마약쟁이는 자기가 최악의 마약쟁이가 아니라고 생각하는 인간이다. 4년 전쯤 엄마와 라일 아저씨의 상태는 한동안 아주 심각했다. 겉으로 보이는 모습이 아니라 행동이 그랬다는 얘기다. 내 여덟 번째 생일을 잊어버리지도 않았으면서 그날 내내 잠만 자는, 그런 식이었다. 주사기들도 지뢰처럼 여기저기 숨어 있었다. 깨워서 부활절이라고 알려주려고 방에 슬금슬금 들어가 부활절 토끼처럼 침대로 깡충 뛰어오르면 마약 주사 바늘에 무릎이 찔리곤 했다.

형은 내 여덟 번째 생일에 팬케이크를 만들었다. 메이플 시럽을 뿌리고, 그냥 두툼한 흰색 양초를 생일 초로 꽂아서 식탁에 내왔다. 팬케이크를 다 먹었을 때 형은 내 생일이니까 내가 원하는 대로 다 할 수 있다고 몸짓으로 말했다. 나는 내 생일 초로 이것저것 태우면 안 되느냐고 물었다. 형과 나의 계산에 따르면 43일째 냉장고 안에 틀어박혀 있다가 초록색 곰팡이가 피어버린 빵부터 시작해서.

그때 내게 형은 전부였다. 엄마였고, 아빠였고, 삼촌이었고, 할머니였고, 신부님이었고, 목사님이었고, 요리사였다. 형이 아침을 만들고, 우리 교복을 다리고, 내 머리를 빗겨주고, 내 숙제를 도와주었다. 라일 아저씨와 엄마가 잠들면 형은 두 사람의 뒤치다꺼리를 하면서 약봉지들과 스푼을 숨기고, 주사기를 확실히 처리했다. 그러면 나는 형을 졸졸 따라다니면서 "이딴 거 다 집어치우고 나가서 축구나 하자"라고 말했다.

하지만 형은 엄마가 숲에서 걸음마를 배우다 길을 잃은 새끼 사슴이라도 되는 것처럼 엄마를 돌보았다. 형은 비밀을 알고 있는 것 같았다. 엄마 인생에서 그저 지나가는 한때일 뿐, 우리는 기다리기만 하면 된다는 걸. 형은 엄마에게 이런 시기가 필요하다고 생각하는 것 같았다. 이렇게 마약을 하면서 쉬고, 이렇게 많이 자고, 인사불성이 될 정도로 약에 취해 과거를 잊는 것도 좋다고 생각하는 모양이었다. 엄마의 30년 인생은 폭력과 방치, 그리고 나쁜 아빠를 둔 시드니의 불량소녀들을 위한 공동 숙소가 연달아 이어지는 슬라이드쇼와 같았다. 형은 잠든 엄마의 머리를 빗겨주고, 가슴 위로 담요를 덮어주고, 엄마 입에서 흘러나온 침을 화장지로 닦아주었다. 형은 엄마의 수호자였고, 내가 진저리를 치며 못마땅한 기색이라도 보이면 호들갑스럽게 나를 떠밀고 때리면서 몰아냈다. 난 몰랐다. 형 말고는 아무도 엄마를 몰랐다.

그 몇 년은 엄마에게 데비 해리의 「하트 오브 글래스(Heart of Glass)」 같은 시절이었다. 마약을 하면 흉측한 꼴이 된다고들 한다. 헤로인을 너무 많이 하면 머리가 빠지고, 가만있지 못하는 손가락과 손톱 때문에 얼굴과 손목에 온통 딱지가 생겨 자꾸 피가 차고 피부가 말려든다고. 마약을 하면 치아와 뼈에서 칼슘이 엄청 빠져나가고, 썩어가는 시체처럼 꼼짝없이 소파에 묶여 있는다고. 난 그 모든 걸 목격했다. 하지만 마약이 엄마를 아름다워 보이게 한다는 생각도 들었다. 엄마는 마른 몸에 창백한 얼굴에, 데비 해리만큼은 아니어도 못지않게 예쁜 금발이었다. 마약이 엄마를 천사처럼 보이게 만드는 것 같았다. 엄마는 이 세상에 있는 듯 없는 듯 멍한 표정만 짓고 있었다. 「하트 오브 글래스」 뮤직비디오 속의 해리처럼, 꿈에 나오는 존재처럼, 잠든 듯 깨어 있는 듯, 산 듯 죽은 듯 움직였지만, 사파이어색 눈동자의 동공 속에서는 미러볼이 끊임없이 빙빙 돌고 있었다. 하늘에서 퀸즐랜드주의 동남쪽 교외 마을 다라로 우연히 떨어진 천사의 모습이 바로 이렇지 않을까, 생각했던 기억이 난다. 그런 천사라면 엄마처럼 멍한 표정을 짓지 않을까. 싱크대에 가득 쌓인 접시들, 커튼 틈 너머 집 앞을 지나가는 차들을 물끄러미 바라보며, 어리둥절해하며 망연한 얼굴로 날개를 퍼덕이지 않을까.

내 방 창밖에서 무당거미 한 마리가 거미줄을 치고 있다. 그 무늬가 어찌나 복잡하고 완벽한지 천 배로 확대한 눈송이처럼 보인다. 거미줄의 한가운데에 앉아 있는 무당거미는 마치 낙하산을 타고 비스듬히 뛰어내리는 듯한 모습을 하고 있다. 전신주도 쓰러뜨릴 만큼 세찬 바람과 비와 여름 오후의 폭풍을 맞아도 꿋꿋이 버티며, 굳이 이유를 알려 하지 않고 그저 끝내고 싶은 여정을 위해 허공에 떠 있는 것이다. 그 시절의 엄마는 무당거미였다. 거미줄이었고, 나비였다. 사파이어색 날개를 퍼덕이며 산 채로 거미에게 잡아먹히는 푸른 호랑나비.

*

"빨리 나가자, 형."

형은 내게 손전등을 건네준다. 그러고는 몸을 돌려 무릎을 꿇고 두 다리를 옷장 너머 텅 빈 공간 속으로 슬그머니 집어넣는다. 형은 그 안으로 빠진다. 그리고 바닥에 발을 딛는다. 형이 다시 내 쪽으로 몸을 돌리고는 발끝을 세우고 서서 옷장의 미닫이문으로 고개를 까딱한다. 내가 등 뒤의 문을 닫자, 우리는 손전등 불빛 말고는 완전한 암흑에 잠긴다. 형은 내게 구멍 속으로 들어오라며 고개를 끄덕이고, 내가 쥐고 있는 손전등을 가져가려 손을 들어 올린다. 나는 고개를 젓는다.

"이건 미친 짓이야."

형이 또 고개를 끄덕여 나를 구멍 속으로 부른다.

"똥멍청이."

형이 빙긋 웃는다. 형은 내가 자기와 같은 부류의 사람이라는 걸 알고 있다. 누군가가 문 뒤에 굶주린 벵골 호랑이가 어슬렁거리고 있다고 말하면, 거짓말이 아닌 걸 확인하려고 문을 열어볼 사람이라는 걸. 나는 구멍으로 미끄러져 내려가, 바닥의 차갑고 눅눅한 흙을 맨발로 밟는다. 손으로 벽을 훑으니 거칠거칠한 벽돌과 먼지가 만져진다.

"여긴 뭐지?"

형이 빨간 전화기를 뚫어져라 쳐다보며 서 있다.

"뭘 보는 거야?"

형은 내 말은 들리지도 않는지 들뜬 표정으로 전화기만 계속 쳐다보고 있다.

"형, 형……."

형이 왼손 검지를 들어 올린다. '잠깐만 기다려봐.'

그리고 전화기가 울린다. 방 안 가득 울려 퍼지는 다급한 전화벨 소리. 따르릉, 따르릉. 따르릉, 따르릉.

형은 눈을 휘둥그레 뜨고는 검푸른 눈동자로 나를 쳐다본다.

"받지 마, 형."

형은 전화벨이 세 번 더 울릴 때까지 기다리다가 수화기로 손을 뻗는다.

"받지 말라니까, 좀!"

형이 수화기를 집어 들어 귀에다 댄다. 전화선 반대편에 있는 사람 때문에 즐거운 듯 벌써부터 미소를 짓고 있다.

"뭐 들려?"

형은 빙긋 웃는다.

"뭔데? 나도 들을래."

내가 수화기를 잡아채려 하자 형은 내 팔을 밀어버리고, 왼쪽 귀와 어깨 사이에 수화기를 꽉 끼운다. 이제 형은 소리 내어 웃고 있다.

"누가 말하고 있어?"

형이 고개를 끄덕인다.

"이제 전화 끊어, 형."

형은 돌아서서 비비 꼬인 빨간 전화선을 어깨에 두른 채 열심히 귀를 기울인다. 족히 1분은 나를 등지고 있다가 다시 고개를 돌리더니 멍한 표정으로 나를 가리킨다. '너랑 얘기하고 싶대, 엘리.'

"싫어."

형은 고개를 끄덕이며 내게 수화기를 건넨다.

"지금은 받기 싫어." 나는 수화기를 밀어내며 말한다.

형은 눈썹을 치켜올리며 으르렁거린다. '유치하게 왜 이래,

엘리.' 그러고는 수화기를 내게 던진다. 나는 본능적으로 받고
만다. 심호흡 한 번.

"여보세요?"

남자 목소리다.

"여보세요."

낮고 굵직한 목소리가 아주 남자다운 남자 같다. 50대, 아
니 60대 정도 됐으려나.

"누구세요?" 내가 묻는다.

"누굴 것 같으냐?" 남자가 답한다.

"몰라요."

"알면서 그래."

"아니요, 정말 몰라요."

"안다니까. 처음부터 알았으면서."

형은 고개를 끄덕이며 미소 짓는다. 누군지 알 것 같다.

"타이터스 브로즈예요?"

"아니, 난 타이터스 브로즈가 아니야."

"라일 아저씨의 친구예요?"

"맞아."

"잔디깎이 풀받이에 들어 있던 골든트라이앵글산 헤로인을
아저씨한테 준 사람이에요?"

"그게 골든트라이앵글산 헤로인이라는 건 어떻게 알아?"

"내 친구 슬림 할아버지가 《쿠리어 메일(The Courier-Mail)》
을 날마다 읽거든요. 다 읽으면 나한테 줘요. 헤로인이 브리즈

번에 쫙 퍼져서 다라까지 들어왔다는 범죄부 기사가 실렸더라고요. 동남아시아의 주요 아편 생산지인 버마, 라오스, 타이의 접경 지역에서 들어온다는데, 그게 골든트라이앵글이죠."

"이 꼬마가 뭘 좀 아네. 많이 읽나 봐?"

"뭐든 다 읽어요. 슬림 할아버지가 그러는데, 글을 읽는 게 최고의 탈출법이고, 할아버지도 몇 번 그 방법을 써봤대요."

"슬림은 아주 현명한 사람이지."

"슬림 할아버지를 아세요?"

"보고 로드의 후디니를 모르는 사람이 어딨어."

"나랑 제일 친한 친군데."

"살인범이랑 제일 친하다고?"

"라일 아저씨가 그러는데, 슬림 할아버지는 그 택시 기사 안 죽였대요."

"그래?"

"네, 그래요. 꼬임에 넘어가서 거짓 자백한 거래요. 전과가 있어서 누명을 쓴 거예요. 그 사람들이 원래 그렇잖아요, 경찰들 말이에요."

"슬림이 자기 입으로 범인이 아니라고 말하던?"

"그런 건 아니고, 라일 아저씨가 슬림 할아버지는 그런 짓을 할 사람이 아니라고 했어요."

"넌 라일 말을 믿는 거냐?"

"라일 아저씨는 거짓말 안 해요."

"거짓말 안 하는 사람은 없단다, 꼬마야."

"라일 아저씨는 안 해요. 거짓말할 능력이 없대요. 어쨌든 엄마한테 그러더라고요."

"설마 그 말을 믿는 건 아니지?"

"'탈억제성 사회적 유대감 장애'라는 심각한 병이래요. 진실을 감추지 못한다는 뜻이죠. 라일 아저씨는 거짓말을 못 해요."

"거짓말을 못 한다는 뜻이 아닌 것 같은데. 입이 가볍다는 뜻이겠지."

"그게 그거죠."

"글쎄다, 꼬마야."

"난 입 무거운 어른들이 정말 싫어요. 그냥 전부 다 얘기해주면 될걸."

"엘리?"

"내 이름은 어떻게 알아요? 아저씨 누구예요?"

"엘리?"

"네."

"정말 전부 다 듣고 싶으냐?"

옷장 문이 드르륵 열리는 소리가 난다. 그러자 형이 숨을 크게 한 입 들이마신다. 라일 아저씨의 목소리가 들리기도 전에 옷장 너머로 우리를 보고 있는 아저씨의 시선이 느껴진다.

"너희 둘, 이게 무슨 짓이야?" 아저씨가 고함을 버럭 지른다.

형이 바닥으로 털썩 주저앉자 좁고 눅눅한 지하 방 벽에 손전등이 만든 번갯불 무늬가 정신없이 나타났다 사라진다. 형은 뭔가를 찾으려 필사적으로 주변을 더듬다가 그것을 찾아낸다.

"감히 그랬다간 봐." 아저씨가 이를 악문 채 소리 지른다.

하지만 형은 아랑곳하지 않는다. 형이 찾은 건 오른쪽 벽 밑에 달려 있는 금속 뚜껑 문이다. 갈색빛에 큼직한 바나나 상자의 바닥만 한 크기다. 문은 바닥의 나무 널빤지 하나에 청동 걸쇠로 고정되어 있다. 형이 걸쇠를 풀고 문을 위로 휙 젖히고는 재빨리 배를 깔고 엎드리더니 팔꿈치로 기어서 굴속으로 달아나버린다.

나는 어리벙벙해져서 라일 아저씨를 쳐다본다.

"여긴 뭐예요?"

하지만 나는 답을 기다리지 않고 수화기를 떨어뜨린다.

"엘리!" 아저씨가 비명을 지르듯 내 이름을 부른다.

나는 휙 엎드려 형을 따라 굴로 들어간다. 땅을 배로 쓸면서. 축축한 흙과 단단한 토벽이 어깨에 닿고, 형의 손에서 이리저리 까불어대는 손전등의 흰 불빛 말고는 온통 어두컴컴하다. 둑 쿠앙이라는 학교 친구가 베트남에 할머니, 할아버지를 만나러 갔다가 가족과 함께 베트콩이 판 땅굴을 찾아갔었다는 얘기가 떠오른다. 굴속을 기어갈 때 폐소공포증 때문에 숨이 막히고 얼굴과 눈으로 흙이 떨어져서 정말 무서웠다고 했다. 젠장, 완전히 돌아버린 북베트남 군대의 광기가 이런 거구나. 둑 쿠앙은 굴을 절반쯤 지났을 때 공포감에 몸이 얼어붙어서 멈출 수밖에 없었고, 뒤에서 기어 오던 관광객 둘이 그 애를 땅굴 밖으로 끌어냈다고 했다. 나는 돌아갈 수 없다. 그 방에 돌아가면 라일 아저씨가 있다. 더 중요한 사실은 아저씨의 오른손이 주먹을 쥐었다 폈다 하면서 손가락을 풀고 있다는 것이다. 내 가여운 흰 엉덩이가 출렁이도록 손바닥으로 때릴 준비를 하고 있는 것이다. 둑 쿠앙은 땅굴을 기어가다가 무서워서 멈췄다지만, 나는 아저씨가 무서워서 숙련된 베트콩 폭발물 전문가처럼 계속 팔꿈치로 기어 6미터, 7미터, 8미터 어둠 속으로 깊이 들어간다. 굴이 왼쪽으로 살짝 굽어진다. 9미터, 10미터, 11미터. 여기는 덥다. 피로감과 땀과 먼지가 내 이마에 묻은 진흙과 한데 뒤섞인다. 공기가 탁하다.

"아 씨, 형, 숨 막혀 죽겠어."

형이 멈춘다. 형의 손전등이 또 다른 갈색 금속 뚜껑 문을 비춘다. 형이 문을 열어젖히자 역한 유황 냄새가 굴 안에 확 퍼져 구역질이 난다.

"이 냄새는 뭐야? 똥인가? 똥인가 봐, 형."

형이 굴의 출구로 기어 나가고, 나는 숨을 크게 들이마시며 열심히 빠르게 형을 따라가면서 또 다른 사각형 공간으로 들어간다. 아까보다 더 좁지만, 우리 둘이 서 있을 자리는 있다. 어두컴컴하다. 여기도 바닥이 흙이지만, 뭔가가 깔려 있어서 발밑이 푹신하다. 톱밥이다. 아까 그 냄새가 이제 더 강하게 풍긴다.

"분명히 똥이야, 형. 대체 여기가 어디야?"

형이 위를 올려다보길래 나도 형의 시선을 따라가 보니 우리 바로 위에 정찬용 접시 크기만 한 동그란 빛이 보인다. 그러다가 동그란 빛이 우리를 내려다보는 라일 아저씨의 얼굴로 가득 찬다. 붉은 머리, 주근깨. 라일 아저씨는 어른이 된 진저 메그스˙다. 항상 남색 면 러닝셔츠를 입고 고무 플립플롭을 신고 다니며, 말랐지만 근육질인 팔은 한심한 싸구려 문신들로 뒤덮여 있다. 아기의 오른쪽 어깨를 발톱으로 붙잡고 있는 독수리, 아기의 왼쪽 어깨에는 내 7학년 때의 허프리스 선생님을 닮은 늙은 마법사가 마법의 지팡이를 휘두르고 있다. 아기의 왼쪽 팔뚝에는 하와이 영화를 찍기 전의 엘비스 프레슬리가 무릎을 흔들고 있다. 엄마한테 비틀스의 컬러 사진들이 실린 책이 있는데, 나는 항상 라일 아저씨가 비틀스의 데뷔 앨범 '플리즈 플리즈 미(Please Please Me)' 시절의 순수한 존 레논을 닮았다고 생각했다. 나는 아저씨를 「트위스트 앤드 샤우트(Twist and Shout)」로 기억할 것이다. 아저씨는 「러브 미 두 (Love Me Do)」, 「두 유 원트 투 노 어 시크릿(Do You Want to Know a Secret)」이다.

"똥통에 처박혔네." 아저씨가 우리 위의 동그란 구멍에서 말한다.

"왜요?" 나는 어리둥절하다가 화가 나서 따지듯 묻는다.

"아니, 너희 둘이 정말 똥 더미 속에 서 있다는 소리야. 변소 안으로 기어들어 왔잖아."

망했다. 변소라니. 레나의 뒷마당 끝머리에 녹슨 채로 버려져 있는 양철 변소. 꿈속에서 내 엉덩이를 깨물 정도로 굶주려

˙ 1921년부터 연재를 시작한 오스트레일리아 최장수 만화 「진저 메그스」의 주인공.

있는 꼬마거미들과 뱀들이 사는 거미줄투성이 집. 시점이란 참 묘하다. 2미터 밑에서 올려다보는 세상은 무척 달라 보인다. 똥구덩이 바닥에서 올려다보는 인생. 오거스트와 엘리 벨에게는 이제 여기서 올라가는 길뿐이다.

아저씨가 변기에 걸쳐져 있는 구멍 뚫린 두툼한 나무판을 치운다. 옛날에 레나와 아우렐리는, 그리고 우리가 비밀 땅굴을 통해 기적적으로 기어 나온 집을 함께 지어준 아우렐리의 모든 동료는 그 나무판을 변기 시트 삼아 살찐 엉덩이를 깔고 앉았다.

아저씨가 오른팔을 우리 쪽으로 내리며 손을 쭉 뻗는다.

"잡아." 아저씨가 말한다.

나는 아저씨의 손에서 물러난다.

"싫어요, 우리 때릴 거잖아요." 내가 말한다.

"뭐, 난 거짓말은 못 하지." 아저씨가 말한다.

"썅."

"왜 욕은 하고 지랄이야."

"내 질문에 답 안 해주면 아무 데도 안 가요." 나는 소리를 버럭 지른다.

"날 시험하지 마, 엘리."

"엄마랑 또 마약 하고 있죠."

걸려들었다. 아저씨가 고개를 푹 숙이고는 절레절레 젓는다. 이제 상냥해진 얼굴에 연민과 후회가 가득하다.

"아니야, 인마." 아저씨가 말한다. "너희한테 약속했잖아. 난 약속 같은 거 깨는 사람 아니다."

"그럼 빨간 전화기로 전화한 그 남자는 누군데요?"내가 소리친다.

"무슨 남자?"아저씨가 묻는다. "대체 무슨 소리를 지껄이는 거야, 엘리?"

"전화가 울려서 형이 받았어요."

"엘리……."

"그 남자 말이에요. 목소리 굵은 남자. 그 사람이 마약 조직 두목 아니에요? 잔디깎이 풀받이에 들어 있던 헤로인 봉지, 그 남자가 준 거잖아요."

"엘리……."

"그 남자는 뒤에서 모든 걸 조종하는 무시무시한 악당 두목, 고등학교 과학 선생님처럼 지루하고 상냥하고 좋은 말만 지껄이지만 사실은 사람 죽이고 다니는 과대망상증 환자죠."

"무슨 개소리야, 엘리!"아저씨가 호통을 친다.

내가 멈칫하자 아저씨는 고개를 젓고 숨을 한 번 내쉰다.

"그 전화기로는 전화 안 와. 네 대단한 상상력 때문에 또 착각한 모양이구나, 엘리."

나는 고개를 돌려 형을 쳐다본다. 그러고는 다시 아저씨를 올려다본다.

"정말 전화가 왔어요. 형이 받았다니까요. 어떤 남자가 걸었어요. 내 이름을 알고 있었어요. 우리 전부 다 알고 있었다고요. 슬림 할아버지까지. 그래서 아저씨인 줄 알았는데……."

"작작 좀 해, 엘리." 아저씨가 고함을 버럭 지른다. "내 어머니 방으로 들어가자고 한 건 누구야?"

형이 엄지손가락을 자기 가슴에 대자 아저씨가 고개를 끄덕인다.

"좋아, 이렇게 하지. 지금 올라와서 벌을 받아. 그런 다음 다들 조금 진정되고 나면, 우리가 새로 시작한 몇 가지 일을 알려주마."

"엿이나 먹어요. 지금 당장 답을 들어야겠어요."

아저씨가 나무판을 변기 구멍 위에 도로 덮는다.

"계속 버릇없이 굴 거면 거기 좀 더 있어, 엘리."

아저씨는 이렇게 말하고는 가버린다.

*

4년 전 나는 아저씨가 영원히 떠나는 줄 알았다. 아저씨는 오른쪽 어깨에 더플백을 메고 현관에 서 있었다. 나는 아저씨의 왼손을 꽉 움켜쥔 채 있는 힘껏 매달렸고 밖으로 나가는 아저씨에게 질질 끌려갔다.

"안 돼요." 내가 말했다. "가지 말아요, 아저씨."

내 눈도 코도 입도 눈물범벅이 되어 있었다.

"내가 지금 아파서 그래, 인마." 아저씨가 말했다. "오거스트가 나 대신 너희 엄마를 보살펴줄 거야. 그리고 넌 오거스트를 챙겨주고, 그러면 돼."

"싫어요." 내가 울부짖자 아저씨가 고개를 돌렸고, 나는 내가 이겼다고 생각했다. 아저씨는 절대 울지 않는 사람인데, 눈이 촉촉하게 젖어 있었기 때문이다. "가지 말아요."

그러자 아저씨가 고함을 질렀다. "이거 놔, 엘리." 그러고는 문 안으로 나를 떠밀었다. 나는 일광욕실의 리놀륨 바닥으로 쓰러지는 바람에 팔꿈치 살갗이 벗겨졌다.

"사랑한다." 라일 아저씨가 말했다. "꼭 돌아올게."

"거짓말." 나는 소리쳤다.

"난 거짓말 못 해, 엘리."

그러더니 아저씨는 현관 밖으로 나가 대문까지, 그리고 그 너머 연철 우편함과 벽돌 하나가 빠진 갈색 벽돌 담장까지 걸어갔다. 나는 대문까지 졸졸 따라가며 목이 터져라 악을 써댔다. "거짓말쟁이. 거짓말쟁이. 거짓말쟁이. 거짓말쟁이." 하지만 아저씨는 돌아보지도 않았다. 그저 계속 걷기만 했다.

결국 아저씨는 돌아왔다. 여섯 달 후에. 무척 더운 1월의 어느 날이었다. 나는 앞마당에서 웃통을 벗고 햇볕에 그을린 몸으로 나만의 무지개를 만들고 있었다. 정원용 호스에 엄지손가락을 대고, 포물선을 그리는 안개 같은 물보라를 태양 쪽으로 쏘면서. 그때 물이 만든 벽을 뚫고 걸어오는 아저씨가 보였다. 아저씨가 대문을 열고 들어와 문을 닫자 나는 호스를 떨어뜨리고 아저씨에게 달려갔다. 아저씨는 기름때가 잔뜩 묻은 남색 작업복 바지와 남색 데님 작업복 셔츠를 입고 있었다. 건강하고 튼튼한 모습의 아저씨가 내 키에 맞춰주려고 잔디밭 사이의 좁은 길에 무릎을 꿇었을 때는 마치 아서 왕처럼 보였다. 내 짧은 인생에서 그보다 더 사랑한 남자는 없었다. 그래서 무지개는 라일 아저씨고, 기름때는 라일 아저씨며, 아서 왕은 라일 아저씨다. 내가 너무 세게 달려들어 아저씨는 뒤로 자빠질 뻔했다. 잘나가는 럭비 팀 파라마타 일스의 강철 같은 로크 포워드* 레이 프라이스처럼 들이받았으니. 아저씨는 웃었고, 나는 아저씨의 어깨를 꼭 움켜잡아 내 쪽으로 더 가까이 끌어당겼다. 그러자 아저씨는 고개를 숙여 내 정수리에다 입을 맞추었다. 그리고 나도 모르게 내 입에서 그 말이 튀어나왔다.

"아빠."

라일 아저씨는 살짝 웃더니 두 손을 내 어깨에 얹은 채 나를 일으켜 세우고는 내 눈을 물끄러미 들여다보았다. "넌 이미 아빠가 있잖아, 인마. 하지만 너한테 나도 있다는 걸 잊지 마."

그로부터 닷새 후 엄마는 레나 방에 갇혀, 주먹으로 얇은 석면 벽을 때려댔다. 라일 아저씨는 방에 달린 두 벌의 창문에 못으로 나무 널빤지를 박았다. 레나의 헌 침대를 밖으로 끌어내고, 벽에 걸려 있던 예수 그림을 떼어내고, 먼 친척들과 다라 론 볼스** 클럽 친구들의 사진을 끼워 넣은 액자들과 레나의 오래된 꽃병들을 치웠다. 이불도 담요도 베개도 없는 얇은 매트리스 하나만 덩그러니 남겼다. 라일 아저씨는 일주일 동안 엄마를 그 하늘색 방에 가둬두었다. 아저씨와 형, 그리고

---

* 럭비 경기에서 스크럼 둘째 줄의 선수.
** 완전히 둥글지 않은 검은 공을 잭이라는 작은 공에 누가 더 가까이 굴리는지 겨루는 게임.

나는 잠긴 문 밖에 서서, 엄마가 밴시*처럼 기다랗게 울부짖는 비명을 듣고 있었다. 잠긴 문 너머에서 엄마가 종교재판소장의 명령 아래 도르래 장치로 팔다리를 쫙쫙 늘리는 사악한 고문을 받고 있기라도 한 것 같았다. 하지만 나는 그 방에 엄마 말고는 아무도 없다는 걸 확실히 알고 있었다. 엄마는 점심때는 울부짖고 한밤중에는 구슬프게 흐느꼈다. 옆집에 사는 은퇴한 우편집배원이자 사람 좋은 진 크리민스 할아버지가 무슨 일이 있나 확인하러 찾아왔다. 진 할아버지는 엉뚱한 곳으로 배달된 우편물이나 교외 길가에서 우연히 벌어지는 일들에 관한 이야깃거리를 한 보따리 가지고 있다.

"거의 다 됐어요." 라일 아저씨는 현관문에서 이 한 마디만 했다. 그러자 진 할아버지는 무슨 소린지 정확히 알아들었다는 듯 그저 고개를 끄덕였다. 입조심해야 한다는 걸 아는 것처럼.

닷새째 되는 날, 내가 제일 마음 약하다는 걸 아는 엄마는 나를 집중적으로 공략하기 시작했다.

"엘리." 엄마가 문 너머에서 울먹였다. "그 인간이 날 죽이려는 거야. 경찰에 신고해. 얼른, 엘리. 그 인간이 날 죽일 거야."

내가 전화기로 달려가 다이얼을 길게 돌려 000**으로 전화를 걸고 있는데, 형이 손가락으로 수화기를 살며시 눌렀다. 그러고는 고개를 저었다. '그러지 마, 엘리.'

나는 울었고 형은 한 팔로 내 목을 부드럽게 안아주었다.

우리는 복도를 따라 되돌아가 문을 빤히 쳐다보며 서 있었다. 나는 조금 더 울었다. 그러다가 거실로 가서 나무 합판 벽 밑에 달린 미닫이문을 스르륵 열어 엄마의 레코드판을 찾았다. 롤링 스톤스의 '비트윈 더 버튼스(Between the Buttons)'. 엄마가 정말 많이 틀었던 앨범이다. 앨범 커버에 밴드 멤버들이 겨울 코트를 입고 서 있는데, 키스 리처즈는 마치 미래로 이어지는 시간 이동 포털 속으로 조금 들어간 것처럼 뿌예져 있다.

"엘리, 「루비 튜즈데이(Ruby Tuesday)」 틀어줘." 엄마는 늘 이렇게 말했다.

"그 노래가 어디 있는데요?"

"1면, 바깥쪽에서 안쪽으로 세 번째 굵은 줄." 엄마는 늘 이렇게 말했다.

나는 플러그를 뽑고 레코드플레이어를 복도로 질질 끌고 가 레나의 방 근처에 플러그를 꽂았다. 그러고는 바깥쪽에서 안쪽으로 세 번째 굵은 줄에 바늘을 내려놓았다.

자기가 어디서 왔는지 절대 말해주지 않는 어떤 여자에 관한 노래.

노래가 집 안에 울려 퍼지고, 엄마가 흐느껴 우는 소리가 문밖으로 흘러나왔다. 노래가 끝났다.

"한 번 더 틀어줘, 엘리." 엄마가 말했다.

*

일곱 번째 날의 해 질 무렵 라일 아저씨는 열쇠로 문의 자물쇠를 풀었다. 2, 3분이 흐른 뒤 레나 방의 문이 삐거덕 열렸다. 엄마는 비쩍 말라 수척해 보였고, 뼈들이 줄에 엮인 것처럼 느릿느릿 뒤뚱거렸다. 무슨 말인가 하려 했지만 입과 입술과 목이 너무 말라 있었고, 심하게 탈진한 상태라 말을 입 밖으로 내지 못했다.

"다 가……." 엄마가 말했다.

엄마는 입술을 핥고는 다시 시도했다.

"다 가……."

엄마는 어지러운지 눈을 감았다. 형과 나는 계속 지켜보면서 엄마가 돌아왔다는 신호를, 깊은 잠에서 깨어났다는 신호를 기다렸다. 엄마는 라일 아저씨의 품에 푹 안긴 채 바닥으로 쓰러지면서 엄마의 인생을 구원해줬을지도 모를 남자에게 매달렸다. 그리고 그가 그럴 수 있으리라 믿은 두 아들을 손짓으로 불렀다. 이것이 바로 그 신호가 아니었을까. 우리는 엄마 주변에 옹기종기 모였고 엄마는 하늘에서 떨어진 새 같았다.

우리에게 둘러싸인 채 엄마는 새된 목소리로 세 단어를 말했다.

"다 같이 안자." 엄마의 속삭임에 우리는 엄마를 꼭 껴안았다. 그렇게 한참 버텼다면 우리는 모두 바위로 변해버렸을지도 모른다. 다이아몬드가 되었을지도 모른다.

엄마는 라일 아저씨에게 꼭 들러붙은 채 휘청휘청 그들의 방으로 걸어갔다. 아저씨는 방에 들어가면서 문을 닫았다. 침묵. 형과 나는 곧장 레나의 방으로 살며시 들어갔다. 둑 쿠앙의 할머니, 할아버지가 사는 북베트남 밀림 지대의 지뢰밭으로 걸어 들어가듯이 조심조심.

바닥에는 머리카락 뭉치들 사이로 종이 접시와 음식 찌꺼기가 흩뜨려져 있었다. 방구석에 요강이 하나 있었다. 방의 하늘색 벽은 엄마의 주먹만 한 작은 구멍들이 여기저기 나 있었다. 이 구멍들에서 기다랗게 여러 줄로 흘러내린 피는 전쟁터에서 바람에 휘날리는 너덜너덜한 붉은 깃발처럼 보였다. 두 벽에는 바싹 말라붙은 기다란 갈색 똥 줄기가 목적지 없는 흙길처럼 구불구불 이어져 있었다. 그리고 엄마가 그 작은 방에서 어떤 싸움을 벌였든 간에 우리는 엄마가 이겼다는 걸 알았다.

우리 엄마의 이름은 프랜시스 벨이다.

*

형과 나는 구덩이 속에서 아무 말 없이 서 있다. 1분이 꼬박 흐른다. 형이 불만스러운 표정으로 내 가슴을 세게 밀친다.

"미안." 내가 말한다.

침묵 속에 2분이 또 지나간다.

"레나 방에 들어온 게 형 생각이라고 해줘서 고마워."

형은 어깨를 으쓱한다. 또 2분이 흐르고, 이 똥구덩이 안의 냄새와 열기에 목과 코와 뇌가 마비되는 느낌이다.

우리는 레나와 아우렐리 오를리크의 뒷마당에 있는 나무 똥통 속에서 동그란 빛을 올려다본다.

"아저씨가 돌아올까?"

소 년 ,

발 자 국
을
따 라 가 다

잠에서 깬다. 어둠. 방 창문으로 들어와 형의 얼굴에서 흩어지는 달빛. 형은 이층 침대의 아래층인 내 침대 옆에 앉아 내 이마의 땀을 닦아내고 있다.

"또 나 때문에 깼어?" 내가 묻는다.

형은 고개를 끄덕이며 희미하게 웃는다. '그래, 하지만 괜찮아.'

"또 그 꿈을 꿨어."

형은 고개를 끄덕인다. '그럴 줄 알았어.'

"마법의 자동차."

형과 내가 레나 방의 벽 색과 똑같은 하늘색의 홀덴 킹스우드에 타고서 뒷좌석의 황갈색 비닐 좌석에 앉아 있는, 마법의 자동차 꿈. 차를 운전하는 남자가 굽이진 길을 따라 왼쪽으로 오른쪽으로 운전대를 홱홱 꺾으면 우리는 커브 돌기 놀이를 하면서 서로를 밀쳐대며 오줌을 지릴까 걱정될 정도로 깔깔 웃어댄다. 내 쪽의 창문을 내리자 회오리바람이 불어닥쳐 형을 저쪽 창문으로 밀어붙인다. 좁은 창틈으로 밀려드는 바람을 있는 힘껏 거슬러 창밖으로 고개를 내밀어보니, 우리는 하늘을 날고 있고, 이 신비한 자동차를 운전하는 사람은 구름 사이를 요리조리 잘도 누비고 있다. 내가 창을 다시 올리자 바깥이 잿빛으로 변해버린다. 사방이 온통 잿빛이다. "그냥 비구름이야." 형이 말한다. 이 꿈에서는 형도 말을 하니까.

그러다가 차창 밖이 잿빛과 초록빛이 된다. 바깥이 온통 잿빛과 초록빛으로 물들고, 축축해진다. 그러더니 도미 한 떼가 차창 옆으로 헤엄쳐 가고 차는 이리저리 흔들리는 해초들의 숲을 지나간다. 우리는 비구름 속을 달리고 있는 것이 아니다. 바다 밑바닥을 달리고 있다. 운전하는 사람이 고개를 돌리는데, 바로 우리 아빠다. "눈 감아." 아빠가 말한다.

우리 아빠의 이름은 로버트 벨이다.

*

"배고파 죽겠어."

형이 고개를 끄덕인다. 라일 아저씨는 밀실을 찾아낸 우리를 때리지 않았다. 차라리 그랬으면 좋았을 텐데. 침묵이, 실망한 표정이 더 기분 나쁘다. 내가 점점 나이를 먹고 있다는 게 실감 나서 싫다. 엉덩이를 맞기에는, 내가 알면 안 되는 밀실로 기어들어 가기에는, 잔디깎이 풀밭에서 마약 봉지를 발견했다고 떠들어대기에는 너무 컸다는 이런 기분을 느끼느니, 손바닥으로 엉덩이를 열 대 맞는 편이 낫겠다. 아저씨는 오늘 오후 아무 말 없이 우리를 변소 밖으로 꺼내주었다. 아저씨가 굳이 말해주지 않아도 우리가 갈 곳은 정해져 있었지만, 우리는 엉뚱하게도 우리 방으로 갔다. 지독한 향수 냄새처럼 아저씨의 몸에서 분노가 뿜어져 나오고 있었다. 우리 방이 가장 안전한 곳이었다. 우리의 비좁고 갑갑한 이 피난처에는 오래전 색이 바랜 맥도널드 홍보 포스터 한 장만 달랑 붙어 있다. 벤슨 앤드 헤지스 월드 시리즈 컵 1982~1983년 시즌의 일일 크리켓 경기에 참가한 오스트레일리아, 잉글랜드, 뉴질랜드의 팀 사진들이 실려 있는 포스터. 형은 영국 팀의 앞줄에 서 있는 데이비드 가워의 이마에다 잉크로 자지와 불알을 선물로 그려넣어주었다. 우리는 저녁을 못 먹었다. 밥 먹으러 오라는 소리를 듣지 못했고, 그렇게 그냥 잠자리에 들었다.

"빡치네, 뭐라도 좀 먹어야겠어." 두어 시간 후 내가 말한다.

나는 어둠 속에서 살금살금 발끝으로 복도를 걸어 부엌으로 들어간다. 냉장고를 열자 기다란 불빛이 부엌을 가득 메운다. 비닐 랩에 싸인 오래된 런천 미트 한 덩어리, ETA 5 스타 마가린 한 통이 있다. 냉장고 문을 닫고 찬장이 있는 왼쪽으로 몸을 돌리다 형과 부딪친다. 형은 벌써 조리대의 도마 위에 빵네 조각을 올려놓고 있다. 토마토소스를 넣은 런천 미트 샌드위치. 형은 자기 샌드위치를 챙기고는, 달을 올려다볼 수 있는 거실 창 쪽으로 간다. 형은 창가에 도착하자마자 허둥지둥 몸을 웅크려 숨는다.

"왜 그래?" 내가 묻는다.

형은 오른손을 아래로 흔든다. 나는 몸을 획 수그리고, 형이 있는 창 밑으로 간다. 형이 고개를 위쪽으로 까딱하며 눈썹을 치켜올린다. '한번 봐. 천천히.' 나는 창틀 아래쪽까지 고개를 들어 올려 거리를 내다본다. 자정이 지난 시간에 라일 아저씨가 길가까지 나가 우편함 옆 벽돌 담장에 기댄 채 윈필드 레드를 피우고 있다. "저기서 뭐 하는 거지?"

형은 어깨를 으쓱하고는 얼떨떨한 표정으로 내 곁에서 밖을 내다본다. 아저씨는 사냥용 재킷의 두툼한 모직 깃을 세워, 한밤의 냉기로부터 목을 감싸고 있다. 아저씨가 뿜어내는 담배 연기가 마치 회색 유령처럼 어둠 속을 떠돈다.

우리 둘은 다시 고개를 숙이고 샌드위치를 우적우적 씹어 먹는다. 형이 창 밑의 카펫에 토마토소스를 흘린다.

"소스 떨어졌어, 형." 내가 말한다.

아저씨와 엄마는 요즘 마약을 완전히 끊고 집 꾸미기에 열심이라 우리는 이 카펫에 앉아 음식을 먹으면 안 된다. 형은 엄지와 검지로 소스 방울을 카펫에서 닦아낸 뒤 손가락에 묻은 빨간 소스를 핥아 먹는다. 그러고는 카펫에 남은 빨간 얼룩에 침을 탁 뱉고 손가락으로 문지른다. 이 정도 눈가림으로는 엄마한테 들킬 텐데.

그때 펑 하는 소리가 우리 동네에 울려 퍼진다.

형과 나는 벌떡 일어나 창밖을 내다본다. 한 블록 정도 떨어진 밤하늘에 자줏빛 불꽃이 윙윙, 탁탁 하는 소리를 내며 주택들 위의 어둠 속으로 롤러코스터처럼 빠르게 치솟는다. 최고 높이까지 올라가자 열 개 정도의 더 작은 가닥으로 확 퍼지며, 선명하게 반짝이는 자줏빛 하늘 분수를 아주 잠깐 만들어 낸다.

라일 아저씨는 불꽃이 터지는 모습을 지켜보다가 윈필드를 한 번 더 길게 빨고는 꽁초를 발밑에 떨어뜨려 오른발로 비벼 끈다. 그런 다음 사냥용 재킷의 주머니에 두 손을 찔러 넣고 불꽃을 향해 걷기 시작한다.

"형, 가자." 내가 속삭인다.

나는 남은 런천 미트 토마토소스 샌드위치를 입 속으로 쑤셔 넣는다. 큼직한 구슬 두 개를 먹고 있는 것처럼 보이겠지. 형은 계속 창 밑에서 샌드위치를 먹고 있다.

"빨리, 형, 가자니까." 내가 속삭인다.

형은 그 자리에 눌러앉아서, 늘 그렇듯 상황을 머릿속으로 정리하고, 늘 그렇듯 문제를 여러 각도로 검토하고, 늘 그렇듯 선택 사항을 저울질한다.

형은 고개를 젓는다.

"왜 이래, 아저씨가 어디 가는지 궁금하지도 않아?"

형이 살짝 웃는다. 방금 토마토소스를 닦는 데 썼던 오른손 검지가 허공을 획 가르며 눈에 보이지 않는 세 단어를 휘갈겨 쓴다.

'이미 알고 있거든.'

*

    나는 몇 년 동안 사람들을 미행해왔다. 성공적인 미행의 비결은 거리와 믿음이다. 상대가 눈치채지 못할 만큼 거리를 유지할 것. 미행하고 있지만 실은 그렇지 않다고 스스로를 설득하고 믿을 것. 남들 눈에 내가 보이지 않는다고 믿어야 한다. 보이지 않는 타인들의 세계 속에서 또 한 명의 보이지 않는 타인이 되어야 한다.

    바깥은 춥다. 나는 아저씨보다 50미터 뒤떨어져 따라간다. 방금 우편함을 지나다가 깨달았는데, 지금 나는 오른쪽 엉덩이에 구멍이 뻥 뚫린 겨울 잠옷을 입고 있는 데다 맨발이다. 아저씨는 재킷 주머니에 손을 넣은 채, 우리 집 맞은편에 있는 두시 스트리트 공원 입구에 쭉 늘어선 가로등 너머의 어둠 속으로 유유히 멀어져 간다. 그림자로 변한 아저씨가 어두컴컴한 크리켓 경기장의 한가운데에 있는 피치*를 가로지르고, 지난 3월 형의 열세 번째 생일에 소시지 시즐**을 만들어 먹었던 무료 바비큐장과 놀이터로 이어지는 언덕을 오른다. 나는 크리켓 경기장의 풀밭을 유령같이 살금살금 지나면서, 닌자처럼 소리 없이, 닌자처럼 잽싸게 날듯이 걸어간다. 탁. 내 오른발의 맨살 밑에서 얇고 마른 나뭇가지 하나가 부러진다. 아저씨가 공원 저쪽에 있는 가로등 아래 멈춰 선다. 고개를 돌려, 나

   • 크리켓 경기장 중간에 있는 볼을 던지는 선수와 볼을 치는 선수가 서로 마주 보는 직사각형의 구역.
   •• 구운 식빵에 구운 소시지와 볶은 양파 등을 얹어 먹는 음식.

를 완전히 에워싸고 있는 공원의 어둠을 들여다본다. 아저씨
는 내 쪽을 똑바로 쳐다보지만 나를 보지는 못한다. 내게는 거
리와 믿음이 있으니까. 나는 내가 보이지 않는다고 믿는다. 그
리고 라일 아저씨도 그렇게 믿는다. 아저씨는 돌아서서 고개
를 숙이고 스트래스이든 거리를 걷는다. 나는 아저씨가 오른
쪽으로 꺾어 해링턴 거리로 들어갈 때까지 기다리다가, 어둑
한 공원에서 스트래스이든의 갓 없는 가로등 속으로 뛰쳐나간
다. 스트래스이든 거리와 해링턴 거리가 만나는 모퉁이에 망
고나무 한 그루가 길게 뻗어 있어 몰래 숨어서 지켜보기에 제
격이다. 아저씨가 왼쪽으로 틀어 아케이디아 거리로, 대런 당
의 집진입로로 들어가는 모습이 아주 또렷하게 보인다.

*

　대런 당은 나와 같은 학년이다. 다라 공립학교에는 7학년
이 열여덟 명뿐이고, 우리 중에 유명해질 가능성이 가장 높은
사람을 꼽으라면 단연 잘생긴 베트남계 오스트레일리아인인
대런 당이다. 아마도 교실에서 우리 열여덟 명을 모조리 기관
총으로 쏴 죽이고 이름을 날리겠지. 지난달, 최초 함대*에 관한
프로젝트 때문에 패들 팝 아이스크림 막대기로 영국 함선을
만들고 있을 때, 대런이 내 책상을 지나가면서 "어이, 팅크" 하

• First Fleet. 1787년, 700여 명의 죄수와 600여 명의 선원·교도관·일반인을 태우고 영
국에서 출항하여 1788년 1월 26일 시드니 코브에 도착한 열한 척의 함선. 호주 최대의
국경일 오스트레일리아 데이는 여기에서 유래되었다.

고 속삭였다.

엘리 벨. 팅커벨. 팅크.

"어이, 팅크. 병 수거함. 점심시간."

해석하자면 이런 말이다. "평범한 퀸즐랜드 공립학교에라도 두 귀가 성한 채로 계속 다니고 싶으면, 점심시간에 관리인인 매키넌 씨의 연장 창고 뒤에 있는 재활용 병 수거함으로 오는 게 좋을 거야." 나는 큼직한 노란색 금속 쓰레기통 옆에서 30분 동안 대런 당을 기다리면서 그 애가 우리의 즉흥적인 약속을 어길지도 모른다는 헛된 기대를 품고 있었다. 그런데 그때 그 애가 내 뒤로 살금살금 다가와 오른손 엄지와 검지로 내 뒷덜미를 움켜잡았다. 그러고는 이렇게 속삭였다. "닌자가 보인다면 넌 귀신을 보고 있는 거야." 영화 「옥타곤」에 나오는 대사다. 두 달 전 체육 수업에서 나는 대런 당에게 테러리스트 닌자들의 비밀 훈련소에 관한 척 노리스의 그 영화가 역사상 최고의 역작이라는 의견에 동의한다고 말했다. 거짓말이었다. 역사상 최고의 영화는 「트론」이다.

"하!" 대런의 똘마니 에릭 보이트가 웃었다. 다라의 벽돌 공장 맞은편에서 '다라 자동 변속기와 차창 틴팅' 가게를 운영하는 통통하고 무식한 정비공 가족의 통통하고 무식한 에릭. "요정 팅커벨이 귀여운 요정 바지에 똥을 쌌대요."

"쌌대요." 내가 말했다. "요정 팅커벨이 귀여운 요정 바지에 똥을 쌌대요, 라고 해야지, 에릭."

대런이 병 수거함으로 몸을 돌리더니, 매키넌 씨가 버린 술

병들 속으로 두 손을 찔러 넣었다.

"이 아저씨는 대체 얼마나 마셔대는 거야?" 대런은 이렇게 말하며 블랙 더글러스 병을 쥐고서 바닥에 아주 조금 남아 있는 술을 잽싸게 쭉 마셨다. 작은 잭 대니얼스 병도, 그다음엔 짐 빔 버번 병도 처리했다. "마실래?" 대런이 조금 남은 스톤스 그린 진저 와인을 내게 권했다.

"됐어." 내가 말했다. "왜 만나자고 한 거야?"

대런이 빙긋 웃고는 오른쪽 어깨에 메고 있던 큼직한 캔버스 천 더플백을 툭 내려놓았다.

그리고 더플백 속으로 손을 집어넣었다.

"눈 감아." 대런이 말했다.

대런 당이 이런 부탁을 하면 항상 눈물이나 피를 흘리는 것으로 끝나게 된다. 하지만 학교도 그렇듯, 대런 당과 한번 엮이기 시작하면 녀석을 피할 수 있는 현실적인 방법이 없다.

"왜?" 내가 물었다.

에릭이 내 가슴을 세게 밀쳤다. "감으라면 감아, 거시기 까이기 전에."

나는 눈을 감고, 나도 모르게 두 손을 성기 위로 동그랗게 모아 쥐었다.

"눈 떠." 대런이 말했다. 눈을 떠보니, 시청 직원들이 쓰는 드릴 잭 해머처럼 앞니 두 개를 신경질적으로 달달 떨고 있는 큼직한 갈색 쥐 한 마리가 바로 내 앞에 있었다.

"씨발, 이게 뭐야." 나는 고함을 질렀다.

대런과 에릭은 배를 움켜쥐고 웃었다.

"창고에서 찾았지." 대런이 말했다.

대런의 엄마인 '저리 꺼져' 빅 당과 대런의 새아빠인 쿠안 응우엔은 다라 스테이션 로드의 끄트머리에 있는 리틀 사이공 빅 프레시 슈퍼마켓을 운영하고 있다. 베트남에서 수입한 채소와 과일, 향신료, 생선을 파는 그 슈퍼마켓의 뒤편에는 고기 저장실과 나란히 창고가 있다. 그 창고는 퀸즐랜드주 동남쪽에서 가장 영양 상태가 좋은 뚱뚱한 갈색 쥐들이 가장 오랫동안 지내온 집이다.

"잠깐 들고 있어봐." 대런은 이렇게 말하며, 내가 마지못해 내민 손에 쥐를 떠맡겼다.

내 손바닥 안에서 쥐는 겁에 질려 무기력해진 몸을 바르르 떨었다.

"그놈 이름은 자바*야." 대런은 더플백에 손을 집어넣으며 말했다. "놈의 꼬리를 잡아."

나는 오른손 엄지와 검지로 쥐 꼬리를 대충 잡았다.

그러자 대런이 더플백에서 마체테**를 꺼냈다.

"그건 또 뭐야?"

"우리 할아버지한테서 받은 마체테."

마체테는 대런의 오른팔보다 길었다. 황갈색 나무 칼자루가 달려 있고, 커다랗고 널따란 칼날의 평평한 면은 녹슬었

• 「스타워즈」의 등장인물.
•• 날이 넓고 긴 칼.

72

지만 물건을 자르는 가장자리는 기름을 친 듯 매끄럽고 은빛으로 반짝였다.

"야, 똑바로 잡아, 그러다 도망가면 어쩔래." 대런이 말했다. "꼬리를 감싸 쥐란 말이야."

"네 거시기 잡고 있던 것처럼 꼭 잡아, 대런이 잘라버릴 테니까." 에릭이 말했다.

나는 꼬리를 꽉 움켜쥐었다.

대런은 더플백에서 큼직한 손수건처럼 생긴 빨간 천을 꺼냈다.

"좋아, 이제 그놈을 정화조에 올려놔, 놓치지 말고." 대런이 말했다.

"에릭이 잡고 있으면 안 돼?" 내가 물었다.

"네가 잡고 있어." 대런은 왠지 불안정해 보이는, 종잡을 수 없는 눈빛으로 말했다.

병 수거함 옆에는 묵직하고 빨간 금속 뚜껑이 달린 콘크리트 정화조가 있었다. 나는 오른손으로 꼬리를 붙잡은 채 자바를 정화조에 살살 내려놓았다.

"꼼짝하지 마, 팅크." 대런이 말했다.

대런은 크고 빨간 손수건을 돌돌 말아 눈가리개를 만들어서 눈을 감싸고는, 곧 자기 심장에 칼을 찌르려는 일본 무사처럼 무릎을 꿇었다.

"아, 진짜, 대런, 환장하겠네." 내가 말했다.

"움직이지 말라니까, 팅크." 에릭이 내 옆에 서서 버럭 고함을 질렀다.

"걱정 마, 벌써 두 번이나 해봤으니까." 대런이 말했다.

가엾고 둔한 쥐 자바는 나처럼 공포감에 몸이 뻣뻣하게 굳은 채 고분고분 가만히 있었다.

대런이 마체테 자루를 두 손으로 움켜잡고 느릿느릿 신중하게 머리 위로 들어 올렸다. 그 노골적인 무기의 칼날이 순간 햇빛을 듬뿍 받아 반짝이면서 이 지옥 같은 무대를 조명처럼 비추었다.

"잠깐, 대런, 잘못해서 내 손을 자르면 어떡해." 나는 더듬더듬 말했다.

"무슨 헛소리야." 에릭이 말했다. "대런 몸에는 닌자의 피가 흐르고 있단 말이야. 실제 눈보다 마음의 눈으로 네 손을 더 잘 볼 수 있어."

에릭은 내가 못 움직이도록 한 손으로 내 어깨를 단단히 붙잡으며 말했다. "그냥 좀 가만있어."

대런이 숨을 크게 들이마셨다. 그리고 뱉었다. 나는 마지막으로 자바를 바라보았다. 자바는 두려움에 몸을 움츠리고는 꼼짝도 않고 있었다. 그렇게 가만히 있으면 우리가 자기의 존재를 잊어버릴 줄 아는 걸까.

대런의 마체테가 맹렬한 기세로 날렵하게 쉭 내려왔고, 매끄럽고 반짝이는 칼날이 정화조 뚜껑을 파고들며 내 주먹에서 1센티미터 떨어진 곳에 노란 불꽃을 번쩍 일으켰다.

대런은 피투성이가 된 자바의 시체를 보려고 의기양양하게 눈가리개를 벗었다. 하지만 아무것도 보이지 않았다. 자바는 사라지고 없었다.

"씨발, 이게 뭐야, 팅크?" 대런은 화가 나면 더욱 두드러지는 베트남 억양으로 소리를 질렀다.

"얘가 놔줬어!" 에릭이 새된 소리로 외쳤다. "얘가 놔줬어!"

에릭이 한 팔로 내 목을 휘감자, 겨드랑이에서 오래된 늪에서나 날 법한 지독한 악취가 풍겼다. 자바가 학교 철망 울타리 밑의 틈새로 허겁지겁 빠져나가 매키넌 씨의 연장 창고 옆에 빽빽이 우거진 덤불숲으로 달아나는 모습이 보였다.

"너 때문에 이게 무슨 망신이야, 팅크." 대런이 나지막이 말했다.

에릭이 내 등에다 자기 배를 한껏 밀어붙여 나를 정화조 위로 엎어뜨렸다.

"피에는 피." 에릭이 말했다.

"너도 무사도는 알겠지, 엘리 벨." 대런이 딱딱하게 말했다.

"아니, 난 몰라, 대런. 그것도 그렇고, 옛날에도 그런 규범은 철저하게 안 지켰다고 알고 있는데."

"피에는 피로 갚아주는 거야, 엘리 벨. 용기의 강이 마르면 그 자리에 피가 흐르는 법." 대런은 에릭에게 고개를 까딱이며 말했다. "손가락."

에릭이 내 오른팔을 정화조 위로 쭉 폈다.

"씨발, 대런." 나는 소리 질렀다. "잠깐 생각을 좀 해봐. 퇴학 당하기 싫으면."

에릭은 말아 쥔 내 오른손에서 검지를 홱 잡아당겼다.

"대런, 네가 지금 무슨 짓을 하고 있는지 생각해봐." 나는 애원했다. "이러다 소년원에 들어갈걸."

"나는 오래전에 내 길을 받아들였어, 엘리 벨. 넌 어때?"

대런은 한 번 더 눈가리개로 눈을 덮고는 두 손으로 마체테를 잡고서 머리 위로 들어 올렸다. 에릭은 내 손목을 부러지기 직전까지 비틀어 쥐고 세게 눌러서, 무방비 상태로 쭉 뻗은 내 손가락을 정화조 뚜껑에 딱 붙여놓았다. 나는 절박한 상황에 괴로워하며 비명을 질렀다. 내 손가락은 쥐가 되었다. 사라지고 싶어 하는 쥐. 가운데 마디에 행운의 주근깨가 있는 내 오른손 검지. 나는 행운의 주근깨를 빤히 쳐다보며 행운을 빌고 또 빌었다. 그리고 바로 그때 스카치위스키를 좋아하는 아일랜드 출신의 70대 술꾼 관리인이 연장 창고 모퉁이를 돌다가, 빨간 눈가리개를 쓴 베트남계 아이가 정화조 위로 뻗어 있는 아이의 검지, 행운의 주근깨가 있는 검지를 제물처럼 절단하려는 광경을 보고는 어리둥절한 표정을 지었다.

"대체 뭣들 하는 거야!" 매키넌 씨가 버럭 고함을 질렀다.

"도망가!" 에릭이 소리쳤다.

대런은 자기가 사랑하는 닌자처럼 발소리 하나 내지 않고 달아났다. 에릭은 내 왼쪽 어깨를 누르고 있던 짐짝 같은 뚱뚱한 뱃살을 들어 올리느라 조금 늦었지만, 매키넌 씨가 휘두르는 굵다란 왼팔은 피했다. 결국 매키넌 씨의 손아귀에 들어간 건 내 적갈색 면 교복 바지의 뒷주머니였다. 헛된 탈출 시도를

하던 나는 허공을 달리는 와일 E. 코요테* 같은 꼴이 되고 말았
다.

"어딜 도망가려고?" 매키넌 씨가 입에서 블랙 더글러스 위
스키 냄새를 풀풀 풍기며 말했다.

*

지금 나는 몸을 낮게 숙인 채, 끝이 뾰족한 기다란 갈색 말
뚝들이 쭉 이어진 당 가족의 울타리로 살금살금 걸어가고 있
다. 라일 아저씨는 대런 당 집의 긴 진입로를 터벅터벅 걷고
있다. 대런 당의 집은 다라에서 손에 꼽힐 만큼 크다. 이탈리
아의 대저택을 꿈꾸며 다라 벽돌 공장에서 직접 노란 벽돌
3000개를 반값으로 사들여 지은 것이다. 그러나 이 집은 꼴불
견의 싸구려 교외 주택이 되고 말았다. 풋볼 경기장의 절반만
한 앞쪽 잔디밭에는 키 큰 야자수가 쉰 그루 정도 줄지어 서
있다. 집 가까이에 있는 트램펄린은 대런의 세 여동생인 카일
리 당, 캐런 당, 샌디 당이 갖고 노는 플라스틱 공주 성들에 둘
러싸여 있다. 나는 잽싸게 트램펄린으로 가서 가장 큰 공주 성
뒤로 몸을 휙 수그린다. 갈색 도개교를 미끄럼틀처럼 탈 수 있
는 분홍색의 플라스틱 동화 왕국인데, 성벽이 그 뒤에 몸을 숨
길 수 있을 정도로 크다. 나는 유리 미닫이문 너머의 거실에서
대런의 엄마인 빅, 새아버지인 쿠안과 함께 앉아 있는 라일 아

• 미국 애니메이션 「루니 툰」의 캐릭터로 주인공 로드 러너를 잡으려고 앞만 보고 내달
리다 종종 절벽에서 추락한다.

저씨를 지켜본다.

'저리 꺼져' 빅 당은 입에 담지도 못할 무자비한 행동을 해서 이런 별명을 얻었다. 그녀는 리틀 사이공 슈퍼마켓뿐만 아니라 다라 기차역 맞은편에 있는 큰 베트남 식당과 그 옆의 내 단골 미용실도 운영하고 있다. 쿠안 응우엔은 빅의 남편이라기보다는 겸손하고 충직한 하인에 더 가깝다. 빅은 다라에서 열리는 무도회, 역사 협회 전시회, 기금 모금을 위한 벼룩시장 같은 지역사회 행사를 사심 없이 후원하는 유명 인사이기도 하지만, 매일 점심 도시락으로 찐 밥을 먹는다며 캐런 당을 놀린 다라 공립학교 5학년 여학생 셰럴 바디의 왼쪽 눈을 철자로 찌른 사건으로도 유명하다. 이 사건으로 셰럴 바디는 수술을 받아야 했다. 거의 실명까지 할 뻔했는데, 왜 빅 당이 감옥에 가지 않았는지 나는 도무지 이해할 수 없었다. 다라에는 다라만의 규칙과 법과 규범이 있고, 어쩌면 모두를 위한답시고 그 기반을 다진 사람이 다름 아닌 '저리 꺼져' 빅 당이 아닐까. 그녀의 첫 남편이자 대런의 친아빠인 루 당에게 무슨 일이 있었는지는 아무도 모른다. 그는 6년 전에 사라졌다. 사람들 말로는, 빅이 새우와 돼지고기를 넣은 라이스페이퍼 쌈에 비소를 타서 그를 독살했다고 하지만, 그녀가 철자로 그의 심장을 찔렀다 해도 별로 놀랍지 않다.

빅은 연보라색 가운을 입고 있고, 50대 중반의 얼굴에는 지금 이 시간에도 화장을 했다. 다라에 사는 베트남계 엄마들은 전부 똑같이 생겼다. 돌돌 말아 큼직하게 틀어 올린 검은 머리는 손질을 과하게 해서 눈이 부실 정도로 반들거리고, 뺨에 바른 흰색 분과 검고 기다란 속눈썹은 항상 깜짝 놀란 표정을 짓고 있는 것처럼 보이게 한다.

지금 빅은 팔꿈치를 무릎에 얹은 채 두 손을 깍지 끼고 이런저런 지시를 내리면서 가끔 검지로 손가락질을 하고 있다. 마치 파라마타 일스의 위대한 코치 잭 깁슨이 사이드라인에서 팀의 브레인들인 레이 프라이스와 피터 스털링에게 지시를 내리는 것처럼. 라일 아저씨가 무슨 말인가 하자 빅은 고개를 끄덕이더니 자기 남편 쿠안을 손가락으로 가리킨다. 쿠안은 어딘가로 가라는 손짓에 고분고분 고개를 끄덕인다. 그러고는 뒤뚱뒤뚱 걸으며 어디론가 사라졌다가 큼직한 직사각형 스티로폼 아이스박스를 하나 들고 돌아온다. 당 가족의 리틀 사이공 슈퍼마켓에서 생선을 보관하는 박스와 똑같다. 쿠안이 그 박스를 라일 아저씨의 발치에 둔다.

그때 날카롭고 차가운 금속 날이 내 목을 짓누른다.

"딸랑, 딸랑, 엘리 벨."

대런 당의 웃음소리가 야자수들 사이로 울려 퍼진다.

"어이, 팅크." 대런이 말한다. "눈에 안 띄고 숨어 있고 싶으면 네 오래된 잠옷부터 갈아입었어야지. 우리 집 우편함에서도 오스트레일리아 놈의 새하얀 엉덩이가 보이더라니까."

"좋은 충고 고마워, 대런."

길고 가느다란 날이 내 목 옆을 세게 짓누른다.

"사무라이 검이야?" 내가 묻는다.

"죽여주지." 대런이 뽐내듯 말한다. "전당포에서 샀어. 오늘 여섯 시간 연속으로 갈았지. 네 머리쯤은 한 번만 스윽 해도 잘려나갈걸. 한번 볼래?"

"머리가 없는데 어떻게 봐?"

"머리가 잘려도 뇌는 계속 돌아가거든. 얼마나 재밌겠냐. 네 눈깔은 땅에서 올려다보고 있고, 나는 머리 없는 네 몸뚱어리를 들고 너한테 손을 흔들고 있는 거야. 쌍. 이렇게 돼지면 얼마나 재밌겠어!"

"그래, 너무 웃겨서 대가리 빠지겠다."

대런이 폭소를 터뜨린다.

"좋았어, 팅크." 대런은 이렇게 말하더니, 갑자기 다시 심각해져서는 칼날을 내 목에 더 세게 누른다.

"왜 네 아빠를 몰래 감시하고 있는 거야?"

"라일 아저씨는 아빠가 아니야."

"그럼 누군데?"

"엄마 애인이지."

"잘해?"

"뭘?"

이제 칼날은 내 목을 세게 누르지 않는다.

"네 엄마한테 잘해주냐고."

"그래, 엄청."

대런은 검을 내 목에서 치우고 트램펄린으로 걸어가서는 그 테두리에 걸터앉아, 탄력 좋은 검은색 캔버스 천에 연결된

용수철 너머로 두 다리를 늘어뜨린다. 대런은 자기의 바가지 머리만큼이나 새까만 스웨터와 운동복 바지를 입고 있어 온통 까맣게 보인다.

"담배 피울래?"

"좋아."

대런이 검을 땅에다 꽂아, 트램펄린 테두리에 내가 앉을 자리를 만들어준다. 그러고는 상표가 없는 부드러운 흰색 갑에서 담배 두 개비를 꺼내 자기 입에 물고 불을 붙인 다음 한 개비를 내게 건넨다. 나는 머뭇머뭇 한 입 빨다가 속에 불이 난 것처럼 화끈거려 콜록콜록 기침을 토한다. 대런이 웃음을 터뜨린다.

"북베트남 담배야, 팅크." 대런이 미소 지으며 말한다. "엄청 독해. 그래도 알딸딸하니 기분 좋아."

나는 열심히 고개를 끄덕인다. 또 한 번 빨고 나니 머리가 핑핑 돈다.

우리는 거실 미닫이문 너머로 라일 아저씨와 빅과 쿠안이 스티로폼 아이스박스를 두고 얘기하는 모습을 지켜본다.

"우리가 보이진 않겠지?" 내가 묻는다.

"안 보여." 대런이 말한다. "일할 땐 다른 건 하나도 신경 안 쓰거든. 아마추어같이. 저러다 망하지."

"저기서 뭐 하는 거야?"

"아는 거 아니었어?"

나는 고개를 젓는다. 대런이 픽 웃는다.

"왜 이래, 팅크. 그 정도는 알고 있어야지. 네가 순종 오스트레일리아 놈이긴 해도 그렇게 지독한 바보는 아니잖아."

나는 빙긋 웃는다.

"저 박스 안에는 헤로인이 가득 들어 있어." 내가 말한다.

대런은 담배 연기를 밤공기 사이로 후 뿜어낸다.

"그리고……." 대런이 말한다.

"그리고 자주색 불꽃은 비밀 신호였던 거지. 너희 엄마가 고객들한테 물건이 준비됐다고 알리는 신호."

대런이 미소 지으며 말한다. "주문 음식 대령이오!"

"마약상마다 불꽃 색깔이 달라."

"제법인데, 멍청이가. 저기 있는 너희 아저씨는 두목을 위해 뛰고 계시지."

"타이터스 브로즈." 내가 말한다. 타이터스 브로즈. 인공 수족의 제왕.

대런은 담배를 빨며 고개를 끄덕인다.

"이걸 언제 다 알아냈어?"

"방금."

대런이 소리 없이 웃는다.

"기분이 어때?"

나는 아무 말도 하지 않는다. 대런은 킬킬거리다가 트램펄린에서 뛰어내려 사무라이 검을 집어 든다.

"뭐라도 찔러버릴래?"

나는 이 흔치 않은 기회를 어떻게 할까 곰곰이 고민해본다.

"그래, 대런. 그럴래."

*

대런네 집에서 두 블록 떨어진 윈즐로 거리. 어느 불 꺼진 네모난 단층집 밖에 자동차 한 대가 서 있다. 젤리빈 같은 진녹색의 작은 홀덴 제미니.

대런은 바지 뒤쪽에서 검은 방한모를 꺼내 재빨리 머리에 쓴다.

바지 주머니에서는 스타킹을 하나 꺼낸다.

"자, 이거 써." 대런은 몸을 낮추고 차를 향해 살금살금 다가가며 말한다.

"이건 어디서 났어?"

"엄마 빨래 바구니에서."

"난 됐어, 사양할게."

"걱정 마, 쓰기 편할 거야. 우리 엄마가 베트남 여자치고 허벅지가 굵거든."

"먼로 신부님 차야." 내가 말한다.

대런은 고개를 끄덕이더니 차의 보닛으로 소리 없이 깡충 뛰어오른다. 낡고 녹슨 금속이 대런의 무게에 움푹 파인다.

"씨발, 뭐 하는 거야?" 내가 소리친다.

"쉬잇!" 대런이 한 팔을 먼로 신부님의 자동차 앞유리에 대고 몸을 받친 채 기어 올라가 차 지붕의 한가운데에 선다.

"야, 먼로 신부님 차에 장난치지 마."

먼로 신부님, 성실한 노인 먼로 신부님, 글래스고에서 퀸즐랜드주 중부 고원의 다윈과 타운스빌, 에메랄드를 거쳐 여기까지 온 나긋나긋한 목소리의 은퇴한 신부님. 사람들의 놀림감, 사람들의 죄를 간직한 사람, 오렌지와 라임으로 만든 리큐어를 종이컵에 넣어 아래층 냉동고에 꽁꽁 얼려놨다가 오거스트 형과 나처럼 계속 목이 타는 동네 아이들에게 나눠 주는 사람.

　"신부님이 너한테 뭘 어쨌는데?"

　"아무것도." 대런이 말한다. "나한테는 아무 짓도 안 했어. 프로기 밀스한테 했지."

　"신부님은 좋은 분이야, 그냥 가자."

　"좋은 분?" 대런이 내 말을 따라 한다. "프로기 말로는 아니던데. 일요일마다 미사가 끝난 후에 먼로 신부가 프로기한테 10달러 주면서 자기 딸딸이 치는 동안 좆 보여달라고 한대."

　"뻥치지 마."

　"프로기는 뻥 안 쳐. 독실한 애거든. 먼로 신부가 그러더래, 뻥치는 건 죄지만, 일흔다섯 살 먹은 노인한테 좆 보여주는 건 절대 죄가 아니라고."

　"그걸로는 금속 못 뚫어."

　대런이 차 지붕을 신발로 툭툭 친다.

　"이건 얇아. 반은 녹슬었고. 내가 이 칼날을 여섯 시간 연속으로 갈았다니까. 최고급 일본산 강철이란 말이야……."

　"밀 거리의 전당포 주인한테서 샀으면서."

　방한모에 뚫린 구멍들 사이로 대런이 눈을 감는다. 그러더니 두 주먹으로 칼자루를 꽉 붙잡고서 날을 높이 치켜든다. 절친한 친구의 목숨이나 애마처럼 교외 여기저기로 끌고 다니던 오스트레일리아산 승용차를 끝장내는 의식을 치르기 직전의 늙은 무사처럼, 자기 안에 있는 무언가에 집중하면서. "쌍." 나는 이렇게 말하며, 빅 당의 더러운 스타킹을 머리에 정신없이 뒤집어쓴다.

"깨어나, 죽을 시간이야." 대런이 말한다.

대런이 검을 내리꽂자 금속끼리 부딪치는 새된 소리가 울린다. 바위에 꽂힌 엑스칼리버처럼 칼날의 3분의 1이 차 지붕을 꿰뚫는다.

대런의 입이 떡 벌어진다.

"씨발, 뚫고 들어갔잖아." 대런이 환하게 웃으며 말한다. "봤냐, 팅크!"

먼로 신부님의 집에 불이 켜진다.

"야, 가자." 내가 고함을 지른다.

대런이 칼자루를 잡아당겨 보지만 박힌 칼날은 꼼짝도 하지 않는다. 대런은 두 손으로 검을 세 번 세차게 당긴다. "안 빠져." 대런이 칼날 위쪽 끝을 자기 쪽으로 당겼다가 앞으로 밀어보지만 아래쪽 끝은 움직일 기미가 안 보인다.

먼로 신부님의 거실 창 하나가 열린다.

"어이, 이봐, 뭐 하는 거야?" 먼로 신부님이 반쯤 열린 창으로 소리친다.

"야, 가자니까." 내가 대런을 재촉한다.

먼로 신부님이 현관문을 열고 나와 대문을 향해 맹렬한 기세로 걸어온다.

"내 차에서 떨어져!" 신부님이 소리를 지른다.

"썅." 대런이 말하며 차 뒤쪽에서 펄쩍 뛰어내린다.

차에 도착한 먼로 신부님은 차 지붕에 불가사의하게 꽂혀 있는 신비로운 사무라이 검이 팅 하는 소리를 내며 앞뒤로 떨리는 모습을 목격한다.

안전한 거리까지 오자 대런은 몸을 돌려, 자기 바지에서 꺼낸 베트남 자지를 신나게 흔들어댄다.

"이 자지에 겨우 10동이에요, 신부님!" 대런이 악을 쓰듯 소리친다.

*

고요한 밤공기와 도랑에서 담배를 피우는 두 소년. 저 위에 떠 있는 별들. 여기 밑에는 내 오른발에서 1미터 떨어진 아스팔트 도로에서 차 타이어에 납작하게 눌린 수수두꺼비 한 마리. 라즈베리 맛 젤리를 먹다가 타이어에 짓뭉개진 것처럼, 입에서 툭 튀어나온 분홍색 혀.

"엿 같지 않냐?" 대런이 묻는다.

"뭐가?"

"어릴 때 좋은 사람이라고 생각했던 사람이 알고 보니 나쁜 놈일 때."

"난 그런 사람 없는데."

대런이 어깨를 으쓱한다. "두고 봐. 엄마가 불법적인 장사에 손대고 있다는 걸 처음 알았을 때가 기억나네. 이날라에 살때 경찰들이 우리 집 문을 부수고 들어왔어. 온 집 안을 뒤집어엎었지. 나는 일곱 살이었는데 바지에 똥을 쌌어. 진짜, 실제로 바지에 똥을 쌌다니까."

경찰들은 빅 당을 발가벗겨 석면 벽으로 내던지고, 살림살이들을 신나게 박살 냈다. 대런이 「패트리지 가족」을 보고 있던 큼직한 내셔널 텔레비전도 형사들이 마약을 찾느라 뒤집어엎었다.

"진짜 장난 아니었다니까, 여기저기서 물건들이 막 깨지고. 엄마는 경찰들한테 소리를 빽빽 지르고 발길질하고 할퀴지를 않나. 경찰이 엄마를 현관문 밖으로 질질 끌고 나갈 때, 나는 거실 바닥에 혼자 남겨져 엉엉 울었지. 바지에 똥을 듬뿍 싸놓고서. 난 너무 놀라서 거꾸로 뒤집힌 텔레비전 속에서 패트리지 가족의 엄마가 애들한테 말하는 장면을 멍하니 보고만 있었어."

나는 고개를 저으며 말한다. "장난 아니네."

"이쪽 세계가 그렇다니까." 대런은 어깨를 으쓱한다. "2년쯤 후에 엄마가 솔직하게 말해줬어. 우리가 핵심 멤버라고. 그때 내 심정이 지금 네 심정이랑 똑같았지."

대런이 말하기를, 지금 내 기분이 이렇게 가라앉는 건 나쁜 사람들과 함께 있지만 내가 최고로 나쁜 인간은 아니라는 깨달음 때문이란다.

"넌 최고로 나쁜 인간들한테 도움을 받을 뿐이지."

유머 감각 없고 정신 나간 청부살인업자. 전직 군인, 전과자, 인간 말종. 30대와 40대 독신 남자들. 청과물 시장에서 손가락으로 아보카도를 으깨는 족속보다 더 별나고 묘한 개자식들. 사람의 목이 으깨지도록 조를 족속. 이 고요한 사회의 갈라진 틈들 사이에서 활개 치는 악당들. 도둑놈들과 사기꾼들, 그리고 아이를 강간하고 죽이는 인간들. 「옥타곤」에 나오는 멋진 암살자가 아닌 엉터리 암살자들. 이자들은 플립플롭을 신고 스터비스 반바지를 입고 다닌다. 이자들은 사무라이 검으로 사람을 찌르지 않는다. 그들의 집에 잠깐 들른 홀어머니에게 선데이 로스트*를 얇게 썰어줄 때 쓰는 칼로 사람을 찌른다. 따분한 사이코패스들. 대런의 스승들.

"난 그런 도움 안 받아." 내가 말한다.

"뭐, 너희 아빠는 받고 있지." 대런이 말한다.

"아저씨는 우리 아빠가 아니라니까."

"아, 까먹었다, 미안. 네 친아빠는 어디 있는데?"

"브래큰 리지."

"좋은 사람이야?"

다들 내 인생의 남자 어른들을 좋은 사람이냐 아니냐로 평가하려고 한다. 나는 세세한 일들로 그들을 평가한다. 추억들로. 그들이 내 이름을 부른 횟수로.

• 영국에서 전통적으로 일요일 점심에 먹는 로스트비프.

"나도 몰라." 내가 말한다. "넌 남자 어른이 좋은 사람인가 가 그렇게 중요해?"

"좋은 사람을 한 번도 못 만났거든, 그래서 그래. 남자 어른 들은 말이야, 팅크, 세상에서 제일 개판인 인간들이거든. 절대 믿지 마."

"네 친아빠는 어디 있는데?" 내가 묻는다.

대런이 도랑에서 일어나더니 앙다문 이 사이로 침을 찍 뱉 고는 말한다. "그 인간이 있어야 할 곳에 있지."

*

우리는 대런네 집의 진입로로 돌아가 트램펄린 끄트머리에 다시 앉는다. 지금도 라일 아저씨와 빅은 끝날 것 같지 않은 대화가 한창이다.

"걱정 마, 인마." 대런이 말한다. "넌 복권에 당첨된 거나 마 찬가지야. 잘되는 장사가 손에 딱 떨어졌으니까. 저 아이스박 스 안에 들어 있는 물건을 찾는 사람은 절대 끊이지 않거든."

얼마 전에 대런의 엄마가 오스트레일리아 사람들의 비밀을 한 가지 들려주면서, 이 비밀 덕분에 대런이 부자가 될 거라고 말했다고 한다. 빅 당이 말한 오스트레일리아의 가장 큰 비밀 은 바로 나라가 타고난 불행이었다. 그녀는 폴 호건*이 바비큐 에 새우 한 마리를 더 얹는 텔레비전 광고를 비웃는다. 오스트

• 오스트레일리아의 배우이자 코미디언, 작가.

89

레일리아의 이런 새우 바비큐가 다섯 시간 후 어떻게 되는지 외국인 관광객들에게 제대로 알려줘야 한다고 말이다. 맥주와 럼주가 뙤약볕으로 인한 두통과 뒤섞이고, 토요일 밤에는 나라 곳곳에서 닫힌 문 뒤로 폭력이 난무한다. 오스트레일리아인들은 어린 시절을 해변에서 놀고 뒷마당에서 크리켓 경기를 하며 아주 여유롭고 즐겁게 보내기 때문에 어른이 되고 나면 그때의 기대를 충족할 수가 없다. 이 드넓은 낙원의 섬에서 완벽한 유년기를 보내고 나면, 피부는 멋진 구릿빛으로 그을지만 전보다 더 행복해질 수 없으리라는 걸 잘 알기에 내심 우울해질 수밖에 없다. 우리는 세상에서 가장 위대한 나라에 살고 있지만 속은 비참하게 문드러져 마약으로 그 고통을 치유해야 한다. 그리고 오스트레일리아의 이 고통은 절대 사라지지 않을 테니 마약 산업도 절대 망하지 않으리라는 것이 빅 당의 생각이다.

"10년, 20년 후에는 내가 다라의 4분의 3, 이날라의 절반, 리칠랜즈의 상당 부분을 갖게 될 거야." 대런이 말한다.

"어떻게?"

"사업 확장이라는 거야, 팅크." 대런이 두 눈을 커다랗게 뜨고 말한다. "나한테 계획이 있어. 이 지역이 앞으로도 계속 이렇게 거지 소굴 같지는 않겠지. 여기 이 집들도 언젠가는 값이 오를 테니까, 똥값일 때 전부 다 사버리는 거야. 마약도 마찬가지야. 때와 장소가 중요해, 팅크. 저기 있는 저 마약은 베트남에서는 똥값이야. 그런데 배에 실어서 케이프 요크로 보내면 금값이 돼버리지. 마법처럼 말이야. 땅에 묻어서 10년 동안 묵혀두면 다이아몬드가 될걸. 때와 장소가 잘 맞아야 해."

"왜 수업 시간에는 이렇게 말을 많이 안 해?"

"수업 시간에는 재미있는 게 없으니까."

"마약 거래는 재미있고?"

"거래? 웃기는 소리 하지 마. 경쟁이 너무 심하고, 변수도 너무 많아. 우리는 밖에서 들어온 사람들이야. 거래는 안 해. 그냥 주선만 하지. 약을 거리에 뿌리는 지저분한 일은 오스트레일리아 놈들한테 맡겨."

"그럼 라일 아저씨가 그 지저분한 일을 하고 있는 거야?"

"아니. 너희 아저씨는 타이터스 브로즈 밑에서 일해."

타이터스 브로즈. 인공 수족의 제왕.

"야, 사람이 일을 해야지, 팅크."

대런이 한 팔로 내 어깨를 감싼다.

"저기, 자바 일 안 꼰질러줘서 고맙다는 인사를 못 했네." 대런이 이렇게 말하고는 웃는다. "확실히 넌 쥐새끼 같은 자식이 아니었어."

학교 관리인 매키넌 씨는 내 옷깃을 붙잡고 나를 교장실로 끌고 갔다. 매키넌 씨는 시력이 안 좋았는지 아니면 너무 취해서 맛이 갔는지, 내 오른손 검지를 마체테로 잘라버리려 했던 두 남자아이가 누군지 알아보지 못했다. 매키넌 씨는 "둘 중 한 놈은 베트남인이었어요"라고만 말했다. 우리 학교 학생의 절반이 베트남인이다. 내가 녀석들의 이름을 대지 않은 건 의리 때문이 아니라 나 자신을 지키기 위해서였고, 귀를 잘리지 않고 무사히 넘어갔으니 일주일 동안 방과 후에 남아서 산수 공부를 하는 정도는 얼마든지 참을 수 있어서다.

"우린 너 같은 사람이 필요해." 대런이 말한다. "내가 믿을 수 있는 사람들. 어때? 내 제국을 건설할 수 있게 도와줄래?"

나는 사나운 빅 당과 그녀의 얌전한 남편과 함께 여전히 사업 얘기를 나누고 있는 라일 아저씨를 잠깐 지켜본다.

"제안은 고마워, 대런, 하지만 마약 제국 건설을 내 인생 계획에 끼워 넣을 생각은 한 번도 해본 적이 없거든."

"그래?" 대런이 담배꽁초를 자기 여동생의 공주 성으로 획 튕긴다. "계획을 세웠다고? 그래서 팅크 벨의 원대한 인생 계획이 뭔데?"

나는 어깨를 으쓱한다.

"야, 엘리, 똑똑한 오스트레일리아 머드 크랩 같은 자식아, 이 뚱뚱 같은 데서 어떻게 기어 나갈지 얘기 좀 해볼래?"

나는 밤하늘을 올려다본다. 남십자성이 보인다. 흰 별들이 아른아른 반짝이는 냄비, 라일 아저씨가 토요일 아침마다 달걀을 삶으려고 가스레인지에 올리는 작은 냄비처럼 생겼다.

"난 기자가 될 거야." 내가 말한다.

"하!" 대런이 크게 탄성을 지른다. "기자?"

"그래. 《쿠리어 메일》에 들어가서 범죄 기사를 쓰려고. 더 갭에 집을 하나 구하고 신문에 범죄 기사를 쓰면서 평생을 보낼 거야."

"하! 나쁜 놈이 나쁜 놈들에 관해 쓰면서 돈을 벌겠다니. 그리고 왜 하필 더 갭에 살겠다는 건데?"

우리는 중고품 매매 전문지인 《트레이딩 포스트(Trading Post)》를 통해 아타리 게임기를 샀다. 라일 아저씨는 우리를 차에 태우고, 브리즈번 CBD*에서 서쪽으로 8킬로미터 떨어진 푸릇푸릇한 교외 마을 더 갭으로 데려갔다. 그곳에 사는 한 가족이 코모도어 64 데스크톱 컴퓨터를 새로 산 뒤로 아타리가 필요 없어져 우리에게 36달러에 팔았다. 나는 큰 나무가 그렇게 많은 마을을 본 적이 없다. 컬드색에서 핸드볼을 하는 아이들에게 그늘을 드리워주던 유칼립투스. 나는 컬드색을 좋아한다. 다라에는 컬드색이 별로 없다.

"컬드색이 많잖아." 내가 말한다.

"컬드색이라니, 그게 대체 뭔데?" 대런이 묻는다.

"네가 있는 바로 여기. 막다른 골목이 있는 거리. 핸드볼이랑 크리켓을 하면 정말 좋지. 차도 안 다니고."

"그래, 나도 막힌 길 좋아해." 대런은 이렇게 말하고는 고개를 젓는다. "인마, 더 갭에서 대마초 좀 피우려고 해도, 개소리 같은 기사만 쓰다가는 20년, 30년이 지나도 못 피워. 학위도 따야지, 그다음엔 재수 없는 자식한테 취직시켜달라고 구걸해야지. 그 자식은 30년 동안 너를 막 부려먹을 거고, 네가 푼돈이나 벌다가 돈을 다 모았을 땐 더 갭에 살 만한 집은 하나도

---

* Central Business District. 도시 중심부의 상업 지구.

안 남아 있을걸."

대런이 손가락으로 거실을 가리키며 묻는다. "네 좋은 아저씨 발 옆에 있는 저 스티로폼 박스 보이지?"

"응."

"저 안에 더 갭의 집 한 채가 들어 있어. 우리 나쁜 놈들은 말이야, 팅크, 더 갭에서 집을 사려고 기다릴 필요가 없어. 이쪽 바닥에서는 우리가 원하면 바로 내일이라도 집을 살 수 있거든."

대런이 씩 웃는다.

"재미있어?" 내가 묻는다.

"뭐가?"

"그쪽 바닥 말이야."

"재미있지, 그럼. 재미있는 사람들도 많이 만나고. 사업에 대해서 배울 기회도 많이 생기고. 또 경찰들이 얼쩡거리면서 냄새 맡고 다니면, 정말 살맛이 나거든. 그 인간들 바로 코앞에서 엄청 많은 약을 수입해서 팔아먹고 그렇게 번 돈을 저축하고 가족과 친구들한테 이렇게 말하는 기지. '거봐, 한 팀으로 똘똘 뭉쳐서 움직이니까 얼마나 일이 잘 풀려.'"

대런이 숨을 크게 한 번 쉰다.

"감격스럽잖아." 대런이 말한다. "오스트레일리아 같은 곳에서는 뭐든 다 가능할 거라는 믿음도 생기고."

우리는 아무 말 없이 앉아 있다. 대런이 라이터를 탁 켜고는 트램펄린에서 뛰어내려 집 앞 계단으로 걸어간다.

"야, 들어가자." 대런이 말한다.

나는 당황해서 아무 말도 못 한다.

"뭘 기다려? 엄마가 너 보고 싶대."

"너희 엄마가 왜?"

"쥐새끼에 대해 꼰지르지 않은 애를 보고 싶은 거지."

"난 못 들어가."

"왜?"

"새벽 1시가 다 됐으니까. 아저씨가 내 엉덩이 걷어찰걸."

"우리가 그러지 말라고 하면 안 찰 거야."

"왜 그렇게 확신해?"

"아저씨는 우리가 어떤 사람들인지 아니까."

"어떤 사람들인데?"

"나쁜 사람들이지."

*

우리는 발코니로 난 미닫이 유리문을 열고 들어간다. 대런은 당당하게 거실로 걸어 들어가면서 왼편의 안락의자에 앉아있는 라일 아저씨를 못 본 척한다. 대런의 엄마는 팔꿈치를 무릎에 괸 채 기다란 갈색 가죽 소파에 앉아 있고, 그녀의 남편은 그녀 옆에서 소파에 기대앉아 있다.

"여기 좀 봐요, 엄마, 마당에서 얘가 몰래 훔쳐보고 있더라고요." 대런이 말한다.

나는 엉덩이에 구멍이 뚫린 잠옷을 입은 채로 거실에 들어간다.

"자바 일을 꼰지르지 않은 그 애예요." 대런이 말한다.

라일 아저씨는 오른쪽으로 고개를 돌려 나를 보더니 얼굴이 분노로 일그러진다.

"엘리, 대체 여기서 뭐 하는 거야?" 아저씨가 성난 목소리로 낮게 묻는다.

"대런이 초대했어요." 내가 답한다.

"새벽 1시잖아. 가. 집에. 당장."

나는 곧장 몸을 돌려 거실 문 쪽으로 간다.

빅 당이 소파에서 조용히 웃는다.

"이렇게 쉽게 포기하려고, 꼬마야?" 그녀가 묻는다.

나는 걸음을 멈추고 몸을 돌린다. 빅 당이 미소 짓자, 벌어진 입 주변에 주름이 지면서 새하얀 파운데이션이 갈라진다.

"변명이라도 해봐, 꼬마야." 그녀가 말한다. "왜 이 시간에 고 귀여운 흰 궁둥이를 까고 잠옷 차림으로 밖에 나와 있는지."

나는 아저씨를 쳐다본다. 아저씨는 빅을 쳐다보고 있고, 나는 아저씨의 시선을 따라간다.

그녀는 은색 케이스에서 기다랗고 흰 박하 맛 담배를 한 개비 꺼내 불을 붙이고, 소파에 등을 기대며 한 모금 빤 다음 연기를 후 분다. 갓 태어난 아기를 보듯이 눈을 반짝이면서.

"어서." 그녀가 나를 재촉한다.

"자주색 불꽃을 봤어요." 내가 이렇게 말하자 빅은 안다는 듯 고개를 끄덕인다. 젠장. 나는 그녀가 이렇게 아름다운지 미처 몰랐다. 50대 중반, 아니 60대 초반일지도 모르는데, 무척 이국적인 데다 차가우면서도 자극적인 구석이 있어서 꼭 뱀 같은 존재감이 느껴진다. 새 몸을 찾으면 뱀이 허물을 벗듯이 헌 몸을 버리고 새 몸으로 갈아입어서 이 나이에도 이렇게 매력적인 걸까. 그녀가 미소 지으며 계속 나를 쳐다보자 나는 결국 눈을 돌리고 고개를 숙인 채 헐렁한 잠옷 바지의 허리끈을 만지작거린다.

"그래서……?" 빅 당이 말한다.

"나는…… 음…… 아저씨를 미행하다 여기까지 왔어요, 왜냐하면……."

목구멍이 조여든다. 라일 아저씨의 손가락들이 의자 팔걸이를 파고든다.

"궁금한 게 있어서요."

빅은 소파에 앉은 채 몸을 앞으로 구부려 내 얼굴을 찬찬히 살핀다.

"이리 가까이 와봐." 그녀가 말한다.

나는 그녀에게 두 걸음 다가간다.

"더 가까이. 이쪽으로."

내가 발을 질질 끌며 더 가까이 가자 그녀는 유리 재떨이 귀퉁이에 담배를 내려놓고 내 손을 잡아 끌어당긴다. 그 바람에 우리는 서로 무릎뼈가 맞닿을 정도로 가까워진다. 그녀의 손은 창백하리만치 하얗고 부드러우며, 기다란 손톱은 소방차처럼 빨갛다. 그녀는 20초 동안 내 얼굴을 뜯어보다가 빙긋 웃는다.

"어린 녀석이 참 바쁘기도 하구나, 엘리 벨, 생각도 많고 궁금한 것도 많아서. 그래, 어서 물어보렴, 꼬마야."

빅은 진지한 얼굴로 라일 아저씨를 쳐다본다.

"그리고, 라일, 당신은 사실대로 대답해."

그녀가 내 허벅지를 잡더니 내 몸을 아저씨 쪽으로 돌린다.

"어서 물어보라니까, 엘리." 빅 당이 말한다.

아저씨는 한숨을 쉬고는 고개를 젓는다. 나는 계속 고개를 숙이고 있는다.

"빅, 이건……."

"용기를 내, 꼬마야." 빅이 아저씨의 말을 끊어버리며 말한다. "네 혀를 놀리는 게 좋을 거야, 여기 있는 쿠안이 그걸 잘라서 국수에 넣어버리기 전에."

쿠안은 기대되는지 눈썹을 치켜올리며 환하게 웃는다.

"빅, 괜한 일 벌이지 마." 라일 아저씨가 말한다.

"결정은 꼬마가 해야지." 그녀는 이 순간을 즐기고 있다.

난 지금 궁금한 게 있다. 항상 그렇다. 궁금한 게 항상 넘쳐난다.

나는 고개를 들고 아저씨의 눈을 똑바로 쳐다보며 묻는다.

"왜 마약을 팔아요?"

아저씨는 고개를 젓더니 눈을 돌려버리고는 아무 대답도 하지 않는다.

빅은 이제 우리 학교 교장 선생님처럼 말한다. "라일, 꼬마한테 답을 해줘야지?"

아저씨는 숨을 크게 들이마시더니 다시 나를 쳐다보며 말한다.

"타이터스를 위해서 하고 있는 거야."

타이터스 브로즈. 인공 수족의 제왕. 라일 아저씨는 타이터스 브로즈를 위해서라면 무슨 짓이든 한다.

빅은 고개를 젓는다. "사실대로 말해, 라일."

라일 아저씨는 한참이나 고민하며 손톱으로 의자 팔걸이를 더 깊이 파고든다. 그러다가 일어나서는 거실 카펫에서 스티로폼 아이스박스를 들어 올리며 말한다.

"타이터스가 다음 건으로 또 연락할 거야. 가자, 엘리."

아저씨가 미닫이문으로 나가자 나도 뒤따른다. 그 순간 아저씨의 목소리에서 염려가, 아저씨의 목소리에서 사랑이 느껴졌고, 그런 감정이 있는 곳이라면 난 어디든 따라갈 작정이다.

"잠깐!" 빅 당이 버럭 소리를 지른다.

아저씨가 걸음을 멈추고, 나도 걸음을 멈춘다.

"이리 와, 꼬마야." 빅 당이 말한다.

아저씨를 쳐다보니 나를 보고 고개를 끄덕인다. 나는 발을 끌며 조심조심 빅에게 돌아간다. 그녀가 내 눈을 들여다보며 묻는다.

"왜 내 아들을 고자질하지 않았지?"

대런은 지금 거실과 이어져 있는 부엌 조리대에 앉아 시리얼바를 먹으며, 자기 앞에서 펼쳐지는 대화를 말없이 지켜보고 있다.

"내 친구니까요." 내가 답한다.

대런은 내 고백에 충격을 받은 듯하더니 소리 없이 웃는다.

빅은 내 눈을 가만히 들여다보다가 고개를 끄덕인다.

"친구끼리 의리를 지켜야 한다고, 누가 가르쳐주던?" 빅이 묻는다.

나는 곧장 엄지손가락으로 아저씨를 휙 가리킨다.

"아저씨요."

빅이 미소 짓고는 여전히 내 눈을 뚫어져라 쳐다보며 말한다. "라일, 이런 말 해도 될지 모르겠지만······."

"해봐." 아저씨가 말한다.

"언제 한번 꼬마 엘리를 또 데려와. 새로운 기회가 생길 것도 같으니까 얘기해보자고. 우리끼리 장사를 할 수 있을지 한번 알아보지."

아저씨는 그녀의 말에 답하지 않고 "가자, 엘리"라고 한다. 우리는 문을 나서지만 빅 당의 질문은 아직 끝나지 않았다. "아직도 답을 듣고 싶니, 엘리?"

나는 걸음을 멈추고 돌아선다.

"네."

그녀는 소파에 기대앉아 희고 기다란 담배를 한 모금 빤다. 그녀가 고개를 끄덕이며 입에서 연기를 가득 내뿜자 회색 구름이 그녀의 눈을 가려버린다. 구름과 뱀과 용과 나쁜 사람들.

"다 너를 위해서야."

소
년 ,

편 지
를
받 다

　B16번 방에서 인사 보낸다. 편지 보내줘서 언제나 고맙다. 엄청 짜증 나는 한 달이었지만 네 편지 덕분에 살았다. 요즘 여기는 북아일랜드보다도 못해. 감방이 미어터져서 갑갑하다고, 쉬는 날 제대로 못 놀게 해준다고 몇몇 녀석들이 단식 투쟁에 들어갔거든. 어제는 빌리 페던이 바깥이 춥다고 투덜대는 그웜지한테 한소리 했다가 4번 마당 똥통에 머리를 처박혔어. 지금은 똥통마다 안에 테두리를 둘러놔서 사람 머리가 못 들어가게 만들어놨지. 이런 걸 진전이라고 해야 하나? 일요일에는 식당에서 큰 싸움이 터졌어. 해리 스몰쿰이라는 늙은이가 제이슨 하디의 왼쪽 뺨을 포크로 찔러버렸거든. 마지막 남은 라이스푸딩을 하다가 먹어치웠다고 말이야. 순식간에 아수라장이 됐고, 그 바람에 간수 놈들이 1번 마당에서 텔레비전을 치워버렸지. 그래서 「우리 생애 나날들」*을 더 이상 못 보게 됐어. 보고 교도소 죄수

• 미국에서 방영되고 있는 세계 최장수 드라마.

의 자유, 권리, 인간성, 삶의 의지, 다 가져가도 좋다 이거야. 하지만 「우리 생애 나날들」만은 절대 안 돼! 짐작 가겠지만, 녀석들은 미친개처럼 날뛰면서 교도소 여기저기에 똥을 싸질러댔지. 그래서 개판이라는 말이 생겨난 건가? 어쨌든, 여기 있는 모든 놈이 바깥세상 사람들처럼 「우리 생애 나날들」이 어떻게 흘러가고 있는지 알고 싶어 안달이 나 있으니까, 뭐라도 알려주면 정말 고맙겠다. 리즈가 멍청하고 헤픈 마리를 총으로 쐈다고 감방에 갇히는 부분까지 봤어. 사고였는데 말이야. 리즈는 실크 'C' 스카프를 아직 못 찾았지, 그걸 들키면 망할 텐데. 화요일에는 내 변소가 고장 났어. 데니스가 놈들이 준 렌틸콩을 먹고 설사를 했거든. 데니스는 배급받은 휴지까지 다 써버려서 방에 굴러다니고 있던 오래된 『소피의 선택』을 찢어서 써야 했지. 물론 책 종이가 녹지 않아서 변기가 막히는 바람에, 데니스의 몸에서 나온 악마들의 냄새가 제1구역 전체에 풀풀 풍겼어. 저번 편지에서 내가 트라이팟 얘기를 했던가? 얼마 전에 프리츠가 마당을 살금살금 돌아다니고 있는 고양이를 한 마리 발견했거든. 요즘 프리츠가 얌전하게 잘 있었다고 간수놈들이 그 자식한테 휴식시간에 고양이를 돌볼 수 있게 해줬어. 우리는 점심밥을 조금씩 남겨서 고양이를 먹이기 시작했고 고 녀석은 휴식 시간마다 우리 방들을 느긋하게 깡충깡충 돌아다니고 있었지. 그러다가 한 간수놈의 실수로 고양이가 감방 문에 끼어버렸지 뭐야. 그 불쌍한 녀석은 수의사한테 실려 갔고, 의사는 프리츠의 새끼 고양이한테 골치 아픈 최후통첩을 날렸지. 비싼 수술을 받고 다리를 하나 자르든가, 아니면 눈 사이에 총알을 박으라는 거야(의사가 정확히 이렇게 말한 건 아니지만 무슨 소린지 알겠지?). 고양이가 불구가 됐다는 소식이 쫙 퍼졌고 우리는 월급을 모아서 프리츠한테 피투성이 새끼고양이의 수술비를 대줬지. 고양이는 수술을 받고 곧장 우리한테 돌아와서 세 다리로 걸어 다녔어. 우리가 살려준 고양이의 이름을 뭐라고 지을까 한참 의논하다가 결국 '삼각대'라는 뜻의 트라이팟으로 정했지. 여기서는 이 고양이가 비틀스보다 더 인기가 많다니까. 너랑 오거스트가 학교를 잘 다니고 있다니 다행이구나. 땡땡이치지 말고 공부 열심히 해. 이런 거지 같은 데서 인생 종 치기 싫으면. 진정제에 취해 살고, 거시기 엄청 큰 놈한테 담장 틈으로 똥구멍 찢기면 좋겠어? 공부 못하는 애들이 그렇게 되기 쉽거든. 슬림한테 너랑 오거스트의 성적이 좋은지 나쁜지 계속 알려달라고 했다. 그리고 이제 네 질문에 답해줄게. 어떤 놈이 너를 칼로 찌르려고 하는지 알고 싶으면 그놈이 걷는 속도를 보면 돼. 사람을 죽일 생각을 하면 눈빛부터 달라지기 시작하거든. 눈빛에 살기가 돈단 말이지. 살의가 있으면, 저 멀리서 지켜보는 매처럼 표적을 뚫어져라 노려보면서 천천히 다가가다가 더 가까워지면 걸음이 빨라질 거야. 총총. 총총. 총총. 표적한테 뒤로 접근해서 칼을 최대한 신장에 가깝게 쑤셔 넣는 게 좋아. 그러면 표적은 감자 자루처럼 푹 쓰러지지. 중요한 건, 앞으로 놈이 너한테 까불지 못하도록 세게 찌르되 살인 혐의를 피할 수 있을 만큼 살살 해야 된다는 거야. 균형을 잘 맞춰야 한다는 얘기지.

슬림이 가꾸던 정원이 지금 최고로 멋지다고 슬림한테 전해 줘. 진달래가 진한 분홍색에다 솜털처럼 보송보송한 게, 꼭 로열 쇼*에서 판매할 솜사탕을 키우는 것 같다니까.

해버티 선생의 사진을 보내줘서 고맙다. 네가 얘기했던 것보다 훨씬 더 예쁘네. 안경 낀 젊은 선생보다 더 섹시한 건 없지. 얼굴이 새벽 일출처럼 생겼다는 네 말이 맞더구나. 너한테 좋을 것도 없으니까 선생한테는 말 안 하는 게 좋겠지만, D동의 남자들이 선생한테 안부를 전해달란다. 자, 이제 그만 써야겠다, 친구. 곧 식사 시간인데 볼로네제 스파게티가 바닥나기 전에 내 몫을 챙겨야 되거든. 높이 올라가고, 살살 걸어 다녀라, 꼬마야.

알렉스.

추신: 아직 아빠한테 전화 안 했냐? 내 주제에 부자지간에 대해 이러니저러니 떠들기는 좀 그렇다만, 네가 아빠 생각을 그렇게 많이 하고 있으니까 아빠도 네 생각을 하고 있지 않을까 싶은데.

*

슬림 할아버지와 함께 편지를 쓰는 토요일 아침. 못 말리는 영화광들인 엄마와 라일 아저씨는 또 영화를 보러 나갔다. 「007 옥터퍼시」를 볼 거란다. 형과 나도 같이 가겠다고 했더

---

* 1년에 한 번 열리는 농업 박람회.

니 이번에도 두 사람은 안 된다고 했다. 정말 웃긴다. 어설픈 아마추어들.

"「007 옥터퍼시」는 무슨 내용이냐?" 슬림 할아버지가 오른손을 맹렬하게 움직여 놀랄 만큼 깔끔한 필기체로 편지를 쓰며 묻는다.

나는 편지를 쓰던 손을 멈추고 할아버지의 질문에 답한다.

"제임스 본드가 여덟 개의 질을 가진 바다 괴물이랑 싸워요."

우리는 마일로 핫초코와 얇게 썬 오렌지 조각들을 앞에 두고 식탁에 앉아 있다. 슬림 할아버지가 싱크대 옆의 라디오로 이글 팜 경마 중계를 틀어놓았다. 형은 오렌지 껍질을 네 등분한 조각 하나를 마치 레이 프라이스의 구강 보호대처럼 이에 끼고 있다. 퀸즐랜드주의 여름답게 바깥이 후텁지근하다. 웃통을 벗은 슬림 할아버지는 전쟁 포로처럼 갈비뼈가 툭 튀어나와 있다. 담배와 슬픔으로 끼니를 때우며 내 앞에서 서서히 죽어가는 것처럼.

"밥은 먹었어요, 할아버지?"

"그만해." 할아버지는 손으로 만 담배를 입가에 물고서 말한다.

"할아버지 꼭 유령 같아요."

"친절한 유령?"

"뭐, 불친절해 보이지는 않아요."

"뭐, 너도 청동 조각상 같지는 않다, 요 녀석아. 편지는 어떻게 돼가?"

"거의 다 썼어요."

*

슬림 할아버지는 보고 로드 교도소에서 총 36년을 보냈다. D9번 방에 갇혀 있는 대부분의 시간 동안 편지를 쓰거나 받는 것이 허용되지 않았다. 할아버지는 잘 쓴 편지 한 통이 감방에 있는 사람에게 어떤 의미인지 잘 알고 있다. 편지는 바깥 세상과의 연결고리다. 편지를 통해 인간애를 느끼고, 깨어난다. 할아버지는 몇 년 전부터 보고 로드의 수감자들에게 편지를 쓰고 있다. 붉은 벽돌 담장의 요새를 탈출하는 방법을 그 누구보다 잘 아는 아서 '슬림' 할리데이가 보낸 편지를 간수들이 통과시켜줄 리 없으니까 가명을 사용해서.

슬림 할아버지는 1976년 브리즈번의 한 자동차 정비소에서 일하던 라일을 만났다. 그때 할아버지는 예순여섯 살이었다. 무기징역형을 선고받고 23년을 복역한 후, 낮에는 밖에서 감시하에 일하고 밤에는 보고 로드 교도소로 돌아가는 '노동 석방' 프로그램에 참여했다. 슬림 할아버지와 라일 아저씨는 함께 엔진을 잘 고쳤고, 헛되이 보낸 청춘 시절에 그랬듯이 자동차 정비에도 편법을 잘 썼다. 라일 아저씨가 가끔 금요일 오후에 손으로 쓴 긴 편지를 슬림 할아버지의 가방에 슬쩍 넣어두면 주말 동안 할아버지가 그 편지를 찾아 읽었고, 두 사람은 라일 아저씨의 엄청난 악필을 통해 얘기를 주고받았다. 한번은 슬림 할아버지가 내게 라일 아저씨를 위해서라면 죽을 수도 있다고 말했다.

"그런데 라일이 찾아와서는 죽는 것보다 더 골치 아픈 일을 부탁하더라고."

"그게 뭔데요?" 내가 물었다.

"너희 두 녀석을 봐달라는 거야."

2년 전 어느 날, 슬림 할아버지는 식탁에서 편지를 쓰고 있었다.

"가족이나 친구한테서 편지가 안 오는 죄수들한테 편지를 쓰는 거야." 할아버지가 말했다.

"왜 가족이랑 친구가 편지를 안 써요?" 내가 물었다.

"그놈들한테는 대부분 그런 게 없거든."

"나도 하나 써도 돼요?"

"물론이지. 알렉스한테 써볼래?"

나는 펜과 종이를 가져와 할아버지 옆에 앉았다.

"뭐라고 쓸까요?"

"네가 누군지, 오늘 뭘 했는지 써."

*

알렉스에게

내 이름은 엘리 벨이에요. 열 살이고 다라 공립학교 5학년이에요. 오거스트라는 형이 있어요. 형은 말을 안 해요. 말을 못 하는 게 아니라, 말하기 싫어서 안 하는 거예요. 내가 좋아하는 아타리 게임은 미사일 커맨드고 내가 좋아하는 럭비 팀은 프라마

107

타 일스예요. 오늘 형이랑 같이 이날라에 놀러 갔어요. 거기 공원에 우리 둘이 기어갈 수 있을 만큼 큰 하수도 터널이 있더라고요. 그런데 원주민 애들 몇 명이 우리한테 오더니 터널이 자기들 거라면서 맞기 싫으면 당장 나가라고 해서 그냥 나왔죠, 뭐. 그중 덩치가 제일 큰 원주민 녀석은 오른팔에 큼직한 흉터가 있었어요. 형이 그놈을 후려쳤더니 다들 도망쳐버리더라고요.

집으로 오는 길에 오솔길에서 잠자리 한 마리가 녹색머리개미들한테 산 채로 잡아먹히는 걸 봤어요. 내가 형한테 불쌍한 잠자리를 구해주자고 했어요. 형은 그대로 놔두자고 했죠. 하지만 나는 잠자리를 밟아 뭉개서 죽였어요. 잠자리를 밟다가 녹색머리개미 열세 마리도 덩달아 죽였고요. 잠자리를 그냥 내버려둬야 했을까요?

엘리 드림.

추신: 아무도 아저씨한테 편지를 안 쓴다니 속상하시겠어요. 원하시면 내가 계속 아저씨한테 편지를 쓸게요.

*

2주 후 알렉스에게서 여섯 장의 편지를 받았을 때 나는 날아갈 듯이 기뻤다. 그중 세 장에는 알렉스가 어린 시절 하수도 터널에서 남자아이들에게 위협당했다가 서로 치고받았던 추억이 적혀 있었다. 알렉스가 인간 코의 구조가 어떤지, 그리고 살짝 튀어나온 이마에 비해 코가 얼마나 취약한지 상세히 설명한 부분을 읽은 후, 나는 슬림 할아버지에게 내 펜팔 친구가 정확히 어떤 사람이냐고 물었다.

"알렉산더 버뮤데스야."

퀸즐랜드주 경찰이 에이트 마일 플레인스에 있는 알렉스의 집 뒷마당 창고에서 밀수입된 소비에트 AK-74 기관총 64정을 발견한 뒤, 알렉스는 9년형을 선고받고 보고 로드 교도소에 수감되었다. 그는 자기가 퀸즐랜드주 규율 부장을 맡고 있던 레벨스라는 폭주족 갱단에 그 총들을 뿌리려고 했다.

*

"꼭 구체적으로 써야 된다." 슬림 할아버지가 항상 하는 말이다. "상세하게. 구체적인 내용을 전부 다 집어넣어. 일상생활을 시시콜콜하게 적어주면 녀석들이 고마워해, 자기들은 이제 그렇게 못 사니까. 너희 학교에 화끈한 선생이 있으면, 그 선생의 머리는 어떻고, 다리는 어떻게 생겼는지, 그 선생이 점심으로 뭘 먹는지. 기하학 선생이면, 칠판에 망할 삼각형을 어떻게 그리는지. 어제 과자 사 먹으러 가게에 갔으면, 자전거를 타고 갔는지, 걸어서 갔는지, 가는 길에 무지개를 봤는지. 눈깔사탕을 샀는지, 아니면 비스킷? 캐러멜? 지난주에 맛있는 고기 파이를 먹었다면, 완두콩을 넣은 거였는지, 카레였는지. 그것도 아니면 버섯이랑 쇠고기로 만든 파이였는지. 무슨 소린지 알겠지? 구체적으로 쓰란 말이다."

할아버지는 자기 종이에다 계속 휘갈겨 쓴다. 할아버지가

담배를 빨자 뺨이 쏙 들어가면서 두개골 모양이 드러난다. 옆
머리와 뒷머리는 짤막하고 정수리는 납작해서 꼭 프랑켄슈타
인의 괴물처럼 보인다. 살아 있는 괴물. 하지만 얼마나 오래
이렇게 살아 있을 거예요, 할아버지?

"할아버지."

"그래, 엘리."

"하나만 물어봐도 돼요?"

할아버지는 손을 멈춘다. 형도 멈춘다. 둘 모두 나를 빤히
쳐다본다.

"그 택시 기사 죽었어요?"

슬림 할아버지가 설핏 웃는다. 입술을 바르르 떨더니, 두툼
한 검은 안경을 고쳐 쓴다. 나는 할아버지를 안 지 오래돼서
할아버지가 상처받으면 어떤 모습이 되는지 잘 안다.

"죄송해요." 나는 이렇게 말하며 고개를 푹 수그리고 볼펜
을 다시 편지지에 올려놓는다. "오늘 신문에 기사가 났길래."

"무슨 기사?" 할아버지가 버럭 고함을 지른다. "오늘 《쿠리
어》에 내 얘기는 하나도 없던데?"

《쿠리어 메일》 말고요. 《사우스웨스트 스타》라는 지방 신
문에요. '퀸즐랜드주의 그때 그 사건'이라고, 엄청 크게 났어
요. 보고 로드 교도소의 후디니에 관한 기사였어요. 할아버지
가 탈옥한 얘기요. 사우스포트 살인 사건도요. 할아버지가 무
죄였을지도 모른다고 하던데요. 할아버지가 저지르지도 않은
죄로 24년 동안 옥살이를 했을지도 모른다고……."

"오래전 일이야." 할아버지가 내 말을 끊어버린다.

"사람들한테 진실을 알리고 싶지 않아요?"

할아버지가 담배를 한 모금 빤다.

"뭐 하나 물어봐도 되냐, 꼬마야?"

"물어보세요."

"네 생각에는 내가 그 사람을 죽였을 것 같으냐?"

모르겠다. 내가 아는 건 아무것도 할아버지를 죽이지 못했다는 거다. 내가 아는 건 할아버지가 절대 포기하지 않았다는 거다. 어둠은 할아버지를 죽이지 못했다. 경찰은 할아버지를 죽이지 못했다. 간수들은 할아버지를 죽이지 못했다. 창살도. 독방도. 블랙 피터는 할아버지를 죽이지 못했다. 만약 할아버지가 살인자라면 지하 독방에 갇혀 있던 그 암울한 시간에 양심 때문에 죽지 않았을까. 난 늘 이렇게 생각했던 것 같다. 하지만 양심은 할아버지를 죽이지 못했다. 상실감, 잃어버린 인생도 할아버지를 죽이지 못했다. 할아버지는 인생의 거의 절반을 감방에서 보내놓고, 살인범이냐는 내 질문에도 픽 웃을 수 있는 사람이다. 후디니는 36년 동안 상자 속에 갇혀 있다가 살아서 나왔다. 참 오래 걸리기도 했다. 토끼가 모자 밖으로 고개를 쑥 내미는 그런 마술 묘기에 36년이 걸렸다. 평생에 걸친 기나긴 마술.

"내 생각에 할아버지는 착한 사람 같아요." 내가 말한다. "할아버지가 사람을 죽일 수 있을 것 같지는 않아요."

할아버지는 입에서 담배를 빼고는 식탁 맞은편에서 내 쪽으로 몸을 구부린다. 할아버지의 목소리는 부드러우면서도 사악하다.

"인간은 네가 생각지도 못한 짓까지 저지를 수 있는 존재라는 걸 잊지 마."

할아버지는 이렇게 말하고는 의자에 기대앉는다.

"이제 그 기사 좀 보자."

퀸즐랜드주의 그때 그 사건:
보고 로드의 후디니에게 기회는 없었다

아서 '슬림' 할리데이는 영연방에서 가장 위험한 죄수, 탈출의 달인으로 여겨지며 '보고 로드 교도소의 후디니'라 불렸지만, 그의 가장 위대한 묘기는 교도소에서 자유롭게 걸어 나온 것이 아니었을까.

열두 살에 부모를 모두 잃고 교회에 맡겨진 고아, 슬림 할리데이는 그를 바른 생활로 이끌었을 양털 깎는 일을 하러 가는 길에 기차에 무임승차했다가 나흘 동안 구금되면서 운명처럼 범죄자의 길로 들어섰다. 1940년 1월 28일, 베테랑 사기꾼이자 가택 침입 강도 할리데이는 보고 로드 교도소의 악명 높은 제2구역에서 첫 탈옥을 했다.

슬림의 탈출 마술

후디니 할리데이는 감시탑 간수들에게는 보이지 않는 사각지대인 교도소 담장의 한 구간, 즉 '할리데이의 도약대'를 기어오르며 그의 첫 탈출 마술을 부렸다. 그렇게 홀로 탈옥한 후 교도소의 보안 상태를 염려하는 국민의 비판이 일었지만, 교도소 담장의 이 구간은 보완되지 않은 채 그대로 남았다.

그 후 1946년 12월 11일, 할리데이가 이제는 신화가 되어버린 '할리데이의 도약대'에서 겨우 14미터 떨어진 교도소 작업장의 모퉁이 벽을 타고 넘어 또 한 번 탈옥했다는 사실이 밝혀졌을 때 브리즈번 사람들은 그리 놀라지 않았다. 교도소 담장을 넘은 그는 죄수복을 벗고, 밀반입해서 안에 입고 있던 사복 차림으로 나타났다. 그리고 브리즈번의 북부 교외로 가는 택시를 잡아타고 택시 기사에게 사례금을 주었다.

경찰의 필사적이고 광범위한 수색 끝에 할리데이는 나흘 후 붙잡혔다. 왜 무모하게 또 탈옥을 시도했느냐는 질문에 그는 이렇게 답했다. "인간에게는 자유가 제일 중요하다. 자유로워지고 싶어서 노력한 인간을 탓하면 안 된다."

무기징역형을 선고받다

1949년에 석방된 할리데이는 시드니로 옮겨가 구세군에서 일하다가, 보고 로드 교도소에서 배운 판금 가공 기술을 이용하여 지붕 수리 사업을 시작했다. 1950년에는 이름을 아서 데일로 바꾸고 브리즈번으로 돌아갔고, 울룽가바에 있는 한 스낵바 주인의 딸과 사랑에 빠졌다. 할리데이는 1951년 1월 2일 아이린 캐슬린 클로스와 결혼하여, 1952년 브리즈번의 북부 해안 레드클리프에 한 아파트를 얻었다. 그로부터 겨우 몇 달 후 사우스포트 에스플러네이드에서 택시 기사 애솔 매코원(23세)을 살해한 혐의로 유죄 판결을 받고 무기징역형을 선고받아 전국을 떠들썩하게 했다.

사건을 담당한 퀸즐랜드주 경찰국의 프랭크 비쇼프 경위의 설명에 따르면, 할리데이는 살인 사건 현장에서 달아나 시드니 길퍼드에서 한 가게를 털려다가 용감한 가게 주인과 격렬한 몸싸움을 벌이게 되었다. 그러던 중 자기가 소지하고 있던 45구경 권총으로 자기 다리를 쏘는 바람에 경찰에 붙잡혔다.

만원을 이룬 법정에서 비쇼프는 할리데이가 파라마타 병원에 입원해 총상에서 회복하는 동안 매코원 살인을 자백했다고 증언했다. 비쇼프는 할리데이가 1952년 5월 22일 그 운명의 밤에 사우스포트에서 매코원의 택시에 탄 후 남쪽으로 한참 내려간 커럼빈 전망대의 한적한 곳에서 젊은 택시 기사에게 총을 들이대고 금품을 갈취하려 한 경위를 상세히 털어놨다고 주장했다. 매코원이 저항하자 할리데이가 45구경 권총으로 택시 기사를 때려죽였다는 것이다. 비쇼프의 증언에 따르면, 할리데이는 자백 중에 시 한 편을 읊었다고 한다. "새들은 먹이를 먹고, 자유롭게 날아다니지. 새들은 일하지 않는데, 왜 우리는 일해야 하지?"

한편, 슬림 할리데이는 비쇼프의 모함이라며 매코원 살인 혐의를 강력하게 부인했다. 구체적인 지명에서부터 시까지 상세한 내용의 자백은 순전히 비쇼프가 지어낸 것이라고 할리데이는 주장했다.

1952년 12월 10일, 《쿠리어 메일》은 "내가 그를 죽였다'는 할리데이의 자백을 들었다고 비쇼프가 증언하자 할리데이 씨가 난동을 부렸다"라고 보도했다.

기사는 다음과 같이 전했다. "할리데이는 벌떡 일어나 피고인석 난
간 너머로 몸을 구부리며 '거짓말이야'라고 외쳤다."

할리데이는 매코원이 살해된 날 밤 400킬로미터 정도 떨어진 뉴사
우스웨일스주 노던 테이블랜즈의 글렌이니스에 있었다고 주장했다.
프랭크 비쇼프는 1958년부터 1969년까지 퀸즐랜드주 경찰국장을
지내다 비리 의혹이 널리 퍼지자 사임했다. 그는 1979년에 사망했
다. 할리데이는 무기징역형을 선고받기 전 피고인석에서 다음과 같
이 선언했다. "다시 한번 말한다. 나는 무죄다."

법정 밖에서 할리데이의 아내 아이린 클로스는 남편의 곁을 끝까지
지키겠노라고 맹세했다.

블랙 피터에서의 암울한 나날

1953년 12월, 또 한 번 탈옥에 실패한 뒤 할리데이는 보고 로드 교
도소의 악명 높은 블랙 피터로 옮겨졌다. 이 지하 독방은 과거 브리
즈번의 야만적이고 잔혹했던 죄수 유형지를 상기시키는 유물이다.
할리데이는 12월의 찜통더위 속에서 14일을 버텼고, 이 일을 계기
로 죄수를 갱생시키는 현대적인 방법에 관한 격렬한 논쟁이 일었다.
"그렇게 할리데이는 독방에 감금되었다." 게이손의 L. V. 앳킨슨은
1953년 12월 11일 자 《쿠리어 메일》에 이렇게 썼다. "자유를 찾으
려는 본능 때문에 창살에 갇힌 그 가엾은 사람에게 중세 감옥 시스
템을 그토록 잔혹하게, 극도로 경험시킬 필요가 있을까? 현대의 법

적 처벌은 원칙적으로 고문을 허용해서는 안 된다."

할리데이가 블랙 피터에서 나온 이야기는 도시 전설이 되었다. 1950년대 브리즈번의 학생들은 아침 차를 마시는 시간에 앤잭 비스킷을 먹으며 네드 켈리*나 알 카포네의 이야기를 속닥이지 않았다. 그들은 '보고 로드의 후디니' 이야기를 했다.

"그는 건물, 옥상, 연장 들에 대해 잘 알 뿐만 아니라 악랄하고 대담하기까지 해 교도소의 최고 요주의 인물이 되었다"라고 《선데이 메일(Sunday Mail)》은 전했다. "할리데이가 주거 침입죄로 수감된 시절 그를 알았던 형사들은 그가 마치 파리처럼 벽을 오를 수 있었다고 말한다. 아마도 할리데이는 앞으로도 계속 탈옥을 시도할 것이다. 그를 잘 아는 경찰들은 그가 무기징역을 사는 내내 매 순간 그를 감시해야 할 거라고 말한다. 할리데이가 만약 노인이 될 때까지 산다면, 보고 로드의 붉은 벽돌 담장 뒤에서 최소한 40년은 더 격동의 세월을 보내야 한다."

그 후 11년 동안 할리데이는 하루에 세 번 알몸 수색을 받았다. 감방에서 그에게 유일하게 허용된 복장은 잠옷과 슬리퍼였다. 그가 어딜 가든 두 명의 경관이 따라 다녔다. 그의 공부는 취소되었다. 그의 독방인 D9번 방에도, D동에도 자물쇠가 추가되었다. 할리데이가 낮에 철망 우리 안에서 움직일 수 있게 해놓은 보고 로드의 5번 마당은 보안이 최고 수준으로 격상되었다. 주말에만 죄수 한 명이 우리 안에 들어가 그와 체스를 둘 수 있었다. 교도소 측은 할리데이가 무

---

* 1800년대 오스트레일리아의 악명 높은 은행 강도.

궁무진한 탈옥 전략을 전수해줄 수 있을 거라는 염려 때문에 다른 죄수들과 일절 말을 섞지 못하게 했다.

1968년 9월 8일, 브리즈번의 《트루스(Truth)》 신문은 곧 60세가 되는 할리데이에 관한 기사를 실으면서 '망가진 살인범, 입을 닫아버리다'라는 제목을 달았다.

"퀸즐랜드주의 살인범이자 후디니라는 별명이 붙었던 탈옥수, 아서 어니스트 할리데이의 눈에서 번득이던 빛이 사라졌다. 우리나라에서 가장 정밀한 보안 대책의 대상이 되어 수년 동안 끊임없이 두 간수의 감시를 받아온 60세의 슬림 할리데이는 보고 로드의 음침한 벽 안에서 걸어 다니는 식물인간이 되고 말았다."

하지만 할리데이는 '불굴의 정신'을 갖고 있다며, 교도소장은 당시 언론 매체에 이렇게 말했다. "혹독한 처벌도 그 정신을 꺾어놓지 못했으며, 그는 아무리 가혹하고 불쾌한 처우를 받아도 불평하는 법이 없었다."

기나긴 형기가 줄어들수록 탈옥에 대한 할리데이의 집착도 줄어들었다. 60대 후반의 그는 너무 늙어서 보고 로드의 붉은 벽돌 담장을 기어오를 수 없었다. 그는 수년 동안 얌전히 보낸 대가로 교도소 사서를 맡았고, 문학과 시에 대한 사랑을 재소자들과 공유했다. 점점 더 흥미가 생긴 수감자들은 마당에 정기적으로 모여 후디니 할리데이의 시 암송을 들었다. 그가 1940년대에 교도소 도서관에서 발견한 뒤 좋아하게 된 페르시아의 철학자이자 시인 오마르 하이얌의 시들이었다.

할리데이는 교도소 작업장에서 금속을 가공하여 정성스럽게 만든 체스판과 말들을 내려다보며 애송시인 하이얌의 「루바이야트」를 읊곤 했다.

낮과 밤이 엇갈리는 장기판에
운명의 신이 인간들을 말 삼아 노니,
이리저리 움직이며 장군을 부르고 죽이다가
하나씩 하나씩 구석진 방에 들어가 드러눕는구나.

기자, 특종을 잡다

결국 후디니 할리데이의 가장 위대한 묘기는 보고 로드 교도소에서 살아남은 것이었다. 그는 애솔 매코원을 살해한 죄로 24년을 복역한 후 재소자들과 교도관들 모두의 진심 어린 축하를 받으며 정문 밖으로 걸어 나와 마침내 교도소를 탈출했다.

1981년 4월, 《브리즈번 텔레그래프(Brisbane Telegraph)》의 기자 피터 핸슨은 오랫동안 두문불출하던 슬림 할리데이가 산림청에 5달러를 내고 삼림지에서 합법적인 탐사자로 은거하며 킬코이 근처의 개울에서 사금을 채취하고 있다는 사실을 알아냈다.

"나는 자백한 적이 없다." 할리데이는 논란이 되고 있는 그의 살인죄에 대해 이렇게 말했다. "비쇼프가 법정에서 자백을 날조했다. 비쇼프는 인정머리 없는 인간이었다. 그는 내 사건 덕분에 경찰국장까지 됐다. 나는 사건이 일어나기 이틀 전 브리즈번을 떠났다…… 내가 유죄 판결을 받은 건 내 이름이 아서 할리데이기 때문이다."

할리데이는 노인이 돼서도 보고 로드로 돌아가는 게 두렵지 않다고 말했다. "나는 거기라면 아주 빠삭하다. 놈들이 나를 보안 자문으로 써먹을 정도였다."

2년이 지난 지금, 아서 '슬림' 할리데이는 잠적한 듯 보인다. 브리즈번 북부의 레드클리프에서 트럭 짐칸을 집으로 삼아 생활하는 모습이 마지막으로 목격된 바 있다. 하지만 슬림 할리데이의 전설은 보고 로드 교도소의 붉은 벽돌 담장 안에 계속 살아 있으며, D동에 있는 후디니의 9번 방은 지금도 비어 있다. 관리상의 문제 때문이라고 교도관들은 말한다. 그러나 재소자들은 그 방에 걸맞은 죄수를 아직 못 찾았기 때문이라고 확신하고 있다.

---

*

"할아버지?"

"왜, 꼬마야?"

"기사에는 아이린이 남편 곁을 끝까지 지키겠노라 맹세했다고 나와 있잖아요?"

"그래."

"그런데 그렇게 안 했죠?"

"아니, 그랬단다, 꼬마야."

할아버지는 볕에 그을린 기다란 두 팔을 식탁 위로 쭉 내밀어 신문을 내게 돌려준다.

"곁을 지켜준다고 해서 꼭 옆에 있을 필요는 없어." 할아버지가 말한다. "편지는 어떻게 돼가냐?"

"거의 다 썼어요."

*

알렉스에게

밥 호크가 총리로서 일을 잘하고 있다고 생각하세요? 슬림 할아버지 말로는, 호크가 적당히 간사하고 적당히 배짱도 있어서 오스트레일리아의 좋은 지도자감이래요. 1960년대 중반에 슬림 할아버지와 함께 제2구역에서 스포츠 도박을 주도했던 늙은 유대계 독일인 러피 레기니가 생각난다나요. 러피 레기니는 외교관 겸 공갈협박범이었대요. 그 사람은 뭐든 돈내기를 했어요. 경마, 풋볼, 권투, 마당 격투, 체스 게임. 1965년에는 부활절 점심으로 무슨 음식이 나올지 내기를 하자고 했대요. 바퀴벌레 배달 시스템을 만든 사람이 러피 레기니라고 슬림 할아버지가 그러던데. 거기서 아직도 바퀴벌레를 배달부로 쓰고 있나요? 내기에서 이긴 사람들한테는 주로 화이트 옥스 담배를 상품으로 줬는데, 죄수들은 꼼짝없이 갇혀 있어야 하는 밤마다 간절해지는 담배를 제때 못 받으면 난리를 쳤대요. 러피 레기니는 물주 자리를 노리는 다른 사람들과 차별화를 두기 위해서 바퀴벌레 배달 시스템을 개발했어요. 침대 밑에 파인애플 통조림 캔을 두고, 잘 먹어서 뚱뚱한 바퀴벌레들을 거기 모아놨죠. 힘이 무지무지하게 센 바퀴벌레들을요. 러피는 담요랑 이불에서 푼 면실을 이용해 바퀴벌레 등에 가느다란 화이트 옥스 세 개비를 묶은 다음 바퀴벌레를 감방 문 밑으로 슬쩍 내보내 그의 고객인 도박꾼에게 물건을 배달시켰어요. 그런데 무슨 수로 바퀴벌레가 목적지를 제대로 찾아갈 수 있었을까요? 바퀴벌레는 다리가 양쪽에 세 개씩, 총 여섯 개잖아요. 러피는 그 조그만 배달부들을 실험한 결과, 다리 여섯 개 중 어떤 걸 잘라내느냐에 따라 움직이는 방향이 달라진다는 사실을 곧 알아냈죠. 앞다리를 잘라내면 바퀴벌레는 북동쪽이나 북서쪽으로 움직여요. 왼쪽 중간 다리를 자르면, 몸이 왼쪽으로 심하게 기울어서 시계 반대 방향으로 빙빙 돌기 시작하고요. 오른쪽 중간 다리를 자르면, 시계 방향으로 돌아요. 바퀴벌레를 벽에 기대어 놓으면 신나게 직선으로 쭉 따라가죠. 러피가 왼편으로 일곱 방 건너에 있는 벤 배너건에게 담배를 보내고 싶으면, 바퀴벌레의 왼쪽 중간 다리를 자른 후에 고 녀석을 대모험 길에 내보내는 거예요, 제일 위에 있는 담배에 목적지인 방의 주인 이름 '배너건'을 흘려 써서. 용감한 바퀴벌레는 가는 길에 감방을 만나면 무조건 그 문 밑으로 기어들어 가요. 그러면 의리 있는 죄수들은 벽을 따라가는 위대한 여정으로 바퀴벌레를 꼭 다시 내보내죠. 나는 이런 생각이 자꾸 드는 거예요. 그들이 바퀴벌레를 얼마나 살살 만졌을까. 다들 살인범에 강도에 사기꾼이잖아요. 그렇게 순할 때도 있었을 거예요. 시간이 넘쳐나니까요.

요즘 들어 드는 생각인데요, 알렉스. 세상의 모든 문제, 세상의 모든 범죄는 누군가의 아빠로부터 시작됐을지도 몰라요. 강도, 강간, 테러, 아벨을 해치는 카인, 잭 더 리퍼, 전부 다 아빠들이 원인이잖아요. 엄마들일 수도 있지만, 세상의 모든 엿 같은 엄마는 그 전에 엿 같은 아빠의 딸이었으니까요. 말해주기 싫다면 어쩔 수 없지만, 아저씨의 아빠는 어땠는지 듣고 싶어요. 좋은 사람이었나요? 점잖은 사람이었어요? 아저씨 곁에 있어줬어요? 우리 아빠한테 전화해보라는 충고 고마워요. 아저씨 말이 맞아요. 무슨 일이든 양쪽 얘기를 다 들어봐야겠죠.

엄마한테 「우리 생애 나날들」의 최근 내용을 물어봤더니, 엄마가 아저씨한테 이렇게 전해주래요. 마리는 병원에서 회복될 것 같아요. 리즈는 자기 죄를 털어놓으려고 중환자실에 갔다가, 잠에서 깬 마리가 사건 당시에 너무 어두워서 범인 얼굴을 못 봤다고 말하니까 그냥 입을 다물어버려요. 죄책감을 끌어안고 그냥 그렇게 잘 살 것 같대요. 마리는 깨어나서 제일 처음 한 말이 "닐"이었을 정도로 닐을 진정으로 사랑하지만, 이제는 그의 아내가 될 수 없다면서 닐을 리즈와 그들의 아이에게 보내줬대요.

다음에 또 편지 쓸게요.

엘리 드림.

추신: 오마르 하이얌의 시 「루바이야트」도 같이 보내드릴게요. 슬림 할아버지는 그 시 덕분에 교도소에서 버틸 수 있었대요. 인생의 장점과 단점을 노래하는 시예요. 인생의 안 좋은 점은 인생은 짧고 언젠가는 끝이 난다는 거죠. 인생의 좋은 점은 빵과 와인, 책을 즐길 수 있다는 거예요.

*

"슬림 할아버지?"

"왜, 꼬마야?"

"아서 데일요. 할아버지 이름을 그렇게 바꿨잖아요."

"그래."

"데일 말이에요."

"그래."

"그건 간수의 이름이었잖아요, 데일 교도관."

"맞아. 신사다운 이름으로 짓고 싶었는데, 내가 만나본 사람 중에 데일 교도관이 그나마 신사에 제일 가까웠거든."

데일 교도관은 슬림 할아버지가 보고 로드 교도소에 처음 들어간 1940년대 초에 있던 사람이다.

"이봐, 꼬마야, 큰집에는 별의별 나쁜 놈들이 다 있어." 슬림 할아버지가 말한다. "처음에는 착하게 굴다가 악독해지는 녀석들, 악당처럼 보이지만 알고 보면 전혀 그렇지 않은 녀석들, 그리고 나쁜 놈으로 타고난 녀석들. 보고 로드에 있는 녀석들의 절반이 그렇지. 그놈들이 교도관이라는 직업을 택한 건 자기랑 같은 부류한테 끌리기 때문이란다. 강간범들, 살인범들, 사이코패스들을 갱생시키는 척하고 있지만, 실은 자기들의 그 몹쓸 머릿속에 잠들어 있는 사악한 짐승들한테 먹이를 주고 있는 거라고."

"그런데 데일 교도관은 안 그랬군요."

"그래, 데일 교도관은 안 그랬지."

슬림 할아버지의 첫 탈옥 시도 후 보고 로드의 간수들은 하루에도 몇 번씩 할아버지를 거칠게 다루며 철저히 알몸 수색을 했다. 그때마다 교도관들은 할아버지에게 몸을 돌리라는 신호로 옆머리를 후려쳤다. 몸을 앞으로 숙이게 하고 싶을 때는 엉덩이를 찼다. 뒤로 물러서게 할 때는 팔꿈치로 코를 쳤다. 어느 날 독방에 있던 할아버지는 폭발해버렸고, 오물통에 있던 오물 덩어리를 교도관들에게 던지기 시작했다. 그러자 교도관들은 고압 호스로 할아버지에게 물을 뿌려댔다. 한 교도관은 교도소 주방에서 구리 그릇에 펄펄 끓고 있던 물을 두 바가지 가져왔다. 다른 교도관은 시뻘겋게 달궈진 부지깽이를 창살 사이로 찔러대기 시작했다.

"그 교도관 놈들은 나를 닭싸움에 내보낼 수탉처럼 겁주고 있었어." 슬림 할아버지가 말한다. "나는 교도소에 지급되는 나이프를 몰래 훔쳐 날카롭게 갈아서 베개 밑에 놔뒀지. 그 칼을 집어서 놈들 중 한 명의 손을 찔렀어. 칼을 놈들한테 마구 휘두르면서 병든 개처럼 침을 뱉고 입에 거품을 물었지. 그래서 순식간에 아수라장이 돼버렸는데 그 난리 속에서 데일 교도관 이 녀석은 내 편을 들어주는 거야. 그 밥맛없는 새끼들한테 나를 내버려두라고, 작작 좀 하라고 소리 질렀지. 그때 갑자기 모든 게 슬로 모션에 걸린 것처럼 느껴지고, 그 녀석을 보면서 이런 생각을 했던 기억이 나는구나. 지옥 같은 상황에서 진짜 인격이 드러난다지. 악이 살아 있고 선이 방종이 되는 세계, 정반대의 규범으로 굴러가는 밑바닥 세계에서, 진정한 선이 가장 잘 드러난다고 말이야. 무슨 소린지 알아듣겠냐?"

할아버지는 픽 웃으며 오거스트 형을 쳐다본다. 형은 할아버지에게 고개를 끄덕인다. 할아버지의 바로 옆방인 D10번 방에서 수감 생활이라도 한 것처럼 다 안다는 듯이.

"그러니까 말이지." 할아버지가 말한다. "저 밑바닥 지옥으로 떨어져서 악마에게 윙크를 받으면 도리스 데이가 내 거시기를 만져주는 것 같은 기분이 들거든, 무슨 소린지 알겠어?"

형은 또 고개를 끄덕인다.

"뻥치지 마, 형. 도리스 데이가 누군지도 모르면서." 내가 말한다.

형은 어깨를 으쓱한다.

"그건 중요하지 않아." 슬림 할아버지가 말한다. "내가 하고 싶은 말은, 놈들을 말리는 데일 교도관을 보면서 나는 그 난리 통 속에서도 이런 몽상을 하고 있었다는 거다. 얼마나 감동적이던지 눈물까지 찔끔 나더라니까. 그러다가 눈물을 한 바가지 쏟았지. 또 다른 간수들이 마스크를 쓰고 우르르 몰려와서 내 방에 최루탄을 던졌거든. 놈들은 나를 개 패듯이 패더니 곧장 블랙 피터로 질질 끌고 갔어. 내 옷은 호스로 뿌린 물에 맞아 여전히 축축했지. 한겨울에 말이야. 담요도 없고. 매트도 없고. 사람들은 내가 블랙 피터에서 14일 동안 폭염을 견뎌낸 얘기만 하는데, 한겨울에 비버처럼 젖은 채로 블랙 피터에서 하룻밤 보내느니 차라리 폭염 속에 14일을 견디는 게 나아. 밤새도록 벌벌 떨면서 한 가지만 생각했지……."

125

"누구나 착한 면이 있다고요?" 내가 묻는다.

"아니, 꼬마야, 누구나가 아니라 데일 교도관만 그렇지. 어쨌든 이런 생각이 들더구나. 데일 교도관이 그 나쁜 새끼들 사이에서 그렇게 오랫동안 일하고도 선한 마음이 조금 남아 있다면, 나도 블랙 피터에서 나갈 때, 아니면 큰집에서 완전히 나갈 때 내 안에 선한 마음이 조금은 남아 있지 않을까."

"새 이름으로 새 사람이 되려고 했군요." 내가 말한다.

"독방에 있을 땐 그게 좋겠다 싶었어."

나는 《사우스웨스트 스타》를 집어 든다. '퀸즐랜드주의 그때 그 사건' 기사에 실린 사진들 중에는 1952년 사우스포트 법원 청사의 뒷방에 앉아 있는 슬림 할아버지의 사진도 있다. 할아버지는 옷깃이 두툼한 흰 셔츠에 크림색 정장을 입고서 담배를 피우고 있다. 앞으로 24년을 보내게 될 감방이 아니라 쿠바의 아바나에 어울리는 모습이다.

"어떻게 그랬어요?" 내가 묻는다.

"뭘 말이냐?"

"어떻게 버텼어요? 그렇게 오랫동안……."

"고무줄로 싸맨 면도날 뭉치를 삼키지도 않고 어떻게 버텼냐고?"

"음, '포기하지 않고'라고 말하려고 했는데…… 네, 그것도요."

"그 기사에서 후디니 마술에 관한 부분은 절반은 맞아. 내가 큰집에서 한 일은 일종의 마술이라 할 수 있지."

"그게 무슨 뜻이에요?"

"거기서는 시간을 내 마음대로 부릴 수 있었거든. 나는 시간이랑 너무 친해져서 속도를 높였다가 늦췄다가 마구 조작했지. 시간이 빨리 갔으면 싶은 날에는 뇌를 속여야 해. 엄청 바쁘게 움직이면서, 원하는 성과를 다 내기에는 시간이 빠듯하다고 스스로를 납득시키는 거지. '성과'라는 건 무슨 바이올린 연주를 배운다거나 경제학 학위를 딴다거나 그런 게 아니야. 현실적으로 감방에서 한낮에 할 수 있을 만한 일들이지. 하루 동안 모은 시커먼 바퀴벌레 똥을 동그랗게 뭉쳐서 그걸로 내 이름을 쓴다든가. 어떤 날은 생살이 드러나도록 손톱을 물어뜯는 취미 활동이 엘비스 영화 두 편 동시 상영만큼이나 기다려지지. 할 일은 넘쳐나는데 시간은 너무 적은 거야. 침대를 정리하고, 『모비딕』30장(章)을 읽고, 아이린을 생각하고, 「유아 마이 선샤인(You Are My Sunshine)」을 처음부터 끝까지 휘파람으로 부르고, 담배를 말고, 담배를 피우고, 혼자 체스를 두고, 첫판에서 지면 열받으니까 한 판 더 두고, 브라이비섬으로 낚시하러 가는 상상을 하고, 레드클리프 방파제로 낚시하러 가는 상상을 하고, 물고기 비늘을 벗기고, 물고기 내장을 빼고, 서튼스 비치에서 석탄불에다 살찐 양태를 구우면서 해 지는 걸 구경해야 하는데 말이야. 그 망할 시간과 격렬하게 싸우다 보면 나도 모르게 하루가 끝나버려서 깜짝 놀라고, 하루 종일 머리를 너무 심하게 굴린 탓에 너무 피곤해서 저녁 7시에 베개에 머리를 대면 하품이 쩌억 나와. 그리고 아침 일찍부터 밤

늦게까지 나 자신을 혹사하는 게 좋아 죽겠다고 속으로 중얼거리지. 하지만 마당에 햇볕이 드는 좋은 시간은 천천히 가게 만들어야지. 시간을 잘 훈련된 말처럼 잡아당겨 세우면 정원에서의 한 시간을 한나절로 늘릴 수 있어. 나는 5차원 속의 시간을 살고 있었으니까. 냄새를 맡고 맛보고 만지고 들을 수 있는 것들, 볼 수 있는 것들, 사물 속의 사물들, 꽃 수술 속의 작은 우주들, 층층이 쌓인 것들로 이루어진 5차원. 사방에 세워진 콘크리트 벽만 무기력하게 쳐다보면서 지내다 보니 시력이 확 좋아져서, 정원에 들어갈 때마다 총천연색 세상으로 들어가는 도로시가 된 듯한 기분이 들었지."

"세세한 것까지 전부 다 보는 법을 알게 됐겠네요." 내가 말한다.

슬림 할아버지는 고개를 끄덕이고는 우리 둘을 쳐다본다.

"둘 다 명심해, 너희는 자유의 몸이지. 지금은 햇볕 드는 좋은 때니까, 세세한 것들을 놓치지 않으면 그 시간을 영원히 지속시킬 수 있어."

나는 충성스럽게 고개를 끄덕인다.

"시간을 해치워버리라는 거죠, 할아버지?" 내가 말한다.

슬림 할아버지는 기특하다는 표정으로 고개를 끄덕이며 대답한다.

"시간에 당하기 전에."

할아버지가 좋아하는 감방 생활의 지혜다.

시간에 당하기 전에 시간을 해치워버릴 것.

슬림 할아버지에게 그 말을 처음 들었을 때가 기억난다. 우리는 브리즈번 시청 시계탑의 기계실에 서 있었다. 오래되고 장엄한 갈색 사암 건물인 시계탑은 킹 조지 광장에 우뚝 서서 도시의 심장부를 차지하고 있다. 슬림 할아버지는 기차로 다라에서 그곳까지 우리를 데려갔다. 높은 시계탑 안에 낡은 엘리베이터가 있어서 그걸 타면 곧장 탑 꼭대기까지 갈 수 있다는 할아버지의 말을 나는 믿지 않았다. 할아버지가 농장에서 일하던 시절 알고 지낸 늙은 승강기 기사 클랜시 맬릿이 우리를 공짜로 태워주기로 했었지만, 우리가 도착했을 때 엘리베이터는 고장 나서 수리 중이었다. 슬림 할아버지는 이글 팜에서 열리는 다섯 번째 레이스의 일급비밀 정보로 옛 친구를 구슬렸고, 클랜시는 시청 직원들만 아는 비밀 계단으로 우리를 데려다주었다. 시계탑 안의 어두컴컴한 계단통은 영영 끝나지 않을 것처럼 계속 이어졌고, 슬림 할아버지와 늙은 승강기 기사 클랜시는 올라가는 내내 숨을 쌕쌕거렸지만, 나와 형은 올라가는 내내 웃었다. 그러다가 클랜시가 얇은 문을 열자 기계실이 나왔고 우리는 헉하고 숨을 몰아쉬었다. 도시의 태엽 장치인 강철 도르래와 톱니바퀴들이 빙빙 돌면서 네 면의 시계 문자판을 움직였다. 북쪽, 남쪽, 동쪽, 서쪽에서 거대한 검은색 강철 시곗바늘들이 분과 시간을 따라가며 브리즈번의 매일을 함께하고 있었다. 슬림 할아버지는 시곗바늘을 10분 내내 홀린 듯 쳐다보다가, 시간은 우리의 오랜 적이라고 말했다.

시간이 천천히 우리를 죽이고 있다고 했다. "시간은 너희를 죽여버릴 거야. 그러니까 시간에 당하기 전에 시간을 해치워버려."

승강기 기사 클랜시는 우리를 데리고 기계실 밖으로 나가 또 다른 비밀 계단을 타고 전망대까지 올라갔다. 슬림 할아버지는 브리즈번의 아이들이 난간 너머 75미터 아래에 있는 시청 지붕으로 동전을 던지면서 소원을 빈다고 말했다.

"나한테 시간이 조금 더 많았으면 좋겠어요." 나는 2센트짜리 동전 하나를 난간 너머로 던지며 말했다.

그때 시계종이 울렸다.

"귀 막아." 클랜시는 미소 지으며, 우리 위에 달려 있어서 내가 보지 못한 거대한 파란색 강철 종을 올려다보았다. 종은 내 고막을 찢어놓을 듯 시끄럽게 열한 번 울렸고, 나는 소원이 이루어지는 순간 시간이 멈추게 해달라고 소원을 바꾸었다.

*

"세세하게 다 보고 있지, 엘리?" 식탁 맞은편에서 슬림 할아버지가 묻는다.

"네?" 나는 정신을 퍼뜩 차리며 묻는다.

"세세한 부분까지 안 놓치고 있지?"

"네." 나는 나를 시험하는 듯한 할아버지의 눈빛에 당황하며 답한다.

"구석구석 안 놓치고 있지, 꼬마야?"

"그럼요. 항상 보고 있어요, 할아버지. 세세하게."

"하지만 넌 네가 갖고 있는 그 기사에서 가장 흥미로운 부분을 놓쳤어."

"네?"

나는 기사를 정독하며 다시 단어들을 살펴본다.

"기자 이름을 봐." 할아버지가 말한다. "기사 맨 밑의 오른쪽 구석에."

기자 이름. 기자 이름. 맨 밑의 오른쪽 구석. 내 눈은 잉크로 쓰인 글자와 사진들을 가로지르며 아래로, 아래로 내려간다. 이거구나. 기자 이름이 여기 있다.

"이게 뭐야, 형!"

앞으로 나는 이 이름을 내가 시간 조종하는 법을 배운 날로 기억할 것이다.

그 이름은 바로 케이틀린 스파이스다.

슬림 할아버지와 나는 형을 날카로운 눈빛으로 쳐다본다. 형은 아무 말도 없다.

소
년,

황 소 를
죽 이 다

반쯤 열린 방문 사이로 엄마가 보인다. 엄마는 빨간 외출용 원피스를 입고 옷장 문 안쪽에 달린 거울 앞에 서서, 목에 은 목걸이를 걸고 있다. 정신이 온전한 남자라면 엄마 곁에 있는 것이 행복하고, 엄마가 있는 집으로 오는 게 즐겁고 고맙겠지?

왜 아빠는 그런 복을 차버렸을까? 엄마가 너무 멋져서 화가 난다. 제우스에게 먼저 허락을 받지 않고 엄마 옆에서 얼쩡거리는 놈들은 전부 다 뒈져버렸으면.

나는 엄마 방으로 터벅터벅 들어가, 거울을 보고 있는 엄마 근처의 침대에 앉는다.

"엄마?"

"왜, 아들?"

"왜 아빠한테서 도망쳤어요?"

"엘리, 지금은 그 얘기 하기 싫어."

"아빠가 엄마한테 나쁜 짓을 한 거죠?"

"엘리, 이런 대화는……."

"내가 더 크면 하자고요?" 이럴 때마다 엄마가 하는 대사다.

엄마는 옷장 거울을 들여다보며 살짝 웃는다. 미안한 마음 절반. 내 배려에 감동한 마음 절반.

"너희 아빠는 상태가 별로 안 좋았어." 엄마가 말한다.

"아빠는 좋은 사람이에요?"

엄마는 생각하더니 고개를 끄덕인다.

"아빠는 나랑 더 비슷해요, 아니면 형이랑 더 비슷해요?"

엄마는 생각하더니 아무 말도 하지 않는다.

"엄마는 형이 무서운 적 없어요?"

"없어."

"난 가끔 오줌 지릴 만큼 형이 무서운데."

"말 좀 곱게 해."

말 좀 곱게 하라고? 말을 곱게?

몰래 헤로인이나 파는 주제에, 우리가 무슨 본 트랩 가족* 이라도 되는 양 우리끼리 만들어낸 망상에 젖어 있을 때, 정말 열받는다.

"잘못했어요."

"왜 형이 무서워?" 엄마가 묻는다.

"그게, 형이 하는 말 때문에요, 마술 지팡이 휘두르듯이 손가락으로 허공에 쓰는 말. 가끔은 그냥 헛소린데, 가끔은 2년 후나 한 달 후에 그 말이 딱 들어맞는 거예요. 그렇게 될 거라

* 영화 「사운드 오브 뮤직」의 모델이 된 오스트리아 가족.

133

는 걸 몰랐을 때 쓴 말인데."

"예를 들면?"

"케이틀린 스파이스요."

"케이틀린 스파이스? 케이틀린 스파이스가 누군데?"

"내 말이 그거예요. 어떻게 된 건지 모르겠지만, 오래전에 슬림 할아버지랑 랜드크루저를 타고 놀다가 형이 허공에다가 짧게 뭘 쓰는 걸 봤어요. 그 이름을 계속 쓰고 있더라고요. 케이틀린 스파이스. 케이틀린 스파이스. 케이틀린 스파이스. 그러다가 지난주에 《사우스웨스트 스타》에 크게 실린 '퀸즐랜드주의 그때 그 사건'이라는 기사를 읽었어요. 슬림 할아버지에 대한 내용이었어요. 보고 로드의 후디니가 어떤 인생을 살았는지 전부 다 써놨더라고요. 정말 재미있었는데, 기사 맨 밑의 오른쪽 구석에 그 기사를 쓴 여자 이름이 보이는 거예요."

"케이틀린 스파이스구나."

"어떻게 알았어요?"

"네가 그쪽으로 분위기를 몰고 갔잖아."

엄마는 흰색 서랍장 위에 놓여 있는 액세서리 상자로 다가간다. "오거스트가 지방 신문에서 그 여자 기사를 읽었을 거야. 속으로 이름을 불러보고 그 소리가 마음에 들었나 보지. 걔는 원래 그래, 어떤 이름이나 단어에 꽂히면 속으로 몇 번이고 곱씹거든. 입 밖으로 안 낸다고 해서 말을 사랑하지 않는 건 아니야."

엄마는 녹색 보석 귀걸이 두 개를 손에 쥐고선 내게로 몸을 굽혀, 부드럽고 조심스럽게 말한다.

"그 아이는 이 세상에서 널 제일 사랑해. 네가 태어났을 때……."

"네, 알아요, 알아."

"……정성스럽게 너를 지켜보고, 세상 모든 인간의 목숨이 걸려 있기라도 한 것처럼 네 침대를 지켰어. 너한테서 떨어지지를 않았다니까. 오거스트는 앞으로도 네 단짝 친구가 되어줄 거야."

엄마는 몸을 펴고 거울로 돌아선다.

"엄마 어때 보여?"

"예뻐요, 엄마."

번개를 지키는 여인. 불과 전쟁과 지혜와 윈필드 레드의 신.

"양고기가 새끼 양처럼 입은 거지." 엄마가 말한다.

"그게 무슨 뜻이에요?"

"늙은 아줌마가 젊은 아가씨처럼 차려입었다고."

"그런 말 하지 말아요." 나는 퉁명스레 말한다.

엄마는 거울로 내 얼굴을 보고는 내 기분을 알아챈다.

"얘, 그냥 농담이야." 엄마는 귀걸이를 끼우며 말한다.

나는 엄마가 자기를 낮춰 말하는 게 싫다. 우리가 이 거리에 살고 있는 것도, 내가 오늘 밤 입고 있는 노란색 폴로셔츠와 검은색 슬랙스를 옆 마을 옥슬리에 있는 세인트 빈센트 드 폴 협회의 중고품 가게에서 산 것도 그 근원적인 이유를 따져보면 자존감 때문일 거라는 생각이 든다.

"엄마는 여기 살기엔 너무 아까워요." 내가 말한다.

"그게 무슨 소리야?"

"이런 집에 살기엔 엄마가 아깝다고요. 엄마처럼 똑똑한 사람이 이 마을에 사는 게 아까워요. 라일 아저씨한테 엄마가 아까워요. 우리가 왜 이런 거지 같은 데서 살아야 돼요? 우린 여기 있으면 안 돼요."

"그래, 알려줘서 고맙다, 아들. 이제 너도 가서 준비 좀 하지 그러니?"

"자기가 못났다고 생각하면 개자식 같은 인간들이 우습게 본다고요."

"그만해, 엘리."

"변호사가 되지 그랬어요? 아니면 의사가 됐어야죠. 거지 같은 마약상이 아니라."

엄마는 몸을 제대로 돌리지도 않고 내 어깨를 찰싹 때린다.

"나가." 엄마는 버럭 소리를 지르면서, 오른손으로 내 어깨를 한 번 더 때리고 왼손으로 반대쪽 어깨를 또 때린다.

"당장 꺼지라고, 엘리!" 엄마가 이렇게 악을 쓰고는 이를 악물고서 숨을 크게 씩씩거리자 윗입술에 주름이 진다.

"장난해요?" 나는 소리를 냅다 지른다. "말 좀 곱게 하라고요? 말을 곱게 하라니요? 우리는 마약 파는 놈들이에요. 마약 파는 놈들은 욕을 해야죠. 엄마랑 라일 아저씨가 고상한 척 가식 떨 때마다 토 나와요. 숙제해, 엘리. 브로콜리 먹어, 엘리. 부엌 치워, 엘리, 공부 열심히 해, 엘리. 추잡하게 마약이나 몰래 파는 주제에 무슨 「브래디 번치」*라도 찍는 척. 제발 그만 좀……."

그 순간 내 몸이 공중으로 날아오른다. 뒤에서 두 손이 내 겨드랑이를 붙잡아 엄마와 라일 아저씨의 침대 밖으로 휙 내던진다. 처음엔 내 어깨가, 그다음엔 머리가 방문에 부딪힌다. 나는 문에 맞고 튕겨 나와 반들반들한 나무 바닥에 쿵 떨어진다. 라일 아저씨가 내 위로 불쑥 나타나더니, 고무 플립플롭보다 한 단계 높은 외출용 신발인 던롭 발리 운동화를 신은 발로 내 엉덩이를 세게 걷어찬다. 나는 복도 바닥을 배로 쓸며 2미터 정도 쭉 미끄러지다 형의 맨발 앞까지 간다. 형은 '또요? 이렇게 빨리?' 하고 말하는 표정으로 라일 아저씨를 쳐다본다.

"씨발, 뒈져버려, 이 마약쟁이야." 나는 비틀비틀 몸을 일으키며 미친 듯이 소리친다.

아저씨가 또 내 엉덩이를 걷어차자 이번에는 내 몸이 거실 바닥으로 휙 날아간다.

아저씨 뒤에서 엄마가 새된 소리를 지른다. "그만해, 라일, 그만하면 됐어."

아저씨가 이렇게 이성을 잃을 정도로 무섭게 화내는 걸 나는 전에도 재수 없게 세 번이나 겪은 적이 있다. 내가 가출해서 레드랜즈의 어떤 폐차장에 있는 텅 빈 버스 안에서 하룻밤 보냈을 때. 수수두꺼비 여섯 마리를 안락사시키려고 냉동고에

• 교외의 한 모범적인 가정을 그린 미국의 시트콤.

넣어놨는데 그 억척스럽고 못생긴 양서류 동물들이 영하의 관에서 살아남는 바람에, 라일 아저씨가 퇴근 후 럼주와 콜라를 마시려고 냉동고를 여는 순간 얼음틀에서 눈을 껌벅이고 있는 두꺼비 두 마리를 발견했을 때. 세 번째로, 학교 친구 자크 휘트니와 함께 동네를 돌아다니면서 구세군 모금을 해놓고 그 돈으로 아타리의 '외계인 ET'를 샀을 때. 그 게임은 너무 재미없었다. 그래서 그때 일을 생각하면 지금도 기분이 찝찝하다.

오거스트 형, 순수한 마음을 가진 사랑스러운 오거스트 형이 세 번째로 내 엉덩이를 차려고 다가오는 라일 아저씨 앞을 막아서서 아저씨의 어깨를 붙잡으며 고개를 젓는다.

"알았어, 녀석아." 아저씨가 말한다. "엘리랑 얘기 좀 하고 오마."

아저씨는 형 옆을 스쳐 지나, 헌 폴로셔츠의 옷깃을 잡아서 나를 끌어 올린 다음 현관문 밖으로 떠민다. 그러고는 내 옷깃을 여전히 붙잡은 채 거리의 싸움꾼처럼 큼직한 주먹으로 내 뒷덜미를 밀면서 나를 끌고 간다. 집 앞 계단을 내려가고 잔디밭 사이의 길을 지나 대문 밖으로.

"계속 걸어, 이 건방진 놈아." 아저씨가 말한다. "계속 걸어."

아저씨는 나를 데리고 거리를 건넌 다음, 하늘의 달보다 더밝은 가로등을 지나, 우리 집 맞은편에 있는 공원으로 들어간다. 지금 내가 맡을 수 있는 냄새라곤 아저씨의 애프터 셰이브로션 향뿐이다. 들리는 소리라고는 우리의 발소리와 매미들이 다리를 비비는 소리뿐이다. 라일 아저씨가 일스 팀의 예선 결승전 전에 두 손을 비비듯이, 매미들도 공기 중에 감도는 긴장된 분위기에 흥분해서 다리를 비벼대고 있나 보다.

"대체 왜 그러는 거냐, 엘리?" 아저씨가 크리켓 경기장인 타원형 잔디밭으로 나를 억지로 끌고 가며 묻는다. 잔디를 깎지 않아서 높이 자란 참새피를 내 신발이 자꾸 쳐대는 바람에 그 검은 잔털이 바지에 묻는다. 아저씨는 크리켓 피치의 한복판까지 가서야 나를 풀어준다. 그러고는 허리띠 버클을 잠그고 숨을 들이마셨다 내쉬었다 하며 이리저리 서성인다. 아저씨는 파란색 바탕에 돛을 활짝 편 큼직한 흰색 배가 그려진 면 와이셔츠에 크림색 슬랙스를 입고 있다.

울지 마, 엘리. 울지 마. 울지 마. 씨발. 이 약해빠진 엘리 자식아.

"울긴 왜 울어?" 아저씨가 묻는다.

"나도 몰라요. 진짜 안 울려고 했는데 뇌가 내 말을 안 듣는 걸 어떡해요."

이 사실을 깨달으니 눈물이 더 난다. 아저씨가 조금 기다려준다. 나는 눈을 닦는다.

"괜찮아?" 아저씨가 묻는다.

"엉덩이가 조금 아파요."

"그건 미안하다."

나는 어깨를 으쓱한다. "내가 맞을 짓을 했으니까요."

아저씨가 조금 더 기다리다가 묻는다.

"네가 왜 그렇게 눈물이 많은지 궁금한 적 없었냐, 엘리?"

"왜냐하면 난 약해빠졌으니까요."

"넌 약해빠지지 않았어. 우는 건 창피한 일이 아니야. 네가 무신경한 사람이 아니라서 우는 거야. 그걸 창피하게 생각하지 마. 이 세상에는 겁이 나서 못 우는 사람들 천지야. 겁쟁이라 무신경하게 구는거지."

라일 아저씨는 몸을 돌려 별을 올려다본다. 그러다가 더 좋은 위치를 찾아 크리켓 피치에 앉아서는 고개를 들어, 우주에 흐트러져 있는 수정들을 눈에 담는다.

"네 말이 맞아." 아저씨가 말한다. "네 엄마는 나한테 과분한 여자야. 처음부터 그랬어. 누구한테든 과분하지. 그 집에 살기에는 아까운 여자야. 이 마을에 있기에는 아까운 여자야. 나한테 너무 아까운 여자야." 아저씨가 손가락으로 별들을 가리킨다. "저기 위에서 오리온이랑 같이 살아야 하는데 말이야."

나는 쓰라린 엉덩이를 아저씨 옆에 붙인다.

"여기서 떠나고 싶어?" 아저씨가 묻는다.

나는 고개를 끄덕이고, 완벽한 빛들이 무리 지어 있는 오리온자리를 올려다본다.

"나도 그래, 녀석아." 아저씨가 말한다. "내가 왜 부업으로 타이터스 밑에서 일하고 있는 것 같으냐?"

"말이 좋네요. 부업이라니. 파블로 에스코바르˙도 그렇게 부를까요?"

˙ 콜롬비아의 마약왕.

라일 아저씨는 고개를 숙인다.

"거지 같은 돈벌이 방법이라는 건 나도 알아."

우리는 잠깐 아무 말 없이 앉아 있다. 그러다가 아저씨가 나를 쳐다본다.

"내가 한 가지 제안하마."

"네……."

"나한테 여섯 달만 줘."

"여섯 달요?"

"어디로 이사 가고 싶으냐? 시드니, 멜버른, 런던, 뉴욕, 파리?"

"더 갭으로 이사 갔으면 좋겠어요."

"더 갭? 왜 하필 더 갭이야?"

"더 갭에 있는 컬드색이 좋아서요."

라일 아저씨가 웃는다.

"컬드색이라." 아저씨는 고개를 저으며 이렇게 말하고는 아주 심각한 표정으로 나를 쳐다본다.

"다 잘될 거야, 꼬마야. 안 좋은 때가 있었나 싶을 정도로 좋아질 거야."

나는 별들을 올려다본다. 오리온이 표적을 정하고 활시위를 당기자 화살이 똑바로 날아가 황소자리의 왼쪽 눈을 명중시키고 성난 황소는 잠잠해진다.

"좋아요." 내가 말한다. "대신 한 가지 조건이 있어요."

"뭔데?"

"나도 같이 일할래요."

*

빅 당의 베트남 식당은 우리 집에서 걸어갈 수 있는 거리에 있다. 식당 이름은 마마 팜스다. 1950년대에 빅 당의 고향인 사이공에서 그녀에게 요리를 가르쳐준 땅딸막한 요리 천재 마마 팜을 기리는 뜻에서 그렇게 지었다. 식당 앞에는 동양풍의 붉은 바탕에 식당 이름이 라임빛으로 깜박이는 네온 간판이 걸려 있다. 그런데 'P'가 고장 나서 흐릿해진 탓에 지난 3년 동안 가게 앞을 지나가는 사람들에게는 '마마 햄스'라는 돼지고기 베이컨 식당처럼 보였을 것이다. 라일 아저씨가 포엑스 비터 맥주 여섯 개짜리 한 묶음을 왼손에 든 채 마마 팜스의 유리문을 연다. 그러자 침대 밑에서 꺼낸 검은색 하이힐을 신고 빨간 원피스를 입은 엄마가 아저씨 옆을 살며시 지나간다. 오거스트 형이 그다음으로 들어간다. 형은 머리를 아무렇게나 뒤로 빗어 넘겼고, 분홍색 캐칫 티셔츠를 반짝이는 연회색 슬랙스 안에 집어넣어 입었다. 마마 팜스에서 스포츠 도박 매장인 TAB을 지나 일고여덟 가게 건너에 있는 다라 스테이션 로드 중고 가게에서 산 옷들이다.

마마 팜스의 내부는 영화관만큼이나 널찍하다. 회전판이 달린 둥근 테이블이 스무 개 넘게 있고, 테이블마다 여덟 명, 열 명, 가끔은 열두 명씩 앉아 있다. 화장한 얼굴에 머리를 전혀 흐트러짐 없이 손질한 아름다운 베트남 엄마들과 평소에는 말이 없는 베트남 아빠들이 맥주와 와인과 차를 마시며 느긋하게 껄껄 웃고 있다. 각 테이블의 한가운데에는 광택을 내고 기름을 바르고 삶고 빵가루를 묻히고 소금과 후추를 뿌린 거대한 바다짐승들, 메콩강과 그 너머의 바다 깊숙한 곳에서 잡아 온 괴물들이 옆으로 누워 있다. 큼직하고 살찐 부자연스러운 아랫입술과 녹색, 황록색, 청록색, 회녹색, 갈색, 검은색, 붉은색을 띤 끈적끈적한 촉수 모양의 수염. 빅 당은 다라의 폴란드 이민 센터 너머에 초콜릿 케이크 같은 흙이 있는 땅을 몇 에이커 가지고 있다. 주름진 얼굴에 나이만큼 현명한 농부들이 그 땅에 라우 람 고수, 차조기 잎, 홍 까이 박하, 바질, 레몬그라스, 향유를 키운다. 오늘 밤 손님들은 '테이블 위로 손 움직이기' 같은 아이들 게임이라도 하는 것처럼 그 채소들을 자기들끼리 주고받는다. 천장에는 엄청 큰 미러볼이 반짝거리고, 무대에는 베트남 사람인 라운지 가수가 반짝반짝 빛나고 있다. 뺨에는 반짝이는 자주색을 발랐고, 스팽글이 달린 청록색 원피스가 메콩강 둑에 올라온 인어의 비늘처럼 아롱거린다. 그녀는 카펜터스의 「콜링 아큐펀츠 오브 인터플래너테리 크래프트(Calling Occupants of Interplanetary Craft)」를 부르며 지직거리는 반주에 맞춰 몸을 흔든다. 그녀는 낡은 마이크로 우주선을 불러대고 있는데, 그녀 자신이 그런 우주선을 타고 막 다라로 날아온 외계인 같다. 수조들에는 메기, 대구, 황적통돔, 그리고 크리켓 방망이로 맞은 것처럼 머리에 혹이 여러 개 난 뚱뚱한 도미가 헤엄치고 있다. 그리고 그 위의 벽을 따라 빨간 반짝이 조각들이 쭉 붙어 있다. 가재와 머드 크랩만을 위한 수조가 두 개 더 있는데, 고놈들은 자기들이 오늘 밤 특식으로 나갈 거라는 사실을 아는지 항상 체념한 듯 보인다. 수조 속의 돌멩이들과 싸구려 장난감 돌성 밑에 앉아 있는데도 산들바람 부는 늪지에라도 있는 것처럼 태평해 보여서 하모니카와 질겅질겅 씹을 지푸라기 하나만 던져주면 완벽할 것 같다. 자기들이 얼마나 중요한 존재인지 전혀 눈치 못 채고, 사람들이 저 멀리 선샤인 코스트에서 여기까지 차를 몰고 오는 이유가 소금과 후추, 칠리 페이스트를 넣고 구운 자기들의 내장을 맛보기 위해서라는 사실은 눈곱만큼도 모르고 있다.

식당 오른편에 있는 계단을 올라가면 2층 발코니에 '저리 꺼져' 빅 당이 VIP 손님들을 모시는 둥근 테이블이 열 개 더 있다. 그런데 오늘 밤에는 VIP가 단 한 명 있고, 발코니 난간에 걸린 생일 축하 현수막에 그의 이름이 가로로 쭉 뻗어 있다. '80번째 생일을 축하합니다, 타이터스 브로즈.'

"아우렐리의 아들, 라일 오를리크!" 타이터스 브로즈가 발코니 난간 옆에 서서 두 팔을 반갑게 들어 올리며 호탕하게 말한다. "내가 이 좋은 세상에 80년째 살고 있는 걸 축하하겠다고 빅이 고생해서 이렇게 요란하게 꾸며놓은 모양이야!"

타이터스를 보니 뼈가 생각난다. 뼈 색깔의 셔츠 위에 뼈 색깔의 정장을 입고 뼈 색깔의 넥타이를 매고 있다. 구두는 윤이 반지르르 흐르는 갈색 가죽으로 만들었고, 머리칼은 그가 입고 있는 정장처럼 뼈 색깔이다. 키 크고 마른 몸은 뼈만 앙상하고, 미소 짓는 얼굴은 해골바가지 같다. 생물학 교실에 걸려 있는 해골이 고리에서 빠져나와, 형과 내가 레모네이드만큼이나 좋아하는 「빌리 진」 뮤직비디오 속의 마이클 잭슨처럼 춤추면 바로 저런 미소를 짓지 않을까. 타이터스의 광대뼈는 빅 당의 수조 속 도미의 머리에 툭 튀어나와 있는 혹처럼 둥글지만, 뺨은 80년 세월 동안 서서히 안으로 빨려 들어갔고, 입술이 바르르 떨리면(쉴 새 없이 떨리고 있지만) 피스타치오를 계속 빨아먹고 있는 것처럼 보인다. 아니면, 인간의 간을 빨아먹는 흡혈박쥐거나.

타이터스 브로즈를 보면 뼈가 생각나는 이유는 그가 뼈 덕분에 부자가 됐기 때문이다. 그는 우리 집에서 차로 10분 걸리는 교외 마을 무루카에 퀸즐랜드 의수족·의료 보조기 판매 센터 겸 제조 회사인 휴먼 터치를 차려 운영하고 있다. 타이터스 밑에서 라일 아저씨는 전국의 팔다리 절단 환자들을 위한 인공 팔다리의 부품을 유지 보수하는 정비사로 일한다. 형과 나의 인생이 인공 수족의 제왕 타이터스 브로즈의 손에 달려 있다. VIP 테이블의 타이터스 자리에서 오른쪽으로 네 번째 의자에 앉아 있는 숱진 검은 콧수염의 남자 타데우시 '테디' 칼라스가 단짝 친구 라일 아저씨에게 휴먼 터치의 기계공 자리를 소개해준 6년 전부터 지금까지 쭉. 테디도 휴먼 터치의 정비사로 일하고 있다. 내가 오래전부터 의심한 대로, 테디 역시 라일 아저씨가 오늘 얘기해준 타이터스 브로즈의 쏠쏠한 '부업'을 함께하고 있다. 테디 옆에 앉아 있는 남자는 회색 정장에 적갈색 넥타이를 매고 뉴스 앵커처럼 머리가 검은색인데, 시의회 의원인 스티븐 버크를 쏙 빼닮았다. 엄마는 스티븐 버크가 해마다 보내주는 자석 달력을 이용해 쇼핑 목록을 냉장고에 붙여놓는다. 검은 머리의 남자가 화이트 와인을 홀짝인다. 그래, 이 남자는 시의회 의원이 확실하다. '스티븐 버크-우리 고장의 리더'라고 달력에 쓰어 있다. 바로 여기, '우리 고장의 마약상' 타이터스 브로즈의 테이블에 앉아 있는 스티븐 버크.

타이터스 브로즈 하면 뼈가 제일 먼저 떠오르는 이유는 그를 볼 때마다, 이번이 겨우 두 번째이긴 하지만, 등골이 오싹해지기 때문이다. 그는 지금 나를 보며 미소 짓고 엄마에게 미소 짓고 형에게 미소 짓고 있다. 하지만 피스타치오를 빨아 먹고 있는 듯한 저 미소는 조금도 믿음이 가지 않는다. 그 이유는 나도 모르겠다. 그냥 뼛속 깊이 그런 느낌이 든다.

*

내가 처음 타이터스 브로즈를 만난 건 열 살 때인 2년 전이었다. 라일 아저씨가 나와 형을 데리고 브리즈번 북부에 있는 스태퍼드의 롤러스케이트장에 가는 길이었다. 그런데 타이터스 브로즈의 뼈 색깔 정장 값이 되어줄 인공 팔다리를 만드는 기계의 레버가 고장 나는 바람에 아저씨가 고치러 가게 됐다. 지금의 현대식 제조 공장으로 싹 정비하기 전인 그때만 해도 휴먼 터치는 오래된 창고에 불과했다. 테니스장만 한 크기의 알루미늄 창고에서 석고 모형 제작자들은 인체 모양을 석고 반죽으로 뜨고, 기계공들은 구부러진 가짜 무릎과 구부러진 가짜 팔꿈치에 나사를 죄고 있었다. 그들 옆으로는 수많은 가짜 팔다리들이 고리에 걸리거나 선반에 펼쳐져 있었다. 그리고 천장에 달린 거대한 선풍기들은 쨍쨍 내리쬐는 햇볕을 받고 있던 금속 건물의 숨 막히는 열기를 식혀주고 있었다.

"아무것도 만지지 마." 몸통도 없이 기적적으로 춤을 추는 물랭루주의 캉캉 공연단처럼 끝없이 한 줄로 쭉 서 있는 의족들을 지나갈 때 라일 아저씨가 우리에게 명령했다. 우리는 천장에 달린 고리에 여러 줄로 매달려 있는 팔들 사이로 지나갔고, 이 팔들의 플라스틱 손이 내 얼굴을 건드리자 아서 왕의 기사들이 떠올랐다. 땅에 박힌 기다란 창에 꽂힌 채 형과 나에게 도와달라며 손을 뻗는 그 시체들. 하지만 우리는 그들을 도와줄 수 없었다. 아저씨가 우리에게 아무것도 건드리지 말라고 했으니, 랜슬롯 경이 내미는 손이라도 외면할 수밖에. 그 팔들과 다리들이 살아나서 내게 다가와 나를 붙잡고 걷어차는 것만 같았다. 그 창고는 수백 편의 끔찍한 공포 영화의 끝이자, 앞으로 내가 수백 번은 꾸게 될 악몽의 시작이었다.

"프랜시스의 아이들인 오거스트와 엘리예요." 라일 아저씨는 창고 안쪽에 있는 타이터스 브로즈의 사무실로 우리를 데리고 들어가며 말했다. 나보다 키도 크고 나이도 더 많은 형이 먼저 사무실로 들어갔고, 처음부터 타이터스의 마음을 사로잡았다.

"이리 더 가까이 와봐, 젊은이." 타이터스가 말했다.

형은 그 순간을 안전하게 모면하고 싶어 라일 아저씨를 올려다봤지만, 아저씨는 도와주지 않고 그저 형에게 고개를 까딱하기만 했다. 매일 저녁 우리 식탁에 고기와 세 가지 채소가 올라가게 해주는 남자에게 예의를 다하고 더 가까이 가는 게 당연하다는 듯이.

"네 손 좀 보자꾸나." 타이터스는 적갈색의 고풍스러운 사무용 책상 뒤 회전의자에 앉은 채 말했다. 책상 위에는 액자에 끼운 거대한 흰고래 그림이 걸려 있었다. 모비딕이었다. 나중에 라일 아저씨가 말해주기를, 타이터스 브로즈가 좋아하는 책인데, 다리를 잃고 강박증에 걸린 남자가 요리조리 잘 피해 다니는 고래를 사냥하는 이야기라고 했다. 낸터킷섬에 휴먼 터치 의수족·의료 보조기 판매 센터 겸 창고가 있었다면 그 남자도 도움을 받을 수 있었을 거라고 말했다. 그로부터 얼마 지나지 않아 슬림 할아버지에게 『모비딕』을 읽어봤느냐고 물었다. 할아버지는 두 번 읽을 가치가 있는 책이라 두 번 읽었지만 두 번째 읽을 때에는 작가가 전 세계의 모든 고래 종을 설명하는 부분은 건너뛰었다고 했다. 나는 할아버지에게 소설의 내용을 처음부터 끝까지 전부 다 얘기해달라고 했고, 할아버지는 나와 함께 두 시간 동안 랜드크루저를 세차하면서 짜릿한 모험담을 아주 열성적으로 들려주었다. 그 이야기에 홀린 나는 점심으로는 낸터킷섬의 생선 차우더가, 저녁으로는 흰고래 스테이크가 먹고 싶어졌다. 슬림 할아버지가 분노로 이글이글 타오르는 눈빛을 하고서 늙고 여위고 창백한 얼굴로 에이해브 선장을 묘사했을 때, 내 머릿속에는 고래잡이배에 탄 타이터스 브로즈의 모습이 그려졌다. 그가 저 위에서 사납게 휘몰아치는 바람을 맞으며 고래를 찾고 있는 선원들에게 자신만큼이나 하얀 흰고래, 그의 사냥감을 찾아내라고 고함을 질러대며 명령하는 모습이. 슬림 할아버지는 랜드크루저를 모비딕으로 바꾸고, 정원 호스를 작살 삼아 고래의 옆구리를 찔렀다. 고래가 우리를 심연으로 끌고 들어가자 우리는 고무호스를 필사적으로 붙들었고, 호스 물은 대양이 되어 우리를 밑으로, 밑으로, 밑으로, 바다와 정원 호스의 신 포세이돈에게로 데려갔다.

오거스트 형이 오른손을 내밀자 타이터스는 두 손으로 형의 손을 살며시 감쌌다.

"음음음음음음음." 그는 이렇게 말하며 형의 오른손 엄지부터 새끼손가락까지 쭉 옮겨가며 한 손가락씩 자신의 검지와 엄지로 꼭 쥐었다.

"오, 네 안에서 힘이 느껴지는구나." 그가 말했다.

형은 아무 말도 하지 않았다.

"내가 '네 안에서 힘이 느껴지는구나, 얘야'라고 말했잖니."

형은 아무 말도 하지 않았다.

"음…… 뭐라고 답을 좀 해주겠니?" 타이터스는 어리둥절한 표정으로 말했다.

"그 아이는 말을 안 해요." 라일 아저씨가 말했다.

"말을 안 한다니, 그게 무슨 소리지?"

"여섯 살 이후로는 한 마디도 안 했어요."

"머리가 모자란 건가?" 타이터스가 물었다.

"모자라긴요." 아저씨가 말했다. "얼마나 똑똑한데요."

"자폐아인가? 사회생활은 못 해도 모래시계 안에 모래알이 몇 개 들었나 알아맞히는?"

"우리 형 이상한 사람 아니에요." 나는 짜증 섞인 목소리로 말했다.

타이터스가 회전의자를 내 쪽으로 돌렸다.

"그렇구나." 그는 내 얼굴을 뜯어보았다. "그래서 너희 집에서는 네가 제일 말이 많으냐?"

"나는 할 말이 있을 때만 해요."

"말솜씨 한번 끝내주는구나." 타이터스가 손을 내밀었다. "네 팔을 이리 줘보렴."

내가 오른팔을 내밀자 그는 부드럽고 늙은 손으로 내 팔을 붙잡았다. 손바닥이 너무 매끈매끈해서, 엄마가 부엌 싱크대 밑 세 번째 서랍에 넣어두는 비닐 랩을 씌운 것처럼 느껴졌다.

그는 내 팔을 쥐어짜듯이 꽉 잡았다. 내가 라일 아저씨를 쳐다보자, 아저씨는 괜찮다는 뜻으로 고개를 끄덕였다.

"겁먹었구나." 타이터스 브로즈가 말했다.

"겁 안 나요." 내가 말했다.

"아니, 겁먹었어, 네 골수에서 그게 느껴지거든."

"내 뼈가 아니라고요?"

"아니, 네 골수 말이다, 꼬마야. 넌 뼈가 약해. 네 뼈는 단단하지만 속이 꽉 안 찼어." 그는 형에게 고개를 까딱했다. "마르셀 마르소*의 뼈는 단단하고 속도 꽉 차 있지. 네 형은 네가 절대 못 가질 힘을 갖고 있단다."

형은 다 안다는 듯 우쭐한 미소를 내게 보냈다. "하지만 나는 손가락뼈가 굉장히 튼튼하거든요." 나는 형을 향해 가운뎃손가락을 들어 보이며 말했다.

바로 그때, 타이터스의 책상에 놓인 금속 받침대에 인간의 손이 얹혀 있는 것이 눈에 띄었다.

"저거 진짜예요?" 내가 물었다.

그 손은 진짜 같기도 하고 가짜 같기도 했다. 손목 부분이 깔끔하게 절단되어 있고, 다섯 손가락 모두 밀랍으로 만들었거나 아니면 비닐 랩에 싸여 있는 것처럼 보였다. 아까 타이터스의 손가락을 만졌을 때 딱 그런 느낌이었다.

"그래, 맞아, 진짜야." 타이터스가 말했다. "어니 호그라는 예순다섯 살 버스 기사의 손이지. 그이가 친절하게도 퀸즐랜드 대학의 해부학과 학생들한테 자기 시신을 기증해줬어. 얼마 전에 그 학생들이 플라스티네이션을 연구할 때 이 몸이 적극 후원해줬지."

"플라스티네이션이 뭐예요?" 내가 물었다.

"팔다리 안에 들어 있는 물과 체지방을 어떤 경화성 중합

• 프랑스의 팬터마임 작가·연출가·배우.

151

체, 그러니까 플라스틱으로 바꾸는 거야. 그래서 바로 가까이에서 만지고 연구하고 복제할 수 있는 진짜 팔다리를 만드는 거지. 하지만 시신 기증자의 팔다리는 냄새도 안 나고 썩지도 않아."

"징그러워요." 내가 말했다.

타이터스는 낄낄거렸다. "아니지." 그는 기묘하고도 심란한 경이감이 담긴 눈빛으로 이렇게 말했다. "바로 그게 미래야."

그의 책상에는 도자기로 만든 사슬에 묶인 노인 인형이 있었다. 그 노인은 고대 그리스의 남자 옷을 입었고, 맨살이 드러난 등에는 유화 물감으로 핏자국이 여러 줄 그려져 있었다. 노인은 발을 잃어버려 붕대를 대충 감아놓은 한쪽 다리를 조심스럽게 보살피며 걷는 중이었다.

"저건 뭐예요?" 내가 물었다.

타이터스가 도자기 인형을 쳐다보았다.

"헤게시스트라토스. 역사상 위대한 수족 절단자 중 한 명이지. 심오하고 위험한 일들을 하신 고대 그리스의 점술가란다."

"점술가가 뭔데요?"

"이런저런 일을 하는데, 고대 그리스에서 점술가는 예언자에 가까웠지. 신들이 보내주는 신호를 해석해서, 다른 사람들은 못 보는 걸 봤어. 앞으로 어떤 일이 일어날지도 알고. 전쟁에서는 귀중한 기술이지."

나는 라일 아저씨를 쳐다보며 말했다. "형이랑 비슷하네요."

아저씨는 고개를 저었다. "그만 좀 해, 이 녀석아."

"그건 또 무슨 소리냐, 꼬마야?" 타이터스가 물었다.

"우리 형도 앞으로 일어날 일을 보거든요." 내가 대답했다. "여기 있는 헤게시스타라모스인가 뭔가 하는 사람처럼요."

타이터스가 새삼스러운 눈으로 형을 휙 쳐다보자, 형은 어설프게 미소 지으면서 고개를 젓고 뒷걸음질 쳐 라일 아저씨의 옆에 섰다.

"정확히 뭘 본다는 거지?"

"말도 안 되는 소린데, 나중에 알고 보면 진짜일 때가 있거든요. 형은 허공에 글을 써요. 한번은 허공에 '파크 테라스'라고 쓰길래 무슨 헛소린가 싶었는데, 엄마가 집에 와서 얘기해주더라고요. 코린다에서 장을 보고 횡단보도에서 신호를 기다리고 있는데 어떤 할머니가 그냥 도로로 들어가 버리더래요. 곧장 도로 안으로, 신호는 좆도 신경도 안 쓰고……."

"말조심해, 엘리." 라일 아저씨가 화를 내며 말했다.

"잘못했어요. 그래서 엄마는 슈퍼마켓 봉투를 전부 다 떨어뜨리고 두 걸음 앞으로 나가서, 커다란 시영 버스가 할머니를 치기 직전에 할머니를 인도 쪽으로 잡아당겼대요. 엄마가 할머니의 목숨을 구한 거예요. 이 일이 어느 거리에서 일어났게요?"

"파크 테라스?" 타이터스가 두 눈을 휘둥그렇게 뜨고 말했다.

"아니요. 옥슬리 애비뉴였어요. 그러고 나서 엄마가 이 할머니를 몇 블록 떨어진 집까지 데려다줬는데 할머니는 멍한 표정으로 한마디도 안 하더래요. 할머니 집에 도착했더니 현관문이 활짝 열려 있고 낡은 여닫이창이 바람에 흔들려서 쾅 쾅 부딪치고 있었어요. 할머니가 계단을 못 올라가겠다고 해서 엄마가 도와주려고 하니까 할머니는 미친 듯이 '싫어, 싫어, 싫어, 싫어' 하고 악을 썼어요. 그리고 엄마한테 올라가 보라는 듯이 고개를 까딱했죠. 엄마도 뼈가 단단하고 꽉 찬 사람이니까 계단을 올라가서 집 안으로 들어간 거예요. 퀸즐랜드주 특유의 양식으로 지어진 코린다의 이 집에는 사방에 여닫이창이 있어서 바람에 쾅쾅 닫혔다 열렸다 했어요. 엄마가 부엌에 들어갔더니 파리들이 햄 토마토 샌드위치를 먹어치우고 있고, 집 안 전체에 살균제 냄새가 진동을 하는데 그 밑에 뭔가 더 음침하고 역겨운 악취가 풍기더래요. 엄마는 거실을 지나 복도를 따라 집의 큰방까지 걸어갔죠. 문이 닫혀 있어서 열었더니, 킹 사이즈 침대 옆 안락의자에 할아버지가 앉은 채로 죽어 있더래요. 엄마는 그 냄새 때문에 기절할 뻔했대요. 할아버지 머리는 비닐봉지에 싸여 있고, 옆에는 가스탱크가 있었죠. 이 집이 어느 거리에 있었게요?"

"파크 테라스." 타이터스가 말했다.

"아니에요. 경찰들이 집에 와서 상황을 파악한 다음 엄마한테 얘기해주더래요. 할머니는 한 달 전에 방에서 그런 꼴로 죽어 있는 남편을 발견하고 너무 화가 났어요. 왜냐하면 할아버지가 그렇게 할 거라고 말을 했었는데, 그때 할머니는 그러면 안 된다고 했거든요. 그런데 할아버지가 말을 안 들은 거죠. 할머니는 할아버지한테 화가 나고 그 상황에 너무 충격을 받

154

아서 그냥 할아버지가 이 세상에 없는 척한 거예요. 큰방의 문을 한 달 동안 닫아놓고 냄새를 가리려고 집 안에 살균제를 뿌렸죠. 매일 하던 것처럼 점심으로 햄 토마토 샌드위치도 만들면서요. 그러다가 악취가 너무 지독해져서 현실을 깨달은 할머니는 창문이란 창문은 전부 다 열어놓고 곧장 옥슬리 애비뉴로 간 거예요. 버스 앞으로 뛰어들려고요.”

“그래서 파크 테라스는 언제 나오는 거냐?” 타이터스가 물었다.

“음, 그건 엄마랑은 아무 상관도 없어요. 그날 라일 아저씨가 출근하던 길에 파크 테라스에서 속도위반 벌금을 물었죠.”

“대단하구나.” 타이터스가 말했다.

그는 형을 보더니 회전의자에 앉은 채 몸을 앞으로 숙였다. 그때 그의 눈빛이 왠지 사악해 보였다. 그는 늙었지만 위협적이었다. 옴폭 들어간 뺨도, 백발도. 내 약한 뼈 속으로 느껴지는 무언가가 있었다. 그는 바로 에이해브였다.

“음, 오거스트, 풋내기 점술가 젊은이, 나한테 말해다오.” 타이터스가 말했다. “나를 보면 뭐가 보이지?”

형은 지금까지의 이야기를 다 무시해버리듯 고개를 저었다.

타이터스는 빙긋 웃더니 회전의자에 등을 기대며 말했다. “너를 잘 지켜봐야겠구나, 오거스트.”

나는 다시 도자기 인형을 바라보았다.

“그런데 이 사람은 어쩌다 발을 잃어버렸어요?” 내가 물었다.

“피에 환장한 스파르타 놈들한테 붙잡혀서 족쇄에 묶여 있

155

었지. 하지만 발을 잘라내고 도망쳤단다."

"놈들은 설마 그런 일이 일어날지 몰랐겠죠." 내가 말했다.

"그래, 엘리, 놈들은 몰랐지." 그는 이렇게 말하고는 웃었다.
"그래서 헤게시스트라토스가 우리에게 전하는 교훈은 뭘까?"

"그리스로 여행 갈 땐 꼭 쇠톱을 가져가라."

타이터스는 미소 짓더니 라일 아저씨를 쳐다보았다.

"희생이지. 바로 떼어낼 수 없는 것에는 절대 애착을 가지
면 안 돼."

*

마마 팜스의 위층 식사 공간에서, 타이터스가 엄마의 양어
깨에 손을 얹은 채 엄마의 오른쪽 뺨에 입을 맞춘다.

"어서 오시게." 그가 말한다. "와줘서 고맙소."

타이터스는 자기 바로 오른쪽에 앉아 있는 여자에게 엄마
와 라일 아저씨를 소개한다.

"이 아이는 내 딸, 해나라오."

해나가 자리에서 일어난다. 자기 아버지처럼 흰옷을 입고
있고, 머리칼은 금빛이 도는 백발인데 아무 색깔도 아닌 것 같
다. 생명력이 모조리 빨려나간 것처럼. 그녀도 자기 아버지처
럼 빼빼 말랐다.

그녀의 곧게 뻗은 긴 머리는 어깨까지 내려온다. 단추를 채
워 입는 흰 윗옷의 소매는 손까지 쭉 이어지고, 그녀는 서 있
는 내내 두 손을 테이블 밑에 두고 있다. 마흔 살 정도로 보인

다. 쉰 살일까. 하지만 말하는 걸 들어보니 서른 살일지도 모르겠고, 수줍음이 많은 성격인 것 같다.

라일 아저씨가 해나에 대해 얘기해준 적이 있다. 아저씨가 일자리를 얻은 건 해나 덕분이라고 했다. 해나 브로즈가 팔꿈치까지만 있는 팔을 갖고 태어나지 않았다면, 타이터스 브로즈는 다라 자동차 전기 전문점을 신생 의료보조기 제작소로 바꾸는 건 생각도 하지 않았을 것이다. 제작소는 해나처럼 팔다리가 불편한 장애인들에게는 하늘이 내린 선물과도 같은 휴먼 터치로 성장했다. 타이터스는 장애에 대한 인식이 깨어 있다는 이유로 지역 사회로부터 많은 상을 받았다.

"안녕하세요." 해나가 차분하게 말하며 미소 짓는다. 조금만 더 길게 지으면, 그 미소로 작은 마을 정도는 환하게 밝힐 수 있을 것도 같다. 엄마가 악수를 하려고 손을 내밀자 해나는 테이블 밑에 있던 손을 들어 올려 엄마의 손을 잡는다. 흰 소매 속에 있는 건 의수지만, 엄마는 조금도 움찔하지 않고 피부색의 플라스틱 손을 잡고 열성적으로 흔든다. 해나는 이번에는 조금 더 길게 미소 짓는다.

타이터스 브로즈는 뼈만 앙상해서 그를 생각하면 뼈가 떠오르지만, 방금 내 눈을 사로잡은 또 다른 남자는 돌이다. 그는 돌 그 자체다. 나를 빤히 쳐다보는 돌의 남자. 그는 소매가 짧은 검은색 면 와이셔츠를 입고 있다. 늙었지만 타이터스만큼은 아니다. 쉰 살쯤 된 것 같다. 예순이나. 라일 아저씨가 알고 지내는 다른 거친 남자들처럼 근육질에 얼굴이 험상궂다.

반 토막 내면 그의 몸속에 있는 나이테로 나이를 알 수 있지 않을까. 그 남자는 나를 가만히 노려보고 있고, 이제는 나도 그 남자를 뚫어져라 쳐다본다. 둥근 테이블 주변이 떠들썩한 와중에도 나만 빤히 쳐다보고 있는 이 돌의 남자는 큰 코에 눈이 가늘고, 기다란 은발을 뒤로 넘겨 한데 묶었지만 두피 중간쯤부터 머리카락이 나기 시작해서 마치 두개골 안에 있던 이 기다란 은발을 진공청소기로 빨아낸 것처럼 보인다. 슬림 할아버지는 우리 인생이라는 대작 영화 속의 작은 영화들 같은 이런 순간에 대해 항상 이야기한다. 다차원적인 인생. 다양한 관점에서 바라보는 인생. 자리에 앉기 전 여러 명이 둥근 테이블에서 만나는 이 짧은 순간, 다양한 관점들이 함께한다. 이런 순간들은 앞으로만 움직이는 것이 아니라 옆으로도 움직여서 무한한 관점들을 담아내기도 한다. 그리고 이런 여러 관점의 순간들을 모두 합하면 단 하나의 순간 안에 스쳐 지나가는 영원에 가까운 무언가를 포착할 수 있을지도 모른다. 아니면 영원 비슷한 것에라도.

이 순간을 나처럼 보는 사람은 아무도 없다. 내가 죽을 때까지 이 순간은 은발을 뒤로 묶은 소름 끼치는 남자로 정의될 것이다.

"이완." 타이터스가 왼손을 라일 아저씨의 어깨에 얹은 채, 내 옆에 서 있는 형을 가리키며 큰 소리로 말한다. "내가 말한 그 아이야. 자네처럼 말이 없지." 타이터스가 이완이라 부르는 남자가 내게서 눈을 떼고 형을 바라본다.

"나는 말해요." 타이터스가 이완이라 부르는 남자가 말한다.

타이터스가 이완이라 부르는 남자가 자기 앞에 놓인 맥주 잔으로 눈을 돌리더니 오른손으로 잔을 꽉 쥐고, 스키장 리프트가 올라가듯이 느릿느릿 자기 입술로 가져간다. 그러고는 잔에 든 맥주의 절반을 단숨에 마셔버린다. 타이터스가 이완이라 부르는 이 남자는 어쩌면 200살이 아닐까. 그의 몸을 반으로 갈라 확인해본 사람이 아무도 없으니 모를 일이다.

빅 당이 멀리서 큰 소리로 말하며 테이블로 다가온다. 그녀는 반짝이는 에메랄드색 드레스를 입고 있는데, 드레스가 몸통과 다리에 딱 달라붙어 발까지 가려버렸다. 그래서 그녀가 마마 팜스의 위층을 걷고 있는 것이 아니라 공중에 뜬 채 우리 테이블로 날아오는 것처럼 보인다. 발을 질질 끌며 그녀를 따라오고 있는 검은색 코트와 바지 차림의 대런 당은 옷을 입고 있다기보다는 견디고 있는 듯 영 불편한 기색이다.

"잘 오셨어요, 여러분, 환영합니다, 환영해요, 앉아요, 앉아." 빅 당은 이렇게 말하며 한 팔로 타이터스 브로즈를 감싸 안는다. "오늘 밤엔 식욕이 잘 돌아야 할 거예요. 앞으로 먹을 게 산더미처럼 쌓여 있으니까."

*

관점. 시점. 각도. 빨간 원피스를 입고 바삭바삭한 틸라피아 덩어리를 접시에 떨어뜨리며 라일 아저씨와 함께 웃는 엄마. 틸라피아는 마늘과 칠리와 고수로 만든 소스에 푹 잠겨 있고,

159

새까맣게 탄 날카로운 등지느러미에 드러나 있는 수많은 흰 뼈들은 지옥에서 악마가 연주하는 휘어진 오르간의 흰 건반들 같다.

타이터스 브로즈는 딸 해나에게 한 팔을 얹은 채, 베트남식 레몬그라스 비프 누들 샐러드 한 젓가락과 씨름하고 있는 시의회 의원 스티븐 버크와 얘기를 나누고 있다.

라일 아저씨의 절친한 친구 테디는 테이블 맞은편에 앉아 있는 우리 엄마를 뚫어지게 쳐다보고 있다.

빅 당은 또 다른 요리를 테이블로 가져온다.

"푹 삶은 가물치예요!" 그녀가 환하게 웃으며 말한다.

대런 당은 내 왼쪽에, 형은 내 오른쪽에 앉아 있다. 우리 셋은 스프링롤을 먹고 있다. 타이터스가 이완이라 부르는 남자는 내 맞은편에 앉아, 칠리 크랩의 진한 주황색 집게발에서 살을 쪽쪽 빨아 먹고 있다.

"이완 크롤." 대런이 스프링롤을 어적어적 씹으면서 고개를 숙인 채 말한다.

"응?"

"그 사람 그만 좀 쳐다봐." 대런은 타이터스가 이완이라 부르는 남자가 있는 곳만 빼고 아무 데로나 고개를 획획 돌리며 말한다.

"소름 끼치는 걸 어떡해."

이 테이블은 시끄럽다. 아래층에서 라운지 가수가 부르는 노래, 우리 테이블에 있는 손님들이 술에 취해 떠드는 소리,

빅 당이 낄낄대며 야단스럽게 웃는 소리. 식당이 이렇게 떠들썩하니, 대런과 내 주위에 일종의 투명 방음벽이 만들어져 우리 근처에 있는 사람들에 대해서도 마음 놓고 떠들 수 있다.

"돈 받고 하는 일이 그거니까." 대런이 말한다.

"무슨 일?"

"사람들을 소름 끼치게 만드는 거."

"그게 무슨 뜻이야? 저 사람 직업이 뭔데?"

"낮에는 다이보로에 있는 라마 농장을 운영하지."

"라마 농장?"

"그래, 나도 거기 가봤어. 농장에 온갖 라마를 다 데려다 놨더라고. 진짜 괴상한 짐승들이야, 꼭 당나귀가 낙타랑 섹스해서 낳은 것처럼 생겼다니까. 아랫니는 커다랗고 노란 게, 이 세상 최악의 교정기를 낀 것 같고. 이빨도 얼마나 형편없는지 사과를 줘도 씹지를 못하고 알사탕처럼 혀로 이리저리 굴리기만 하더라고."

"그럼 밤에는……?"

"밤에는 사람들을 소름 끼치게 만들지."

대런은 우리 테이블에 있는 회전판을 돌려, 소금과 후추를 뿌려 구운 머드 크랩을 우리 앞으로 갖다 놓는다. 그러고는 집게발 하나와 아삭아삭한 게 다리 세 개를 작은 밥그릇으로 옮긴다.

"그게 저 사람 직업이야?" 내가 묻는다.

"그렇다니까. 저 인간이 우리 사업에서 가장 중요한 일을 맡은 거야." 대런은 고개를 젓는다. "참 나, 팅크, 너도 신참 마약상의 아들이잖아."

"말했잖아, 라일 아저씨는 우리 아빠가 아니라니까."

"미안, 깜박했네, 임시 아빠였지."

소금과 후추를 뿌린 게의 집게발을 나도 하나 집어 큼직한 어금니로 깨물자, 구워진 게 껍데기가 달걀 껍데기처럼 부서진다. 만약 다라의 주민들이 단체로 흔들 수 있는 깃발 같은 것이 있다면, 소금과 후추를 뿌린 껍데기가 연한 머드 크랩을 깃발 어딘가에 그려 넣어야 할 것 같다.

"어떻게 사람들을 소름 끼치게 만드는데?" 내가 묻는다.

"평판과 소문으로. 엄마가 그랬어." 대런이 설명한다. "물론 명성은 누구든 얻을 수 있지. 그냥 거리에 나가서 처음 만나는 불쌍한 자식의 목에 칼을 꽂아 넣으면 그만이야."

대런이 회전판을 또 돌리다 어육 완자가 앞에 오자 멈춘다.

나는 이완 크롤에게서 눈을 뗄 수가 없다. 그는 담배 때문에 누렇게 변색된 큼직하고 곧은 치아에서 게 껍데기 속 연골을 빼내고 있다.

"물론 이완 크롤은 위험한 일이란 일은 다 해냈지." 대런이 말한다. "사람 뒤통수에 총알을 박아 넣고, 염산을 뿌리고. 하지만 사람들을 어떻게 겁주는지는 우리도 잘 몰라. 이완 크롤 같은 인간은 소문만 잘 돌아도 반은 먹고 들어가거든. 사람들이 소문 때문에 벌벌 떠니까."

"어떤 소문?"

"못 들어봤냐?"

"무슨 소문이냐니까, 대런?"

대런은 이완 크롤을 건너다보더니 내 쪽으로 몸을 가까이 기울인다.

"마른 뼈들아." 대런이 속삭인다. "마른 뼈들아, 마른 뼈들아."

"무슨 헛소리야?"

대런은 게 다리 두 개를 들고서, 인간 다리처럼 테이블 위에서 춤추게 만든다.

"발가락뼈를 발뼈에 연결하고." 대런이 노래를 부른다. "발뼈를 발목뼈에 연결하고, 발목뼈를 다리뼈에 연결하고, 이제 해골을 흔들어."

대런은 웃음을 터뜨리더니 날카로운 손을 뻗어 내 목을 잡고 꽉 조른다. "목뼈를 머리뼈에 연결해." 대런은 이렇게 노래 부르며 내 이마에 주먹을 댄다. "머리뼈를 거시기 뼈에 연결해."

대런이 자지러지게 웃자 이완 크롤이 접시에서 고개를 들고는 무표정한 갈색 눈으로 주변을 쭉 훑는다. 대런은 곧장 똑바로 앉으며 웃음을 싹 멈춘다. 이완은 무참히 학살당하고 있는 게가 담긴 접시로 다시 고개를 숙인다.

"등신 새끼." 나는 이렇게 속삭인다. 그리고 이번에는 내가 대런에게 가까이 몸을 기울인다. "뼈 얘기는 왜 하는 건데?"

"그냥 넘어가." 대런은 젓가락으로 쌀밥을 쿡 찌르며 말한다.

나는 손등으로 대런의 어깨를 찰싹 때린다. "쩨쩨하게 이러기냐."

"뭘 그렇게 신경 쓰고 난리야? 나중에 《쿠리어 메일》에 기사라도 쓰게?"

"알아야겠어. 나도 라일 아저씨 밑에서 잠깐 일할 거니까."

대런의 눈이 번득인다.

"뭘 할 건데?"

"감시." 나는 우쭐대며 말한다.

"뭐?" 대런은 이렇게 소리 지르더니 의자에 등을 기대며 깔깔거린다. "하! 팅커벨이 감시한대. 오, 주여, 저 좀 살려주세요! 팅커벨이 납신대요! 정확히 뭘 감시할 건데?"

"세부적인 것들."

"세부적인 것들?" 대런은 이제 자기 무릎을 때리며 고함을 지른다. "세부적인 것들이라니? 오늘 내가 녹색 팬티에 흰 양말을 신었다, 뭐 이런 거?"

"그래. 전부 다. 아주 사소한 것까지. 그런 게 지식이라고 슬림 할아버지가 그랬거든. 아는 게 힘이라고."

"라일 아저씨가 너한테 그 일을 풀타임으로 맡기겠대?" 대런이 묻는다.

"감시하는 걸 멈추면 안 되니까. 하루 24시간 계속 대기하고 있어야지."

"오늘 밤엔 뭘 감시하는 중이야?"

"마른 뼈들 얘기나 해봐, 그럼 내가 뭘 감시하고 있었는지 말해줄게."

164

"먼저 말해봐, 그럼 마른 뼈들 얘길 해줄게, 팅크."

나는 숨을 크게 한 번 쉬고, 테이블 맞은편을 바라본다. 라일 아저씨의 절친한 친구 테디는 아직도 우리 엄마를 뚫어지게 쳐다보고 있다. 저런 눈빛으로 우리 엄마를 쳐다보는 남자들은 전에도 있었다. 테디는 크게 부풀린 검은 곱슬머리에 피부는 올리브색이고, 검은 콧수염이 빽빽이 나 있다. 슬림 할아버지가 말하기를, 자존심이 엄청 세고 자지가 작은 남자들이 그런 콧수염을 기른다고 했다. 그 이유는 한 번도 말해주지 않았다. 테디는 외가 쪽이 이탈리아계인가, 그리스계인가 그렇다. 테디는 엄마를 빤히 쳐다보는 그를 빤히 쳐다보고 있는 나를 알아챈다. 그러고는 빙긋 웃는다. 저 미소를 전에도 본 적 있다.

"잘 지내니, 꼬마들아?" 테디가 테이블의 시끌벅적한 소음보다 큰 소리로 묻는다.

"잘 지내요, 고마워요, 테디." 내가 말한다.

"넌 어때, 오거스트?" 테디가 맥주잔을 형에게 들어 올리며 묻는다.

형은 건배하듯 레모네이드 컵을 테디 쪽으로 들어 올리며, 왼쪽 눈썹을 심드렁하게 치켜올린다.

"이렇게 하는 거야, 꼬마들아." 테디는 유쾌하게 윙크하며 미소 짓는다.

나는 다시 대런에게 몸을 기울인다. "아주 사소한 것들. 한 상황에 수백만 개의 세부적인 사실들이 있지. 네가 젓가락을 잡을 때 비틀리는 오른손 검지. 네 겨드랑이 냄새랑 네 와이셔츠 밑에 묻어 있는 물담배 얼룩. 저기 앉은 여자의 어깨에 있는 아프리카 모양의 모반. 타이터스의 딸 해나가 오늘 밤에 포크로 밥을 몇 번 떠먹은 것 빼고는 아무것도 안 먹었다는 사실. 타이터스는 해나의 왼쪽 허벅지에서 30분 이상 손을 뗀 적이 없어. 너희 엄마는 우리의 친절한 시의회 의원님한테 봉투를 슬쩍 밀어줬고, 우리의 친절한 의원님은 화장실에 갔다 와서 앉더니 음료 냉장고 옆에 서 있는 너희 엄마에게로 와인 잔을 들어 올렸지. 너희 엄마는 빙긋 웃고 고개를 끄덕인 다음 아래층으로 내려가서 덩치 큰 베트남 할아버지랑 얘기를 나눴어. 그 할아버지는 무대 옆에 앉아서, 그 끔찍한 가수가 비지스의 「뉴욕 마이닝 디재스터 1941(New York Mining Disaster 1941)」을 힘겹게 부르는 모습을 지켜보고 있었고. 저기 송어 수조에서 막대폭죽으로 물고기 찔러대고 있는 애 있지? 저 애의 큰누나가 투이 짠, 진달리 고등학교 8학년인데, 저 노란색 원피스를 입고 있으니까 좆나 예뻐 보이네. 지금까지 투이 짠이 네 번이나 너를 쳐다봤는데, 너는 약에 취한 똥멍청이라 눈치도 못 채고 있지."

대런이 식당 아래층을 내려다보자 대런과 눈이 마주친 투이 짠이 빙긋 웃으며 검은 생머리를 뒤로 넘긴다. 대런은 바로 고개를 돌려버린다. "젠장, 벨, 네 말이 맞네." 대런이 고개를 젓는다. "난 그냥 재수 없는 인간들이 모여서 저녁 먹고 있구나, 이렇게만 생각했는데."

"이제 마른 뼈들 얘기나 해봐."

대런은 레모네이드를 단숨에 쭉 들이켜고 재킷과 바지를 똑바로 편 다음, 다시 내 쪽으로 몸을 가까이 기울인다. 우리는 우리의 토론 대상인 이완 크롤을 빤히 쳐다본다.

"30년 전에 저 사람 형이 실종됐어. 형 이름이 마그나르인데, 폴란드어로 '거친 놈'이라는 뜻이라나 뭐라나. 다라에서 제일 거친 새끼였지. 진짜 야비한 사디스트. 마그나르는 이완을 끊임없이 괴롭혔어. 불로 지지고, 그뿐이냐, 철로에 묶어놓고 굵은 전선으로 때리고. 그러던 어느 날 두 형제가 가족 헛간에서 차를 고치고 있었는데, 마그나르가 합성 헤로인을 잔뜩 탄 폴란드산 위스키를 마시고 기절한 거야. 이완은 자기 형의 두 팔을 잡아서 질질 끌고 100미터 떨어진 가족 방목지 뒤쪽까지 갔어. 그런 다음 아주 침착하게 전깃줄 두 개를 이어서 방목지 뒤쪽까지 쭉 연결하고, 동그란 전기톱을 켜서 형의 머리를 잘랐지. 포드 팰컨의 지붕을 떼어내듯이 태연하게."

우리는 이완 크롤을 빤히 쳐다본다. 우리의 시선이 느껴지는지 그가 고개를 들더니, 무릎에 있던 냅킨으로 입을 닦는다.

"그 얘기, 진짜야?" 내가 속삭인다.

"이완 크롤에 대한 소문이 항상 정확한 건 아니라고 엄마가 그랬어."

"그럴 줄 알았어."

"아니, 인마, 그게 아니지. 엄마 말은, 이완 크롤에 대한 소문이 완전한 진실은 아니라는 거야. 완전한 진실은 너무 구려

167

서 아무리 제정신이라도, 아무리 머리를 싸매도 이해하기 어려우니까."

"그래서 이완이 마그나르를, 아니 마그나르의 남은 몸을 어떻게 했는데?"

"아무도 몰라." 대런이 말한다. "마그나르는 그냥 사라졌어. 없어져버렸다고. 흔적도 없이. 나머지는 사람들이 수군대는 이야기들뿐이야. 그게 바로 이완의 특별한 재능이지. 그래서 지금 하는 일을 그렇게 잘하는 거야. 오늘 거리를 걷고 있는 인간도 이완의 표적으로 찍히면 내일 아무 데서도 못 걷거든."

나는 이완 크롤을 계속 빤히 쳐다본다.

"너희 엄마는 알아?" 내가 묻는다.

"뭘?"

"이완이 자기 형의 시체를 어떻게 했는지 말이야."

"아니, 엄마는 하나도 몰라. 하지만 나는 알지."

"어떻게 했는데?"

"자기 표적들한테 하는 거랑 똑같이 했지."

"어떻게?"

대런은 회전판을 돌려 칠리 크랩이 가득 담긴 접시에서 멈추더니, 통째로 요리된 모래게를 자기 접시로 옮긴다.

"잘 봐."

대런은 이렇게 말하고는, 게의 오른쪽 집게발을 확 비틀어 떼고 속살을 빨아 먹는다. 이번에는 왼쪽 집게발을 집더니 몸통에서 쫙 찢어낸다. 눈사람의 어깨에서 막대기를 뽑아내듯이 쉽게.

"팔은 끝났고. 그다음엔 다리."

대런은 게 몸통의 오른쪽에 달린 다리 세 개를 뜯어낸다. 왼쪽의 다리 세 개도.

"표적들은 전부 다 그냥 사라지는 거야, 팅크. 고자질쟁이들, 입 싼 인간들, 적들, 경쟁자들, 빚을 못 갚은 고객들."

이제 대런은 게의 뒷다리들을 제거한다. 관절로 연결된 네 개의 마디가 작고 납작한 봉돌처럼 생겼다. 대런은 이 다리들의 속살을 쪽쪽 빨아 먹고, 온전한 모양 그대로 남은 다리 껍데기들을 등딱지 옆으로 돌려놓는다. 원래 붙어 있던 자리지만, 등 껍데기에서 약간 떨어진 곳에. 그다음엔 집게발들도 다리처럼 제자리로 돌려놓는다. 칠리소스가 묻은 몸통에서 1밀리미터 떨어뜨려서.

"토막을 내는 거야, 엘리." 대런이 속삭인다.

대런은 멍한 표정을 짓고 있는 내 얼굴을 보더니, 게의 다리와 집게발을 전부 다 모아, 오목한 등딱지 속에 넣는다. "시체를 여섯 토막 내면 옮기기가 훨씬 더 쉽잖아." 대런은 이렇게 말하며, 속살을 빨아 먹히고 버려진 게 껍데기로 이미 가득 찬 그릇에 등딱지를 툭 떨어뜨린다.

"어디로 옮겨?"

대런은 피식 웃으며, 타이터스 브로즈 쪽으로 고개를 까딱한다.

"좋은 집으로." 대런이 말한다.

인공 수족의 제왕에게로.

그 순간 타이터스가 일어나더니 포크로 와인 잔을 톡톡 친다.

"자, 여러분, 이 즐거운 저녁을 기념하기 위해 감사 인사를 짤막하게 해야겠군요."

*

집으로 걸어가는 길, 오리온자리는 짙은 구름에 가려져 있다. 형과 엄마가 라일 아저씨와 내 앞에서 걸어가고 있다. 우리는 두시 스트리트 공원에 둘러진 녹색 통나무 울타리 위에서 균형을 잡고 서 있는 엄마와 형을 지켜본다. 방부 처리한 기다란 연녹색 솔통나무를 그루터기 두 개에 하나씩 얹는 방식으로 만들어진 이 통나무 울타리는 거의 6년째 우리 가족에게 올림픽 체조 경기의 평균대 노릇을 하고 있다.

엄마는 우아하게 뛰어올랐다가 두 발로 평균대에 착지한다. 이번에는 과감하게 공중에서 가위차기를 성공한 다음, 역시 떨어지지 않고 평균대에 착지한다. 형이 열렬한 박수를 보낸다.

"자, 이제 위대한 코마네치 선수가 착지를 준비합니다." 엄마가 이렇게 말하며, 소나무 장대 끝으로 조심조심 다가간다. 그러고는 한 팔을 쭉 뻗어 야단스럽게 흔들며, 가상의 군중인 1976년 몬트리올 올림픽 심판들과 골수팬들에게 인사한다. 형이 두 팔을 앞으로 내밀고 무릎을 구부려 몸을 낮춘다. 엄마는 기다리고 있는 형의 품속으로 뛰어든다.

"10점 만점!" 엄마가 이렇게 말하자, 형은 축하하는 의미로 엄마를 안고 빙 돈다. 둘은 계속 걸어가다가, 이번에는 형이 통나무 평균대에 펄쩍 뛰어오른다.

라일 아저씨는 멀리서 지켜보며 미소 짓는다.

"그래서, 생각해봤어요?" 내가 묻는다.

"뭘 말이야?" 아저씨가 답한다.

"내 계획요."

"그 특공대라는 거, 더 얘기해봐."

"야누스 특공대요. 신문 좀 읽어요. 경찰이 골든트라이앵글에서 들어오는 마약과 전쟁을 벌이고 있잖아요."

"헛소리는."

"정말이에요. 신문에 계속 나온다니까요. 슬림 할아버지한테 물어봐요."

"그래, 특공대라는 게 진짜 있다고 치자, 그래도 다 쇼하는 거야. 연막작전이지. 여기 높은 경찰 양반들 중에 절반은 타이터스가 대주는 돈으로 크리스마스를 보내고 있거든. 들어오는 마약을 막고 싶어 하는 새끼는 여기에 한 명도 없어. 타이터스가 거저먹는 돈을 막아봐야 좋을 게 없으니까."

"야누스 특공대는 여기 경찰들이 아니에요. 오스트레일리아 연방 경찰이죠. 주로 국경 지대에서 활동해요. 마약 밀매범들이 해변에 도착하기도 전에 바다에서 잡아버린대요."

"그럼……."

"그럼, 곧 공급이 수요를 못 따라가겠죠. 수천 명의 마약쟁이들이 약을 사려고 다라와 입스위치를 뛰어다니겠지만, 약을 가진 사람들은 연방 경찰뿐인데 그들은 안 팔 테니까요."

"그래서?"

"그러니까 지금 다 쓸어 모으자고요. 한 번에 왕창 다 사버리는 거예요. 땅속에 1, 2년 묻어두면, 연방 경찰 덕에 다이아몬드 값이 될 거예요."

라일 아저씨는 고개를 돌려 나를 아래위로 훑어본다.

"대런 당이랑 어울려 다니더니 이상해졌구나."

"그런 말 말아요. 대런은 우리를 빅이랑 이어주는 연줄이라고요. 아저씨가 자꾸 나를 대런네 집에 데려가서 빅한테 책임감 있고 다정한 보호자인 척 얘기하니까, 빅도 결국 아저씨를 믿고 헤로인 10킬로그램을 파는 거 아니에요."

"얘기가 왜 그쪽으로 새냐, 이 녀석아."

"대런한테 시세를 물어봤어요. 걔 말로는, 현 시세가 그램당 15달러니까 10킬로그램을 팔면 15만 달러를 벌 수 있대요. 아저씨는 그걸 1, 2년 묵혀요. 그러면 그램당 18달러, 19달러, 20달러씩 받고 팔 수 있어요. 더 갭에 있는 괜찮은 집은 7만 1000달러면 사요. 남은 돈으로 집 두 채에 수영장을 만들 수 있을 거예요."

"내가 몰래 딴 주머니 차고 있다는 걸 타이터스가 알고 해결책을 찾겠다며 이완 크롤을 보내면 어떡하려고?"

그 답은 나도 모른다. 나는 계속 걷는다. 솔로 탄산음료의 빈 캔이 배수로에 떨어져 있길래 오른발로 찬다. 캔이 아스팔트 길 한가운데로 튕겨 나간다.

"저거 안 주워?" 아저씨가 묻는다.

"뭘요?"

"캔, 저 망할 캔 말이야, 엘리." 아저씨가 짜증스럽게 말한다. "여기를 좀 봐. 공원에 수레가 버려져 있지를 않나, 쓰고 버린 기저귀에 감자칩 포장지까지 여기저기 널브러져 있지를 않나. 내가 어렸을 때만 해도 이 거리는 정말 깨끗했어. 사람들이 신경을 썼으니까. 네가 끔찍이 좋아하는 갭만큼이나 여기도 예뻤다고. 어쩌다 이 꼴이 됐는지 얘기해줄까? 다라의 부모들이 다 쓴 기저귀를 거리에 버리기 시작하다가, 어느 순간 시드니 오페라 하우스 밖에서 타이어에 불을 붙이고 있는 거야. 그렇게 오스트레일리아는 개판으로 변하고 있어. 음료수 캔을 거리 한가운데로 차버리는 너 같은 사람 때문에."

"변두리 지역에 헤로인이 퍼지는 게 더 빨리 망하는 길인 것 같은데요."

"그냥 캔이나 주워, 건방진 녀석아."

나는 캔을 줍고 말한다. "호수에 떨어지는 물방울."

"무슨 소리야?"

"파급 효과요." 나는 캔을 들어 올리며 묻는다. "이건 어떡해요?"

"저기 있는 쓰레기통에 버려."

나는 실비오 피자 상자들과 빈 맥주병들로 꽉 차 있는 길가의 검은 쓰레기통에 캔을 떨어뜨린다. 우리는 계속 걷는다.

"호수에 떨어지는 물방울이라는 게 뭐야?" 아저씨가 묻는다.

내 인생에 관한 가설일 뿐이다. 나는 공원의 경계에 띄엄띄엄 늘어서 있는 장대 울타리들 사이를 지그재그로 움직이고 있는 엄마와 형을 지켜본다.

"엄마가 어렸을 때 엄마의 아버지가 떠나버린 사건, 그런 게 바로 호수에 떨어지는 물방울이에요. 그 일 때문에 엄마 인생에 물결이 일기 시작했으니까요. 할아버지가 떠난 뒤 할머니는 시드니의 서쪽 마을에 있는 좁아터진 집에서 여섯 아이를 혼자 키워야 했죠. 엄마는 맏이라서 열네 살에 학교를 그만두고 취직해서 생활비와 식비를 보탰어요. 그렇게 2, 3년이 지나자 엄마는 할머니에게 화가 났죠. 엄마한테도 꿈이 있었으니까요. 변호사 같은 사람이 돼서 시드니 서부의 불쌍한 쥐새끼 같은 애들을 실버워터에서 구해주는 게 엄마 꿈이었어요. 엄마는 가출해서 남의 차를 얻어 타고 눌러보 평원을 가로질러 웨스턴 오스트레일리아까지 가서, 로즈 앤 크라운 호텔에서 서빙을 했어요. 그러던 어느 날 밤 집으로 돌아가는 길에 어떤 미친놈이 엄마 목에 칼을 들이대면서 자기 차 속에 엄마를 거칠게 던져 넣어 태우고 캄캄한 고속도로를 달린 거예요. 그놈이 엄마한테 무슨 짓을 할지 누가 알겠어요. 그런데 도로 보수반이 밤에 도로를 넓히는 공사를 하고 있는 바람에 그놈이 차속도를 늦췄죠. 우리 엄마는 세상에서 가장 용감한 여자니까, 시속 50킬로미터로 달리고 있는 차에서 그냥 뛰어내렸어요. 그러다가 아스팔트 길에 넘어져서 오른팔이 부러지고 두 다리를 다쳤지만 엄마는 잽싸게 일어나서 전속력으로 달렸어요. 학교 육상 대회에 나갈 때마다 우승했던 어린 시절처럼 있는 힘을 다해서 공사 현장의 불빛을 향해 달렸죠. 차 안에 있던 미친놈은 어두운 고속도로에서 차를 돌리기 시작했지만, 엄마는 인부 세 명이 잠깐 쉬고 있는 간이식당으로 가서 미친 듯이 소리치면서 방금 일어난 일을 알렸어요. 한 인부가 문밖으로 뛰쳐나갔더니 미친놈의 차가 쌩하는 소리를 내면서 달아나고 있는 거예요. 인부가 식당으로 돌아와서 말했죠. '이제 안전해요, 안전해.' 그 인부가 바로 로버트 벨이에요, 우리 아빠요."

아저씨가 걸음을 뚝 멈춘다.

"젠장."

"엄마한테 그 얘기 못 들었어요?"

"못 들었어, 엘리, 나한테 한 번도 얘기 안 해줬거든."

우리는 계속 걷는다.

"정말 타이터스가 이완 크롤을 우리한테 보낼까요?" 내가 묻는다.

"거래는 거래니까, 꼬마야."

"그 사람에 관한 소문, 전부 다 사실이에요?"

"무슨 소문?"

"이완이 시체를 어떻게 처리하는지 대런이 얘기해줬어요. 그거 정말이에요?"

"난 알아볼 생각도 안 했어, 엘리. 이완 크롤이 범죄자들을 죽여놓고 시체를 어떻게 처리하는지 그만 묻고 다니는 게 네

신상에 좋을 거다."

우리는 계속 걷는다.

"우리 내일은 어디로 가요?" 내가 묻는다.

아저씨는 숨을 크게 들이마셨다가 푹 내쉰다.

"학교 가야지."

"그럼 토요일에는 뭐 해요?" 나는 꿋꿋이 씩씩하게 묻는다.

"나하고 테디는 로건 시티에 배달할 물건이 있어."

"우리도 가도 돼요?"

"아니."

"차 안에 앉아 있기만 할게요."

"대체 뭣 때문에?"

"말했잖아요, 내가 잘 지켜본다고요."

"그래서 뭘 보게 될 것 같으냐, 엘리?"

"오늘 밤에 본 그런 것들요. 아저씨는 못 보는 것들."

"어떤 거 말이냐?"

"엄마한테 반한 테디, 뭐 그런 거죠."

소
　년 ,

　　　행 운
　　　　　을
　　　　잃 다

　　호수에 떨어지는 물방울 하나. 엄마는 다음 달 토요일마다
회의를 여는 학교 축제 준비 위원회의 위원이 되어달라는 부
탁을 받는다. 평소에 전혀 안 하는 일이라 이번에는 엄마도 참
여하고 싶어 한다. 학부모·학우 모임의 얄미운 여자들은 싫
지만, 가끔은 그들과 같은 부류처럼 느끼고 싶을 때도 있으니
까. 그런데 마침 슬림 할아버지의 가슴에 이상이 생기고 할아
버지 오줌이 적갈색으로 변하더니 폐렴이라는 진단이 떨어진
다. 할아버지는 브리즈번에서 우리 집 반대편에 있는 레드클
리프에 작은 집을 빌려 숨어 지내다시피 했다. 엄마와 라일 아
저씨한테는 토요일마다 형과 나를 봐줄 베이비시터가 없다.
　　1986년 봄. 나는 중학생이다. 다라 공립학교 창밖을 내다보
던 내가 이제는 형과 함께 매일 버스를 타고 이날라까지 가서
리칠랜즈 공립 중등학교 창밖을 내다본다. 이제 열세 살이고,
목소리도 더 굵어지고 불알도 더 커졌으니 퀸즐랜드주의 자존
심 강한 10대답게 새로운 경험을 하고 싶다. 다음 달엔 토요일

마다 라일 아저씨와 함께 헤로인 배달을 한다든지. 나는 주위에 어른이 없을 때마다 형과 내가 물건들을 불에 태우고 싶어 안달이 난다는 사실을 엄마에게 은근슬쩍 상기시킨다. 저기, 며칠 전 옥슬리에서 자선 단체인 라이프라인의 기부함 옆에서 휘발유에 뒤덮인 지구본을 발견했는데, 형이 거기다 불을 지르더라고요, 라면서. 형이 오스트레일리아 위에 돋보기를 대고 모은 햇빛이 세상을 멸망시킬 듯 뜨거운 점으로 브리즈번을 덮치자 나는 외쳤다. "온 세상이 불타오를 거야!"

"내가 애들 데리고 진달리 수영장에 갈게." 라일 아저씨가 말한다. "애들이 두세 시간 수영하고 있으면 그동안 테디랑 내가 물건 배달하러 갔다가 애들 데리고 집에 오지 뭐."

엄마가 형과 나를 보며 묻는다. "숙제 남은 거 없어?"

"수학만 남았어요." 내가 말한다.

형도 고개를 끄덕인다. '나도 그래요.'

"수학부터 끝내서 어려운 걸 먼저 해치워버렸어야지." 엄마가 말한다.

"인생이 어디 제 맘대로만 되나요, 엄마." 내가 말한다. "어려운 걸 먼저 해치워버릴 수 없을 때도 있잖아요."

"그러게 말이다." 엄마가 말한다. "좋아, 수영장에 가는 대신 내가 집에 오기 전까지 숙제는 다 끝내놔야 해."

문제 없다. 하지만 진달리 수영장에 도착해보니, 50미터 길이의 수영장 바닥을 새로 까는 공사 때문에 문이 닫혀 있다.

"젠장." 라일 아저씨가 소리를 버럭 지른다.

테디는 우리가 타고 있는 1976년형 황록색 마쓰다 세단의 주인이라 운전석에 앉아 있다. 봄인데도 차 안이 벽돌 굽는 가마 같아서, 조수석의 뜨거운 갈색 비닐 시트가 내 허벅지 밑에 찰싹 들러붙어 있다. 나랑 똑같이 회색 케이마트 반바지를 입고 있는 형도 마찬가지다.

테디가 자기 손목시계를 보더니 말한다. "7분 안에 잼버리 하이츠에 도착해야 돼."

"젠장." 라일 아저씨가 고개를 저으며 말한다. "출발하자."

우리는 잼버리 하이츠의 어느 이층집 밖에 차를 세운다. 노란 벽돌집인데, 큼직한 알루미늄 차고 문이 달려 있다. 집 앞 계단 꼭대기에서는 다섯 살 정도 되어 보이는 마오리족 남자아이가 웃통을 벗은 채로 분홍색 플라스틱 줄넘기를 격렬하게 돌려 폴짝폴짝 뛰어넘고 있다. 날이 얼마나 더운지, 창밖으로 보이는 아스팔트 길에 뜨거운 공기 주머니들이 투명한 신기루처럼 반짝이고 있다.

라일 아저씨와 테디는 잠깐 멈춰서 주변을 훑어본 다음, 룸미러와 사이드미러를 들여다본다. 테디가 자동차 트렁크를 연다. 두 사람은 동시에 마쓰다에서 내려 차 뒤쪽으로 걸어간다. 트렁크를 닫는다.

라일 아저씨가 파란색 플라스틱 아이스박스를 들고 앞쪽 조수석 문으로 돌아오더니 차 안으로 몸을 숙인다.

"너희 둘은 여기 얌전히 앉아 있어, 알았지?" 아저씨는 이렇게 말하고는 문을 닫으려 한다.

"장난해요?" 내가 말한다.

"뭐?"

"차 안 온도가 50도는 될걸요. 딱 10분 만에 감자튀김처럼 튀겨질 거예요."

아저씨는 한숨을 푹 내쉬고는 숨을 크게 들이마신다. 그런 다음 주위를 둘러보다가 길가에 있는 작은 나무를 발견한다.

"좋아, 저기 저 나무 밑에서 기다려."

"이웃 사람이 나와서 왜 자기네 나무 밑에 앉아 있느냐고 물어보면 뭐라고 말해요?" 내가 묻는다. "'그냥 마약 팔러 온 거예요. 신경 쓰지 마세요'라고 답해요?"

"너 때문에 정말 미쳐버리겠다, 엘리." 아저씨는 이렇게 말하며 문을 쾅 닫는다.

그러고는 형 쪽의 문을 연다.

"자, 가자. 하지만 입도 뻥긋하지 마."

줄넘기를 하고 있는 아이가 자기 옆을 지나가는 우리를 지켜본다. 아이의 코 밑에 누런 콧물이 나와 있다.

"안녕." 지나가면서 내가 말한다.

아이는 아무 말도 없다. 라일 아저씨가 방충망 문틀을 손가락 마디로 톡톡 두드린다. "라일, 자네야?" 어두컴컴한 거실에서 목소리가 들려온다. "들어와, 친구."

우리는 집으로 들어간다. 라일 아저씨, 그다음엔 테디, 그다음엔 형, 그리고 나.

비어 있는 3인용 소파 옆의 갈색 안락의자에 마오리족 남자 두 명이 앉아 있다. 거실에는 담배 연기가 자욱하고, 의자 팔걸이에 놓인 재떨이들은 꽉 차 있다. 한 남자는 깡말랐고 왼쪽 뺨에 마오리족 문신을 새겼다. 다른 남자는 내가 지금껏 본 사람 중에 제일 뚱뚱하다. 그가 인사하듯 말을 건넨다. "라일, 테드."

"에즈라." 라일 아저씨가 말한다.

에즈라는 검은색 반바지에 헐렁한 검은색 셔츠를 입었고, 다리가 어찌나 굵은지 허벅지 살이 무릎뼈 위로 흘러넘쳐서 다리 가운데가 엄니 없는 바다코끼리처럼 생겼다. 하지만 내 눈을 사로잡는 건 남자의 덩치가 아니라 검은 티셔츠의 어마 어마한 크기다. 바깥의 양지에 서 있는 테디의 마쓰다를 다 가려줄 수 있을 만큼 크다.

깡마른 남자는 안락의자에 앉은 채 몸을 앞으로 기울여, 쟁반에 한 그릇 놓여 있는 감자의 껍질을 벗기고 있다.

"이건 또 뭐야, 라일." 에즈라가 형과 나를 보고 미소 지으며 말한다. "훌륭한 부모 상이라도 받아야겠는걸, 애들을 데리고 마약을 팔러 오다니."

에즈라가 자기 다리를 찰싹 때린 다음, 얼굴에 문신을 한 깡마른 친구를 쳐다보지만 그는 아무 말도 없다.

"어이, 내 친구가 올해의 아버지라네!"

"내 애들이 아니야." 라일 아저씨가 말한다.

한 여자가 거실로 들어온다. "어머, 당신 아이들이 아니라면 내가 빼앗아야겠는걸, 라일." 그녀는 형과 내게 미소 지으며 소파에 앉는다. 러닝셔츠를 입고 있고 맨발이다. 오른 팔뚝에 부족 문신을 두른 마오리족 여인. 오른쪽 관자놀이에도 문신으로 새긴 점들이 한 줄로 찍혀 있다. 그녀가 가져온 쟁반에는 당근들과 고구마들, 그리고 네 등분한 호박 한 조각이 담겨 있다.

"안됐지만 엘시." 라일 아저씨가 말한다. "프랭키의 애들이야."

"어쩐지 당신 아이들치고는 너무 잘생겼다 싶었어."

그녀가 형에게 한쪽 눈을 찡긋하자, 형이 미소로 답한다.

"몇 년이나 이 애들을 건사했어, 라일?" 엘시가 묻는다.

"알고 지낸 지 8, 9년 정도 됐지." 아저씨가 답한다.

엘시가 형과 나를 바라본다.

"8, 9년?" 그녀가 라일 아저씨의 말을 그대로 따라 한다. "어떠니, 얘들아? 그 정도면 너희가 라일의 자식들이라고 해도 될 것 같은데?"

형은 고개를 끄덕인다. 엘시는 나를 쳐다보며 대답을 기다린다.

"그런 것 같아요." 내가 말한다.

에즈라와 깡마른 남자는 텔레비전에서 방영되고 있는 영화에 푹 빠져 있다. 갈색 피부의 우람한 전사가 고대의 큰 연회에서 상석에 앉아 있는 장면이다.

"인생 최고의 낙이 뭐지?" 칭기즈 칸처럼 입은 어떤 남자가 이렇게 묻는다.

책상다리를 하고 앉은 갈색 피부의 전사는 근육이 쇠처럼 단단하고, 머리에는 왕관 같은 머리띠를 두르고 있다.

"원수들을 박살 내는 것." 갈색 피부의 전사가 말한다. "원수들이 내 앞에서 쫓기는 걸 보고, 그들의 여자들이 탄식하는 소리를 듣는 것."

형과 나는 순간 이 남자에게 홀리고 만다.

"저 사람 누구예요?" 내가 묻는다.

"아널드 슈워제네거란다." 에즈라가 말한다. "「코난 더 바바리안」이라는 영화지."

아널드 슈워제네거가 내게 최면술이라도 걸고 있는 것 같다.

"저 자식은 엄청 큰 배우가 될 거야." 에즈라가 말한다.

"영화 내용이 뭐예요?" 내가 묻는다.

"전사들이랑 마법사들이 칼 휘두르고 요술 부리는 영화지." 에즈라가 말한다. "하지만 주된 내용은 복수에 관한 거야. 코난이 자기 아빠를 개들 먹이로 주고 자기 엄마 머리를 따버린 새끼를 찾으려고 세상을 돌아다니는 이야기."

텔레비전 밑에 놓여 있는 비디오카세트리코더가 눈에 띈다.

"소니 베타맥스를 샀어요?" 나는 헉하고 숨을 몰아쉰다.

"당연하지." 에즈라가 말한다. "해상도도 더 낫지, 음질도 더 낫지, 흐리지도 않고, 명암비도 더 좋고, 휘도 노이즈도 덜하니까."

형과 나는 곧장 카펫으로 돌진해 기계를 뚫어져라 쳐다본다.

"휘도 노이즈가 뭔데요?" 내가 묻는다.

"그걸 내가 무슨 수로 알아. 박스에 그렇게 써놨더라고."

텔레비전 옆의 책장에는 영화 제목을 흰색 라벨로 붙여놓은 검은색 베타맥스 테이프들이 꽉 채워져 있다. 수백 개나. 어떤 테이프들은 제목을 파란 볼펜으로 좍좍 그어놓고 그 밑에 다른 제목을 적어놨다. 「레이더스」, 「E.T.」, 「록키 3」, 「4차원의 난장이 E.T.」, 「타이탄족의 멸망」. 형이 손가락으로 한 테이프를 가리킨다.

"「엑스칼리버」가 있네요?" 나는 큰 소리로 외친다.

"죽이지?" 에즈라가 환하게 웃는다. "헬런 미렌 말이야. 그 정신 나간 마녀가 죽여주게 섹시하잖아."

나는 열성적으로 고개를 끄덕이며 말한다. "멀린도 나오잖아요."

"꼴통이지." 에즈라가 즐겁게 말한다.

나는 비디오테이프들을 쭉 훑어본다. "「스타워즈」 시리즈가 다 있네요!"

"최고의 「스타워즈」는 뭐지?" 에즈라는 이미 답을 알고 있다는 투로 묻는다.

"「제국의 역습」요."

"정답이다. 그럼 최고의 장면은?"

"데고바에 있는 요다의 동굴요." 두 번 생각할 것도 없다.

"오, 라일, 요 녀석 진짜 물건인데."

라일 아저씨는 어깨를 으쓱하더니 주머니에서 화이트 옥스한 갑을 꺼내 담배 한 개비를 만다.

"무슨 소리를 하는 건지 통 모르겠네."

"루크가 동굴에서 베이더를 발견하고 죽이니까 가면이 깨지는데, 가면 안에 있던 게 바로 루크 자신의 얼굴이란 말이지." 에즈라가 신비한 비밀을 알려주듯 말한다. "참 별난 일이잖아. 이 녀석 이름이 뭐야?"

라일 아저씨가 나를 가리키며 말한다. "그 녀석은 엘리." 그러고는 형을 가리킨다. "저 녀석은 오거스트."

"어이, 엘리, 그 동굴 장면은 뭘까?" 에즈라가 묻는다. "무슨 의미일까?"

나는 비디오들에 적힌 영화 제목을 계속 보면서 말한다. "동굴은 세상을 의미해요. 요다가 말하잖아요, 동굴 안에는 네가 데리고 들어가는 것만 있다고. 내 생각에는 루크가 자기 아버지의 정체를 이미 눈치채고 있었던 것 같아요. 마음속으로는 알고 있었던 거죠. 그래서 자기 아빠를 만나기가 너무 무서운 거예요. 자기 안에, 자기 핏줄 속에 있는 어두운 면이 너무 무서우니까."

순간 거실이 조용해진다. 형은 나를 한참이나 물끄러미 쳐다보다가 눈썹을 치켜올리며 다 안다는 듯 고개를 끄덕인다.

"멋진데." 에즈라가 말한다.

라일 아저씨가 에즈라의 의자 옆에다 파란색 아이스박스를 내려놓으며 말한다. "맥주 좀 가져왔어."

에즈라가 깡마른 남자에게 고개를 까딱하자, 이 정도로도 에즈라의 속내를 충분히 간파했는지 깡마른 남자가 안락의자에서 벌떡 일어나 아이스박스를 연다. 그러더니 맥주병들과 얼음으로 가득 찬 상자 깊숙이 손을 찔러 넣는다. 두툼한 검은 색 비닐봉지에 싸인 사각형 덩어리 하나가 그의 손에 딸려 나온다. 깡마른 남자는 그 덩어리를 곧장 엘시에게 넘겨준다. 그러자 그녀가 얼굴을 찡그린다.

"네가 확인하면 되잖아, 루아, 참 나."

깡마른 남자는 에즈라를 쳐다보며 지시를 기다린다. 에즈라는 영화에 푹 빠져 있지만, 잠시 짬을 내 엘시를 힐끔 보고는 부엌 쪽으로 고개를 까딱한다. 엘시는 지체 없이 벌떡 일어나 루아의 손에서 검은 덩어리를 낚아챈다. "하여튼 재수 없는 인간들."

그녀가 형과 내게 억지로 미소를 지어 보이며 묻는다. "가서 마시고 싶은 음료수 골라볼래?"

우리가 라일 아저씨를 쳐다보자 아저씨는 승낙의 뜻으로 고개를 끄덕인다. 우리는 그녀를 따라 부엌으로 들어간다.

루아는 에즈라와 라일 아저씨, 테디에게 맥주를 건넨다.

"당신들 퀸즈랜드 인간들은 언제쯤 이 망할 포엑스 비터 말고 다른 맥주를 마실 생각이야?" 에즈라가 묻는다.

"다른 맥주도 있어." 3인용 소파에 앉아 「코난 더 바바리안」을 보고 있는 테디가 말한다. "포엑스 드라프트."

*

오후 1시가 다 된 지금, 우리는 잼버리 하이츠에서 차를 타고 15분 걸리는 무루카 매직 마일 거리의 한 스낵바에서 감자 스캘럽*을 먹고 있다. 이 거리에 쭉 늘어서 있는 자동차 대리점에서 차를 사기 위해 브리즈번 전역에서 사람들이 찾아온다. 차에 에어백과 앞유리가 달린 걸 자랑으로 삼을 만한 수준과 명성의 가게들이지만.

우리는 흰색 원형 플라스틱 테이블에 앉아, 갈색 봉투 안에 들어 있는 소고기 크로켓, 감자 스캘럽, 게맛살, 샛노란 색의 큼직한 딤섬, 그리고 오래된 기름으로 튀겨서 생김새도 맛도 꼬부라진 담배꽁초 같은 프렌치프라이를 먹고 있다.

"마지막 남은 소고기 크로켓 먹을 사람?" 테디가 묻는다.

우리 중에 테디만 소고기 크로켓을 먹고 있었다. 항상 테디만 소고기 크로켓을 먹는다.

"아저씨가 전부 다 먹어요." 내가 말한다.

형과 나는 우리가 두 번째로 좋아하는 탄산음료인 자주색 캔의 커크스 파시토를 홀짝인다. 우리에게 파시토를 소개해준 사람은 슬림 할아버지였다. 할아버지는 퀸즐랜드주에서 만든 음료라서 커크스만 마신다면서, 커크스의 원조 회사인 헬리돈 스파 워터 컴퍼니에서 일했던 노인을 안다고 했다. 그 회사는 1880년대 투움바 근처 헬리돈에서 나오는 건강에 좋은 용천수를 병에 담아 팔면서 유명해졌다. 원주민들은 그들에게 중요한 의미를 지니는 용천수를 빼앗아 부당하게 이득을 취하려

• 얇고 넓적하게 썬 감자에 튀김옷을 입혀 튀긴 요리.

드는 탐욕스러운 영혼들을 그 회사가 막아준다고 말했다. 나는 헬리돈의 천연 용천수를 한 번도 맛보지 못했지만, 얼음처럼 차가운 사르사파릴라˙만큼 달콤하고 힘을 북돋아줄 수 있을까 싶다.

"엘시한테 빅 사스가 있더라고요." 나는 감자 스캘럽을 오스트레일리아 모양으로 만들려고 조심조심 베어 물며 말한다. 형은 닌자 표창을 만들고 있다. "작은 탄산음료 캔들이 선반 가득 있었어요. 커크스에서 나온 건 다 있더라고요. 레몬스퀴시. 크리밍 소다. 올드 스토니 진저비어. 뭐든 다요."

라일 아저씨가 화이트 옥스 한 개비를 또 말며 묻는다. "엘시랑 같이 부엌에 들어갔을 때 다른 건 또 안 보이던, 꼼꼼이 대장아?"

"봤죠, 엄청 많이. 냉장고 채소 칸 위에 아직 안 뜯은 아이스드 보보 비스킷이 한 팩 있더라고요. 어젯밤에는 리베츠 식당 음식을 먹은 게 분명해요. 아이스드 보보 위 선반에 은색 테이크아웃 상자가 있었는데, 뚜껑이 있어서 안의 내용물은 못 봤지만 리베츠가 확실해요. 상자 밖으로 리베츠 바비큐 소스가 흘러넘쳐 있었거든요. 리베츠 바비큐 소스 같은 바비큐 소스는 어디에도 없어요."

라일 아저씨는 담배에 불을 붙인다.

"엘시 냉장고에 뭐가 들었는지만 실컷 보고 온 거냐?" 아저

˙ 사르사의 뿌리로 맛을 낸 탄산음료.

188

씨는 감자 스캘럽으로 담배 연기를 뿜지 않으려고 고개를 오른쪽으로 돌리며 묻는다.

"다른 것도 많이 봤죠." 나는 이렇게 말하며 프렌치프라이 세 조각을 입 속으로 밀어 넣는다. 이제는 식어서 아삭아삭한 식감도 사라져버렸다. "부엌 조리대 위의 벽에 어떤 마오리족 무기가 걸려 있었어요. 엘시한테 뭐냐고 물어봤더니 '메레'라는 무기랬어요. 나무 이파리처럼 생긴 큼직한 곤봉인데, 녹암이라는 걸로 만들었고, 가문 대대로 내려온 거래요. 그리고 엘시는 아저씨에게 받은 헤로인을 싱크대에 얹어놓고 비닐봉지를 조심스럽게 자른 다음 주방 저울을 평평하게 맞추면서, 자기 할아버지의 할아버지의 할아버지인 하미오라가 그 곤봉으로 무슨 끔찍한 짓을 저질렀는지 얘기해줬어요. 옛날에 다른 부족의 추장인 마라마가 하미오라의 부족을 항상 괴롭히고 위협했는데, 하미오라가 이 라이벌 추장의 본부를 찾아갔을 때……."

"옛날 마오리 추장들한테도 본부 같은 게 있었는지 모르겠네." 테디가 말한다.

"오두막요, 강력한 라이벌의 오두막." 나는 명확히 짚고 넘어간다. "하미오라가 마라마의 오두막을 찾아갔을 때, 라이벌 추장은 하미오라가 갖고 있는 메레의 크기와 모양을 비웃었어요. 비스킷 반죽 미는 데 쓰는 밀방망이처럼 가소로워 보인다고. 마라마가 이렇게 놀려대고 자기 부족민들을 부추겨서 하미오라의 가문 대대로 내려오는 무기를 비웃게 만드는 동안,

하미오라는 라이벌 전사들한테 둘러싸여 있었어요. 하미오라는 그들과 함께 웃기 시작하다가 갑자기 눈 깜짝할 새에 마라마의 머리를 갈겼죠. 그들이 계속 비웃고 있던, 가문의 오랜 무기로."

나는 작은 딤섬 하나를 집어 든다.

"하미오라는 비브 리처즈가 크리켓 방망이를 휘두르듯이 이 녹암 곤봉을 휘둘렀어요. 팔뚝을 쭉 뻗어 상대방의 관자놀이를 치면서, 충돌하는 순간 곤봉을 날카롭게 비트는 기술이 전문이었죠."

나는 작은 딤섬의 3분의 1을 단번에 뜯어먹는다.

"하미오라가 마라마의 두개골을 한 방에 통째로 박살내버리니까 나머지 부족민들은 얼이 빠져버렸어요. 그래서 하미오라의 부하들이 덤불에서 튀어나와 공격할 때, 무기도 못 꺼내고 멍하게 서 있기만 했어요. 그들 역시 엘시의 먼 친척들이었죠."

나는 딤섬의 끝부분을 입 속으로 쏙 집어넣는다.

"그리고 엘시는 이 이야기를 하는 내내 헤로인 포장을 조심스럽게 벗겨내느라 내가 어디를 보고 있는지, 내가 무슨 말을 하는지 신경을 안 쓰더라고요. 나는 이야기에 푹 빠진 척 '네, 정말요?', '설마요!' 같은 말을 하면서 맞장구를 쳤지만, 동시에 눈으로는 부엌을 세세히 살폈죠. 오른쪽 눈은 제자리에 두고, 느슨한 왼쪽 눈알을 이리저리 굴려서 전부 다 봤어요."

라일 아저씨와 테디는 잠깐이지만 슬그머니 시선을 주고받는다. 라일 아저씨가 고개를 젓는다.

"형이랑 내가 엘시의 냉장고에 들어 있는 커크스 탄산음료를 보려고 머리를 수그렸을 때, 엘시는 몰랐지만 나는 열심히 눈을 굴려서 다 봤어요. 엘시가 싱크대에서 약을 가지고 뭘 하는지. 날카로운 칼을 잡더니, 체더치즈 덩어리를 얇게 썰듯이 헤로인 덩어리의 끝부분을 조금 자르더라고요. 그런 다음 잘라낸 부스러기들을 1그램짜리 작은 알로 뭉쳐서, 회색 뚜껑이 달린 조그만 검은색 플라스틱 필름통으로 긁어 넣었어요. 이 통은 청바지 주머니에 집어넣고 덩어리를 다시 싸서 거실에 있던 아저씨들한테 가져갔는데, 아저씨들은「코난 더 바바리안」을 보느라 정신이 없었죠. 엘시가 '이상 없어'라고 말했는데, 아무도 대답을 안 했어요.

그러니까 엘시는 다시 부엌으로 돌아와서, 할아버지의 할아버지의 할아버지인 위대한 하미오라 추장과 멍청해빠진 마라마 추장에 얽힌 옛날이야기를 마저 해줬어요. 그동안 나는 전부 다 봤죠. 전화기 옆에 있는 우편물 한 다발, 시청에서 날아온 편지들, 전화요금 고지서, 그리고 이름들과 번호들이 적힌 종이 한 장. 거기에 라일 아저씨 이름이랑 번호도 있더라고요. 타이터스의 이름도 있었고, 그다음엔 카일리, 맬, 그리고 스내퍼라는 이름 옆에 번호가 있었고, 더스틴 방 옆에도 번호가……."

"더스틴 방?" 테디가 이렇게 말하며 라일 아저씨를 쳐다보자, 아저씨는 눈썹을 치켜올리며 고개를 끄덕인다.

"그럼 그렇지." 라일 아저씨가 말한다.

"더스틴 방이 누군데요?" 내가 묻는다.

"빅 당이 하미오라라면, 더스틴 방은 마라마지." 라일 아저씨가 말한다.

"잘됐어." 테디가 말한다.

"왜요?" 내가 묻는다.

"경쟁이 붙으니까." 테디가 말한다. "만약 빅 말고도 헤로인을 들여오는 사람이 있다면 타이터스한테는 좋은 소식이지. 왜냐하면 앞으로는 빅이 더 낮은 가격을 제안해야 할 테니까. 이제는 그 여자도 우리한테 함부로 엿 먹이지 못할 거야."

"하지만 만약에 에즈라가 새로운 공급자와 직거래를 할 생각이라면 타이터스한테 좋은 소식은 아니지." 라일 아저씨가 말한다. "타이터스한테 얘기해야겠어."

테디가 낄낄거리다 말한다. "실력 꽤 괜찮은데, 꼼꼼이 대장."

*

동남아시아산 헤로인만큼 도시를 완벽하게 이어주는 것도 없다. 진달리 수영장이 보수 공사로 문을 닫은 덕분에, 라일 아저씨와 테디, 형과 나는 이 즐거운 한 달 동안 토요일마다 브리즈번을 동분서주하며, 제멋대로 뻗은 이 뜨거운 도시가 땀투성이 가슴에 품고 있는 온갖 소수집단, 온갖 갱단, 온갖 음침한 하위문화 집단 들을 만났다.

사우스 브리즈번의 이탈리아인들. 옷깃을 세워 입는 밸리

192

모어의 럭비 팬들. 포티튜드 밸리의 드러머, 기타리스트, 거리의 악사, 망한 밴드 들.

"여기 온 거 너희 엄마한테는 입도 뻥긋하지 마, 알았지?" 화이트게이트 힐에 있는 전국 신나치주의 집단 화이트 해머의 주 본부 앞에 차를 세우며 라일 아저씨가 말한다. 화이트 해머의 리더인 티모시는 차분한 말투에 비쩍 마른 스물다섯 살의 남자로, 현금과 마약을 점잖게 교환하는 중에 자기는 머리를 삭발한 게 아니라 원래 대머리라고 라일 아저씨에게 솔직하게 털어놓는다. 그의 독특한 철학적 여정에서 제일 처음 떠오른 생각이 백인 우월주의였을까 아니면 백인 남성의 탈모증이었을까, 나는 속으로 고민에 빠진다.

마약 거래에 대한 내 기대가 너무 컸나 보다. 좀 더 낭만적일 줄 알았다. 스릴과 긴장감이 넘칠 줄 알았다. 교외 마을에서 활동하는 평범한 풋내기 마약상은 흔해빠진 피자 배달부와 크게 다르지 않다는 사실을 이제는 알 것 같다. 내가 배낭에 약을 넣어서 구스 BMX 자전거를 타고 브리즈번의 남서쪽 마을들을 달리면, 라일 아저씨와 테디보다 시간을 반은 줄일 수 있을 텐데. 형은 나보다 더 빨리 끝낼 수 있을 것이다. 나보다 더 빨리 달리는 데다 10단 변속의 맬번 스타 경주용 자전거까지 가지고 있으니까.

*

형과 나는 스토리 다리를 건너며 북쪽에서 남쪽으로, 남쪽에서 북쪽으로 달리는 테디의 마쓰다 뒷자리에 앉아 수학 숙제를 한다. 이야기의 다리라니. 불을 무찌르는 소년들의 이야기, 의문들에 대한 답 말고는 아무것도 원하지 않는 말 없는 소년과 그 동생의 이야기가 펼쳐지는 다리.

형은 생일 선물로 받은 열두 자리 공학용 휴대 계산기를 들고서 숫자를 두드리고, 계산기를 거꾸로 돌려 단어를 만든다. 7738461375 = SLEIGHBELL(썰매 종). 5318008 = BOOBIES(젖통). 형이 또 숫자들을 연달아 친다. 그러고는 계산기 화면을 자랑스레 보여준다. ELIBELL.

"저기요, 테디." 내가 묻는다. "학교 축제에서 팔린 입장권 80장 중에 20장은 조기 입장권이었어요. 그럼 조기 입장권은 몇 퍼센트가 팔린 거예요?"

테디는 룸미러를 들여다보며 묻는다. "녀석아, 그걸 몰라? 80 안에 20이 얼마나 들어가냐?"

"넷요."

"그러니까……."

"그러니까 20은 입장권의 4분의 1이네요?"

"맞아."

"100의 4분의 1은…… 25퍼센트요?"

"그렇지." 테디는 기가 막히다는 표정으로 고개를 저으며 말한다. "환장하겠네, 라일, 소득 신고는 저 녀석들한테 절대 맡기지 마."

"소득 신고?" 아저씨가 당황한 척 말한다. "엄청난 수학 실력이 필요한 그거?"

마약 배달은 토요일마다 해야 한다. 아저씨가 상대하는 3급 마약상들은 대부분 평일에 본업을 가지고 있기 때문이다. 타이터스 브로즈가 1급, 라일 아저씨가 2급이다. 아저씨는 3급 마약상들에게 약을 팔고, 3급 마약상들은 거리의 남자나 여자에게, 케브 헌트의 경우엔 바다의 남자나 여자에게 약을 판다. 트롤선 어부인 케브는 3급 마약상으로 부업을 뛰면서, 모어턴만의 새우잡이 어부들에게 약을 공급하고 있다. 평일에는 대부분 바다에 나가 있기 때문에, 우리는 그가 원하는 대로 토요일에 볼드 힐스의 집으로 그를 찾아간다. 훌륭한 상술이다. 라일 아저씨는 고객의 요구에 잘 맞춰준다. 예를 들어, 도시의 변호사 셰인 브리지맨은 3급 마약상으로 부업을 하면서 조지 거리의 법조인들에게 약을 팔고 있다. 그는 평일에는 항상 직장에 있고 집에 들어가지 않는다. 그렇다고 퀸즐랜드주 대법원에서 세 건물 떨어져 있는 그의 사무실에서 마약 거래를 할 수는 없는 노릇이다. 그래서 우리는 도심부 북쪽의 교외 마을 윌스턴에 있는 그의 집으로 달려간다. 그가 일광욕실에서 우리와 거래를 하는 동안 그의 아내는 부엌에서 블루베리 머핀을 굽고, 그들의 아들은 뒷마당에서 검은 통에다 크리켓 공을 던져 넣는다.

라일 아저씨는 이런 토요일 거래의 대가다. 외교관이자 문화 사절, 상사인 타이터스 브로즈의 대변인, 그리고 왕과 백성들을 이어주는 다리다.

라일 아저씨는 기분이 좋지 않은 엄마를 대할 때와 똑같은 방식으로 마약 거래에 접근한다고 말한다. 긴장의 끈을 놓지 않고, 정신을 바짝 차릴 것. 상대가 부엌칼에 너무 가까이 서 있게 하지 말 것. 인내심을 가지고 상황에 따라 융통성 있게 대처할 것. 구매자/화난 엄마는 항상 옳다. 아저씨는 어떤 순간이든 구매자/엄마의 감정에 맞춰준다. 어느 중국인 부동산 개발업자가 시청의 관료주의를 욕하자, 아저씨는 공감한다는 듯 고개를 끄덕인다. 반디도스 폭주족 갱단의 두목이 할리데이비슨 오토바이의 형편없는 엔진 속도를 욕하자, 아저씨는 진심으로 염려하는 듯한 표정을 지으며 고개를 끄덕인다. 며칠 전 밤에 우리 학교의 다른 학부모들과 친분을 쌓도록 노력해야겠다며 한탄하던 엄마에게 지었던 표정과 똑같다. 그저 거래를 하고, 사랑하는 여자에게 키스를 하고, 돈을 받고, 살아서 방을 나가면 그만이다.

*

형과 내가 마지막으로 마약 배달을 나가는 토요일, 라일 아저씨는 우리에게 빨간 전화기가 있는 지하 방에 대해 얘기해 준다. 아저씨가 직접 그 방을 만들었다고 한다. 형과 내가 절대 기어들어 가지 못하게, 그리고 다시 올라오지도 못하게 했던 집 아래의 그 비좁은 공간 밑으로 구멍을 깊이 파서. 다라 벽돌 공장에서 사 온 1300장의 벽돌로 만든 비밀 공간. 엄마와 아저씨는 마약을 팔기 시작했을 때 마리화나를 담은 큰 상

196

자들을 그 비밀의 방에 보관했다.

"이제 마리화나는 안 파는데 그 방은 무슨 용도로 써요?" 내가 묻는다.

"도망가서 숨어야 할 때가 오면 그 방을 써야지." 아저씨가 답한다.

"누구한테서 도망가요?"

"누구든."

"그 전화기는 뭔데요?" 내가 묻는다.

테디가 아저씨를 쳐다본다.

"타이터스의 벨보리 집에 있는 똑같은 빨간 전화기에 직통으로 연결되는 전화야." 아저씨는 이렇게 말하고는 우리의 반응을 보려고 뒷자리를 돌아본다.

"그럼 그날 우리가 통화한 사람이 타이터스였어요?"

"아니." 아저씨가 말한다. "아니야, 엘리." 우리는 룸미러 속에서 한참이나 시선을 주고받는다. "너희는 아무하고도 통화 안 했어."

라일 아저씨는 액셀러레이터를 밟아, 우리의 마지막 거래를 향해 속도를 높인다.

*

"그런 느낌은 태어나서 처음이었어." 엄마가 식탁에서 스파게티를 포크로 떠서 우리 접시에 덜어주며 말한다. 금속 다리가 달려 있고 합판에 녹색 포마이카를 칠한 바로 이 식탁에서

197

라일 아저씨는 어린 시절 체리 바브카*를 먹었다고 했다.

오늘은 학교 축제가 열렸다. 엄마는 토요일의 뜨거운 햇빛
이 내리쬐는 리칠랜즈 공립 중등학교 풋볼 경기장에서 여덟
시간 동안 세 개의 부스를 맡았다. 그중 하나는 50센트를 내
고 커튼용 막대와 줄을 이용해 납작한 스티로폼 물고기를 잡
는 낚시 게임장이었다. 물고기 밑에는 여러 색의 스티커가 붙
어 있고 색깔에 따라 정해진 장난감이 상품으로 나왔는데, 오
늘 내가 '밥 아저씨의 농장 마당'이라는 동물 전시장에서 밟은
조랑말 똥만큼이나 싸구려들이었다. 축제에서 가장 인기 많은
게임은 엄마가 직접 만든 '한 솔로 블래스터 대작전'이라는 게
임이었다. 리칠랜즈 공립 중등학교 학부모·학우회에 절실하
게 필요한 자금을 모금하기 위한 목적으로 「스타워즈」의 거부
할 수 없는 매력에 편승해 만든 것이다. 형과 나의 제국군 인
형들을 받침대에 세워 점점 더 넓은 간격으로 띄워놓고, 손님
들에게 그들 중 세 명을 큼직한 물총으로 맞히면 은하계를 구
할 수 있다고 했다. 엄마는 한 솔로의 막강한 블래스터 권총과
비슷해지도록 물총을 검은색으로 칠하고, 표적인 군인들을 전
략적으로 배치했다. 거의 다섯 살에서 열두 살 사이인 손님들
이 첫 시도에서 성공하여 게임에 중독될 수 있도록 첫 두 명
은 비교적 가까운 거리에 두었다. 그리고 세 번째와 마지막 군
인은 아이가 단 한 번의 사격으로 그것을 맞히려면 포스의 힘

• 건포도·오렌지 껍질·럼주·아몬드 등으로 만든 케이크.

이라도 빌려야 할 만큼 멀리 두었다. 하지만 엄마는 가장 인기가 없었던 '팝 스틱 대소동'이라는 부스도 맡았다. 모래를 가득 채운 손수레에 들어 있는 백 개의 아이스캔디 막대기들 중에 별이 그려진 열 개를 찾으면 상품을 받을 수 있는 게임이었다. 막대기가 전부 다 팔렸다면 엄마는 인생의 의미도 찾고 여덟 시간 동안 6달러 60센트를 벌 수도 있었을 텐데.

"공동체의 일원이 된 것 같은 기분이었어." 엄마가 말한다. "소속감이 느껴지더라니까."

나는 엄마에게 미소 짓고 있는 라일 아저씨를 지켜본다. 아저씨는 오른손 주먹을 턱에 괴고 있다. 엄마는 그저 베이컨과 로즈메리를 넣은 볼로네제 소스를 큰 스푼으로 우리 접시에 떠주고 있을 뿐인데, 아저씨는 마치 엄마가 불로 만든 현이 달린 황금 하프로「페인트 잇 블랙(Paint It Black)」이라도 연주하고 있는 것처럼 두 눈을 둥그렇게 뜨고 감탄 어린 표정으로 엄마를 바라보고 있다.

"정말 잘됐네." 아저씨가 말한다.

테디가 부엌에서 큰 소리로 묻는다. "맥주 마실래, 라일?"

"좋아." 아저씨가 답한다. "냉장고 문 쪽에 있어."

테디가 저녁을 먹고 가려고 남아 있다. 늘 그렇다.

"정말 대단해, 프랭키." 테디가 부엌에서 거실로 들어오며 말한다. 그러고는 쓸데없이 한 팔을 엄마의 어깨에 두른다. 쓸데없이 엄마를 껴안는다. "잘했어, 친구." 스스럼없는 친구인 척하는 꼴하고는. 그만 좀 하라고요, 테드. 레나와 아우렐리의

199

식탁에서 이러기예요?

"내가 잘못 본 건지도 모르겠지만, 파란 눈동자에 작은 반
짝이가 하나 더 생긴 것 같은데?" 그는 이렇게 말하며 오른손
엄지로 엄마의 광대뼈를 훑는다.

라일 아저씨와 나는 시선을 주고받는다. 형이 나를 힐끔 쳐
다본다. '저것 좀 봐. 제일 친한 친구 앞에서 저러는 것 좀 보라
고. 난 이 자식을 한 번도 믿은 적이 없어. 겉으로 보기에는 마
냥 좋은 사람 같지. 하지만 저런 사람을 진짜 조심해야 해, 엘
리. 저 자식이 누구를 사랑하는 건지 이젠 나도 모르겠다. 엄
마? 라일 아저씨? 아니면 자기 자신?'

나는 고개를 끄덕인다. '동감이야, 형.'

"글쎄." 엄마는 들떠 있던 것이 조금 민망한지 어깨를 으
쓱한다. "그냥 다른 사람들이랑 같이하는 기분이 좋더라고,
참……."

"따분한 일요?" 내가 말한다. "재미없는 일요?"

엄마는 볼로네제 소스를 한 숟가락 허공에 든 채 생각에 잠
긴다.

"참 정상적인 일을." 엄마는 이렇게 말하며 소스를 내 스파
게티 위에 붓고는 내게 엷은 미소를 설핏 짓는다. 그 아름다운
미소를 받는 사람은 남들 눈에는 보이지 않는 영원한 사랑의
터널 속에서 오로지 엄마에게만 온 마음을 바치게 된다. 형에
게도 그런 터널이 있고, 라일 아저씨에게도 마찬가지다.

"잘됐네요, 엄마." 내가 말한다. 내 평생 이렇게 진지했던 적

이 없다. "정상적인 게 엄마한테 잘 어울리는 것 같아요."

나는 형의 토사물 같은 냄새가 나는 크래프트 파르마산 치즈를 집어 스파게티에 뿌린 다음, 포크를 푹 찔러 넣어 두 번 빙글빙글 돌린다.

그때 타이터스 브로즈가 우리 거실로 들어온다.

내 등골 끝이 제일 먼저 그를 알아차린다. 내 등골 끝이 그 백발, 그 흰색 정장, 그가 억지 미소를 지으며 악물고 있는 흰 이들을 알아본다. 내 몸의 나머지 부분은 혼란에 빠진 채 얼어붙어 있지만, 내 등골은 타이터스 브로즈가 정말 우리 집 거실로 걸어 들어오고 있다는 사실을 의식한다. 등골 위쪽에서 아래쪽까지 오싹하니 전율이 일고, 라일 아저씨의 단골 술집인 투윙의 레가타 호텔에서 여물통 같은 소변기에 오줌을 쌀 때처럼 나도 모르게 몸서리가 쳐진다.

부엌 너머에 있는 뒷문으로 들어와 화장실을 지나오는 타이터스를 라일 아저씨는 입에 스파게티를 가득 문 채 어리벙벙한 표정으로 쳐다본다.

아저씨는 문득이 그의 이름을 부른다. "타이터스?"

식탁에서 라일 아저씨와 나를 마주 보고 앉아 있는 형과 엄마가 뒤를 돌아본다. 타이터스 뒤로 그보다 더 우람하고, 더 검은 눈동자에 더 음침한 분위기를 풍기는 또 다른 남자가 따라 들어온다. 젠장. 젠장. 젠장. 젠장, 망했다. 저 인간이 왜 온 거지?

이완 크롤. 그리고 이완 뒤에 타이터스의 주먹 쓰는 똘마니

둘이 같이 걸어 들어온다. 그들은 이완 크롤처럼 고무 플립플롭을 신고, 딱 붙는 스터비스 반바지 안에 면 와이셔츠를 넣어서 입었다. 한 명은 딴딴한 몸에 대머리, 한 명은 큰 덩치에 턱살이 세 겹이고 입꼬리를 올려 미소 짓고 있다.

"타이터스!" 엄마는 얼른 손님을 맞는 주인 모드로 들어가 의자에서 벌떡 일어난다.

"가만히 앉아 있어요, 프랜시스." 타이터스가 말한다.

이완 크롤이 엄마의 어깨에 한 손을 살며시 올리자, 엄마는 그 몸짓에서 무슨 낌새를 챘는지 자리에 도로 앉는다. 이제 보니 그는 칙칙한 황록색 더플백을 들고 있다. 그가 그 가방을 식탁 옆 바닥에 말없이 내려놓는다. 테디는 오른손에 포크를 쥐고, 남색 본즈 셔츠의 목에다 종이 타월 두 장을 쑤셔 넣고 있다. 입술에 볼로네제 소스가 벌겋게 묻어 있어, 립스틱이 번진 광대 같다. "타이터스, 무슨 일 있어요?" 테디가 묻는다. "우리랑 같이……."

타이터스는 테디를 쳐다보지도 않은 채 검지를 입에 대고 말한다. "쉬이이잇."

그는 라일 아저씨를 보고 있다. 아무 말 없이. 1분 아니면 겨우 30초밖에 안 되는 시간이지만, 서로를 빤히 쳐다보는 타이터스와 라일 아저씨 사이에 흐르는 침묵은 30일 동안 울리는 천둥소리처럼 지독하게 요란스럽다. 상황을 바라보며 세세한 부분을 눈에 담다 보니, 단 한 순간이 무한대로 늘어난다.

딴딴한 근육질 깡패의 왼팔에 새겨진 문신. 나치 제복을 입

202

은 벅스 버니. 파스타 스푼을 꼭 쥐고서 엄지손가락으로 스푼 손잡이를 초조하게 문질러대고 있는 형. 이번에는 엄마의 시점에서 보자. 헐렁한 복숭앗빛 러닝셔츠를 입고 어리둥절한 표정으로 앉은 엄마는 고개를 이리저리 돌려 사람들의 얼굴을 쳐다보며 답을 찾으려 애쓴다. 하지만 엄마가 지금껏 살면서 진정으로 사랑한 유일한 남자의 얼굴에만 그 답이 나와 있다. 두려움.

그때 라일 아저씨가 고맙게도 침묵을 깬다.

"오거스트."

오거스트? 형? 지금 이 상황이 형이랑 무슨 상관인데?

형은 고개를 돌려 아저씨를 물끄러미 쳐다본다.

그러자 아저씨가 허공에다 무언가를 쓰기 시작한다. 그의 오른손 검지가 깃펜처럼 획획 허공을 가르고, 형의 두 눈은 휘날리는 단어들의 흔적을 따라간다. 나는 아저씨를 마주 보고 있지 않아서 그 단어들을 내 머릿속에서 회전시켜 읽을 수가 없다.

"뭐 하는 거야?" 타이터스가 툭 내뱉듯이 말한다.

라일 아저씨는 계속 허공에다 빠르면서도 분명하게 단어들을 써나가고, 형은 단어 하나하나를 전부 이해하는 듯 고개를 끄덕이며 읽는다.

"그만해." 타이터스가 쏘아붙이더니 악을 쓴다. "당장 그만두지 못해!" 그러고는 뚱뚱한 깡패를 쳐다보며 이를 악물고 노발대발 호통을 친다. "저 짓거리를 못 하게 해."

하지만 라일 아저씨는 최면에라도 걸린 듯 계속 뭔가를 휘갈겨 쓰고, 형은 그 단어들을 머릿속에 새긴다. 허공에 연이어 단어를 휘갈겨 쓰던 아저씨는 세 겹 턱의 뚱뚱한 깡패가 휘두른 오른 팔뚝에 코를 맞고 벌렁 자빠져 거실 바닥으로 쓰러진다. 아저씨의 코에서 터져 나온 피가 턱으로 흘러내린다.

"아저씨." 나는 소리치며 얼른 내려가 아저씨의 가슴을 껴안는다. "아저씨한테 손대지 말아요."

아저씨는 핏덩어리에 목이 막혀 구역질을 한다.

"아니, 타이터스, 이게 무슨⋯⋯." 테디가 더듬더듬 말하다가, 이완 크롤이 날카로운 은제 보이 나이프를 턱에 휙 갖다 대자 곧장 입을 닫아버린다. 이 칼은 이빨 달린 괴물이다. 날카로운 칼날로는 쉬잇쉬잇 속삭이고 톱니 모양의 칼등으로는 새된 비명을 질러대며 번득이는 외계인처럼 생겼다. 저 사악한 쇠붙이 이빨은 뭘 베어버릴까. 대부분은 사람들의 목이겠지.

"그냥 닥치고 있어, 테디, 죽기 싫으면." 이완이 말한다.

테디는 자리에 앉은 채 조심스럽게 몸을 움츠린다.

타이터스는 바닥에 쓰러져 있는 라일 아저씨를 바라보며 말한다. "놈을 밖으로 끌고 나가."

딴딴한 몸의 깡패도 이쪽으로 와서 뚱뚱한 깡패와 함께 라일 아저씨를 2미터 정도 질질 끌고 가는 동안, 나는 아저씨의 가슴에 꼭 들러붙는다.

"아저씨를 놔줘요." 나는 울면서 외친다. "놔주라니까!"

그들이 아저씨를 일으켜 세우자, 나는 아저씨에게서 떨어져 바닥으로 푹 쓰러진다.

"미안해, 프랭키." 라일 아저씨가 말한다. "정말 사랑해, 프랭키. 정말 미안해, 프랭키."

딴딴한 몸의 깡패가 아저씨 입에 주먹을 날리자 엄마는 볼로네제 스파게티 그릇을 들고 거실 테이블을 돌아가, 불시에 주먹을 날린 깡패의 머리를 그릇으로 탁 때린다.

"그이를 놔줘." 엄마는 이렇게 외치고는, 엄마 안에서 평생 우리 안에 갇혀 살면서 햇빛은 서너 번밖에 구경 못 한 짐승이 튀어나온 것처럼 그 뚱뚱한 깡패의 목을 두 팔로 감고, 보름달 뜨는 밤 드러나는 늑대의 발톱처럼 날카로운 손톱으로 그의 뺨과 얼굴을 푹 찌른다. 어찌나 깊이 파고들었는지 깡패의 살갗에 분노 어린 핏빛 상처가 생긴다. 이제 엄마는 레나의 방에 며칠 동안 갇혀 있었던 그때처럼 울부짖고 있다. 무섭고 원시적인 밴시의 통곡. 살면서 이렇게 두려운 적은 한 번도 없었다. 엄마 때문에, 타이터스 브로즈 때문에, 그리고 라일 아저씨가 복도로 질질 끌려가는 동안 내 손과 얼굴에 묻은 아저씨의 피 때문에 너무 무섭다.

"저년을 막아." 타이터스가 차분하게 말한다.

이완 크롤이 오른손에 보이 나이프를 쥔 채 식탁을 휙 돌아가자, 형은 반대편에서 식탁을 돌아가 복도 입구에서 이완 크롤을 마주한다. 그리고 1920년대의 늙은 복서처럼 두 주먹을 들어 올린다. 이완 크롤은 곧장 형의 얼굴에 칼을 휘두르고 형은 몸을 휙 숙여 피하지만, 이 공격은 속임수일 뿐이다. 이완 크롤이 잽싸게 왼쪽 다리로 형의 두 발을 쓸어버리자, 형은 뒤로 벌렁 나자빠진다. "너희 둘, 꼼짝하기만 해봐." 이완 크롤은 엄마를 뒤따라 급하게 복도로 들어가며 우리에게 소리를 버럭 지른다.

"엄마, 뒤를 조심해요." 내가 이렇게 외치지만, 엄마는 라일 아저씨의 두 팔을 필사적으로 붙들고 아저씨를 다시 끌고 오려 애쓰느라 정신이 나가 있어서 내 말을 듣지 못한다. 이완 크롤이 보이 나이프를 왼손으로 옮기더니, 말도 안 되게 빠르고 세게 손등을 날려 칼자루 끝으로 엄마의 왼쪽 관자놀이를 푹 찌른다. 엄마는 바닥으로 풀썩 쓰러진다. 자동차 충돌 테스트에서 벽에 너무 많이 부딪힌 마네킹처럼, 엄마의 머리는 왼쪽 어깨 뒤로 축 처지고, 오른쪽 무릎은 푹 꺾인다.

"프랭키." 라일 아저씨는 현관문 밖으로 끌려 나가면서 외친다. "프랭키이이이이!"

형과 나는 엄마에게 달려가지만, 복도에서 마주친 이완 크롤이 우리를 다시 식탁으로 질질 끌고 간다. 우리의 가냘픈 열세 살짜리, 열네 살짜리 다리 들은 무지막지한 힘으로 우리를 끌고 가는 살인마에 맞서 꿋꿋이 버틸 만큼 강하지 못하다. 그가 너무 세게 나를 끌어당기는 바람에 셔츠가 머리 위로 벗겨져 주황색 면 셔츠 앞판밖에 보이지 않고 사방이 캄캄해진다.

이완이 우리를 식탁 의자로 내던진다. 우리는 복도에 쓰러져 있는 엄마를 등지고 있다. 엄마가 그냥 기절한 건지 아니면 더 심각한 상태인지 모르겠다.

"빨리 앉아." 이완 크롤이 말한다.

이 상황이 너무 무섭고 폭력적이고 혼란스러워 숨을 쉬기도 힘겹다. 이완 크롤이 황록색 더플백에서 밧줄을 하나 꺼내더니, 허둥지둥 형의 몸을 밧줄로 세 번 감아 의자에 꽁꽁 묶어둔다.

"왜 이래?" 내가 쏘아붙인다.

나는 눈물과 콧물 범벅이 된 채 똑바로 앉아 있지도 못하는데, 형은 입을 다물고 가만히 앉아서 타이터스 브로즈를 죽일 듯이 노려보고 타이터스도 형을 빤히 쳐다본다.

내가 울먹이는 사이사이 숨을 크게 뱉기만 하고 잘 들이마시지는 못하자 타이터스는 신경에 거슬리는지 "숨을 쉬어, 숨을"이라고 말한다.

형이 오른발을 내밀어 내 왼발에 얹는다. 그러자 왠지 마음이 진정되고 숨이 쉬어진다.

"그래야지." 타이터스는 이렇게 말하고는, 식탁 상석에 어리벙벙한 표정으로 앉아 있는 테디를 노려본다. "꺼져."

"얘들은 아무것도 몰라요, 타이터스." 테디가 다급하게 말한다.

타이터스는 테디의 말을 들으면서 눈으로는 이미 형을 다시 빤히 쳐다보고 있다.

"지금이 마지막 기회야."

테디가 벌떡 일어나더니 허겁지겁 거실에서 빠져나가 복도를 지나며, 인사불성으로 쓰러져 있는 엄마의 몸을 넘어간다.

복도에 있는 엄마, 어디로 끌려갔는지 모를 라일 아저씨 때문에 걱정스럽고 무서운 와중에도 무슨 여유인지 나는 속으로 테디가 참 비겁한 자식이구나, 하고 생각한다.

형은 의자에 묶여 있어서 팔을 움직일 수 없고, 내 바로 뒤에는 이완 크롤이 오른손에 보이 나이프를 허리께에 들고 서 있다.

내 뒤에 있는 그가 느껴지고, 내 뒤에 있는 그의 냄새를 맡을 수 있다.

타이터스가 숨을 크게 쉬고는 짜증스럽게 고개를 젓는다.

"자, 얘들아, 너희가 어떤 재수 없는 상황에 처해 있는지 똑똑히 설명해주마. 어린 너희한테 내가 말을 너무 빨리 한다 싶어도 이해하렴. 한 15분 뒤에 내가 이 누추한 집에서 나가자마자 고위 형사 둘이 현관문으로 들어와서 너희 엄마를 체포할 예정이라서 말이야. 물론 그때까지 살아 있을 때 얘기지만. 너희 엄마는 브리즈번 서부 외곽에서 점점 더 세력을 키우고 있는 헤로인 밀매단의 배달부로 중요한 역할을 맡았지. 그리고 그 밀매단의 두목은 약 2분 전 이 세상에서 거짓말처럼 사라져버린 라일 오를리크란다."

"아저씨를 어디로 데려가는 거예요?" 내가 소리 지른다. "경찰한테 다 불어버릴 거예요. 당신이 두목이라고." 나는 지금 일어서 있지만 그걸 알아차릴 정신도 없다. 그저 침을 마구 튀기며 소리치고 있다. 손가락질을 하면서. "당신이잖아. 전부 다 당신 짓이잖아. 이 망할 악마야."

이완 크롤이 내 뺨을 세게 후려쳐 나를 다시 의자에 앉힌다.

타이터스가 몸을 돌리더니 거실을 가로질러 장식장으로 가서, 레나의 오래된 작은 조각상을 집어 든다. 레나의 조상들이 폴란드 남부에 뚫은 소금 광산에서 나온 소금으로 만든 폴란드 소금 광부 인형.

"네 말은 맞으면서 틀렸다, 꼬마야." 타이터스가 말한다. "먼저, 넌 경찰한테 다 불 수가 없어, 왜냐하면 경찰이 너한테 말을 안 시킬 테니까. 하지만, 맞다, 난 네가 말한 바로 그런 사람이란다. 오래전에 그 사실을 받아들였지. 그래도 어린애를 못된 일에 끌어들일 만큼 지독한 악마는 아니야. 그냥 라일 같은 인간들한테 맡기지."

그가 소금 인형을 도로 장식장에 넣어둔다.

"너희는 의리가 뭔지 알아?" 타이터스가 묻는다.

우리가 대답하지 않자 그가 미소 짓는다.

"그것도 의리라면 의리지, 대답 안 하는 거. 너희는 너희가 잘 알지도 못하는 인간한테, 나를 배반해서 너희를 이 지경으로 만든 인간한테 계속 의리를 지키는구나."

타이터스가 제자리에서 몸을 돌려 헛기침을 하고는 조금 더 생각하더니 말한다.

"자, 너희한테 물어볼 게 하나 있는데, 무슨 대답을 하든, 아니면 대답을 안 하든, 이 점을 명심하도록 해. 라일한테 의리를 지키겠다고 서로를 배신하면 안 돼. 안타깝지만 가혹한 운명으로 이제 너희한테는 너희 둘밖에 안 남은 것 같으니까."

나는 고개를 돌려 형을 쳐다본다. 형은 나를 보지 않는다.

타이터스가 이완 크롤에게 고개를 까딱하자마자 이완 크롤이 내 오른손을 단단히 꽉 붙잡는다. 그의 억센 팔이 내 손바닥을 레나의 녹색 식탁에다 누른다. 세상이 무너져 내리기 전, 산들이 바다로 허물어져 내리기 전, 별들이 하늘에서 떨어져 이 끔찍한 저녁이 되기 전 내가 먹고 있던 스파게티 바로 옆에다.

"무슨 짓이야?"

그의 겨드랑이 냄새가 난다. 그의 몸에서는 올드 스파이스 향수 냄새가 나고, 옷에서는 담배 냄새가 난다. 그가 내 오른팔뚝에 몸무게를 싣고서 내 위로 몸을 구부리더니, 무쇠 뼈를 가진 큼직한 두 손으로 내 오른손 검지를 밖으로 펴려고 한다. 내 행운의 중간 마디에 내 행운의 주근깨가 있는 내 행운의 검지를. 나는 본능적으로 주먹을 쥐지만, 그는 너무 힘이 세고 그의 속은 야생 짐승이다. 그의 두 손이, 몸에 전류가 흐르는 듯 포악한 움직임이, 이성이라곤 전혀 없이 분노만 번득이는 그의 표정이 그걸 말해주고 있다. 그가 내 주먹을 꽉 움켜쥐고 내 검지를 밖으로 빼내서 테이블 위에 반듯이 펴놓는다.

토할 것 같다.

형이 테이블에 반듯이 놓여 있는 내 손가락을 쳐다본다.

"라일이 뭐라고 말하던, 오거스트?" 타이터스가 묻는다.

형은 타이터스에게로 눈을 돌린다.

"라일이 뭐라고 썼지, 오거스트?"

형은 당황한 척 어리둥절한 표정을 짓는다.

타이터스가 내 뒤에 있는 이완 크롤에게 고개를 까딱하자, 이완이 내 검지의 맨 아래 마디 바로 위에 보이 나이프의 칼날을 댄다.

금방이라도 토할 것 같다. 속이 울렁거리고. 이제 목이 타들어간다. 시간이 느려진다.

"라일이 허공에 뭐라고 썼잖아." 타이터스가 쏘아붙인다. "라일이 뭐라고 하던, 오거스트?"

칼날이 손가락을 더 세게 파고들어 피가 나자, 나는 숨을 훅 들이마신다.

"형은 원래 말을 안 해요." 내가 악을 쓴다. "말을 안 한다고요. 하고 싶어도 못 해요."

형은 계속 타이터스를 빤히 쳐다보고, 타이터스도 형만 빤히 쳐다보고 있다.

"라일이 뭐라고 했지, 오거스트?" 타이터스가 묻는다.

형이 내 손가락을 쳐다본다. 이완 크롤이 칼날을 더 세게 누른다. 칼날이 내 피부와 살을 가르다가 손가락뼈에 박힌다.

"우리도 몰라요, 타이터스, 제발요." 나는 소리 지른다. "우리도 몰라요."

이제는 현기증이 인다. 정신이 나가버린다. 식은땀이 흐른다. 타이터스가 형의 눈을 가만히 들여다본다. 그러고는 또 이완 크롤에게 고개를 끄덕이고, 이완은 보이 나이프를 더 세게 누른다. 올드 스파이스와 입 냄새와 그 칼날, 내 손가락뼈를 끊임없이 파고드는 칼날. 나의 뼈. 나의 약한 뼈. 나의 약한 손

211

가락들.

나는 아파서 울부짖는다. 눈앞이 새하얘지도록 아프고 경악스럽고 이 상황이 믿기지 않아 새된 소리로 꽥꽥거리며 날것의 비명을 마구 질러댄다.

"이러지 마세요." 나는 울면서 소리친다. "제발 이러지 마세요."

칼날이 더 깊숙이 들어오고 나는 고통에 울부짖는다.

그때 어딘지 모를 곳에서 어떤 목소리가 방 안의 소음에 끼어든다.

내 왼쪽에서 들려오는 목소리. 나는 비명을 지르느라 제대로 못 들었지만, 이완 크롤은 이 목소리를 듣고는 칼을 누르던 손에서 힘을 뺀다. 내가 지금껏 살면서 깨어 있는 동안 한 번도 들어본 적이 없는 목소리다. 타이터스가 식탁으로 더 가까이, 형에게로 더 가까이 몸을 구부린다.

"한 번 더, 뭐라고?" 타이터스가 말한다.

침묵. 형이 입술을 핥고 목청을 가다듬는다.

"할 말이 있어요." 형이 말한다.

이게 꿈이 아니라는 걸 알려주는 건 내 행운의 검지에서 흘러내리고 있는 피뿐이다.

타이터스가 밝아진 얼굴로 고개를 끄덕인다.

형이 나를 쳐다본다. 내가 아는 그 표정으로. 입꼬리를 살짝 올려 희미하게 웃으면서 왼쪽 눈을 찡그린다. 자기도 어쩔 수 없는 나쁜 일이 곧 벌어질 테니 미안하다고 말하는 표정.

형이 타이터스 브로즈를 바라본다.

"너의 마지막은 죽은 솔새." 형이 말한다.

타이터스는 미소 지으며 어리둥절한 표정으로 이완 크롤을 쳐다보다가 킬킬거린다. 무언가를 감추고 체면을 차리기 위한 웃음. 이 순간 그의 얼굴에 두려움이 스쳐 지나간다. 타이터스의 이런 표정을 보게 될 줄은 몰랐다.

"미안하구나, 오거스트, 한 번만 더 말해주겠어?" 타이터스가 묻는다.

형이 나와 비슷한 목소리로 말한다. 형의 목소리가 내 목소리와 비슷할 줄은 정말 몰랐다.

"너의 마지막은 죽은 솔새."

타이터스는 턱을 긁고, 가느다란 눈으로 형의 얼굴을 뜯어보며 숨을 크게 한 번 쉰다. 그러고는 이완 크롤에게 고개를 까딱한다. 보이 나이프의 칼날이 레나의 테이블을 탁 때리고, 내 행운의 검지는 이제 더 이상 내 손에 붙어 있지 않는다.

내 눈꺼풀이 닫히고 열린다. 삶과 암흑. 집과 암흑. 테이블의 피바다 속에 놓여 있는, 행운의 주근깨를 가진 내 행운의 손가락. 눈꺼풀이 닫힌다. 암흑. 그리고 눈꺼풀이 열린다. 타이터스가 하얀 실크 손수건으로 내 손가락을 집어서 조심스럽게 싼다. 눈꺼풀이 닫힌다. 암흑. 그리고 눈꺼풀이 열린다.

나의 형, 오거스트. 눈꺼풀이 닫힌다.

암흑.

소
년,

탈 출
하 다

마법의 자동차. 하늘을 나는 마법의 홀덴 킹스우드. 차창 밖, 옅은 푸른빛과 분홍빛을 띤 마법의 하늘. 폭신폭신하고 큼 직하고 흉한 모양이라, 형이 만든 '저게 뭐처럼 보여?'라는 게 임의 유력한 후보가 되는 구름.

"저건 코끼리야." 내가 말한다. "저기 큰 귀가 있잖아, 왼쪽 귀랑 오른쪽 귀, 그리고 그 가운데로 내려와 있는 코."

"아니야." 마법의 차 꿈에서는 형도 말을 한다. "저건 도끼 야. 저기 날이 있잖아, 왼쪽 날이랑 오른쪽 날, 그리고 그 가운 데로 내려와 있는 도낏자루."

하늘에서 차가 방향을 틀자, 우리는 뒷자리의 황갈색 비닐 좌석에서 뒹군다.

"왜 우리가 하늘을 날고 있지?" 내가 묻는다.

"우린 항상 하늘을 날잖아." 형이 말한다. "하지만 걱정하지 마, 곧 끝날 거야."

자동차가 갑자기 하늘에서 떨어지면서 구름을 뚫으며 왼쪽

214

으로 포물선을 그린다.

나는 자동차의 룸미러를 들여다본다. 로버트 벨의 짙푸른 눈동자. 우리 아빠의 짙푸른 눈동자.

"나 이제 여기 있기 싫어, 형." 곤두박질치는 자동차의 힘이 우리를 좌석으로 세게 밀어붙인다.

"나도 알아." 형이 말한다. "하지만 우린 어차피 여기로 오게 되잖아. 내가 뭘 하든 간에. 항상 그렇지."

우리 밑에는 물이 있다. 하지만 내가 지금까지 본 어떤 물과도 다르다. 이 물은 은색이고, 은빛으로 일렁이며 반짝인다.

"저건 뭐야?" 내가 묻는다.

"달이야." 형이 답한다.

자동차가 쾅 떨어지자 반짝이는 은빛 표면이 액체로 부서지고, 자동차는 바닷속의 숨 막히는 초록빛 세상으로 첨벙 떨어진다. 마법의 홀덴 킹스우스가 물로 가득 차고, 서로를 빤히 쳐다보자 우리 입에서 거품이 흘러나온다. 형은 이렇게 물속에 있어도 아무렇지도 않은지 태연하기만 하다. 오른손을 들어 올려 오른손 검지를 뻗더니 물에다 세 단어를 쓴다.

'소년 우주를 삼키다.'

나도 답으로 뭔가를 쓰고 싶어 오른손을 들어 올려 오른손 검지를 뻗어보려 하지만, 그 자리에는 손가락이 없다. 피로 가득 찬 관절 구멍에서 붉은 피가 바다로 새어 나갈 뿐. 나는 비명을 지른다. 세상이 온통 붉어진다. 그러고는 암흑에 빠진다.

*

나는 깨어난다. 흐릿한 시야가 점점 밝아지더니 흰색 병실
이 보인다. 오른손의 욱신거리는 통증 때문에 모든 것이 더 선
명해진다. 내 안의 모든 것, 나의 모든 세포와 나의 모든 혈액
분자가 우르르 몰려가다가 어떤 벽에 쾅 부딪힌다. 예전엔 행
운의 주근깨를 가진 내 행운의 검지에 연결되어 있었지만, 지
금은 붕대와 테이프에 똘똘 감겨 있는 검지 관절의 벽에. 잠
깐, 그러고 보니 이젠 그리 심하게 아프지는 않다. 배 속이 따
뜻하다. 왠지 몽롱하고 어지럽고 아늑하니, 붕 떠 있는 듯한
느낌이 든다.

내 왼손의 맨 윗부분 한가운데로 약물 한 방울이 들어온다.
목이 너무 마르다. 속이 너무 메스껍다. 이곳은 너무 비현실적
이다. 딱딱한 병원 침대와 내 위에 덮인 담요, 소독제 냄새. 레
나의 낡은 황록색 침대 시트처럼 생긴 커튼이 U자 모양의 봉
에 걸린 채 침대를 에워싸고 있다. 천장에 붙은 사각형 타일들
에는 수백 개의 작은 구멍이 뚫려 있다. 내 오른쪽에는 한 남자
가 의자에 앉아 있다. 키 큰 남자. 마른 남자. 호리호리한 남자.

"슬림 할아버지."

"좀 어떠냐, 꼬마야?"

"물 마실래요."

"알았다."

할아버지가 침대 옆의 카트에서 흰색 플라스틱 컵을 가져
와 내 입술에 대어준다.

216

나는 물 한 컵을 전부 다 마신다. 할아버지가 한 컵 더 부어주고 나는 이번에도 다 마신 다음, 이깟 힘 좀 썼다고 녹초가 되어버려 등을 기댄다. 그리고는 손가락이 없어진 자리를 다시 한번 바라본다. 오른손 엄지, 붕대를 감은 손가락 관절, 그리고 나머지 세 손가락이 울퉁불퉁한 선인장처럼 내 손에서 삐죽 튀어나와 있다.

"딱하구나, 꼬마야." 슬림 할아버지가 말한다. "손가락이 없어지다니."

"없어진 게 아니에요. 타이터스 브로즈가······."

조금 움직이니 손이 욱신욱신 쑤신다. 할아버지가 고개를 끄덕인다.

"나도 안다, 엘리. 그냥 누워 있어."

"여기가 어디예요?"

"로열 브리즈번 병원."

"엄마는요?"

"경찰서에." 할아버지는 이렇게 말하고는 고개를 숙인다. "얼마 동안은 엄마를 못 볼 거다, 엘리."

"왜요?" 이렇게 묻고 나니, 밑동만 남은 검지로 피가 몰려들듯 눈으로 눈물이 확 몰려들지만 막아줄 벽이 없어 밖으로 쏟아져 나온다. "어떻게 된 건데요?"

슬림 할아버지가 의자를 침대 더 가까이로 움직이더니 말없이 나를 물끄러미 쳐다본다.

"어떻게 된 건지는 너도 알잖아." 할아버지가 말한다. "그리

217

고 조금 있으면 브레넌 박사라는 여자가 와서, 어떤 일이 있었는지 물어볼 거다. 무슨 말을 할지 잘 결정해야 돼. 그 여자는 네 말을 믿을 테니까. 그 여자는 구급대원들이 해준 말을 안 믿거든. 경찰이 도착하기 전에 너희 엄마가 구급대원들한테 해준 얘기 말이야."

"엄마가 뭐라고 했는데요?"

"너랑 오거스트가 도끼를 가지고 장난치고 있었다고. 네가 스타워즈 인형을 통나무에 대고 오거스트한테 인형을 반 토막 내라고 했다면서. 그런데 오거스트가 다스 베이더를 네 손가락이랑 같이 반 토막 내버렸다고 말이야."

"도끼요? 방금 도끼 꿈을 꿨는데. 도끼처럼 생긴 구름이 나왔어요. 꿈이 아니라 기억으로 느껴질 만큼 너무 생생하더라고요."

"기억 못 하는 꿈은 꿀 가치도 없지."

"형은 경찰한테 뭐라고 했는데요?"

"그 녀석은 늘 하던 대로 했어. 그냥 입을 꾹 다물고 있었지."

"왜 그놈들이 라일 아저씨를 잡아간 거예요, 슬림 할아버지?"

할아버지는 한숨을 내쉰다. "그 일은 그냥 잊어, 녀석아."

"왜요, 할아버지?"

할아버지가 숨을 크게 들이마신다.

"라일은 빅 당과 따로 거래를 하고 있었어."

"따로요?"

"두목 뒤에서 몰래 딴 주머니를 찬 거지. 뭔가 진행 중이었어. 계획이 있었거든."

"무슨 계획요?"

"라일은 타이터스한테서 벗어날 생각이었어. '둥지 알' 계획이라던가. 차곡차곡 알들을 숨겨놓고 1, 2년 정도 품고 있는 거야. 시간이 지나서 값이 두 배로 뛸 때까지. 그런데 타이터스가 어떻게 그걸 알고서 타이터스답게 처리한 거지. 이제 타이터스는 빅 당과 거래를 끊었어. 앞으로는 더스틴 방을 공급책으로 쓸 거야. 그리고 빅 당이 라일에 관해 알게 되는 날, 다라 거리에서 제3차 세계대전이 일어날 거다."

둥지 알. 제3차 세계대전. 라일에 관해 알게 되는 날. 젠장.

"젠장." 내가 말한다.

"욕은 하지 마."

나는 눈물을 흘리면서 환자복 오른쪽 소매로 눈을 닦는다.

"왜 그러냐, 엘리?"

"내 잘못이에요."

"뭐가?"

"그거 내 생각이었어요, 할아버지. 라일 아저씨한테 시장에 대해서 얘기했어요. 공급과 수요에 대해서 말해줬어요. 그리고 우리가 얘기했던 거 있잖아요, 야누스 특공대, 그것도 얘기해주고."

슬림 할아버지가 셔츠 윗주머니에서 화이트 옥스를 꺼내더니, 갑 안에 넣어뒀다가 병원에서 나가자마자 피울 담배를 말기 시작한다. 지금 바로 피울 수 없는 담배를 만다는 건 할아버지가 초조하다는 증거다.

"그 얘기를 언제 했어?" 할아버지가 묻는다.

"몇 달 전에요."

"음, 라일은 여섯 달 전부터 그랬으니까, 꼬마야, 네 잘못은 하나도 없다."

"하지만…… 그럴 리가…… 없어요…… 아저씨가 나한테 거짓말을 하다니."

라일 아저씨가 내게 거짓말을 했다. 거짓말을 할 수 없는 남자가. 나를 속였다.

"너한테 해가 될까 봐 말을 안 해준 거지, 너를 속인 게 아니야." 할아버지가 말한다.

"놈들이 라일 아저씨를 어떻게 했어요, 할아버지?"

할아버지가 고개를 저으며 부드럽게 말한다. "글쎄다. 나야 모르지. 너도 알아서 좋을 거 없다."

"말 안 해주는 건 속이는 거나 마찬가지예요, 할아버지. 둘 다 거지 같다고요."

"말조심해." 할아버지가 경고한다.

내 속에서 이렇게 분노가 치미는 건, 손가락이 없어진 자리의 관절이 아파서일까, 아니면 레나와 아우렐리 오를리크의 복도에 쓰러져 있던 엄마의 모습이 떠올라서일까.

"놈들은 괴물이에요, 할아버지. 그 좆같은 정신병자들이 마을을 자기들 멋대로 주무르고 있다고요. 내가 전부 다 불어버릴 거예요. 하나하나 전부 다. 이완 크롤이랑 그 자식이 토막 낸 시체들. 성자 같은 타이터스 브로즈, '저리 꺼져' 빅 당, 좆 같은 더스틴 방이 브리즈번 서부에 돌아다니는 헤로인의 반을 공급하고 있다고. 우리가 스파게티를 먹고 있는데 놈들이 우리 집에 들어와서 라일 아저씨를 잡아갔다고 까발려버릴 거예요. 놈들이 라일 아저씨를 끌고 갔다고요, 할아버지."

할아버지에게 더 가까이 다가가려고 오른팔 팔꿈치로 몸을 받치며 일어나 앉으니 손가락 관절이 찌릿하니 아파온다.

"말해줘요, 할아버지." 내가 말한다. "놈들이 라일 아저씨를 어디로 데려간 거예요?"

할아버지는 고개를 젓는다. "나도 모른다, 꼬마야. 지금은 그런 생각을 하고 있을 때가 아니야. 너희 엄마가 왜 그런 이야기를 지어냈을지 잘 생각해봐. 너희를 지켜주려고 그런 거야. 지랄 같아도 너희 둘을 위해서 꾹 참고 넘어가려는 거니까 너도 엄마를 위해서 그렇게 해야지."

나는 왼손을 이마에 얹었다가 눈을 문질러 눈물을 닦아낸다. 어지럽다. 뭐가 뭔지 모르겠다. 여기서 나가고 싶다. 아타리 게임기로 '미사일 커맨드'를 하고 싶다. 엄마의 《위민스 위클리(Women's Weekly)》에 나온 제인 시모어를 10분 동안 뚫어져라 보고 싶다. 내 망할 행운의 검지로 내 망할 코를 후비고 싶다.

"형은 어디 있어요?"

"경찰이 너희 아빠네 집으로 데려갔어."

"뭐라고요?"

"이제는 너희 아빠가 너희 보호자야. 앞으로는 아빠가 너희를 돌봐줄 거다."

"그 집에는 가기 싫어요."

"그 집 말고는 갈 데가 없어, 꼬마야."

"할아버지랑 같이 있으면 되잖아요."

"그건 안 돼, 꼬마야."

"왜요?"

할아버지가 인내심을 잃어가고 있다. 할아버지가 크지 않은 목소리로 모진 말을 뱉는다.

"넌 내 망할 자식이 아니니까."

계획에 없었던 아이. 환영받지 못한 아이. 어쩌다 보니 생겨난 아이. 검증되지 않은 아이. 덜 자란 아이. 영양 결핍에 걸린 아이. 모자란 아이. 아무도 원치 않은 아이. 사랑받지 못한 아이. 살아 있는 시체 같은 아이. 그 옛날 그 변태가 엄마를 자기 차에 억지로 태워 끌고 다니지만 않았다면 애초에 이 세상에 있지도 않을 아이. 엄마가 가출하지 않았다면. 엄마의 아빠가 엄마를 떠나지 않았다면.

머릿속에 엄마의 아빠가 떠오르는데, 타이터스 브로즈를 닮았다. 엄마를 자기 차로 끌고 들어가려는 변태는, 그 좀비 같은 꼴에서 30년 젊어진 얼굴에 잭나이프 같은 혀를 가진 타이터스 브로즈를 닮았다. 우리 아빠는 얼굴이 어떻게 생겼는지 기억이 안 난다. 그래서 역시 타이터스 브로즈를 닮았다.

슬림 할아버지가 고개를 숙이고 숨을 쉰다. 나는 눈물에 젖은 머리를 다시 베개에 누이고, 사각형 타일들을 올려다본다. 천장 타일에 난 구멍들을 왼쪽부터 세기 시작한다. 하나, 둘, 셋, 넷, 다섯, 여섯, 일곱…….

"어이, 엘리, 넌 지금 지하 독방에 있는 거야." 할아버지가 말한다. "무슨 소린지 알지? 지금은 바닥이지만 이제 올라갈 일만 남았다고. 여기가 너의 블랙 피터다. 이제 위로 올라가기만 하면 돼, 꼬마야."

나는 계속 천장만 뚫어져라 쳐다본다. 의문이 하나 생긴다.

"할아버지는 좋은 사람이에요?"

슬림 할아버지는 얼떨떨한 표정이다.

"그건 왜 물어?"

내 눈에 눈물이 차올라 관자놀이로 흘러내린다.

"좋은 사람이에요?"

"그래."

나는 할아버지에게로 고개를 돌린다. 할아버지는 병실 창밖을 바라보고 있다. 푸른 하늘과 구름.

"난 좋은 사람이야." 슬림 할아버지가 말한다. "하지만 나쁜 사람이기도 하지. 누구나 다 그래, 꼬마야. 우리 안에는 좋은 면도 나쁜 면도 다 조금씩 있거든. 항상 좋은 사람이 되는 건 어려워. 그런 사람들도 있지만, 대부분은 안 그렇지."

"라일 아저씨는 좋은 사람이에요?"

"그래, 엘리. 라일은 좋은 사람이야. 그럴 때도 있지."

"할아버지……."

"그래, 꼬마야."

"나는 좋은 사람일까요?"

할아버지는 고개를 끄덕인다.

"그래, 꼬마야, 네 말이 맞다."

"내가 좋은 사람이라고요?" 내가 묻는다. "어른이 됐을 때도 난 좋은 사람일까요?"

슬림 할아버지는 어깨를 으쓱한다. "음, 넌 좋은 아이야. 하지만 좋은 아이가 꼭 좋은 어른이 되란 법은 없지."

"시험을 해봐야겠어요."

"무슨 소리야?"

"시험해봐야겠다고요. 내가 진짜 어떤 사람인지. 내 안에 뭐가 있는지 모르겠어요, 할아버지."

할아버지가 일어나더니 수액백에 적혀 있는 글을 본다.

"아무래도 너한테 이상한 걸 집어넣은 모양인데." 할아버지가 다시 앉으며 말한다.

"기분 좋아요. 아직 꿈속에 있는 기분이에요."

"진통제 때문에 그래. 시험은 왜 하겠다는 거야? 네가 좋은 아이라는 걸 왜 몰라? 넌 착한 마음을 가졌어."

"정말 그럴까요? 확신을 못 하겠어요. 끔찍한 생각을 좀 했거든요. 좋은 사람이라면 할 수 없는 아주 못된 생각을요."

"못된 생각 좀 하면 어때, 못된 짓을 안 하면 되지."

"가끔 이런 상상을 해요. 피라냐처럼 생긴 외계인 두 명이

지구로 와서 나를 자기들 우주선으로 끌고 간 다음 우주로 날아가는 거예요. 그런데 우주선에 달린 룸미러로 지구가 보이자 운전석에 앉은 외계인이 나를 보면서 이렇게 말해요. '때가 됐어, 엘리.' 나는 마지막으로 한 번 지구를 보고 이렇게 말해요. '해버려.' 그러면 다른 외계인이 빨간 버튼을 눌러요. 룸미러 속의 지구는 데스 스타*처럼 폭발하지 않아요. 그냥 우주에서 조용히 사라져버리죠. 있다가 없어지는 거예요. 파괴된 게 아니라 그냥 우주에서 지워진 것처럼."

슬림 할아버지는 고개를 끄덕인다.

"가끔은요, 할아버지가 배우가 아닐까 하는 생각이 들어요. 엄마도, 라일 아저씨도, 형도. 형은 진짜 최고의 배우 같아요. 내 인생이라는 거대한 작품 속에서 내 주변 사람들이 모두 연기를 하고 있고, 그 외계인들이 나를 지켜보고 있는 건 아닐까."

"그건 못된 생각도 아니야. 그냥 정신 나간 생각, 조금 자기중심적인 생각일 뿐이지."

"시험을 해봐야겠어요. 내 본성이 자연스럽게 드러날 수 있는 순간이 필요해요. 아무 고민 없이 그 자리에서 바로 훌륭한 일을 한다면, 그냥 좋은 일을 하는 게 내 본성이라 그렇게 한다면, 내가 정말 좋은 사람이라고 확신할 수 있을 것 같아요."

"누구나 언젠가는 그런 시험을 받게 된단다, 꼬마야." 할아

• 「스타워즈」에 등장하는 거대한 전투 기지용 인공위성.

225

버지는 창밖을 바라보며 말한다. "매일 좋은 일을 할 수도 있어. 네가 오늘 할 수 있는 좋은 일은 뭘까?"

"뭔데요?"

"너희 엄마가 한 진술이 맞는다고 말하는 거지."

"그게 뭐였죠?"

"오거스트가 도끼로 네 손가락을 잘랐다고."

"형은 좋은 사람이에요. 항상 나쁜 사람한테만 나쁜 짓을 하거든요."

"좋다, 나쁘다, 그런 규칙이 그 녀석한테는 안 통하니까 탈이지. 녀석은 다른 길을 걷고 있는 것 같단 말이야."

"어디로 가는 길요?"

"글쎄다. 어떻게 갈 수 있는지 그 녀석만 아는 곳이겠지."

"형이 말을 했어요, 할아버지."

"누가 말을 했다고?"

"형요. 내가 기절하기 직전에요. 형이 말을 했어요."

"뭐라고 말하던?"

"뭐라고 했냐면……."

어떤 여자가 U자 모양의 봉을 따라 황록색 커튼을 쭉 걷는다. 그녀는 유칼립투스 이파리가 달린 나뭇가지에 앉아 있는 웃는물총새가 그려진 파란색 모직 스웨터를 입고 있다. 유칼립투스 이파리 색과 똑같은 진녹색 슬랙스도 입고 있다. 그녀의 머리칼은 붉고, 피부는 창백하다. 나이는 50대 후반 정도로 보인다.

그녀는 커튼을 걷자마자 내 눈을 바라본다. 손에는 클립보드를 들고 있다. 남의 방해를 받지 않으려고 그녀가 다시 커튼을 획 친다.

"우리 용감한 어린 병사님, 몸은 좀 어때?" 그녀가 묻는다.

아일랜드 억양이다. 나는 아일랜드 억양으로 말하는 여자를 실제로 한 번도 본 적이 없다.

"괜찮아요." 슬림 할아버지가 말한다.

"자, 그럼 붕대 좀 볼까." 그녀가 말한다.

그녀의 아일랜드 억양이 마음에 든다. 지금 당장 이 여자와 함께 아일랜드로 가서 벼랑 끝의 짙푸른 풀밭에 누워, 소금과 버터와 후추를 뿌린 삶은 감자를 먹으며, 아일랜드 억양을 가진 열세 살의 남자아이는 뭐든 다 할 수 있다고 아일랜드 억양으로 말하고 싶다.

"내 이름은 캐럴라인 브레넌이야." 그녀가 말한다. "그리고 넌 용감한 엘리겠구나. 특별한 손가락을 잃어버린 소년."

"그 손가락이 특별한지 어떻게 알았어요?"

"그야 오른손 검지는 원래 특별하니까. 별들을 가리킬 때 사용하는 손가락이잖아. 학급 사진에서 네가 몰래 짝사랑하는 여자아이를 가리킬 때, 좋아하는 책에서 정말 긴 단어를 읽을 때, 코를 후비고 엉덩이를 긁을 때 사용하는 손가락이지. 안 그래?"

브레넌 박사는 위층의 외과의사들이 내 잃어버린 손가락을 어떻게 손쓸 수 없었다고 말한다. 10대에게 현대적 봉합 수술

227

을 시행해 성공할 확률은 약 70~80퍼센트지만, 이런 복잡한 봉합은 한 가지 핵심 요소에 크게 좌우된다고 한다. 다시 붙일 손가락. 잘려나간 손가락을 열두 시간 안에 붙이지 않으면 70~80퍼센트의 성공률은 바닥을 쳐서 "유감이구나, 이 딱한 마약상 아들아"라고 말할 수밖에 없는 상황이 되는 것이다. 절단된 손가락이 검지나 새끼손가락이라면 봉합한 후 오히려 문제가 더 많이 생겨서 안 하느니만 못할 때도 많다고 한다. 그렇다면 널빤지를 타고 바다를 떠돌며 쫄쫄 굶고 있는 남자한테 "햄 조각 하나 없는 걸 다행으로 알아요. 그걸 먹었다가는 변비에 걸릴 테니까"라고 말하는 거나 마찬가지 아닌가.

나처럼 손가락 밑동부터 잘려나간 경우는 훨씬 더 복잡하다고 한다. 달아난 손가락이 어느 날 갑자기 얼음통에서 나타난다 해도 신경 기능을 완전히 되살릴 수 없어, 파티에서 장기 자랑으로 뜨거운 석탄불에 쑤셔 넣을 때 말고는 별 쓸모가 없을 거란다.

"이제 중지를 내밀어보렴." 그녀가 자기의 중지를 빙빙 돌리며 말한다.

나는 내 중지를 들어 올린다.

"이제 그걸 콧구멍 속으로 밀어 넣어봐."

그녀가 눈썹을 치켜세우며, 자기 중지를 자기 콧구멍 속으로 쑥 집어넣는다.

슬림 할아버지가 환하게 웃는다. 나는 그녀를 따라 중지를 콧속으로 밀어 넣는다.

"거봐." 브레넌 박사가 말한다. "검지가 할 일을 중지로도 얼마든지 할 수 있어, 알겠니, 엘리? 중지를 쓰면 오히려 더 깊숙이 들어갈 수 있지."

나는 미소 지으며 고개를 끄덕인다.

그녀가 내 손가락 없는 손가락 관절을 싸매고 있는 붕대를 조심스럽게 푼다. 밖으로 드러난 살에 공기가 닿자 나는 움찔 놀란다. 그쪽을 슬쩍 훔쳐보다가, 돼지고기 소시지에 박혀 있는 어금니처럼 살에 박혀 있는 새하얀 관절 뼈가 보여서 바로 고개를 돌려버린다.

"잘 낫고 있네." 그녀가 말한다.

"얘가 얼마나 더 고생해야겠어요, 선생?" 슬림 할아버지가 묻는다.

"2, 3일은 더 입원해 있으면 좋겠어요." 그녀가 말한다. "초기에 감염이 일어날 수도 있으니까 지켜보게요."

그녀가 상처에 새 붕대를 감아주고는 슬림 할아버지를 쳐다보며 묻는다. "엘리와 단둘이 얘기 좀 할 수 있을까요?"

할아버지는 고개를 끄덕이고 늙은 뼈들을 삐걱거리며 일어난다. 후두에 장수풍뎅이가 박힌 것처럼 가슴을 씨근거리며 콜록콜록 기침을 두 번 한다.

"그 기침은 검사 좀 받으셨나요?" 브레넌 박사가 묻는다.

"안 받았는데." 할아버지가 말한다.

"왜요?"

"당신네 똑똑한 의사들이 바보같이 내가 못 죽게 막을까 봐

그러지." 할아버지는 이렇게 말하고는 브레넌을 지나면서 내게 한쪽 눈을 찡긋한다.

"엘리가 갈 곳은 있나요?" 브레넌 박사가 묻는다.

"아빠네 집에 갈 거라오." 할아버지가 말한다.

브레넌 박사가 나를 힐끔 쳐다보며 묻는다. "괜찮겠어?"

슬림 할아버지가 내 반응을 살핀다.

내가 고개를 끄덕이자, 할아버지도 고개를 끄덕인다.

할아버지가 내게 20달러짜리 지폐를 한 장 건네며 말한다. "퇴원하면 택시 타고 너희 아빠 집으로 가는 거다, 알았지?" 그러고는 침대 밑에 있는 수납장을 가리킨다. "네 신발이랑 깨끗한 옷 한 벌 가져왔다."

슬림 할아버지가 내게 종이쪽지 하나를 건네고 문으로 걸어간다. 종이에는 주소와 전화번호가 적혀 있다.

"너희 아빠 주소다." 할아버지가 말한다. "나하고 별로 안 멀어, 호니브룩 다리만 건너면 되니까. 내가 필요하면 이 번호로 전화해. 아파트 밑에 있는 전당포 번호야. 전화해서 질이라는 사람을 찾아."

"그다음엔 뭐라고 말해요?" 내가 묻는다.

"슬림 할리데이하고 정말 친한 사이라고 해."

할아버지는 이렇게 말한 뒤 나가버린다.

*

브레넌 박사는 클립보드에 적힌 차트를 읽고 침대 가장자리에 앉는다.

"팔 좀 줘봐." 그녀는 이렇게 말하더니, 수류탄처럼 생긴 검은색 펌프가 달린 벨벳 띠를 내 왼팔 이두박근에 두른다.

"그게 뭐예요?"

"혈압 측정하는 거야. 긴장하지 말고 그냥 편하게 있어."

그녀가 수류탄을 여러 번 꽉 쥔다.

"참, 「스타워즈」 좋아한다며?"

나는 고개를 끄덕인다.

"나도 그래. 좋아하는 캐릭터는 누구야?"

"한 솔로요. 포파 펫도 괜찮긴 한데." 긴 침묵. "아니요, 한 솔로로 할래요."

브레넌 박사가 날카로운 눈으로 나를 쳐다본다.

"확실해?"

망설임.

"루크요. 항상 루크를 좋아했어요. 선생님은요?"

"오, 나야 처음부터 쭉 다스 베이더지."

무슨 수작인지 훤히 보인다. 브레넌 박사는 짭새들이랑 한 패인 것이다. 장단을 맞춰줘볼까.

"다스 베이더가 좋다고요?"

"그래, 악당들이 나와야 재미있거든. 악당이 없으면 이야깃 거리도 별로 없잖아. 아주 지독한 악당이 있어야 아주 멋진 영웅도 있는 법이지, 안 그래?"

나는 미소 짓는다.

"다스 베이더가 되고 싶지 않은 사람이 어디 있겠어?" 그녀가 웃으며 말한다. "핫도그를 사려고 줄을 서 있는데 어떤 사람이 새치기를 하면, 포스를 써서 손 안 대고 그 인간 목을 졸라버릴 수 있잖아." 그녀는 엄지와 검지로 뭔가를 집는 듯한 시늉을 한다.

나도 웃으며 허공에다 똑같은 손 모양을 만든다. "겨자 소스를 안 뿌려주다니, 심히 거슬리는군."* 내 말에 우리는 함께 웃는다.

내 병실 문간에 한 소년이 서 있는 게 곁눈으로 언뜻 보인다. 나처럼 연한 파란색 환자복을 입고 있다. 머리를 박박 밀었지만, 두피 뒤쪽부터 오른쪽 어깨까지 갈색 머리카락이 쥐꼬리처럼 기다랗게 내려와 있다. 그리고 손에 연결된 수액백을 걸어놓은 이동식 링거대를 오른손으로 붙잡고 있다.

"왜 그러니, 크리스토퍼?" 브레넌 박사가 묻는다.

소년은 열한 살 정도로 보인다. 윗입술에 난 상처를 보니, 이동식 링거대를 끌고 있는 이 열한 살짜리 소년을 어두침침한 골목에서 절대 만나고 싶지 않다는 생각이 든다. 소년이 자기 엉덩이를 긁적거린다.

"이번에도 탱**이 너무 싱거워요." 소년이 툭 뱉듯이 말한다.

브레넌 박사는 한숨을 푹 쉰다. "크리스토퍼, 저번보다 분말을 두 배는 더 넣었어."

• "이렇게 믿음이 없다니, 심히 거슬리는군"이라는 다스 베이더의 대사를 패러디한 것.
•• 분말 주스 브랜드.

소년은 고개를 젓고 가버린다.

"죽어가는 사람한테 싱거운 탕을 줘요?" 소년이 바깥 복도를 걸어가며 말한다.

브레넌 박사는 눈썹을 치켜올린다. "이런 모습 보여서 미안하구나."

"저 애는 무슨 병 때문에 죽어가는 거예요?" 내가 묻는다.

"가엾게도 뇌에 에어즈 록* 만 한 종양이 생겼단다."

"치료할 수 있어요?"

"그럴 수도 있고." 그녀는 클립보드에 끼워진 종이에 혈압 수치를 적으며 말한다. "아닐 수도 있지. 가끔은 의학이 아무 상관 없을 때도 있거든."

"그게 무슨 소리예요?…… 신의 뜻이라고요?"

"아, 아니, 신이 아니라 곡의 뜻이지."

"곡이 누군데요?"

"신의 남동생인데, 참을성 없는 괴짜란다. 신이 히말라야산맥을 쌓아 올리는 사이, 못된 곡이 브리즈번의 어린애들 머리에 종양을 심고 있지."

"곡이 책임질 일이 많겠네요."

"곡은 우리들 사이를 돌아다니고 있어. 어쨌든, 어디까지 얘기했더라?"

"다스 베이더요."

• 오스트레일리아 북부에 있는 거대한 바위산.

"아, 그렇지. 그럼 넌 다스 베이더를 싫어하겠구나? 너랑 형이 도끼로 다스 베이더를 반 토막 내려고 했다며?"

"다스 베이더가 오비완을 죽여서 열받았거든요."

그녀가 내 눈을 물끄러미 들여다보며 서류철을 침대에 내려놓는다.

"엘리, '거짓말쟁이는 거짓말쟁이를 못 속인다'라는 말 들어봤니?"

"슬림 할아버지가 그 말을 좋아하죠."

"그럴 줄 알았어. 여기 있으면서 온갖 똥을 다 봤단다." 그녀의 아일랜드 억양 때문에 마치 아름다운 일출에 관해 얘기하고 있는 것처럼 들린다. "녹색 똥, 노란 똥, 검은 똥, 물방울 무늬가 들어간 보라색 똥, 시어머니 머리 위로 떨어뜨리면 완전히 졸도시킬 수 있을 만큼 커다란 똥. 있는지도 몰랐던 구멍에서 튀어나오는 똥. 사람들 똥구멍을 찢고 나오는 똥. 하지만 지금 네 입에서 쏟아져 나오는 헛소리만큼 위험한 똥은 본 적이 없구나."

이렇게 다정하고 연민 어린 목소리로 똥 얘기만 해대니까 웃긴다.

"죄송해요."

"네가 할 수 있는 일들이 있어. 네가 갈 수 있는 안전한 곳, 네가 믿을 수 있는 사람들도 있고. 이 도시에는 경찰보다 더 힘 있는 사람들이 있어. 브리즈번에도 루크 스카이워커 같은 사람들이 조금은 있단다, 엘리."

"영웅들요?"

"악당들이 돌아다니고 있는데 당연히 영웅들도 있어야지."

*

알렉스에게.

로열 브리즈번 병원 소아과 병동에서 인사드려요. 먼저, 글씨가 엉망이라 죄송해요. 얼마 전에 오른손 검지를 잃었거든요(얘기하자면 길어요). 하지만 중지, 엄지, 약지로 빅 볼펜을 잡으면 돼요. 제 담당 의사 선생님인 브레넌 박사님이 저한테 손을 사용하기 시작하라면서, 편지를 쓰면 글쓰기를 연습하기에도 좋고 손에 피가 잘 돌게 하는 데도 좋을 거래요. 잘 지내고 계신가요? 친구분들과 트라이팟이라는 고양이는요? 「우리 생애 나날들」의 최근 내용을 알려드리지 못해 죄송해요. 소아과 병동에 텔레비전이 딱 한 대밖에 없는데, 「플레이 스쿨」만 계속 틀어놓거든요. 입원해본 적 있으세요? 여긴 생각보다 괜찮아요. 브레넌 선생님은 정말 좋은 분이고, 2구역 사람들이 좋아할 만한 아일랜드 억양으로 말해요. 양구이가 나오는 저녁은 좀 힘들지만, 아침(콘플레이크)이랑 점심(치킨 샌드위치)은 딱 좋아요. 여기 조금 더 있을 수도 있지만, 안 돼요. 할 일이 있거든요. 저기, 영웅에 대해서 생각해봤는데요, 아저씨. 아저씨에게는 혹시 영웅이 있나요? 아저씨를 구해준 사람이나 안전하게 지켜준 사람요. 어떻게 하면 영웅이 될까요? 루크 스카이워커는 처음부터 영웅이 될 생각은 아니었잖아요. 그냥 오비완을 찾고 싶었던 거지. 그러다가 안전지대를 벗어나기로 결심했죠. 자기 마음이 시키는 대로 한 거예요. 그러니까 그냥 그렇게 하면 영웅이 되나 봐요. 마음이 시키는 대로 하고, 밖으로 나가 싸우는 거죠. 제가 잠깐 집을 떠나 있을 거라 얼마 동안은 연락이 안 될 거예요. 여행을 떠나서 모험을 좀 해보려고요. 목표를 세웠으니까 그걸 이룰 거예요. 슬림 할아버지가 항상 얘기하는 네 가지를 잊지 마세요. 타이밍, 계획, 운, 믿음. 인생이 다 그런 것 같아요. 사는 게 다 그렇죠. 편지를 쓸 수 있으면 쓰겠지만, 한동안 소식을 전할 수 없을지도 모르니 미리 말씀드릴게요. 그동안 편지를 보내주셔서, 그리고 제 친구가 되어주셔서 고맙습니다. 하고 싶은 말은 훨씬 더 많지만 나중으로 미뤄야겠어요. 곧 중요한 순간이 다가오는데 제 시간이 점점 사라지고 있거든요. 모래시계의 모래처럼요. 하!

　　영원한 친구,

　　엘리 드림.

*

　　슬림 할아버지는 탈옥에 대해 항상 자신만의 믿음 같은 것이 있었다. "간수들한테 내가 보인다고 진심으로 믿으면, 정말 간수들이 나를 볼 수 있다. 하지만 내가 투명 인간이라고 진심으로 믿으면, 간수들도 정말 내가 안 보인다고 믿게 될 것이다", 이런 식의 믿음. 할아버지가 그런 말을 했던 것 같다. 자신감에 대해서. 보고 로드의 후디니는 마술을 부린다기보다는 능구렁이처럼 교활하고 배짱 있었고, 배짱 있는 능구렁이는 자신만의 마술을 부릴 줄 안다. 할아버지가 보고 로드 교도소에서 처음 탈옥에 성공했을 때는 환한 대낮이었다. 1940년 1월 28일, 찌는 듯 더웠던 일요일 오후. 슬림 할아버지와 D동의 동료 죄수들은 원을 그리며 4번 마당으로 걸어가고 있었다. 할아버지는 그 줄에서 뒤로 빠지면서 자기가 남들 눈에 보이지 않는다고 믿었고, 정말 그랬다.

깔끔한 탈출을 위한 네 가지 요인. 타이밍, 계획, 운, 믿음. 타이밍은 오후 3시에서 4시 사이라 적절했다. 그때는 죄수들 대부분이 슬림 할아버지가 있는 D동과 반대편인 4번 마당에서 예배를 드리고 있어서 간수들 대부분도 그곳에 가 있으니까. 단순한 계획. 효과적인 계획. 배짱 두둑한 계획. 4번 마당으로 가는 길에 할아버지는 그냥 투명인간이 되어, 한 줄로 걸어가는 죄수들 사이에서 유령처럼 스르륵 빠져 나와 D동 바로 옆에 있는 1번 마당으로 휙 숨어 들어갔다. 할아버지의 목적지인 교도소 작업장에서 가장 가까운 운동장이었다. 그런 다음 할아버지는 자기가 3미터 높이의 나무 울타리를 기어 올라갈 수 있다고 믿었고, 그렇게 했다. 1번 마당에 둘러진 울타리를 타고 넘어가 그 아래의 길로 뛰어내렸다. 교도소 담장 안쪽을 따라 사각형으로 쭉 이어지는 한적한 구역이었다. 할아버지는 그 길을 가로질러 작업장으로 들어갔다. 평소에는 순찰을 도는 간수들이 있었지만, 일요일 예배 시간에는 없었다. 더워서 땀을 뻘뻘 흘리며 몰래 작업장 뒤편으로 달려가, 간수들 눈에 띄지 않고 옥외 변소로 들어간 다음, 거기서 더 높이 올라가 작업장 옥상까지 갔다.

교도소 감시탑에 있는 간수들에게 들킬지도 모르는 이곳에서 할아버지는 몰래 훔쳐 온 펜치를 꺼내 작업장 환풍구를 덮고 있는 철망을 순식간에 끊어버렸다. 타이밍, 계획, 운, 믿음. 그리고 날씬한 체격. 보고 로드의 후디니는 마른 몸을 환풍구로 밀어 넣어 작업장의 구두 만드는 구역으로 떨어져 내렸다.

작업장의 각 구역은 철망으로 구분되어 있었다. 슬림 할아버지는 철망을 끊고 구두 구역에서 매트리스 구역으로, 목공 구역에서 방직 구역으로, 방직 구역에서 천국으로 넘어갔다. 할아버지가 최근 몇 주 동안 일하면서 탈출 도구를 숨겨둔 붓 구역으로.

지금은 내가 탈출하기에 딱 좋은 시간이다. 오후 3시. 팔각형을 반으로 가른 것처럼 생긴 공간에 광나는 나무 바닥이 깔린 공동 놀이터. 여기는 학교 창문처럼 흰색 나무틀에 걸쇠가 달린 유리창들이 둘러져 있다. 슬림 할아버지가 탈출했던 때와 똑같은 오후 시간. 어린 환자들 대부분, 맹장염부터 팔 골절, 뇌진탕, 칼에 벤 상처, 의수 전문가들에게 잘린 손가락까지 온갖 병과 싸우고 있는 네 살부터 열네 살까지의 아이들 열여덟 명 정도가 탕과 녹색 코디얼*에 취하는 오후의 차 시간, 몬테 카를로 비스킷 속의 달콤한 만병통치약 크림에 혀가 얼얼

---

* 과일 주스로 만들어 물을 타 마시는 단 음료.

해지는 시간.

장난감 트럭을 밀고, 손가락에 물감을 묻혀 나비를 그리고, 속옷을 내려 자기 자지를 가지고 노는 아이들. 책을 읽고 있는 큰 아이들과, 「롬퍼 룸」을 보면서 텔레비전 속 헬레나 선생님이 마법의 거울을 통해 그들을 봐줬으면 하고 바라는 다섯 명의 아이들. 노란색과 검은색의 호박벌 모양으로 만들어진 양철 팽이를 돌리는 붉은 머리의 소년 한 명. 호박벌 팽이를 만드는 공장에서 컨베이어 벨트 너머로 미소를 주고받는 노동자들처럼 내게 살짝 미소 짓는 내 또래의 소녀. 벽에 걸려 있는 이국적인 동물의 사진들. 그리고 이동식 링거대를 붙잡고 있는 크리스토퍼. 수박통 같은 머리에 에어즈 록을 담고 있는 소년.

"저거 보고 있어?" 내가 크리스토퍼에게 묻는다.

크리스토퍼는 공용 텔레비전 앞의 안락의자에 앉아, 오렌지 크림 비스킷을 쪼개 크림을 핥아 먹고 있다.

"아니." 크리스토퍼가 발끈하며 답한다. "난 「롬퍼 룸」 안 봐. 「디퍼런트 스트로크스」 틀어달라고 했더니, 큰 애들보다 어린애들이 더 많아서 이 거지 같은 걸 봐야 한다잖아. 더럽게 재미없는데. 이 꼬마 녀석들은 평생 「롬퍼 룸」을 보면서 살 수 있지만, 난 석 달 안에 시체가 될 거야. 이런 내가 「디퍼런트 스트로크스」 좀 보고 싶다는데 아무도 신경을 안 쓴다니까."

크리스토퍼의 혀가 오렌지 크림을 핥는다. 그 아이가 입은 담청색 환자복은 내 것만큼이나 흉하게 비틀린 채 쭈글쭈글 구겨져 있다.

"내 이름은 엘리야."

"크리스토퍼."

"네 뇌 얘기는 들었어. 안됐다."

"난 괜찮아. 학교에 안 나가도 되고. 그리고 엄마는 내가 고른 게이타임 아이스크림을 사달라고 할 때마다 사줘. 내가 말만 하면 바로 차 세우고 가게로 뛰어 들어가서 하나 사 온다니까."

크리스토퍼가 붕대 감긴 내 오른손을 발견하고 묻는다. "네 손가락은 어쩌다 그런 거야?"

나는 크리스토퍼에게 더 가까이 다가간다.

"마약 조직 두목의 똘마니가 보이 나이프로 잘랐어."

"와, 죽인다. 왜 그랬는데?"

"두목이 알고 싶어 하는 걸 우리 형이 말 안 해줬거든."

"뭘 알고 싶어 했는데?"

"그건 나도 몰라."

"네 형은 왜 말 안 해줬대?"

"우리 형은 말을 안 하거든."

"말을 안 하는 사람한테 왜 물어봐?"

"마지막에는 형이 말을 했어."

"뭐라고?"

"너의 마지막은 죽은 솔새."

"뭐어어?"

"그게 중요한 게 아니야." 나는 크리스토퍼의 의자로 가까이 몸을 기울이며 속삭인다. "야, 저기서 일하고 있는 아저씨 보여?"

크리스토퍼가 내 시선을 따라가, 저쪽 편에서 병동 중앙의 안내 데스크 옆에 수납장을 추가로 설치하고 있는 인부를 보고는 고개를 끄덕인다.

"저 사람 발 옆에 연장통이 있잖아, 그 연장통 안에는 벤슨 앤드 헤지스 엑스트라 마일드 한 갑이랑 자주색 라이터가 들어 있지." 내가 말한다.

"그래서?"

"저기 가서 저 아저씨가 연장통에서 고개를 돌릴 때 질문을 좀 해줘. 네가 교란작전을 펴는 사이에 내가 몰래 뒤로 가서 연장통에서 라이터를 훔칠 거야."

크리스토퍼가 어리둥절한 표정으로 묻는다. "교란작전이라는 게 뭐야?"

교란작전은 슬림 할아버지가 무기징역을 선고받은 뒤 1953년 12월에 만들어낸 작전이다. 할아버지는 제2구역의 매트리스 작업장에 매트리스 섬유와 목화를 산더미처럼 쌓아놓고 불을 질렀다. 불타는 매트리스 산은 간수들의 눈을 따돌리기 위한 교란 작전이었다. 도착한 간수들은 불을 꺼야 할지, 아니면 임시변통으로 만든 사다리를 타고 작업장의 채광창으로 올라가고 있는 보고 로드의 가장 악명 높은 죄수를 뒤쫓아야 할지 갈팡질팡했다. 하지만 슬림 할아버지의 교란작전은 실패로 돌아가고 말았다. 채광창 철망을 세게 때려대던 할아버지는 지붕까지 치솟은 불길의 연기를 심하게 들이마시는 바람에 5미터 아래 땅으로 떨어져버렸다. 그래도 한 가지 교훈은 얻었다. 불이 나면 사람들은 허둥지둥 정신을 못 차린다는 것이다.

"사람들 정신을 딴 데로 돌리는 거지. 내 주먹을 봐."

내가 오른손 주먹을 높이 들어 빙빙 돌리자, 크리스토퍼는 녹색 눈동자로 내 주먹을 열심히 따라오느라 내 왼손이 자기 귀로 다가가 귓불을 잡아당기는 걸 보지 못한다.

"하하." 내가 웃는다.

크리스토퍼는 고개를 끄덕이며 빙긋 웃고는 묻는다. "라이터는 왜 필요한데?"

"저기 책장 옆에 있는 『빨강머리 앤』에 불을 지를 거야."

"교란작전이야?"

"금방 배우네. 네 뇌가 아직은 잘 돌아가고 있나 보지. 큰 교란작전을 펼칠 거야. 안내 데스크에 있는 간호사들이 여기로 오느라 문에서 눈을 떼면 그 사이에 내가 당당히 나갈 수 있게."

"어디 가려고?"

"난 나가서 출세할 거야, 크리스토퍼." 나는 고개를 끄덕이며 말한다. "출세."

크리스토퍼가 고개를 끄덕인다.

"나랑 같이 갈래?" 내가 묻는다.

크리스토퍼는 잠시 내 제안을 생각해본다.

"아니, 이 병신들이 아직도 나를 구할 수 있다고 생각하니까, 난 조금 더 여기 붙어 있어볼래."

크리스토퍼가 일어나더니 금속 링거대로 연결된 수액 바늘을 손에서 빼낸다.

"뭐 하는 거야?" 내가 묻는다.

크리스토퍼는 이미 텔레비전 쪽으로 걸어가면서 잠깐 고개를 돌려 말한다. "교란작전."

텔레비전은 표준 크기로, 크리스토퍼가 한쪽을 잡고 들어올리면 그 애의 허리까지 올 것이다. 크리스토퍼가 텔레비전 위로 몸을 구부리더니 왼손으로 뒤편을, 오른손으로 밑부분을 붙잡은 채 철사처럼 가는 두 팔을 세게 휙 움직여 단번에 텔레비전을 어깨 위로 들어 올린다. 크리스토퍼가 이를 악물고 험악한 표정으로 텔레비전을 들어 올려 텔레비전 속의 헬레나 선생님이 날카로운 대각선으로 기울어지자, 무지개 색깔 매트에 배를 깔고 누워서 「롬퍼 룸」을 보고 있던 아이들은 눈앞의 광경이 믿기지 않는 듯 말똥말똥한 눈으로 당황스러운 표정을 짓는다.

"내가 「디퍼런트 스트로크스」 보고 싶댔잖아!" 크리스토퍼가 악을 쓴다.

간호사 네 명이 다급하게 달려와 허둥지둥 크리스토퍼를 반원으로 에워싸는 사이, 나는 뒷걸음질을 치며 살금살금 안내 데스크로 향한다. 젊은 간호사가 가장 어린 아이를 끌어당겨 크리스토퍼에게서 멀리 떼어놓는 동안, 한 나이 든 간호사가 폭탄 조끼를 입은 남자에게 접근하는 경찰 협상가처럼 크리스토퍼에게 다가간다.

"크리스토퍼…… 텔레비전…… 내려놔…… 당장."

내가 입구에 도착할 때쯤 크리스토퍼가 텔레비전을 머리
위로 든 채 휘청거린다. 그러자 텔레비전의 전선이 팽팽하게
당겨지며 콘센트에서 뽑혀 나오려 한다. 크리스토퍼가 어떤
노래를 부르기 시작한다.

"크리스토퍼!" 나이 든 간호사가 호통을 친다.

크리스토퍼는 「디퍼런트 스트로크스」의 주제곡을 부르고
있다. 이해와 포용과 차이에 관한 노래다. 어떤 이는 다른 사
람보다 더 적게 갖고 태어나고, 어떤 이는 더 많이 갖고 태어
나는 세상. 모두가 하나로 연결되어야 한다는 노래다.

크리스토퍼는 프랑켄슈타인이 만든 괴물처럼 세 걸음, 네
걸음, 다섯 걸음 뒤로 물러난 후 허리를 비틀며 텔레비전을 세
게 던져버린다. 텔레비전 속에서 미소 짓고 있는 상냥한 헬레
나 선생님은 걸쇠가 걸린 흰색 나무틀 창의 유리를 뚫고 나가
알 수 없는 종착지를 향해 날아간다. 간호사들은 헉하고 숨을
몰아쉬고, 크리스토퍼는 손을 들어 올려 교란작전(Diversion)
의 'D'가 아니라 승리(Victory)의 'V'를 그리며 뒤돌아선다. 크
리스토퍼는 의기양양하게 소리를 지르다가 간호사들이 다 같
이 자기에게 달려들자 그 난리통 속에서도 입구에 있는 나를
발견하고는 왼쪽 눈을 찡긋한다. 나는 있는 힘껏 주먹을 번쩍
들어 답한 뒤, 자유로 통하는 문으로 빠져나간다.

타이밍, 계획, 운, 믿음. 계획 세우기. 1940년 1월 28일의 그 대담한 탈옥 작전에서 슬림 할아버지는 구두 작업장, 매트리스 작업장, 목공 작업장, 방직 작업장의 철망을 차례로 열심히 끊어나간 끝에 마침내 탈옥 도구 상자가 있는 붓 작업장의 철망까지 통과했다.

블랙 피터에 오랜 시간 갇혀 있기 전 그 젊은 시절에도 할아버지는 인내심이 있었다. 작업장 간수들의 삼엄한 순찰 중간중간에 할아버지는 탈옥 도구를 찬찬히 만들어나갔다. 할아버지에게 있는 거라곤 넘쳐나는 시간뿐이었으니까. 할아버지는 계획 세우기를 즐겼고, 자유를 얻기 위해 남몰래 창의성을 불태우는 시간이 할아버지에게는 구원이었다. 탈옥 도구들을 은밀히 만들고 보관하는 일은 삭막했을 감방 생활에 즐거움과 목적의식을 가져다주었다. 슬림 할아버지는 몇 달 동안 작업장 간수들의 감시를 피해가며, 코코넛 껍질에서 뽑은 섬유를 땋아 9미터 길이의 밧줄을 만들었다. 그 섬유는 카펫을 짜는 작업장에서 매트를 만드는 데 쓰는 재료였다. 할아버지가 차갑고 축축하고 캄캄한 블랙 피터에서 깔고 누웠던 바로 그 매트 말이다. 할아버지는 밧줄에 50센티미터 간격으로 이중 매듭을 지어 발 디딜 곳을 만들었다. 탈옥 도구 상자 속에는 3미터 길이의 또 다른 밧줄도 있고, 해먹용 나무 막대기 두 개를 십자가 모양으로 동여맨 다음 9미터짜리 밧줄에 묶어놓은 것도 있었다.

슬림 할아버지는 탈옥 도구를 손에 넣자 붓 작업장 천장으로 올라가 채광창에 붙은 철망을 잘랐고, 다시 한번 작업장 옥상에 섰다. 이번에는 감시탑 간수들에게 보이지 않는 위치, 교도소의 아킬레스건과도 같은 완벽한 사각지대였다. 할아버지가 몇 시간이고 참을성 있게 교도소 마당을 걸어 다니면서 찾아낸 최적의 장소였다. 하늘을 올려다보며 머릿속으로 감시탑, 작업장 옥상, 자유라는 이 변수들 사이에 기하학적으로 선을 대충 그려서.

할아버지는 짧은 밧줄을 타고 작업장 옥상에서 내려왔다. 손이 타는 듯한 아픔을 느끼며. 교도소를 에워싼 길로 다시 돌아온 할아버지는 8미터로 우뚝 솟아 있는 보고 로드 교도소 담장을 올려다보았다. 그러고는 십자가 모양으로 묶어놓은 해먹 막대기를 탈옥 도구 상자에서 꺼냈다. 그 갈고리는 발판들이 매듭지어진 9미터짜리 밧줄에 묶여 있었다. 슬림 할아버지는 몸의 균형을 잡고 갈고리를 던질 준비를 했다.

타이밍, 계획, 운, 믿음. 독방에서 4주를 보내는 동안 할아버지는 갈고리를 높은 담장 위로 던져 닻처럼 거는 데 필요한 과학적 원리와 기술을 연구했다. 보고 로드 교도소 담장의 꼭대기에는 낮은 구간이 더 높은 구간과 만나는 모퉁이들이 있었다. 몇 주 동안 할아버지는 보고 로드 교도소의 담장을 모형으로 대강 만들어놓고, 성냥개비를 십자로 묶어 줄에 매단 후 그 너머로 던지는 연습을 했다. 그리고 탈옥의 날, 갈고리를 담장 너머로 던져 담장의 낮은 구역이 높은 구역으로 이어지는 곳에 있는 작은 계단의 모서리에 거는 데 성공했다. 슬림 할아버지는 밧줄을 그 모서리로 팽팽하게 당겨서 갈고리가 단단하게 박혔을 때의 느낌을 내게 말해주었다. 칼링퍼드에 있는 오래된 영국 국교회 고아원에서 지내던 시절, 어느 크리스마스 아침에 사감이 비쩍 마른 고아들에게 크리스마스 점심 디저트로 건포도가 든 따뜻한 푸딩과 커스터드 과자가 나올 거라고 말했을 때와 같은 느낌이었다고 말했다. 그리고 그게 바로 자유의 맛이라고 했다. 건포도가 든 따뜻한 푸딩과 커스터드 과자. 할아버지는 이중 매듭으로 만든 발판을 두 손과 두 발로 죽어라 붙잡고서 밧줄을 타고 교도소 담장 높이 올라갔다. 아무에게도 보이지 않는 아름다운 사각지대였다. 한쪽으로는 1번 마당 담장 너머 꽃이 만발한 정원이 보이고, 반대편으로는 사방팔방으로 뻗어 있는 벽돌 교도소가 보였다. 할아버지가 평생 유일하게 가져본 일정한 주거지, 단 하나의 고정된 주소가 있는 집. 할아버지는 그 높은 곳의 공기를 크게 들이마신 다음 갈고리를 뒤집어, 나중에 '할리데이의 도약대'로 불리게 될 담장 모퉁이에 걸었다. 그리고 벽을 타고 자유로운 세상으로 내려갔다.

*

 자유로운 세상까지 네 층을 내려가야 하는 나는 병원 엘리베이터에 올라 1층 버튼을 누른다. 슬림 할아버지가 정원을 뚫고 지나가 근처의 애널리 로드로 나간 후 탈옥수로서 제일 처음 한 일은 죄수복을 벗는 것이었다. 오후 4시 10분쯤 교도관들이 오후 점호에서 할아버지의 이름을 불렀을 때, 할아버지는 브리즈번 교외의 집 울타리들을 넘어 다니면서 빨랫줄에 걸린 옷들을 훔치고 있었다.

지금 나는 후디니고, 눈 깜짝할 사이에 사라지는 마술을 부릴 작정이다. 먼저, 환자복을 벗어 안에 입고 있던 사복, 도망자답지 않은 옷을 밖으로 드러낸다. 낡은 남색 폴로셔츠에 블랙 진, 파란색과 회색의 던롭 KT-26 운동화. 환자복을 파란 공처럼 동그랗게 뭉쳐 왼손에 드는 순간, 엘리베이터가 2층에 멈춰 선다.

남자 의사 두 명이 클립보드를 든 채 열심히 대화를 나누며 엘리베이터를 탄다.

"아이 아빠한테 말해줬어, 경기를 뛰다가 뇌진탕을 일으키는 일이 이렇게 잦으면 테니스나 골프처럼 몸에 충격이 덜 가는 스포츠로 바꾸는 게 좋겠다고 말이야." 한 의사가 이렇게 말할 때 나는 엘리베이터의 뒤편 왼쪽 구석으로 움직이면서 환자복을 등 뒤로 숨긴다.

"그랬더니 뭐래?" 다른 의사가 묻는다.

"곧 결승전이라 아들을 팀에서 뺄 수가 없다는 거야." 첫 번째 의사가 말한다. "그래서 내가 이렇게 물었지. '그렇다면, 뉴컴 씨, 브러더스 팀이 유소년 프리미어리그 트로피를 받는 게 더 중요할까요, 아니면 아드님이 '프리미어리그'라는 단어를 말할 수 있도록 정상적인 뇌를 갖는 게 더 중요할까요?'"

의사들은 고개를 절레절레 젓는다. 첫 번째 의사가 나를 돌아본다. 나는 빙긋 웃는다.

"길을 잃었니, 꼬마야?" 그가 묻는다.

이런 경우에 대비해 계획을 세워놨다. 어제저녁에 먹지 않은 양구이에 대한 답도 여러 개 연습해두었다.

"아니요, 소아과 병동에 있는 형을 보고 가는 길이에요." 내가 말한다.

엘리베이터가 1층에 멈춰 선다.

"엄마랑 아빠도 같이 오셨고?" 의사가 묻는다.

"네, 밖에서 담배 피우고 계세요."

엘리베이터 문이 열리자 의사들은 오른쪽으로, 나는 병원 로비 쪽으로 나간다. 윤이 나는 콘크리트 바닥으로 된 1층은 바퀴 달린 침대를 미는 구급차 대원들과 병원 방문객들로 떠들썩하다. 첫 번째 의사가 내 오른손에 감긴 붕대를 보더니 우뚝 멈춰 선다. "저기, 잠깐, 꼬마야……."

그냥 계속 걸어. 계속 걷는 거야. 자신감 있게. 넌 투명 인간이야. 네가 투명 인간이라고 믿으면 투명 인간이 되는 거야. 그냥 계속 걸어. 정수기를 지나고. 렌즈가 두툼한 안경을 낀 채 휠체어에 타고 있는 소녀를 에워싼 어느 가족을 지나고. 오거스트 형이 텔레비전에서 볼 때마다 폭소를 터뜨리는 '삶, 그 안에 있기를'* 광고의 주인공인 술배 나온 아빠 놈(Norm)의 포

• 'Life. Be In It.' 오스트레일리아 정부가 국민의 생활 체육을 장려하기 위해 1975년에 시작한 캠페인.

스터를 지나고.

오른쪽 어깨 너머로 힐끔 뒤를 돌아보니, 첫 번째 의사가 안내 데스크로 걸어가서 나를 가리키며 어떤 여자에게 말을 하기 시작한다. 나는 이제 더 빨리 걷고 있다. 더 빨리. 더 빨리. 넌 투명 인간이 아니야, 이 멍청아. 넌 마술사가 아니야. 지금 의사랑 얘기하고 있는 태평양 제도 출신의 저 우람한 경비원한테 곧 붙잡혀서 알지도 못하는 아빠한테 보내질 열세 살짜리 꼬마라고.

도망쳐.

*

로열 브리즈번 병원은 보엔 브리지 로드에 있다. 여기서 조금 떨어진 오래된 옥외 전시회장에서 8월마다 브리즈번 전람회인 에카가 열리기 때문에 나는 이 지역을 잘 알고 있다. 어느 날 오후, 태즈메이니아에서 온 덩치 큰 남자 다섯 명이 다리 사이에 통나무를 끼워놓고 도끼로 사납게 쪼개 뜨거운 박수를 받는 모습을 구경한다. 그리고 형과 나는 엄마와 라일 아저씨의 허락을 받아 밀키 웨이 홍보용 꾸러미에 들어 있는 초콜릿바를 전부 다 먹어치웠다. 이 근처 어딘가에 있는 보엔 기차역에서 우리는 다라행 기차를 탔고, 움직이는 기차 안에서 나는 아까 먹은 밀키 웨이 초콜릿바를 육군 전투 꾸러미에 토해냈다. 그 안에는 플라스틱 기관총, 플라스틱 수류탄, 탄약 한 줄, 그리고 군복 무늬 머리띠가 들어 있었다. 다라의 거리에서

250

일급비밀 구조 작전들을 펼칠 때 쓰려고 했던 머리띠는 내 토사물에 흠뻑 젖고 말았다. 그 토사물의 3분의 2는 초콜릿 밀크셰이크, 3분의 1은 핫도그 소시지였다.

병원 밖에는 낮달이 떠 있다. 보엔 브리지 로드를 쌩하니 달려가는 자동차들. 병원 옆 보도에는 큼직한 회색 전기함이 하나 있다. 나는 이 전기함 뒤로 슬그머니 가서, 태평양 제도 사람인 경비원이 병원의 미닫이문 밖으로 뛰쳐나오는 모습을 지켜본다. 그는 왼쪽, 오른쪽, 다시 왼쪽을 본다. 단서를 찾지만 아무것도 발견하지 못한다. 녹색 카디건 차림에 푹신한 슬리퍼를 신고 재떨이가 달린 공용 쓰레기통과 버스 정류장 의자 옆에 서서 담배를 피우고 있는 한 여자에게 다가간다.

지금이야, 도망쳐. 신호등이 초록불로 바뀌어 혼잡한 대로를 건너고 있는 사람들을 따라가. 사람들 속으로 섞여 들어가는 거야. 달아나는 소년. 병원 직원을 따돌리는 소년. 꾀로 세상을 이기는 소년. 우주를 속여먹는 소년.

나는 이 거리를 잘 안다. 바로 이 거리에서 우리는 브리즈번 전람회에 입장했다. 라일 아저씨와 엄마가 콘크리트 벽에 뚫린 구멍 사이로 어떤 남자에게 입장권을 샀다. 우리는 외양간과 소똥, 수백 마리의 염소, 그리고 닭과 닭똥으로 가득한 헛간을 지나갔다. 그런 다음 언덕을 내려가 오락장 골목으로 갔다. 형과 나는 아저씨를 졸라서 유령 열차를 탄 다음 거울미로에 들어갔는데, 문을 열고 열고 또 열어도 나밖에 보이지 않았다. 이 거리를 계속 걸어가. 누군가를 찾아, 누구든. 이 남자가 괜찮겠는데.

"실례합니다." 내가 그에게 말을 건다.

칙칙한 황록색 코트를 입고 비니를 쓴 남자는 전시장을 둘러싼 콘크리트 벽에 기대어 책상다리를 하고 앉아 있다. 두 다리 사이에는 큼직한 콜라 병을 끼워두었다. 그 콜라 병은 형과 내가 가끔 모아서 옥슬리의 구멍가게에 가져다주는 것과 같은 종류다. 가게 주인인 할머니가 우리에게 수고했다며 20센트를 주면 우리는 21센트짜리 캐러멜을 사 먹는 데 그 돈을 쓴다. 이 남자의 콜라 병에는 맑은 액체가 들어 있고 냄새를 맡아보니 램프용 알코올인 것 같다.

그가 나를 올려다보며 입술을 씰룩이고 내 어깨 너머로 떠 있는 해 때문에 눈을 가늘게 뜬다.

"기차역이 어디 있는지 가르쳐주실래요?" 내가 묻는다.

"배트맨." 남자가 머리를 흔들며 말한다.

"네?"

"배트맨." 그가 소리를 버럭 지른다.

"배트맨요?"

남자가 텔레비전 시리즈의 주제곡을 시끄럽게 부른다. "나나나나나나나나나…… 배트맨!"

그는 햇볕에 탔고, 큼직한 녹색 코트를 입은 채 땀을 흘리고 있다.

"네, 배트맨요." 내가 말한다.

그가 자기 목을 가리킨다. 목 옆이 온통 피투성이다. "망할 박쥐한테 물렸어." 그는 이렇게 말하고는, 우리가 매년 가을 브리즈번 전람회에서 타는 바이킹처럼 고개를 좌우로 흔들어 댄다. 이제 보니 왼쪽 눈이 심하게 멍들고 충혈되어 있다.

"괜찮으세요?" 내가 묻는다. "좀 도와드릴까요?"

"도움은 필요 없어." 그가 가래 끓는 듯한 목소리로 말한다. "난 배트맨이니까."

어른들이란. 거지 같은 어른들. 하나같이 다들 미쳤다니까. 믿을 수가 없어. 거지 같은 정신병자들. 변태들. 살인자들. 이 남자는 어쩌다가 브리즈번 도심의 빈민가 골목에 사는 배트맨이 되었을까? 그는 얼마나 좋은 사람이었을까? 얼마나 나쁜 사람이었을까? 그의 아버지는 누구였을까? 그의 아버지는 뭘 했을까? 뭘 하지 않았을까? 다른 어른들은 어떤 식으로 그의 인생을 망쳐놨을까?

"기차역은 어느 쪽에 있어요?" 내가 묻는다.

"뭐어어어?"

"기차역요." 나는 더 큰 소리로 묻는다.

그가 바르르 떨리는 오른팔을 들더니 검지를 흐느적거리며 왼쪽의 교차로를 가리킨다.

"그냥 계속 걸어가, 로빈." 그가 말한다.

그냥 계속 걸어가.

"고마워요, 배트맨."

그가 손을 내민다.

"나랑 악수해."

그의 요구에 나는 본능적으로 오른손을 내밀어 악수를 하려다가 손가락이 없어진 자리에 감긴 붕대가 기억나서 머뭇머뭇 왼손을 내민다.

"좋아, 좋아." 그가 내 손을 힘차게 흔들며 말한다.

"다시 한번 감사드려요."

내가 이렇게 말하자 그가 내 손을 자기 입으로 가져가더니 미친개처럼 물어댄다.

"으르르르릉." 그가 마구 뿜어대는 침이 내 손으로 질질 흘러내린다. 그는 내 손을 물고 있지만, 그의 입속에는 온통 젤리 같은 잇몸뿐이다. 내가 손을 확 빼자 그는 입을 크게 벌린 채 벌렁 자빠지며 미친 듯이 웃는다. 이라고는 하나도 안 보이는 웃음.

달려.

이제 나는 온 힘을 다해 달린다. 최강 파라마타 일스 팀의 최고 윙어인 에릭 그로스가 된 것처럼 전력 질주한다. 내 옆에 사이드라인이 있고 80미터 앞에 트라이 라인이 있는 것처럼. 내 목숨이 걸린 것처럼 전력 질주한다. 신발에 제트기가 달리고, 심장에 꺼지지 않는 불이 켜진 것처럼 전력 질주한다. 교차로를 건넌다. 나의 던롭 KT-26이 길을 안내해줄 거야. 케이마트에서 가장 싸고 가장 실용적인 운동화 KT-26의 매끄러운 쿠션 디자인을 믿어. 충격을 완화해준다잖아. 흡혈귀들, 흡혈박쥐들이 들끓는 세상에서 따뜻한 피를 가진 최후의 소년인 것처럼 달려.

나는 달린다. 오른쪽의 자동차 대리점, 왼쪽의 산울타리를 지나. 또 달린다. 한 블록 전체를 차지하고 있는 왼쪽의 주황색 벽돌 건물을 지나. 건물에 화려한 글씨로 이름이 쓰여 있다. '쿠리어 메일'.

잠깐.

그걸 만드는 곳이다. 신문을 제작하는 곳이다. 슬림 할아버지가 이곳에 대해 얘기해준 적이 있다. 모든 작가가 여기 와서 기사를 타자기로 치면 식자공들이 건물 뒤편에 있는 인쇄기로 기사들을 찍어낸다고. 한 기자는 슬림 할아버지에게 저녁에 자기 기사가 잉크로 인쇄되는 냄새를 맡을 수 있다고 말했다. 내일 신문의 제1면에 실릴 특종이 잉크로 인쇄되는 냄새보다 더 좋은 냄새는 없다고. 숨을 크게 들이마시며 냄새를 맡아보니 정말 잉크 냄새가 나는 것 같다. 아마도 기사 마감 시간이라 인쇄기들이 이미 돌아가고 있을 테지. 언젠가 나도 저곳에서 일하게 될 것이다. 그냥 알 수 있다. 그러지 않으면 왜 잇몸밖에 없는 배트맨이 나를 여기로,《쿠리어 메일》의 범죄부 기자들이 기사를 쓰고, 나라와 세상을 바꾸기 위해 다시 돌아오는 바로 이 거리로 나를 보냈겠는가? 배트맨은 그저 단역 배우에 지나지 않았을지 몰라도, '엘리 벨의 기상천외하고도 충분히 예상 가능한 인생'이라는 대작에서 연기를 잘해냈다. 당연히 그가 나를 여기로 보낸 것이다. 확실하다.

순찰차 한 대가 교차로를 지나가면서 내가 서 있는 도로를 가로질러 간다. 두 명의 경관. 조수석에 앉은 경관이 내 쪽을 본다. 그냥 모르는 척해. 신경 꺼. 하지만 순찰차에 탄 두 명의 경찰이라니, 신경을 끌 수가 없다. 지금 경찰이 나를 날카롭게 노려보고 있다. 순찰차는 속도를 늦추다가 그대로 교차로를 지나간다. 달려.

*

슬림 할아버지는 거의 2주 동안 도망 다니다가 1940년 2월 9일 한 시민에게 처음으로 신고당했다. 주 차원에서의 도망자 추적은 뉴사우스웨일스주와의 접경지까지 확대되었고, 할아버지가 가게 될 확률이 가장 높은 남부로 이어지는 도로에는 경찰차들이 늘어섰다. 하지만 슬림 할아버지는 북쪽으로 올라가다가 오후 3시에 브리즈번의 북쪽 교외 마을인 넌다에서 한 주유소에 들렀다. 근처 클레이필드에서 훔친 차에 기름을 채우기 위해서였다. 주유소 주인인 월터 와일드맨이라는 남자는 급유 펌프에서 가솔린이 빠져나가는 소리에 잠에서 깼다. 당연히 그는 장전된 쌍발 엽총을 들고 나가 곧장 슬림 할아버지에게 달려들었다.

"꼼짝 마!" 와일드맨은 소리를 버럭 질렀다.

"설마 쏠 생각은 아니지?" 할아버지는 그를 설득했다.

"쏠 거야." 와일드맨은 이렇게 답했다. "네 머리를 날려주마."

이 대답에 할아버지는 훔친 차의 운전석으로 달려갈 수밖에 없었고, 그러자 월터 와일드맨은 할아버지에게 두 발의 총알을 날렸다. 머리를 날려버릴 생각이었지만, 차의 뒷유리를 박살 내는 데 그쳤다. 슬림 할아버지는 브루스 고속도로를 향해 북쪽으로 내뺐고, 월터 와일드맨은 경찰에 신고해 차 번호를 알려주었다. 슬림 할아버지가 브리즈번에서 30분 떨어진 카불처까지 갔을 때 갑자기 경찰차가 나타나 바싹 따라붙었다. 시골의 샛길을 지나 앞이 전혀 안 보이는 모퉁이를 돌고 도랑을 통과하며 스릴 넘치게 펼쳐지던 추격전은 슬림 할아버지의 차가 철망 울타리로 돌진하면서 끝이 났다. 덤불 속으로 달려가 널따란 나무 그루터기 뒤에 숨어 있던 할아버지는 퀸즐랜드주 경찰국에서 나온 형사 서른 명에게 금방 포위당했다. 경찰은 할아버지를 보고 로드 교도소로 다시 데려가 제2구역 감방에 도로 처넣은 다음 문을 쾅 닫았다. 슬림 할아버지는 딱딱한 교도소 침대에 다시 앉았다. 그리고 빙긋 웃었다.

"왜 웃었어요?" 나는 할아버지에게 이렇게 물었다.

"목표를 세우고 이뤘으니까. 네가 보고 있는 이 변변치 못한 고아 새끼가 잘하는 일을 드디어 찾은 거야. 저 위에 있는 양반이 왜 나를 이렇게 지랄같이 크고 멀대 같은 몸으로 만들었는지 그제야 알았지 뭐야. 교도소 담장을 잘 뛰어넘으라고 그런 거야."

*

기차선로. 기차. 보엔 힐스 기차역. 입스위치 노선, 3번 플랫폼. 기차가 들어오는 것을 보고, 나는 있는 힘껏 달려 콘크리트 계단을 내려간다. 50개 정도 되는 계단을 한 번에 두 개

257

씩 펄쩍펄쩍 뛰어 내려가면서 한쪽 눈으로는 계단을, 한쪽 눈으로는 열려 있는 기차 문을 본다. 그러다가 맨 마지막 계단에서 박자를 놓치는 바람에 던롭 KT-26을 신은 오른 발목이 접히고, 나는 3번 플랫폼의 거친 아스팔트로 엎어진다. 오른쪽 어깨가 대부분의 충격을 흡수했지만, 오른쪽 뺨과 귀가 아스팔트 바닥에 쭉 긁힌다. 마치 내가 BMX 자전거의 브레이크를 세게 밟으면 한참을 미끄러지는 뒷바퀴처럼. 하지만 기차 문이 아직 열려 있어서 몸을 일으켜 숨을 헐떡이며 휘청휘청 문으로 향하는데 문이 닫히기 시작하고, 나는 죽을힘을 다해 뛰어올라 찻간 안으로 들어간다. 4인용 좌석에 함께 앉아 있는 할머니 셋이 나를 보며 헉하고 숨을 몰아쉰다.

"괜찮니?" 핸드백을 무릎에 올려놓고 두 손으로 쥐고 있는 할머니가 묻는다.

나는 숨을 빨아들이며 고개를 끄덕인 뒤 몸을 돌려 기차 복도를 따라 걷는다. 얼굴에 작은 아스팔트 부스러기들이 자갈처럼 붙어 있다. 긁혀서 살갗이 벗겨진 뺨의 상처가 따끔거린다. 한때 내 오른손 검지를 조종했던 관절이 자기를 신경 써 달라며 아프다고 아우성을 친다. 나는 앉아서 숨을 돌리며, 이 기차가 다라에 서기를 기도한다.

*

해 질 무렵의 한적한 교외 마을. 세상이 끝나버렸나 보다. 아직 밝은 낮이라 흡혈귀들은 자고 나만 밖에 나와 있는 건가.

이렇게 햇빛 속을 걸어 다니는 건 미친 짓인지도 모른다. 병원에서 놔준 진통제의 약발도 점점 떨어지고 있는데. 하지만 이 꿈은 점점 더 현실이 되어가고 있다. 내 겨드랑이 냄새가 나고, 윗입술 위로 땀 맛이 나니까. 나는 다라 역 거리의 가게들을 지나간다. 마마 팜스 식당을 지나고, 바람에 날려 빙글빙글 돌고 있는 버거 링스 과자 봉지를 지나고, 청과물 시장을 지나고, 미용실과 중고품 가게와 TAB을 지나고, 두시 스트리트 공원을 가로질러 가다 보니 참새피의 씨들이 청바지 밑단과 던롭 운동화의 흰색 끈에 들러붙는다.

조금만 더 가면 집이다.

이제부터 조심해야 한다. 산다칸 거리. 한 나무의 큼직한 가지가 부러져 흉물스럽게 뻗은 채 오후의 산들바람에 흔들리고 있다. 나는 그 큼직한 가지 뒤에 숨어서 저 멀리 있는 거리를 훑어본다. 우리 집 앞에는 차가 한 대도 없다. 거리에 나와 있는 사람은 한 명도 없다. 나는 나무들 사이를 조심스럽고 빠르게 지그재그로 움직이며 공원을 가로질러 우리 집으로 향한다. 집 위의 하늘이 오렌지빛과 짙은 분홍빛으로 물들며 밤이 다가오고 있다. 나는 범죄 현장으로 돌아가고 있다. 피곤하지만 긴장되기도 한다. 이 모험이 좋은 생각이었나, 의심이 들기 시작한다. 하지만 나는 출세하기로 되어 있는 사람이다. 내게 남은 유일한 길은 지하 감옥에서 위로 빠져나가는 것뿐이다. 아니면 더 밑으로 내려가 곧장 지옥으로 떨어지든가.

나는 종종걸음으로 도로를 건너, 원래 여기 있어야 하는 사

람처럼 대문을 지난다. 어쨌든 내 집은 맞으니까. 아니, 라일
아저씨의 집이라고 해야겠지. 라일 아저씨의 집. 라일 아저씨.

앞으로는 들어갈 수 없다. 뒤로 들어가야지. 뒷문이 잠겨 있
으면, 레나 방의 창문으로 들어가야지. 창문이 잠겨 있으면, 이
웃인 진 크리민스 할아버지 집 쪽으로 나 있는 부엌 미닫이창
을 시도해봐야지. 평소에 침입자를 막기 위해서 기다란 금속
커튼 봉을 창틀에 끼워두는데, 엄마나 내가 그걸 깜박했을지도
모르니까. 나 같은 침입자들. 원대한 계획을 가진 나 같은 침입
자들.

출세를 위한 계획.

뒷문은 잠겨 있다. 레나 방의 창문은 꿈쩍도 하지 않는다. 나
는 바퀴 달린 검은색 쓰레기통을 부엌 창으로 가져와서 쓰레
기통 위로 올라가 창문을 옆으로 밀어본다. 5센티미터 정도 움
직여 희망이 생기려는 찰나 창문이 커튼 봉에 쾅 부딪힌다. 희
망이 사라져버린다. 젠장. 하필 이 절박한 때. 창문을 깨야겠다.

나는 쓰레기통에서 펄쩍 뛰어내린다. 날이 어두워지고 있
지만, 집 아래의 흙바닥에 흩어져 있는 돌멩이들이 보인다. 창
문을 깰 수 있을 만큼 큰 돌멩이는 하나도 없다. 그래도 이거
면 되겠다. 벽돌. 거리 위쪽의 공장에서 만든 영광의 벽돌들
중 하나겠지. 우리 고장의 벽돌. 다라 벽돌. 집에서 살짝 뒤로
물러나 바퀴 달린 쓰레기통에 벽돌을 얹어놓은 다음 쓰레기통
으로 다시 올라가려는데 어깨 너머로 어떤 목소리가 울린다.

"별일 없냐, 엘리?" 진 할아버지가 거실의 여닫이창 밖으로

몸을 빼고 묻는다. 할아버지의 집과 우리 집은 겨우 3미터 떨어져 있어서 크게 말하지 않아도 된다. 평소에도 할아버지의 말투는 부드러워서, 들으면 항상 차분해진다. 나는 진 할아버지가 좋다. 할아버지는 남을 배려할 줄 아는 사람이다.

"안녕하세요." 나는 쓰레기통에서 손을 떼고 할아버지를 돌아보며 인사한다.

진 할아버지는 흰색 러닝셔츠에 파란색 면 파자마 바지를 입고 있다.

할아버지가 내 얼굴을 뜯어본다.

"이런, 이 녀석아, 얼굴이 왜 그 모양이냐?"

"기차역 계단을 뛰어 내려가다가 넘어졌어요."

할아버지가 고개를 끄덕이고는 묻는다. "열쇠가 없어?"

나는 고개를 끄덕인다.

"엄마는?" 할아버지가 묻는다.

나는 고개를 젓는다.

"라일은?"

나는 고개를 젓는다.

할아버지가 고개를 끄덕이고 말한다. "요전 날 밤에 남자들이 라일을 차로 끌고 가는 걸 봤지. 아이스크림 먹으러 가는 건 아닌 것 같더구나."

나는 고개를 끄덕인다.

"라일은 무사하냐?"

"모르겠어요. 하지만 알아내고 싶어요. 안으로 들어가기만 하면 될 것 같은데."

"그래서 그 벽돌을 쓰려고?"

나는 고개를 끄덕인다.

"나는 너 못 본 거다, 알았지?" 할아버지가 말한다.

"배려해주셔서 감사합니다."

"옛날에 뒷마당에서 크리켓 하면서 놀 때 공을 잘 잡더니 지금도 그런지 모르겠구나?"

"네, 그럴걸요."

"잡거라."

할아버지가 열쇠 하나를 던지고, 나는 두 손을 오므려 열쇠를 잡는다. 캥거루 모양의 병따개 겸 열쇠고리에 달려 있다.

"라일이 비상시를 대비해서 나한테 맡겨뒀던 예비용 열쇠란다."

나는 고맙다는 인사로 고개를 끄덕인다.

"지금이 조금 그런 때이긴 하죠."

"비상도 보통 비상이 아니지." 진 할아버지가 말한다.

*

집 안은 어둡고 고요하다. 나는 불을 켜지 않는다. 우리가 볼로네제 스파게티를 먹었던 밤, 그때 사용했던 접시들이 싱크대 옆 식기 선반에 쌓여 있다. 누군가가 설거지를 했다. 아마도 슬림 할아버지겠지. 나는 싱크대 수도꼭지 밑에 한 손을 오므려 물을 한참 들이켠다. 냉장고를 열어보니, 쿤 체더치즈

한 덩어리와 비닐 랩에 싸인 돼지고기 소시지 한 조각이 들어 있다. 슬림 할아버지는 도주 중에 어떻게 식사를 했을까? 시냇물을 마시고, 닭장에서 달걀을 훔쳐 먹었을까? 빵 가게에서 주인이 안 볼 때 빵을 훔치고, 나무에서 오렌지를 따 먹었을까? 계속 끼니를 해결하고 물을 마시려면 어쩔 수 없이 사람들 앞에 모습을 드러내야 할 때가 많다. 조리대에 팁톱 빵 한 덩이가 있다. 어둠 속에서 냄새를 맡아보니 곰팡이가 피었다는 걸 바로 알겠다. 나는 소시지와 치즈를 베어 물고 입 속에서 한데 섞는다. 빵이 없으니 샌드위치 맛은 안 나지만, 텅 빈 위는 채워진다. 나는 싱크대 아래 세 번째 서랍에서 빨간 손전등을 꺼낸 다음, 살금살금 레나의 방으로 곧장 걸어간다.

진정한 사랑의 방. 피의 방. 벽에 걸린 예수님. 손전등 불빛에 그의 슬픈 얼굴이 비친다. 어둠 속의 그는 너무 멀고 차가운 존재처럼 느껴진다.

오른손이 욱신거린다. 검지 관절은 화끈거리고, 갈 곳 없는 피로 가득 차 있다. 내겐 휴식이 필요하다. 그만 움직이고 누워야겠다. 나는 레나의 옷장 문을 옆으로 밀어서 열고, 기다란 봉에 걸린 레나의 옛 원피스들을 옆으로 밀어젖힌다. 그런 다음 왼손으로 옷장의 뒷벽을 밀자, 벽이 뒤로 눌리다가 앞으로 다시 튕기며 열린다. 라일 아저씨가 만든 비밀의 방.

분명 여기 있을 거야. 여기가 아니면 어디 있겠어?

테니스공만 한 크기의 작은 달 같은 손전등 불빛이 밀실의 흙바닥을 이리저리 바쁘게 돌아다닌다. 나는 슬그머니 내려가

던롭 운동화로 흙을 파고든다. 손전등 불빛이 벽돌 벽의 방을 구석구석 비춘다. 방 한가운데를 중심으로 벽을 따라 빙글빙글 돌고는 빨간 전화기를 가로질러 간다. 여기 있을 거야. 여기 있어야 해. 물건을 숨기려고 만든 밀실 말고 어디에 숨겨두겠어?

하지만 방은 텅 비어 있다.

나는 웅크리고 앉아, 밀실 벽에 붙박이로 만든 비밀의 문을 찾아 더듬거린다. 문 뚜껑이 손에 잡히자, 라일 아저씨가 저너머 변소까지 파놓은 굴속으로 손전등을 찔러 넣는다. 굴에는 뱀도 거미도 없다. 흙과 답답한 공기뿐.

젠장. 심장이 쿵쾅거린다. 돌겠다. 이러고 싶지 않지만 어쩔 수 없다.

나는 배를 깔고 엎드려서 무릎뼈를 이용해 구멍 속으로 밀고 들어간다. 다친 오른손을 조심하면서 팔꿈치로 흙바닥을 긁으며 앞으로 나아간다. 머리가 굴 천장에 부딪히자 흙이 눈에 들어간다. 숨을 쉬어. 침착해. 거의 다 왔어. 손전등으로 굴을 쭉 비춰보니 변소 바닥에 놓여 있는 뭔가가 눈에 띈다. 상자다.

나는 더 빨리 바닥을 기어간다. 이 순간 나는 게다. 소라게. 대리석 같은 몸을 가진 자그마한 자주색 소라게. 라일 아저씨가 당일치기 여행으로 즐겨 다녔던, 브리즈번에서 북쪽으로 한 시간 거리에 있는 브라이비섬의 해안에 갔을 때, 소라게 수백 마리가 형과 내 몸 위를 기어 다니곤 했다. 아저씨는 두세 마리를 집어 들었다가 소라게들이 손가락을 할퀴려 들면 태연하게 그놈들을 우리 머리 위에 올려놓았다. 해가 지면 해변에는 우리 둘만 남아 낚시를 했고, 우리가 잡은 정어리를 한 쌍의 갈매기가 굶주린 눈으로 노렸다.

나는 굴에서 변소로 머리를 내밀며 손전등으로 상자를 비춘다. 흰 상자. 빅 덩의 집에서 봤던 사각형 스티로폼 상자와 똑같이 생겼다. 그럼 그렇지. 라일 아저씨는 상자를 여기 두었다. 변소 안에.

나는 무릎을 꿇고 웅크리고 앉아 손전등으로 상자 위를 비추며 왼손으로 상자 뚜껑을 획 젖힌다. 상자 안에는 아무것도 없다. 손전등으로 상자를 이리저리 여러 번 비춰봐도 아무것도 보이지 않는다. 텅 비어 있다. 타이터스 브로즈가 여길 먼저 온 것이다. 타이터스 브로즈는 모든 걸 알고 있다. 타이터스 브로즈는 우주보다 하루 더 일찍 태어났으니까.

나는 상자를 찬다. 이 좆같은 스티로폼 상자를. 내 좆같은 인생도, 좆같은 라일 아저씨와 좆같은 타이터스 브로즈와 미친 새끼 이완 크롤도, 엄마와 형, 쓸모없는 테디도, 거지 같은 슬림 할아버지도. 내가 가장 힘들 때 자기 집에 데려가주지 않다니, 나 같은 건 어떻게 돼도 상관없나 보지. 다른 사람도 아니고 슬림 할아버지가. 세상에 버림받고, 나를 원하고 반겨주는 사람 하나 없는 기분이 어떤지 누구보다 잘 알고 있을 슬림 할아버지가.

내 오른발은 이제 상자를 쿵쿵 짓밟고 있다. 톱밥을 깔아놓은 변소 바닥에 스티로폼 조각들이 흩뿌려져, 국가들이 서로 연결되어 있지 않은 세계 지도 같은 모양이 된다. 그리고 내 눈 안에 이 거지 같은 건 또 뭐지? 매번 날 배신하는 이 거지 같은 액체는? 내 눈과 얼굴에는 눈물이 넘쳐흐르고, 숨을 쉬기가 힘들다.

그래, 이거야. 이렇게 가는 거야. 울다 죽어야지. 엉엉 울다 보면 이 똥통 속에서 탈수로 죽게 되겠지. 똥통에서 끝나는 똥통 같은 인생. 케이틀린 스파이스가 《사우스웨스트 스타》에 내 이야기를 쓸 수 있겠구나.

병원에서 달아난 후 8주 동안 실종 상태였던 열세 살 소년 엘리 벨의 시신이 어제 어느 뒷마당의 똥통에서 발견되었다. 소년은 자기가 진정으로 사랑한 유일한 남자의 목숨을 구해주리라 기대했던 상자를 망가뜨린 듯하다. 이 일에 대해 발언할 수 있는 소년의 유일한 가족인 형 오거스트 벨은 입을 다물고 있다.

케이틀린 스파이스. 나는 녹초가 되어 바닥에 풀썩 주저앉는다. 뼈만 앙상한 엉덩이를 톱밥 속에 묻고 숨을 내쉬며, 변소의 거칠거칠한 나무 벽에 등을 기댄다. 눈을 감고. 숨을 쉬고. 이제 자야지. 자는 거야. 나는 손전등을 꺼서 허리에 기대어 놓는다. 이 똥통 안은 따뜻하다. 아늑하다. 이제 자자. 자야지.

케이틀린 스파이스가 보인다. 그녀가 보인다. 그녀는 석양이 지는 브라이비섬 해변을 걷고 있다. 그녀 앞에 수천 마리의 자주색 소라게가 있지만, 게들은 그녀를 위해 퀸즐랜드주의 완벽한 모래사장에서 길을 터준다. 그리고 그녀는 두 손을 벌려 소라게들의 노고에 감사를 표하며 천천히 그 길을 걷는다. 그녀의 암갈색 머리칼이 바닷바람에 날리자, 내가 한 번도 본 적이 없는 그녀의 얼굴이 보인다. 지혜가 깃든 그녀의 초록빛 눈은 깊다. 그녀가 미소 짓는다. 세상의 모든 것을 속속들이 알듯이 나를 알기에. 그녀의 발치에 있는 소라게들과, 하늘에서 저물어가는 태양과, 그녀가 미소 짓자 살짝 올라가는 윗입술. 케이틀린 스파이스. 내가 한 번도 본 적 없는 가장 아름다운 여자. 그녀가 내게 무슨 말인가 하려고 한다. "더 가까이 와요. 더 가까이. 내가 속삭여줄게요." 그녀의 입술이 움직이며 익숙한 말을 뱉는다. "소년, 우주를 삼키다."

그러더니 그녀는 고개를 돌려, 한때는 태평양이었지만 지금은 별들과 행성들과 초신성들 사이에서 수천 가지의 천문학적 사건들이 일제히 벌어지고 있는 광대한 은하계가 된 곳을 바라본다. 분홍빛과 자줏빛이 팡팡 터지고, 짙은 주황색과 녹색과 노란색이 타오르고, 무한한 검은색 캔버스처럼 펼쳐진 우주 공간에 별들이 반짝인다. 우리는 우주의 끝자락에 서있고, 우주는 여기 있는 우리와 함께 쉬엄쉬엄 움직인다. 손을 뻗으면 닿을 곳에 토성이 있다. 그 고리들이 진동하기 시작한다. 윙윙. 윙윙. 그 진동하는 소리가 꼭 전화벨 소리처럼 들린다. 따르릉, 따르릉.

"전화 안 받아요?" 케이틀린 스파이스가 묻는다.

전화. 나는 눈을 뜬다. 전화벨 소리. 따르릉, 따르릉.

비밀의 굴 너머, 비밀의 방에서. 라일 아저씨의 빨간 비밀 전화기가 울리고 있다.

나는 굴속을 기어 되돌아간다. 멍든 무릎과 살이 까진 팔꿈치에 축축한 흙이 닿는다. 이 전화는 아주 중요하다. 타이밍이 너무 완벽하다. 이럴 수 있는 확률이 얼마나 될까? 내가 여기 밑에 있는 동안 전화가 울릴 확률이? 나는 굴 반대편 끝에 도착해 밀실로 기어 올라간다. 전화는 여전히 울리고 있다. 믿기지가 않는다. 비밀의 장소에 때를 딱 맞춰 오다니. 운 좋은 해결사였던 예전의 엘리 벨로 돌아가는 걸까? 나는 비밀의 빨간 전화기에서 수화기를 들어 올리려 손을 뻗는다. 잠깐. 이 기막힌 우연의 일치에 대해 생각을 좀 해보자. 내가 여기 밑에 있을 때 마침 전화가 울리다니. 내가 여기 있는 걸 아무도 모른다면, 기이할 정도로 좋은 타이밍이다. 하지만 만약 부엌 창문으로 들어오려 애쓰는 나를 봤다면 그리 기이한 우연의 일치는 아니다. 만약 진 할아버지가 타이터스 브로즈와 한패라면, 아까 그렇게 창밖으로 몸을 빼면서까지 친절을 베푼 것이 나를 속이기 위해서였다면. 만약 이완 크롤이 밖에서 차를 타고 나를 기다리며 라디오에서 감미롭게 흘러나오는 카펜터스의 노래를 들으면서 보이 나이프를 갈고 있다면.

따르릉, 따르릉. 젠장. 토성에서 오는 전화라면 받을 수밖에.

"여보세요."

"어이, 엘리." 수화기 너머로 어떤 목소리가 들려온다.

저번과 똑같은 목소리다. 남자 목소리. 진짜 남자다운 남자. 굵고 거친, 그리고 지친 듯도 한 목소리.

"당신 맞죠?" 내가 묻는다. "라일 아저씨는 내가 아무하고 도 얘기 안 했다고 했지만, 그때 나랑 통화한 사람은 바로 당신이에요."

"그럴걸, 아마." 남자가 말한다.

"내가 여기 있는 건 어떻게 알았죠?"

"몰랐어."

"그럼 내가 여기를 지나가고 있을 때 전화한 건 순전히 우연이네요."

"완전히 우연이라고 할 수는 없지. 나는 하루에 마흔 번씩 이 번호로 전화해야 되거든."

"무슨 번호로 거는데요?"

"773 8173."

"말도 안 돼요. 이 전화기로는 원래 전화가 안 와요."

"누가 그래?"

"라일 아저씨가 그랬어요."

"하지만 내가 지금 이렇게 전화를 했는데?"

"그렇죠."

"그러니까 그 전화기로 통화가 된다는 소리지. 자, 이제 말해봐, 넌 지금 어디에 있지?"

"그게 무슨 소리예요?"

"네 인생의 어느 단계에 있느냐고."

"음, 열세 살인데……."

"그래, 그래." 그가 다급한 목소리로 말한다. "조금 더 구체적으로 말해봐. 크리스마스까지 아직 멀었나?"

"네?"

"됐어. 바로 지금 넌 뭘, 왜 하고 있지? 거짓말은 안 하는 게 좋아. 내가 바로 알아챌 테니까."

"내가 왜 답해야 해요?"

"왜냐하면 내가 너희 엄마에 관해 중요한 얘기를 해줄 거니까." 그가 짜증을 내며 말한다. "하지만 너랑 너희 가족한테 무슨 일이 있었는지 먼저 들어야겠다."

"라일 아저씨가 타이터스 브로즈 부하들한테 잡혀갔어요. 그리고 이완 크롤이 내 행운의 손가락을 잘라버렸고, 나는 기절했다가 병원에서 깨어났죠. 슬림 할아버지가 그러는데, 엄마는 보고 로드 여자 교도소에 들어갔고 형은 브래큰 리지에 있는 우리 아빠 집으로 갔대요. 나는 병원에서 탈출해서 도주 중이에요. 1940년에 슬림 할아버지가 그랬던 것처럼. 그리고 뭘 좀 찾으려고 여기 왔는데…… 그게……."

"마약이지." 남자가 말한다. "넌 라일이 숨겨둔 헤로인을 찾고 싶었던 거야. 타이터스 브로즈한테 마약을 갖다주고 대신 라일을 데려올 생각으로. 그런데……."

"없어졌어요. 타이터스가 먼저 가져가 버렸어요. 그 인간이 마약도 라일 아저씨도 갖고 있죠. 전부 다."

나는 하품을 한다. 너무 피곤하다. "피곤해요." 나는 전화기에 대고 말한다. "너무 피곤해요. 내가 지금 꿈을 꾸고 있나 봐요. 이건 그냥 꿈이에요."

노곤함에 점점 눈이 감긴다.

"이건 꿈이 아니다, 엘리." 남자가 말한다.

"말이 안 되잖아요." 이제는 머리가 핑 돌고, 뭐가 뭔지 모르겠다. 몸에 열이 나고 오슬오슬 춥다. "어떻게 날 찾았어요?"

"네가 전화를 받았잖아, 엘리."

"이해가 안 돼요. 너무 피곤해요."

"내 말 잘 들어, 엘리."

"네, 듣고 있어요."

"정말 듣고 있는 거야?"

"네, 정말 듣고 있어요."

긴 침묵.

"네 엄마는 크리스마스를 넘기지 못할 거다."

"그게 무슨 소리예요?"

"네 엄마는 요주의 인물이 됐어, 엘리."

"요주의 인물이 뭐예요?"

"감시 대상이 됐다고. 자살 감시 대상자."

"당신 누구예요?"

구역질이 난다. 얼른 자야 하는데. 몸에 열이 난다.

"크리스마스가 다가오고 있다, 엘리." 남자가 말한다.

"괜히 겁주지 말아요. 난 자야겠어요."

"크리스마스가 다가오고 있다니까, 엘리. 썰매 종."

"난 누울래요."

"썰매 종이라니까, 엘리. 썰매 종!"

"눈 감을래요."

"썰매 종." 남자는 같은 말만 되풀이한다.

엄마가 썰매 종에 관해 불렀던 노래가 뭐였어? 겨울의 동화 나라. 썰매 종과 눈과 파란 새. 듣고 있어, 엘리?

"네, 썰매 종요." 나는 남자에게 말한다. "너의 마지막은 죽은 솔새."

그리고 나는 전화를 끊은 뒤, 라일의 비밀의 방 흙바닥에 몸을 동그랗게 말고 눕는다. 나는 이 구멍 속에 슬림 할아버지의 여자 아이린과 함께 자고 있다고 상상한다. 나는 아이린과 함께 침대로 기어들어 가서 그녀의 도자기 같은 피부에 꼭 들러붙은 채 그녀를 달래듯 그녀의 따스한 가슴 위로 팔을 뻗는다. 그러자 그녀가 고개를 돌려 케이틀린 스파이스의 얼굴로 내게 잘 자라며 입을 맞춰준다. 한 번도 본 적 없는 가장 아름다운 얼굴로.

소
년　,

그　녀
를
만　나　다

　　《사우스웨스트 스타》 지역 신문의 사무실은 다라 근처의 공업 단지인 섬너 파크의 스파인 거리에 있다. 북쪽으로는 브리즈번 CBD로, 서쪽으로는 달링 다운즈로 이어지는 센테너리 고속도로를 건너면 된다. 신문사는 라일 아저씨가 중고 타이어를 사러 가던 길버트 타이어 가게에서 두 건물 건너에 있다. 양옆에는 자동차 선팅 가게와 포지티블리 펫츠라는 애완용품 판매점이 있다. 형과 나는 자전거를 타고 스파인 거리로 가서, 신문사에서 두 건물 건너에 있는 군용품 처분 가게를 찾곤 했다. 구식 총검과 베트남전에 쓰였던 물병을 구경하고, 가게 주인인 '폭격기' 러너(조국과 국방을 케니 로저스만큼 사랑하며 왼쪽 눈이 사시인 다혈질의 애국자)에게 아직 핀이 꽂혀 있는 위험한 수류탄을 보여달라고 졸랐다. 우리는 금전등록기 아래 금고에 수류탄이 들어 있다는 걸 알고 있었다.
　　《사우스웨스트 스타》는 단층 사무실로 앞면에 거울 유리창이 달려 있다. 짙붉은 현수막에는 붉은 유성 네 개가 남십자

273

성 모양으로 장식되어 있고 '사우스웨스트 스타'라는 신문사 이름이 적혀 있다. 거울 유리에 비친 내 모습이 보인다. 난 어제보다 더 강하다. 더 논리적이다. 몸과 마음과 정신에 더 자신이 생겼다. 아침으로 위트빅스 시리얼 네 조각을 뜨거운 수돗물에 타서 먹었다. 샤워를 한 뒤, 고동색 티셔츠에 청바지를 입고 닳은 운동화를 신었다. 오른손의 붕대도 새로 갈았다. 엄마의 구급상자에서 새 붕대를 찾고, 브레넌 박사가 상처에 대어놓은 거즈에 붕대를 다시 감았다. 침대 모서리 기둥에는 아직 내 책가방이 걸려 있다. 염소 표백한 파란색 데님 백팩인데, INXS, 콜드 치즐, 레드 제플린 같은 밴드 이름으로 뒤덮여 있다. 섹스 피스톨스의 노래는 한 곡도 못 들어봤지만 2년 전에 그 밴드의 이름도 가방에 휘갈겨 썼다. 지퍼 달린 뒷주머니에는 내가 만들어낸 팔이 세 개 달린 뚱뚱한 외계 괴물 서스턴 카벙클을 그려 넣었다. 이 괴물은 콧구멍을 통해 아이들을 통째로 빨아들이고, 앨프리드 히치콕의 영화를 좋아해서 항상 소매 없는 「사이코」 티셔츠를 입고 다닌다. 이런 낙서들 사이에는 학교 유성펜으로 쓴 민망한 글도 여럿 끼어 있다. 중지를 들어 올린 주먹 그림 위에 '여기 앉아서 돌아봐'라고 적혀 있다. '케니스 처그는 에이미 프레스턴을 좋아한대요, 진정한 사랑 영원하길' 같은 고약한 글은 지웠어야 했는데. 에이미 프레스턴은 지난겨울 백혈병으로 죽었다. 나는 꼬박 1분 동안 책가방을 가만히 바라보며, 내 인생이 더 단순했던 시절을 생각했다. 이 일이 있기 전. 그 일이 있기 전. 손가락이 잘리기 전.

망할 놈의 타이터스 브로즈. 나는 옷과 음식(식료품 저장실에서 챙긴 삶은 콩 통조림 두 캔, 뮤즐리 바 하나), 그리고 슬림 할아버지에게 빌린 『빠삐용』을 가방에 쑤셔 넣었다. 그런 다음 다라의 그 거지 소굴 같은 집을 뒷문으로 빠져나오며 다시는 돌아오지 않으리라 맹세했다. 하지만 대문을 나선 지 30초 만에 다시 돌아갔다. 섬너 파크까지 먼 거리를 걷기 전에 미리 오줌을 눠야 하는데 까먹었기 때문이다.

지금 나는 신문사 안이 보일까 싶어 창에 몸을 기울이고 있지만, 내 얼굴만 더 가까이 보일 뿐이다. 거울 유리 입구에 달린 손잡이를 잡아당겨 보니 꿈쩍도 하지 않는다. 문 옆에 타원형의 흰색 스피커가 있어서 맨 밑에 있는 녹색 버튼을 눌러본다.

"무슨 일이시죠?" 스피커로 어떤 목소리가 흘러나온다.

나는 스피커로 고개를 숙인다.

"음, 저기……."

"버튼을 누르고 말씀해주세요."

나는 버튼을 누르고 말한다. "죄송해요."

"무슨 일이시죠?" 스피커 너머의 사람이 묻는다. 여자 목소리다. 눈구멍에 마카다미아를 집어넣어 껍질을 깨부술 것만 같은 강한 여자.

"케이틀린 스파이스를 만나러 왔는데요."

"버튼을 누르고 말씀해주세요."

나는 버튼을 누른다.

"아, 죄송해요." 나는 버튼을 계속 누른 채 말한다. "케이틀린 스파이스를 만나러 왔어요."

"약속을 잡으셨나요?" 그럼 그렇지. 망했다. 첫 번째 장애물에서 막히다니. 약속을 잡았냐고? 물론 안 잡았지. 뭐, 장미는 약속을 잡고 여우비를 맞나? 늙은 나무는 약속을 잡고 벼락을 맞나? 바닷물이 밀려들고 밀려 나가는 것도 약속이 되어 있는 건가?

"음, 네…… 아니요." 내가 말한다. "아니요, 약속은 안 잡았어요."

"무슨 일로 만나러 오셨나요?" 여자가 스피커로 묻는다.

"기삿거리를 주려고요."

"어떤 기삿거리요?"

"여기서 말하기는 좀 그런데요."

"버튼을 누르고 말씀해주세요."

"죄송해요, 여기서 말하기는 좀 그렇다고요."

"뭐." 여자가 한숨을 내쉬며 말한다. "그렇게 조심스러우시면, 어떤 분야인지만 말해주세요. 내가 케이틀린한테 전해줄게요."

"어떤 분야라뇨? 무슨 뜻인지 모르겠는데요?"

"보도 기사예요? 특집 기사? 지역사회 소식? 스포츠 기사? 시의회 소식? 시의회에 대한 불만? 어떤 기사예요?"

나는 잠시 고민에 빠진다. 범죄 기사. 실종된 사람들에 관한 이야기. 가족 이야기. 형제 이야기. 비극적인 이야기. 나는 녹색 버튼을 누른다.

"사랑 이야기." 나는 쿨럭 기침을 한다. "사랑 이야기예요."

"오오오오오오오." 스피커 속 여자가 말한다. "재미있는 사랑 이야기는 나도 좋아하죠." 그녀는 자지러지게 웃더니 묻는다. "이름이 뭐예요, 로미오?"

"엘리 벨요."

"잠깐만 기다려요, 엘리."

나는 입구 거울에 비친 내 모습을 바라본다. 머리는 꾀죄죄하니 산발이 되어 있다. 라일 아저씨의 말빗으로 머리도 빗고 헤어젤도 조금 바르고 올걸. 나는 고개를 돌려 거리를 훑어본다. 나는 아직 도주 중이다. 수배 중인 버림받은 아이. 경찰 말고는 아무도 원하지 않는 아이. 거대한 시멘트 트럭이 스파인 거리를 쏜살같이 달려가고, 택배 차와 빨간색 사륜구동 닛산, 정사각형의 노란색 포드 팰컨이 그 뒤를 잇는다. 포드 운전자가 차창 밖으로 담배꽁초를 휙 던진다.

스피커에서 지직거리는 소리가 돌아온다.

"로미오……"

"네."

"저기, 케이틀린이 지금 정말 바쁘거든요. 연락처랑 기사 내용이라도 조금 남겨줄래요? 나중에 케이틀린이 연락할 수 있게요. 기자들이 여간 바쁜 게 아니에요."

연락 좋아하시네. 연락은 오지 않을 것이다.

나는 녹색 버튼을 누른다.

"슬림 할리데이가 어디 있는지 안다고 전해주세요."

"뭐라고요?"

"내가 슬림 할리데이와 제일 친한 친구라고, 해줄 이야기가 있다고 전해주세요."

긴 침묵.

"잠깐만 기다려요."

*

나는 3분 동안 서 있으면서 검은 개미들의 행렬을 구경한다. 검은 개미들은 포지티블리 펫츠의 주차장에 떨어져 있는 먹다 만 소시지 롤에서 페이스트리 부스러기를 훔쳐 실어 나르고 있다. 이제부터는 개미 행렬을 보면 케이틀린 스파이스가 떠오르고, 먹다 만 소시지 롤을 보면 내가 케이틀린 스파이스를 보려고 처음 찾아간 날이 떠오를 것이다. 때때로 개미들이 서로 머리를 부딪친다. 그 짧은 만남의 순간 그들은 서로에게 질문을 하고, 음모를 꾸미고, 지시를 내릴까? 아니면 그저 사과할까? 예전에 우리 집 앞 계단을 왔다 갔다 하는 개미들의 행렬을 슬림 할아버지와 함께 구경한 적이 있다. 할아버지는 계단에서 담배를 피우고 있었고, 나는 할아버지에게 개미들이 서로 무슨 말을 주고받느냐고, 대체 왜 계속 서로를 건드리느냐고 물었다. 할아버지는 개미들이 진짜 말을 하는 게 아니라 머리에 달린 더듬이를 통해서 대화를 한다고 했다. 그 개미들은 오거스트 형처럼 자기들만의 대화 방식을 찾았다. 개미는 촉각을 통해 말했다. 더듬이 끝에 난 작은 털들로 냄새를 맡고, 그 냄새를 통해 뭐가 어디에 있는지, 먹잇감이 어디에 있는지, 어디로 가고 있는지, 어디에 있었는지 아는 거라고 슬림 할아버지는 말했다.

"먹이 추적 페로몬이지."

"페로몬이 뭐예요?" 내가 할아버지에게 물었다.

"의미 있는 냄새 같은 거야. 화학 반응이 개미들 사이에 사회적 반응을 일으켜서 모든 개미가 의미를 공유하게 되지."

"냄새에 의미가 있을 리 없잖아요."

"없긴 왜 없어." 할아버지는 이렇게 말하고는 앞 계단에서 팔을 쭉 뻗어, 엄마가 정원에 심어놓은 라벤더 덤불에서 보라색 꽃을 몇 송이 땄다. 그런 다음 꽃들을 손에 쥐고 문지른 뒤 뭉개진 꽃들을 내 코에 들이댔고, 나는 그 냄새를 맡았다.

"무슨 냄새가 나?" 할아버지가 물었다.

"학교에서 열렸던 어머니 날 행사 냄새요."

"그럼 네 엄마를 의미하는 냄새인 거지. 아니면 네 엄마가 심은 라벤더 덤불 옆에 있는 계단을 기어가는 이 개미들일 수도 있고. 프루트케이크는 크리스마스를 의미하지. 미트 파이는 레드클리프 돌핀스 대 위념맨리, 일요일 오후의 풋볼 경기를 의미하고. 소금 뿌린 땅콩은 고주망태가 된 삼촌을 의미하고. 선라이트 비누는 칼링퍼드의 겨울과, 내 무릎에 낀 때를 씻기려고 얼음장 같은 욕조로 나를 던져넣은 고아원 원장을 의미하고. 하지만 때는 빠지지 않아. 원장이 나한테 고아원 앞 계단을 청소하라고 시켜서 너무 오랫동안 진흙 속에 무릎을 꿇고 있었으니까. 꼭 이렇게 생긴 앞 계단이었지."

나는 고개를 끄덕였다.

"우리가 어디로 가고 있고, 어디 있었는지 말해주는 이런 냄새들. 세상은 이런 식으로도 우리에게 답을 해준단다."

*

《사우스웨스트 스타》입구에 달린 스피커가 지직거린다.

"들어와서 얘기해줘요, 로미오."

문의 자물쇠가 풀리고, 나는 자물쇠가 다시 잠기기 전에 문을 당겨서 연다. 《사우스웨스트 스타》의 로비. 여기 안에는 에어컨이 틀어져 있다. 청회색 카펫. 흰색 플라스틱 컵이 있는 정수기. 방문객 서명을 받는 흰색 프런트 데스크, 어깨에 남색 견장이 달린 빳빳한 흰색 경비원 셔츠를 입고 책상 뒤에 앉아 있는 작고 다부진 체격의 여자. 그녀가 빙긋 웃는다.

"잠깐 앉아 있으면 케이틀린이 금방 나올 거예요." 그녀가 이렇게 말하며, 정수기 옆에 있는 2인용 소파와 안락의자 쪽으로 고개를 까딱한다. 얼굴에 근심이 어려 있다.

"괜찮아요?" 그녀가 묻는다.

나는 고개를 끄덕인다.

"괜찮아 보이지 않는데. 그렇게 얼굴이 시뻘겋고 땀을 뻘뻘 흘리면서."

그녀가 붕대 감긴 내 손을 본다.

"그건 누가 감아준 거예요?"

나는 붕대를 내려다본다. 붕대가 점점 풀리면서 어떤 곳은 쭈글쭈글하고, 어떤 곳은 너무 꽉 조여 있다. 눈먼 술주정뱅이한테 응급 처치를 받은 것처럼.

"엄마가 해줬어요."

프런트 데스크에 앉은 여자가 의심스러운 표정으로 고개를 끄덕인다.

"물 좀 마셔요."

나는 플라스틱 컵을 채워 왼손으로 부술 듯 꽉 붙잡은 채 물을 꿀떡꿀떡 마신다. 컵을 한 번 더 채워 아까처럼 빨리 꿀떡꿀떡 마신다.

"나이가?" 여자가 묻는다.

"다섯 달 후에 열네 살이 돼요."

프런트 데스크에 앉은 아줌마, 나는 속과 겉이 모두 변하고 있답니다. 두 다리는 내 과거처럼 점점 더 길어지고 있고요. 오른쪽 겨드랑이에는 털이 스무 개 넘게 났다고요.

"그럼 열세 살이네." 그녀가 말한다.

나는 고개를 끄덕인다.

"네가 여기 있는 거 부모님은 알고 계시니?"

나는 고개를 끄덕인다.

"여기까지 걸어서 온 거야?"

나는 고개를 끄덕인다.

그녀의 시선이 내 발밑에 놓인 백팩으로 움직인다.

"어디 가려고?"

나는 고개를 끄덕인다.

"어디?"

"뭐, 여기 오고 있었죠. 그래서 여기 도착했고. 이다음엔 어딘가 다른 데로 가겠죠. 상황에 따라 달라지겠지만."

"무슨 상황?" 프런트 데스크의 여자가 묻는다.

"케이틀린 스파이스요."

여자는 미소 지으며 고개를 돌리고, 나는 그녀의 시선을 따라가다 일어난다.

"호랑이도 제 말 하면 온다더니."

나는 해변에서 수평선을 가로질러 오는 스페인 함대를 본 열세 살짜리 아즈텍족 소년처럼 일어난다.

그녀가 나를 향해 걸어온다. 프런트 데스크 뒤의 경비원도 아니고. 정수기도 아니고. 신문사 입구도 아니고. 나, 엘리 벨을 향해. 내가 한 번도 본 적 없는 가장 아름다운 얼굴. 나는 우주의 끝자락에 서 있는 그 얼굴을 보았다. 그 얼굴이 내게 말을 걸었다. 그 얼굴은 언제나 내게 말을 걸었다. 그녀는 진갈색 머리를 뒤로 묶고, 두툼한 검은 테 안경을 끼고, 염소 표백한 담청색 청바지 위로 흰색 긴소매 셔츠를 헐렁하게 내려 입고, 청바지 밑에는 갈색 가죽 부츠를 신고 있다. 오른손에 펜과 그녀의 손바닥만큼 자그마한 노란색 스파이랙스 수첩도 들고 있다.

그녀가 내 앞에 멈춰 선다.

"슬림 할리데이를 안다고?" 그녀가 감정이 실리지 않은 목소리로 묻는다.

그리고 나는 2초 동안 얼어붙어 있다. 내 뇌가 내 입에 '열려라' 명령하고, 내 후두에 '대답하라' 명령하지만, 아무 소리도 나오지 않는다. 다시 한번 시도해보지만 아무 소리도 나오지 않는다. 엘리 벨. 아무 말도 못 하고 우주 끝자락에 서 있다. 이 순간 내 목소리는 나를 버리고 떠나버렸다. 내 자신감과 침착함도. 나는 정수기로 몸을 돌려 물을 또 한 컵 채운다. 그 물을 단숨에 들이켜는 동안, 붕대에 감긴 내 오른손이 저도 모르게 허공에다 단어들을 휘갈겨 쓰기 시작한다. '슬림 할아버지는 내 가장 친한 친구예요.' 붕대를 둘러 곤봉처럼 되어버린 손으로 나는 허공에 이렇게 쓴다. '슬림 할아버지는 내 가장 친한 친구예요.'

"지금 뭐 하는 거야?" 케이틀린 스파이스가 묻는다. "그게 뭐야?"

"미안해요." 내 입에서 나오는 말을 들으니 마음이 놓인다. "우리 형, 거스가 이런 식으로 말을 하거든요."

"어떤 식으로 말이니?" 케이틀린 스파이스가 묻는다. "집을 그리고 싶은데 붓이 없어서 힘들어하는 사람처럼 보이던데."

정말 그렇게 보였겠지? 정말 재미있는 여자다. 예리하고.

"우리 형은 말을 안 해요. 허공에다 쓰죠."

"귀엽구나." 그녀가 얼른 답한다. "그런데 지금 기사 마감 시간이라서 말이야. 슬림 할리데이와 어떻게 아는 사이인지 빨리 말해줄래?"

"슬림 할아버지는 내 가장 친한 친구예요."

그녀가 웃는다.

"네가 슬림 할리데이의 가장 친한 친구라고? 슬림 할리데이는 3년 동안 목격된 적이 한 번도 없어. 사람들 대부분은 그가 이미 죽었다고 추측하고 있지. 그런데 네 말은, 그가 아직 잘 살아 있고, 친구도 사귀…… 너 몇 살이니, 열두 살?"

"열세 살이에요. 슬림 할아버지가 먼저 친했던 사람은…… 음…… 할아버지는 내 베이비시터였어요."

그녀는 고개를 젓는다.

"너희 부모님이 널 살인범한테 맡겼다고? 보고 로드의 후디니한테? 오스트레일리아 교도소 역사상 가장 유명한 탈옥수한테? 깔끔한 도주를 위해서라면 열세 살짜리 남자애의 신장이라도 기꺼이 팔아먹을 인간한테? 너희 부모님은 참 고상하게 자식을 키우시는구나."

그녀의 말투에는 따뜻함이 있다. 유머러스하고 거칠기도 하지만, 전반적으로 따뜻하다. 내 꿈에 나왔던 여자가 클라크 켄트처럼 테가 두툼한 안경으로 변장한 것처럼 보여서 편견이 생겼는지 몰라도, 그녀가 하는 모든 말이 따뜻하게 느껴진다. 윗입술의 꼬리가 살짝 올라가는 것도, 볼의 피부도, 아랫입술의 붉은빛도, 수련 잎들이 떠 있는 에노게라 저수지의 물처럼 초록빛을 띤 깊은 웅덩이 같은 눈동자도. 브리즈번 서부 안쪽의 푸릇푸릇한 마을 갭의 어느 가족에게서 아타리 게임기를 산 날, 형과 나는 라일 아저씨를 따라 그 저수지에 가서 수영을 했다. 케이틀린의 저 초록빛 눈동자 속으로 뛰어들고 싶다. "얏, 간다!"라고 외치며 케이틀린 스파이스의 세상 속으로 첨 벙 뛰어들어 다시는 밖으로 나오지 않았으면.

"저기." 그녀가 내 얼굴 앞에 손을 흔들며 말한다. "얘, 내 말 듣고 있니?"

"네, 듣고 있어요."

"그래, 지금은 그렇지만 아깐 넋이 나가 있었어. 나를 빤히 쳐다보기 시작하다가 어딘가로 가버렸지. 소리 없이 방귀 뀌 는 기린처럼 얼빠진 얼굴을 하고서."

정말 내 표정이 그렇잖아? 참 재미있는 여자다!

나는 2인용 소파로 고개를 돌리며 속삭인다.

"잠깐 앉아서 얘기할 수 있을까요?"

그녀는 손목시계를 본다.

"좋은 기삿거리가 있어요. 하지만 함부로 말하면 안 되는 얘기거든요."

그녀는 숨을 크게 들이마신 다음 한숨을 푹 내쉰다. 그러더 니 고개를 끄덕이고 소파에 앉는다.

내가 그녀 옆에 앉자, 그녀는 스파이랙스 수첩을 획 펼치고 펜 뚜껑을 연다.

"메모하려고요?" 내가 묻는다.

"처음부터 찬찬히 해보자. 네 이름 철자가 어떻게 되지?"

"그건 왜요?"

"네 이름이 새겨진 카디건을 짤 거니까."

무슨 소린지 모르겠다.

"내 기사에 네 이름을 정확히 실어야지."

"나에 관한 기사를 쓰려고요?"

"네가 나한테 해주는 이야기가 기삿거리로 적당하다면, 그래."

"가명을 쓰면 안 돼요?"

"좋아, 가명이라도 말해봐."

"시어도어…… 저커맨요."

"별로야. 오스트레일리아에서 저커맨이라는 이름이 얼마나 흔한데. 그것보다는…… 글쎄…… 엘리 벨로 하자."

"내 이름을 어떻게 알아요?"

그녀는 프런트 데스크에 앉아 있는 여자 쪽으로 고개를 까딱한다.

"로레인한테 이미 말해줬잖아."

로레인이 프런트 데스크 뒤에서 다 안다는 듯 씩 웃는다.

나는 숨을 한 번 쉬고 말한다. "이름은 빼주세요."

"좋아, 이름은 뺄게. 자, 끝내주는 이야기여야 해요, 제보자님."

그녀는 다리를 꼬고 내 쪽으로 고개를 돌린 다음 내 눈을 들여다본다.

"그래서." 그녀가 말한다.

"그래서 뭐요?"

"이제 얘기해봐."

"슬림 할아버지에 관해 쓴 '퀸즐랜드주의 그때 그 사건', 정말 재미있게 읽었어요."

"고마워."

"슬림 할아버지가 로드 교도소 문밖으로 자유롭게 걸어 나와서 최종적으로 탈출했다는 말이 좋았어요."

그녀는 고개를 끄덕인다.

"사실이거든요. 결국 슬림 할아버지의 최고 묘기는 살아남는 거였어요. 정말로요. 사람들은 할아버지가 교활하다고 떠들어대기만 하지, 할아버지의 인내심이나 의지력이나 결단력 같은 건 얘기 안 하잖아요. 면도날들을 고무줄로 꽁꽁 싸서 삼키려고 했던 적이 몇 번이나 되는지."

"비유가 멋지구나."

"하지만 슬림 할아버지의 사연에서 가장 가슴 아픈 대목이 기사에 빠져 있더라고요."

"말해봐."

"할아버지는 좋은 사람이 되고 싶었지만, 안에 있는 악당이 계속 할아버지의 계획을 방해했어요. 다른 사람들처럼 좋은 면도 있고 나쁜 면도 있었지만, 좋은 면을 제대로 발휘할 기회가 한 번도 없었죠. 인생의 대부분을 교도소에서 보냈고, 교도소에서는 좋은 사람이 살아남기 힘들잖아요."

"퀸즐랜드주 범죄자들의 사연을 생각하기에는 좀 어린 나이 아니니?" 케이틀린이 묻는다. "히맨 인형 같은 거나 가지고 놀아야 할 때 아니야?"

"나랑 형은 돋보기로 히맨 인형을 전부 다 태워버렸어요."

"네 형은 몇 살이지?"

"열네 살요. 당신은 몇 살이에요?"

"스물한 살."

가슴이 아프다. 이해가 안 된다. 뭔가가 잘못된 느낌이다.

"나보다 여덟 살이 많네요. 내가 열여덟 살이 되면 당신은…… 스물여섯?"

그녀가 한쪽 눈썹을 치켜올린다.

"내가 스무 살이 되면 당신은……."

그녀가 내 말을 잘라버린다. "네가 스무 살이 될 때 내가 몇 살이든 무슨 상관이야?"

나는 그 초록빛 눈을 다시 들여다본다.

"왜냐하면 내 생각에 우리는 운명……."

뭐, 엘리? 정확히 우리가 어떤 운명이라는 거야? 무슨 소리를 하고 있는 거야?

의문들에 대한 답. 너의 마지막은 죽은 솔새. 케이틀린 스파이스.

소년. 우주를. 삼키다.

우리가 어떤 운명인지 형은 분명히 알고 있을 거다.

"아무것도 아니에요." 나는 이렇게 말하고 눈을 비빈다.

"괜찮아?" 케이틀린이 묻는다. "부모님한테 연락할까?"

"아니요, 괜찮아요. 그냥 피곤해서 그래요."

"손은 어쩌다 그런 거야?"

나는 붕대 감긴 내 손을 빤히 쳐다본다. 타이터스 브로즈. 그 사람 때문에 여기 온 거잖아. 타이터스 브로즈. 케이틀린 스파이스 때문이 아니라.

"저기, 내가 어떤 이야기를 들려줄 텐데 아주 조심해서 처리해야 해요. 아주 위험한 인간들에 관한 이야기거든요. 사람들한테 끔찍한 짓을 하는 놈들이에요."

그녀는 이제 심각한 얼굴을 하고 있다. "네 손이 왜 그렇게 됐는지 말해봐, 엘리 벨."

"타이터스 브로즈라는 사람을 알아요?" 내가 속삭여 묻는다.

"타이터스 브로즈?"

그녀는 곰곰이 생각하다가 수첩에 그 이름을 휘갈겨 쓰기 시작한다.

"적지 말아요. 그냥 외워둬요. 타이터스 브로즈."

"타이터스 브로즈." 그녀가 다시 한번 말한다. "타이터스 브로즈가 누군데?"

"그 남자가 내 손가……."

하지만 우리가 앉아 있는 곳의 바로 위쪽 유리판을 누군가가 주먹으로 세게 치는 바람에 나는 말을 끝내지 못한다. 나는 본능적으로 몸을 홱 숙이고 케이틀린 스파이스도 그렇게 한다. 탕. 탕. 이젠 두 주먹으로 친다.

"젠장." 프런트 데스크의 로레인이 말한다. "레이먼드 리어리야."

"경찰에 신고해요, 로레인." 케이틀린이 말한다.

레이먼드 리어리는 황갈색 정장에 황갈색 넥타이를 매고 흰색 와이셔츠를 입고 있다. 나이는 50대 중반. 얼굴은 둥그렇고, 담황색 머리칼은 허수아비처럼 헝클어져 있으며, 뱃살이 뒤룩뒤룩하다. 그의 살찐 주먹이 신문사 앞면 유리를 사납게 후려치자 유리판 전체가 달가닥거리고, 안에 있는 정수기도 조금 흔들린다. 로레인이 데스크에 있는 버튼을 눌러 인터컴에 대고 말한다.

"리어리 씨, 유리에서 물러나주세요."

레이먼드 리어리가 악을 쓴다. "들여보내 줘." 그가 얼굴을 유리에 갖다 붙이며 소리 지른다. "들여보내 달라니까!"

케이틀린이 프런트 데스크로 이동하고 나도 그녀를 따라간다. 레이먼드 리어리가 또 유리를 후려치기 시작한다. "유리에서 떨어져 있어." 케이틀린이 내게 주의를 준다.

"저 사람 누구예요?" 나는 케이틀린 옆으로 가며 묻는다.

"주 정부가 입스위치 고속도로에 출구로를 하나 내겠다고 저 사람 집을 철거해버렸어. 그 과정에서 레이먼드는 망했고, 아내는 우울증을 앓다가 집이 있던 땅에 새 출구로가 지어지기 직전에 입스위치 고속도로에서 시멘트 트럭 앞으로 몸을 던졌지."

"그래서 신문사 창문을 저렇게 때려대고 있는 거예요?"

"우리가 기사를 안 실으려고 하니까."

레이먼드가 주먹을 불끈 쥐고서 창문을 쾅쾅 때린다.

"경찰에 신고해요, 로레인." 케이틀린이 다시 말한다.

로레인이 고개를 끄덕이고 전화기를 집어 든다.

"왜 기사를 안 실어줘요?" 내가 묻는다.

"왜냐하면 우리 신문사는 정부의 출구로 건설을 지지하는 캠페인을 펼쳤거든. 우리 독자의 89퍼센트가 고속도로의 그 구간이 개선되기를 원했으니까."

레이먼드 리어리가 뭔가를 작정한 듯 유리에서 다섯 걸음 뒤로 물러난다.

"오, 젠장." 케이틀린 스파이스가 말한다.

레이먼드 리어리가 유리벽으로 돌진한다. 그가 이런 행동을 하고 있다는 걸, 이 순간이 현실이라는 걸 이해하는 데 시간이 좀 걸린다. 너무 이상하고, 너무 비정상적이고, 불가능해 보이니까. 하지만 실제로 벌어지고 있는 일이다. 그가 정말로 유리벽을 향해 무턱대고 달려오고 있다. 그의 널찍하고 살찐 이맛살이 150킬로그램은 돼 보이는 몸무게에 떠밀려 제일 먼저 유리벽에 부딪힌다. 그 충격이 어찌나 극적이고 심한지, 케이틀린 스파이스와 프런트 데스크의 로레인, 그리고 외톨이 모험가이자 병원 탈주자이자 어린 도망자인 나, 엘리 벨은 숨을 날카롭게 몰아쉬며 곧 일어날 일에 대비한다. 저 위험한 유리가 와장창 박살 나겠지. 하지만 유리는 깨지지 않고 덜거덕거릴 뿐이다. 목이 부러지기라도 한 듯 레이먼드 리어리의 머리가 뒤로 획 꺾이고, 그는 자기 행동의 결과를 눈으로 확인한다. 눈빛을 보니 그는 제정신이 아니다. 지금 그는 짐승이다.

황소 타우루스.

"네, 섬너 파크, 스파인 거리 64번지, 《사우스웨스트 스타》 사옥요. 빨리 와주세요." 로레인이 전화기에 대고 말한다.

레이먼드 리어리는 비틀거리다가 다시 제대로 발을 딛고 서더니, 이번에는 일곱 걸음 뒤로 물러나 숨을 한 번 쉬고는 또 유리로 돌진한다. 쾅. 머리가 아까보다 더 멀리 튕겨 나가고, 두 다리가 무너져 내린다. 그만해요, 레이먼드 리어리. 제발 그만. 그의 이마 한복판에 혹이 튀어나온다. 형과 내가 산 다칸 거리에서 핸드볼 놀이를 하며 수도 없이 갖고 놀아서 닳아버리고 껍질이 벗겨진 낡은 검은색 테니스공과 똑같은 색깔과 모양의 혹이다. 그가 또 뒷걸음질 친다. 한 걸음 물러날 때마다 그의 안에서 분노가 쌓이고 폭발하고 다시 쌓인다. 어깨는 빙글빙글, 주먹은 불끈. 황소 타우루스는 오늘 죽을 생각인가 보다.

로레인이 인터컴에 대고 다급하게 말한다. "강화 유리예요, 리어리 씨. 안 깨져요."

그래? 한번 두고 봐. 해어진 황갈색 정장을 입은 레이먼드 리어리와, 강화 유리벽을 향한 그의 서글픈 공격. 그가 또다시 돌진해온다. 그리고 유리와 충돌한 뒤 푹 쓰러진다. 왼쪽 어깨가 땅에 세게 부딪친다. 그의 입에서 침이 흘러나온다. 자신의 광기에 취해 해롱해롱. 그가 휘청거리며 일어난다. 정장 재킷의 왼쪽 어깨가 찢어져 있다. 머리가 핑핑 돌고 어리둥절한 그. 몸은 이쪽으로 갸우뚱, 저쪽으로 갸우뚱. 잠깐 그가 유리벽을 등지고 있는 사이, 나는 이 순간을 놓치지 않고 신문사 정문으로 쌩하니 달려간다.

"엘리, 뭐 하는 거야?" 케이틀린 스파이스가 소리를 지른다.

나는 문을 연다.

"엘리, 그만둬, 밖으로 나가지 마." 케이틀린 스파이스가 경고한다. "엘리!"

나는 문밖으로 나간다. 슬그머니 빠져나간 뒤 재빨리 문을 닫는다.

레이먼드 리어리는 몸을 제대로 못 가누고 이리저리 비틀거리고 있다. 옆으로 세 걸음 걷고는 우뚝 멈춰 서서 나를 돌아본다. 시꺼멓게 부어오른 이마는 찢어져서 피가 철철 흐르고 있다. 이 붉은 피가 얼굴을 타고 내려오면서, 깨진 코를 산처럼 넘고, 바르르 떨리는 입술을 산등성이처럼 건너고, 가운데가 옴폭 들어간 널찍한 턱을 평원처럼 가로질러, 빳빳한 흰색 와이셔츠와 넥타이로 스며든다.

"그만하세요." 내가 말한다.

그는 내 눈을 뚫어져라 쳐다보며 내 말을 이해하려 애쓴다. 내 생각에는 그런 것 같다. 왜냐하면 그는 숨을 쉬고 있고, 그건 인간들이 하는 행동이니까. 우리는 숨을 쉰다. 그리고 생각을 한다. 하지만 화도 낸다. 너무 슬프고 너무 화가 날 때가 있으니까.

"이제 그만하세요, 레이먼드." 내가 말한다.

그러자 그는 또 숨을 쉬며 뒤로 물러난다. 이 순간이 얼떨떨한 것이다. 자기 앞에 있는 이 소년이 당혹스러운 것이다. 도로 건너편에서는, 그레이비소스를 곁들인 감자튀김과 미트 파이를 파는 좁아터진 식당에서 작업복 차림의 인부 여러 명이 이 광경을 구경하고 있다.

거리는 고요하다. 지나가는 차 한 대 없다. 이 순간은 시간 속에 얼어붙어 있다. 황소와 소년.

그의 숨소리가 들린다. 그는 녹초가 되었다. 힘을 다 써버렸다. 그의 눈빛에 무언가가 떠오른다. 인간적인 무언가가.

"내 이야기를 안 들어주잖아."

그는 이렇게 말하고는 유리벽으로 몸을 돌려, 거기에 비친 자기 모습을 본다.

"내가 들어드릴게요." 내가 말한다.

그는 부어오른 이마를 오른손으로 문지르다가, 피투성이가 된 손가락으로 얼굴에 흐르는 피를 훑어 내린다. 이제 그의 오른손 손바닥에도 피가 묻고, 그는 그 손바닥으로 이마에 난 피를 휘휘 문지른다. 피를 얼굴 전체에 문지른다. 저 붉은빛. 그가 방금 꿈에서 깨어난 사람처럼 나를 쳐다본다. 내가 왜 여기 있지? 넌 누구야? 그는 믿기지 않는다는 듯 고개를 절레절레 흔들다가 푹 숙인다. 미트 파이 가게에 있던 인부들은 이제 도로를 건너고, 레이먼드 리어리의 난동도 끝난 듯하다.

"괜찮냐, 꼬마야?" 한 인부가 큰 소리로 묻는다.

이 말과 함께 레이먼드 리어리가 고개를 들고 유리에 비친 자기 모습을 다시 보더니, 유리벽으로 달려든다. 그의 피투성이 얼굴이 서로 부딪치고, 거울 안팎의 레이먼드 리어리 모두 의식을 잃고 땅으로 쓰러진다.

인부 세 명이 급하게 도로를 건너와, 레이먼드 리어리를 반원으로 에워싼다.

"이 꼴통은 왜 이래?" 한 인부가 말한다.

나는 아무 말도 하지 않는다. 그저 레이먼드 리어리를 빤히 쳐다보기만 한다. 두 팔과 두 다리를 쫙 벌린 채 반듯이 드러누워 있는 모습이 마치 다빈치가 그린 인체도 같다.

케이틀린 스파이스가 정문으로 조심스럽게 나오며, 바닥에 드러누워 있는 레이먼드 리어리를 본다. 갑자기 불어닥친 미풍에 케이틀린의 앞머리가 날린다. 마치 드레스를 입은 꼭두각시가 그녀의 이마에서 춤을 추는 것 같다. 그녀는 햇빛 속에 빛나는 아름다운 얼굴로 시간을 벗어나고 삶을 벗어난다. 우주의 끝자락에서 슬로 모션으로 걷고 있는 것처럼.

그녀가 내게로 걸어온다. 나, 엘리 벨에게로. 도주 중인 소년, 곤경에 빠진 소년에게로.

그녀가 내 왼쪽 어깨에 살며시 손을 얹는다. 내게 닿는 그녀의 손. 도주 중인 소년, 사랑에 빠진 소년에게 닿는 그녀의 손.

"괜찮니?" 그녀가 묻는다.

"난 괜찮아요. 저 사람은……?"

"글쎄." 그녀는 레이먼드 리어리를 더 가까이 들여다보고는 고개를 저으며 다시 물러난다.

"너 참 용감하구나, 엘리 벨. 바보지만, 용감한 바보야." 그녀가 말한다.

이제 태양은 내 안에 있다. 태양은 내 가슴이며, 내 벅찬 가슴이 뛸 때마다 중국의 어부들, 멕시코의 옥수수 농사꾼들, 카트만두에서 개들의 등에 붙어 사는 벼룩들까지 온 세상이 움직인다.

경찰차 한 대가 도롯가에 멈춰 서다가 오른쪽 앞바퀴를 콘크리트 배수로에 빠뜨린다. 남자 경찰관 두 명이 차에서 내려, 땅에 쓰러져 있는 레이먼드 리어리에게 급하게 달려온다. "물러서세요." 한 경찰이 이렇게 말하며, 장갑을 끼고 레이먼드 리어리 옆에 무릎을 꿇는다. 레이먼드의 왼쪽 귀 옆으로 콘크리트 바닥에 피가 고여 있다.

경찰이 왔다.

"잘 있어요, 케이틀린 스파이스." 내가 말한다.

나는 레이먼드 주위로 작게 모여 든 사람들에게서 물러난다.

"응? 어디 가려고?"

"엄마를 만나려고요."

"네 이야기는 어쩌고? 아직 얘기 안 해줬잖아."

"타이밍이 별로예요." 내가 말한다.

"타이밍?"

"아직 때가 아니라고요." 나는 뒷걸음질 치며 말한다.

"넌 참 묘한 아이구나, 엘리 벨."

"기다려줄래요?"

"뭘 기다려?"

296

프런트 데스크의 로레인이 레이먼드 리어리 근처에 있는 케이틀린을 큰 소리로 부른다. "케이틀린, 경찰이 물어볼 게 있대."

케이틀린은 고개를 돌려, 로레인과 경찰과 유리벽 앞의 광경을 바라본다. 그리고 나는 달린다. 스파인 거리를 전력 질주한다. 내 앙상한 다리는 빠르지만, 크리스마스보다 더 빠를지는 모르겠다.

우주를 기다려요, 케이틀린 스파이스. 나를 기다려요.

소
년,

괴 물 을
깨
우 다

달 웅덩이. 도시의 북쪽 변두리인 여기에도 달 웅덩이가 있
구나. 한밤중의 보름달은 세상 어디서든 오거스트 벨을 위해
빛난다. 그러니 아서 왕과 원탁의 기사들의 집인 브래큰 리지
에서 빛나지 않을 이유가 없지.

랜슬롯 거리 5번지. 로버트 벨의 작은 오렌지색 벽돌집. 아
서 거리와 거웨인 도로와 퍼시벌 거리와 지레인트 거리에서
언덕을 내려오면 퀸즐랜드주 주택 위원회가 지은 작은 오렌
지색 벽돌집들이 모여 있다. 닳아빠진 막대기에 붙어 있는 검은
색 우편함 옆 배수로에 침묵의 오거스트 경이 앉아 있다. 오른
쪽 허벅지에 정원 호스를 얹어놓고는, 랜슬롯 거리 아스팔트
에 납작한 냄비처럼 오목하게 파인 부분을 물로 채우고 있다.
물에 보름달이 비치도록 정확히 각도를 맞춰서. 보름달이 어
찌나 생생한지, 그 안에서「그리고 밴드는 월칭 마틸다를 연주
했네(And the Band Played Waltzing Matilda)」를 휘파람으로 부
는 남자가 보이는 것만 같다.

나는 다섯 집 건너에 세워진 파란색 닛산 가족용 밴 뒤에서 형을 지켜본다. 형이 달을 올려다보다가 호스를 꼬자 물이 멈춘다. 달 웅덩이는 잔잔해지고 완벽한 은빛 달을 비춘다. 형이 자기 옆에 놓여 있는 낡고 녹슨 7번 아이언 골프채를 집더니 일어나서 달 웅덩이 위로 몸을 숙여 거기 비친 자기 모습을 들여다본다. 그러다가 골프채를 휙 거꾸로 뒤집어, 손잡이 끝부분으로 웅덩이의 한복판을 톡톡 친다. 그리고 형만 볼 수 있는 것들을 본다. 그런 다음 고개를 들고 나를 본다.

"이제 말하고 싶을 때 말할 수 있는 거지?" 내가 묻는다.

형은 어깨를 으쓱하며 허공에 갈겨쓴다. '미안해 엘리.'

"말로 해."

형은 고개를 숙이고 잠시 고민에 빠진다. 그리고 다시 고개를 든다.

"미안해." 형이 말한다.

부드럽고 가냘프고 초조하고 자신 없는 목소리로. 내 목소리처럼.

"왜 그랬어, 형?"

"뭐가?"

"왜 말을 안 했느냐고."

형은 작게 한숨을 내쉰다.

"그러면 더 안전하니까. 그러면 아무도 안 다치니까."

"그게 무슨 소리야, 형?"

형은 달 웅덩이를 내려다보고 빙긋 웃는다.

"네가 다칠까 봐 그래, 엘리. 우리가 다칠까 봐. 말하고 싶은 게 있지만, 엘리, 내가 말하면 사람들이 겁먹을 거야."

"그게 뭔데?"

"중요한 일. 사람들은 이해하지 못할 일, 내가 말하면 사람들이 나를 오해할 일. 그다음엔 우리를 오해할 거야, 엘리. 그러다가 사람들이 나를 잡아갈 텐데 그럼 누가 널 돌봐줘."

"난 혼자서도 잘 살 수 있어."

형은 미소 지으며 고개를 끄덕인다.

우리 머리 위로 가로등이 빛난다. 거리의 모든 집에 불이 꺼져 있다. 우리 집의 거실 불만 빼놓고.

형이 고개를 끄덕여 나를 부른다. 나는 형 옆에 서서 형과 함께 달 웅덩이를 들여다본다. '잘 봐.' 형은 소리 없이 이렇게 말하고는 7번 아이언 손잡이 끝으로 웅덩이 한복판을 톡 쳐서 동그란 잔물결을 일으킨다. 거기에 비친 우리 두 형제의 모습이 열세 번인가 열네 번 일그러진다.

형이 허공에다 휘갈겨 쓴다. '너와 나와 너와 나와 너와 나와 너와 나와······.'

"무슨 소린지 모르겠어." 내가 말한다.

형은 또 웅덩이를 톡 치고, 퍼져 나가는 잔물결을 가리킨다.

"내가 미쳐가고 있나 봐, 형. 정신이 나갔나 봐. 잠을 자야겠어. 꿈속을 걷고 있는 기분이야. 깨어나기 직전에 꾸는 정말 생생한 꿈 말이야."

형이 고개를 끄덕인다.

"내가 미쳐가고 있는 걸까, 형?"

"넌 안 미쳤어, 엘리." 형이 말한다. "하지만 특별하지. 네가 특별하다고 느낀 적 한 번도 없어?"

"난 특별하지 않아. 그냥 피곤해."

우리는 달 웅덩이를 물끄러미 들여다본다.

"이제부터는 사람들한테 말할 거야?"

형은 어깨를 으쓱한다.

"아직 생각 중이야. 너한테만 말할 수도 있고."

"그렇게 시작하면 되지."

"내가 입 다물고 있는 동안 깨달은 게 뭔지 알아?"

"뭔데?"

"사람들이 하는 말 대부분이 쓸모없다는 거야."

형이 달 웅덩이를 톡 친다.

"라일 아저씨가 나한테 했던 말을 생각해봤어." 형이 말한다. "참 많은 말을 했는데, 다 합쳐보면 내 어깨를 안고 가볍게 한마디 한 정도밖에 안 돼."

"그때 아저씨가 식탁에서 뭐라고 말했는데?"

"마약이 어디 있는지 말해줬어."

"어디 있는데?"

"너한테 말 안 해줄 거야."

"왜?"

"아저씨가 나한테 널 지켜주라고 했거든."

"왜?"

"아저씨도 네가 특별하다는 걸 안 거지."

나는 형에게 나의 모험에 대해, 나의 여정에 대해 얘기해준다. 어떻게 케이틀린 스파이스를 만났는지, 그녀가 얼마나 아름다운지 얘기해준다. 그녀의 모든 것이 좋게 느껴진다고 얘기해준다. "원래부터 알던 사람 같아. 하지만 그럴 리가 없잖아, 안 그래?"

형은 고개를 끄덕인다.

"형은 그날 케이틀린 스파이스라는 이름을 어떻게 알았어?" 내가 묻는다. "형이 우리 집 담장에 앉아서 그 이름을 몇 번이나 계속 썼던 그날 말이야. 그것도 중요한 일 중에 하나야? 형이 알고 있지만 말 안 하는 게 더 안전한 일?"

형은 어깨를 으쓱하더니 말한다. "그냥 신문에서 봤어."

나는 형에게 그녀의 얼굴, 그녀의 걸음걸이, 그녀의 말투에 대해 전부 다 얘기한다.

형에게 모든 걸 얘기한다. 병원에서 탈출하고, 배트맨을 만나고, 다라의 집으로 돌아가 비밀의 방에서 어떤 남자의 전화를 받고 엄마에 관한 메시지를 들었다고.

그때 랜슬롯 거리 5번지의 거실에서 낮게 울부짖는 소리가 들린다.

"저건 또 뭐야?"

"아빠야." 형이 답한다.

"저 안에서 죽어가고 있는 거야, 뭐야?"

"노래 부르는 거야."

"고래랑 얘기하는 것 같은데."

"엄마한테 노래를 불러주고 있는 거야."

"엄마?"

"이틀에 한 번씩 밤마다 저래. 박스 와인을 처음 네 잔 마시는 동안에는 엄마한테 온갖 욕을 다 퍼붓고, 다음 네 잔을 마시면서는 엄마한테 노래를 불러주지."

오렌지색 벽돌집 앞쪽 안에 설치된 큼직한 미닫이창으로 이 기묘한 울부짖음이 부르르 떨리는 통곡 소리처럼 새어 나온다. 그 속에는 아무 말도 없고, 그저 슬픔만이 있다. 마치 오페라 가수가 입 안에 구슬을 가득 문 채 침을 질질 흘리며 목구멍으로 크레셴도를 부르는 것처럼, 마구 떨리고 정신 사납고 발광한 목소리.

앞창 너머로 텔레비전 화면에서 번쩍이는 파란색과 회색의 섬광이 거실 벽에 이리저리 튄다.

나는 잠깐 집을 훑어본다.

이 거리에 있는 모든 집은 주택 위원회가 지었고, 똑같은 모양을 하고 있다. 방 세 칸짜리 나지막한 상자형 집으로, 왼편으로 나 있는 베란다는 두 걸음 만에 갈 수 있고, 뒷문으로 이어지는 콘크리트 경사로가 있다. 우리 아빠는 랜슬롯 거리 5번지의 집 앞 잔디를 깎지 않았다. 집 뒤의 잔디도 깎지 않았다. 그래도 집 뒤보다는 앞의 잔디를 더 자주 깎나 보다. 앞마당의 풀은 내 무릎까지 오는데, 뒷마당의 풀은 내 코에 닿을 정도다.

"정말 거지 같은 집이네." 내가 말한다.

형이 고개를 끄덕인다.

"엄마를 보러 가야 돼, 형. 꼭 가야 돼. 엄마도 우리를 보면 괜찮아질 거야."

나는 거실 창으로 고개를 까딱하며 말한다. "아빠가 우리를 엄마한테 데려다줄 거야."

형은 미심쩍은 표정으로 고개를 갸우뚱할 뿐 아무런 말도 없다.

*

우리가 집 앞 현관에 들어서자 울부짖는 노랫소리가 더 강해진다. 오오오오우우우우우오오오오오오오. 그 안에 고통이 있다. 멜로드라마가 있다.

밤과 운명과 죽음을 노래하는 기묘하고도 알아들을 수 없는 고성.

진갈색으로 대충 칠해진 두툼한 나무 문으로 형이 먼저 들어가고 내가 뒤따라간다.

거실의 진갈색 나무 바닥에는 때가 끼어 있다. 입구 옆에는 1960년대 풍의 크림색 장식장이 있다. 예닐곱 개의 오래된 머그잔, 나무로 만든 바나나와 사과와 오렌지가 담긴 갈색 그릇, 그리고 '난독증 환자들도 똥 싸는 인간이다'라고 적힌 특이한 금속 모조 범퍼 스티커 말고는 거의 비어 있다. 거실의 석면 벽은 복숭앗빛으로 칠해져 있고, 벽마다 작고 크게 구멍이 뚫려 있거나 움푹 파여 있는데, 그 사이사이에 구멍을 메워놓은 흰색 페인트가 반점처럼 흩뿌려져 있다. 벽에 걸린 액자 그림 속에서는 흰 원피스를 입은 아름다운 여자가 연못에서 배를 타며 절망스러운 표정으로 두 팔을 벌리고 있다.

아빠는 집에 들어오는 우리를 보지 못한다. 희부연 담배 연기와 1960년대 몽환적인 록 음악에 취해 있다. 잡음이 지지 직거리는 텔레비전 화면에서 50센티미터 정도 떨어진 바닥에 무릎을 꿇고서. 아빠가 팔꿈치 한쪽을 비틀비틀 기대고 있는 정사각의 흰색 커피 테이블은 군데군데 긁혀서, 이전에 여러 번 덧발랐던 페인트가 알록달록하니 드러나 있다. 마치 알사탕 속을 보는 것 같다. 양말을 신지 않은 오른발 옆에는 내가 초등학교 때 코디얼을 따라 마시곤 했던 컵과 비슷하게 생긴 노란색 플라스틱 컵이 놓여 있다. 컵 바로 옆에는 은색 박스 와인 주머니가 낡은 섀미가죽처럼 완전히 찌부러져 있다.

로버트 벨은 텔레비전 옆의 스테레오에서 최고 볼륨으로 흘러나오고 있는 도어스의 노래를 따라 부르며 울부짖고 있다.

울부짖는 아빠의 목소리는 고음에서는 갈라지고 저음에서는 침과 술에 잠겨버린다. 우리 아빠는 짐 모리슨의 가사를 따라가지 못해 고개를 뒤로 젖힌 채 길게 울부짖는다. 마치 야밤의 늑대 떼를 불러들이는 것처럼. 아빠는 말라서 뼈만 앙상하지만 술배가 나왔고, 희끗희끗한 머리를 아주 짧게 깎았다. 라일 아저씨가 존 레넌이라면, 이 남자는 빼빼 마르고 음침하고 머릿속에 계속 아른거리는 조지 해리슨이다. 흰색 러닝셔츠에 파란색 스터비스 반바지. 아마 마흔 살 정도일 텐데 쉰 살은 되어 보인다. 라일 아저씨처럼 자기가 직접 새긴 듯한 문신들은 60년은 묵은 것처럼 보인다. 오른팔 팔뚝에는 십자가상을 감싸고 있는 비단뱀 한 마리가 있다. 오른쪽 종아리에는 아마도 타이태닉호인 듯한 거대한 배가 S.O.S.라는 글자 밑을 향해하고 있다.

유령 같은 연기가 자욱한 거실 구석에서 저런 꼴로 몸을 웅크려 무릎을 꿇은 채 울부짖으며 노래 부르는 괴물. 이고르*와 그의 친구들인 바닷가재 소년**과 낙타 소녀***와 함께 어느 지하실에 있어야 할 것만 같은 괴물. 황갈색 껌을 펴 바른 듯한 늙어빠진 얼굴 아래 눈구멍 속에서 움직이던 충혈된 오른쪽 눈알이 드디어 나를 발견한다.

"안녕하세요, 아빠." 내가 말한다.

나를 쳐다보는 아빠의 얼굴이 떨리더니, 오른손이 커피 테이블 밑을 더듬다가 도낏자루를 찾아낸다. 날이 달리지 않은 단단한 갈색 나무 방망이로 꽤 멋지게 생겼다. 아빠가 이 무기를 쥐고서 비틀비틀 일어난다. "누구우우우우우우……." 아빠가 으르렁거린다. "뭐어어어어어……." 아빠의 반바지는 오줌에 젖어 있다. 악다문 이 사이로 침이 흘러나온다. 아빠는 뭔가를 말하려 애쓰고 있다. 단어를 만들어내려 안간힘을 쓰고

• 프랑켄슈타인의 꼽추 하인.
•• 손가락들이 붙어 가재처럼 양쪽으로 갈라져 있었던 그레이디 스타일스.
••• 무릎이 뒤로 구부러진 채 태어난 엘라 하퍼.

있다. 아빠는 나를 뚫어지게 쳐다보며 이리저리 휘청거리다가 겨우 몸을 가눈다. "이이이이이이이이……." 침을 튀겨대던 아빠는 입술을 핥고서 다시 말한다. "이이이이이이이이이이." 그런 다음 다시. "새애애끼이이이이." 아빠는 할 말을 찾지 못하고 숨을 헐떡인다. 그러더니 내가 정신을 차릴 새도 없이, 도낏자루를 금방이라도 휘두를 듯 높이 쳐들고는 내 쪽으로 곧장 터벅터벅 걸어온다.

"새애애꺄아아아아." 아빠가 악을 쓴다.

나는 제자리에 가만히 서 있다. 팔뚝으로 머리를 감싸는 것 말고는 딱히 더 좋은 방어법이 생각나지 않는다.

하지만 침묵의 오거스트 경, 용감한 오거스트 경이 내 앞을 가로막고 선다. 그리고 단 한 번의 완벽한 동작으로 오른손 주먹을 아빠의 왼쪽 관자놀이에 박는다. 그러자 도낏자루를 든 아빠는 밑으로 쓰러지고, 형은 아빠의 러닝셔츠 뒷면을 두 손으로 붙잡은 뒤 앞으로 쏠리는 힘을 이용해 아빠를 냅다 던져버린다. 아빠의 술 취한 머리는 우리 뒤의 복숭앗빛 벽을 들이받으며 벽에 구멍을 낸다. 이미 의식을 잃었던 그 머리는 나머지 몸과 함께 때가 낀 바닥으로 푹 떨어진다. 우리는 그 옆에 서서 아빠를 내려다본다. 아빠의 입술은 바닥에 짓눌려 있고, 눈꺼풀은 감겨 있다. 손에는 여전히 도낏자루가 쥐어 있다.

형이 숨을 돌리며 말한다. "걱정 마. 술에 안 취했을 땐 꽤 괜찮은 사람이니까."

형이 부엌에 있는 오래된 켈비네이터 냉장고를 연다. 너무 심하게 녹슬어서, 손으로 만지니 청동색 먼지가 묻어 나온다.

"미안, 먹을 게 별로 없네." 형이 말한다.

냉장고 안에 물 한 병과 미도 리 마가린 한 통, 양파 피클 한 병이 있고, 아래쪽 채소 보관실에는 곰팡이 핀 거무스름한 뭔가가 있다. 오래된 스테이크일 수도 있고, 아니면 작은 인간일 수도.

"저녁에는 뭘 먹어?" 내가 묻는다.

형이 식료품 저장실의 문을 열어, 홈 브랜드 치킨 누들 수프 여섯 통을 가리킨다.

"며칠 전에 샀어. 저 안에 넣을 냉동 채소도 한 봉지 사고. 좀 먹을래?"

"아니, 됐어. 그냥 잘래."

나는 형을 따라 거실에 인사불성으로 뻗어 있는 아빠를 지나, 복도 왼쪽의 첫 번째 방으로 들어간다.

"여기서 자." 형이 말한다. 짙푸른 카펫이 깔려 있는 방이다. 왼쪽 벽에는 싱글 침대가 붙어 있고, 침대 맞은편에는 크림색 페인트가 벗겨진 낡은 옷장이 있다.

"넌 침대 옆의 카펫에서 자면 돼." 형은 이렇게 말하고는 복도 끝에 있는 방을 가리킨다. "아빠 방이야."

나는 형의 방 바로 옆에 있는 방을 가리킨다. 문이 닫혀 있다.

"저 방은 뭐야?"

"서재야."

"서재?"

형이 그 방의 문을 열고 불을 켠다. 이 방에는 침대도 옷장도 벽에 걸린 그림도 없다. 오로지 책뿐이다. 하지만 이렇다 할 만한 책장이 없어 책들이 깔끔하게 정리되어 있진 않다. 대부분이 문고판인 책들은 방의 네 귀퉁이에서부터 시작해 방 한복판을 향해 쭉 쌓여가면서 내 눈높이만 한 산봉우리를 이루고 있다. 화산 모양으로 쌓여 있는 수천 권의 책 말고는 아무것도 없다. 스릴러·서부극·로맨스·고전·액션 모험 소설, 수학·생물학·체육학과 관련된 두툼한 교재, 시집, 오스트레일리아의 역사와 전쟁과 스포츠에 관한 책, 종교 서적.

"전부 다 아빠 책이야?" 내가 묻는다.

형이 고개를 끄덕인다.

"다 어디서 났대?"

"중고 가게에서 산 거야. 아마 다 읽었을걸."

"말도 안 돼."

"글쎄. 아빠가 하는 일이라곤 책 읽고 술 마시는 것밖에 없거든."

형이 복도 끝에 있는 방 쪽으로 고개를 까딱한다.

"아빠는 새벽 5시쯤 일어나서 하루 동안 피울 담배를 한꺼번에 말아둬. 30, 40개비 정도 될걸. 그런 다음 그냥 책만 읽고 담배만 피우는 거야."

"방 밖으로 나오기는 해?"

"응, 술 마시러. 그리고 「세기의 세일」* 보고 싶을 때."

"거지 같네."

형이 고개를 끄덕인다.

"그래, 하지만 「세기의 세일」 문제를 얼마나 잘 맞히는데."

"오줌 마려워."

형이 고개를 끄덕이고는 아빠 방 옆에 있는 화장실로 가서 문을 연다. 지린내와 맥주 냄새에 우리 둘 모두 움찔한다.

플라스틱 변기 물탱크 덮개에 《쿠리어 메일》 신문지를 사각형으로 대충 찢은 쪼가리들이 여럿 놓여 있다. 형이 뒤를 닦는 데 쓰는 종이들이다. 화장실은 도자기로 만든 변기 하나를 놓고 문을 열 수 있을 만큼의 크기다. 지금 바닥에는 아빠 오줌이 얕게 고여 있다. 병아리 색깔의 폭신폭신한 화장실 매트는 벽에 기대 놓은 변기 솔에 가까운 모서리 부분이 오줌에 흠뻑 젖어 있다. "다섯 잔 마시고 나면 조준을 제대로 못 하거든." 형이 아빠의 오줌 웅덩이 가장자리에 서서 말한다. "문밖에서 싸도 돼. 방광이 꽉 차 있으면 여기서도 될 거야."

나는 오줌 웅덩이의 가장자리에 서서 바지 지퍼를 내린다.

*

형이 복도의 벽장에서 이불 하나와 수건 하나를 꺼내 온다. 그리고 수건을 말아서 내 베개를 만들어준다. 나는 짙푸른 카

---

* Sale of the Century. 오스트레일리아에서 1980~2000년에 방영된 게임 프로그램.

펫에 드러누워 이불을 덮는다. 형은 방문 옆에 서서 오른손을 전등 스위치에 올린다.

"괜찮아?" 형이 묻는다.

"응, 괜찮아." 나는 자기 편한 자세로 다리를 벌리며 말한다. "형 보니까 좋다."

"나도 너 보니까 좋아, 엘리."

"형이랑 얘기하니까 좋아."

형이 빙긋 웃고는 말한다. "너랑 얘기하니까 좋아. 이제 좀 자. 다 괜찮아질 거야."

"정말 그럴까?"

형이 고개를 끄덕인다. "걱정하지 마, 엘리. 좋아질 테니까."

"뭐가 좋아진다는 거야?"

"우리 인생이."

"좋아진다는 걸 어떻게 알아?"

"그때 통화한 남자가 말해줬거든."

나는 고개를 끄덕인다. 아니, 우리는 미친 게 아니다. 그저 피곤할 뿐. 그저 잠이 좀 필요할 뿐이다.

"잘 자, 형."

"잘 자, 엘리."

불이 꺼지고 방 안이 어둠에 잠긴다. 형이 내 쪽으로 와서 침대에 올라간다. 형이 드러눕자 침대 스프링이 가라앉는 소리가 들린다. 정적. 또 다른 캄캄한 방에서 또다시 함께 누워 있는 엘리와 오거스트 벨. 슬림 할아버지는 지하 감옥 블랙 피터에 갇혀 있을 때 어둠이 겹겹이 쌓인 이런 암흑 속에서 눈을 뜨면, 어둠을 다른 것으로 상상했다고 한다. 그저 공간일 뿐이라고. 저 머나먼 공간. 저 깊은 우주.

"형?"

"응."

"라일 아저씨가 아직 살아 있을까?"

침묵. 기나긴 침묵.

"형?"

"응."

"오, 형이 또 말을 안 하려나 싶어서."

침묵.

"앞으로도 계속 말해, 형. 난 형이랑 말하는 게 좋단 말이야."

"말할 거야, 엘리."

침묵. 깊은 우주의 침묵.

"라일 아저씨가 아직 살아 있을까?" 내가 묻는다.

"네 생각은 어때, 엘리?"

나는 생각을 해본다. 이 생각을 자주 한다.

"파라마타 일스가 질 거라는 걸 알면서 인정하기 싫을 때 아저씨가 하던 말 기억나?"

"응." 형이 말한다.

침묵.

"뭐라 그랬는지 기억나?"

"응, 미안. 방금 허공에다 썼어."

"알았어. 나도 말하기 싫어."

그냥 허공에 담아두자. 라일 오를리크가 머물 수 있는 곳은 그곳일지도 모르니까. 허공에. 내 머릿속에. 내 가슴에. 내 분노에. 내 복수심에. 내 증오에. 곧 다가올 나의 시간에. 나의 우주에.

"우리가 오디를 전부 다 따 먹었던 날 기억나?" 형이 묻는다.

기억난다. 우리 뒷집 닷 왓슨네 집에서 뒷마당으로 넘어와 축 늘어져 있던 오디나무. 그날 슬림 할아버지는 우리를 맡아서 돌보고 있었지만, 우리가 진홍색의 통통한 오디를 그렇게 많이 따 먹었다는 걸 알지 못했다. 내가 점심을 먹은 뒤에 자주색 물을 강처럼 토해내기 전까지는. 나는 세탁실에서 뒷문으로 달려 나갔지만 풀밭까지 가지 못하고, 빨랫줄까지 이어지는 길에 자줏빛 강을 쏟아냈다. 누군가가 레드 와인 한 병을 떨어뜨린 것처럼 콘크리트 여기저기에 자줏빛 얼룩이 튀었다. 슬림 할아버지는 배 아픈 나를 전혀 불쌍히 여기지 않고, 그냥 내게 세정제와 뜨거운 물로 얼룩을 닦으라고만 했다. 내가 청소를 마치자 할아버지는 남부의 한 교도소에서 먹었던 오디 파이를 만들고 싶다고 했다.

"슬림 할아버지가 입 속에 우주를 담은 아이에 대해 해준 얘기 기억나?" 형이 묻는다.

우리가 나무에서 오디를 따고 있을 때 슬림 할아버지는 보고 로드 교도소에서 읽은 이야기를 들려주기 시작했다. 우리가 아는 나무 십자가와는 상관없는 종교, 예수가 주인공이 아닌 종교, 슬림 할아버지 말로는 인디애나 존스가 즐겨 찾아간다는 곳들에서 믿는 종교에 등장하는 어떤 신 혹은 어떤 특별한 사람에 관한 이야기였다. 이 특별한 소년은 사실 특별한 남자 어른이었고, 그보다 더 나이가 많은 아이들과 함께 커다란 과일나무 근처에서 뛰어놀고 있었다. 큰 아이들은 이 특별한 소년이 너무 어리다며 과일나무에 오르지 못하게 하고, 그들이 오를 때 나무에서 떨어지는 과일을 줍게 했다. 큰 아이들은 소년에게 그 과일이 깨끗하지 않으니 먹지 말라고 경고했다. "그냥 줍기만 해." 하지만 소년은 땅에 떨어진 통통하고 군침 도는 자줏빛 과일들을 입 속에 쑤셔 넣기 시작했다. 걸신들린 듯 먹어치우다 급기야 흙까지 파서 과일과 흙을 다 같이 입으로 허겁지겁 밀어 넣었고, 너무 열심히 밀어 넣다 보니 입가에 자줏빛 과일즙이 강처럼 흘러내리기 시작했다. "뭐 하는 짓이야?" 큰 아이들이 물었다. "뭐 하는 짓이냐니까? 해명해봐. 대답해. 대답하라고." 하지만 소년은 말이 없었다. 그는 말하지 않았다. 입 속이 더러운 과일들로 꽉 차 있어 말을 할 수가 없었다. 말려도 소년이 계속 먹어대자 큰 아이들은 소년의 어머니에게 달려가 소리 질렀다. "아줌마 아들이 진흙을 먹고 있어요!" 소년의 어머니는 불같이 화를 내며 아들에게 입을 열어 그의 경솔함과 탐욕과 광기의 증거를 보여 달라고 고함을 질렀다. "입 열어!" 그러자 소년은 입을 열었고 어머니는 그 안을 들여다보았다. 나무들과 눈 쌓인 산들과 푸른 하늘과 우주의 모든 별들과 달들과 행성들과 태양들이 보였다. 어머니는 아들을 꼭 껴안으며 속삭였다. "넌 누구니? 넌 누구니? 누구야?"

"누구였는데요?" 나는 슬림 할아버지에게 물었다.

"모든 답을 가진 소년이었지." 할아버지는 이렇게 답했다.

*

나는 우리 방의 어둠 속에서 말한다.

"그 아이는 자기 안에 온 세상을 담고 있었어."

"우주를 삼킨 소년이지." 형이 말한다.

어둠 속의 침묵.

"형."

"응?"

"빨간 전화기로 전화한 남자, 누구야?"

"정말 알고 싶어?"

"응."

"아직은 때가 아닌 것 같은데."

"난 각오가 돼 있어."

우주 속의 기나긴 침묵.

"방금 허공에 썼지?" 내가 묻는다.

"응."

"그냥 말해줘, 형. 빨간 전화기로 전화한 남자가 누군데?"

우주 속의 기나긴 침묵.

"나야, 엘리."

소년,

균형을 잃다

앞으로 나는 사무실 책상에 놓인 전화기 옆, 용수철 위에서 춤추는 플라스틱 산타클로스로 버크벡 선생님을 기억할 것이다. 12월의 둘째 주. 학교에서의 마지막 주. 크리스마스가 다가오고 있다. 썰매 종이 울리네. 너도 듣고 있니?

내슈빌 공립 중등학교의 지도 교사인 파피 버크벡 선생님은 눈부신 미소를 짓는 사람이다. 낙태하는 10대들, 열여섯 살짜리 마약 중독자들, 아주 공격적인 행동 장애를 가진 남자아이들에게 손을 대는 브래큰 리지 교외의 아동 성추행범들, 그 성추행범들과 함께 저녁을 먹는 아주 무지한 부모들. 이 모두를 매일 목격하면서도 선생님의 놀랍도록 단단한 낙관주의는 절대 흔들리지 않는다.

"솔직히 말하면, 엘리." 버크벡 선생님이 말한다. "우리가 너를 완전히 퇴학시키지 않는 이유를 모르겠구나."

내슈빌 중등학교는 테네시주와 아무런 관계도 없다. 원래 내슈빌은 브래큰 리지와 브라이튼 사이의 교외 마을로 레드클

316

리프와 가까운 북쪽에 있었는데, 시간이 흐르면서 점차 밀려나다가 아예 사라져버렸다. 선샤인 코스트로 향하는 간선도로 밑에 뚫린 터널을 통과하면 우리 집에서 내슈빌 중등학교까지 걸어서 30분 걸린다. 나는 이 학교에 6주째 다니고 있다. 둘째 날, 바비 리니에트라는 10학년 녀석이 사회과학관의 정수기 앞을 지나가는 내게 환영 인사를 한답시고 내 왼쪽 어깨에 대뜸 침을 뱉었다. 코를 크게 들이마셔 누르스름한 가래와 콧물을 듬뿍 섞은 침이었다. 그 일은 순전히 바비 리니에트의 잘못이었다. 바비는 과학관의 책가방 선반에 앉아, 멀릿 헤어스타일*을 하고 하이에나처럼 킥킥거리는 여드름투성이 친구들 속에서 웃어대고 있었다. 그러다가 오른손을 들고 검지를 감춘 채 손을 빙빙 돌렸다. "검지가 어디 갔지? 검지가 어디 갔지?" 그는 「프레르 자크(Frère Jacques)」의 선율에 맞춰 유치원 교사처럼 노래를 불렀다.

나는 검지가 사라진 내 손을 내려다보았다. 벌어진 상처에 새살이 돋으면서 서서히 뼈를 덮고 있었지만, 여전히 작은 붕대를 감고 다녀야 했고 그래서 바비 리니에트 같은 학교 깡패들의 눈길을 끌었다.

바비의 검지가 다시 나타났다. "여기 있지롱. 여기 있지롱." 바비는 자지러지게 웃었다. "이 거지 같은 괴물아."

바비 리니에트는 열다섯 살이고, 턱살이 두 겹인 데다 가슴

• 양옆은 짧게 자르고 뒷머리는 어깨까지 길게 늘어뜨린 머리 모양.

털도 났다. 내가 학교에 나간 지 3주째 되는 날, 바비 리니에트는 자기 친구들이 내 몸을 짓누르고 있는 사이 학교 매점에서 구한 토마토소스 한 통을 내 머리와 내 셔츠 뒷면에 통째로 짰다. 나는 이런 짜증 나는 행동을 선생님에게 고자질하지 않았다. 그랬다가는 보나 마나 학교 깡패 녀석들 때문에 내 계획이 틀어질 테니까. 형은 아빠의 낚시용 칼로 바비 리니에트의 갈비뼈를 찔러버리겠다고 했지만, 나는 형을 말렸다. 형이 나 대신 싸워줄 시기도 한참 지났을뿐더러, 내 계획에도 방해가 되기 때문이다. 등교한 지 6주째가 되던 지난 월요일, 학교에서 집으로 돌아가던 길에 터널에서 바비 리니에트가 내 캔버스 가방을 잡아채 불을 질렀다. 나는 가방이 불타오르는 모습을 지켜보며, 바비 리니에트가 방금 내 계획을 망쳐놨다는 사실을 실감했다. 가장 큰 이유는, 그 가방 안에 내 계획이 들어 있었기 때문이다. 파란 줄이 쳐진 연습장에는 내 아이디어와 정성 어린 전략들이 잉크로 한가득 적혀 있었다. 일정과 도표, 갈고리와 밧줄을 그린 스케치, 담장의 치수. 보고 로드의 후디니에게서 직접 전해 들은 귀중한 교도소 정보를 바탕으로, 연습장의 중간 두 페이지에 걸작과도 같은 계획을 연필로 정리해놓았다. 보고 로드 여자 교도소의 구내와 건물 설계도를 2B 연필로 완벽하게 재현한 조감도.

"어떻게 그렇게…… 그렇게…… 폭력적인 짓을 할 수가 있니?" 파피 버크벡 선생님이 책상 맞은편에서 묻는다. 그녀는 엄마가 좋아하는 1960년대 가수처럼 입고 있다. 멜러니 사프

카처럼. 헐렁한 원피스의 시뻘건 소매를 팔꿈치로 축 늘어뜨린 채 책상 위로 팔짱을 끼고 있는 모습이, 연기 피우기 의식을 치르는 아메리칸 인디언 같기도 하고, 선샤인 코스트 내륙에서 나무 몸통을 깎아 만든 조각품을 파는 상인 같기도 하다.

"학교에서 하면 안 되는 행동이잖아." 그녀가 말한다.

"나도 알아요, 버크벡 선생님." 나는 다시 계획으로 돌아가 성실하게 답한다. "학교에서 볼 수 있는 행동이 아니죠. 교도소에서나 일어날 일이지."

"정말로 그래, 엘리."

정말로 그랬다. 보고 로드 교도소 1번 마당에서 흔히 일어날 법한 단순 폭력 사건이었다. 깨지지 않는 베갯잇과 잘 깨지는 무릎뼈만 있으면 된다.

나는 그날 아침 10시에 8학년 가정 수업에서 베갯잇을 하나 훔쳤다. 우리는 바느질을 배우고 있었고, 남학생 대부분은 손수건을 바느질했다. 하지만 웬디 다커 같은 가정 시간의 스타들은 베갯잇에 오스트레일리아의 동물들을 수놓았다. 나는 11시의 보건체육 수업 시간에 스포츠 장비실에서 훔친 5킬로그램짜리 중량 원판 두 개를 웬디 다커의 웃는물총새 베갯잇에 집어넣었다.

12시 15분에 점심 종이 울린 직후, 학교 안뜰의 핸드볼 코트 라인에 서서 하이에나 친구들과 함께 치코 롤*을 게걸스럽

---

* 스프링 롤과 비슷한 오스트레일리아의 대표적인 스낵.

게 먹고 있는 바비 리니에트가 보였다.

나는 폭주족 갱단 레벨스의 전직 퀸즐랜드주 규율 부장이었던 나의 펜팔 친구 알렉스 버뮤데스가 알려준 방식대로 바비에게 접근했다. 칼로 공격하려면 표적이 알아채지 못하게 접근해야 한다. 나는 멜러니 사프카의 「캔들스 인 더 레인(Candles in the Rain)」 가사를 외우듯 알렉스의 편지 내용을 외우고 있었다.

표적한테 뒤로 접근해서 칼을 최대한 신장에 가깝게 쑤셔 넣는 게 좋아. 그러면 감자 자루처럼 푹 쓰러지지. 중요한 건, 앞으로 놈이 너한테 까불지 못하도록 세게 찌르되 살인 혐의를 피할 수 있을 만큼 살살 해야 된다는 거야. 균형을 잘 맞춰야 한다는 얘기지.

나는 빠르고 힘찬 걸음으로 바비에게 다가갔다. 베갯잇을 팽팽하게 비트니, 웃는물총새를 수놓은 면 몽둥이 머리에 5킬로그램짜리 중량 원판 두 개가 달린 무기가 되었다. 나는 바비의 회색 교복 반바지 바로 위에 있는 오른쪽 신장으로 베갯잇을 힘껏 휘둘렀다.

바비는 치코 롤을 땅에 떨어뜨리면서 오른쪽으로 기우뚱했다. 배를 맞은 고통과 충격에, 찌부러진 파시토 캔처럼 몸이 쪼그라졌다. 바비는 내 얼굴을 알아채고 분노로 얼굴이 시뻘게질 여유는 있었지만, 내가 팔을 크게 휘둘러 오른쪽 무릎뼈를 후려칠 거라 짐작할 여유는 없었다. 앞으로 내게 까불지 못하도록 세게. 퇴학당하지 않을 정도로 살살. 바비는 망가진 오른쪽 무릎을 필사적으로 붙잡고서 왼발로 두 번 깡충깡충 뛰다가, 핸드볼 코트의 왕 구역에 깔린 거칠디거친 아스팔트로 자빠져 드러누웠다. 나는 바비를 내려다보며 묵직한 베갯잇을 그 애의 머리 위로 들었다. 아빠가 10년 만에 내게 준 선물이라곤 내 안의 분노뿐이었다.

"이 새꺄아아아아아!" 나는 바비의 얼굴에 대고 악을 썼다. 침을 마구 튀기면서. 너무도 시끄럽고 원시적이고 무섭고 광기 어린 내 비명에 바비의 친구들은 휘발유 깡통이 타오르고 있는 모닥불에서 뒷걸음질 치듯이 우리 둘에게서 물러났다.

"나 건드리지 마." 내가 말했다.

이제 바비는 울고 있었다. 매가리 없이. 철퇴 같은 베갯잇에 맞아 시뻘게진 얼굴을 어찌나 심하게 떨어대는지 나는 녀석의 머리가 핸드볼 코트 밑으로 꺼져버리는 줄 알았다.

"나 건드리지 말라고."

*

버크벡 선생님의 사무실은 색칠한 알루미늄 동물들로 장식되어 있다. 내 오른쪽 벽의 서류 캐비닛 위에 매달려 있는 녹색 개구리 한 마리. 선생님 뒤쪽의 벽을 높이 날아오르는 독수리 한 마리. 내 왼쪽 벽에 선생님이 그려놓은 유칼립투스에 들러붙어 있는 코알라 한 마리. 이 모든 장식물은 사무실의 진정한 예술품인 큼직한 액자 사진의 들러리일 뿐이다. 사진 속에서 광활한 얼음 벌판을 종종걸음으로 가로지르고 있는 펭귄 한 마리 밑에 이런 글이 쓰여 있다. '한계: 날개를 펼치기 전까지는 얼마나 멀리까지 걸어갈 수 있을지 알 수 없다.'

선생님 책상의 전화기 옆에는 셸리 허프먼을 위한 모금함이 있다.

셸리를 위한다면 저 펭귄 포스터를 떼야 하는 것 아닌가.

모금함에는 내슈빌 중등학교 교복 차림으로 비뚤비뚤한 치열을 드러내며 미소 짓고 있는 셸리의 사진이 붙어 있다. 퉁명스러운 사진사가 표정에 신경 좀 쓰라고 성화를 부리면 셸리처럼 교활한 아이가 억지로 지을 법한 과장된 미소. 셸리는 나와 같은 8학년이다. 형과 내가 학교에 갈 때 지나가는 토어 거리의 주택 위원회 단지에 살고 있는데 우리 집과 아주 가까운 곳이다. 넉 달 전, 셸리의 부모님은 네 아이 중 둘째가 근육 위축증을 평생 앓아야 한다는 사실을 알았다. 우리가 그 집을 지날 때마다 셸리가 툭하면 잘난 척을 해서 재수 없긴 하지만, 형과 나는 그 아이를 좋아한다. 셸리는 우리가 지금까지 브래큰 리지에서 사귄 유일한 친구다. 셸리는 자꾸 나한테 자기 집 베란다에서 팔씨름을 하자고 한다. 팔뼈가 더 강하고 더 긴 셸리가 보통은 이기고, 내 팔 밑에 지렛대를 받치면 내가 이긴다. "아니, 아직 안 왔네." 셸리는 나를 이기면 이렇게 말한다. 나한테 팔씨름을 지면 근육 위축증이 본격적으로 시작됐다는 신호라면서. 학교는 셸리의 집 안팎에 휠체어 경사로를 짓고 욕실과 셸리 방과 부엌에 난간을 달아, 셸리가 말하는 '조진 인생에 적합한 집'을 만들 수 있도록 돕기 위해 모금 운동을 벌이고 있다. 학교의 다음 목표는 휠체어를 편하게 사용할 수 있는 가족용 밴을 허프먼 가족에게 사주는 것이다. 셸리가 브리즈번 동쪽의 맨리에 가 작은 배, 요트, 양철 보트 들이 모어턴 만의 수평선을 향해 항해하는 광경을 지켜볼 수 있도록. 앞으로도 오래 사용할 수 있는 집을 만들기 위해 7만 달러를 모금하는 것이 학교의 희망 사항이다. 지금까지 6217달러가 모였다. 셸리 말에 따르면 '반쪽짜리 경사로'를 지을 수 있는 금액이다.

버크벡 선생님이 헛기침을 하더니 내 쪽으로 몸을 기울인다.

"너희 아버지한테 네 번이나 전화를 드렸는데 안 받으시더구나."

"아빠는 원래 전화 안 받아요."

"왜?"

"사람들이랑 말하는 걸 안 좋아하거든요."

"나한테 연락 달라고 아버지께 전해주겠니?"

"안 돼요."

"왜?"

"우리 집 전화기는 전화를 받을 수만 있거든요. 걸 수 있는 번호는 000밖에 없어요."

"그럼 학교에 오셔서 나를 만나시는 건 어떨까? 아주 중요한 일이야."

"물어보기는 하겠지만, 아빠는 안 올 거예요."

"왜?"

"집에서 나오는 걸 싫어하거든요. 새벽 3시부터 6시까지만 밖에 나가요. 아무도 없을 때. 아니면 술이 떡이 돼서 또 술 사러 나갈 때."

"말조심해."

"죄송해요."

버크벡 선생님은 한숨을 내쉬고 의자에 등을 기댄다.

"아버지가 너랑 오거스트를 엄마한테 데려가 주기는 하셨니?"

*

나는 랜슬롯 거리에서 첫 밤을 보낸 다음 날 늦잠을 잤고, 깨보니 형의 침대는 비어 있었다. 수건을 말아서 베고 잔 탓에 목이 뻐근했다. 형의 방에서 나와 화장실에 가는 길에 아빠의 방을 지나가는데 문이 열려 있었다. 침대에 누워 있는 아빠가 보였다. 아빠는 책을 읽고 있었다. 화장실 문을 열어보니, 바닥이 티끌 하나 없이 깨끗하고 소독제 냄새가 풍겼다. 나는 한참이나 오줌을 누고 옆의 욕실로 들어갔다. 사방이 하얀 벽으로 둘러싸인 욕실에는 노란 욕조, 곰팡이 핀 샤워 커튼, 거울, 세면대, 거의 다 쓴 작은 비누 덩어리 하나, 밝은 담녹색의 둥근 플라스틱 빗이 있었다. 나는 거울을 물끄러미 들여다보았다. 배가 고파서 속이 메스꺼운 건지, 아니면 욕실 문 너머의 방에서 책을 읽고 있는 남자에게 던져야 할 질문 때문에 구역질이 나는 건지 알 수 없었다. 내가 아빠 방의 문을 똑똑 두드리자 아빠는 나를 돌아보았다. 나는 아빠의 어두운 얼굴을 노려보는 것처럼 보이지 않으려 애썼다. 방 안을 가득 메운 반투명한 청회색 담배 연기가 우리 사이에 베일처럼 드리워져 있는 것이 고맙게 느껴졌다.

"엄마 보러 가면 안 돼요?" 내가 물었다.

"안 돼."

아빠는 이렇게 말한 뒤 다시 책으로 돌아갔다.

*

버크벡 선생님이 한숨을 내쉰다.

"지난 6주 동안 아빠한테 수백 번은 물어봤는데 똑같은 말만 하더라고요."

"왜 너희를 엄마한테 안 데려가는 것 같니?"

"왜냐하면 아빠는 아직도 엄마를 사랑하니까요."

"그럼 엄마가 보고 싶지 않을까?"

"아니요, 엄마를 미워하기도 하거든요."

"아버지가 너희를 그 세상으로부터 지켜주려고 그러신다는 생각은 안 해봤니? 그런 처지에 있는 엄마를 너희한테 보여주면 안 되겠다 싶으신 거지."

아니, 그런 생각은 한 번도 해본 적 없다.

"엄마한테 연락해본 적은 있어?"

"아니요."

"엄마가 집에 전화한 적은?"

"없어요. 기대도 안 해요. 엄마 상태가 별로 안 좋으니까요."

"그걸 어떻게 알아?"

"그냥 알아요."

버크벡 선생님이 내 오른손을 쳐다본다.

"어쩌다가 손가락을 잃었는지 다시 한번 얘기해줄래?"

"형이 도끼로 잘랐는데, 일부러 그런 건 아니에요."

"자기가 어떤 짓을 저질렀는지 알았을 때 엄청 충격을 받았겠구나."

나는 어깨를 으쓱한다. "아주 태연하던데요. 형은 충격 같은 거 안 받아요."

"상처는 어때?"

"괜찮아요. 낫고 있는 중이에요."

"글 쓰는 데는 지장 없니?"

"네, 조금 엉망이긴 해도 그럭저럭 괜찮아요."

"넌 글 쓰는 걸 좋아하지?"

"네."

"어떤 글을 쓰는 게 좋니?"

나는 어깨를 으쓱한다. "가끔 실제 범죄 이야기를 써요."

"어떤 범죄?"

"아무거나요.《쿠리어 메일》의 범죄 기사를 읽은 다음, 그 기사들을 내 버전으로 다시 써봐요."

"그게 네 목표구나?"

"뭐가요?"

"범죄에 대해 쓰는 거."

"언젠가는 《쿠리어 메일》에 내 범죄 기사를 실을 거예요."

"범죄에 관심이 많니?"

"범죄보다는 범죄를 저지르는 사람들한테 관심이 있어요."

"왜 그런 사람들한테 관심이 있어?"

"어쩌다 범죄자가 됐는지 궁금해서요. 좋은 사람이 아니라 나쁜 사람이 되기로 결심한 그 순간이 궁금해요."

버크벡 선생님은 의자에 기대앉아 내 얼굴을 가만히 뜯어본다.

"엘리, 트라우마가 뭔지 아니?"

선생님의 입술은 두툼하고, 진한 빨간색 립스틱이 많이 발라져 있다. 내게 트라우마는 파피 버크벡 선생님의 루비 비즈 목걸이로 기억될 것이다.

"네."

계획을 잊지 말자.

"그리고 트라우마가 여러 가면을 쓰고 여러 모습으로 찾아올 수 있다는 것도 아니, 엘리?"

"네."

"트라우마는 짧게 끝날 수도 있고, 평생 갈 수도 있어. 끝이 정해져 있지 않아. 그렇지?"

"맞아요."

계획을 명심해.

"너랑 오거스트는 상당히 큰 트라우마를 겪었지?"

나는 어깨를 으쓱하며, 책상에 놓인 모금함 쪽으로 고개를 까딱한다.

"그래도 셸리보다는 낫죠."

"그래, 하지만 그건 다른 종류의 트라우마지. 셸리의 불운은 그 누구의 책임도 아니니까."

"며칠 전에 셸리가 신을 욕하던데요, 똥구멍 같은 자식이라고."

"말조심해."

"죄송해요."

버크벡 선생님이 내 쪽으로 몸을 가까이 기울이며, 오른손을 왼손 위에 포갠다. 그녀가 앉아 있는 모습이 왠지 경건해 보인다.

"내가 하고 싶은 말은, 엘리, 트라우마와 그 여파 때문에 사고방식이 바뀔 수 있다는 거야. 진실이 아닌 걸 믿게 되기도 하고. 세상을 보는 시각도 달라지고. 평소에는 하지 않을 행동도 하게 되지."

약아빠진 버크벡 선생님. 내 속을 쪽쪽 빨아내려는 여자. 내 잃어버린 뼈에 관한 힌트라도 얻을 수 있을까 기다리는 거겠지.

"맞아요, 트라우마란 참 묘한 것 같아요."

버크벡 선생님이 고개를 끄덕인다.

"네 도움이 필요해, 엘리. 왜 너한테 또 한 번 기회를 줘야 하는지 학교의 높은 분들께 설명할 수 있어야 해. 너와 네 형 오거스트가 내슈빌 중등학교에 귀한 자산이 될 수 있을 거라고 난 믿는단다. 너와 오거스트가 아주 특별한 아이들이라고 난 믿어. 하지만 네가 도와줘야 해, 엘리. 도와주겠니?"

계획을 명심해.

"음…… 좋아요."

선생님이 책상 오른쪽에 달린 서랍 하나를 열더니, 돌돌 말아 고무밴드로 묶어놓은 방습지를 한 장 꺼낸다.

"이틀 전에 너희 형이 미술 시간에 그린 그림이야."

선생님이 고무밴드를 종이에서 도르르 벗겨낸다. 그러고는 종이를 펼쳐서 그림을 내게 보여준다.

파란색과 녹색과 자주색이 어우러진 생생한 이미지다. 형은 바다 밑바닥에 서 있는 하늘색 홀덴 킹스우드를 그렸다. 에메랄드빛의 키 큰 갈대들이 자동차를 에워싸고 있고, 해마 한 마리가 물속을 질주하고 있다. 형은 내 꿈을 그렸다.

"저 사람은 누구니, 엘리?" 버크벡 선생님이 앞좌석에 앉아 있는 남자를 가리키며 묻는다.

계획을 잊지 마.

"우리 아빠일걸요."

"그럼 저 사람은?" 선생님이 킹스우드의 뒷좌석을 가리키며 묻는다.

계획을 잊지 마.

"그건 형이에요."

"그럼 저 사람은?"

계획을 잊지 마.

"그건 나예요."

"그렇구나." 버크벡 선생님이 다정하게 말한다. "그런데, 엘리, 왜 다들 자고 있는 거니?"

이러다가는 정말 계획이 틀어질 수도 있다.

소년,

도움을
구
하다

크리스마스까지 닷새 남은 밤, 잠이 오지 않는다. 우리 방에 달랑 하나 있는 미닫이창에는 커튼도 블라인드도 없어서, 침대 밖으로 늘어진 형의 오른팔에 자정이 지난 시각의 푸른 달빛이 비친다. 따갑고 지린내가 밴 매트리스 때문에 잠을 잘 수가 없다. 랜슬롯 거리에서 다섯 집 건너 사는 오스트레일리아 원주민 콜 로이드가 아빠에게 준 매트리스다. 로이드에게는 아내 카일리와 다섯 아이들이 있는데, 맏이인 열두 살의 타이가 나보다 먼저 이 주황색 폼 매트리스를 썼다. 내가 다시 잠 못 드는 이유는 오줌 냄새 때문이지만, 내가 깨어난 건 계획을 위해서였다.

"형, 들었지?"

형은 아무 말이 없다.

신음하는 듯한 소리가 들린다. "후우우우우우우우우우."

아빠일 것이다. 사흘 연속으로 진탕 마셔대더니 오늘 밤은 술을 안 마시고 있다. 첫날 밤에는 어찌나 심하게 취했던지,

331

아빠가 텔레비전으로 「무법자 조시 웨일스」를 보는 사이 형과 내가 거실 소파 밑으로 기어들어 가 아빠의 던롭 볼리스 운동화 끈을 한데 묶는 것도 알아채지 못했다. 아빠는 클린트 이스트우드의 영화 속 아내와 아이를 바보같이 죽인 악랄한 미국 북군 병사들 중 한 명을 욕하려고 일어나다가 심하게 넘어지며 커피 테이블 위로 쓰러졌다. 아빠는 세 번 넘어지고 나서야 운동화 끈이 묶여 있다는 걸 깨달았다. 그러자 '이 새끼들'이라는 단어를 스물세 번 이상 섞어 혀 꼬부라진 소리로 횡설수설하면서 뒷마당에 있는 죽은 마카다미아 나무 옆에 우리를 생매장하겠다고 맹세했다. '퍽이나.' 형은 허공에다 검지로 이렇게 쓰며 어깨를 으쓱하고는 일어나서 「크립쇼」를 방영하는 채널 세븐으로 돌렸다. 둘째 날인 토요일 아침, 아빠는 럼주와 콜라를 섞어 여섯 잔 마시고 향수 브뤼 콜로뉴를 뿌렸다. 그리고 무슨 바람이 불었는지 청바지에 와이셔츠를 입고, 어디에 가는지 알려주지도 않은 채 522번 버스를 탔다. 그날 밤 10시, 형과 내가 채널 나인에서 「괴짜들의 병영 일지」를 보고 있을 때 아빠는 집으로 돌아왔다. 뒷문으로 들어오더니 곧장 부엌을 지나, 절대 받지 않는 전화기를 둔 장식장으로 갔다. 전화기 밑에 중요한 서랍이 있다. 그 서랍에는 미납 고지서들, 완납 고지서들, 우리의 출생증명서, 그리고 아빠의 신경안정제 세레팍스가 들어 있다. 아빠는 중요한 서랍을 열고 개 목줄을 꺼내 오른손 주먹에 꼼꼼하게 둘렀다. 형과 내가 소파에 앉아 있든 말든 신경도 안 쓰고 텔레비전을 꺼버리고는 집 안의 불이란 불은 전부 다 껐다. 그러더니 앞창으로 가서 주름 장식이 달린 낡은 크림색 커튼을 치고, 커튼 사이의 틈으로 밖을 내다보았다.

"왜 그래요?" 나는 토할 것 같은 기분으로 물었다. "아빠, 왜 그러는데요?"

아빠는 그저 어둠 속에서 소파에 앉아, 주먹을 감싼 개 목줄을 단단히 조였다. 잠깐 고개를 어지럽게 이리저리 흔들던 아빠는 왼손 검지를 들어 올리고 엄청난 집중력을 발휘해 자기 입에 갖다 대고는 이렇게 말했다. "쉬이이이이잇." 그날 밤 우리는 잠들지 못했다. 형과 나는 아빠가 어떤 위험한 존재 혹은 존재들의 심기를 건드렸길래 주먹에 개 목줄을 감았을까 추측하며, 이런저런 엉뚱한 상상을 했다. 술집의 깡패였을까? 술집으로 가는 길에 마주친 거구의 남자? 아니면 술집에서 집으로 돌아오는 길에 만난 살인마? 술집에 있던 모든 사람? 닌자? 야쿠자? 권투선수 조 프레이저? 소니와 셰어?* 신과 악마? 형은 악마가 어떤 모습으로 우리 집에 찾아올까 궁금해했다. 나는 악마가 담청색 플립플롭을 신고, 쥐 꼬리처럼 뒤쪽을 길게 늘어뜨린 멀릿 헤어스타일을 하고서, 뿔을 감추기 위해 발메인 타이거스** 비니를 쓰고 있을 거라고 말했다. 형은 악마가 흰색 정장에 흰색 구두를 신고, 흰 머리와 흰 치아, 흰 피부일 거라고 했다. 형은 악마가 타이터스 브로즈를 닮았을 거라 말

---

* 1960년대와 1970년대에 활동한 미국의 포크록 듀오.
** 시드니의 교외 발메인을 연고지로 둔 럭비 리그 팀.

했다. 그리고 나는 그 이름이 이제는 우리와 상관없는 다른 세상과 다른 시간과 다른 장소의 것처럼 느껴진다고 말했다. 이제 우리의 세상은 랜슬롯 거리 5번지였다.

"또 다른 오거스트와 엘리." 형이 말했다. "또 다른 우주."

다음 날 아침, 아빠는 세탁실 문 옆의 부엌 바닥에 앉아 카세트테이프로 「루비 튜즈데이」를 듣고 되감고, 듣고 되감고, 또 듣고 되감았다. 결국 테이프가 카세트에 걸렸고, 갈색 릴이 아빠의 손안에서 풀어져 갈색 곱슬머리처럼 너저분하게 뒤엉켰다. 형과 나는 식탁에서 위트빅스 시리얼을 먹으며, 테이프를 고치려는 아빠의 헛된 노력을 지켜보았다. 테이프는 점점 더 엉망으로 망가져 돌이킬 수 없는 상태가 되고 말았다. 그러자 아빠는 필 콜린스 테이프를 틀기 시작했고, 집에서 사흘 간 아빠의 악몽 같은 술주정을 견디고 있던 형과 나는 아동보호국에 신고할까 처음으로 진지하게 고민했다. 맹렬하고 격한 폭음은 그날 아침 11시, 부엌의 복숭앗빛 리놀륨 바닥 위로 피와 담즙이 뒤섞인 토사물이 화려하게 뿌려지면서 그 정점을 찍었다. 아빠는 내장 속에서 끌어내 밖으로 엎질러놓은 내용물 바로 옆에서 기절했고, 나는 아빠의 팔을 잡아 오른손 검지를 쭉 폈다. 그런 다음 그 손가락을 연필 삼아, 아빠가 술에서 깼을 때 볼 수 있도록 메시지를 남겼다. 고약한 악취가 풍기는 토사물 속에서 아빠의 검지를 질질 끌고 획획 휘두르며, 내 마음에서 우러나온 메시지를 써나갔다. '도움을 받아요, 아빠.'

"후우우우우우우우우." 우리 방문 밑의 틈으로 소리가 스며 들어 온다.

그리고 이어지는 여리고 익숙하며 절박한 외침.

"오거스트." 아빠가 자기 방에서 소리친다.

나는 형의 팔을 흔든다. "형."

형은 꼼짝도 하지 않는다.

"오거스트." 아빠가 형의 이름을 외치는 소리는 부드럽고 약하다. 마치 신음처럼.

나는 캄캄한 아빠 방으로 가서 불을 켜고 그 환한 빛에 눈을 적응시킨다.

아빠가 두 손으로 가슴을 부여잡고 있다. 가쁜 숨을 씩씩거리면서. 짧고 날카로운 호흡 사이사이 아빠가 말한다.

"구급…… 차…… 불러."

"왜 그래요, 아빠?" 나는 소리 지른다.

아빠는 숨을 들이마시려 하지만 성공하지 못한다. 헉헉. 아빠의 온몸이 부르르 떨린다.

아빠가 앓는 소리를 낸다. "후우우우우우우우."

나는 복도를 달려가 000으로 전화를 건다.

"경찰이 필요하세요, 아니면 구급차가 필요하세요?" 어떤 여자가 묻는다.

"구급차요."

전화가 다른 목소리로 연결된다.

"어떤 응급 상황이죠?"

우리 아빠가 죽을 거고, 그러면 나는 아빠한테서 아무런 답도 못 들을 거예요.

"우리 아빠가 심장마비를 일으킨 것 같아요."

*

왼쪽 이웃집에 사는 예순다섯 살의 택시 기사 파멜라 워터스가 구급차의 번쩍이는 불빛을 봤는지 거리로 나온다. 그녀의 거추장스러워 보일 정도로 큰 가슴이 적갈색 잠옷 밖으로 쏟아져 나올 것만 같다. 구급대원 두 명이 구급차 뒤에서 바퀴 달린 들것을 꺼내 우편함 옆에 둔다.

"괜찮니, 엘리?" 파멜라 워터스가 잠옷의 새틴 허리띠를 고쳐 매며 묻는다.

"잘 모르겠어요." 내가 답한다.

"또 시작이구나." 그녀는 다 안다는 듯 말한다.

대체 무슨 소리를 하는 거지?

흰색 러닝셔츠와 파자마 반바지를 맞춰 입고 맨발로 서 있는 형과 나를 구급대원들이 급하게 지나쳐 간다. 한 명은 산소통과 마스크를 들고 있다.

"복도 끝에 있는 방이에요." 내가 소리친다.

"우리도 알아, 애야, 아버지는 괜찮으실 거다." 나이가 더 많은 구급대원이 말한다.

우리는 집 안으로 들어가 거실과 복도 사이에 서서, 아빠

방에서 들려오는 소리에 귀를 기울인다.

"자, 로버트, 숨 쉬어요." 나이 많은 대원이 소리를 지른다.
"자, 친구, 이제 됐어요. 걱정할 거 없어요."

산소를 빨아 마시는 소리. 거친 호흡.

나는 형을 보며 묻는다. "저 사람들 전에도 온 적 있어?"

형이 고개를 끄덕인다.

"잘했어요." 더 젊은 구급대원이 말한다. "이제 괜찮죠?"

그들이 아빠를 방에서 복도로 데리고 나온다. 둘이서 각자
한 팔로 아빠의 허벅지를 한쪽씩 받치고 있는 모습이 마치 파
라마타 일스의 포워드들이 결승전 축하 행사에서 스타 하프백
을 실어 나르는 것처럼 보인다.

구급대원들이 아빠를 들것에 태운다. 오랜만에 만난 연인
사이라도 되는 양 아빠의 얼굴과 마스크가 찰싹 붙어 있다.

"괜찮아요, 아빠?" 내가 묻는다.

내가 왜 이렇게 신경을 쓰는지 나도 모르겠다. 내 마음 깊
숙한 곳에 잠들어 있는 무언가 때문에 저 정신 나간 주정뱅이
에게 끌리나 보다.

"괜찮아, 녀석아." 아빠가 말한다.

나는 이 말투를 안다. 이 다정한 말투를 기억한다. 괜찮아,
엘리. 괜찮아, 엘리. 이 장면을 잊지 말아야지. 들것에 실린 아
빠. 괜찮아, 엘리. 괜찮아. 그 말투.

"이런 꼴 보여서 미안하구나." 아빠가 말한다. "난 빵점이
야. 나도 알아, 녀석아. 난 빵점짜리 아빠야. 그래도 고쳐볼게.

고칠 거야."

나는 고개를 끄덕인다. 울고 싶다. 울고 싶지 않다. 울지 마.

"괜찮아요, 아빠." 내가 말한다. "괜찮아요."

구급대원들이 아빠를 구급차 뒤에 싣는다.

아빠는 산소를 더 빨아 마신 뒤 마스크를 벗고 말한다. "냉동실에 셰퍼드 파이* 있으니까 내일 저녁에 그거 먹어."

아빠는 다시 마스크로 산소를 빨아 마신다. 그러다가 잠옷 차림으로 멍하니 보고 있는 파멜라를 발견한다. 아빠는 큰 소리로 뭔가를 말할 수 있을 만큼 공기를 충분히 폐 속으로 빨아들인다.

"사진이라도 찍지 그러셔." 아빠는 힘들게 씨근거리며 소리지른다.

아빠가 파멜라 워터스에게 중지를 휙 치켜들 때 구급대원들이 구급차 뒷문을 쾅 닫는다.

*

다음 날 아침, 따오기 한 마리가 우리 집 앞마당을 걸어 다니고 있다. 선사 시대의 유물인 검은 갈퀴발이 시작되는 부분에 낚싯줄이 감겨 있는 왼쪽 다리를 조심스럽게 움직이면서. 불구가 된 따오기. 형이 거실 창 너머로 따오기를 지켜본다. 그러다가 카시오 계산기를 들고서 숫자 몇 개를 친 다음 계산

• 으깬 감자 안에 다진 고기를 넣어 만든 파이.

338

기를 거꾸로 돌린다. 'IBISHELL(따오기 지옥)'.

나는 5378804를 입력하고 계산기를 거꾸로 돌린다. 'HOBBLES(절뚝거린다)'.

"저녁 먹기 전에 돌아올게." 내가 이렇게 말하자 형은 고개를 끄덕이며 따오기를 빤히 바라본다. "내가 먹을 파이 좀 남겨둬."

나는 집 왼편의 경사로를 내려간 다음 바퀴 달린 검은색 쓰레기통을 지나간다. 황갈색 온수용 배관 옆에서 집을 떠받치고 있는 콘크리트 기둥에 아빠의 녹슨 자전거가 기대어 있다. 자전거 너머의 집 아래 공간에는 아빠가 옛날에 썼던 대형 가정용품들이 어마어마하게 버려져 있다. 퀀타스 항공사가 사용할 것만 같은 엔진이 달린 세탁기들, 꼬마거미와 코브라붙이들로 가득 찬 망가진 냉장고들, 폐기된 자동차 문들과 좌석들과 바퀴들. 뒷마당의 풀은 이제 베기도 힘들 정도로 많이 자라 있다. 높이 솟거나 고개를 숙인 담황색 풀줄기가 너무 빽빽하게 우거져 있어서, 코끼리 하티 대령과 모글리가 풀숲을 가르고 나가 배럿 거리의 패스트푸드점 빅 루스터로 향하는 모습이 머릿속에 그려질 정도다. 마체테만이 이 풀들을 전부 쓰러뜨릴 수 있을 것 같다. 아니면 우연히 화재가 일어나든가. 정말 거지 같은 데라니까. 008. 'BOO'. 5514. 'HISS'. 왕짜증.

*

아빠의 녹슨 자전거는 몰번 스타의 1976년형 검은색 '스포

츠 스타' 모델로 일본산이다. 앉는 자리가 갈라져 있어서 엉덩
이가 계속 끼어 아프다. 지금도 빨리 달리기는 하지만, 아빠가
원래 핸들을 1968년형 슈윈 여성용 자전거의 핸들로 바꾸지
않았다면 더 빨리 달릴 수 있을 것이다. 브레이크가 고장 나
서, 멈추려면 앞바퀴와 앞바퀴 버팀대 사이로 오른발을 끼워
넣어야 한다.

비가 내리고 있다. 하늘은 잿빛이고, 랜슬롯 거리에 무지개
가 둥그렇게 떠 있다. 여기 있는 모든 이들에게 완벽한 일곱 빛
깔의 시작과 끝을 약속하는 무지개. 빨간색과 노란색과 랜슬
롯 거리 16번지의 비비언 힙우드. 그녀의 아기는 돌연사했다.
그 후 비비언은 7일 동안 계속 아기에게 옷을 입히고 젖을 주
고 핏기 없는 얼굴 앞에 장난감을 흔들어댔다. 분홍색과 초록
색과 17번지. 그곳에 사는 예순여섯 살의 앨버트 르윈은 밀폐
된 차고에서 가스 질식으로 자살하려 했지만 성공하지 못했
다. 두 달 전 그가 키우던 복서, 조스를 안락사시킨 비용을 지
불하기 위해 차를 팔아버린 탓에 털털거리는 잔디깎이만 켜놓
았기 때문이다. 조스를 보내고 이틀 후 앨버트는 녹색 빅타 잔
디깎이를 차고 안에 밀어 넣었다. 자주색과 주황색과 검은색과
파란색. 토요일 아침 식탁에 앉아 윈필드 레드를 피우며, 광대
뼈에 바른 컨실러 밑의 자주색, 주황색, 검은색, 파란색 멍 자
국을 아이들에게 들키지 않기를 비는 랜슬롯 거리의 모든 엄
마. 컨실러. 감추는 자들. 감춰지는 비밀들. 랜슬롯 거리 32번
지의 레스터 크로는 여자친구 조 페니가 임신한 자기 딸을 죽

이기 위해 조의 배에 헤로인 주사를 열세 번 찔렀다. 랜슬롯 거리 53번지의 멍크 형제는 아버지를 거실 안락의자에 묶어놓고 도끼로 아버지의 귀를 반으로 잘랐다. 이 끝없는 거리에 무더운 여름이 오고, 짜증 날 정도로 여기저기 움푹 파인 도로에 브리즈번 시청에서 새로 깐 아스팔트의 타르가 던롭 운동화 고무창에 후바부바 껌처럼 들러붙는다. 브라이튼과 숀클리프의 맹그로브에서 급습해 오는 모기떼에도 아랑곳없이 모든 집이 커튼을 열어젖히면 이 거리 전체가 극장이 된다. 창틀 속의 모든 거실은 '야호, 실업수당 받는 날이다'라는 제목의 생방송 주간 드라마, '치킨 솔트 좀 건네줘'라는 제목의 저속한 코미디, '2센트 동전의 색깔'이라는 제목의 경찰 드라마가 방영되는 텔레비전이 된다. 앞창 화면 너머로 주먹이 오가고, 웃음과 눈물이 터져 나온다. 왕짜증. 정말 거지 같은 데라니까.

"안녕, 엘리."

셸리 허프먼이 자기 방 창문 밖으로 몸을 내밀며 담배 연기를 옆으로 후 분다.

나는 앞바퀴에 신발을 끼워 넣고 거리 한복판에서 유턴해, 곧 부서질 것만 같은 몰번 스타를 셸리네 집 차도까지 끌고 간다. 차고에 셸리 아빠의 차가 없다.

"안녕, 셸리."

셸리는 담배를 빨고는 동그란 고리 모양의 연기를 불어낸다.

"한 모금 빨래?"

나는 두 모금 빨고 연기를 후 뱉는다.

"너 혼자야?" 내가 묻는다.

셸리는 고개를 끄덕인다. "브래들리 생일이라 다들 킹스 비치에 갔어."

"넌 가고 싶지 않았어?"

"가고 싶었지, 엘리 벨. 하지만 이런 늙다리가 가서 뭐 하겠니." 셸리는 서부 시대의 미국인 할머니 목소리를 흉내 내며 말한다. "이젠 모래밭도 제대로 못 걷는단다."

"그래서 너 혼자 두고 갔다고?"

"조금 있으면 이모가 날 봐주러 올 거야. 난 엄마한테 차라리 플레처 거리의 강아지 모텔에 가 있겠다고 했지만."

"거긴 하루에 세 끼씩 준다던데."

셸리는 웃더니 담배를 창턱 아랫면에 비벼 끄고는, 담배꽁초를 이웃집 울타리 옆의 정원으로 휙 튕긴다.

"어젯밤에 너희 아빠가 구급차에 실려 갔다며." 셸리가 말한다.

나는 고개를 끄덕인다.

"어쩌다가?"

"나도 잘은 몰라. 그냥 갑자기 몸을 떨기 시작하더라고. 말도 못 하고. 숨도 못 쉬고."

"공황장애구나."

"뭐?"

"공황장애." 셸리는 태평하게 말한다. "그래, 우리 엄마도 몇 년 전에 그랬거든. 사람이 너무 많은 데 가면 공황장애가

오니까 아무것도 하기 싫어하고 힘들어했어. 아침에 일어나서는 세상을 다 얻은 사람처럼 신나서 툼불 쇼핑타운에 영화 보러 가자고 해놓고, 다 같이 빼입고 나가서 차에 타자마자 엄마는 또 공황장애를 일으키는 거야."

"그런데 어떻게 나왔어?"

"내가 근육 위축증에 걸렸잖아. 엄마는 억지로라도 이겨낼 수밖에 없었지." 셸리는 어깨를 으쓱한다. "봐, 관점이라는 게 바로 이런 거야, 엘리. 벌에 쏘여서 미칠 듯이 아프다가도 크리켓 방망이로 한 대 맞고 나면 벌침 따위는 우스워진다니까. 크리켓 얘기가 나온 김에, 테스트 매치* 게임 할래? 네가 서인도 제도 팀 해."

"아니, 안 돼. 누구 만나러 가야 돼."

"큰 비밀 계획 중의 하나야?" 셸리가 빙긋 웃는다.

"너도 계획에 대해 알아?"

"오거스트가 허공에 다 써줬어."

나는 열받아서 잿빛 하늘을 올려다본다.

"걱정 마, 아무한테도 말 안 할게. 하지만 넌 제정신이 아닌 것 같아."

나는 어깨를 으쓱한다.

"정말 그럴지도 몰라. 버크벡 선생님은 그렇게 생각하는 것 같더라고."

---

* 크리켓을 테마로 한 보드게임.

셸리는 눈알을 굴린다. "버크백 선생님이야 우리가 전부 다 미쳤다고 생각하지."

나는 미소 짓는다.

"그건 미친 짓이야, 엘리……." 셸리는 이렇게 말하고는 다정하고 진심 어린 미소를 예쁘게 지어 보인다. "하지만 사랑스럽기도 해."

그 순간, 계획이고 뭐고 다 집어치우고 안으로 들어가서 셸리 허프먼의 침대에 앉아 테스트 매치 게임을 하고 싶은 마음이 든다. 셸리가 좋아하는 남아프리카공화국의 멋쟁이 타자 케플러 웨슬스가 팔각형 녹색 펠트 경기장의 왼쪽 구석에 있는 6점 구간으로 작은 쇠구슬 공을 날려 셸리 팀이 6점을 올리면, 우리 둘이서 껴안고 축하하는 거지. 셸리의 가족은 아무도 없고 하늘은 잿빛이니까, 셸리의 침대로 푹 쓰러져서 키스도 하고. 이렇게 계획은 저 멀리로 날려 보내는 거다. 타이터스 브로즈, 라일 아저씨, 슬림 할아버지, 아빠, 엄마, 형 전부다 내 머릿속에서 지워버리는 거다. 이완 크롤에겐 강한 두 팔을 살인 무기로 주고, 셸리 허프먼에겐 칼룬드라의 킹스 비치에서 황금빛 모래밭도 제대로 걸을 수 없는 두 다리를 준, 불공평하고 균형 감각 없는 똥멍청이 신과 싸우고 있는 셸리 허프먼을 남은 평생 아껴주면서.

"고마워, 셸리." 나는 몰번 스타를 셸리네 집 차도에서 뒤로 빼며 말한다.

내가 속도를 높여 달리기 시작하자 셸리가 창문에서 소리친다. "계속 그렇게 사랑스러워야 해, 엘리 벨."

*

라일 아저씨가 예전에 한번 얘기해주길, 호니브룩 다리는 다라에 있는 퀸즐랜드 시멘트 석회 회사의 콘크리트로 지어졌다고 했다. 브라이튼 해변부터 비지스와 레드클리프 돌핀스 럭비 리그 클럽의 고향인 영광의 레드클리프 반도까지 2.5킬로미터 넘게 쭉 뻗어 있는 호니브룩 다리는 남반구에서 가장 긴 수상교라고 했다. 그 다리에는 브램블 만을 항해하는 배들이 다리 밑을 지날 수 있도록 양 끝에 한 군데씩 혹처럼 튀어나온 부분이 있다.

몰번 스타를 떠밀어주는 바람의 힘을 받아 다리를 달린다. 첫 번째 혹을 넘을 때 브램블 만을 둘러싸고 있는 맹그로브 늪지의 냄새를 맡는다. 라일 아저씨는 이 다리를 '덜컹덜컹' 다리라고 불렀다. 굵은 자갈이 섞여 거칠거칠하고 울퉁불퉁한 아스팔트 포장길을 아저씨 부모님의 차가 달리면서 덜커덩거렸던 어릴 적 기억 때문이다. 오늘은 금이 간 이 아스팔트 길을 내 자전거가 달리고 있다.

1979년에 튼튼하고 더 넓고 더 추한 다리가 옆에 지어지면서 이 다리는 통행이 폐쇄되었다. 지금은 도미와 대구, 양태를 잡으러 온 어부 몇 명, 유칼립투스로 만든 선창 바닥에서 뒤로 공중제비를 넘으며 물속으로 뛰어들고 있는 세 아이들만이 호니브룩 다리를 이용하고 있다. 노란 페인트가 벗겨지고 있는 안전용 철제 난간에 물결이 세차게 부딪힐 만큼 녹갈색 바닷물이 높이 차 있다.

머리에 빗방울이 떨어진다. 비옷을 입었어야 한다는 건 알지만, 나는 머리에 비 맞는 느낌을 좋아하고 비에 젖은 아스팔트 길의 냄새를 좋아한다.

다리 중간에 가까워질수록 하늘이 점점 더 어두워진다. 우리는 항상 이곳에서 만난다. 그래서 나는 콘크리트 교량 가장자리에 앉아 긴 다리를 물 위로 대롱대롱 흔들고 있는 그를 찾는다. 그는 두툼한 녹색 비옷을 입은 채 모자를 뒤집어쓰고 있다. 낡은 목제 올비 릴이 달린 빨간색 섬유유리 낚싯대를 오른팔 팔꿈치와 허리 사이에 끼워놓고서, 몸을 구부려 담배를 말고 있다. 모자를 쓰고 있어서 빗속에 멈춰 서는 내가 안 보일 텐데도, 그는 용케 나라는 걸 알아챈다.

"비옷은 왜 안 입었냐?" 슬림 할아버지가 말한다.

"랜슬롯 거리에 무지개가 뜨길래 비가 그칠 줄 알았죠."

"비는 절대 그치는 법이 없단다, 꼬마야."

나는 자전거를 노란색 난간에 기대어놓고, 할아버지 옆에 놓인 흰색 플라스틱 양동이를 들여다본다. 양동이 안에서 통통한 도미 두 마리가 앞으로도 뒤로도 움직이지 않고 제자리에서 살랑살랑 몸을 흔들고 있다. 나는 할아버지 옆에 앉아 두 다리를 교량 가장자리 너머로 넘긴다. 꽉 들어찬 밀물이 산봉우리와 계곡처럼 오르락내리락한다.

"비가 내리는데도 물고기들이 미끼를 물까요?" 내가 묻는다.

"물속에는 비가 안 내리잖아." 할아버지가 말한다. "이럴 땐 양태가 잘 잡히지. 잘 알아둬, 강 낚시는 완전히 달라. 서부에서 낚시할 때 농어가 빗속에서 미쳐 날뛰는 걸 본 적도 있어."

"물고기가 미쳤다는 건 어떻게 알아요?"

"세상의 종말에 대해 설교하기 시작하거든." 할아버지가 낄낄거린다.

빗줄기가 더 거세진다. 할아버지가 낚시 가방에서 돌돌 말린《쿠리어 메일》을 꺼내더니, 내가 머리를 가릴 수 있도록 펼쳐준다.

"고마워요."

우리는 브램블 만의 파도를 타고 오르락내리락하는 팽팽한 낚싯줄을 가만히 바라본다.

"꼭 해야겠냐?"

"네, 할아버지. 엄마는 나를 보기만 하면 바로 좋아질 거예요. 확실해요."

"그걸로도 안 되면 어쩔 거야, 이 녀석아. 2년 반은 긴 시간이야."

"할아버지가 그랬잖아요, 매일 깨어날 때마다 감방 생활이 조금씩 더 수월해진다고요."

"나는 밖에 두고 온 두 아이가 없었으니까. 네 엄마한테 2년 반은 나한테는 20분 같은 시간일 거다. 남자 교도소에는 자기가 뼛속까지 나쁜 놈이라고 생각하는 인간들이 넘쳐나지. 15년 동안 그렇게 생각했으니까. 하지만 놈들은 사랑을 하지도 사랑을 받지도 않으니까 만사가 쉬운 거야. 정말 힘든 건 엄마들이지. 매일 아침 깨어날 때마다, 자기를 사랑해줄 어린 자식들을 밖에 떼어놓고 왔다는 걸 실감하게 되니까."

나는 머리를 덮고 있던 신문을 치우고 얼굴에 빗줄기를 맞으며 축축한 내 눈을 감춘다.

"하지만 빨간 전화기로 전화했던 그 남자 말이에요, 할아버지. 아빠는 내가 미쳤대요. 내가 상상으로 그 남자를 만들어낸 거래요. 하지만 난 똑똑히 들었어요, 할아버지. 그 남자가 정말 그런 말을 했다니까요. 그리고 크리스마스가 다가오고 있는데, 나는 엄마만큼 크리스마스를 좋아하는 사람을 본 적이 없어요. 할아버지는 믿어요? 내 말을 믿어요?"

나는 이제 엉엉 울고 있다. 시커먼 하늘에서 쏟아져 내리는 비만큼이나 펑펑 눈물을 쏟으면서.

"믿는다, 꼬마야." 슬림 할아버지가 말한다. "하지만 너희 아빠가 너희를 거기 안 데려가는 것도 충분히 이해할 만해. 너희가 굳이 그쪽 세상을 볼 필요는 없으니까. 그리고 너희 엄마도 너희가 그 안에 있는 걸 보고 싶지 않을 거다. 가슴만 더 아프지."

"할아버지 친구한테 얘기는 해보셨어요?" 내가 묻는다.

할아버지는 숨을 크게 한 번 쉬며 고개를 끄덕인다.

"뭐래요?"

"하겠대."

"하겠대요?"

"그래, 하겠대."

"답례로 뭘 받고 싶대요? 그래야 안 찜찜하잖아요. 빚은 갚을게요, 꼭요."

"서두르지 마, 녀석아."

할아버지는 낡은 릴이 세 번 돌아갈 때까지 낚싯줄을 감는다. 부드럽고 반사적인 손놀림으로.

"걸렸어요?"

"입질이야."

할아버지가 낚싯줄을 한 번 더 감는다. 그러고는 잠시 말이 없다.

"그 친구는 널 위해서 해주겠다는 게 아니야. 아주 오래전에 내가 큰집에서 그 친구 동생을 아주 오랫동안 지켜줬거든. 그 친구 이름은 조지고, 넌 그 이름만 알고 있으면 돼. 조지는 과일 도매상인데, 12년 전부터 보고 로드 남녀 교도소에 과일을 대주고 있지. 간수들은 조지를 알고 있고, 조지가 수박이랑 록멜론 상자 밑에 숨겨서 다른 층에 물건들을 몰래 들여보내는 것도 알고 있어. 물론 모른 척해주는 대가는 두둑이 챙기고 있지. 크리스마스 시즌은 바깥세상과 마찬가지로 큰집 안에서도 몇 푼 더 벌기에 좋은 시기야. 조지는 크리스마스에 온갖 선물들을 다 들여보낼 수 있어. 섹스 토이, 크리스마스 케이크, 보석, 마약, 란제리, 코를 간지럽히면 빨갛게 변하는 작은 루돌프 전구까지. 하지만 12년 동안 죄수들이랑 거래하면서 잘 살던 그 친구가 열세 살짜리 아이를 밀반입한 적은 한 번도 없었어. 유치한 모험심이 발동해서 크리스마스에 꼭 엄마를 보고야 말겠다고 고집 피우는 아이를."

나는 고개를 끄덕인다. "그렇겠죠."

"들키면, 엘리, 보나 마나 들키겠지만, 넌 조지도 모르고 조지의 과일 트럭도 전혀 모르는 거다. 넌 벙어리야, 무슨 말인지 알겠지? 네 형을 흉내 내서 그냥 입 닥치고 있어. 크리스마스이브와 크리스마스 아침에 트럭 다섯 대가 배달을 갈 텐데, 트럭마다 불법 화물이 덤으로 들어가 있을 거다. 간수 놈들은 네가 최대한 빠르고 조용하게 나갈 수 있도록 도와줄 거야. 열세 살짜리 남자애가 보고 로드 여자 교도소를 돌아다녔다는 사실이 세상에 알려지면 가장 곤란한 인간들이 바로 그치들이니까. 먹이사슬로 따지고 보면 너보다 그놈들이 더 망하는 거야. 기자들이 끼어들지, 교도소 징계위원들이 끼어들지, 밀반입도 접어야지, 그러면 간수 놈의 아내는 꿈꾸던 믹스매스터 특별 상품도 못 사고, 그 간수 놈은 일요일 아침 팬케이크도 못 먹고, 거기에 따라오는 다른 것도 전부 못 얻겠지. 무슨 소린지 알겠어?"

"성관계 말이에요?"

"그래, 엘리, 성관계 말이다."

할아버지는 낚싯대를 흔든 다음, 뭔가가 이상한지 낚싯줄의 맨 윗부분을 꼼꼼히 살핀다.

"또 입질이에요?"

할아버지는 낚싯줄을 조금 더 감으며 고개를 끄덕인다.

그러고는 고개를 푹 수그린 채 담배에 불을 붙이고, 비에 젖을세라 두 손을 동그랗게 오므려 담배를 감싼다.

"그럼, 어디서 조지를 만나요?" 내가 묻는다. "조지가 어떻게 나를 알아봐요?"

슬림 할아버지가 담배 연기를 빗속으로 후 뿜는다. 그러고는 비옷 안에 입은 면플란넬 셔츠의 윗주머니에 왼손을 집어넣어 반으로 접은 종이 쪼가리 하나를 꺼낸다.

"조지는 널 알아볼 거야." 할아버지는 종이 쪼가리를 손에 들고서 가만히 바라본다. "그날 병원에서 네가 좋은 사람, 나쁜 사람에 대해 물었지, 엘리. 나도 그 생각을 해봤다. 아주 많이. 그저 선택의 문제라고, 그때 말해줬어야 하는데. 네 과거도, 엄마도, 아빠도, 네 출신도 상관없어. 그저 선택일 뿐이야. 좋은 사람, 나쁜 사람이 되는 건 말이다. 그게 다야."

"하지만 할아버지한테 항상 선택권이 있었던 건 아니잖아요. 어렸을 때. 그땐 선택의 여지가 없었잖아요. 어쩔 수 없이 해야 하는 일을 했고, 그 후로 선택의 여지가 없는 길을 걸었죠."

"나한테 선택의 여지는 항상 있었다. 그리고 오늘 너도 마찬가지야, 꼬마야. 이 종이 쪼가리를 받아 가든가. 아니면 심호흡을 한번 하든가. 물러나서 심호흡을 한번 하고 집으로 돌아가서 네 아빠한테 크리스마스를 함께 보내고 싶다고 말하는 거야. 그리고 걱정을 지우는 거지. 왜냐하면 네가 엄마 대신 징역을 살 수 없다는 건 너도 아니까. 그런데 네가 지금 그

짓을 하겠다는 거야, 꼬마야, 감방 안에서 엄마랑 같이 살겠다고. 앞으로 2년 반 동안 거기 계속 있게 될 거다, 지금 잠깐 물러나서 심호흡하지 않으면."

"그럴 순 없어요, 할아버지."

할아버지는 고개를 끄덕이고 종이 쪼가리를 내민다.

"네가 선택해, 엘리."

빗물에 얼룩진 종이 쪼가리. 그냥 종이 쪼가리잖아. 받아. 받으라고.

"내가 받으면 화낼 거예요?"

할아버지는 고개를 저으며 딱 잘라 말한다. "아니."

나는 종이 쪼가리를 받아 들고, 뭐라고 쓰여 있는지 읽지 않은 채 반바지 주머니에 집어넣는다. 그러고는 바다를 물끄러미 바라본다. 슬림 할아버지가 나를 빤히 쳐다본다.

"이렇게 만나는 것도 오늘이 마지막이다, 엘리."

"네?"

"나 같은 늙은 사기꾼이랑 자꾸 만나봐야 좋을 것 없다, 꼬마야."

"화 안 내기로 했잖아요?"

"화난 게 아니야. 네 엄마를 꼭 봐야겠다면, 그래, 어쩔 수 없지. 하지만 이 거지 같은 늙은이는 그냥 잊어라, 알겠지? 이제 끝이다."

당황스러워서 머리가 지끈거린다. 눈에 눈물이 차오른다. 내 뺨에, 내 머리에, 울고 있는 내 눈에 빗물이 떨어진다.

"하지만 할아버지가 내 유일한 진짜 친군데요."

"그럼 새 친구를 사귀어야겠구나."

나는 고개를 숙인다. 그리고 주먹을 눈에 대고 세게 짓누른다. 벤 상처를 눌러 지혈하는 것처럼.

"이제 나는 어떻게 되는 거예요, 할아버지?"

"네 인생을 살겠지. 내가 꿈만 꾸던 일들을 너는 하게 될 거다. 세상을 보게 될 거야."

내 속이 차갑게 식어 내린다. 아주 차갑게.

"할아버지는 잔인해요." 내가 울먹울먹 말한다.

속에서 화가 치밀어 오른다. 무섭게.

"할아버지가 그 택시 기사 죽인 거 맞죠? 할아버지는 잔인한 살인자예요. 뱀 같은 냉혈한. 할아버지가 블랙 피터를 이긴 건 우리 같은 마음이 없어서 그래요."

"그럴지도 모르지."

"이 살인마." 나는 악을 쓴다.

할아버지는 갑작스러운 소음에 눈을 감는다.

"진정해." 할아버지는 누가 들을까 봐 다리를 이리저리 둘러본다. 다들 떠나고 없다. 언젠가는 모두 떠나버린다. 모두가 비를 피해 달아난다. 비를 향해 달려가는 사람은 아무도 없다. 속이 차갑게 식어 내린다.

"그러니까 감방에서 썩어도 싸지." 나는 침을 뱉듯이 툭 말해버린다.

"그만하면 됐다, 엘리."

"이 거짓말쟁이." 나는 또 악을 쓴다.

그러자 슬림 할아버지가 버럭 고함을 지른다. 나는 한 번도 할아버지의 고함 소리를 들어본 적이 없다.

"그만 좀 하라니까, 젠장!" 할아버지는 이렇게 소리치고는 숨을 씨근거리며 콜록콜록 기침을 해댄다. 왼팔을 입으로 올려 팔꿈치에 대고 기침을 한다. 할아버지 안에 늙은 뼈와 블랙 피터의 흙먼지밖에 없는 것처럼, 울꺽울꺽 웩웩 기침을 토한다. 헐떡이고 식식거리며 숨을 크게 들이마시고, 가래 끓는 소리를 내더니 가래침을 툭 뱉는다. 침은 오른쪽으로 2미터 날아가, 버려진 정어리 두 마리 옆에 떨어진다. 할아버지는 마음을 가라앉힌다.

"난 몹쓸 짓을 많이 했어. 너무 많은 사람한테. 감방에서 썩어서 억울하다는 말은 한 적 없다, 엘리. 그 택시 기사를 안 죽였다고만 했지. 하지만 난 몹쓸 짓을 많이 했고, 그걸 아는 신께서 내가 저지른 다른 일들을 생각할 시간을 주신 거고, 난 그렇게 했다, 꼬마야. 감방에 있는 동안 샅샅이, 전부 다 생각했어. 그러니까 네가 나 대신 생각해줄 필요는 없다. 넌 여자들 생각이나 해, 엘리. 산을 어떻게 오를지나 생각해. 네가 지금 살고 있는 브래큰 리지의 그 거지 같은 집에서 벗어날 방법이나 생각해. 다른 사람들 얘기는 그만 떠들고, 이번 한 번만은 네 얘기를 시작해봐."

슬림 할아버지는 고개를 젓고는 갈색빛 도는 초록 바다를 물끄러미 바라본다.

할아버지의 낚싯대 끝이 휙 구부러진다. 한 번. 두 번. 세 번. 할아버지는 아무 말 없이 낚싯대를 관찰하다가 확 잡아당긴다. 그러자 랜슬롯 거리에 떴던 무지개처럼 낚싯대가 둥그렇게 휜다.

"잡았다."

빗줄기가 사납게 내리치고, 슬림 할아버지는 갑작스러운 움직임의 여파로 또다시 마구 콜록거리기 시작한다. 할아버지가 기침을 멈추려 애쓰며 내게 낚싯대를 건넨다. 숨 막힐 듯 콜록거리는 와중에도 할아버지가 말한다. "양태야. 괴물 같은 놈이네. 4킬로그램은 훌쩍 넘겠어." 세 번 더 콜록콜록콜록. "끌어당겨."

"네? 난 못……."

"그냥 줄을 감기만 하면 돼." 할아버지는 이제 두 손을 무릎에 짚고서, 사악한 마녀가 타르와 가래를 섞어 만든 듯한 액을 토해낸다. 그리고 피. 할아버지의 침 속에 피가 섞여 있다. 다리의 자갈 섞인 아스팔트 길에 떨어진 피가 비에 씻겨 내려가지만, 피는 계속 나온다. 슬림 할리데이의 붉은 피만큼 강렬한 빛깔은 없다. 나는 할아버지의 발밑에 고인 피와 바다 사이에서 고개를 앞뒤로 흔들며 미친 듯이 낚싯줄을 감아댄다. 바다와 피. 바다와 피.

양태는 필사적으로 헤엄치며 낚싯줄을 끌어당긴다. 나는 다라 집의 뒷마당에서 녹슨 회전식 빨래 건조대 힐스 호이스트의 손잡이를 돌릴 때 그랬던 것처럼, 릴을 더 세게 잡아당기며 길게 천천히 감는다.

"정말 괴물인가 봐요, 할아버지!" 나는 우쭐하면서도 갑자기 경외심이 들어 소리친다.

"흥분하지 말고." 할아버지가 기침을 콜록거리는 사이사이에 말을 뱉는다. "놈이 떨어져 나갈 것 같다 싶으면 줄을 좀 풀어."

서 있는 할아버지를 보니 이제야 할아버지가 얼마나 말랐는지 보인다. 항상 마른 몸이기는 했다. '슬림'이라는 별명처럼. 아서 할리데이에게 새 별명이 필요한 듯 보이지만, '쇠약한' 할리데이는 낭만적이지 못하다.

"뭘 보고 있어?" 할아버지가 몸을 구부린 채 씩씩댄다. "저 괴물을 끌어당겨!"

양태가 왼쪽으로 오른쪽으로 움직이며 물살을 가르는 게 느껴진다. 허둥지둥. 우왕좌왕. 잠시 동안은 입술에 걸린 낚싯바늘이 당겨지는 대로 얌전히 끌려온다. 그곳이 자기가 가야 할 길이라는 신의 메시지라도 받은 것처럼. 바다 밑바닥에서 살아남으려 애쓴 네 삶의 최종 목표는 정어리와 낚싯바늘과 브램블 만의 바닷물이니라. 하지만 양태는 갑자기 싸우기 시작한다. 녀석이 맹렬하게 헤엄쳐 달아나자, 릴의 손잡이가 내 손목 아래 두툼한 손바닥 살을 짓눌러댄다.

"쌍." 내가 새된 소리로 외친다.

"싸워." 슬림 할아버지가 쌕쌕거리며 말한다.

나는 낚싯대를 잡아당기는 동시에 릴을 감는다. 오랜 시간을 들여, 신중하게. 일정한 리듬에 맞춰서. 단호하게. 가차 없이. 괴물이 지쳐가고 있지만 나도 마찬가지다. 뒤에서 들려오는 슬림 할아버지의 목소리.

"계속 싸워." 할아버지가 또 기침을 하며 조용히 말한다.

나는 릴을 감고 감고 또 감는다. 빗줄기가 내 얼굴을 세게 때려대고, 온 세상의 모든 조각과 모든 분자가 내 곁에 있는 것 같다. 바람. 물고기. 바다. 그리고 슬림 할아버지.

괴물의 힘이 조금 빠진다. 내가 릴을 세게 감자, 놈은 수면에 점점 가까워지다가 러시아 잠수함처럼 물 위로 떠오른다.

"할아버지, 놈이 나왔어요! 나왔다고요!" 나는 희열에 휩싸여 외친다. 녀석은 80센티미터는 되어 보인다. 4킬로그램이 아니라 7킬로그램은 될 것 같다. 납작한 황록색 스텔스기처럼 생긴 근육과 척추밖에 없는 외계의 괴물 물고기.

"저놈을 봐요, 할아버지!" 나는 신나게 소리 지르며 릴을 아주 빨리 감는다. 레드클리프 쪽에 있는 맹그로브 늪지의 둑에 가서 불을 지피고, 저놈을 은박지에 싼 다음 구워서 슬림 할아버지랑 같이 먹어야지. 후식으로는 구운 마시멜로를 마일로에 찍어 먹는 거야. 양태가 공중으로 솟아오르고, 내 낚싯대와 낚싯줄은 귀중한 화물을 고층 건물로 끌어 올리는 크레인이 된다. 바다 밑바닥에 살던 나의 괴물은 검은 하늘을 날며 평생 처음으로 등에 비를 맞는다. 그리고 바다 위의 우주를, 기쁨에 젖어 숨을 헐떡이며 두 눈을 휘둥그레 뜬 나를 힐끗 본다.

"할아버지! 할아버지! 내가 잡았어요, 할아버지!"

하지만 할아버지의 목소리는 전혀 들리지 않는다. 바다와 피. 바다와 피.

나는 물고기한테서 눈을 떼고 슬림 할아버지를 돌아본다. 할아버지는 고개를 한쪽으로 돌린 채 반듯하게 드러누워 있다. 입술에는 아직도 피가 묻어 있다. 두 눈은 감겨 있다.

"할아버지."

양태는 가시 달린 튼튼한 몸을 허공에 휙 튕겨 낚싯줄을 깔끔하게 끊어낸다.

나는 이 순간을 눈물로 기억할 것이다. 수염이 까칠까칠하게 난 할아버지의 얼굴에 내 뺨을 비비는 감촉으로 이 순간을 기억할 것이다. 할아버지만 생각하느라 어정쩡하게 앉은 내 자세로 이 순간을 기억할 것이다. 빗속에서 할아버지가 숨을 쉬고 있는지 아닌지 알 수가 없다. 할아버지의 입술에 고여 있다가 턱으로 흘러넘치는 피. 화이트 옥스 담배 냄새. 다리의 자갈 바닥에 섞인 작은 돌멩이들이 내 무릎을 파고든다.

"할아버지." 나는 흐느낀다. "슬림 할아버지." 나는 큰 소리로 외친다. 이 상황이 도무지 이해가 안 되고 혼란스러워 몸을 앞뒤로 흔들어댄다. "안 돼요, 할아버지. 안 돼요, 할아버지. 안 돼요, 할아버지."

나는 숨도 제대로 못 쉬고 울먹이며 바보처럼 웅얼거린다. "아까 그런 말 해서 죄송해요. 그런 말 해서 죄송해요. 그런 말 해서 죄송해요."

그리고 여기 위의 우주를 구경한 괴물 물고기는 갈색빛 도는 초록 바다 속으로, 만조의 바닷물 깊숙이 첨벙 뛰어든다.

녀석은 단 1초만 보고 싶었던 거다. 눈앞의 광경이 마음에
들지 않았던 거다. 비가 싫었던 거다.

소
년,

바 다
를
가 르 다

    우리의 크리스마스트리는 이름이 헨리 배스인 실내 식물이다. 헨리 배스는 오스트레일리아산 벤자민고무나무다. 키가 150센티미터인 헨리 배스는 테라코타 화분에 심겨 있다. 아빠는 나무를 좋아하고, 얼어붙은 얼룩뱀을 닮은 회색 몸통에 카누 모양의 초록 이파리들이 어수선하게 달려 있는 헨리 배스를 좋아한다. 아빠는 자기가 키우는 나무를 사람으로 생각하는 버릇이 있다. 자그맣고 변덕스러운 마음으로 인간의 욕구와 필요를 느끼는 존재. 나도 이제야 깨닫기 시작했지만, 그 마음이라는 건 우리 집 거실에 있는 비닐 빈백 의자의 속만큼이나 무질서하고 예측불허로 움직인다. 나무를 사람으로 생각하지 않으면 아빠는 화분에 물 주는 걸 게을리할 테고, 나무들은 아빠의 담배꽁초를 쉴 새 없이 맞게 될 것이다.

    헨리 배스라는 이름은, 아빠가 그 벤자민고무나무의 이름을 고민할 때 욕조에 기대어 헨리 밀러의 『북회귀선』을 읽고 있었기 때문에 탄생했다.

"헨리는 왜 우는 것처럼 축 늘어져 있어요?" 나는 아빠와 함께 나무를 거실 한복판으로 끌고 가며 물었다. 그곳에는 1년 내내 다리미판이 서 있고, 그 정사각형 금속 받침대에서 낡은 다리미가 녹슬어가고 있다.

"앞으로는 헨리 밀러 책을 못 읽을 테니까." 아빠가 말한다.

우리는 화분을 적당한 자리로 밀어 넣는다.

"어디에 둘지 고를 때 조심해야 돼." 아빠가 말한다. "새로운 곳으로 옮기면 헨리가 충격을 받을 수도 있으니까."

"진짜예요?"

아빠가 고개를 끄덕인다.

"장소를 옮기면 햇빛도 기온도 달라지고, 외풍이 조금 들 수도 있고, 습도도 변하니까. 그러면 헨리는 계절이 바뀐 줄 알고 이파리들을 떨어뜨리기 시작하거든."

"그럼 헨리도 감정을 느낄 줄 알아요?"

"그럼, 느끼고말고. 얼마나 민감한 녀석인데. 그래서 수도꼭지처럼 눈물이 많지. 너처럼."

"나처럼이라니, 무슨 뜻이에요?"

"너도 잘 울잖아."

"아닌데요."

아빠는 어깨를 으쓱하며 말한다. "아기였을 때 참 많이 울었더랬지."

잊고 있었다. 내가 아빠를 알기 전에 아빠가 나를 알았다는 사실을.

"그걸 기억하다니 놀랍네요."

"당연히 기억하지. 내 인생에서 가장 행복한 때였는데."

아빠는 뒤로 물러나서 헨리 배스의 새 자리를 살펴본다. "어떤 것 같냐?"

나는 고개를 끄덕인다. 형은 빨간색과 녹색의 크리스마스 장식용 반짝이 줄 두 개를 손에 들고 있다. 시간이 흐르면서 두 줄 모두 실이 많이 빠졌다. 헨리 배스가 서서히 이파리들을 잃고, 아빠가 서서히 정신력을 잃어가고 있듯이.

형이 반짝이 줄을 헨리 배스에 조심스럽게 걸쳐놓는다. 우리는 벤자민고무나무를 에워싼 채 랜슬롯 거리에서, 어쩌면 남반구에서 가장 후줄근한 크리스마스트리를 바라보며 경탄한다.

아빠가 우리 둘을 쳐다보며 말한다. "오늘 오후 늦게 세인트 비니스*에서 크리스마스 박스가 올 거야. 그 안에 꽤 괜찮은 것들이 들어 있지. 통조림 햄, 파인애플 주스, 감초 사탕. 그걸로 내일 하루를 잘 보낼 수 있을 거다. 서로 선물 같은 것도 주고받고 말이야."

"네? 우리 선물을 준비했다고요?" 나는 미심쩍어 이렇게 묻는다.

형은 아빠를 격려하듯 빙긋 웃는다.

아빠는 턱을 긁으며 말한다. "아니, 그런 건 아니고, 생각해

---

* 성 뱅상 드 폴 자선회라는 천주교 단체에서 운영하는 중고품 가게.

둔 게 하나 있긴 한데."

형은 고개를 끄덕이고는, '대단해요, 아빠'라고 허공에 쓰며 아빠를 재촉한다.

"서재에서 각자 책 한 권씩 골라서 포장한 다음 나무 밑에 두는 거야."

아빠는 형과 내가 서재에 산더미처럼 쌓인 책들을 얼마나 재미있게 읽고 있는지 안다.

"그냥 아무 책이나 고르는 게 아니고, 우리가 읽었던 책이나 우리한테 정말 중요한 책, 아니면 다른 사람이 좋아할 것 같은 책을 고르는 거야."

형은 미소 지으며 손뼉을 치고, 아빠에게 두 엄지를 치켜든다. 나는 성 뱅상 드 폴 자선회의 크리스마스 박스 안에 들어 있는 쿨 민트 사탕 두 알이 내 눈구멍에 박힌 것처럼 눈알을 굴린다.

"그런 다음 감초 사탕을 먹으면서, 크리스마스를 기념하는 책을 읽는 거지." 아빠가 말한다.

"그럼 아빠한테는 평소랑 다를 게 뭐예요?" 내가 묻는다.

아빠는 고개를 끄덕인다. "다르지, 달라, 우리가 다 같이 거실에서 책을 읽는 거잖아. 다 같이 읽는다고."

형이 내 어깨를 주먹으로 탁 때린다. '그만 좀 해. 아빠가 노력하고 있잖아. 좀 도와드려, 엘리.'

나는 고개를 끄덕이며 말한다. "정말 재미있겠네요."

아빠는 식탁으로 가서 TAB 마권을 세 조각으로 찢더니, 경마 대진표에서 돈을 걸 말에 동그라미를 칠 때 사용하는 연필로 각 조각에다 이름을 휘갈겨 쓴다. 그런 다음 종이 쪼가리들을 아무렇게나 구겨서 손에 올려놓는다.

"너 먼저 골라, 오거스트." 아빠가 말한다.

형이 하나를 집어, 크리스마스 선물을 열듯 반짝이는 눈으로 펼쳐본다.

그리고 우리에게 이름을 보여준다. '아빠.'

"좋아." 아빠가 말한다. "오거스트가 내 책을 골라주는 거야. 나는 엘리가 읽을 책을 고르고, 엘리는 오거스트가 읽을 책을 고르고."

아빠가 고개를 끄덕인다. 형이 고개를 끄덕인다. 아빠가 나를 쳐다본다.

"집에 우리랑 같이 있을 거지, 엘리?" 아빠가 묻는다.

형이 나를 쳐다본다. '이 똥멍청이야. 잘 좀 해.'

"네, 집에 붙어 있을 거예요." 내가 답한다.

*

나는 집에 붙어 있지 않는다. 크리스마스 새벽 4시, 오거스트 형을 위해 고른 『빠삐용』을 《쿠리어 메일》의 스포츠면으로 싸서 크리스마스트리 밑에 둔다. 아빠는 내게 줄 책을 《쿠리어 메일》의 광고면으로, 형은 아빠에게 줄 책을 앞면 뉴스 기사로 포장했다.

나는 피시 앤 칩스와 양로원으로 유명한 근처의 바닷가 마을인 샌드게이트의 기차역까지 걸어가면서, 선샤인 코스트행 고속도로를 건너가는 지름길을 택한다. 그러려면 강철 가드레일을 뛰어넘고, 4차선을 고속으로 달리는 차들을 요리조리 피하고, 강철 가드레일을 또 한 번 뛰어넘은 다음 시에서 만든 철조망에 뚫린 정찬용 접시만 하게 뚫린 구멍으로 빠져나가야 한다. 그 와중에 경찰에게 들키지 않도록 조심해야 한다. 혹시나 몇 년 동안 고속도로에 보행자 전용 다리를 지어달라고 지방의회를 압박해온 근심 많은 부모에게 들키기라도 하면 상황은 더 심각해진다. 브래큰 리지의 아이들에게는 이블 니블*급의 미친 운동 실력을 발휘해야 하는 무모한 짓이다. 하지만 오늘 아침 고속도로는 텅 비어 있다. 나는 「갓 레스트 예 메리 젠틀먼(God Rest Ye Merry Gentlemen)」을 휘파람으로 부르며 여유롭게 가드레일을 넘어간다.

고속도로 너머에는 디건 경마장을 에워싼 레이스코스 로드가 있다. 이렇게 이른 크리스마스 아침, 경마장에서는 서서히 깨어나고 있는 태양의 희미한 빛 속에서 한 젊은 여자 기수가 씩씩한 적갈색 순혈종 경주마를 타고 트랙을 돌고 있다. 비니를 쓴 한 노인이 경마장 울타리에 몸을 기댄 채 그녀를 지켜보고 있다. 슬림 할아버지를 조금 닮았지만, 슬림 할아버지일 리가 없다. 할아버지는 지금 병원에 있으니까. 후디니 할리데이는 운명에서 탈출하려 애쓰고 있다. 망토를 쓴 채 날카로운 낫

• 미국의 배우이자 스턴트맨.

을 들고 주위를 기웃거리는 해골을 피해 덤불 속에 숨어 있다.

"메리 크리스마스." 노인이 말한다.

"메리 크리스마스." 나는 걸음을 재촉하며 고개를 끄덕인다.

오늘 하루는 기차가 네 대만 운행되고, 중앙역으로 가는 오전 5시 45분 기차가 빈다 역에 선다. 기차역 옆에는 고약한 냄새를 풍기는 골든 서클 통조림 공장의 쇠파이프들과 옥외 컨베이어 벨트가 있다. 오늘은 공장이 문을 닫아서 악취가 나지 않는다. 어제 오후, 손톱을 빨갛게 칠하고 따뜻한 표정을 지닌 황갈색 머리의 여자가 성 뱅상 드 폴 자선회의 크리스마스 박스를 가져다주었다. 그 안에는 골든 서클의 1리터짜리 오렌지 망고 주스 한 캔이 들어 있었다. 그리고 골든 서클 파인애플 통조림도 한 캔 있었다. 빈다 기차역 옆의 골든 서클 통조림 공장에서 일하는 착한 사람들이 만들어 시장으로 내보낸 것이다.

슬림 할아버지가 쪽지에 적어준 장소에 빨간색 낡은 트럭이 기다리고 있다. 채플 거리와 세인트 빈센츠 도로 사이의 모퉁이에서 공회전을 하며 털털거리고 있다. 앞부분이 뭉툭하고 온통 녹슨 것이, 톰 조드*가 캘리포니아로 갈 때 타고 갔을 법한 트럭이다. 짐칸은 쇠로 만든 네 벽에 파란색 캔버스 천을 지붕으로 얹어놓은 사각형 상자로, 아빠 집의 부엌만 하다. 나는 메고 있는 백팩의 어깨끈을 단단히 잡고서 운전석 문으로 다가간다.

• 존 스타인벡의 소설 『분노의 포도』의 주인공.

운전석에 앉은 남자는 오른팔 팔꿈치를 창턱에 기댄 채 담배를 피우고 있다.

"조지?" 내가 묻는다.

그리스인 같다. 이탈리아인일까? 모르겠다. 나이는 슬림 할아버지와 비슷해 보이고, 대머리에 팔이 토실토실하다. 그가 문을 열고 트럭에서 내리더니, 낡아빠진 운동화 밑창으로 담배를 비벼 끈다. 운동화 안에 신은 두툼한 회색 양말은 발목 부분이 쭈글쭈글 뭉쳐 있다. 몸은 땅딸막하지만 움직임은 재빠르다. 쉴 새 없이 움직이는 남자.

"도와주셔서 고마워요." 내가 말한다.

그는 아무 말 없이 짐칸의 금속 문을 활짝 열어젖혀 트럭 옆면에 걸쇠로 걸어둔다. 그러고는 내게 올라가라며 고개를 까딱한다. 내가 트럭에 올라타자 그도 따라서 올라온다.

"말 안 할게요, 절대로요." 내가 말한다.

조지는 아무 말도 없다.

짐칸에는 과일 상자와 채소 상자가 가득 실려 있다. 호박 한 상자. 록멜론 한 상자. 감자 한 상자. 왼쪽 벽 옆의 수동 화물 운반대. 뒷문 근처에는 지게차용 화물 운반대 위에 큼직한 정사각형 상자가 텅 빈 채로 놓여 있다. 조지가 그 상자로 몸을 숙여, 3분의 2 정도 깊이에 끼워져 있는 가짜 나무 바닥을 빼낸다. 그러고는 오른쪽으로 두 번 고개를 까딱한다. 말없이 고개를 끄덕이는 형을 많이 봐온 나는 '상자 안으로 들어가'라는 뜻이라는 걸 금방 알아챈다. 상자 안에 백팩을 떨어뜨린 다

367

음 두 다리를 먼저 집어넣고 상자 바닥에 드러눕는다.

"이 안에서 숨을 쉴 수 있을까요?"

조지가 상자의 각 벽에 드릴로 뚫어놓은 공기구멍을 가리
킨다. 왼쪽으로 누워서 두 다리를 배 쪽으로 힘껏 끌어당기니,
내 몸이 상자에 꼭 들어맞아 꼼지락거릴 여유도 없다. 머리 위
에는 백팩을 덮는다.

조지는 상자에 꼭 맞는 내 몸을 보더니 만족스러운지, 가짜
바닥이 되어줄 나무판을 욱여넣은 내 몸 위로 내려놓으려고
한다.

"잠깐만요." 내가 말한다. "거기 도착하면 어떻게 해야 하는
지, 지시 사항 같은 거 없나요?"

조지는 고개를 젓는다.

"고마워요. 지금 좋은 일 하시는 거예요. 내가 엄마를 도울
수 있게 도와주시는 거니까."

조지는 고개를 끄덕인다. "난 지금 아무 말도 안 하고 있는
거다, 꼬마야, 왜냐하면 넌 여기 없으니까. 무슨 말인지 알겠
지?"

"알겠어요."

"얌전히 기다리고 있어."

나는 고개를 세 번 끄덕인다. 가짜 나무 바닥이 내 몸 위로
내려온다.

"메리 크리스마스." 조지가 말한다.

그러고는 온 세상이 캄캄해진다.

부르릉 시동이 걸리면서 내 머리가 상자 바닥에 쾅 부딪친다. 나는 숨을 쉰다. 가쁘지만 차분한 숨을. 아빠처럼 끔찍한 공황장애를 일으킬 여유 따위는 없다. 이게 인생이다. 슬림 할아버지가 말하던, 채굴장 같은 현실과 정면으로 싸우는 인생. 다른 얼간이들은 바위벽이 무너져 내릴까 무서워 물러서 있지만, 나 엘리 벨은 벽을 긁으며 내 석탄을 찾고, 내 근원을 찾는다.

어둠 속에 아이린이 있다. 실크 슬립. 맨살이 드러난 종아리 근육, 완벽한 피부, 발목의 주근깨 하나. 트럭이 도로를 질주한다. 조지가 기어를 바꾸고, 트럭이 도로의 과속방지턱을 넘어가는 모든 순간이 느껴진다. 이제 해변의 케이틀린 스파이스가 보인다. 그녀는 아이린의 실크 슬립을 입은 채 나를 부르고 있다. 활짝 웃으며 고개를 돌려 영원한 우주를 바라본다.

트럭이 속도를 늦추다 멈춰 서더니, 깜박이 켜는 소리와 함께 왼쪽으로 꺾어 들어가 어떤 차도의 과속방지턱을 넘는다. 트럭이 앞으로 움직인 다음 후진하자 삑삑 하는 소리가 울린다. 트럭이 멈춰 선다. 뒷문이 열리고, 조지가 트럭 안에 있는 화물 운반용 경사판을 끌어내 콘크리트 바닥에 탁 내려놓는 소리가 들린다. 그러고 나서 지게차인 듯한 어떤 기계가 경사판을 따라 올라오는 소리가 들린다. 엔진오일과 휘발유 냄새. 기계가 상자 가까이에 있다. 지게차의 쇠 포크 두 개가 내 밑의 운반대로 쑥 들어오자 상자가 이리저리 흔들리고, 갑자기

나는 상자에 갇힌 채 위로 올라가 움직이기 시작한다. 지게차가 쇠 경사판을 따라 내려가다가 콘크리트 바닥에 묵직하게 떨어질 때 내 머리가 상자에 쾅 부딪친다. 지게차 포크들이 운반대에서 스르르 미끄러져 나가고, 지게차가 앞뒤로 움직인다. 너무 가까워서, 움직이는 바퀴들의 고무 냄새까지 맡을 수 있을 정도다. 삐익, 삐익. 휙, 휙. 왼쪽, 오른쪽. 지게차 포크가 또 다른 상자를 공중으로 들어 올리자, 내 위의 가짜 바닥으로 묵직한 무언가가 비처럼 쏟아져 내린다. 쿵, 쿵, 쿵, 쿵. 부드드드드드르르르두드드드드드르르르르. 새로운 화물의 무게에 짓눌려 가짜 바닥이 구부러지고, 내 심장이 두근거린다. 내 위에 과일들이 있다. 과일 냄새가 난다. 수박들. 그러다가 나는 지게차에 들려 다시 붕 떠오르고 트럭 안으로 떨어진다. 그리고 우리는 다시 움직이기 시작한다.

*

눈을 감고 해변을 찾아보지만, 보이는 거라곤 슬림 할아버지뿐이다. 다리에서 그랬던 것처럼 옆으로 누워 있는 할아버지의 입술에 오래 묵은 피가 묻어 있다. 그리고 모래밭에 찍힌 발자국들이 보인다. 발자국들을 따라가 보니, 그 발자국의 주인은 이완 크롤이다. 그는 해변에서 어떤 남자를 질질 끌고 간다. 끌려가는 남자는 라일 아저씨다. 우리가 아저씨를 마지막으로 봤던 밤, 아저씨가 다라 집에서 끌려 나갔던 그 밤과 똑같은 셔츠와 반바지를 입은 라일 아저씨. 끌려가는 아저씨의 머리가 축 처져 있어서 보이지 않지만, 나는 진실을 알고 있다.

아저씨가 사라진 후로 쭉 나는 진실을 알고 있었다. 아저씨의 머리가 보이지 않는 건 당연한 일이다. 당연히 난 아저씨의 머리를 볼 수 없다.

*

트럭이 급하게 속도를 줄이다가 길게 오른쪽으로 돈다. 그런 다음 왼쪽으로 휙 꺾더니, 과속방지턱 같은 것들이 있는 경사진 차도를 올라간다. 트럭이 멈춰 선다.

"크리스마스 잘 보내, 조지 포지.*" 트럭 밖에서 어떤 남자가 큰 소리로 말한다.

조지와 남자가 얘기를 나누지만, 무슨 말인지 내게는 들리지 않는다. 그들이 웃는다. 몇몇 단어가 들린다. 아내. 아이들. 수영장. 술에 절어서.

"이제 들어가 봐." 남자가 말한다.

큼직한 기계식 문이나 대문 같은 게 열리는 소리. 트럭이 앞으로 움직여 완만한 경사로를 올라가다가 다시 멈춘다. 이제 남자 두 명이 조지에게 말을 걸고 있다.

"메리 크리스마스." 한 남자가 말한다.

"빨리 끝내자고, 친구." 다른 남자가 말한다. "올해는 티나가 카사타** 만들어준대?"

• 영국 전승 동요의 주인공.
•• 리코타 치즈, 크림, 설탕에 조린 과일 등으로 만든 이탈리아 전통 디저트 케이크.

조지가 뭐라고 대꾸하자 두 남자가 웃는다.

짐칸 문이 열린다. 트럭에 올라타는 두 남자의 발소리가 들린다. 그들이 내 옆에 있는 상자들을 검사하고 있다.

"이거 좀 봐." 한 남자가 말한다. "이년들이 우리보다 더 잘 먹는다니까. 신선한 체리. 포도. 자두. 록멜론. 뭐야? 초콜릿 입힌 딸기는 없어? 사과 토피 사탕은?"

그들은 내가 들어 있는 상자는 건드리지도 않는다.

그들이 트럭에서 내리고 뒷문을 닫는다. 롤러 도어가 덜컹덜컹 올라가는 소리.

"들어가, 조지." 한 남자가 소리친다.

트럭이 천천히 앞으로 움직이고, 왼쪽으로 오른쪽으로 여러 번 돌다가 멈춰 선다. 그리고 또다시 뒷문이 열리고, 쇠 경사판이 콘크리트 바닥에 탁 내려진다. 그리고 또다시 나는 공중으로 들어 올려져 움직이고 있다. 이번에는 조지의 수동 운반대가 상자를 옮기고 있어서, 엔진 소리는 들리지 않고 녹슨 금속 레버가 끼깅거리는 소리만 들린다. 나는 경사판을 타고 콘크리트 바닥으로 내려간다. 조지가 상자 여섯 개를 더 내려 내 옆에 떨어뜨린다. 쇠 경사판이 다시 트럭 안으로 미끄러져 들어가는 소리가 들린다. 조지가 뒷문을 닫은 다음 스니커즈를 찍찍거리며, 바닥이 이중으로 된 내 수박 상자 쪽으로 걸어오는 소리가 들린다. 그 누구도 굳이 쓰지 않을 따분한 퀸즐랜드 스파이 소설에나 나올 법한 상자.

조지가 공기구멍에 대고 속삭인다. "행운을 빈다, 엘리 벨."

그러고는 상자를 두 번 톡톡 치고 발을 질질 끌며 멀어져 간다.

트럭의 엔진이 부르릉 켜지면서 상자 안에 소음이 울리고, 점점 폐소공포증을 유발하는 이 비좁은 스파이 공간에 배기가스가 가득 들어찬다.

그리고 정적이 감돈다.

*

나는 내 두려움을 이용해 시간을 빨리 움직인다. 무서우면 생각이 많아진다. 생각은 시간을 조작한다. 엄마는 어디 있을까? 몸은 괜찮을까? 나를 보고 싶어 할까? 내가 지금 여기서 뭘 하고 있는 거지? 빨간 전화기로 통화했던 남자. 빨간 전화기로 통화했던 남자.

길을 잃고 불안에 떠는 학생들을 지도해주는 버크벡 선생님이 아이들의 트라우마에 대해 뭐라고 했더라? 일어나지도 않은 일을 믿는다고 했던가? 지금 이 일은 정말 일어나고 있는 걸까? 내가 정말 크리스마스에 수박 상자 속에 갇혀 있다고? 이 숭고한 날 우스꽝스럽게 과일 상자 바닥에 웅크려 있다고?

여기 얼마나 있었을까? 한 시간? 두 시간? 이렇게 배가 고픈 걸 보면 점심시간이 틀림없다. 그럼 세 시간이겠구나. 배가 고파 죽을 지경이다. 형이랑 아빠는 지금쯤 햄 통조림을 먹고 있겠지. 크리스마스 책을 읽으면서 골든 서클 파인애플 조각을 쪽쪽 빨아 먹고 있겠지. 형은 아빠에게 포기를 모르는 전설적인 탈옥수 앙리 샤리에르의 별명이 '빠삐용'이 된 이유가 햇볕에 그을린 그의 털가슴에 잉크로 새겨진 나비 문신 때문이라고 설명해주고 있겠지. 내가 여기서 나가면 할 일이 바로 그거다. 브래큰 리지의 퍼시벌 거리에 있는 트래비스 맨시니의 집에 찾아가 수제 먹물로 문신을 해달라고 부탁할 생각이다. 내 가슴 한복판에서 날개를 활짝 펼치고 있는 짙푸른 나비 한 마리. 그리고 샌드게이트 수영장에서 놀 때 다른 아이들이 다가와서 왜 가슴에 파란 나비 문신을 했느냐고 물어보면, 빠삐용의 의지에, 인간 정신의 인내력에 바치는 헌사라고 말해야지. 엄마를 구하기 위해 보고 로드 여자 교도소에 몰래 다녀온 뒤에 문신을 새겼다고 말해야지. 나비 문신을 한 이유는, 그날 내가 고치였고, 수박이라는 번데기 껍질에 갇힌 소년 유충이었지만, 살아남아 수박들을 깨고 나와서 나비로 다시 태어났기 때문이라고 말해야지.

소년은 과거를 삼킨다. 소년은 자기 자신을 삼킨다. 소년은 우주를 삼킨다.

문이 열리고 닫힌다. 발소리가 들린다. 반들반들한 콘크리트 바닥에서 찍찍거리는 고무창. 상자 옆에 누군가가 서서 수박들을 건드린다. 상자에서 밖으로 옮겨지는 수박들. 가짜 바닥을 짓누르고 있던 무게가 빠져나가는 것이 느껴진다. 이제 좀 몸이 편해진다. 가짜 바닥이 치워지면서 내 눈으로 빛이 물밀듯이 밀려든다. 내 동공은 빛과 싸우며, 상자 위로 몸을 숙여 나를 내려다보고 있는 어떤 여자의 얼굴에 초점을 맞춘다.

원주민 여자다. 뼈대가 굵은 체격에 위압적인 분위기를 풍기는 예순 살 정도 된 여자. 검은 머리의 뿌리가 하얗게 셌다.

"오, 이런." 그녀가 따뜻하게 말하고는 미소 짓는다. 그녀의 미소는 흙이고, 햇빛이며, 날개를 파닥이는 파란 나비다. "메리 크리스마스, 엘리."

"메리 크리스마스." 나는 여전히 상자 안에서 짓밟힌 파시토 캔처럼 몸을 잔뜩 쭈그린 채 말한다.

"거기서 나올래?" 여자가 묻는다.

"네."

그녀가 오른손을 내밀어 나를 일으켜 세워준다. 꿈의 시대*의 무지개 뱀이 그녀의 오른팔 안쪽을 알록달록 화려하게 휘감고 있다. 5학년 사회 수업에서 무지개 뱀에 대해 배운 적이 있다. 경이롭고 위풍당당한 조물주. 오스트레일리아의 절반을 세상 밖으로 게워냈을지도 모르니, 함부로 건드리면 안 되는 존재.

"난 버니야." 그녀가 말한다. "네가 크리스마스에 잠깐 들렀다 갈 거라고 슬림한테 들었어."

"슬림 할아버지를 아세요?"

"보고 로드의 후디니를 모르는 사람이 어디 있어?" 그녀의 표정이 심각해진다. "슬림은 좀 어때?"

"나도 몰라요. 아직 병원에 있어요."

• 오스트레일리아 원주민 신화에서 인류가 창조된 시기를 일컫는 말.

그녀는 고개를 끄덕이며, 따뜻하게 내 눈을 들여다본다. "미리 경고하는데, 네 얘기로 교도소 전체가 떠들썩해." 그녀의 부드러운 손이 내 오른쪽 뺨을 쓸어내린다. "오, 엘리, 여기 있는 여자들 중에 한 번이라도 젖을 짜본 사람이라면 다 너를 안고 싶어 할 거야."

나는 우리가 서 있는 방을 둘러보며 기지개를 켜고, 뻐근한 목을 풀어준다. 우리가 있는 곳은 주방이다. 금속 조리대와 싱크대와 건조대, 대형 오븐과 가스레인지가 줄지어 있는, 그런대로 갖추어진 실용적인 요리 공간이다. 주방 입구는 닫혀 있고, 열두 칸으로 구분된 튼튼한 중탕기 위에는 강철 롤러 도어가 내려져 있다. 우리는 요리 공간에서 조금 떨어져 저장고 비슷한 곳에 서 있다. 주방의 뒷벽에는 내가 아까 지나왔을 롤러 도어가 닫혀 있다.

"여기가 주방이에요?" 내가 묻는다.

"아니, 주방이라니." 버니는 기분 상한 척하며 말한다. "여기는 식당이야, 엘리. 식당 이름은 '철창 속의 새들'. 가끔은 '감방 식당', 가끔은 '버니의 바 앤드 그릴'이라고 부르기도 하지. 하지만 주로 '철창 속의 새들'이라고 불러. 브리즈번강 남쪽 최고의 뵈프 부르귀뇽을 만든단다. 물론 식당을 하기에는 뭣 같은 장소지만, 직원들도 친절하고, 매일 아침, 점심, 저녁마다 115명의 단골손님들이 꾸준히 찾아오니까 괜찮아."

내가 낄낄거리자 그녀는 자기 입에 손가락을 대며 웃는다. "쉬잇, 쥐 죽은 듯이 조용히 있어야 해, 알겠지?"

나는 고개를 끄덕인다.

"우리 엄마가 어디 있는지 아세요?"

그녀는 고개를 끄덕인다.

"엄마는 어때요?"

버니가 나를 물끄러미 쳐다본다. 그녀의 왼쪽 관자놀이에 별 모양 문신이 새겨져 있다.

"오, 착하기도 해라." 그녀가 두 손으로 내 턱을 감싸 쥐며 말한다. "네 엄마한테 들었어. 너하고 네 형이 얼마나 특별한 아이들인지. 그리고 너희가 엄마를 보러 오려고 무진장 애를 쓰는데 너희 아빠가 안 데려와 준다는 얘기도."

나는 고개를 젓는다. 조리대에 놓여 있는 빨간 사과 한 상자가 눈에 띈다.

"배고프니?" 버니가 묻는다.

나는 고개를 끄덕인다.

그녀가 사과 상자로 다가가더니, 데니스 릴리가 크리켓 공을 닦듯이 사과 하나를 죄수복 바지에 슥슥 닦아 내게 던진다.

"샌드위치 같은 거라도 만들어줄까?" 그녀가 묻는다.

나는 고개를 젓는다.

"여기에는 콘플레이크가 있고, 아마 D구역의 타냐 폴리한테 프루트 룹스 시리얼이 있을 거야. 몰래 들여왔거든. 프루트 룹스 한 그릇 뚝딱 만들어줄게."

나는 즙 많고 아삭아삭한 사과를 베어 문다. "정말 맛있어요, 고맙습니다. 이제 엄마 보러 가도 돼요?"

버니는 한숨을 내쉬고, 강철 조리대 위에 올라가 앉아 죄수복 셔츠를 반듯하게 편다.

"안 돼, 엘리, 그냥 간다고 엄마를 볼 수 있는 게 아니야. 네가 아직 이해를 못 한 건지 모르겠다만, 여긴 여자 교도소거든, 꼬마야. 무슨 리조트에 여름휴가 보내러 온 줄 알아? 그냥 B구역으로 가서 안내원한테 엄마 불러 달라고 하면 끝일 것 같아? 이건 확실히 짚고 넘어가자. 네가 그나마 여기까지 올 수 있었던 건 슬림이 나한테 부탁을 했기 때문이야. 이제, 내가 왜 네 정신 나간 모험을 더 도와줘야 하는지 말해봐."

주방 밖에서 성가대의 노랫소리가 울려 퍼진다.

"저건 뭐예요?" 내가 묻는다.

아름다운 성가대. 천사의 목소리. 크리스마스 노래.

"구세군이야. 옆방인 휴게실에서 노래를 불러젖히고 있지."

"크리스마스마다 와요?"

"우리가 착하게 살았으면."

노랫소리가 점점 더 커지면서, 버니의 식당 '철창 속의 새들' 문 아래 틈으로 3부 화음이 비집고 들어온다.

"무슨 노래를 부르고 있는 거예요?"

"안 들려?"

버니가 노래를 부르기 시작한다. 크리스마스 노래. 「윈터 원더랜드(Winter Wonderland)」. 썰매 종과 눈과 파란 새에 관한 그 노래. 그 노래……. 버니는 미소 지으며 비틀비틀 내게 다가온다. 새와 흰 눈과 마법의 동화 나라에 관한 노래를 계속 부르며. 그녀의 미소가 왠지 불편하게 느껴진다. 버니에게서 광기가 느껴진다. 그녀는 나를 보고 있지만, 그녀의 시선은 나를 통과해 다른 무언가를 보고 있다. 썰매 종이 울리네. 너도 듣고 있니, 엘리? 파란 새는 저 멀리 날아가 버렸어.

닫혀 있는 주방 문을 똑똑 두드리는 소리가 들린다.

"들어와." 버니가 큰 소리로 말한다.

한 20대 여자가 주방으로 들어온다. 두피 앞쪽과 맨 아랫부분에 금발이 덥수룩하게 나 있고, 그 사이의 머리카락은 아주 짧게 깎여 있다. 팔과 다리는 살 하나 없이 뼈만 앙상하다. 그녀가 주방으로 들어오며 내게 환한 미소를 짓는다. 점점 더 이상해지고 있는 이 크리스마스에 내가 받은 최고의 선물이다. 그러다가 그녀는 미소를 지운 얼굴로 버니를 쳐다본다.

"안 나오려고 해요. 완전히 얼이 빠졌다니까요. 벽만 뚫어지게 쳐다보고 있어요. 자기 머릿속 세상에서 푹 잠들어 있는 것처럼요. 완전히 딴 데 가 있는 사람 같아요."

그 여자가 나를 쳐다보며 말한다. "안됐구나."

"아들이 주방에 와 있다고 말했어?" 버니가 묻는다.

"아니요, 못 했어요. 프랭키가 문 닫아놓고 안에만 처박혀 있어도 브라이언 님께서 그냥 봐주고 있거든요. 또 미쳐서 날뛸까 봐 걱정돼서요."

버니는 고개를 숙이고 생각에 잠겨 있다가, 여전히 고개를 들지 않은 채 여자를 향해 팔을 들어 올리며 말한다. "엘리, 이쪽은 데비야."

데비가 또 내게 미소 짓는다.

"메리 크리스마스, 엘리."

"메리 크리스마스, 데비."

버니가 고개를 돌려 나를 쳐다본다.

"저기, 꼬마야, 지금 바로 봐야겠니? 아니면 상황이 좋아질 때까지 기다릴래?" 버니가 묻는다.

"지금 볼래요." 내가 답한다.

그녀가 한숨을 내쉰다.

"네 엄마 상태가 별로 안 좋아, 엘리. 잘 먹지도 않았어. 자기 방에만 처박혀 있고. 오후 3시 휴식 시간에 밖으로 안 나온 지가 얼마나 됐는지 기억도 안 난다니까. 잠깐 동안은 여기서 나한테 요리 수업을 받는데 그것도 그만뒀지. 얼마나 힘들면 그러겠니, 엘리."

"나도 알아요. 그래서 슬림 할아버지한테 부탁해서 여기까지 온 거예요."

"하지만 네 엄마는 그런 꼴을 너한테 보여주고 싶지 않을 거야. 안 그래?"

"물론 보여주기 싫겠죠. 나도 알아요. 하지만 중요한 건요, 엄마가 나를 보기 싫대도 실은 보고 싶어 한다는 거예요. 그러니까 내가 엄마한테 가서 다 괜찮아질 거라고 말해줘야겠어요. 엄마한테 그렇게 말하면 정말 다 괜찮아지거든요. 항상 그랬어요. 엄마한테 다 괜찮아질 거라고 말하면 정말 그렇게 돼요."

"그러니까 네 말은, 네가 엄마한테 가서 이 거지 같은 데 있어도 괜찮을 거라고 말해주면, 짠 하고 프랭키 벨이 괜찮아진다는 거야?"

나는 고개를 끄덕인다.

"그게 다야?" 버니가 묻는다.

나는 고개를 끄덕인다.

"마법처럼 그렇게 된다고?"

나는 고개를 끄덕인다.

"네가 무슨 마법사라도 되니, 엘리?"

나는 고개를 젓는다.

"아니, 왜 이래, 친구, 혹시 네가 제2의 보고 로드의 후디니 아니야?" 그녀가 조롱하듯 말한다. "어쩌면 슬림이 우리 전부 다 여기서 마법처럼 꺼내주려고 제2의 후디니를 보냈는지도 모르지. 그렇게 해줄래, 엘리? 지팡이를 흔들어서 나를 더튼 파크 기차역으로 보내주지 않을래? 내 자식 좀 만나게 말이야. 다섯 명이 저 바깥 어딘가에 있거든. 한 명만 봐도 행복하겠어. 막내면 좋고. 킴. 킴이 지금 몇 살쯤 됐을까, 데비?"

데비가 고개를 저으며 말한다. "그만 좀 해요, 버니. 불쌍한 애가 여기까지 왔잖아요. 그냥 엄마한테 데려다줘요, 좀. 크리스마스잖아요."

버니가 나를 쳐다본다.

"1분만 보면 돼요." 내가 말한다.

"다 네 엄마를 위해서 이러는 거야, 꼬마야." 버니가 말한다.

"그런 꼴을 자식한테 보여주고 싶어 할 엄마는 이 세상에 없어. 내가 왜 너를 거기 보내서, 안 그래도 힘든 사람을 더 힘들게 해야 하지? 네 크리스마스가 더 즐거워지기만 하면 그만이야?"

그녀의 눈을 깊숙이 진지하게 들여다보니 그녀의 강철 같은 영혼이 보인다.

"난 마법 같은 거 몰라요, 할머니. 난 아무것도 아는 게 없어요. 하지만 엄마가 할머니한테 나와 형에 대해 한 말이 맞다는 건 알아요."

"무슨 말?" 버니가 묻는다.

"우리가 특별하다는 말요."

*

B구역 죄수들이 휴게실의 크리스마스용 임시 무대에서 뮤지컬을 공연하고 있고, C구역, D구역, E구역, 그리고 감방이 꽉 찼을 때 신참들이 가는 임시 숙소인 F구역의 여자 죄수들이 점심 식사 후 한데 모여 신나는 크리스마스 콘서트를 즐기고 있다. B구역의 크리스마스 공연은 예수 탄생 이야기와 뮤지컬 「그리스」를 섞은 내용이다. 두 여자 죄수가 존 트라볼타와 올리비아 뉴튼 존으로 변장한 마리아와 요셉을 연기하고 있다. 세 명의 현자는 날라리 패거리 핑크 레이디스의 멤버들이다. 아기 예수는 가죽옷을 입은 인형이고, 이 미래의 구세주는 구유 속에서 밤을 보내는 대신 판지로 만든 자동차 '그리스

드 라이트닝(Greased Lightning)'의 트렁크에 눕혀져 있다. 이 뮤지컬의 제목은「핸드 자이브를 추기 위해 태어난 아기」다.

뮤지컬의 최고 연기자 마리아가「크리스마스에 내가 원하는 사람은 당신이야」를 부르자, 모든 관객이 환호성을 지르고 B구역 전체에 우레 같은 박수갈채가 울려 퍼진다. 무릎을 찰싹 때려대며 웃고 있는 관객들을 삼각 대형으로 서서 에워싼 녹갈색 제복 차림의 건장한 세 남자 간수도 몸에 딱 들러붙는 검은 레깅스를 입고 마리아를 연기하고 있는 여자의 요란스러운 카바레 복장에 넋이 나가 있다.

"좋아, 가자." 모든 사람의 눈이 화려한 공연에 쏠려 있는 틈을 이용해 버니가 속삭인다.

나는 바퀴 달린 검은색 대형 쓰레기통 안에 들어와 있고, 버니가 내 위를 뚜껑으로 덮고서 나를 끌고 간다. 내 두 발은 크리스마스 점심에 교도소 식탁에서 치운 종이 접시들을 짓밟아 뭉개고 있다. 남은 통조림 햄과 콩과 옥수수 들이 내 발목까지 차 있다. 버니가 나를 끌고 교도소 주방에서 나가 식당을 지난 다음, 휴게실 뒤편의 탁 트인 공간을 가로질러 마리아만 바라보고 있는 관객들을 허둥지둥 지나간다. 그러다가 그녀가 쓰레기통을 오른쪽으로 홱 꺾자, 기름때 묻고 악취 풍기는 안쪽 벽에 몸이 쾅 부딪친다. 버니가 30, 40걸음을 걸은 후 쓰레기통을 다시 똑바로 세우고 뚜껑을 열더니 안으로 고개를 들이민다.

"내 이름이 뭐지?" 그녀가 묻는다.

"몰라요."

"여긴 어떻게 들어왔지?"

"배달 트럭 바닥에 붙어서 따라왔어요."

"어느 트럭?"

"몰라요. 흰색이었어요."

버니는 고개를 끄덕인다.

"이제 나와." 그녀가 속삭인다.

나는 쓰레기통에서 일어난다. 우리는 어느 구역의 복도에 있다. 복도 끝에 있는 반투명 통유리 창으로 들어오는 빛 말고는 조명이 하나도 없다. 복도를 따라 여덟 개 정도의 감방이 있는데, 각 방문의 한복판에는 아빠의 우편함만 한 크기의 단단한 사각형 유리창이 달려 있다.

나는 백팩을 어깨에 멘 채 쓰레기통에서 빠져나온다. 버니는 두 방 건너에 있는 문으로 고개를 까딱한다.

"저 방이야." 그녀는 쓰레기통 뚜껑을 닫고 황급하게 자리를 뜨며 속삭인다. "이제부터는 너 혼자 해야 해, 후디니. 메리 크리스마스."

"고마워요." 나도 속삭여 답한다.

나는 엄마 방으로 다가간다. 문에 창문이 너무 높이 달려 있어서, 발끝으로 서도 방 안을 들여다볼 수가 없다. 하지만 두툼한 문에 움푹 들어간 부분이 있어 그곳을 손가락으로 짚고, 무릎을 이용해 몸을 위로 밀어 올린다. 오른손 손가락이 네 개뿐이라 금세 미끄러지지만, 나는 창문을 꼭 붙든 채 다시 시도한다. 그러자 엄마가 보인다. 엄마는 화가의 작업복처럼 생긴 담청색 겉옷 안에 흰 셔츠를 입고 있다. 죄수복 차림의 엄마는 무척 젊어 보인다. 그 어느 때보다 더 작고 더 가냘프다. 스위스의 구불구불한 언덕에서 젖소의 젖을 짜고 있을 법한 어린 소녀. 감방의 오른쪽 벽에 책상이 붙어 있고, 오른쪽 뒤편 구석에는 크롬제 변기와 세면대가 있다. 왼쪽 벽에 이층 침대가 나사로 박혀 있고, 엄마는 아래 침대의 끄트머리에 앉아서 동그랗게 모아쥔 두 손을 무릎 사이에 꼭 끼우고 있다. 머리칼은 산발이 되어 얼굴과 귀를 뒤덮었고, 발에는 버니와 똑같은 파란색 고무 샌들을 신고 있다. 내 두 팔이 몸무게를 이기지 못해 나는 문에서 미끄러져 내려간다. 하지만 문의 우묵한 부분에 더 세게 매달리며 다시 기어 올라가 이번에는 더 오래 안을 들여다본다. 모든 진실이 눈에 들어온다. 뼈가 앙상하게 드러난 정강이. 망치의 둥근 머리를 닮은 팔꿈치. 두 팔은 마치 나무 막대기 같아서, 수명 긴 전구가 달린 이 교도소집을 크리스마스에 엄마들을 위해 불사를 때 쓸 수 있을 것만 같다. 광대뼈는 예전보다 더 튀어나왔고, 볼살은 사라져 피부가 점토같이 얇아졌다. 생명력이라고는 없는 얼굴은 유머 감각 없고 으스스한 기운을 풍기는 화가가 음영을 넣어 그린 것처럼 보인다. 침을 한 방울 뱉어서 검지로 스윽 문지르면 바로 지워질 것 같은 그림. 하지만 걱정되는 건 엄마의 다리도 팔도 광대뼈도 아니다. 맞은편 벽을 뚫어지게 쳐다보고 있는 저 눈이다. 멍하니 앞만 보고 있는 두 눈. 뇌가 제거된 사람처럼 저

385

벽에만 온통 정신이 빼앗겨 있다. 「뻐꾸기 둥지 위로 날아간 새」에서 전두엽 절제술을 받은 후의 잭 니콜슨 같다. 장소도 딱 들어맞잖아. 엄마는 저 벽에서 뭘 보고 있는 걸까. 나는 이내 그 답을 찾아낸다. 바로 나다. 서로 팔짱을 끼고 있는 나와 형. 벽에 붙어 있는 사진 한 장. 다라 집의 뒷마당에서 웃통을 벗은 채 놀고 있는 우리. 형은 그 지겨운 'ET 집에 전화해' 놀이를 또 하면서 오른손으로 외계인 동작을 흉내 내고 배를 불룩 내밀고 있다. 나는 불어난 형의 배를 봉고처럼 두드려대고 있다.

나는 손가락 마디로 유리창을 톡톡 친다. 엄마는 그 소리를 듣지 못한다. 나는 빠르고 세게 창을 두드린다. 그래도 엄마는 듣지 못한다. 나는 문에서 미끄러져 내려간 뒤 다시 펄쩍 뛰어오른다. "엄마아아아아." 이렇게 속삭이며 또 한 번 창을 두드린다. 두 번, 세 번. 마지막엔 너무 시끄럽고 너무 세다. 오른쪽으로 고개를 돌려 복도를 훑어본다. 「핸드 자이브를 추기 위해 태어난 아기」의 주연 배우들이 공연을 성공적으로 마치고 인사를 하고 있어 B구역에는 아직도 웃음소리와 박수소리가 울려 퍼진다. "엄마아아아아!" 나는 필사적으로 속삭인다. 더 시끄럽게 창문을 두드린다. 두 번 세게 쾅쾅 치고 나니 엄마가 내 쪽으로 고개를 돌린다. 창밖에서 잔뜩 흥분한 표정으로 엄마를 보고 있는 나를 발견한다. "엄마." 나는 이렇게 속삭이고 빙긋 웃는다. 아주 잠깐 엄마의 얼굴이 밝아진다. 엄마 안에서 불이 켜진 것처럼. 하지만 그 불은 금세 꺼져버린다. "메리 크리스마스, 엄마." 나는 이제 울고 있다. 울지 않으면 이상한 일이다. 보고 로드 여자 교도소 24번 방의 문에 손가락으로 매달려 있는 지금에야, 내가 엄마를 위해 얼마나 울고 싶었는지 깨닫는다. "메리 크리스마스, 엄마."

나는 엄마에게 환하게 웃어준다. 봐요, 엄마. 봐요. 라일 아저씨에, 슬림 할아버지에, 철창신세가 된 엄마까지, 그 난리를 다 겪고 나서도 나는 예전과 똑같아요. 아무것도 안 변했어요, 엄마. 아무것도 날 바꾸지 못해요. 아무것도 엄마를 바꾸지 못해요. 예전보다 더 엄마를 사랑해요. 엄마는 내가 엄마를 엄마보다 덜 사랑한다고 생각하겠지만, 오히려 더 많이 사랑해요. 엄마를 사랑해요. 보세요. 내 얼굴을 보면 알잖아요.

"문 열어요, 엄마." 나는 속삭인다. "문 열어요."

나는 미끄러져 내려가고 다시 기어오른다. 오른손 중지의 손톱이 심하게 갈라지면서 손등으로 피가 흘러내린다. "문 열어요, 엄마." 나는 더 버티지 못하고 눈을 닦는다. 눈물 때문에 손가락이 미끄럽지만 다시 창문에 매달리니, 나를 멍하니 쳐다보며 고개를 젓고 있는 엄마가 보인다. '안 돼, 엘리.' 엄마는 이렇게 말하고 있다. 형의 말 없는 몸짓을 10여 년 동안 읽은 나는 바로 알아챈다. '안 돼, 엘리. 여기서는 안 돼. 이런 꼴로는 안 돼. 안 돼.' "문 열어주세요, 엄마." 나는 다급하게 말한다. "문 열어주세요, 엄마." 나는 애원한다. 엄마는 고개를 젓는다. 이제는 엄마도 울고 있다. '안 돼, 엘리. 미안해, 엘리. 안 돼. 안 돼. 안 돼.'

손가락들이 문에서 미끄러져 내려가고, 나는 교도소 복도의 반들반들하고 딱딱한 콘크리트 바닥으로 떨어진다. 헉헉거리고 울면서 다시 문에 기대앉는다. 머리를 문에다 두 번 세게 쿵 하고 찧는다. 내 머리보다 더 단단한 문에.

그리고 숨을 쉰다. 크게 숨을 쉰다. 그러자 라일 아저씨의 비밀의 방에 있는 빨간 전화기가 보인다. 레나 오를리크의 방을 에워싼 하늘색 벽이 보인다. 오늘 태어난 예수의 그림을 끼운 액자가 보인다. 그리고 그 방에 있는 엄마가 보인다. 그리고 나는 노래를 부른다.

엄마에게는 엄마의 노래가 필요하니까. 엄마의 노래를 틀어줄 레코드플레이어가 없어서 대신 내가 노래를 부른다. 엄마가 아주 많이 틀었던 노래. 1면, 바깥쪽에서 안쪽으로 세 번째 굵은 줄. 자기가 어디서 왔는지 절대로 말해주지 않는 어떤 여자에 관한 노래.

나는 몸을 돌려 문틈에다 대고 노래를 부른다. 1센티미터 폭의 틈으로 스며 나오는 빛에다 노래를 부른다. 배를 깔고 엎드려 문 밑의 틈에다 대고 노래를 부른다.

루비 튜즈데이와 그녀의 고통과 그녀의 갈망과 떠나버리는 그녀와 거칠게 갈라지는 나의 크리스마스 목소리. 나는 그 노래를 부르고 또 부른다. 몇 번이고 다시. 노래를 부른다.

그리고 멈춘다. 정적이 흐른다. 나는 이마를 문에다 쾅 찧는다. 이제 어떻게 되든 상관없다. 엄마를 놔줘야겠다. 전부 다 떠나보내야겠다. 라일 아저씨. 슬림 할아버지. 형. 아빠. 그리고 우리 엄마. 케이틀린 스파이스를 찾아가서, 그녀도 놔주겠다고 말해야지. 그러고 나서 입을 닫아버려야겠다. 꿈을 꾸지 말아야겠다. 그리고 구멍 속으로 기어들어 가서 아빠처럼 몽상가들에 관해 읽어야지. 읽고 또 읽고, 술을 마시고 또 마시고, 담배를 피우고 또 피우다 죽어야지. 잘 있어요, 루비 튜즈데이. 잘 있어요, 에메랄드 웬즈데이. 잘 있어요, 사파이어 선데이. 안녕.

그때 감방 문이 열린다. 땀냄새와 눅눅한 냄새, 체취가 뒤섞인 감방 냄새가 곧장 풍겨 나온다. 엄마의 고무 샌들이 내 옆의 바닥을 철퍼덕 밟는다. 엄마가 울면서 풀썩 주저앉는다. 내 어깨에 손을 얹으며 눈물을 흘린다. 감방의 문간에서 내게 와락 덤벼든다.

"다 같이 안자." 엄마가 말한다.

나는 일어나 앉아 두 팔을 엄마에게 두르고, 엄마의 약한 갈비뼈가 부러지지 않을까 걱정될 만큼 꽉 껴안는다. 그리고 엄마의 어깨에 머리를 묻는다. 이 냄새, 엄마의 머리칼 냄새, 엄마의 감촉을 내가 그리워하고 있었다는 걸 몰랐다.

"다 잘될 거예요, 엄마." 내가 말한다. "다 잘될 거예요."

"나도 알아, 내 아들. 나도 알아."

"좋아질 거예요, 엄마."

엄마가 나를 더 꼭 껴안는다.

"이제부터 전부 다 좋아질 거예요. 형이 그랬어요, 엄마. 형이 나한테 그랬어요. 엄마가 여기서 조금, 조금만 고생하면 된대요."

엄마가 내 어깨에다 눈물을 흘린다. "쉬이이잇." 엄마가 내 등을 토닥이며 말한다. "쉬이이잇."

"여기서 조금만 버티면 이제 올라갈 일만 남는 거예요. 형이 알아요, 엄마. 바로 지금이 가장 힘든 때예요. 더 나빠지지 않아요."

엄마가 눈물을 더 많이 흘린다. "쉬이이잇. 그냥 안아줘, 아들. 그냥 안아줘."

"나 믿죠, 엄마? 나를 믿는다면, 더 좋아질 거라고 믿으세요. 그러면 정말 좋아질 거예요."

엄마는 고개를 끄덕인다.

"내가 그렇게 만들게요, 엄마, 꼭 그럴게요. 엄마가 나오면 우리가 같이 살 수 있는 좋고 안전한 집을 구할게요. 그곳에서 우리 행복하고 자유롭게 살아요, 엄마. 지금 이 시간만 잘 버티면 돼요. 그리고 시간은 엄마 마음대로 쓸 수 있어요."

엄마는 고개를 끄덕인다.

"나 믿죠, 엄마?"

엄마는 고개를 끄덕인다.

"말로 해주세요."

"널 믿어, 엘리."

그때 어떤 여자의 목소리가 복도에 울려 퍼진다.

"저건 또 뭐어야아아아?" 배가 많이 나온 붉은 머리의 여자가 몸을 뒤로 젖힌 채 소리를 버럭 지른다. 죄수복을 입고 있고, 손에는 말랑말랑한 빨간 젤리로 가득 찬 플라스틱 디저트 그릇을 들고 있다. 그녀가 24번 방의 문간에 있는 엄마와 나를 빤히 쳐다보다가 휴게실 구역으로 고개를 돌리며 고함을 친다. "당신 간수들, 여기서 무슨 탁아소라도 운영하는 모양이지?"

그녀가 디저트 그릇을 사납게 내동댕이치며 소리 지른다. "프랭키 공주님이 뭘 잘했다고 오늘 면회까지 하실까?"

엄마가 나를 더 꽉 껴안는다.

"이제 가야겠어요, 엄마." 나는 엄마 품에서 벗어나며 말한다. "가야 해요, 엄마."

엄마는 나를 꼭 붙들고, 나는 엄마를 억지로 떼어낸다. 내가 일어나자 엄마가 울면서 고개를 숙인다. "지금만 잘 버티면 돼요. 그냥 시간일 뿐이에요. 엄마는 시간보다 강해요, 엄마. 엄마는 시간보다 강해요."

내가 몸을 돌려 복도를 달릴 때, 키 크고 어깨가 떡 벌어진 한 간수가 모퉁이를 돌아 이쪽 구역으로 들어오면서 붉은 머리 여자의 시선을 따라간다. 그는 나를 보고는 깜짝 놀란다. "이게 무슨……." 나는 백팩의 끈을 움켜잡고 복도를 전력 질주한다. 간수는 허리띠에 찬 몽둥이에 손을 얹고 있다. 내 머릿속에 파라마타 일스의 영광스러운 파이브에이스* 브렛 케니의 모습이 떠오른다. 뒷마당에서 형과 함께 케니의 번개 같은

• 럭비에서 하프와 스리쿼터의 가운데 위치에 서는 선수.

돌진과 오른발의 파괴적인 움직임을 연습하며 보냈던 그 모든 오후.

"거기 서." 간수가 명령한다. 하지만 나는 더 힘차게 질주하며, 복도의 4미터 폭을 최대한 이용해 왼쪽으로 오른쪽으로 방향을 꺾는다. 캔터베리 불독스 팀의 수비 라인을 뱀처럼 빠져나가는 브렛 케니처럼. 내가 복도 오른편으로 돌진하자, 육중한 다리에 배가 트랙터 타이어만 한 육중한 간수는 내가 움직이는 방향으로 끼어든다. 그와 2미터도 떨어지지 않았을 때 그가 두 다리를 딱 버티고 서서, 나를 잡아 올리고, 브램블 만의 약삭빠른 양태, 약삭빠른 뱀장어*처럼 낚아 올리려고 그물을 치듯이 두 팔을 활짝 벌린다. 바로 그때 나는 오른발을 빠르고 세게 튕겨 총알처럼 복도의 왼쪽 끝으로 휙 날아가면서, 그가 쓸데없이 열심히 흔들어대는 오른팔 밑으로 몸을 숙인다. 브렛 케니는 빈틈을 찾아내고, 시드니 크리켓 경기장의 서쪽 관중석을 차지하고 있는 파란색과 노란색 물결의 일스 팬들이 벌떡 일어난다. 나는 왼쪽으로 꺾어 B구역의 탁 트인 휴게실과 식당으로 들어간다. 식탁, 카드 게임 테이블, 체스 테이블, 뜨개질 테이블에 마흔 명의 여자 죄수들이 앉아 있거나 서 있다. 키는 작지만 근육질에 움직임이 빠른 또 다른 간수가 저쪽 맞은편에서 나를 발견하고는 쫓아오기 시작한다. 나는 식당을 달리면서 출구를 찾고, 여자들은 웃고 소리 지르며 손뼉

* 파라마타 일스의 '일스(eels)'는 '뱀장어들'이라는 뜻이다.

을 친다. 식당 왼편에 있던 또 다른 간수가 추격전에 가담하며 고함을 지른다. "거기 서!" 하지만 나는 멈추지 않는다. 내가 식당의 중앙 통로를 힘껏 내달리는 동안 엄마의 동료 죄수들이 식탁을 신나게 두들겨 대자, 크리스마스 푸딩, 젤리, 커스터드 과자가 담겨 있는 오후 간식 그릇들이 그들의 주먹 사이에서 통통 튀어 오른다. 아직 출구를 찾지 못했는데 양쪽에서 간수들이 내게 점점 좁혀들고 있다. 그래서 나는 몸을 빙 돌려 식당의 강철 식탁들을 가로질러 대각선으로 달려간다. 아까 복도에서 피했던 간수가 이제 식당으로 들어와, 잔뜩 몰려있는 죄수들을 신경질적으로 밀어제친다. 예수 탄생과 「그리스」를 결합한 환상적인 공연을 관람했던 죄수들은 이제 한 소년이 보고 로드 교도소의 테이블과 의자를 「루니 툰스」의 주인공처럼 폴짝폴짝 뛰어넘고 있는 비현실적인 광경을 구경하고 있다. 간수들은 화를 내며 어쭙잖게 테이블로 뛰어 올라와 나를 쫓아온다. 내 앞을 가로막으려 통로를 허둥지둥 달리면서 위협적인 말을 외쳐대지만, 그 소리는 시드니 크리켓 경기장 관중의 함성에 묻혀버린다. '케니! 브렛 케니! 빈틈을 파고 듭니다. 트라이 라인으로 달려가는 주장 엘리 벨. 득점이 확실해 보입니다. 럭비 리그의 역사에 이름을 남기겠군요.'

나는 러시아의 발레리나처럼 테이블 사이를 뛰어다니며, 에롤 플린이 영화 속에서 해적들의 칼을 피하듯이, 불운한 간수들이 휘둘러대는 팔을 피한다. 이제 죄수들은 로큰롤 쇼 안에 있는 것처럼, 던롭 KT-26의 고무창에 제트기를 달고 용감

393

무쌍하게 싸우고 있는 일스 파이브에이스의 활약에 주먹을 획 치켜든다. 식당 입구에 이르자 나는 테이블에서 반들반들한 콘크리트 바닥으로 훌쩍 뛰어내린다. 그러자 그곳에 있던 죄수들이 마치 의장대처럼 뒤로 물러나, 바닷물이 갈라지듯 길을 터준다. 그리고 어찌 된 일인지 내 이름을 알고 있다.

"엘리, 파이팅!" 그들이 소리친다.

"달려, 엘리!" 그들이 외친다.

그래서 나는 부엌과 감방들과 식당을 이어주는 공용 공간 너머로 출구가 보일 때까지 달리고 또 달린다. 저 문을 열고 나가면 바깥의 잔디밭이다. 자유다. '케니! 트라이 라인으로 향하는 브렛 케니!' 전력 질주, 전력 질주. 나를 뒤쫓아오는 간수들과, 내가 출구로 가지 못하게 막으려고 오른편에서 다가오는 네 번째 또 다른 간수. 캔터베리 불독스의 풀백이다. 풀백 간수. 모든 팀의 마지막 수비 라인, 날렵하고 강하며 팀에서 가장 기술이 뛰어난 수비 선수. 그는 브렛 케니 같은 신적인 선수들의 마지막 큰 꿈을 짓밟으려고 항상 경기장을 가로질러 달려와 몸을 날려 태클을 건다. 엄마는 어린 시절 잘 달렸다. 운동회에서 우승을 하기도 했다. 언젠가 엄마가 말하기를, 남보다 더 빨리 달리려면 몸을 낮추고, 자기를 쟁기로 상상하면 된다고 했다. 두 다리가 땅을 파 뒤집고 있다고 말이다. 100미터 달리기를 한다면, 첫 50미터는 흙을 파고들고, 마지막 50미터엔 흙을 헤치고 밖으로 다시 나오면서, 고개를 뒤로 젖히고 가슴을 앞으로 내밀며 결승선을 통과한다. 그래서 네 번째 간수가 포물선을 그리며 내게 몸을 날리는 지금, 나는 쟁기가 된다. 하지만 난 그리 강한 쟁기가 아닐뿐더러, 그가 날아오는 궤도를 보니 내가 자유의 잔디밭으로 나가는 뒷문에 닿기도 전에 그에게 잡힐 것 같다. 그런데 그때 크리스마스의 기적, 죄수복 차림의 거룩한 환영이 나타난다. 버니가 바퀴 달린 쓰레기통을 멍한 표정으로, 하지만 전혀 멍하지 않은 정신으로 천천히 끌고 오며, 미친 듯이 달려드는 네 번째 간수의 앞을 가로질러 간다. "저리 비켜, 버니!" 간수가 그녀를 빙 둘러 가며 소리친다.

"왜요?" 버니는 슬랩스틱 무성 영화 속의 배우처럼 갑자기 몸을 휙 돌리더니, 쓰레기통을 끌고 어설프게 뒷걸음질을 치며 모르는 척 간수의 진로를 방해한다. 간수는 기울어진 쓰레기통을 뛰어넘으려다 그 윗부분에 발이 걸려, 반들반들한 교도소 바닥으로 요란하게 엎어진다.

나는 B구역의 뒷문을 벌컥 열고, 울타리가 쳐진 테니스장까지 구불구불 이어지는 깔끔한 잔디밭으로 뛰쳐나간다. 나는 달리고 또 달린다. '3주 연속 최우수 선수로 선정된 브렛 케니, 이제 데드볼 라인을 훌쩍 지나 역사 속으로 곧장 달려가고 있습니다.' 엘리 벨. 요리조리 잘 피하는 엘리 벨. 나는 이제부터 멀린이다. 보고 로드 여자 교도소의 마법사. 거지 소굴 같은 B구역을 탈출한 유일한 소년. 보고 로드를 탈출한 유일한 소년. 풀 냄새가 난다. 풀밭에 흰 토끼풀이 있고, 벌들이 토끼풀에 붙어 윙윙거리고 있다. 이 벌들한테 쏘이면 발목이 부어오를 텐데. 그래도 이겨내, 엘리. 이 세상에는 벌보다 더 나쁜 것들도 있어. 나는 테니스장까지 내리막길로 뻗어 있는 잔디밭을 달리면서 뒤를 돌아본다. 간수 네 명이 알아들을 수 없는 말을 외치면서 미친 듯이 쫓아오고 있다. 나는 한쪽 팔에서 백팩 끈을 벗겨내고 지퍼를 연 다음, 가방 안으로 손을 집어넣어 밧줄을 움켜잡는다. 때가 됐어, 엘리. 진실의 순간.

*

슬림 할아버지가 감방에서 그랬던 것처럼 나도 처음엔 성냥개비로 시작했다. 성냥개비들과 끈 하나. 성냥개비들의 중심에 고무줄을 비비 꼬아 만든 십자형의 갈고리. 타이밍, 계획, 운, 믿음. 나는 믿는다. 나는 믿어요, 슬림 할아버지. 나는 갈고리를 높은 적갈색 벽돌담에 거는 과학적 원리와 기술을 내 방에서 몇 시간이고 연구했다. 준비가 끝나자, 나는 아빠가 집 아래 공간에 둔 낡은 갈퀴 자루를 잘라 원통형 막대기 두 개를 만들었다. 그리고 이 둘을 십자로 가로지른 다음 5미터 길이의 밧줄을 붙들어 매고, 50센티미터 간격으로 매듭을 지어 손잡이를 만들었다. 나는 토요일 오후마다 브래큰 리지 스카우트 센터에 갈고리를 가져갔다. 그곳에는 어린 스카우트 단원들이 팀워크 훈련 때 기어오를 수 있도록 임시로 만들어놓은 높은 벽이 있다. 나는 갈고리를 끊임없이 던지면서 벽에 거는 기술을 연마했다. 어느 날 오후, 깐깐한 스카우트 단장이 나의 이 기묘한 탈옥 연습을 목격했다.

"지금 정확히 뭘 하고 있는 거냐, 꼬마야?" 스카우트 단장이 물었다.

"탈출요." 내가 답했다.

"뭐라고?"

"배트맨인 척해보는 거예요."

*

나는 테니스장에서 방향을 왼쪽으로 홱 꺾고, 왼편의 C구역과 오른편의 재봉 작업장 사이로 난 작은 길을 전력 질주한다. 숨이 찬다. 이제 지치기 시작한다. 담장을 찾아야 한다. 담장을. F구역의 조립식 임시 감방들을 지나간다. 뒤를 돌아보니 간수들은 보이지 않는다. 나는 담장으로 급하게 달려간다. 높고 위압적인 오래된 갈색 벽돌담이다. 내 앞에 있는 이 벽의 끝까지 내 밧줄이 닿을지 확신이 안 선다. 그래서 담장을 따라 쭉 달리며, 담장의 높은 구간과 낮은 구간이 만나는 갈색 벽돌 모퉁이를 찾아본다. 빙고. 나는 얼른 밧줄을 풀면서, 내가 잡고 던질 2미터는 남겨둔다. 높은 구간과 낮은 구간이 만나는 모퉁이를 올려다보며, 올가미 밧줄을 돌리는 카우보이처럼 밧줄을 빙빙 돌린다. 갈퀴 자루로 만든 갈고리의 무게가 발사를 준비하는 유도 발사체 역할을 한다. 내게는 단 한 번의 기회밖에 없을 것이다. 도와줘요, 슬림 할아버지. 도와줘요, 브렛 케니. 도와줘요, 하느님. 도와줘요, 오비완, 당신이 나의 유일한 희망이에요. 도와줘요, 엄마. 도와줘요, 라일 아저씨. 도와줘, 형.

나는 성스러운 마음으로 밧줄을 던진다. 순수한 신앙과 포부와 믿음의 행위. 나는 믿어요, 슬림 할아버지. 믿어요. 갈고리가 하늘로 날아올라 높은 담장을 넘어간다. 나는 오른쪽으로 두 걸음 옮기며 밧줄을 팽팽하게 당겨, 갈고리가 벽 모서리에 단단히 걸릴 수 있도록 위치를 잡아준다.

"어이!" 한 간수가 소리친다. 고개를 돌려보니 50미터 정도 떨어진 곳에서 간수가 담장을 따라 달려오고 있고, 다른 간수도 그 뒤로 바짝 따라오고 있다. "이 자식아, 거기 서." 간수가 외친다.

나는 밧줄 매듭을 붙잡고 두 손으로 내 몸을 끌어 올리며, 미끄러지지 않는 믿음직하고 축복받은 나의 던롭 KT-26 운동화로 담장 면을 짚는다. 내 등은 아래의 잔디밭과 평행을 이루고 있다. 난 배트맨이다. 옛날 「배트맨」 텔레비전 시리즈에서 고담시의 고층건물을 기어오르던 애덤 웨스트다. 이 방법이 먹히고 있다. 정말로 잘 먹히고 있다.

가벼운 사람일수록 더 쉽다. 슬림 할아버지는 이런 담장을 기어오를 때 슬림이라는 별명에 맞게 비쩍 마른 몸이었다. 그러나 나는 벽을 타는 소년, 간수들을 속인 소년, 보고 로드를 탈출한 소년이다. 위대한 멀린. 여자 교도소의 마법사.

이 각도에서는 하늘밖에 보이지 않는다. 파란 하늘과 구름. 그리고 언뜻언뜻 보이는 상부 벽. 이제 6미터 올라왔다. 7미터. 아마도 8미터. 9미터. 내 머리가 구름 속에 있으니 분명 10미터는 올라왔을 것이다. 밧줄은 팽팽하고 내 두 손은 불타는 듯

화끈거린다. 오른손 중지는 같이 일해줄 검지가 없어 초과 근무를 하느라 스트레스를 받아 욱신거린다.

두 간수가 다급하게 내 밑으로 달려와 나를 올려다본다. 그러더니 내게 화내던 라일 아저씨와 똑같은 어투로 말한다.

"돌았냐, 꼬마야?" 한 간수가 소리친다. "어디로 가려고 그래?"

"거기서 내려와." 다른 간수가 말한다.

하지만 나는 계속 벽을 기어오른다. 오르고 또 오른다. 테러리스트 인질 구출 훈련에서 사람들을 구하는 영국 SAS 군인처럼.

"그러다 죽어, 멍청아." 두 번째 간수가 말한다. "그 밧줄은 약해서 끊어져."

무슨 소리, 이 밧줄은 튼튼하다. 스카우트 센터에서 열일곱 번 시험해봤다. 집 아래 공간에 있는 아빠의 손수레 안에서 먼지와 흙을 뒤집어쓰고 있던 오래된 밧줄. 나는 위로, 위로 올라간다. 오, 이 높은 곳의 공기. 이런 느낌이었어요, 슬림 할아버지? 이런 전율을 느꼈나요? 세상 꼭대기의 풍경을 봤나요? 이 벽 너머에 무엇이 기다리고 있을까 생각했나요? 미지의 세상에서 펼쳐질 이야기를 생각했나요?

"지금 내려오면 봐줄게." 첫 번째 간수가 말한다. "내려와, 꼬마야. 젠장, 크리스마잖아. 네가 크리스마스에 죽으면 네 엄마 심정이 어떻겠어."

벽 꼭대기까지 1미터 남았다. 나는 숨을 고른다. 성공적으로 꼭대기를 넘어가기 전, 불가능한 일을 이루기 전, 멀린이 모자에서 어리벙벙한 마지막 토끼를 꺼내기 전 마지막으로 빨아 마시는 공기. 나는 뻣뻣한 다리를 벽에 기댄 채 심호흡을 세 번 한다. 몸을 더 높이 끌어 올리자, 아빠의 갈퀴로 만든 갈고리가 벽에 들러붙어 있는 것이 보인다. 내 무게 때문에 꽉 죄여 있지만, 꿋꿋이 잘 버티고 있다. 드디어 정상에 올랐다. 쓸쓸한 에베레스트산 정상. 나는 잠깐 고개를 돌려 간수들을 내려다본다.

"잘 있어요, 아저씨들." 공기가 희박한 담장 꼭대기에 올라와 있으니 발칙한 배짱이 생겨 나는 호기롭게 말한다. "조지거리의 부자들한테 가서 말해요, 오스트레일리아에 보고 로드의 마법사가 넘지 못할 만큼 높은 벽은 없······."

아빠의 갈퀴자루 하나가 탁 부러지고, 나는 뒤로 벌렁 넘어가며 추락한다. 파란 하늘과 흰 구름이 내게서 멀어져 간다. 내 두 팔이 허우적거리고, 두 다리는 허공을 차대고, 내 인생 전체가 눈앞을 스쳐 지나간다. 우주. 내 꿈에서 헤엄치는 물고기. 풍선껌. 프리스비 원반. 코끼리들. 조 카커*의 인생과 노래들. 마카로니. 전쟁. 물 미끄럼틀. 커리 에그 샌드위치. 모든 답. 의문에 대한 답들. 그리고 겁에 질린 내 입술에서 예상치 못한 말이 튀어나온다.

"아빠."

• 영국의 가수.

소
년 ,

대 양 을
훔
치 다

기념 명판에는 이렇게 쓰여 있다. '오드리 보거트, 1912~
1983년, 톰의 사랑하는 아내, 테리즈와 데이비드의 어머니. 그
녀의 삶은 잊지 못할 아름다운 추억을 남겼다.'

그 옆에 있는 기념 명판에는 이렇게 쓰여 있다. '쇼나 토드,
1906~1981년, 마틴과 메리 토드의 사랑하는 딸, 버니스와 필
립의 여형제. 입술을 살짝 대어본 인생의 맛이 너무도 달콤했
기에 나머지까지 꿀꺽 삼켜버렸다.'

쇼나 토드가 세상을 떠나기까지 걸린 시간 75년.

"가자, 이제 곧 시작해." 나는 형에게 말한다.

우리는 올버니 크리크 화장장의 한복판에 있는 작은 벽돌
예배당으로 들어간다. 1987년 겨울. 나의 위대한 시간 경과 실
험이 시작된 지 아홉 달째.

슬림 할아버지의 말이 옳았다. 모든 것이 시간일 뿐이다. 브
래큰 리지의 우리 집에서 올버니 크리크 화장장까지 차를 타
고 39분. 내 신발 끈을 묶는 데 20초. 형이 셔츠를 바지 안에

집어넣는 데 3초. 엄마가 출소하기까지 21개월. 나는 빠르게 시간 조종의 달인이 되어가고 있다. 21개월이 21주처럼 느껴지게 만들 것이다. 나무 관 속에 누워 있는 남자가 그 방법을 내게 가르쳐주었다.

슬림 할아버지가 죽기까지 77년의 시간이 걸렸다. 온몸 구석구석에 암이 퍼져 지난 여섯 달 동안 병원을 들락거렸다. 나는 시간이 나는 대로 병문안을 가려고 애썼다. 수업 시간 사이에. 숙제를 끝낸 다음 오후에 텔레비전을 보기 전까지 비는 시간에. 그 사이에 나는 자라고 할아버지는 떠났다. 할아버지의 마지막 위대한 탈출.

어제 아빠가 내게 건네준 《텔레그래프》의 헤드라인은 '범죄의 시대, 막을 내리다'였다. "이번 주 레드클리프 병원에서 아서 어니스트 '슬림' 할리데이가 향년 77세의 나이로 생을 마감하면서 퀸즐랜드주 범죄 연대기의 매혹적인 한 장이 막을 내렸다."

이 예배당에서 시간은 멈춘다. 관을 둘러싼 몇 안 되는 정장 차림의 남자 조문객들은 아무 소리도 내지 않는다. 그들은 서로를 모른다.

나는 바지 주머니에 손을 집어넣어, 슬림 할아버지가 내게 마지막으로 적어준 글을 만지작거린다. 할아버지는 신비의 인물 조지와 그의 교도소 밀반입 트럭에 관해 설명한 쪽지의 마지막에 이런 메시지를 남겼다.

'시간에 당하기 전에 시간을 해치워버려. 너의 영원한 친구,

슬림.'

화장장의 한 직원이 인생과 시간에 대해 뭔가 말하지만, 나는 그 말을 전부 놓친다. 지금 나도 인생과 시간에 대해 생각하고 있으니까. 그러고 나서 슬림 할아버지의 관이 밖으로 옮겨진다.

너무 빨리 끝나버린다. 속전속결.

형과 내가 예배당 밖으로 나가는데, 검은 정장에 검은 넥타이를 맨 어떤 노인이 우리에게 다가온다. 슬림 할아버지와 오랫동안 알고 지낸 마권업자 친구라고 한다. 슬림 할아버지가 출소한 후 자기를 몇 번 도와줬다고.

"너희는 슬림을 어떻게 알지?" 미키 루니* 같은 미소를 띤 그의 얼굴은 따뜻하고 다정하다.

"우리 베이비시터였어요." 내가 답한다.

노인은 어리둥절한 표정으로 고개를 끄덕인다.

"할아버지는 슬림 할아버지를 어떻게 알아요?" 나는 검은 정장의 노인에게 묻는다.

"한동안 우리 집에서 같이 살았단다."

그리고 그 순간 나는 슬림 할아버지에게 다른 삶이 있었음을 깨닫는다. 다른 시각으로 세상을 바라보며, 다른 친구와 다른 가족과 함께한 인생.

"조문까지 오고 착하구나." 노인이 말한다.

• 미국의 영화배우.

"슬림 할아버지는 내 단짝 친구였어요." 내가 말한다.

노인이 낄낄거린다. "나한테도 그래."

"정말요?"

"정말이지 그럼. 하지만 걱정하지 말거라." 노인이 속삭인다. "단짝 친구는 여러 명일 수 있고, 누가 더 친하고 덜 친하고 그런 건 아니니까."

우리는 화장장 잔디밭을 걷는다. 예배당 너머의 묘지에 회색 묘비가 여러 줄로 쭉 늘어서 있고, 그 사이로 음침한 길들이 똑같이 나 있다.

"슬림 할아버지가 그 택시 기사를 죽였을까요?" 내가 묻는다.

노인은 어깨를 으쓱한다. "한 번도 안 물어봤어."

"굳이 안 물어봐도 알 수 있지 않아요?" 내가 묻는다. "감이 오잖아요. 슬림 할아버지가 정말 그런 짓을 했다면, 우리가 직감으로 알아차렸겠죠."

"'직감'이라니, 무슨 소리냐?" 노인이 묻는다.

"사람을 많이 죽인 남자를 한 명 아는데, 나는 그 남자가 살인마라는 걸 직감으로 알았거든요. 등골이 오싹해지더라고요."

노인이 우뚝 멈춰 선다.

"예의상 안 물어본 거야. 슬림을 존경했으니까. 만약에 슬림이 살인을 안 했다면, 나는 전보다 그를 더 존경할 거야. 그 친구가 하늘에서 편히 쉴 수 있도록 빌고. 슬림 할리데이와 함께 있을 때 등골이 오싹했던 적은 한 번도 없었어. 그리고 만약 슬림이 살인을 했다면, 갱생이라는 게 뭔지 제대로 보여준

404

셈이지."

정말 멋진 표현이다. 고마워요, 정체불명의 할아버지. 나는 고개를 끄덕인다.

노인은 주머니에 손을 집어넣고는 한 줄로 늘어선 묘비를 따라 걸어간다. 세상의 모든 인간 가운데 가장 태평한 영혼을 지닌 사람처럼 묘비들을 지나간다.

형은 구부정하니 서서, 또 다른 고인에게 바쳐진 황금 명판을 뜯어보고 있다.

"일을 구해야겠어." 내가 말한다.

형이 어깨 너머로 나를 휙 돌아본다. '왜?'

"엄마가 나오면 지낼 곳이 있어야 하잖아."

형은 명판을 더 깊숙이 들여다본다.

"그만 좀 해, 형!" 나는 걸음을 떼며 형을 재촉한다. "시간이 얼마 없어."

*

보고 로드 여자 교도소의 담장에서 떨어진 그날, 나는 간수들의 품속으로 쏙 들어갔다. 고맙게도 그들은 내가 저지른 사고에 화를 내기보다는 내 정신 건강을 걱정해주었다.

"정신에 좀 문제가 있는 아이 아닐까?" 황갈색 턱수염을 기르고 팔뚝에 작은 반점들이 난 가장 젊은 간수가 고민하듯 말하고는 동료 간수에게 물었다. "얘를 어떡하지?"

"무자한테 물어봐야겠어." 두 번째 간수가 말했다.

두 사람은 내 팔을 한쪽씩 붙든 채 나를 잔디밭으로 다시 데려갔다. 그곳에는 교도소 마당에서 10대 아이를 뒤쫓기에는 체력이 달리는 나이 많고 경력 많은 다른 간수 두 명이 있었다.

교도소 행정 건물 안에서 간수들끼리 전략 회의를 하는 모습은 마치 초기 네안데르탈인 네 명이 트위스터 게임 규칙을 정하는 것처럼 보였다.

"저 녀석 때문에 우리 신세 조질 수도 있어, 무즈." 가장 덩치 큰 간수가 말했다.

"소장님한테 연락해야 할까요?" 황갈색 수염이 난 간수가 말했다.

"그럴 필요 없어." 그들이 무자, 무즈, 그리고 어쩌다 한 번씩 머리라고 부르는 남자가 말했다. "소장도 어차피 곧 알게 될 거야. 이 일이 새어나가면 소장도 우리만큼이나 잃는 게 많아. 집에서 루이즈랑 크리스마스 햄 먹다가 우리 전화 받아봐야 기분만 망치지."

무자는 잠시 고민하다가 내 눈높이에 맞춰 허리를 굽혔다. "엄마를 무척 사랑하지, 엘리?" 그가 물었다.

나는 고개를 끄덕였다.

"그리고 넌 똑똑한 녀석이지, 엘리?"

"그렇지도 않은가 봐요."

무즈는 낄낄거렸다. "그래, 맞는 말이야. 그래도 우리를 힘들게 하는 사람들한테 무슨 일이 벌어지는지 정도는 알겠지.

안 그러냐?"

나는 고개를 끄덕였다.

"여기서는 밤에 온갖 일이 다 벌어진단다, 엘리. 정말 무서운 일. 네가 상상도 못 할 일 말이다."

나는 고개를 끄덕였다.

"자, 그럼 네가 크리스마스를 어떻게 보냈는지 얘기해볼래?"

"세인트 비니스에서 보내준 파인애플 통조림을 형이랑 아빠랑 같이 먹었어요."

무즈는 고개를 끄덕였다.

"좆같은 크리스마스 잘 보내라, 엘리 벨."

브랜든으로 이름이 밝혀진 황갈색 수염의 간수가 자신의 차인 1982년형 자주색 코모도어에 나를 태워 집까지 데려다주었다. 집으로 가는 내내 그는 반 헤일런의 앨범 '1984'를 카세트플레이어로 계속 틀었다. 「파나마(Panama)」가 나오자 나는 그 쿵쿵거리는 소리에 맞추어 주먹을 치켜올리려 했지만, 왼손이 자동차의 왼쪽 뒷좌석 팔걸이에 수갑으로 묶여 있어 표현의 자유를 제대로 누릴 수 없었다.

"마음껏 즐겨, 엘리." 브랜든은 이렇게 말하며 수갑을 풀어주었다. 그리고 내가 부탁한 대로 랜슬롯 거리의 우리 집에서 세 집 떨어진 곳에 나를 내려주었다.

종종걸음으로 얼른 집에 들어가 봤더니, 형이 가슴에 『빠삐용』을 펼쳐둔 채 거실 소파에 잠들어 있다. 복도의 아빠 방 쪽에서 담배 연기가 피어오르는 게 보인다. 초라하기 그지없는 크리스마스트리 밑에는 큼직한 사각형 책을 신문지로 포장하고 그 위에 펠트펜으로 '엘리'라고 휘갈겨 쓴 선물이 놓여 있다. 나는 무슨 선물이 들어 있나 보려고 신문지를 찢는다. 책이 아니다. 텅 빈 A4 용지를 500장 정도 모아놓은 종이 뭉텅이다. 첫 페이지에는 짧은 메시지가 적혀 있다.

'이 집을 불태워버리느냐 아니면 세상에 불을 질러 이름을 크게 날리느냐. 너한테 달려 있다, 엘리. 메리 크리스마스. 아빠가.'

*

내 열네 번째 생일에 아빠는 또 종이 뭉텅이를 주면서 『소리와 분노』 한 권도 끼워주었다. 내 어깨가 점점 더 벌어지고 있는 걸 알아챘기 때문이다. 아빠는 젊은 남자가 포크너의 작품을 읽으려면 넓은 어깨가 필요하다고 말했다.

나는 그 A4 용지 중 하나에, 자전거를 타고 다닐 수 있는 직장들을 쭉 적어본다. 브리즈번의 푸릇푸릇한 서부 교외 마을인 더 갭에 집을 구하려면, 형과 나는 집세 보증금을 모아야 한다. 엄마가 교도소에서 나오면 바로 들어갈 수 있는 집이 필요하다.

* 배럿 거리의 테이크아웃 전문점 빅 루스터에서 감자 튀기기.
* 배럿 거리의 슈퍼마켓 푸드스토어에서 진열대 정리하기. 정말 무더운 여름날이면, 형과 나는 그곳의 냉동식품 코너에

가서 하바 하트, 버블 오 빌, 그리고 무적의 걸작 바나나 패들 팝 중에 어느 아이스크림의 가성비가 가장 좋은지 토론한다.
* 미친 러시아인들이 운영하는 배럿 거리의 신문 가게 배달원.
* 신문 가게 옆에 있는 빵집의 조수.
* 플레이퍼드 거리의 빌 오그든 할아버지 집에서 비둘기 집 뜯 어내기(최후의 수단).

나는 파란색 킬로메트리코 볼펜을 종이에 톡톡 치며 조금 더 생각해본다. 그리고 나만의 특별한 재주를 발휘할 수 있는 직업을 한 가지 더 적어 넣는다.

* 마약상.

*

현관문을 똑똑 두드리는 소리가 들린다. 좀처럼 없는 일이 다. 마지막으로 누군가 현관문을 두드린 때가 석 달 전이다. 한 젊은 경찰이 3년 전 일어났던 음주 운전 사고 때문에 아빠 를 찾아왔다. 아빠가 데넘 거리의 탁아소 밖에 있는 일시정지 표지판을 쓰러뜨렸다고 어머니 여러 명이 진술한 것이다.
"벨 씨?" 젊은 경관이 말했다.
"누구요?" 아빠가 말했다.
"로버트 벨 씨를 찾아왔는데요?" 경관이 말했다.
"로버트 벨요?" 아빠는 생각해보더니 답했다. "아니요, 처음

들어보는 이름인데요."

"선생님 성함은 어떻게 되시죠?" 경찰이 물었다.

"나요? 나는 톰입니다만."

경찰이 수첩을 꺼냈다.

"성을 여쭤봐도 될까요, 톰?"

"조드." 아빠가 답했다.

"철자가 어떻게 되죠?"

"두꺼비(toad)처럼 쓰면 돼요."

"그럼…… J-O-D-E?"

아빠는 몸서리를 쳤다.

이 집에서 현관문을 두드리는 소리가 들리면 항상 극적인 일이 벌어진다.

형은 이미 두 번이나 읽은 『빠삐용』을 거실 소파에 떨어뜨리고 현관문으로 급하게 달려간다. 나도 바짝 뒤따라간다.

버크벡 선생님이다. 학교의 지도교사. 빨간 립스틱. 빨간 비즈 목걸이. 그녀는 종이가 빽빽이 채워진 마닐라지 서류철을 들고 있다.

"안녕, 오거스트." 그녀가 상냥하게 말한다. "아버지 계시니?"

나는 고개를 젓는다. 그녀는 세상을 구하러 왔다. 소동을 일으키러 왔다. 너무 성실하고 자만에 빠진 인간이라, 배려와 부주의의 차이는 똥구멍에 박힌 5센티미터짜리 가시만 한 크기라는 걸 모르니까.

"주무시고 계세요." 내가 말한다.

"좀 깨워줄래, 엘리?" 그녀가 묻는다.

나는 다시 고개를 젓고 문에서 몸을 돌려, 아빠 방을 향해 복도를 천천히 걷는다.

아빠는 손으로 만 담배를 입에 문 채 파란 러닝셔츠 차림으로 패트릭 화이트의 소설을 읽고 있다.

"버크벡 선생님이 왔어요." 내가 말한다.

"버크벡 선생이 대체 누구야?" 아빠가 툭 내뱉듯이 말한다.

"학교 지도교사요."

아빠는 눈알을 굴리더니 침대에서 벌떡 일어나 담배를 비벼 끈다. 그러고는 목을 가다듬기 위해 캬악 하고 가슴에서 가래를 끓어 올려 침대 위의 재떨이에 탁 뱉는다.

"네가 좋아하는 선생이냐?" 아빠가 묻는다.

"좋은 분이긴 해요."

아빠는 복도를 지나 현관문으로 간다.

"안녕하세요, 로버트 벨입니다."

아빠가 이렇게 말하며 미소 짓는데, 그 미소에 내가 이제껏 본 적 없는 다정함과 싹싹함이 묻어 있다. 아빠가 악수를 청하며 손을 내민다. 이렇게 다른 사람과 악수하는 모습도 처음 보는 것 같다. 아빠가 인간적인 수준으로 소통할 수 있는 사람은 형과 나뿐인 줄 알았다. 그저 서로에게 고개를 끄덕이거나 '음' 하고 신음 소리를 내는 게 거의 전부이긴 하지만.

"저는 파피 버크벡이라고 합니다, 벨 씨." 버크벡 선생님이 말한다. "남학생들 지도교사를 맡고 있죠."

"네, 선생님이 우리 아들들을 정말 훌륭하게 지도해주고 계신다고 엘리한테 들었습니다." 아빠가 말한다.

이 밉살스러운 거짓말쟁이.

버크벡 선생님은 감동한 표정을 점잖게 살짝 짓는다. "그래요?" 그녀는 나를 쳐다보며 뺨을 붉힌다. "저기, 벨 씨, 댁의 아드님들은 아주 특별한 아이들이에요. 굉장한 잠재력을 갖고 있죠. 그 잠재력을 현실로 만들 수 있도록 격려해주는 게 제일이 아닐까 해요."

아빠는 미소 지으며 고개를 끄덕인다. 현실이라. 한밤중의 불안 발작. 자살 충동이 드는 우울증. 사흘간 이어지는 폭음. 주먹에 깨진 눈썹 뼈. 담즙 구토. 설사. 갈색 오줌. 이게 현실이랍니다.

"마음을 교육하지 않고 머리만 교육하는 건 진정한 교육이라 할 수 없죠." 아빠가 말한다.

"맞아요!" 버크벡 선생님은 깜짝 놀라며 맞장구친다.

"아리스토텔레스." 아빠가 열성적으로 말한다.

"맞아요! 제 신조로 삼고 있는 말이에요."

"그럼 계속 그렇게 하세요, 파피 버크벡 선생님. 아이들을 계속 격려해주시고요." 아빠가 진지하게 말한다.

대체 이 남자는 누구지?

"그럴게요." 그녀가 미소 짓는다. "꼭요." 그런 다음 그녀는 다시 본론으로 돌아간다. "저기, 로버트, 로버트라고 불러도 될까요?"

아빠가 고개를 끄덕인다.

"음…… 아드님들이 오늘 또 결석했는데…… 음……."

"죄송합니다." 아빠가 불쑥 끼어든다. "아이들의 오랜 친구가 죽어서 오늘 장례식이 열렸거든요. 요 며칠 아이들이 힘들었답니다."

그녀가 형과 나를 쳐다본다.

"며칠이 아니라 몇 년이었겠죠."

그녀의 말에 아빠와 형, 나는 다 같이 고개를 끄덕인다. 어느 역겨운 주간용 영화의 주연 배우들처럼.

"잠깐 얘기 좀 나눌 수 있을까요, 로버트?" 그녀가 묻는다. "단둘이서요."

아빠는 숨을 크게 한 번 쉬고 고개를 끄덕인다. "너희는 나가 있을래?"

형과 나는 집 옆의 경사로를 터벅터벅 내려가며, 온수용 배관과 아빠의 낡고 녹슨 엔진 몇 개를 지나간다. 그런 다음 집 아래 공간으로 휙 들어가, 버려지거나 고장 난 세탁기들과 냉장고들 사이를 누빈다. 거실과 부엌 쪽으로 갈수록 땅바닥이 점점 더 높아지면서 집 아래의 공간이 좁아진다. 우리는 무릎에 축축한 갈색 흙을 묻히며 왼편 구석 꼭대기까지 기어 올라가, 아빠와 버크벡 선생님이 형과 나에 대해 얘기를 나누고 있는 부엌의 나무 바닥 바로 밑에 앉는다. 두 사람은 한 부모 연금이 나오는 날마다 한밤중에 아빠가 만취해 기절하는 팔각형

테이블에 앉아 있다. 바닥 널의 틈 사이로 두 사람이 나누는 한 마디 한 마디가 다 들린다.

"솔직히 말씀드리면 오거스트의 작품은 아주 훌륭해요." 버크백 선생님이 말한다. "예술적 통제력과 독창성과 타고난 솜씨를 보면 인재가 확실해요. 그런데…… 그게……."

"계속 말씀하세요."

"걱정이 돼요. 두 아이 모두 걱정스러워요."

그녀에게 한 마디도 하지 말았어야 했다. 파렴치한 고자질쟁이의 냄새가 풀풀 났었는데.

"제가 뭘 좀 보여드려도 될까요?" 바닥 널의 갈라진 틈 사이로 버크백 선생님의 목소리가 울려 퍼진다.

형은 흙바닥에 드러누워 있다. 대화를 듣고는 있지만, 그 내용은 아무래도 상관없는 눈치다. 저렇게 손을 머리에 베고 누워 있는 모습이 마치 미시시피강 기슭에서 입에 풀을 물고 몽상에 잠겨 있는 것 같다.

하지만 나는 신경이 쓰인다.

"오거스트가 작년 미술 시간에 그린 그림이에요." 버크백 선생님이 말한다.

한참이나 침묵이 흐른다.

"그리고 이건……." 종이가 부스럭거리는 소리가 들린다. "……이건 올해 초에 그린 그림들, 이건 바로 지난주에 그린 그림들이에요."

또 기나긴 침묵.

"보면 아시겠지만, 벨 씨…… 음…… 로버트…… 오거스트는 이 특정 장면에 집착하고 있는 것 같아요. 저, 오거스트와 미술 교사인 프로저 선생님 사이에 마찰이 좀 있었어요. 프로저 선생님은 오거스트가 가장 특출하고 열성적인 학생이라고 믿는데, 오거스트는 이 이미지만 고집하고 있거든요. 지난달에 정물화를 그리라고 했더니 오거스트는 이 장면을 그렸어요. 그 전달에는 초현실주의 작품을 그리라고 했는데 이 그림을 그렸고요. 지난주는 오스트레일리아 풍경을 그리는 시간이었는데, 이번에도 역시나 똑같은 장면을 그렸죠."

형은 미동도 없이 바닥 널만 빤히 올려다보고 있다.

아빠는 여전히 아무 말도 없다.

"전 평소에 학생의 비밀을 절대 누설하지 않아요." 버크벡 선생님이 말한다. "저는 제 사무실을 공유와 치유와 교육의 성소로 여기죠. 가끔은 '금고'라고 부른답니다. 그리고 나와 학생들만 그 금고의 비밀번호를 알고 있어요. 바로 '존중'이죠."

형은 눈알을 굴린다.

"하지만 우리 학교 공동체의 안전이 위험에 처할지도 모른다는 생각이 들면 저도 입 다물고 있을 순 없어요."

"오거스트가 누군가를 해코지할 거라 생각하신다면 헛다리를 짚으신 것 같군요." 아빠가 말한다. "그 아이는 가만있는 사람은 절대 안 건드립니다. 무슨 일이건 충동적으로 하는 법이 없어요. 수백 번 생각한 다음 행동에 옮기죠."

"참 흥미로운 말씀이네요."

"뭐가요?"

"수백 번 생각한다는 거요."

"뭐, 오거스트가 워낙 생각이 깊은 아이라서요."

또 기나긴 침묵.

"제가 걱정하는 건 다른 학생들이 아니에요, 로버트." 버크 벡 선생님이 말한다. "제 생각에 오거스트가 그 비범한 머리로 수백 번 하는 생각은 다른 사람이 아닌 바로 오거스트 자신에게 가장 위험해요."

의자가 부엌의 나무 바닥으로 살짝 미끄러진다.

"오거스트가 그린 장면이 뭔지 아시겠어요?" 그녀가 묻는다.

"네, 압니다."

"엘리는 '달 웅덩이'라고 하더군요. 오거스트가 '달 웅덩이'라고 부르는 걸 들으신 적 있으세요?"

"아니요."

형이 나를 쳐다본다. '저 여자한테 무슨 얘기했어, 이 빌어먹을 고자질쟁이야.'

나는 속삭인다. "무슨 말이든 해줘야 했어. 나를 퇴학시키려고 했단 말이야."

형이 나를 쳐다본다. '저 미친 마녀한테 달 웅덩이 얘기를 했어?'

"가드너 교장 선생님한테 아이들이 최근에 경험한 트라우마에 대해 들었을 때, 그 사건들의 여파가 아이들의 행동에 드러나는 건 자연스러운 일이라고 생각했어요." 바닥 널 위에서

416

버크벡 선생님이 말한다. "두 아이 모두 외상 후 스트레스 장애를 겪고 있는 것 같아요."

"뭐, 전쟁 신경증 같은 거 말입니까?" 아빠가 묻는다. "저 애들이 참전군인 같습니까, 버크벡 선생? 솜강에서 돌아온 것 같아요, 버크벡 선생?"

아빠가 슬슬 인내심을 잃어가고 있다.

"네, 말하자면 그래요." 그녀가 말한다. "총을 쏘고 폭탄을 터뜨리는 그런 전쟁이 아니라, 말과 기억과 어떤 순간들이 얽힌 전쟁이죠. 한창 자라고 있는 아이의 뇌에는 전쟁터에서 벌어지는 일만큼이나 해로워요."

"저 애들이 돌았다는 말입니까?" 아빠가 묻는다.

"그런 말이 아니에요."

"제정신이 아니라는 소리로 들리는데요."

"제가 드리고 싶은 말씀은, 아이들 머릿속에 들어 있는 생각이 좀…… 특이하다는 거예요."

"어떤 생각 말입니까?"

형이 나를 쳐다본다. '왜 내가 너한테만 말했다고 생각하는 거야, 엘리?'

"두 아이한테 해로울 수도 있는 생각요." 버크벡 선생님이 말한다. "아동보호국에 알려야 할 것 같은 생각요."

"아동보호국?" 아빠의 말이 매섭다.

형이 나를 쳐다본다. '너 때문에 망했어, 엘리. 네가 무슨 짓을 저질렀는지 한번 봐. 그냥 입 좀 닥치고 있으면 어디가 덧

나? 입이 왜 그렇게 싸?'

"두 아이가 뭔가를 계획하고 있는 것 같아요." 버크벡 선생님이 말한다. "어떤 목적지가 있는 것 같은데, 우리가 알아챘을 땐 이미 늦을지도 몰라요."

"목적지라니?" 아빠가 묻는다. "애들이 어디로 간다는 말입니까, 버크벡 선생? 런던? 파리? 버즈빌 경마장?"

"꼭 물리적 장소를 말하는 건 아니에요. 10대 남자아이들에게 안전하지 않은 어떤 목적을 마음에 두고 있다는 거죠."

아빠가 웃으며 묻는다. "오거스트가 그린 수채화 몇 개만 보고 이러는 겁니까?"

"아드님들이 자살 행동을 한 번이라도 보인 적 있나요, 로버트?" 버크벡 선생님이 묻는다.

형은 고개를 젓고 눈알을 굴린다. 나는 가상의 권총을 내 턱 아래에 대고 키득거리며 내 가상의 뇌를 날려버린다. 형은 킥킥거리며 가상의 올가미에 목을 매고 혀를 쭉 내민다.

"엘리 말로는, 형이 자기 꿈을 그린 거라고 하더군요." 버크벡 선생님이 말한다. "달 웅덩이는 엘리의 꿈에 나온 거예요. 하지만 엘리는 달 웅덩이를 강한 두려움, 어두운 감정과 연결 짓더군요. 그리고 엘리는 꿈을 아주 생생하게 기억할 수 있다고 했어요, 로버트. 엘리가 반복해서 꾸는 꿈에 대해 들으신 적 있으세요?"

형은 손에 들고 있던 작은 나뭇가지를 여러 조각으로 부러뜨린 뒤 한 조각을 내 머리로 던진다.

"아니요."

"꿈을 놀랄 만큼 선명하게 기억하더군요. 그 꿈에서는 아주 폭력적인 일이 벌어져요, 로버트. 꿈 얘기를 하면서 엄마 목소리, 집의 나무 바닥에 떨어진 핏방울, 이런저런 냄새들을 묘사해주더라고요. 하지만 나는 엘리한테 꿈을 꿀 때는 냄새를 맡을 수 없다고 말해줬어요. 꿈을 꿀 때는 소리를 들을 수 없다고요. 그리고 엘리한테 이 꿈들을 진짜 이름으로 부르라고 했죠."

기나긴 침묵.

"진짜 이름이라뇨?" 아빠가 묻는다.

"기억요." 버크벡 선생님이 말한다.

형이 허공에 쓴다. '아동보호국이 오거스트 벨을 지옥으로 데려간다.'

형이 허공에 쓴다. '아동보호국이 엘리 벨에게 입 좀 다물라고 가르친다.'

"엘리는 프랜시스가 아버님을 떠나기 이틀 전에 자동차가 달 웅덩이로 들어갔다고 했어요." 버크벡 선생님이 말한다.

"왜 굳이 엿 같은 과거를 들춰요?" 아빠가 묻는다. "애들은 잘하고 있어요. 잘 이겨내고 있다고요. 댁 같은 사람들이 동정한답시고 안 좋은 일을 자꾸 들먹이고, 애들 머릿속을 헤집어놓고, 애들 생각을 댁의 생각으로 바꿔놓으려고 하면, 애들은 극복할 수가 없어요."

"엘리는 아버님이 자기들을 달 웅덩이로 데려갔다고 말했어요."

419

이렇게 들으니 꿈이 아주 다르게 느껴진다. '아버님이 자기들을 달 웅덩이로 데려갔다고 말했어요.' 아빠가 우리를 달 웅덩이로 데려갔다. 다른 누구도 아니고. 아빠일 수밖에. 우리는 뒷좌석에 앉아서 차가 커브를 돌 때마다 옆으로 굴렀다. 그러면서 서로를 밀쳐대고 문으로 밀어붙였다.

"저는 댁의 아드님들을 좋아해요." 버크벡 선생님이 말한다. "제가 오늘 여기 찾아온 건, 오거스트와 엘리 벨이 유일한 보호자를 두려워하면서 살고 있다고 아동보호국에 신고하지 않을 이유를 찾고 싶어서예요."

그 꿈이 기억난다. 그 기억이 떠오른다. 밤이었고, 차가 갑자기 도로에서 홱 벗어나더니 자갈길을 덜컹덜컹 달렸다. 그러다가 양쪽 가장자리에 늘어선 높다란 유칼립투스들이 차창 옆을 지나갔다. 마치 신이 이미지들을 휙휙 넘기며 인생의 슬라이드쇼를 보여주고 있는 것 같았다.

"공황장애 때문에 그런 겁니다." 아빠가 말한다. "나는 공황장애가 있어요. 툭하면 찾아와요. 어릴 때부터 그랬죠."

"엘리는 아버님이 일부러 그랬다고 생각하나 봐요. 그날 밤에 아버님이 고의로 도로를 벗어났다고 믿는 것 같아요."

"애들 엄마도 그랬지. 아니면 왜 집을 나갔겠어요?"

기나긴 침묵.

"공황장애 때문에 일어난 사고였어요." 아빠가 말한다. "못 믿겠으면 샘퍼드 경찰한테 물어봐요."

샘퍼드. 맞다. 샘퍼드. 시골 풍경이었으니까 샘퍼드겠지. 그

나무들하며 언덕들하며. 울퉁불퉁한 땅에 여기저기 움푹 팬 곳을 지날 때마다 차바퀴가 심하게 튀었다. 나는 앞자리에 앉은 아빠를 쳐다볼 여유가 있었다. "눈 감아." 아빠가 말했다.

"나는 아이들과 시더 크리크 폭포에 가고 있었어요." 아빠가 말한다.

"밤에 시더 크리크 폭포는 왜요?" 버크벡 선생님이 묻는다.

"지금 취조하는 겁니까?" 아빠가 묻는다. "참 재미있죠?"

"뭐가요?"

"날 궁지로 몰아넣는 거."

"정확히 제가 어떻게 아버님을 궁지로 몰아넣고 있죠?"

"네모 칸에 체크 한 번 하면 애들을 나한테서 떼어놓을 수 있으니까."

"내 학생들의 안전을 위해서라면 힘든 질문도 해야 하는 게 제 일이에요."

"댁은 엄청 큰 인정을 베풀어서 아주 고귀하게 임무를 다하고 있다고 생각하겠지. 아이들을 내게서 떼어내고, 둘을 갈라놓고, 애들의 유일한 버팀목인 형제를 빼앗고. 그래놓고 마거릿 리버 샤르도네를 마시면서 친구들한테 떠들어대겠지. 자기 자식을 죽일 뻔한 괴물 같은 아빠한테서 두 아이를 구했다고. 아이들은 위탁 가정을 전전하다가 댁의 집 대문 앞에서 다시 만날 거야. 휘발유 통을 들고서. 그리고 쓸데없이 우리 일에 참견한 댁한테 고마워하면서 댁의 집을 불태우겠지."

눈을 감아. 나는 눈을 감는다. 그러자 꿈이 보인다. 기억이 보인다. 자동차가 댐의 가장자리에 부딪히고, 우리는 하늘을 날고 있다. 그 댐은 브리즈번 서쪽 변두리의 비옥한 언덕들이 이어진 시골 샘퍼드에 있는 누군가의 농장 뒤뜰에 만들어져 있던 댐이다.

"아이들은 의식을 잃었죠." 버크벡 선생님이 말한다.

아빠의 대답은 들리지 않는다.

"누구든 살아남은 게 기적이었어요." 버크벡 선생님이 말한다. "아이들은 의식을 잃었지만 아버님이 아이들을 꺼냈죠?"

마법의 자동차. 하늘을 나는 하늘색 홀덴 킹스우드.

아빠가 한숨을 내쉰다. 바닥 널의 틈 사이로 한숨 소리가 들린다.

"우리는 캠핑을 가는 길이었어요." 아빠는 문장들 사이에 엄청 뜸을 들인다. 생각하고 담배를 빨면서. "오거스트는 별들 아래서 캠핑하는 걸 좋아했어요. 달을 올려다보다가 잠드는 걸 좋아해서. 나하고 애들 엄마 사이에 조금…… 문제가 있었는데."

"아내분이 가출하셨나요?"

침묵.

"그래요, 그렇다고 할 수 있지."

침묵.

"그것 때문에 생각이 너무 많았던 거지." 아빠가 말한다. "운전을 하지 말았어야 했는데. 시더 크리크 도로에서 몸이 부들부들 떨리더니 도로 가장자리가 안 보이고 커브도 안 보이

422

더군요. 앞이 잘 안 보였어요. 머릿속이 엉망진창이 된 거지."

기나긴 침묵.

"운이 좋았어요. 애들이 차창을 내려놨거든요. 오거스트는 달을 보려고 항상 창을 내려놨어요."

형은 얼어붙은 듯 가만히 있는다.

그리고 내 마음속에서 댐의 검은 물에 달빛이 비친다. 댐에 비친 보름달. 댐의 웅덩이. 댐의 달 웅덩이.

"댐 근처에 있는 작은 오두막에 살던 사람이 달려 나왔어요." 바닥 널 사이로 아빠 목소리가 들린다. "그 사람 도움을 받아서 애들을 물 밖으로 끌어냈죠."

"아이들은 의식이 없었나요?"

"나는 애들을 잃은 줄 알았어요." 아빠의 목소리가 떨린다. "저세상으로 간 줄 알았다고요."

"숨을 안 쉬었어요?"

"그게 참 묘하단 말입니다, 버크벅 선생."

형이 살짝 미소 짓는다. 형은 이 이야기를 즐기고 있다. 전에 들어서 다 아는 척 고개를 끄덕이면서. 하지만 형은 이 이야기를 들은 적이 없다. 들었을 리가 없다.

"틀림없이 숨을 안 쉬고 있었어요." 아빠가 말한다. "인공호흡도 해보고 애들 몸을 미친 듯이 흔들어도 봤지만, 안 깨어나는 겁니다. 그래서 하늘을 올려다보면서 미치광이처럼 비명을 지르다가 다시 내려다보니까 애들이 깨어나 있지 뭡니까."

아빠가 손가락을 탁 튕긴다.

"짠, 하고 다시 돌아왔지."

아빠는 담배를 빨고 연기를 후 뱉는다.

"구급대원들이 왔길래 물어보니까, 애들이 쇼크 상태였을 지도 모른다고 합디다. 애들 몸이 너무 차갑고 감각이 없어서, 맥박이나 호흡을 확인하기 어려웠을 거라고."

"아버님 생각은요?"

"아무 생각 없어요, 버크벡 선생." 아빠는 짜증스럽게 답한 다. "공황장애였다니까요. 내가 그 사달을 낸 겁니다. 그날 밤 이후로 날마다 생각한다고요, 차를 시더 크리크 도로로 되돌 려 놓을 수만 있다면 얼마나 좋을까 하고."

기나긴 침묵.

"오거스트는 그날 밤이 자꾸 생각나나 봐요." 버크벡 선생 님이 말한다.

"무슨 소립니까?"

"그날 밤 일이 오거스트의 심리에 깊이 각인된 거죠."

"오거스트는 퀸즐랜드주 동남쪽에 있는 정신과 의사란 정 신과 의사는 죄다 만나봤어요. 수년 동안 댁 같은 사람들한테 온갖 검사도 받고 정신분석도 받고 했는데, 말하기 싫어하는 정상적인 아이라는 결과밖에 안 나왔다고요."

"오거스트는 똑똑한 아이예요, 로버트. 자기 동생한테 하는 얘기들을 정신과 의사들한테는 입도 벙긋 안 할 만큼 똑똑하 죠."

"예를 들면, 무슨 얘기요?"

나는 형을 쳐다본다. 형은 고개를 젓는다. '엘리. 엘리. 엘리.' 나는 바닥 널을 올려다본다. 거기는 형과 내가 유성펜으로 낙서한 메시지들과 스케치들로 뒤덮여 있다. 스케이트보드를 타고 있는 빅풋*. 「백 투 더 퓨처」에 나오는 들로리언 DMC-12를 모는 미스터 티**. 금속 쓰레기통 뚜껑처럼 생긴 가슴을 달고 있는 제인 시모어의 형편없는 누드화. 썰렁한 농담들. '공이 날아오르는 줄도 모르고 왜 공이 점점 더 커질까 의아해하고 있다가 공에 맞았지.' '은행 직원이 내 잔고를 확인하더니 바닥이라면서 발로 바닥을 탁 쳤어.' '아빠가 도로 공사장에서 도둑질을 하고 있다는 걸 왜 몰랐을까. 집 안 여기저기에 그 흔적이 널려 있었는데.'

"오거스트가 왜 말을 안 하기 시작했죠?" 버크벡 선생님이 묻는다.

"나도 몰라요. 아직 나한테 말 안 해줬으니까."

"엘리한테 그랬대요, 자기 비밀을 누설할까 봐 걱정돼서 말을 안 한다고."

"비밀?" 아빠가 툭 내뱉듯이 말한다.

"아이들한테 빨간 전화기에 대해 들은 적이 있나요?"

형이 내 오른쪽 정강이를 세게 찬다. '이 멍청아.'

기나긴 침묵.

"아니요." 아빠가 말한다.

• 북미 서부에서 목격된다는 미확인 동물. 온몸이 털로 덮인 거대한 원숭이처럼 생겼다.
•• 미국의 영화배우이자 전직 레슬링 선수.

"로버트, 이런 말 전하게 돼서 유감이지만, 오거스트가 엘리한테 염려스러운 얘기를 많이 했어요. 트라우마를 초래할 만큼 충격적인 얘기요. 그 자체도 트라우마에서 비롯됐겠죠. 그중엔 심하게 엉뚱한 상상력을 가진 똑똑한 아이가 할 법한 위험한 생각들도 있고요."

"원래 형들은 남동생들한테 헛소리를 잘 지껄이죠."

"하지만 엘리는 그걸 전부 다 믿어요, 로버트. 오거스트가 믿으니까 엘리도 믿는 거예요."

"뭘 믿어요?" 아빠가 짜증스럽게 묻는다.

버크벡 선생님이 목소리를 낮춰 속삭이듯 말하는 바람에, 그 소리가 바닥 널 사이로 아주 희미하게만 들린다.

"오거스트가…… 그러니까…… 음…… 어떻게 말해야 할지 모르겠는데…… 음…… 그날 밤 달 웅덩이에서 자기가 죽었다고 믿는 것 같아요. 죽었다가 다시 돌아왔다고 말이에요. 그리고 제 생각에는, 그 전에도 죽었다가 다시 살아난 적이 있다고 믿는 것 같아요. 그런 식으로 죽었다가 되살아나기를 여러 번 했다고 믿나 봐요."

부엌에 흐르는 기나긴 침묵. 아빠가 담배에 불을 붙이는 소리가 들린다.

"그리고 엘리한테 이렇게 말한 모양이에요…… 그러니까 …… 다른…… 장소들에 다른 오거스트들이 있을 거라고요."

"장소들?" 아빠가 그녀의 말을 그대로 따라 한다.

"맞아요." 버크벡 선생님이 말한다.

426

"무슨 장소들요?"

"뭐, 우리의 이해력을 넘어선 장소들이죠. 아이들이 얘기한 그 빨간 전화기의 전화선 반대쪽에 있는 곳이라든가."

"염병 무슨…… 미안합니다…… 빨간 전화기라니요?" 아빠는 인내심을 잃고 버럭 소리를 지른다.

"아이들이 목소리를 들었대요. 빨간 전화기로 전화한 남자의 목소리를요."

"대체 무슨 소린지 좆도 모르겠네."

버크벡 선생님은 이제 여섯 살짜리 아이를 가르치듯이 말한다. "아이들 어머니가 애인인 라일과 함께 살던 집의 지하 밀실에 빨간 전화기가 있대요. 라일은 지금 행방이 묘연하고요."

아빠는 담배를 길게 한 모금 빤다. 긴 침묵.

"오거스트가 달 웅덩이에 빠진 밤 이후로 입을 닫은 건, 큰 비밀 뒤에 숨겨져 있는 진실을 입 밖으로 뱉기가 두려워서예요." 버크벡 선생님이 말한다. "그리고 엘리가 그 마법의 빨간 전화기를 철석같이 믿는 이유는 통화한 남자가 엘리에 대해 속속들이 알고 있기 때문이고요."

또 한 번 기나긴 침묵. 그리고 아빠가 웃는다. 거의 울부짖는 소리처럼 들린다.

"오, 정말 환장하게 재미있네. 기가 막혀."

아빠가 무릎을 찰싹 때리는 소리가 들린다.

"재미있으시다니 다행이네요." 버크벡 선생님이 말한다.

"그러니까 선생 말은, 아이들이 정말 그렇게 믿고 있다는 거요?"

"제 생각에는 두 아이가 자기들이 겪은 큰 트라우마의 혼란스러운 순간들을 이해하기 위해서 현실과 상상을 복잡하게 뒤섞고, 이를 믿게 된 것 같아요. 아마 꽤 오래전부터 그랬을 거예요." 버크벡 선생님이 말한다. "심리적으로 큰 손상을 입었거나…… 아니면……."

그녀가 말을 잠깐 멈춘다.

"아니면 뭐요?" 아빠가 묻는다.

"아니면…… 다른 해석을 고려해보는 것도 괜찮겠죠."

"어떤 해석요?"

"오거스트와 엘리는 아버님과 제가 이해할 수 있는 수준을 넘어선 특별한 아이들이라는 거죠." 버크벡 선생님이 말한다. "자기들도 이해하지 못하는 얘기들을 듣고, 불가능한 걸 이해하기 위한 유일한 방법으로 빨간 전화기라는 존재를 만들어냈을지도 몰라요."

"말도 안 되는 소리." 아빠가 말한다.

"그럴지도 모르죠." 버크벡 선생님이 말한다. "제 추측이 황당무계하게 들릴지 몰라도 어쨌거나 제가 드리고 싶은 말씀은, 아무리 상상이라 해도 이런 믿음이 언젠가 아이들한테 큰 해를 끼칠까 봐 걱정된다는 거예요. '되살아난다'는 오거스트의 믿음이 자기가 천하무적이라는 잘못된 믿음으로 변질되기라도 하면 어떡해요?"

아빠는 낄낄거리며 웃는다.

"아드님들이 이런 생각 탓에 무모한 행동을 하게 된 건 아닌가 걱정스러워요."

아빠는 잠시 생각에 잠긴다. 라이터를 탁 켜는 소리. 연기를 후 뱉는 소리.

"뭐, 내 아이들 걱정은 안 하셔도 됩니다, 버크벡 선생." 아빠가 말한다.

"그래요?"

"그래요. 전부 다 헛소리니까."

"어째서요?" 버크벡 선생님이 묻는다.

"오거스트는 꼼수가 없는 아이예요."

"네? 꼼수요?"

"그 애는 거짓말을 안 한다고요." 아빠가 말한다. "보아하니, 엘리가 장난을 치고 있는 것 같네요. 곤란한 상황에서 벗어나려고 황당무계한 헛소리를 지어내고 있단 말입니다. 손해볼 거 없으니까요. 만약 선생이 그 이야기를 믿으면, 엘리를 특별한 아이로 생각하겠죠. 선생이 그 이야기를 안 믿으면, 엘리가 정신 나간 애라고 생각하겠지만, 그래도 역시 특별하게 보일 거 아닙니까. 선생, 엘리는 이야기꾼이에요. 그리고 나도 이런 말 하기 싫지만, 버크벡 선생, 엘리는 훌륭한 이야기꾼의 두 가지 자질을 타고났답니다. 문장을 엮는 능력, 그리고 헛소리를 지껄이는 능력."

형을 쳐다보니, 형이 동의한다는 뜻으로 고개를 끄덕인다. 한 부엌 의자의 다리가 바닥 널 위로 쭉 미끄러진다. 버크벡 선생님이 한숨을 내쉰다.

형은 일어나 앉아 기어가는 자세로 엎드리더니, 게처럼 옆으로 걸어서 집 아래 공간의 뒤편으로 향한다. 그쪽은 집의 바닥 널과 땅바닥 사이가 꽤 넓어서 일어나 있을 수 있다. 형은 거기에 버려진 아빠의 세탁기 앞에 멈춰 선다. 위쪽에 난 구멍으로 옷들을 집어넣고 빼는 세탁기다. 형은 세탁기 뚜껑을 열고 안을 들여다보더니 다시 뚜껑을 닫는다. 형이 손을 흔들어 나를 부른다. '뚜껑을 열어봐, 엘리. 뚜껑을 열어.'

뚜껑을 열어보니, 세탁기 안에 검은 쓰레기봉투가 있다.

'봉투 안을 봐, 엘리. 봉투 안을 봐.'

봉투 안을 보니, 사각형 헤로인 덩어리 열 개가 들어 있다. 기름이 배지 않는 갈색 종이로 싼 다음 투명한 비닐로 한 번 더 포장했다. 다라 벽돌 공장에서 만드는 벽돌만 한 크기다.

형은 아무 말도 하지 않는다. 그저 세탁기 뚜껑을 닫고 집의 옆쪽으로 유유히 걸어간 다음 경사로를 다시 올라가 부엌으로 들어간다.

버크백 선생님이 의자에 앉은 채 몸을 돌리다가 형의 매서운 표정을 바로 알아챈다.

"무슨 일이니, 오거스트?"

형은 입술을 핥고 나서 말한다. "난 자살 안 해요." 그러고는 아빠를 가리킨다. "그리고 우리는 아빠를 아주 많이 사랑해요. 아빠가 우리한테 주는 사랑의 절반밖에 안 되지만요."

소
년 ,

시 간 을
지 배 하
다

　시간에 당하기 전에 시간을 해치워버려. 칸 부이가 잘 꾸며
상까지 받은 해링턴 거리의 정원을 시간이 망쳐버리기 전에.
언제나처럼 스트래스이든 거리에 서 있는 비 반 트란의 노란
폴크스바겐 밴에 칠해진 페인트를 시간이 벗겨버리기 전에.

　물론 시간이 모든 것의 해답이다. 우리의 기도와 살인과 상
실과 달고 쓴 인생과 사랑과 죽음에 대한 답.

　시간 때문에 벨 형제는 자라고, 라일 아저씨가 숨겨놓은 헤
로인의 값도 점점 올라간다. 시간은 내 턱과 겨드랑이에 털을
더하고, 내 불알에는 꾸물꾸물 늑장을 부려 털을 얹는다. 시간
은 오거스트 형을 졸업반으로 올리고, 나도 곧 그 뒤를 따른다.

　시간은 아빠를 그런대로 괜찮은 요리사로 만든다. 아빠는
술을 마시지 않는 날에는 대부분 우리에게 식사를 차려준다.
고기와 냉동 채소. 소시지와 냉동 채소. 맛있는 볼로네제 스파
게티. 일주일 동안 양고기를 구워주기도 한다. 어떤 아침에는
세상이 아직 잠든 사이, 숀클리프 해변의 캐비지 트리 크리크

431

에 있는 맹그로브숲에 허리 깊이까지 들어가 크리켓 선수 비브 리처즈의 알통처럼 불룩한 집게발이 달린 머드 크랩을 잡아준다. 어떤 오후에는 푸드스토어 슈퍼마켓에 장을 보러 나갔다가 빈손으로 돌아오는데, 그래도 우리는 이유를 묻지 않는다. 공황장애 때문이라는 걸 아니까. 이제 우리는 아빠가 신경증이 있고, 그것이 아빠를 망가뜨리고 있다는 걸 아니까. 아빠의 동맥과 정맥이 그 모든 기억과 불안과 생각과 파란만장한 인생과 죽음을 실어 나르고 있는 몸속에서 그 신경증이 아빠를 산 채로 잡아먹고 있다는 걸 알고 있으니까.

어떤 날은 아빠가 차를 타고 가는 동안 자기를 지켜봐달라고 부탁해서 아빠와 함께 버스를 타기도 한다. 아빠는 내가 자기의 그림자가 되어주기를 원한다. 내게 말을 걸어달라고 부탁한다. 이야기를 들으면 마음이 안정된다며 이야기를 들려달라고 한다. 그래서 나는 슬림 할아버지에게 들었던 이야기를 아빠에게 전부 다 들려준다. 보고 로드 교도소에 갇힌 범죄자들의 기나긴 사연. 나의 오랜 펜팔 친구 알렉스 버뮤데스, 그리고 죄수들이 교도소에서 살며 기다리는 단 두 가지는 죽음과 「우리 생애 나날들」이라고. 그러다가 견딜 수 없을 정도로 힘들어지면 아빠는 고개를 끄덕이고, 나는 버스의 하차 버튼을 누른다. 아빠는 버스 정류장에서 숨을 고르고, 나는 아빠에게 다 괜찮아질 거라고 말해준다. 그리고 우리는 집으로 돌아가기 위해 다음 버스를 기다린다. 던롭 운동화를 신고 떼는 작은 발걸음들. 아빠의 여행은 점점 더 길어진다. 브래큰 리지에서 첨사이드까지. 첨사이드에서 케드론까지. 케드론에서 보엔 힐스까지.

시간은 아빠가 술을 줄이게 만든다. 퀸즐랜드주에 중간 도수의 맥주가 들어오자 아빠의 오줌이 변기 밖으로 넘치는 일도 사라진다. 이런 일을 통계로 낼 사람은 없겠지만, 브래큰 리지에 중간 도수의 맥주가 많아질수록 눈에 멍이 들어 배럿 거리 의료센터의 의사 벤슨을 찾아가는 엄마들의 수도 확실히 줄어들 것이다.

시간은 아빠에게 일자리를 준다. 세레팍스의 약효 덕분인지 아빠는 현관문 밖으로 나가 버스를 타고 브리즈번 CBD에서 그리 멀지 않은 해밀턴까지 가서, 킹스퍼드 스미스 드라이브에 있는 G. 제임스 유리·알루미늄 공장의 면접을 본다. 그리고 3주 동안 알루미늄을 다양한 모양과 크기로 자르는 일을 해서 번 돈으로 청동색의 작은 1979년형 도요타 코로나를 한 대 구한다. 브래큰 리지 태번에서 인사만 주고받는 친구 짐 '스내퍼' 노튼에게 1000달러를 주고 사면서, 한 주에 100달러씩 10주 동안 지불하기로 약속한다. 금요일 오후 아빠가 빙긋 웃으면서 지갑을 열더니, 우리가 구경하기 힘든 회청색의 지폐 석 장을 내게 보여준다. 지폐 속에서는 불알의 털이 다 곤두설 만큼 추워 보이는 남극에 더글러스 모슨*이 스노 점퍼를 입고 서 있다. 아빠는 그 어느 때보다 뿌듯해하더니 술에 취해

---

* 오스트레일리아의 지질학자이자 탐험가.

서도 눈물보다는 웃음을 더 많이 보인다. 하지만 이 기적 같은 일자리를 얻은 지 4주 차에 아빠는 현장 주임에게 억울한 질책을 받는다. 금속을 얇은 판으로 조각내는 라인에서 누군가가 숫자를 잘못 입력하는 바람에 5000달러어치 금속이 5센티미터 짧게 잘리고 만 것이다. 아빠는 부당한 처사를 참지 못하고 현장 주임에게 '몽매한 사람'이라고 욕한다. 젊은 현장 주임이 그 말을 못 알아듣자 아빠는 이렇게 설명해준다. "주근깨투성이 꼴통이라는 뜻이죠." 그리고 집으로 돌아오는 길에 킹스퍼드 스미스 드라이브 근처의 해밀턴 호텔에 들러서, 그 기적의 일자리로 이루었을지도 모를 일을 기리며 최고 도수의 포엑스 맥주를 여덟 잔 마신다. 그리고 해밀턴 호텔의 차도에서 차를 빼다가 경찰에게 붙잡혀 음주 운전으로 재판을 받는다. 그로 인해 운전면허가 취소되고 6주간의 봉사활동 명령이 내려진다. 법원이 명령한 봉사활동이 바로 형과 내가 다니는 내슈빌 공립 중등학교의 늙고 병든 관리인 밥 챈들러를 돕는 일이라는 사실을 듣고 우리는 당혹감에 빠진다. 나는 수학 시간에 창밖을 내다보다가, 수학관·과학관 앞의 잔디밭을 깎아 거대한 '엘리!'를 새겨놓고 그 옆에 서서 뿌듯한 표정으로 환하게 웃으며 나를 올려다보는 아빠를 발견하고는 할 말을 잃고 만다.

시간은 전화벨이 울리게 만든다.

"네." 아빠가 말한다. "알겠어요. 네, 그렇군요. 주소가 어떻게 되죠? 알겠습니다. 네. 네. 이만 끊습니다." 아빠는 수화기

434

를 내려놓는다. 형과 나는 「패밀리 타이스」를 보면서, 데번 소
시지와 토마토소스를 넣은 샌드위치를 먹고 있다.

"너희 엄마가 한 달 일찍 나온다는구나." 아빠는 이렇게 말
하고는 전화기 밑의 서랍을 열고 세레팍스 두 알을 챙기더니
그 신경안정제를 박하사탕처럼 빨면서 아빠 방으로 걸어간다.

*

시간은 칸 부이가 상을 받은 정원에 있는 보드라운 붉은 장
미들이 단단하게 자라도록 만든다. G. 제임스 유리·알루미늄
공장에서 봄볕 같은 짧고 화려한 시절을 보낸 후의 우리 아빠
처럼.

나는 다라의 아카디아 거리로 가는 길에 칸 부이의 집을 지
난다. 5년 전 다라 공립학교 축제의 일환으로 열린 정원 가꾸
기 대회에서 칸 부이의 앞뜰 정원이 1등을 했을 때 어떤 모습
이었는지 기억난다. 매일 아침 우리가 등교할 때마다 칸 부이
가 파란색과 흰색의 잠옷을 입고 서서 호스로 물을 주던 그 정
원은 관상용 식물과 토종 식물이 뒤섞여 있어 알록달록 화려
한 사탕 가게 같았다. 어느 날 아침에는 쭈글쭈글 늙은 자지가
잠옷 바지 앞섶 밖으로 초라하게 나와 있기도 했지만, 그는 자
기 정원에 홀려 알아차리지도 못했다. 지금은 전부 말라비틀
어지고 죽어서, 두시 스트리트 공원의 크리켓 경기장 풀밭처
럼 지푸라기 같은 담황색을 띤 채 억센 털들로 뒤덮여 있다.

아카디아 거리로 들어서자 나는 우뚝 멈춰 선다.

베트남 남자 두 명이 대런 당네 집 진입로 끝에 있는 흰 플라스틱 정원용 의자에 앉아 있다. 그들은 아디다스 나일론 운동복에 흰색 스니커즈를 신고 선글라스를 낀 채 햇볕을 쬐고 있다. 남색 운동복은 재킷과 바지의 양쪽에 노란 줄 세 개가 밑으로 쭉 그려져 있다. 나는 집 앞의 차도로 천천히 다가간다. 그들 중 한 명이 내게 두 손을 들어 올린다. 나는 걸음을 멈춘다. 두 남자가 의자에서 일어나더니, 큼직하고 단단한 담장 뒤에 숨겨져 있는 무언가로 손을 뻗는다. 이제 그들은 날카로워 보이는 커다란 마체테를 들고서 내게 다가오고 있다.

"넌 누구야?" 한 남자가 묻는다.

"엘리 벨요. 예전에 대런이랑 같이 학교 다니던 친구예요."

"가방 안에 뭐가 들었지?" 그가 심한 베트남 억양으로 툭 뱉듯이 묻는다.

나는 거리를 이리저리 훑어보고, 우리를 에워싸고 있는 이층집들의 거실 창을 들여다본다. 오지랖 심한 사람한테 이 구린내 나는 거래를 들키면 골치 아픈데.

"뭐, 좀 민감한 물건이 들어 있죠." 나는 속삭여 답한다.

"여기 뭐 하러 왔어?" 남자가 신경질적으로 묻는다. 항상 이렇게 으르렁거리는 표정을 하고 있나 보다.

"대런한테 거래를 제안하려고요."

"당 씨 말이야?" 남자가 쏘아붙인다.

"네, 당 씨요." 나는 해명하듯 말한다.

심장이 두근거린다. 손가락들은 검은 백팩의 끈을 단단히 붙잡는다.

"거래를 제안한다고?" 남자가 묻는다.

나는 또 한 번 주변을 살핀 다음, 한 걸음 더 다가간다.

"나한테…… 음…… 물건이 좀 있거든요…… 당 씨가 들으면 솔깃할 만한 물건이죠."

"물건?" 남자가 묻는다. "너 BTK야?"

"네?"

"만약 BTK면 네 혀를 잘라버릴 줄 알아." 휘둥그레 뜬 눈을 보아하니, 당장이라도 내 혀를 신나게 자를 기세다.

"아니요, 난 BTK가 아니에요."

"모르몬교도야?"

나는 웃음을 터뜨린다. "아니요."

"여호와의 증인?" 남자가 쏘아붙인다. "아니면 또 그 망할 온수용 배관 팔러 왔나?"

"아니에요."

내가 평행 우주의 이상한 다라에 들어오기라도 한 건가? BTK? 대런 당 씨는 또 뭐야?

"오해하신 것 같은데요." 내가 말한다. "저기, 난 그냥 대런한테 인사하러……."

베트남 남자들이 마체테의 나무 칼자루를 만지작거리며 더 가까이 다가온다.

"가방 이리 넘겨."

나는 물러선다. 남자가 마체테를 들어 올린다.

"가방." 그가 말한다.

내가 가방을 넘기자 그가 받아서 옆에 있는 남자에게 건넨다. 똘마니로 보이는 남자가 가방 안을 들여다보더니 자기 상관에게 베트남어로 전한다.

"이건 어디서 구했지?" 상관이 묻는다.

"오래전에 대런의 엄마가 우리 엄마 애인한테 판 거예요. 대런한테 다시 팔려고 가져왔어요." 내가 말한다.

남자는 아무 말 없이 나를 쳐다본다. 검은 선글라스 때문에 눈이 보이지 않는다.

그가 주머니에서 검은색 무전기를 꺼낸다.

"이름이 뭐라고?"

"엘리 벨요."

그가 무전기에 대고 베트남어로 말한다. 내가 알아들을 수 있는 말은 '엘리 벨'뿐이다.

그가 무전기를 주머니에 도로 집어넣고는 내게 가까이 오라고 손짓한다.

"자, 두 팔 들어."

내가 손을 들자 두 베트남 남자가 내 다리와 팔과 엉덩이를 더듬으며 수색한다.

"야, 여기 보안이 정말 철저해졌네요." 내가 말한다.

상관의 오른손이 내 불알을 만지작거린다. "살살 좀 해요." 나는 몸을 꿈틀거리며 말한다.

"따라와."

우리는 라일 아저씨가 이국적인 여인 '저리 꺼져' 빅 당과 거래했던 집으로 들어가지 않는다. 대런의 거대한 노란 벽돌 집의 왼쪽 면을 따라간다. 이제 보니 집의 높다란 나무 담장에 가시철사가 엮여 있다. 뒷마당이 아니라 무슨 요새 같다. 우리는 본채 뒤의 별채로 걸어간다. 별채는 흰색으로 칠한 콘크리트 블록으로 만든 공용 화장실처럼 생겼는데, 마약상이나 히틀러가 전략을 짜기에 좋아 보인다. 문지기가 별채의 복숭앗빛 문을 한 번 두드린 뒤 베트남어로 한 단어를 말한다.

문이 열리자 문지기가 나를 복도로 데려간다. 복도 양쪽에 대런 당의 가족이 고향에서 찍은 흑백 사진들이 액자에 쭉 걸려 있다. 결혼사진, 가족 행사 사진, 전화기에 대고 소곤거리고 있는 어떤 남자의 사진, 갈색 강 옆에서 큼직한 새우 한 마리를 들고 있는 할머니의 사진.

복도는 거실로 이어지고, 그곳에 베트남 남자 10여 명이 팔과 다리 옆쪽에 노란 줄이 그려진 남색 나일론 아디다스 운동복을 입고 서 있다. 정문에 있던 남자들처럼 모두 검은 선글라스를 끼고 있다. 남색 운동복을 입은 이 남자들은 팔과 다리에 흰 줄이 그려진 빨간 나일론 아디다스 운동복을 입은 한 남자를 빙 둘러싸고 있다. 남자는 검은 선글라스가 아니라, 금테를 두른 조종사용 미러 선글라스를 끼고, 길게 쭉 뻗은 나무 책상에 앉아 서류 몇 장을 훑어보고 있다.

"대런?" 내가 말한다.

빨간 운동복을 입은 남자가 고개를 드니, 입의 왼쪽 꼬리에

서부터 쭉 이어진 흉터가 보인다. 그가 선글라스를 벗고는 내 얼굴을 바라본다. 그의 두 눈이 가늘어진다.

"넌 뭐야?" 그가 묻는다.

"대런, 나야. 엘리."

그가 선글라스를 책상에 내려놓고, 밑의 서랍으로 손을 집어넣는다. 그러더니 잭나이프를 꺼내 들고 책상을 돌아 내게 다가오면서 칼날을 획 편다. 그리고 코 밑을 비비며 두 번 세게 쿵쿵거린다. 눈알이 힘을 잃어가는 전구처럼 흔들리고 있다. 그가 내 앞에 서서 칼날을 내 오른쪽 뺨으로 미끄러뜨린다.

"엘리 뭐?" 그가 속삭인다.

"엘리 벨. 학교 친구였잖아. 젠장, 대런. 나야, 인마. 바로 근처에 살았었잖아."

그가 칼날을 내 눈알로 올린다.

"대런? 대런? 나야."

그러자 그가 얼어붙었다가 활짝 웃는다.

"하아아아아아아아아!" 그가 소리를 질러댄다. "네 얼굴 좀 봐, 이 자식아!" 남색 운동복을 입은 그의 친구들이 나를 놀리듯 큰 소리로 웃어젖힌다. "들었냐?" 그가 자기 관객들에게 말한다. "나야, 인마아아아아. 나야아아아아아, 에엘리이이이."

그는 자기 허벅지를 찰싹 때린 다음, 칼날을 여전히 오른손 주먹에 쥔 채 두 팔로 나를 감싸 안는다. "이리 와, 바보 자식아!" 그가 웃는다. "어떻게 된 거야? 전화도 안 하고, 편지도 안 쓰고. 내가 우리를 위한 큰 계획을 짜놨는데, 팅크."

"그런데 완전히 망해버렸지." 내가 말한다.

대런은 동의하며 고개를 끄덕인다. "그래, 우리 불쌍한 엘리 벨이 고생을 많이 했지." 대런이 내 오른손을 붙잡더니 자기 눈으로 들어 올려, 손가락이 없어진 자리에 남은 창백한 혹을 손가락으로 훑는다.

"그리워?" 대런이 묻는다.

"글 쓸 때만."

"아니, 다라 말이야, 바보야. 다라가 그리워?"

"그래."

대런이 자기 책상으로 돌아간다.

"뭐 좀 마실래? 저기 냉장고에 음료수가 꽉 차 있어."

"파시토 있어?"

"아니, 콜라, 솔로, 환타, 크리밍 소다 있어."

"그럼 됐어."

대런이 책상 의자에 기대앉으며 고개를 절레절레 흔든다.

"엘리 벨이 돌아오다니! 정말 반갑다, 팅크."

대런의 미소가 사그라진다. "라일 아저씨는 대체 어떻게 된 거야?"

"빅이었어?" 내가 묻는다.

"빅이라니, 뭐가?"

"라일 아저씨를 고자질한 사람이 빅이었냐고."

"우리 엄마가 그랬다고 생각해?" 대런은 어리둥절한 표정으로 묻는다.

"아니, 그렇게 생각 안 해." 내가 말한다. "그런데 혹시 너희 엄마였어?"

"엄마는 라일 아저씨를 타이터스 브로즈랑 똑같은 고객으로 생각하고 있었어. 고자질이 좋은 짓도 아니고, 부업처럼 따로 하고 있는 거래를 일러바칠 이유가 없잖아. 엄마는 그냥 사업을 하고 있었을 뿐이야, 팅크. 라일 아저씨가 자기 두목 몰래 딴 주머니를 찰 정도로 멍청했다면, 그건 아저씨 사정이지, 엄마 사정이 아니라. 아저씨 돈에도 다른 사람 돈이랑 똑같은 숫자가 찍혀 있는데 엄마한테는 아무 상관 없지. 야, 누가 아저씨를 꼰질렀는지 너도 확실히 알면서 왜 이래."

아니. 아니, 난 모른다. 확실히는 무슨. 전혀 모른다.

대런이 얼빠진 표정으로 입을 떡 벌린 채 나를 쳐다본다.

"정말 순진해빠진 자식이라니까." 대런이 말한다. "가장 큰 쥐새끼는 항상 치즈에 가장 가까이 있다는 걸 몰라?"

"테디?"

"말해줄 수도 있지만, 팅크, 난 치즈 같은 거 안 먹거든." 대런이 말하자 대런의 친구들이 고개를 끄덕인다.

라일 아저씨의 친구라던 작자, 약해빠진 거지 같은 새끼 타데우시 '테디' 칼라스. 빌어먹을 배신자.

"너희 엄마는 어디 있어?" 내가 묻는다.

"집에서 쉬고 있어. 1년 전에 큰 병이 났거든."

"암?"

"아니, 백내장. 불쌍한 빅이 이제 앞을 못 보신단다."

442

문지기가 내 백팩을 책상에 툭 떨어뜨리자 대런이 그 안을 들여다본다.

"아직도 타이터스 브로즈한테 물건을 대주고 있어?" 내가 묻는다.

"아니, 그 인간은 더스틴 방이랑 BTK한테 붙어버렸어. 네 소중한 라일 아저씨하고 그런 일이 있었으니, 엄마랑 타이터스 사이도 틀어졌지."

대런이 칼을 가방 속으로 찔러 넣더니, 칼끝에 라일 아저씨의 고급 헤로인 알갱이들을 묻혀서 꺼낸다.

"BTK가 뭐야?" 내가 묻는다.

대런은 다이아몬드의 투명도를 검사하는 보석 세공인처럼, 칼에 묻은 약을 면밀하게 살핀다.

"본 투 킬(Born To Kill). 새로운 세상이 왔어, 팅크. 이젠 무조건 갱단이랑 손을 잡아야 돼. BTK. 5T. 커널 보이스(Canal Boys). 베트남에서 약을 수출하는 애들이 거지 같은 규칙을 만들어놓고 엄청 깐깐하게 굴거든. 뭐든지 저 남쪽의 캐브라마타라는 데로만 들여와. 사이공에서 편이 갈리니까 캐브라마타에서도 편이 갈릴 수밖에 없었지. 그 더스틴 방이라는 새끼는 BTK한테 붙었고, 우리 엄마는 5T랑 손을 잡았어."

"5T는 뭐야?"

대런이 친구들을 둘러보자, 그들이 씩 웃으며 다들 베트남어로 뭐라 읊조려댄다. 대런이 일어나, 빨간 나일론 아디다스 재킷의 지퍼를 내리고 흰색 러닝셔츠를 끌어내리자 가슴팍에 새겨진 문신이 보인다. 큼직한 숫자 '5'와 단검 모양의 'T'가 다섯 개의 베트남 단어로 장식된 검은 심장을 찌르고 있다. Tình, Tiên, Tù, Tôi, Thu. 5T 조직원들이 합창하듯 구호를 외친다. "사랑, 돈, 감방, 죄, 복수."

대런은 고개를 끄덕이며 만족스러운 듯 말한다. "바로 그거야."

문을 두드리는 소리가 들린다. 역시 남색 나일론 아디다스 운동복을 입은 아홉 살 정도 되어 보이는 베트남 남자아이가 들어온다. 아이는 땀을 뻘뻘 흘리며 대런에게 베트남어로 소리를 지른다.

"BTK?" 대런이 답한다.

소년이 고개를 끄덕인다. 대런이 자기 오른편에 있는 고위 조직원에게 고개를 끄덕이자, 그가 다른 세 명에게 고개를 까딱하고, 그들은 서둘러 별채에서 뛰쳐나간다.

"무슨 일이야?" 내가 묻는다.

"망할 BTK 패거리가 그랜트 거리에 나타났대." 대런이 말한다. "놈들은 그랜트 거리에 나타나면 안 되거든."

대런은 짜증스러운 표정으로 초조해하더니 내 가방을 다시 내려다본다.

"얼마야?" 대런이 묻는다.

"뭐가?" 내가 말한다.

"얼마냐고." 대런이 한 번 더 말한다. "얼마나 줘?"

"약값으로 말이야?" 나는 분명히 짚고 넘어간다.

"아니, 팅크, 네가 내 불알 빨아주는 값. 그래, 네가 가져온 약 말이야, 얼마나 주면 되겠냐?"

"4년 전에 너희 엄마가 라일 아저씨한테 판 약이야."

"난 또. 네가 그 촌구석 브래큰 리지에서 사업을 시작한 줄 알았지." 대런이 빈정대며 차갑게 말한다.

나는 판촉 연설에 들어간다. 어제 방에서 여섯 번이나 연습했지만, 그땐 선글라스를 낀 무서운 베트남 남자 열네 명이 나를 노려보고 있지 않았다.

"최근에 퀸즐랜드주 경찰이 헤로인 거래를 집중 단속하고 있는 걸 감안하면, 이 정도로 순도 높은 약의 가격은……."

"하!" 대런이 웃는다. "순도? 마음에 드는데, 팅크, 무슨 다이아몬드라도 파는 것 같잖아. 순도라." 조직원들이 웃는다.

나는 계속 밀어붙인다.

"……이 정도로 질 좋은 약은 구하기 힘들 테고, 그러니까 그 가방에 들어 있는 양에 맞는 적절한 가격은……."

나는 대런의 눈을 들여다본다. 대런은 이런 거래를 전에도 해본 적이 있다. 나는 처음이고. 다섯 시간 전 나는 아빠의 샤워실 문에 뿌옇게 서린 김에다 막대 인간 모양의 내 초상화를 그리고 있었다. 엑스칼리버를 들고 있는 기사의 모습으로. 지금 나는 5T 갱단의 열여섯 살짜리 두목과 헤로인 거래를 하고 있다.

"음……." 젠장, '음' 같은 말 내뱉지 마. 자신감을 가져. "어…… 8만 달러?"

대런이 픽 웃는다. "네 스타일이 마음에 들어, 엘리."

대런이 한 조직원에게 고개를 돌려 베트남어로 말하자, 그가 다른 방으로 급하게 들어간다.

"저 사람 뭐 하는 거야?" 내가 묻는다.

"너한테 줄 5만 달러 가지러 간 거야."

"5만? 난 8만 달러라고 했잖아. 물가 상승률은 어쩌고?"

"팅크, 허풍 좀 그만 떨지 그래." 대런이 빙긋 웃는다. "그래, 아마 10만 달러는 넘겠지. 내가 널 사랑하긴 하지만 말이야, 엘리, 넌 너고 난 나야. 그리고 지금 네 문제는 너 자신을 지키기 위한 크리켓 공 하나도 제대로 던지지 못한다는 거야. 그뿐만 아니라, 네 뒤에 있는 그 문을 나가 봤자 약을 어디로 가져가야 할지도 전혀 모른다는 거지."

나는 몸을 돌려 내 뒤의 문을 바라본다. 맞는 말이다.

대런이 웃는다. "아아아, 보고 싶었어, 엘리 벨."

조직원 세 명이 사무실로 불쑥 들어오더니 대런에게 미친 듯이 뭐라고 소리를 질러댄다.

"망할 촌뜨기 새끼들." 대런이 버럭 고함을 지르고는, 조직원들에게 심한 베트남 억양으로 요란스럽게 명령을 내린다. 그러자 조직원들이 옆방으로 우르르 달려가더니 마체테를 들고서 순식간에 다시 나타난다. 다른 방에 갔던 조직원이 50달러짜리 지폐를 벽돌 모양으로 세 뭉치 쌓아 만든 5만 달러를 들고 돌아온다. 마체테를 든 남자들은 군인처럼 씩씩하게 복도를 줄지어 걸으면서, 마체테로 복도 벽을 신나게 때려대며 별채에서 나간다.

"이게 무슨 난리야?" 내가 묻는다.

"망할 BTK가 평화 협정을 깼어." 대런이 책상의 기다란 서랍을 열며 말한다. "2분 후면 놈들이 우리 집에 들이닥칠 거야. BTK 놈들의 망할 머리를 메기 대가리처럼 따버려야지."

대런이 5T 로고를 새겨 맞춤 제작한 번쩍이는 금빛 마체테를 서랍에서 꺼낸다.

"난 어쩌고?" 내가 묻는다.

"아, 그래." 대런은 다시 서랍으로 몸을 숙이더니 또 다른 마체테를 꺼내 내게 툭 던진다.

내가 칼자루를 만지작거리며 마체테를 내려뜨리니 칼날이 거의 내 발에 닿는다. 나는 얼른 무기를 들어 올린다.

"아니, 내 말은, 거래를 끝내자고."

"팅크, 거래는 이미 끝났어."

대런의 부하가 내 백팩을 건넨다. 가방 안에 있던 약은 사라지고, 대신 현금 뭉치가 들어 있다.

"가자." 대런은 이렇게 말하고는, 무사처럼 살기등등한 얼굴로 복도를 급하게 걸어간다.

"난 너희 볼일 끝날 때까지 여기서 기다릴게." 내가 말한다.

"그건 안 돼, 팅크. 이 별채에는 베트남 국민한테 여섯 달 동안 빅 루스터 음식을 먹일 수 있을 만큼 많은 돈이 있어. 여긴 잠가둬야 돼."

"난 그냥 뒷담으로 몰래 빠져나갈게."

"우리 집 담장에는 전부 가시철사가 쳐져 있어. 이 집에서 나가려면 정문으로 나가야 돼." 대런이 말한다. "그런데 넌 왜 이러는 거야? BTK 자식들이 우리 구역을 먹으려고 하잖아. 다라를 통째로 집어삼키려 한다고. 너는 그 자식들 손에 우리 고향이 넘어갔으면 좋겠냐? 여긴 우리 구역이야, 팅크. 우리가 지켜야지."

*

싸움의 시작은 역사 속의 여느 전쟁과 크게 다르지 않다. 먼저 양측의 두목이 말을 주고받는다.

"네 코를 잘라서 네 콧구멍에 열쇠고리를 끼워주마, 트란." 대런이 아카디아 거리의 컬드색에 있는 자신의 집 앞에서 이제 서른 명 정도로 불어난 5T 조직원들에게 둘러싸인 채 큰소리로 말한다.

거리 입구에 트란인 듯한 남자가 서 있고, 그의 뒤에는 남들의 인생을 끝장내려는 단 하나의 목적을 갖고 이 세상에 태어난 것처럼 보이는 BTK의 야만적인 조직원들이 포진해 몸을 들썩이고 있다. 트란은 오른손에는 마체테를, 왼손에는 망치를 들고서, 대런네보다 열 명은 더 많아 보이는 조직을 이끌고 있다.

"네 귀를 잘라서 매일 밤 저녁 먹기 전에 그 귀에다 대고 행진가를 불러주마, 대런." 트란이 말한다.

그러고는 쨍쨍 하는 소리가 울리기 시작한다. 양측 조직원이 자기들끼리 쇠붙이 무기를 부딪친다. 쨍쨍거리는 리드미컬한 소리가 점점 더 거세진다. 선전포고. 파멸의 노래.

그때, 내 안의 무언가가 나를 움직인다. 삶에 대한 욕망 때문인지, 평화를 바라는 마음 때문인지, 아니면 그저 마체테가 내 머리에 꽂히는 게 두려워서인지, 뒤에 서 있던 나는 5T 조직원 사이를 뚫고 앞으로 나아간다.

"미안해요, 미안해요." 나는 이렇게 말하며 아카디아 거리 한복판으로 걸어 들어간다. 피에 굶주린 두 조직 사이의 경계선. "끼어들어서 미안한데요." 내가 큰 소리로 말하자 마체테들이 쨍쨍 부딪치는 소리가 멈춘다. 거리에 정적이 감돌다가 내 떨리는 목소리가 다라에 울려 퍼진다.

"여러분이 내 말을 들어야 할 이유는 없죠." 나는 큰 소리로 외친다. "난 그냥 친구를 만나러 온 멍청한 놈이니까요. 하지만 여러분이 서로에게 품고 있는 앙심을 푸는 데 제3자의 관점이 도움이 될 수도 있어요."

나는 양쪽을 차례로 돌아본다. 대런과 트란의 얼굴에 어리둥절한 기색이 역력하다.

"다라의 아들들이여." 내가 말한다. "베트남의 아들들이여. 여러분의 가족이 고국을 떠날 수밖에 없었던 것도 전쟁 때문 아니었나요? 애초에 여러분이 이 아름다운 교외 마을로 떠나온 건 증오와 분열과 오해 때문 아니었던가요? 다라의 경계선을 지나면 이상한 땅이 나오죠. 오스트레일리아라는 땅. 그곳은 새로 들어온 자들한테 항상 친절하진 않아요. 외부인들을 항상 환영해주진 않죠. 이 포근한 안식처 밖으로 나가면 거기서도 충분히 싸울 일이 많을 거예요. 여러분은 거기서 함께 싸워야 해요, 여기서 서로 칼을 겨눌 게 아니라."

나는 내 머리를 손가락으로 가리킨다.

"이제 우리 모두 여기를 조금 더 써야 할 때가 된 것 같네요."

그리고 나는 마체테를 들어 올린다.

"이건 조금 덜 쓰고 말이죠."

나는 천천히 그리고 상징적인 몸짓으로, 내 마체테를 고요한 아카디아 거리의 아스팔트 길에 내려놓는다. 대런이 자기 부하들을 바라본다. 트란도 잠시 두 팔을 내리고 자기 병사들을 돌아본다. 그러더니 나를 쳐다본다. 그런 다음 무기를 다시 들어 올린다.

"탄 코오오오옹!" 그가 외치자, BTK 군단이 마체테와 망치와 쇠지레를 브리즈번 하늘로 높이 쳐들며 앞으로 돌진한다.

"전부 다 죽여버려!" 대런의 외침에 5T의 무자비한 조직원들이 운동화로 거리를 찰싹찰싹 때리며 달려 나간다. 기대감에 차서 쇠붙이를 쩽그랑거리며 돌격한다. 내가 몸을 돌려 길가로 전력 질주하는 순간, 과격한 두 군단의 살과 살이, 칼과 칼이 맞부딪친다. 나는 무릎 높이의 담장을 뛰어넘어, 대런의 집에서 네 집 건너에 있는 작은 주택의 앞뜰로 들어간다. 그러고는 배를 깔고 엎드려 잔디밭을 기어간다. BTK 조직원이 내 탈출을 알아채지 못했기를 빌면서. 집 옆까지 기어가자 흰 장미 덤불 뒤에 숨을 만한 곳이 나온다. 나는 그곳에서 아카디아 거리의 마체테 대전투를 마지막으로 한 번 더 지켜본다. 허공을 휙 가르는 칼날, 이마와 코를 때리는 주먹과 팔꿈치. 배를 차는 다리. 눈알을 까는 무릎. 대련 당은 잽싸고 의기양양하게 포물선을 그리며 아수라장에서 펄쩍 뛰어나와 아무 눈치도 못 채고 있는 라이벌 무사에게 달려든다. 나는 내 백팩의 바닥을 더듬어 아직 거기에 있는 5만 달러를 만져본다. 고맙게도 나는 전쟁의 신들이 가르쳐준 줄행랑 전략을 잊지 않았다.

소 년 ,

환 영 을
보
다

어서 그녀에게 얘기해주고 싶다. 어서 그녀를 보고 싶다. 내 환영 속에서 그녀는 흰 원피스를 입고 있다. 긴 머리카락을 어깨에 축 드리우고서. 그녀가 무릎을 꿇고서 나를 품속으로 획 끌어안는다. 나는 우리가 그녀를 위해 번 돈을 건네고, 그녀는 눈물을 흘린다. 그날 밤 우리는 차를 타고 더 갭에 간다. 그리고 더 갭 빌리지 쇼핑센터에 있는 은행의 책상에 그 돈을 내려놓는다. 그녀는 잘생긴 은행원에게, 앞뜰에 흰 장미 덤불이 있는 작은 주택의 전세보증금으로 낼 돈이라고 설명한다.

우리가 탄 버스는 브리즈번 북부의 교외 마을 눈다에 있는 버클랜드 로드에 멈춰 선다. 가을의 큼직한 태양이 내 정수리를 따뜻이 데우고, 귀와 목을 태운다. 우리는 코퍼스 크리스티 성당을 한가로이 지나간다. 아빠 서재에 언덕처럼 쌓인 책들 사이에 여기저기 흩어진 『브리태니커 백과사전』에서 봤던 런던의 중요한 건물들이 모두 그렇듯이, 이 거대한 갈색 벽돌 성당의 꼭대기에도 녹색 돔이 얹혀 있다.

아빠가 집이라고 부르는 그 성냥갑 같은 거지 소굴이 그리울 것 같다. 벽에 뚫린 그 구멍들이 그리울 것이다. 그 모든 책이 그리울 것이다. 술에 취하지 않은 멀쩡한 정신일 때 우리와 함께 「세기의 세일」을 보면서 토니 바버의 농담에 웃고 모든 전회 우승자를 완파하는 아빠가 그리울 것이다. 헨리 배스가 그리울 것이다. 정신 멀쩡한 아빠를 위해 담배를 사러 가게로 걸어가던 길이 그리울 것이다. 술에 취하지 않은 아빠가 그리울 것이다.

우리는 버클랜드 로드를 벗어나 베이지 거리로 들어간다. 나는 걸음을 멈춘다.

"여기야." 내가 말한다. "61번지."

형과 나는 퀸즐랜드주 특유의 제멋대로 뻗은 목조 주택 앞에 서 있다. 이 집은 기다랗고 가는 기둥 위에 높이 서 있고, 금방이라도 무너질 듯 낡았다. 그래서 마치 지팡이를 짚고 아일랜드의 기근에 대해 농담하는 노인처럼 보인다. 파란 페인트가 군데군데 벗겨진 높은 계단통을 올라가니, 닳아빠지고 썩어서 건드렸다가는 쪼개질 것만 같은 오래된 프렌치 도어가 나온다. 나는 다섯 손가락 모두 온전한 왼손으로 문을 두 번 똑똑 두드린다.

"들어와요." 한 여자의 카랑카랑한 목소리가 노래하듯이 말한다.

집의 현관문이 열리고, 나이 든 수녀가 짧은 소매가 달린 흰 원피스를 입고서 우리 앞에 서 있다. 온화하게 미소 짓는 얼굴의 가장자리로는 파란색과 흰색이 섞인 두건이 둘러져 있다. 펜던트에는 큼직한 은색 십자가가 달렸다.

"오거스트랑 엘리구나." 그녀가 말한다.

"제가 엘리예요. 형이 오거스트고요." 내가 말한다. 형이 미소 지으며 고개를 끄덕인다.

"난 퍼트리샤 수녀란다. 며칠 동안 너희 엄마를 돌보면서 사회에 적응할 수 있도록 도와주고 있지."

그녀가 우리 눈을 깊숙이 들여다본다. "너희 둘에 대해 전부 다 들었단다." 그녀가 내게 고개를 까딱한다. "엘리, 말하기 좋아하는 이야기꾼." 그리고 형 쪽으로 고개를 까딱한다. "그리고 우리의 지혜롭고 조용한 남자, 오거스트. 오오오, 불과 얼음의 조합이라, 정말 희한하구나."

불과 얼음. 음과 양. 소니와 셰어. 전부 효과가 좋다.

"들어오렴." 수녀가 말한다.

우리는 문 여러 개를 지난 뒤, 이 제멋대로 뻗은 집의 일광욕실에 얌전히 서 있다. 복도 입구 위에 큼직한 예수 그림 액자가 걸려 있다. 레나의 방에 있던 그림과 크게 다르지 않다. 슬픔에 잠긴 젊은 예수. 잘생긴 젊은 예수. 우리의 가장 큰 죄를 짊어진 자. 모든 걸 아는 자. 용서하는 자. 내가 요즘 품고 있는 악의적인 생각, 그 모든 사악한 기대를 막아주는 남자. 우리 엄마를 여기 있게 한 남자들이 불에 타기를. 내가 예전에 알았던 이 남자들이 피 흘려 죗값을 치르기를. 그놈들이 물에 빠져 죽게 해주세요. 그놈들을 지옥으로 보내주세요. 놈들이

질병과 천벌과 역병과 고통과 영원한 불과 얼음에 시달리게 해주세요. 아멘.

"엘리?" 퍼트리샤 수녀가 말한다. "괜찮니, 엘리?"

"네, 죄송해요." 내가 말한다.

"뭘 망설이니?" 그녀가 말한다. "손 잡아줄까?"

우리는 계속 복도를 걸어간다.

"오른쪽 두 번째 방이야." 퍼트리샤 수녀가 큰 소리로 얘기한다.

형이 내 앞에서 걷고 있다. 복도에는 카펫이 깔려 있다. 낮고 긴 탁자에 기도문이 끼워진 액자, 묵주들이 담긴 쟁반, 자주색 꽃이 꽂힌 꽃병 들이 놓여 있다. 집 전체에 라벤더 향이 난다. 이제부터는 라벤더를 보면 엄마가 떠오를 것이다. 연한 녹청색으로 칠해진 세로 줄눈 나무 벽과 묵주를 보면 엄마가 떠오를 것이다. 우리는 오른쪽 첫 번째 방을 지나간다. 그 방에서는 한 여자가 책상에 앉아 책을 읽고 있다. 그녀가 우리에게 미소 짓자 우리도 미소로 답한 뒤 복도를 계속 걸어간다.

형이 오른쪽 두 번째 방의 문 앞에 잠깐 멈춰 서더니 어깨너머로 나를 쳐다본다. 나는 형의 오른쪽 어깨에 손을 얹는다. 우리는 말없이 얘기를 나눈다. '나도 알아, 형. 나도 알아.' 형이 방 안으로 들어가고, 나는 형을 따라 들어가 형을 덥석 안는 엄마를 지켜본다. 엄마는 형이 들어가기 전부터 울고 있었다. 엄마는 흰 원피스가 아니라 담청색 여름 원피스를 입고 있지만, 머리는 환영에서처럼 길고, 얼굴은 따스하고 온전하게 여기 있다.

"다 같이 안자." 엄마가 속삭인다.

우리는 환영에서보다 더 크다. 나는 시간을 깜박했다. 환영
은 뒤처져서, 앞으로의 일이 아니라 사실이 아닌 것들을 보여
주었다. 엄마가 일인용 침대에 앉으니, 보고 로드 교도소의 침
대에 앉아 있던 엄마가 떠오른다. 그 두 여자는 완전히 다르
다. 내 머릿속에 있는 그녀는 최악의 모습이고, 여기에 있는
그녀는 최고의 모습이다.

그리고 앞으로도 엄마는 지금처럼 최고의 모습일 것이다.

*

엄마가 방문을 닫고, 우리는 세 시간 동안 밖에 나가지 않
는다. 놓쳐버린 그 모든 시간의 틈을 메워 나간다. 우리가 학
교에서 좋아하는 여자애들, 우리가 즐기는 스포츠들, 우리가
읽는 책들, 우리가 피우는 말썽들. 우리는 모노폴리와 우노 게
임을 하고, 엄마 침대 근처에 있는 작은 시계 겸용 라디오로
음악을 듣는다. 플릿우드 맥. 듀란듀란. 콜드 치즐의 「웬 더 워
이즈 오버(When the War is Over)」.

우리는 저녁을 먹으러 휴게실에 간다. 엄마가 우리에게 두
여자를 소개해준다. 엄마의 교도소 동기들로, 역시 퍼트리샤
수녀의 이 무너질 듯한 낡은 집에서 사회적응 기간을 거치고
있다고 한다. 그 여자들의 이름은 샨과 린다고, 슬림 할아버지
라면 두 사람 다 좋아했을 것 같다. 둘 다 러닝셔츠를 입고 브

래지어를 안 하고 있어서, 흡연자 특유의 거친 웃음을 터뜨릴
때마다 러닝셔츠 안에서 가슴이 출렁거린다. 두 사람이 들려
주는 교도소 안에서의 비참한 생활은 따분하긴 하지만, 유쾌
한 부분도 꽤 많다. 그래서 형과 나는 엄마가 그곳에서 그렇
게 힘들지만은 않았을 거라 믿게 된다. 그곳에도 우정과 의리
와 배려와 사랑이 있었다. 그들은 이가 부러질 정도로 딱딱한
고기에 대해 우스갯소리를 주고받았다. 못된 농담과 장난으로
간수들을 놀려먹었다. 야심 찬 탈옥 시도도 있었다. 예를 들어,
어린 시절 운동선수였던 한 러시아인 죄수는 교도소 담장을
뛰어넘으려고 장대를 만들었지만 실패하고 말았다. 그리고 물
론 최고의 날은 브래큰 리지의 정신 나간 소년이 크리스마스
에 자기 엄마를 보겠다고 보고 로드 교도소로 몰래 들어온 날
이었다.

그 이야기에 엄마는 미소 짓지만 눈물도 흘린다.

*

우리는 엄마 방에 두툼한 이불로 침대를 만들고, 거실 소파
에서 가져온 쿠션들을 베개로 사용한다. 잠들기 전에 엄마는
우리에게 할 말이 있다고 한다. 우리는 엄마의 양옆에 앉는다.
나는 내 백팩을 집는다. 그 안에 5만 달러가 들어 있다.

"나도 할 얘기 있어요, 엄마." 이 일을 나 혼자만 알고 있을
수는 없다. 어서 엄마한테 말해주고 싶다. 우리의 꿈이 실현될
거라고 얼른 엄마에게 말해주고 싶다. 우리는 자유라고. 마침

내 자유로워질 거라고.

"무슨 얘기?" 엄마가 묻는다.

"엄마 먼저 말해요."

엄마는 내 앞머리를 빗어 넘기며 미소 짓는다. 그러고는 고개를 숙이고 잠시 더 생각에 잠긴다.

"어서요, 엄마, 먼저 말해요." 나는 엄마를 재촉한다.

"어떻게 말해야 할지 모르겠어." 엄마가 말한다.

나는 엄마의 어깨를 살며시 밀며 키득거린다. "그냥 말해요."

엄마는 숨을 크게 한 번 쉬고 빙긋 웃는다. 너무 환한 미소에 우리도 함께 미소 짓는다.

"나 테디랑 같이 살려고 해." 엄마가 말한다.

이렇게 시간이 끝나버린다. 시간이 모든 걸 망치고 있다. 시간이 파멸한다.

소 년 ,

거 미 를 물 다

　브래큰 리지는 꼬마거미들 때문에 골치를 앓고 있다. 열기와 습기가 딱 맞아떨어졌는지 랜슬롯 거리의 플라스틱 변기 시트 뚜껑 밑으로 꼬마거미들이 기어 다닌다. 내 11학년의 마지막 날, 우리 옆집의 파멜라 워터스 부인은 우리 집까지 들릴 정도로 요란하게 뿌르르 뿌지직 하는 소리를 내며 똥을 누다가 꼬마거미에게 엉덩이를 물린다. 형과 나는 누가 더 불쌍한지 고민에 빠진다. 워터스 부인일까, 아니면 아무것도 모르고 그녀의 엉덩이 살을 저녁밥으로 한 입 베어 문 거미일까.

　나는 아빠의 서재에서 거미에 관한 책을 한 권 발견해 꼬마거미에 대해 읽었다. 책에는 암컷 꼬마거미가 수컷 꼬마거미와 짝짓기를 하는 동시에 상대를 먹어치운다고 적혀 있었다. 우리 학교의 몇몇 여자애들이 짝짓기를 하고 나면 음식을 먹는 습관과 비슷하다. 이 치명적인 연인들의 작고 귀여운 아들딸들은 엄마가 쳐놓은 거미줄에서 일주일을 보내며 서로를 잡아먹다가 바람에 날아가 버린다.

일주일. 엄마는 형과 내가 여름방학 동안 테디의 집에서 일주일간 지내기를 원한다. 배신자 테디와의 일주일. 그럴 바에야 차라리 브래큰 리지에서 아빠랑 짝짓기 동족 포식자 꼬마 거미들이랑 같이 지내는 게 낫다.

*

"어느 행성이 가장 많은 위성을 가지고 있을까요?" 흐릿한 텔레비전 속 「세기의 세일」의 옅은 분홍색과 남청색 무대에서 토니 바버가 세 참가자에게 질문을 던지고 있다. 아빠는 맥주 서른여섯 캔과 프루트 렉시아 와인을 석 잔이나 마시고도 세 참가자를 이긴다.

"목성!" 아빠가 고함을 버럭 지른다.

"루마니아의 수도는?" 바버가 묻는다.

"노트(knot)는 어떤 양서류를 지칭하는 집합 명사일까요?"

"어떻게 프랭키 벨은 제정신으로 그 하찮은 테디 칼라스를 믿을 수 있을까요?" 바버가 묻는다. 나는 이제야 아빠의 애청 프로그램에 관심이 생겨 똑바로 일어나 앉는다.

"자, 이제 인물을 알아맞히는 게임입니다. 나는 누구일까요?" 텔레비전 화면 속에서 나를 똑바로 쳐다보며 내게 직접 묻는다. "나는 부부였던 적이 없던 두 사람 사이에서 태어났습니다. 두 아들 중 막내고, 내 형은 여섯 살에 아버지 때문에 댐에 처박히고 나서 입을 다물었죠. 내가 열세 살이었을 때, 앞으로 쭉 같이 살 거라 믿었던 남자는 인공 수족을 파는 소기업

인인 척 가장한 교외 마약상의 똘마니한테 끌려간 후 행방이 묘연해졌답니다. 상황이 좋아질 거라 생각한 바로 그때, 우리 엄마는 내가 인생에서 가장 사랑한 남자를 죽게 만들었을지 모를 남자랑 동거하기 시작했어요. 혼란과 절망으로 뒤범벅된 환장할 인생이죠. 나는 엘리 무엇일까요?"

*

형은 우리 방에서 그림을 그리고 있다. 캔버스에 유화 물감으로. 형은 자기가 화가가 될지도 모른다고 말한다.

"네 아빠처럼 말이지." 이 화제가 나올 때마다 아빠가 하는 말이다. 대개는 놀랍고 가끔은 충격적인 형의 유화를, 아빠가 첫 직장인 울룽가바의 엔드 오브 더 레인보 하우스 페인팅(End of the Rainbow House Painting)이라는 회사에서 견습생으로 지낸 시절과 연결시키면서.

방의 벽에도, 축 처진 침대 밑에도 그림들이 놓여 있다. 형은 다작을 한다. 태양계 밖의 무한한 우주 공간을 배경으로 브래큰 리지 거리의 소소한 교외 풍경을 담은 연작을 작업 중이다. 한 그림에서는 지구로부터 250만 광년 떨어진 나선은하 안드로메다 앞에 우리 마을의 빅 루스터 식당이 둥둥 떠 있다. 또 다른 그림은 산탄총을 맞은 배에서 튀는 피처럼 붉은 폭발적 항성 생성 은하를 배경으로 한다. 거기서 매키어링 거리에 사는 아이 두 명이 뒷마당에서 바퀴 달린 쓰레기통을 위킷 기둥으로 삼아 크리켓 경기를 하며 놀고 있다. 또 어떤 그림에서는 10만 광년 떨어진 은하수 끄트머리에 푸드스토어 슈퍼마켓 손수레가 둥둥 떠 있다. 우주의 경계선에서 광활하고 알록달록한 가스 구름을 배경으로, 아빠가 파란 러닝셔츠를 입고 소파에 옆으로 누운 채 손으로 만 담배를 피우고 경마 대진표에 동그라미를 치고 있는 그림도 있다. 형의 말에 따르면 우주에서는 모든 물질이 아빠의 방귀 냄새를 풍긴다고 한다.

"그건 누구야?" 내가 방문 앞에 서서 묻는다.

"너."

형은 이렇게 답하고는, 팔레트로 쓰고 있는 블랙 앤드 골드 초코칩 아이스크림 뚜껑에 붓을 톡톡 두드린다. 캔버스에 그려진 사람은 나다. 내슈빌 중등학교 사진 속의 나. 머리를 잘라야겠다. 「패트리지 가족」에서 베이스를 연주하는 배우 같은 꼴이다. 10대 후반의 여드름, 10대 후반의 멍청하게 생긴 큼직한 귀, 10대 후반의 기름기 도는 코. 나는 갈색 교실 책상에 앉아 걱정스러운 표정으로 창밖을 내다보고 있다. 그 교실 창문 너머에는 우주 공간이 펼쳐져 있다.

"저건 뭐야?"

어떤 은하계 현상처럼, 별들 사이에서 녹색 덩어리가 반짝이고 있다.

"네가 수학 시간에 창밖을 내다보다가, 120억 년 걸려서 너한테 도착한 빛을 본 거야." 형이 답한다.

"그게 무슨 뜻이야?"

"글쎄. 그냥 네가 빛을 보고 있는 모습이랄까."

"그림 제목은 뭐야?"

"수학 시간에 빛을 보는 엘리."

나는 유화 물감으로 그린 내 울대뼈에 더 진하게 음영을 더하는 형을 지켜본다.

"난 테디 집에 가기 싫어." 내가 말한다.

붓으로 슥삭, 톡톡. 슥삭, 톡톡.

"나도 싫어."

슥삭, 톡톡. 슥삭, 톡톡.

형이 고개를 끄덕인다.

"그래도 가야겠지?" 내가 말한다.

슥삭, 톡톡. 슥삭, 톡톡.

형이 고개를 끄덕인다. '그래, 엘리, 가야 돼.'

*

내가 테디를 마지막으로 본 그때보다 테디의 눈은 안으로 푹 꺼졌고 배는 볼록 튀어나왔다. 테디는 다라의 남서쪽에 있는 교외 마을 와콜의 이층집 문간에 서 있다. 브리즈번 도로를 20분 이상 달려야 하는 입스위치의 어느 요양원에서 지내고 있는 부모에게서 물려받은 전형적인 퀸즐랜드주 주택이다.

형과 나는 곧 무너져 내릴 듯한 계단통의 맨 위에 서 있다. 철 난간이 너무 낡고 가늘어서, 꼭 인디애나 존스와 그의 충성스러운 조수 쇼트 라운드가 악어들이 우글거리는 연못 위로 건너는 밧줄 다리처럼 느껴진다.

"오랜만이다, 얘들아." 테디는 맥주 통을 껴안듯 엄마에게 살찐 팔을 두른다.

거의 매일 머릿속에서 당신을 보고 있지, 테디.

"오랜만이에요." 내가 말한다.

형은 내 뒤에 서서 난간 너머로 손을 뻗어, 집 앞 계단으로 넘어온 나뭇가지에 열린 노란색 개살구처럼 생긴 열매를 잡는다.

"반갑다, 오거스트." 테디가 말한다.

형은 테디를 보더니 살짝 미소 짓고는 열매를 잡아당긴다.

"그건 우리 엄마가 심은 비파나무야. 50년 넘게 여기 있었어." 테디가 말한다.

형이 열매의 냄새를 맡는다.

"한번 먹어봐, 배하고 파인애플을 동시에 먹는 맛이 날 거야."

형이 비파를 한 입 베어 물고 씹는다. 그러고는 미소 짓는다.

"너도 먹어볼래, 엘리?" 테디가 묻는다.

당신 건 아무것도 필요 없어, 테디 칼라스, 대못에 꽂힌 당신 머리라면 모를까.

"아니, 됐어요."

"뭐 멋진 거 하나 보여줄까?"

우리는 아무 말도 하지 않는다.

엄마가 나를 째려본다. "엘리." 더 이상의 말은 필요 없다.

"좋아요, 테디." 나는 비파의 맛처럼 상쾌하게 답한다.

트럭이다. 널따란 뜰의 가장자리에 서 있는 거대한 오렌지색 1980년형 켄워스 K100 캡오버. 그 옆에 선 무시무시하게 큰 망고나무가 큰 박쥐들이 핥은 듯한 녹색 열매를 트럭의 보닛으로 떨어뜨리고 있다.

테디는 울워스 마트에서 일하며 트럭으로 오스트레일리아의 동해안 지역에 과일을 운반한다고 한다. 다 함께 트럭에 올라타고 그가 시동을 걸자, 식품을 운반하는 괴물이 덜커덩 깨어난다.

"경적 눌러볼래, 엘리?"

내가 무슨 아직도 여덟 살짜리 꼬마인 줄 아나.

"괜찮아요, 테디."

테디는 자기가 경적을 울리고는 신나게 낄낄거린다. 완두콩만 한 뇌를 가진 동화 속 거인이 포고 스틱을 타고 통통 튀어 다니는 좀도둑 농장 일꾼을 보고 낄낄거리며 웃듯이.

테디가 CB 무선기를 집더니, 저기 어딘가에 있는 트럭 운전사 친구들을 찾겠다고 주파수를 이리저리 맞춰본다. 그 친구들 모두 느릿느릿 답을 한다. 말론과 피츠라는 입이 거친 녀석들, 그리고 거시기 크기 때문에 '통나무'라는 별명으로 불리는 오스트레일리아의 전설적인 트럭 운전사.

테디 칼라스를 처음 만났을 땐 그가 좋았다. 라일 아저씨와 절친한 친구 사이로 지내는 모습이 보기 좋았다. 내가 알아보는 라일 아저씨의 진면목을 그도 알아보는 것 같았다. 나는 테디가 헤어젤로 머리를 빗어넘기고 두툼한 입술을 비죽이는 모습이 「GI 블루스(GI Blues)」 시절의 엘비스 프레슬리를 조금 닮았다고 생각했다. 하지만 지금은 온몸이 구석구석 부어올라, 라스베이거스 시절의 엘비스 같다. 그는 라일 아저씨를 배신했다. 타이터스 브로즈에게 라일 아저씨가 따로 마약 거래를 하고 있다고 고자질했다. 여자를 얻고 싶어서, 타이터스 브로즈의 눈에 들고 싶어서, 라일 아저씨가 끌려가 토막 나도록 만들었다. 하지만 타이터스는 쥐새끼 같은 고자질쟁이를 믿을 수 없다는 걸 알기에 테디를 버렸다. 쥐새끼들은 울워스의 식품 트럭을 몰고 오스트레일리아 동해안을 오가는 진짜 직업을 얻어야 하는 것이다. 그는 교도소로 엄마를 면회하러 가기 시작했고, 엄마는 아마도 누군가 면회 오는 것이 좋아서 테디의 고자질을 믿지 않으려 했던 것 같다. 나는 보고 로드 교도소에 면회를 가지 않았다. 형도 가지 않았다. 아무도 허락해주지 않아서 아빠 없이 우리끼리만 갈 수 없었다. 하지만 엄마는 바깥세상이 여전히 존재한다는 걸 일깨워줄 누군가와 얘기를 해야 했다. 그래서 쥐새끼와 얘기했다. 엄마 말로는, 테디가 목요일 아침마다 면회를 왔다고 한다. 엄마는 말한다. 그는 재미있는 사람이고, 친절한 사람이며, 엄마를 찾아와준 사람이라고.

"난 트럭 모는 게 좋아." 테디가 말한다. "고속도로를 달리면 완전히 몰입하게 된다니까. 그 기분은 뭐라 설명할 수가 없어."

그럼 하지 마셔.

"내가 가끔 도로에서 뭘 하는지 알아?"

말론, 피츠, 통나무랑 다 같이 CB 무선기 켜놓고 딸딸이라도 치시나?

"뭘 하는데요?" 나는 미끼를 문다.

"라일한테 얘기해." 그는 이렇게 말하고는 고개를 젓는다.

우리는 아무 말도 하지 않는다.

"내가 라일한테 무슨 얘기 하게?"

미안하다? 용서해줘? 끊임없이 내 영혼을 괴롭히는 죄책감과 배신과 탐욕의 고통에서 날 해방시켜줘?

"우유 트럭 얘기를 해."

테디와 라일 아저씨는 어렸을 때 우유 트럭을 훔쳤다고 한다. 다라에서. 라일 아저씨의 엄마 레나의 집 문간에서 우유 장수가 수다를 떨고 있는 사이 두 사람은 우유 트럭을 몰고 달아났다. 신나게 폭주하면서 두 사람 모두 어쩌면 인생에서 가장 행복한 6분을 만끽했다. 라일 아저씨는 한 구멍가게에 테디를 내려준 다음, 우유 트럭을 돌려주고 혼자서 뒷감당을 했다. 라일 오를리크는 어쩌다 보니 마약 밀매자로 자란 착하고 품위 있는 소년이었으니까.

"그 친구가 그리워." 테디가 말한다.

그런데 트럭의 운전석 문 쪽에서 대형 셰퍼드 두 마리가 짖어대며 그의 생각을 방해한다.

"어이, 왔구나!" 테디가 트럭의 창밖을 내다보며 환하게 웃는다. "가서 우리 애들 좀 만나봐." 그가 우리를 재촉하더니, 트럭에서 내려 뒷마당에서 자기 개들과 레슬링을 한다.

"이 녀석 이름은 '보'야." 그는 한 마리의 머리를 힘차게 비

벼대면서, 한 손으로는 다른 한 녀석의 배를 간질인다. "이놈
은 '애로'."

그는 개들의 눈을 사랑스럽게 들여다본다.

"지금 나한테는 이 아이들이 유일한 가족이야." 테디가 말
한다.

형과 나는 말없이 대화를 나눈다. '무슨 이런 찌질이가 다
있어.'

"애들 집 보러 가자." 그가 잔뜩 들떠서 말한다.

집 아래에 있는 보와 애로의 집. 개집이라기보다는 콘크리
트판에 차려진 개들의 2급 휴양지 같다. 끝이 뾰족한 말뚝 울
타리에 창문과 문 모양의 합판이 장식되어 있다. 헨젤과 그레
텔이 숲속에서 길을 잃고 헤매다가 우연히 마주치는 오두막에
달려 있을 법한 창문과 문. 모든 것이 나무 그루터기 위에 세
워져 있고, 보와 애로는 발 디딤판이 새겨져 있는 경사로를 올
라가 담요와 쿠션이 깔린 꿈의 집으로 들어간다.

"내가 만든 거야." 테디가 말한다.

형과 나는 말없이 대화를 나눈다. '진짜 대책 없는 찌질이잖
아.'

*

우리가 테디의 집에서 머무는 첫 사흘은 그야말로 완벽하
다. 비파처럼 완벽하다. 테디는 자기가 얼마나 엄마를 신경 쓰
는지 보여주기 위해 엄마에게 미소 짓는다. 우리의 환심을 사

468

려고 패들 팝 아이스크림을 사주고, 트럭 운전사끼리 주고받는 농담을 들려준다. 거의 대부분은 심하게 인종차별주의적이라, 대형 트레일러트럭의 범퍼에 원주민/아일랜드 남자/중국 남자/여자가 부딪치는 것으로 끝이 난다. 그러다가 나흘째 되는 날 더스틴 호프먼 때문에 모든 것이 어그러진다.

인두루필리에 있는 엘도라도 극장에서 「레인맨」을 보고 집으로 돌아가는 길에, 테디가 더스틴 호프먼의 연기를 보니 형이 떠오른다고 말한다.

"너도 그런 거 할 수 있냐, 오거스트?" 테디가 뒷좌석에 앉은 형을 룸미러로 보며 묻는다.

형은 아무 말도 하지 않는다.

"그런 거 있잖아." 테디는 계속 밀어붙인다. "바닥에 떨어진 이쑤시개 개수를 한눈에 셀 수 있어? 너도 그런 특별한 능력이 있냐?"

형은 눈알을 굴린다.

"형은 자폐아가 아니에요, 테디. 그냥 더럽게 말이 없을 뿐이라고요." 내가 말한다.

"엘리!" 엄마가 내게 쏘아붙인다.

꼬박 5분 동안 차 안에 정적이 흐른다. 아무도 말을 하지 않는다. 나는 도로변에서 반짝이는 노란 불빛을 바라본다. 그 불빛이 내 안에 불을 지펴 질문을 벼려낸다. 나는 아무 감정도 드러내지 않은 채 무뚝뚝하게 묻는다.

"테디, 왜 제일 친한 친구를 배신했어요?"

그는 아무 말이 없다. 그저 룸미러로 나를 뚫어져라 쳐다본다. 지금의 그는 어느 시대나 시절, 장소나 상황의 엘비스와도 닮지 않았다. 왜냐하면 엘비스는 지옥에 떨어지지 않았으니까. 엘비스는 악마가 된 적이 없었으니까.

*

테디는 이틀이 넘도록 아무 말도 하지 않는다. 아침 느지막이 일어나, 식탁에서 콘플레이크를 먹고 있는 엄마와 형과 나를 느릿느릿 지나간다. 엄마가 "일어났네"라며 인사해도 그는 고개도 들지 않고 아무 말 없이 집에서 나가버린다.

가끔 아빠도 형과 내게 이런 짓을 한다. 술을 진탕 마시다가 거실에서 우리랑 크게 한판 다투고 나면. 우리에게 싸움을 거는 것도 아빠고, 「21 점프 스트리트」를 보고 있는 우리의 뒤통수를 계속 갈기는 것도 아빠고, 항상 형을 극단으로 몰아붙이다가 지친 형에게 눈을 얻어맞는 것도 아빠다. 그런데도 냉대받는 건 우리 쪽이다. 대부분의 경우 아빠는 다음 날 아침에 깨어나면 자기 얼굴에 든 멍을 살피고 사과한다. 하지만 가끔은 우리를 완전히 무시하기도 한다. 나쁜 쪽은 우리라는 듯이. 이 모든 것이 우리의 잘못인 것처럼. 하여간 어른들이란.

테디는 우리가 그의 집에 없는 것처럼, 그의 거실에서 픽셔너리[*]나 인생 게임(The Game of Life)을 하며 노는 유령들인 것

[*] 단어를 보고 그림을 그려서 어떤 단어인지 맞히는 게임.

처럼 대한다. 그러면서 자기 방에 처박혀 억울한 누명을 쓴 벙어리인 척 연기한다.

이렇게 되고 보니 엄마 기분을 똥으로 만든 내 기분도 더러워진다. 엄마가 형과 내게 저녁에 먹을 양 다리 찜을 같이 만들자고 하자, 형은 내게 또 그런 표정을 짓는다. '엄마를 도와서 양 다리 찜을 만들어. 엄마한테는 중요한 일이니까. 너도 재미있을 거야. 안 하면 나한테 대가리 깨질 줄 알아'라고 말하는 표정.

우리는 하루 동안 양 다리를 약한 불로 천천히 찐다. 쪼잔하고 유치하기 그지없는 테디가 좋아하는 방식으로.

테디가 한낮에 집을 나가면서 부엌을 빠른 걸음으로 지나간다.

"어디 가?" 엄마가 묻는다.

그는 아무 말도 하지 않는다.

"6시에 저녁 먹으러 들어올 거지?" 엄마가 말한다.

아무 말도 없다.

"당신 좋아하는 양 다리 찜 만들고 있어."

무슨 말이라도 해, 이 자식아.

"당신이 좋아하는 대로 레드 와인 소스 넣어서." 엄마가 말한다. 엄마의 미소. 저 미소를 봐, 테디. 엄마 안에 있는 저 태양을 좀 보라고. 테디? 테디?

침묵. 그는 부엌에서 나가 뒷계단을 내려간다. 밑으로, 밑으로 내려가는 악마와 아무렇지 않은 척 웃어넘기려 애쓰는 햇살 같은 여인.

우리는 예전에 테디의 할머니가 썼던, 거품 목욕을 할 수 있을 만큼 커다란 강철 냄비에 양 다리를 천천히 찐다. 한나절 조금 넘게 찌면서, 레드 와인과 마늘, 타임, 월계수 잎 네 장, 잘게 다진 양파, 당근, 셀러리 줄기로 만든 소스에 잠긴 고기를 매시간 뒤집어준다. 시험 삼아 맛을 볼 때가 되자 양 정강이에서 고깃덩어리들이 떨어져 나온다. 플레이크 초콜릿바 광고에 나오는 흰 원피스를 입은 아름다운 여인, 형이 짝사랑하는 그 여인이 손에 쥐고 있는 초콜릿처럼.

*

저녁 6시가 되어도 테디는 돌아오지 않는다. 두 시간 뒤 우리가 식탁에서 식사를 시작했을 때 그가 터벅터벅 들어온다.

"당신 건 오븐에 있어." 엄마가 말한다.

그는 우리를 빤히 쳐다본다. 우리를 찬찬히 살핀다. 그가 식탁에 앉는 순간 형과 나는 그의 몸에서 풍기는 술 냄새를 맡는다. 그리고 그 안에 있는 다른 무언가도. 아마 각성제일 것이다. 케언스까지 머나먼 거리를 달리는 트럭 운전사에게 필요한 작은 조력자. 그의 두 눈은 우리에게 초점을 맞추지 못하고 숨소리는 시끄럽다. 목이 마른 듯 입을 계속 벌렸다 닫았다 하고, 입꼬리에는 흰 침이 굵게 뭉쳐 있다. 엄마가 식사를 챙기려고 부엌에 간 동안, 그는 맞은편에 앉은 형을 물끄러미 쳐다본다.

"오늘 하루 어땠어요, 테디?" 내가 묻는다.

하지만 그는 대답하지 않고 그저 형만 빤히 쳐다보고 있다. 형은 접시로 고개를 숙인 채 레드 와인 소스와 으깬 감자 사이로 얇은 양고기 조각을 질질 끌고 있다.

"뭐? 미안. 못 들었어." 테디가 형을 빤히 보며 묻는다.

"형은 아무 말도 안 했어요, 테디." 내가 말한다.

테디가 형에게 더 가까이 몸을 기울이면서 뚱뚱한 배를 테이블 위의 너무 먼 곳까지 올려놓자, 그의 파란색 데님 작업복 셔츠 주머니에서 윈필드 레드가 떨어진다.

"다시 말해볼래? 이번에는 조금 더 크게."

그가 과장된 몸짓으로 왼쪽 귀를 형에게 댄다.

"아니, 아니, 다 이해해, 이 녀석아." 테디가 어깨를 으쓱한다. "나도 말을 못 했을 거야, 아빠한테 그런 일을 당했으면."

형은 배신자를 올려다보며 빙긋 웃는다. 테디는 의자에 다시 기대앉고, 엄마가 그의 앞에 접시를 내려놓는다.

"같이 식사할 수 있어서 다행이야." 엄마가 말한다.

테디는 어린애처럼 으깬 감자를 포크로 조금 퍼 먹는다. 상어처럼 양고기를 덥석 문다. 그러다가 또 형을 쳐다본다.

"쟤 문제가 뭔지 알지?" 그가 말한다.

"그냥 저녁이나 먹어, 테디." 엄마가 말한다.

"저렇게 입을 처닫고 있는데도 당신이 오냐오냐해서 그렇잖아. 당신 때문에 애들이 얼간이 아빠처럼 돌아버렸어." 테디가 말한다.

"됐어, 테디, 그만해." 엄마가 말한다.

형이 고개를 들어 다시 테디를 쳐다본다. 이번에는 미소 짓지 않는다. 그저 테디의 얼굴을 뜯어본다.

"너희도 참 대단하다. 너희를 댐 속으로 처박으려 했던 자식이랑 같은 집에 사는 게 보통 용기로 되는 일은 아니지." 테디가 말한다.

"그만하라니까, 테디, 젠장!" 엄마가 새된 소리로 외친다.

"그래, 맞아." 테디는 울부짖듯이 말하고는 웃음을 터뜨린다. "정말 젠장맞을 일이지, 얘들아? 제에엔장."

그러더니 고함을 버럭 지른다. 엄마보다 더 큰 목소리로. "아니, 아니지. 이건 내 아버지의 식탁이었어. 내 아버지가 이 망할 식탁을 만들었고, 지금은 내 식탁이야. 내 아버지는 좋은 사람이었고 나를 제대로 키웠으니까, 나는 이 망할 식탁에서 내가 하고 싶은 말은 다 할 수 있어." 그가 내 왼쪽 팔뚝 살을 베어 먹듯이 양고기를 또 한 입 베어 문다.

"아니, 아니지." 그가 소리 지른다. "전부 다 꺼져."

그가 일어난다. "너희는 이 식탁에 앉을 자격이 없어. 내 식탁에서 꺼져. 식탁이 아깝다, 이 미친놈들아."

이제 엄마도 일어난다. "얘들아, 우리는 부엌에 가서 마저 다 먹자." 엄마는 이렇게 말하며 접시를 들어 올린다. 그때 테디가 손으로 접시를 탁 치자, 접시가 평화의 상징처럼 세 조각으로 깨진다.

"접시를 갖고 가긴 어딜 갖고 가." 테디가 으르렁거린다.

형과 나는 이미 의자에서 일어나 엄마에게로 가고 있다.

"아니, 아니. 이 식탁에서는 가족끼리만 식사를 해야지." 테디가 말한다.

그가 농장 일꾼처럼 큰 소리로 휘파람을 불자, 그가 사랑하는 셰퍼드 두 마리가 뒷계단을 뛰어 올라와서 부엌을 지나 식탁으로 온다. 테디는 내가 앉아 있던 자리를 손으로 톡톡 두드리더니 형의 자리도 톡톡 친다. "여기로 올라와, 얘들아." 보가 고분고분 내 의자로 펄쩍 뛰어오르고, 애로도 충성스럽게 형의 의자로 껑충 뛰어오른다. 테디가 고개를 끄덕인다. "이제 먹어, 얘들아. 식당에서 파는 것만큼 맛있는 양고기란다."

개들은 머리를 접시에 박고 행복한 듯 꼬리를 흔들어댄다. 나는 엄마를 쳐다본다.

"가요, 엄마." 내가 말한다.

엄마는 자기가 하루 종일 요리한 음식을 개들이 으르렁거리며 먹어치우는 모습을 빤히 바라보며 서 있다. 그러다가 몸을 돌려, 아무 말 없이 로봇처럼 부엌으로 걸어 들어간다. 오븐에는 내일 점심에 먹으려고 남겨둔 양 다리 네 개로 가득 찬 냄비가 들어 있다. 그리고 그 옆에는 샛노랗게 낡은 찬장이 벽에 기대어 있다.

엄마는 부엌에 아무 말 없이 서서 1분이 지나도록 생각만 하고 있다. 그저 생각만.

"엄마, 가요. 그냥 여기서 나가요." 내가 말한다.

그러자 엄마가 몸을 돌려 찬장을 마주 보더니, 흰색 고무

밴드 뒤에 한 줄로 진열되어 있는 여덟 개의 접시를 오른손 주먹으로 치기 시작한다. 옛날에 테디 할머니가 쓰던 시골 스타일의 낡은 접시들이다. 엄마는 마치 그렇게 움직이도록 프로그래밍된 기계처럼 접시들을 주먹으로 때린다. 깨진 도자기에 손가락 관절이 베여서 아직 멀쩡한 접시들에 짙붉은 피가 튀는 것도 모르고. 형과 나는 너무 놀라서 꼼짝도 못 한다. 나는 엄마의 당혹스러운 행동에 얼어붙어 입 밖으로 한 마디도 내지 못한다. 피와 주먹. 계속 이어지는 주먹질. 이제 엄마의 주먹이 컵들 앞의 유리 미닫이문을 박살 낸다. 그러고는 찬장 안으로 손을 집어넣어, FM 104 라디오 방송국 머그잔, 1988년 세계박람회 머그잔, 동화책『미스터 멘(Mr Men)』시리즈의 미스터 퍼펙트 머그잔들을 꺼내서 식탁으로 돌아가 테디의 머리로 몽땅 던져버린다. 세 번째 머그잔인 미스터 퍼펙트는 그의 오른쪽 관절을 때린다.

그러자 각성제에 취한 테디가 눈이 뒤집혀 엄마에게 달려든다. 형과 나는 본능적으로 그와 엄마 사이에 끼어들며 머리를 획 수그리지만, 그는 크리켓 헬멧만 한 뚱뚱한 무릎으로 우리의 여린 머리를 갈긴다. 그리고 난폭하고 힘차게 돌진해 엄마의 머리를 뒤에서 잡아챈 다음 엄마를 부엌 밖으로 끌고 나간다. 부엌의 리놀륨 바닥으로 질질 끌려가는 동안 엄마의 머리칼이 몇 뭉텅이 떨어진다. 테디는 엄마를 끌고, 악마는 엄마를 잡아끌고 집 뒤의 나무 계단을 내려간다. 묵직한 양탄자나 잘린 나뭇가지를 끌고 가듯이, 엄마의 머리를 붙잡은 채 자기 뒤로 질질 끌고 내려간다. 엄마의 엉덩이와 발뒤꿈치가 계단에 부딪혀 통통 튀어댄다. 괴물이 엄마를 지옥으로 끌고 들어가는 이 무시무시한 순간, 나는 한 가지가 궁금해진다. 한 가지 뚜렷한 생각이 떠오른다. 왜 엄마는 비명을 지르지 않지? 왜 엄마는 울지 않지? 이 순간 엄마는 아무 소리도 내지 않고 있다. 시간이 수평으로 쭉 늘어나다가 구부러지고 무한대가 되는 이 순간, 나는 깨닫는다. 엄마가 자신의 두 아들 때문에 비명을 지르지 않고 있다는 사실을. 자신이 얼마나 두려운지 우리에게 알리고 싶지 않은 것이다. 각성제에 취하고 분노에 가득 찬 사이코패스에게 머리를 붙잡힌 채 나무 계단으로 질질 끌려 내려가는 와중에도 엄마는 우리 생각만 하고 있다. 나는 엄마의 얼굴을 보고, 엄마의 얼굴은 나를 본다. 세세한 부분들. 무언의 대화. 무서워할 거 없어, 엘리. 머리가 괴물에게 끌려가는 동안 엄마의 얼굴은 이렇게 말하려 애쓴다. 무서워할 거 없어, 엘리, 이 정도는 아무것도 아니니까. 엄마는 더 심한 일도 많이 당해봤단다, 아들, 이 정도는 괜찮아. 그러니까 울지 마, 엘리. 나를 봐, 내가 울고 있니?

계단을 다 내려가자 테디는 보와 애로의 개집으로 내려가는 경사로로 엄마를 끌고 간다. 그러더니 엄마의 뒷덜미를 세게 붙잡고서 엄마의 얼굴을 보와 애로의 밥그릇 속으로 짓누른다. 오래된 고깃덩어리와 젤리가 뒤섞인 갈색 곤죽에 얼굴이 처박힌 엄마는 구역질을 한다.

"이 짐승 같은 새끼야." 나는 오른쪽 어깨로 테디의 갈비뼈를 힘껏 들이받으며 외친다. 하지만 뚱뚱한 거구는 꼼짝도 하지 않는다.

"내가 만든 저녁이나 먹어, 프랭키." 테디는 둥그렇게 뜬 눈을 번득이며 악을 쓴다. "개밥. 개가 먹는 밥. 개가 먹는 밥. 개가 먹는 밥."

나는 밑에서 그의 얼굴을 밀치고 주먹으로 때려대지만 아무런 효과가 없다. 이 순간 그는 아무것도 느끼지 못하고, 몸도 꼼짝하지 않는다. 그런데 그때 큼직한 은색 물체가 내 눈앞을 번쩍 지나가더니 테디의 머리로 날아간다. 피와 살처럼 느껴지는 따뜻한 무언가가 내 등에 확 뿌려진다. 하지만 피 냄새는 나지 않는다. 양고기 냄새다. 우리가 양 다리를 쪘던 냄비다. 테디가 어리벙벙한 표정으로 무릎을 털썩 꿇자 형은 또 한번 냄비를 휘두른다. 이번에는 그의 얼굴에 정통으로. 테디는 이 한 방으로 나가떨어져, 부모에게 물려받은 이 초라한 집의 초라한 콘크리트 바닥에 뻗어버린다.

"밖으로 나가." 엄마가 우리에게 차분히 지시한다. 셔츠로 얼굴을 닦는 엄마가 순간 피해자가 아닌 무사처럼 보인다. 뺨과 코와 턱에 묻은 죽은 자의 피를 닦아내는 고대의 전사. 엄마는 계단을 다시 뛰어올라 집 안으로 들어간다. 그리고 5분 뒤 우리 가방과 엄마의 백팩을 챙겨 들고서 우리가 기다리고 있는 거리로 나온다.

*

한 시간 후 우리는 와콜에서 눈다로 가는 기차를 탄다. 밤 10시, 베이지 거리에 있는 퍼트리샤 수녀의 집에 도착한다. 수녀는 곧장 우리를 집 안으로 들인다. 우리가 왜 왔는지 이유는 묻지 않는다.

우리는 퍼트리샤 수녀의 일광욕실에 있는 여분의 매트리스에서 잠을 잔다.

아침 6시에 깨어나 식당에서 퍼트리샤 수녀와 여성 출소자 네 명과 함께 아침을 먹는다. 토스트에 베지마이트를 발라 먹고, 골든 서클 통조림 공장에서 나온 사과 주스를 마신다. 우리는 열여덟 명이나 스무 명까지 앉을 수 있을 만큼 크고 기다란 갈색 식탁의 끝에 앉아 있다. 엄마는 조용하다. 형은 아무 말도 하지 않는다.

"그러어어엄." 내가 속삭인다.

엄마는 블랙커피를 홀짝이고 살며시 묻는다. "그럼 뭐?"

"그럼 이제 어떡해요? 테디를 떠났는데 이제 어떻게 할 거예요?"

엄마는 토스트를 베어 물고, 입가에 묻은 빵 부스러기를 냅킨으로 닦아낸다. 이런저런 계획들로 내 머릿속이 터질 것 같다. 미래. 우리의 미래. 우리 가족.

"오늘 밤엔 우리랑 같이 있어요." 나는 떠오르는 생각들을 곧장 말한다. "우리랑 같이 아빠 집에 가요. 아빠가 엄마를 보면 깜짝 놀라긴 하겠지만, 엄마한테 잘해줄 거예요. 아빤 착한 사람이에요, 엄마, 엄마를 쫓아내지 못할 거예요. 그럴 수 있는 사람이 아니에요."

"엘리, 그건 별로⋯⋯." 엄마가 말한다.

"엄마는 어디로 이사 가고 싶어요?" 내가 묻는다.

"뭐?"

"돈 걱정 없이, 살 곳을 고를 수 있다면 어디로 가고 싶어요?"

"플루토." 엄마가 말한다.

"좋아요, 퀸즐랜드주 남서쪽으로 가요. 아무 데나 말만 해요, 엄마. 그러면 형이랑 내가 알아서 할게요."

"너희들이 어떻게 알아서 할 건데?"

형이 접시에서 고개를 든다. '안 돼, 엘리.'

나는 잠시 생각에 잠긴다. 내 생각을 꼼꼼히 재어본다.

"만약에 내가⋯⋯ 저기⋯⋯ 더 갭에 집을 구할 수 있다면 어때요?"

"더 갭?" 엄마가 어리둥절한 표정으로 내 말을 반복한다. "왜 하필 더 갭이야?"

"거기 좋거든요. 컬드색도 많고. 라일 아저씨가 우리 데리고 아타리 게임기 사러 갔을 때 기억 안 나요?"

"엘리⋯⋯." 엄마가 말한다.

"엄마도 더 갭이 마음에 들 거예요." 나는 신이 나서 말한다. "예쁘고 나무도 많고, 마을 끝에 숲으로 둘러싸인 큰 저수지가 있는데 거기 물이 얼마나 맑은지⋯⋯."

엄마가 식탁을 탁 치며 쏘아붙인다. "엘리!"

엄마가 고개를 숙이고 운다.

"엘리, 난 테디를 떠날 거라고 말한 적 없어."

소
년,

몰 가 미

를

조 이 다

루마니아의 수도는 부쿠레슈티다. 두꺼비들을 지칭하는 집합 명사는 노트다. 엘리 벨들을 지칭하는 집합 명사는 프리즘이다. 새장. 구덩이. 교도소.

토요일 저녁 7시 15분, 아빠는 변기 옆에 잠들어 있다. 변기 속에 토한 후 곧장 기절하더니 지금은 휴지걸이 밑에서 푹 자고 있다. 아빠가 숨을 내쉴 때마다 콧바람에 한 겹짜리 휴지 세 장이 휘날려서, 마치 바람에 나부끼는 패잔병의 백기처럼 보인다.

나도 그냥 포기하고 아빠처럼 되련다.

하지만 냉철한 오거스트 경은 라일 아저씨가 마약을 팔아 힘들게 번 돈으로 실컷 마시고 먹다가 죽자는 내 계획에 동참할 생각이 없다.

나의 첫 계획은 배럿 거리에 있는 가게들에서 포장 음식을 싹쓸이하는 데 500달러를 쓰는 거다. 빅 루스터에서 치킨 한 마리, 대형 프렌치프라이 두 통, 통옥수수 구이 두 개를 사는 것부터 시작해 피시 앤 칩스 가게, 중국 음식 전문점을 거친 다음, 델리에 가서 큼직한 딤섬과 초코칩 아이스크림을 사 먹는 거다. 그러고 나서 브래큰 리지 태번으로 가서 일반석에 앉아, 아빠의 오랜 술고래 지인인 건서에게 파인애플 맛의 번다버그 럼을 한 병 사줄 수 있느냐고 물어봐야지.

'등신 같은 짓 좀 하지 마.' 형이 소리 없이 말한다. 그래서 나는 오늘 밤 홀로 술을 마신다. 청바지 주머니에 현금 400달러를 챙겨 넣고 럼주 한 병을 들고서 자전거를 타고 숀클리프 부두로 달려간다. 깜박이는 불빛 아래서 부두 끄트머리에 걸터앉는다. 내 옆에는 숭어 한 마리의 잘린 대가리가 놓여 있다. 나는 럼주를 연달아 마시며 슬림 할아버지를 생각한다. 럼주 덕분에 몸이 후끈후끈하다. 라일 아저씨가 마약으로 번 돈 중에 남은 4만 9500달러를 내년에 럼주와 치킨 맛 트위스티스에 다 써버려도 괜찮을 것 같은 기분이 든다. 나는 부두 가장자리에서 기절할 때까지 술을 마신다.

*

햇살에 잠이 깨고 나니 머리가 지끈거린다. 말라비틀어진 숭어 대가리의 입 속이 눈앞에 보인다. 나는 분수처럼 물을 뿜는 녹색의 공용 식수대에서 2분 동안 물을 마신다. 그런 다음 팬티만 입고, 이가 우글우글한 부둣가 물에서 헤엄을 친다. 자전거를 타고 집으로 돌아가자, 형이 거실 소파에 어젯밤과 정확히 똑같은 자리에 앉아 있다. 얼굴에 미소를 띤 채로.

"왜 그래?" 내가 묻는다.

아무 답이 없다.

우리는 텔레비전을 본다. 오스트레일리아와 파키스탄이 맞붙은 크리켓 국제 경기 결승전의 점심시간이다.

"어떻게 돼가?"

형이 허공에 쓴다. '딘 존스가 82점 냈어.'

피곤하다. 뼈가 뻣뻣하다. 나는 소파에 머리를 기대고 눈을 감는다.

하지만 형이 손가락을 탁 튕긴다. 눈을 다시 떠보니 형이 텔레비전 화면을 가리키고 있다. 채널 나인의 정오 지방 뉴스다. "브리즈번의 북부 교외 마을인 브래큰 리지의 아주 특별한 한 가족에게 크리스마스가 일찍 찾아왔습니다." 검은 머리를 스프레이로 크게 부풀린 여자 앵커가 말한다. 그러고 나서 휠체어를 탄 셸리 허프먼이 부모와 함께 토어 거리의 집 밖에 나와 있는 화면으로 넘어간다.

"셸리잖아!" 내가 말한다.

형이 웃더니 고개를 끄덕이며 손뼉을 친다.

셸리와 그녀의 부모가 울면서 서로 껴안는 이미지가 연달아 나오고, 그 위로 앵커의 목소리가 흐른다.

"지난 3년 동안 네 아이의 부모인 테스와 크레이그 허프먼은 집을 장애인에게 편안한 공간으로 바꾸는 데 필요한 70만 달러를 모으기 위해 노력해 왔습니다. 근육 위축증을 앓고 있는 열일곱 살의 딸 셸리를 위해서였지요. 학교와 지역사회의 모금 운동을 통해 모인 돈은 어제까지 3만 4540달러였습니다. 그리고 오늘 아침 테스 허프먼은 현관문을 열었습니다."

뉴스 화면 속에서 셸리의 엄마 테스는 눈물을 닦으며 앞뜰에서 기자와 인터뷰를 하고 있다. 크리스마스 선물처럼 포장된 상자를 손에 들고서.

"셸리의 할머니가 오시기로 돼 있어서 빵집에 스콘을 사러 가려고 했죠." 그녀가 말한다. "현관문을 열었는데 예쁜 포장지로 포장된 이 상자가 도어매트에 놓여 있지 뭐예요."

지팡이 모양 사탕과 크리스마스트리가 줄줄이 교차하는 무늬의 포장지다. "포장지를 뜯어서 상자 안을 봤더니 이 많은 돈이 들어 있잖아요." 테스는 흐느끼며 말한다. "기적이 일어난 거죠."

화면은 셸리네 앞뜰에 서 있는 경찰관으로 넘어간다.

"현금으로 총 4만 9500달러입니다." 무표정한 얼굴의 경관이 말한다. "이 돈이 어디서 왔는지 조사를 하고 있긴 하지만, 현 상황으로 판단해보자면 어느 너그러운 호인이 기부한 돈인 것 같습니다."

나는 형을 쳐다본다. 형은 무릎을 찰싹 때리며 환하게 웃고 있다.

현장에 나가 있는 기자가 카메라 밖에서 셸리에게 질문을 던진다.

"이 돈을 학생 집 앞에 둔 그 호인에게 하고 싶은 말이 있나요, 셸리?"

셸리는 눈을 가늘게 뜨고 태양을 올려다본다.

"내가 하고 싶은 말은…… 내가 하고 싶은 말은…… 당신이 누구든…… 당신을 사랑해요."

형이 기뻐하며 일어나 의기양양하게 고개를 끄덕인다.

나는 일어나서 큰 보폭으로 두 걸음 뗀 다음, 형의 골반으로 달려들어 베란다가 내다보이는 미닫이창으로 형을 밀어붙인다. 형의 뒤통수에 부딪힌 창이 거의 부서질 뻔한다. 나는 형의 배와 턱에 마구 어퍼컷을 날린다.

"이 거지 같은 멍청아!" 나는 악을 쓴다. 그러자 형이 내 허리를 붙잡고 나를 들어 올리더니 텔레비전 위로 휙 던져버린다. 갈색 받침대에서 텔레비전이 떨어지며 앵커가 거꾸로 뒤집힌다. 텔레비전 위에 놓여 있던 복숭앗빛 도자기 램프가 나무 바닥에 부딪히며 여덟 개의 삐죽삐죽한 조각으로 깨진다.

아빠가 방에서 나오며 고함을 지른다. "대체 무슨 일이야!"

내가 또 형에게 달려들자 형이 왼손과 오른손 주먹을 차례로 내 얼굴에 날린다. 내가 마구잡이로 주먹질을 해대고 있을 때 아빠가 우리 사이에 끼어든다.

"엘리." 아빠가 소리 지른다. "그만해."

아빠가 나를 밀쳐내고 나는 숨을 돌린다.

"무슨 짓을 한 거야? 형은 미쳤어. 완전히 돌았어." 나는 악을 쓴다.

형이 허공에 흘려 쓴다. '미안해, 엘리. 나도 어쩔 수 없었어.'

"형은 특별하지 않아. 그냥 또라이지. 형은 되돌아온 게 아

486

니야. 이 우주 말고 딴 우주는 없어. 그냥 뻥 뚫린 구멍이지. 저밖에 다른 오거스트는 없다고. 오거스트는 딱 한 명뿐이고 완전히 미친놈이야." 내가 말한다.

형은 빙긋 웃고는 허공에 휘갈겨 쓴다.

'그 돈을 계속 갖고 있다가는 들켰을 거야, 엘리.'

"그냥 말로 해, 등신아. 그 낙서질, 꼴 보기 싫어." 나는 빽빽 소리를 질러댄다.

우리는 숨을 고른다. 앵커는 텔레비전 받침대 뒤에서 거꾸로 뒤집힌 얼굴로 여전히 말을 하고 있다. "이런 사연이야말로 우리에게 감동을 주지 않습니까?"

형과 나는 서로를 빤히 쳐다본다. 침묵 속에서는 형이 나보다 더 많이 말한다. '나도 어쩔 수 없었다니까, 엘리.'

전화가 울린다.

'그 돈이 우리 손에 있어봐야 좋을 거 없어, 엘리. 전혀. 우리보다는 셸리한테 더 필요하잖아.'

"버크벡 선생님 말이 맞았어. 형은 누구랑 통화를 했다느니 그런 헛소리를 지어낼 수밖에 없었던 거야. 왜냐하면 고장 난 인간이니까. 현실이 개판 같아서 환상으로 도망친 거야." 내가 말한다.

'하지만 너도 들었잖아. 엘리. 너도 통화했잖아.'

"난 그냥 장단을 맞춰준 거야. 미치광이 형이 불쌍해서 믿는 척한 거라고."

미안해, 형. 미안.

"자, 진짜 현실을 알려줄게, 형." 나는 말하며 아빠를 가리킨다. "우리 아빠는 완전히 미쳐서 우리를 댐 속으로 처박으려고 했어. 그리고 형도 아빠만큼 미쳤고, 어쩌면 나도 형만큼 미쳤을지 몰라."

나는 아빠를 쳐다본다. 그리고 스스로도 이유를 모른 채 아빠에게 이렇게 말한다. 지금 하고 싶은 말은 이것뿐이다. 어떻게든 알아야겠다.

"고의로 그런 거예요?"

"뭐?" 아빠가 나지막이 대꾸한다.

그러고는 할 말을 잃고 입을 닫아버린다.

"다들 벙어리가 돼버렸네." 나는 소리 지른다. "온 세상 사람들이 벙어리가 돼버렸어. 그럼 다르게 물어볼게요. 이해하기 어려운 질문이니까. 왜냐하면 고의로 그럴 만한 이유가 뭐가 있을지 나는 도무지 이해가 안 되거든요. 어쨌든, 고의로 우리를 댐 속으로 처넣으려고 했어요?"

전화가 울린다. 내 질문에 아빠는 순간 멍해진다.

"테디 말로는 아빠가 우리를 죽이려고 했다던데요." 나는 고함을 친다. "무슨 공황장애인가 뭔가 하는 것 때문이라던데요. 아빠가 완전히 미쳤다던데요."

전화가 울린다. 아빠는 사납게 고개를 흔들어댄다.

"제발 좀, 엘리, 전화나 받지 그러냐?" 아빠가 말한다.

"왜 아빠가 안 받고요?" 내가 대꾸한다.

"너희 엄마야." 아빠가 말한다.

"엄마?"

"너희 엄마가 오늘 아침에 전화했었다."

"엄마랑 얘기했어요?" 내가 묻는다.

아빠가 엄마와 얘기했다. 아빠가 엄마와 얘기를. 내게는 낯설고도 별난 일이 일어났다.

"그래, 너희 엄마하고 얘기했다. 목소리를 이용해서 대화하는 법을 아는 사람이 이 집에도 있거든."

전화가 울린다.

"엄마는 어떻게 하고 싶대요?"

"말 안 했어."

전화가 울린다. 나는 수화기를 집어 든다.

"엄마."

"안녕, 내 아들."

"안녕."

기나긴 침묵.

"잘 지내니?" 엄마가 묻는다.

아니요, 끔찍해요. 최악이에요. 심장은 벽돌이 됐고, 머릿속으로 허리케인이 불어닥쳤어요. 어젯밤에 마신 럼주 때문에 해롱해롱한 상태로 깨어났고, 지금은 숙취에 시달리는 데다 4만 9500달러까지 잃어버렸답니다.

"네." 나는 숨을 들이마시며 거짓말을 한다.

"목소리가 별로 안 좋은데?"

"아무 일 없어요. 엄마는요?"

"괜찮아. 너하고 형이 조만간 또 여기 와줬으면 좋겠어."

기나긴 침묵.

"어때?"

"뭐가요?"

"나 보러 또 오는 거 어떠냐고."

"그 인간 있으면 안 가요, 엄마."

"테디가 너희 보고 싶대, 엘리. 직접 만나서 사과하고 싶대."

또 시작이다. 퀸즐랜드주 교외의 남자가 제 버릇을 고칠 수 있다고 믿는 엄마.

"엄마, 좆같고 찌질한 학대범은 평생 가도 그냥 좆같고 찌질한 학대범이에요."

기나긴 침묵.

"테디는 정말 미안해하고 있어." 엄마가 말한다.

"엄마한테 미안하대요?"

"그래."

"뭐라면서요?"

"구체적으로 말해주긴 좀 그렇고……."

"그냥 좀…… 말해주면 안 돼요?"

"뭘?"

"그냥 좀 구체적으로 말해주면 안 돼요? 띄엄띄엄 듣는 건 이제 넌더리 나요. 어른들은 맨날 단편적인 얘기만 하고 구체적인 내용은 꼭꼭 숨겨두죠. 더 크면 말해줄 거라더니 이제 나도 컸는데 엄마는 오히려 더 애매한 얘기만 하잖아요. 앞뒤가 안 맞아요. 그냥 다 깨진 유리 조각 같은 헛소리지, 제대로 된 이야기는 없어요. 시작, 중간, 끝은 있어도 진짜 이야기는 없다고요. 엄마랑 아빠는 나한테 한 번이라도 제대로 된 이야기를 해준 적이 없어요."

기나긴 침묵. 긴 침묵과 눈물.

"미안해." 엄마가 말한다.

"이완 크롤이 라일 아저씨를 어떻게 했어요?"

눈물.

"이러지 마, 엘리."

"아저씨를 토막 냈죠? 그 작자가 무슨 짓을 하는지 대런한테 들었어요. 기분 좋은 날에는 먼저 머리부터 따주고……."

"그만해, 엘리."

"점심을 못 먹었거나 그냥 하루 일진이 안 좋아서 화풀이를 하고 싶으면, 먼저 발목을 자른 다음 재갈을 물려놓고 계속 살려둔대요. 그다음엔 손목을 자르고, 그다음엔 다리 하나, 팔 하나겠죠. 그렇게 하나씩 하나씩……."

"엘리, 네가 걱정돼."

"내가 엄마 걱정하는 것만큼은 아닐걸요."

기나긴 침묵.

"너한테 할 말이 있어서 전화했어."

"엄마가 테디 머리를 땄다고요?"

기나긴 침묵. 그만해, 엘리. 넌 미쳐가고 있어. 정신 차려, 엘리. 정신 차리라고.

"그 얘긴 이제 그만 좀 할래?" 엄마가 말한다.

"알았어요."

"엄마가 요즘 공부를 하고 있어."

대단하다.

"대단해요."

"고맙다. 근데 지금 비꼬는 거니?"

"아니요. 정말 대단해요, 엄마. 뭘 공부하는데요?"

"사회복지. 교도소에서 책을 읽기 시작했거든. 정부에서 수업료를 조금 대주니까 난 죽도록 공부만 하면 돼. 웬만한 선생님보다 내가 교재를 더 많이 읽었을지도 몰라."

"정말 대단해요, 엄마."

"내가 자랑스러워?"

"언제나 그렇죠."

"왜?"

"여기 있어줘서요."

"어디 말이야?"

"그냥 있어줘서요."

"그래. 저기, 언론학 수업 같이 듣는 어떤 여자가 그러는데, 자기 조카가 《쿠리어 메일》의 젊은 기자래. 그래서 내가 그랬지, 내 아들 엘리가 일하고 싶어 하는 데가 바로 거기라고. 내 아들이 훌륭한 경찰 담당……."

"범죄 담당 기자요."

"그래, 훌륭한 범죄 담당 기자가 될 거라고 그랬더니, 신문사가 어린 수습기자를 상시로 뽑는다고 너한테 알려주라잖아.
너도 그냥 가서 문 두드리고 지원할 수 있는지 물어봐."

"그렇게 간단할 것 같진 않은데요, 엄마."

"괜찮을 거야. 엄마가 그 신문사 편집장 이름을 찾아봤거
든. 브라이언 로버트슨이더라. 네가 가서 그 사람한테 사무실
에서 내려와서 2분, 딱 2분만 만나달라고 부탁해봐. 그 시간이
면 그 사람 눈에도 딱 보일 거야."

"뭐가 보여요?"

"네 안에 있는 불꽃." 엄마가 말한다. "그 사람 눈에도 보일
거야. 네가 얼마나 특별한지."

"난 특별하지 않아요, 엄마."

"아니, 넌 특별해. 네가 아직 그걸 안 믿어서 탈이지."

"미안해요, 엄마, 이제 끊어야겠어요. 몸이 좀 안 좋아서요."

"어디 아프니? 어디가?"

"아픈 건 아니에요. 오래 얘기하기가 좀 힘들어서 그래요.
형이랑 통화할래요?"

"응. 그 편집장 찾아가서 수습기자 자리 부탁해봐, 엘리. 가
서 딱 2분. 그거면 돼."

"사랑해요, 엄마."

"나도 사랑해, 엘리."

나는 수화기를 형에게 넘겨준다.

"잠깐 방에 들어오지 말아줄래?" 내가 말한다.

형은 고개를 끄덕인다. 형은 엄마와 통화할 때 절대 말하지

않는다. 그저 듣기만 한다. 엄마가 형에게 무슨 얘기를 하는지 알 길이 없다. 그냥 이런저런 말을 하겠지.

*

나는 우리 방 문을 닫고 A4 용지 몇 장을 침대에 올려놓는다. 종이. 이 집을 불태워버리느냐, 아니면 세상에 불을 질러 크게 이름을 날리느냐. 내 불꽃으로. 침대 머리판에 잘강잘강 씹어놓은 파란색 킬로메트리코 볼펜이 하나 있다. 종이에 글을 쓰려는데 볼펜에서 잉크가 나오지 않는다. 손바닥 사이로 펜을 마구 굴려서 열을 내자, 내 이야기를 쓰고 제목에 밑줄을 그을 수 있을 만큼 잉크가 흘러나온다.

엘리 벨들의 올가미

나는 따분한 브래큰 리지 지옥에서 죽거나, 아니면 철로에 바셀린을 칠한 후 샌드게이트 역 1번 플랫폼의 철로 구간에서 중앙역행 오전 4시 40분 기차에 치여 갈가리 찢겨 죽을지도 모른다. 2년 전 새넌 데니스가 벤 예이츠에게 무슨 일이 있어도, 설사 그가 도살 견습을 마친다 해도 그의 아이를 절대 가지지 않을 거라 말했을 때 벤 예이츠가 그랬던 것처럼. 그러니까 그렇게 되기 전에, 라일 오를리크의 실종과 관련된 구체적인 내용을 조금이라도 남겨둬야 할 것 같다. 테디 칼라스가 우리 엄마를 사랑했기 때문에 라일 오를리크를 죽음으로 내몰았다는 것이 가장 중요한 진실이다. 우리 엄마가 사랑하는 사람은 테디 칼라스가 아니라, 어쩌다 보니 마약상이 된 착하고 품위 있는 남자 라일 오를리크다. 내가 라일 아저씨의 운명을 받아들이는 데 시간이 좀 걸렸지만, 이제는 아저씨가 타이터스 브로즈의 정신병자 똘마니 이완 크롤에게 사지를 찢겨 죽었을 가능성이 크다는 사실을 인정하려 한다. 브리즈번 남부의 무루카에 있는 타이터스 브로즈의 의수족 공장은 퀸즐랜드주 동남부의 광대한 혜로인 밀매 제국을 감추기 위한 수단일 뿐이다.

만약 내가 샌드게이트 역의 철로에서 피투성이 시체로 발견된다면, 청소 비용과 더불어 살해 이유에 관한 모든 질문들을 브리즈번의 남서쪽 마을 와콜에 사는 테디 칼라스에게 돌리기 바란다.

확실히 해두자면, 나는 특별하지도 않으며 특별했던 적도 없다. 오거스트 형과 내가 정말 특별하다고 믿었던 적이 잠깐 있었다. 라일 아저씨의 신비한 빨간 전화기에서 정말 그 목소리들이 들린다고 생각했던 적이 잠깐 있었다. 하지만 지금은 우리가 특별하지 않다는 걸 알고 있다. 버크벡 선생님의 말이 맞았다. 인간의 정신은 생존을 위해 우리에게 무엇이든 납득시킨다. 트라우마는 여러 가면을 쓴다. 나도 가면을 썼다. 하지만 이젠 아니다. 테디 칼라스의 말이 옳다. 형과 나는 특별하지 않았다. 그냥 완전히 미쳤을 뿐이다.

누가 내 방문을 손가락 마디로 똑똑 두드린다.
"저리 가, 형. 나 지금 바빠."

내가 부탁하든 말든 형은 문을 열 것이다. 하지만 문은 열리지 않는다. 대신에 오늘 자《쿠리어 메일》이 문 밑으로 미끄러져 들어온다.

신문 중간의 특종 페이지에 실린 '특별 탐사 보도'가 펼쳐져 있다. '교외의 전쟁—브리즈번 거리에서 아시아계 헤로인 갱단의 전쟁이 터지다.'

다라에서 5T와 BTK 사이에 벌어진 폭력 사태와 퀸즐랜드주 동남부에 널리 퍼진 골든 트라이앵글산 헤로인 밀매를 광범위하게 조사한 기사다. 브리즈번의 마약 조직 두목들로 의심되는 익명의 인물들과, 겸손하고 부지런한 식당 주인인 척하면서 수백만 달러가 걸린 마약 거래망을 멜버른과 시드니에서 북쪽으로 확장해가고 있는 베트남계 마약상 가족들을 철저히 조사해 훌륭한 필력으로 써놓았다. 기자는 브리즈번 교외의 서쪽 외곽에 헤로인이 퍼지고 있는 상황을 '알고도 오랫동안 모르쇠로 일관하고 있는' 부패한 정치인들과 경찰 수장들에 대해 불평하는 전직 마약 단속국 경찰의 말을 인용했다. 그 경찰 밀고자는 브리즈번의 유명 사업가들 중 다수가 '불법적인 아시아산 마약 거래라는 황금 용을 몰래 타고' 부를 축적했다는 의혹이 경찰들 사이에 널리 퍼져 있다고 말한다.

"그들은 우리 사이에서 버젓이 돌아다니고 있다." 밀고자가 말한다. "브리즈번 사회의 소위 견실한 시민들이 범죄를 저지르고도 처벌을 면하고 있다."

나는 기자의 이름을 찾아본다. 침대에 드러누워 허공에다 중지로 기자의 이름을 써본다. 이 중지 옆에는 행운의 주근깨를 가진 행운의 손가락이 있었더랬다. 지금도 마음껏 범죄를 저지르고 다니는 브리즈번 사회의 한 견실한 시민에게 잃어버린 행운의 손가락이. 눈에 보이지 않는 허공에 써나가는 그녀의 이름은 아름다워 보인다.

케이틀린 스파이스.

소
년 ,

깊 이
파 고 들
다

    나는 샌드게이트 기차역 밖에 앉아 소스를 끼얹은 소시지 롤을 점심으로 먹다가, 문짝이 두 개인 노란색 포드 머스탱에 탄 남자를 먼저 알아차린다. 그는 버스 전용 주차장에 차를 세우더니 창밖으로 나를 빤히 쳐다본다. 40대 중반쯤 됐으려나. 여기서 보는 그는 좁아빠진 차 좌석에 억지로 비집고 들어간 키 크고 덩치 큰 근육질 남자로 보인다. 검은 머리에 검은 콧수염. 나를 지켜보고 있는 검은 눈동자. 나는 그와 눈이 마주치지만, 그가 내게 고개를 끄덕였나 싶은 생각이 들자마자 어색하게 고개를 돌려버린다. 그가 버스 전용 주차장을 빠져나가 기차역 주차장에 차를 세운다. 그러고는 차에서 휙 내린다. 중앙역행 기차가 도착하자 나는 남은 소시지 롤을 쓰레기통에 버리고 플랫폼 끝으로 빠르게 걸어간다.

    보엔 힐스 기차역에서 내린 뒤 어느 골목길을 깡충깡충 뛰어, 전면 간판에 '쿠리어 메일'이라고 멋들어진 글씨로 쓰여 있는 거대한 붉은 벽돌 건물로 간다. 내가 여기에 올 용기를 내는 데는 석 달이 걸렸다. 신문이 만들어지는 이곳에. 케이틀린 스파이스가 일하는 이곳에. 그녀는 성공했다.《사우스웨스트 스타》에서 여기까지 오고야 말았다. 신문사의 범죄 전담 팀에서 가장 인기 많은 스타겠지.

"브라이언 로버트슨 편집장님을 만나러 왔어요." 나는 프런트 데스크에 앉아 있는 여자에게 자신만만하게 말한다. 그녀는 작은 키에 검은 머리를 짧게 잘랐고, 밝은 주황색 링 귀걸이를 하고 있다.

"약속이 돼 있나요?" 데스크의 여자가 묻는다.

나는 넥타이를 고쳐 맨다. 목이 조인다. 아빠가 너무 꽉 묶었다. 아빠의 넥타이다. 세인트 비니스에서 50센트에 산 넥타이. 알파벳으로 뒤덮여 있는데, W, O, R, D, S는 샛노란 색으로 강조되어 있다. 아빠는 이 넥타이가 글에 대한 내 사랑을 브라이언 로버트슨 편집장에게 전달해줄 거라고 했다.

"네." 나는 고개를 끄덕이며 이렇게 말한다. "브리즈번의 가장 유망하고 젊은 신입 기자가 자신을 만나러 이 건물로 들어오기를 그분도 기다리고 계실 테니, 약속한 거나 마찬가지죠."

"그러니까, 약속이 안 돼 있다는 얘기죠?"

"네."

"편집장님은 무슨 일 때문에 뵈려고요?" 여자가 묻는다.

"그분의 훌륭하고 영향력 있는 신문사에 수습기자로 지원하고 싶어서요."

"미안하지만……." 주황색 링 귀걸이를 한 여자가 이름과 날짜, 서명 들로 가득 찬 어떤 장부로 눈을 돌리며 말한다. "수습기자 지원은 두 달 전에 끝났어요. 내년 11월 전까지는 신입 안 뽑아요."

"하지만, 하지만……." 하지만 뭐, 엘리?

"하지만 뭐죠?" 여자가 묻는다.

"하지만 전 특별하거든요."

"네?" 여자가 큰 소리로 묻는다. "다시 한번 말해줄래요?"

엘리 벨, 이 멍청한 자식아. 심호흡하고. 더 분명하게 말해.

"음, 제가 그분 신문을 위해서 큰일을 할 수 있을 것 같아요."

"특별하니까?"

아니, 난 특별하지 않다. 완전히 미쳤을 뿐.

"사실, 그렇게 특별하진 않아요. 좀 예리할 뿐이죠. 그리고 남들이랑 달라요. 특이해요."

"어머 대단해라." 여자는 비꼬듯 말하고는, 건물의 로비와 더 넓은 편집부 공간 사이에 있는 유리 보안문을 바라본다. 교열 직원의 엄지손가락에 묻은 잉크, 경마 담당 기자의 재떨이에 버려진 담배, 정치부 기자들의 유리잔에 채워진 스카치위스키 냄새가 나는 것만 같다. 이야기의 냄새를 맡는 후각만 발달하고 촉각은 없어서 자판을 보지 않고 타자하는 방법을 모르는 사람들이 타자기로 역사를 써 내려가는 소리가 들린다.

"하지만 남들과 다르다고 해서 저 보안문을 통과할 순 없을 것 같네요." 그녀가 말한다.

"그럼 뭐가 있어야 저 문을 지나갈 수 있을까요?"

"인내심과 시간." 여자가 말한다.

"하지만 시간은 충분히 지났는데요."

"그래요?" 여자가 웃는다. "몇 살이에요? 열여섯 살? 열일곱 살?"

"조금 있으면 열일곱 살이에요."

"참 오래도 사셨네. 아직 학교에 다녀요?"

"네, 하지만 제 영혼은 몇 년 전에 졸업했죠."

나는 그녀 앞의 기다란 카운터에 몸을 기댄다.

"저기요, 사실은 제가 기삿거리를 하나 가져왔어요. 편집장님이 제 얘기를 들으시면 제가 딴 지원자들하고는 다르다는 걸 바로 알고 저한테 기회를 주실 거예요."

주황색 링 귀걸이를 한 여자가 눈알을 굴리며 빙긋 웃더니 장부에 펜을 내려놓는다.

"이름이 뭐예요?" 그녀가 묻는다.

"엘리 벨요."

"저기, 엘리 벨, 오늘은 저 문을 못 지나갈 거예요." 그녀는 이 로비로 들어오는 유리문을 보고는 카운터에 기대어 내게 속삭인다. "하지만 오늘 밤 8시쯤에 저기 저 울타리 근처에 앉아 있겠다면 그건 나도 막을 수 없죠."

"8시에 무슨 일이 있는데요?"

"세상에, 특별하다는 사람이." 그녀는 고개를 저으며 말한다. "그때 편집장님이 퇴근하신다고요, 이 멍청한 양반아."

"아아아!" 나는 속삭인다. "고마워요. 한 가지만 더요. 편집장님은 어떻게 생기셨죠?"

그녀는 내게서 눈을 떼지 않는다.

"내 왼쪽 어깨 뒤로 벽에 걸려 있는 사진을 봐요. 심각하고 언짢은 표정을 짓고 있는 남자 세 명이 보이죠?"

"네."

"가운데 있는 남자예요."

*

밤 9시 16분, 브라이언 로버트슨이 건물에서 나온다. 로비의 카운터 위에 걸린 사진에서보다 더 늙어 보인다. 옆머리는 희끗희끗하고, 정수리의 잿빛 머리칼은 탈모가 진행 중이다. 목에는 줄에 매단 돋보기가 걸려 있다. 흰 와이셔츠 위에 남색 모직 조끼. 오른손에는 갈색 가죽 서류가방을 들고, 왼쪽 옆구리에는 신문지 세 장을 끼고 있다. 얼굴이 강하고 차가워 보인다. 아빠의 서재에 있는 옛날 오스트레일리아 럭비 리그 책들에서 봤던 1900년대 초반의 럭비 선수들처럼 생겼다. 남자들이 국가 대항 축구 시합과 서부 전선의 전투 사이에서 오락가락하던 시절의 얼굴. 그가 건물 입구에서 작은 계단 세 개를 내려오자, 나는 지난 여섯 시간 동안 앉거나 이리저리 어슬렁거리며 스토커처럼 죽치고 있던 어둑한 울타리에서 나간다.

"로버트슨 씨?"

그가 멈춰 선다.

"네?"

502

"귀찮게 해서 죄송하지만, 인사드리고 싶어서요."

그가 나를 아래위로 훑어보더니 못마땅한 듯 묻는다. "여기서 얼마나 기다리고 있었지?"

"여섯 시간요, 선생님."

"멍청한 짓을 했군."

그가 몸을 돌려 건물의 주차장을 향해 걷기 시작한다.

나는 두 걸음을 폴짝폴짝 뛰어 그를 따라잡는다.

"저는 여덟 살 때부터 선생님 신문을 읽었어요."

"그러니까 작년부터?" 그는 앞만 바라보며 대꾸한다.

"하!" 나는 웃으며, 그와 눈을 마주치려 옆으로 걷는다. "재미있네요. 음, 선생님을 뵙고 싶었어요, 왜냐하면……."

"그 넥타이는 어디서 났지?" 그는 여전히 앞만 바라보며 묻는다.

나를 1초도 안 봤으면서 내가 맨 넥타이를 세세히도 파악했다. 이 남자는 세부 사항을 볼 줄 안다. 기자들은 세부 사항을 본다.

"우리 아빠가 세인트 비니스에서 구한 거예요."

그가 고개를 끄덕인다.

"나렐라 거리 대학살이라고 혹시 들어봤나?" 그가 묻는다.

나는 고개를 젓는다. 그는 열심히 걸어가며 이야기를 들려준다.

"1957년 브리즈번 동부 캐넌 힐, 마리안 마이카라는 30대 중반의 폴란드 이민자가 자기 아내와 다섯 살짜리 딸을 칼과

503

망치로 죽였지. 집에 불을 지른 다음 맞은편 집으로 가서 그 집에 있는 엄마와 두 딸도 죽였어. 그러고는 시체들을 쌓기 시작했지, 한꺼번에 불 질러버리려고. 그런데 동네의 라이넷 카거라는 열 살짜리 여자애가 문을 두드리는 거야. 평소처럼 친구들과 함께 학교에 가려고. 결국 마이카는 그 아이도 죽여서 시체 더미에 올리고 불을 질렀어. 그리고 총으로 자살했지. 후에 경찰이 도착해서 이 소름 끼치는 광경을 목격했고. 어린 라이넷은 학교 급식비로 낼 돈을 여전히 손에 쥐고 있었어."

"세상에." 나는 헉하고 숨을 몰아쉰다.

"나는 그날 아침 이 사건을 보도하려고 현장에 찾아갔어. 그 난장판을 바로 가까이에서 봤지."

"그러셨어요?"

"그래." 그는 열심히 걸으며 말한다. "그래도 네가 지금 매고 있는 그 넥타이보다 더 소름 끼치는 건 본 적이 없다."

그는 계속 걷는다.

"알파벳이 전부 다 들어 있어요." 내가 말한다. "선생님은 단어들을 사랑하시니까 마음에 들어하시지 않을까 싶어서."

"단어들을 사랑해?" 그가 내 말을 따라 하더니 우뚝 멈춰 선다. "왜 내가 단어를 사랑한다고 생각하지? 난 단어들을 싫어해. 경멸하지. 평생 보는 게 그것밖에 없으니까. 자는 동안에도 계속 떠올라. 따뜻한 물에 몸을 담그고 있을 때 내 머릿속에 슬금슬금 기어들어 와서 짜증 나게 만들고, 손녀가 세례받을 때도 고 귀여운 얼굴을 생각해야 하는데 내일 자 1면 헤드라인에 어떤 단어를 쓸까 신경 쓰게 만들지."

그는 자기도 모르게 주먹을 꽉 쥐고, 주차장 쪽으로 더 걸어가서야 그 사실을 깨닫는다. 나는 솔직히 털어놓는다.

"저를 선생님 신문사의 수습기자로 받아주시겠어요?"

"안 돼." 그는 내 말을 자르며 호통친다. "당분간 필요한 수습들은 이미 다 뽑았어."

"저도 알아요, 하지만 저는 딴 수습들하고는 다를 거예요."

"오, 그래? 어떤 점에서?"

"제가 1면 기사를 드릴 수 있어요."

그가 걸음을 멈춘다.

"1면 기사?" 그가 빙긋 웃는다. "그래, 들어나 보자."

"그게 좀 복잡해요."

그가 곧장 걸음을 떼기 시작한다.

"그럼 어쩔 수 없지."

나는 다시 그를 따라잡는다.

"지금 이렇게 선생님 차로 걸어가면서 전부 다 설명드리기는 좀 어려워서요."

"헛소리." 그가 말한다. "쿡, 오스트레일리아를 발견하다. 히틀러, 폴란드를 침공하다. 오스월드, 케네디를 죽이다. 인류, 달을 정복하다. 전부 다 복잡한 이야기들이지. 넌 나한테 아첨하느라 네가 그렇게 사랑한다는 단어들을 참 많이도 낭비했으니 세 단어만 더 말하게 해주지. 네 기사를 세 단어로 표현해봐."

505

생각을 해, 엘리. 세 단어. 생각해내. 하지만 아무 생각도 떠오르지 않는다. 그의 시큰둥한 얼굴만 보일 뿐, 내 머릿속은 텅 비어 있다. 내 기사를 세 단어로. 단 세 단어로.

모르겠다. 모르겠다. 모르겠다.

"못 하겠어요." 내가 말한다.

"두 단어."

"하지만……."

"이제 세 단어." 그가 말한다. "안됐구나, 꼬마야. 내년에 얼마든지 지원하렴."

그러고는 값비싼 자동차들이 들어찬 주차장의 진입로로 걸어가 버린다.

*

이 허탈감을 오늘 밤 달의 색깔로 기억할 것이다. 록멜론 조각처럼 저 위에 떠 있는 초승달은 오렌지색이다. 이 실패와 좌절과 절망을 보엔 힐스 기차역 4번 플랫폼 맞은편의 콘크리트 벽에 남겨진 낙서로 기억할 것이다. 누군가가 스프레이 페인트로 남자 성기를 커다랗게 그려놨는데, '세상을 따먹지 마!'라는 글귀 밑에서 지구 모양의 장엄한 귀두가 빙빙 돌고 있다. 나는 플랫폼의 기다란 적갈색 의자에 앉아 꽉 조이는 넥타이를 풀어서 알파벳들을 꼼꼼히 살핀다. 그리고 내 이야기를 표현해줄 세 단어를 찾아본다. 엘리, 기회를 잃다. 엘리, 일을 망치다. 엘리, 세상을 엿 먹이다. 이 끔찍한 넥타이의 글자

506

들 속에서 나는 길을 잃어버린다.

그때 플랫폼 의자의 반대쪽 끝에서 어떤 목소리가 들려온다.

"엘리 벨."

목소리를 따라가 보니 그녀가 보인다. 플랫폼에는 우리 둘밖에 없다. 이 세상에 우리 둘밖에 없다.

"케이틀린 스파이스."

내 말에 그녀가 웃는다.

"당신이군요." 내가 말한다.

너무 강렬한 감정이 몰려오고 경이감에 벅차올라, 나는 멍하니 입을 떡 벌린 채 숨을 몰아쉰다.

"그래." 그녀가 말한다. "나야."

그녀는 기다란 검은 코트를 입고, 긴 갈색 머리칼을 어깨에 늘어뜨리고 있다. 닥터 마틴 부츠. 차가운 공기 때문인지 그녀의 창백한 얼굴에 빛이 난다. 케이틀린 스파이스, 빛나다. 저 빛이 중요한 제보자들을 그녀에게로 끌어당기는 건 아닐까. 저 빛 때문에 그들이 마음을 열고, 몰래 감춰두고 있던 비밀들을 다 털어놓는 건 아닐까. 그녀는 저 빛으로 그들을 흘린다. 그녀의 불길로.

"나를 기억해요?" 내가 묻는다.

그녀는 고개를 끄덕이며 말한다. "기억해." 그녀가 미소 짓는다. "그런데 이유를 모르겠어. 난 원래 사람 얼굴 기억 못 하는데."

기차가 시끄럽게 덜커덩거리며 4번 플랫폼으로 들어와 우리 앞에 선다.

"난 매일 당신 얼굴을 보는걸요." 내가 말한다.

기차 소리 때문에 그녀는 내 말을 듣지 못한다.

"뭐? 뭐라고 했어?"

"아무것도 아니에요."

케이틀린은 오른쪽 어깨에 멘 갈색 가죽 가방의 끈을 잡으며 일어난다.

"이 기차 탈 거니?" 그녀가 묻는다.

"어디로 가는 건데요?"

"카불처."

"난…… 음…… 네. 나도 이 기차 타요."

케이틀린은 빙긋 웃으며 내 얼굴을 뜯어본다. 그리고 중간 객차의 은색 문손잡이를 잡아당겨 찻간 안으로 걸어 들어간다. 텅 비어 있다. 기차 안에는 우리 둘뿐이다. 우주에 우리 둘뿐이다.

그녀는 2인 좌석 두 개가 서로 마주 보고 있는 4인용 칸에 앉는다.

"같이 앉아도 돼요?" 내가 묻는다.

"허락하노라." 그녀는 짐짓 위엄 있는 목소리로 말하며 웃는다.

기차가 보엔 힐스 역에서 출발한다.

"보엔 힐스에는 무슨 일로 왔어?" 그녀가 묻는다.

"당신의 편집장님 브라이언 로버트슨을 만나러 왔죠, 수습

508

기자로 지원할 수 있나 해서요."

"정말?"

"정말요."

"브라이언을 만났다고?"

"뭐, 만났다고 하기에는 좀 그래요. 여섯 시간 동안 울타리 뒤에 숨어 있다가, 밤 9시 16분에 건물에서 나오는 편집장님한테 접근한 거니까."

그녀는 고개를 뒤로 젖히며 웃는다.

"그래서 어떻게 됐어?"

"잘 안 됐어요."

그녀는 동정 어린 표정으로 고개를 끄덕인다.

"브라이언을 처음 만났을 때, 그 괴물 같은 겉가죽 속에 테디 베어 같은 심장이 있을지도 모른다고 생각했던 기억이 나네." 케이틀린이 말한다. "그런데 아니었어. 테디 베어의 머리를 따버리는 또 다른 괴물이 그 속에 있을 뿐이지. 하지만 우리나라 최고의 신문 편집인인 건 확실해."

나는 고개를 끄덕이고 창밖을 바라본다. 기차는 오래된 앨비언 제분소를 지나고 있다.

"기자가 되고 싶어?" 그녀가 묻는다.

"당신처럼 범죄를 보도하고 범죄자들의 범행 동기에 대해 쓰고 싶어요."

"그래, 넌 슬림 할리데이와 아는 사이였지."

나는 고개를 끄덕인다.

"네가 이름을 하나 알려줬잖아. 그 사람을 조사해봤어. 의수족 만드는 남자."

"타이터스 브로즈요."

"타이터스 브로즈, 맞아. 네가 그 사람 얘기를 하다가 갑자기 가버렸잖아. 그날은 왜 그렇게 빨리 가버린 거야?"

"엄마를 보러 가야 해서 급했거든요."

"엄마는 괜찮으셨어?"

"아니요. 하지만 나를 보자마자 괜찮아졌죠. 정말 친절하시네요."

"뭐가?"

"엄마 안부를 물어줬잖아요, 친절하게. 기자 생활 하면서 배웠나 봐요."

"뭘 배워?"

"크고 중요한 질문들 사이사이에 사소하고 친절한 질문들을 끼워 넣는 거요. 그러면 사람들이 당신한테 말하기가 편해지겠죠."

"그럴지도 모르지. 어쨌든, 그래서 내가 그 의수족 만드는 타이터스 브로즈를 좀 캐봤거든."

"뭐라도 나왔어요?"

"몇 명한테 전화를 해봤어. 하나같이 하는 말이, 남서쪽 교외에서 가장 친절한 남자라는 거야. 아주 정직하고. 너그럽고. 남한테 잘 베풀고. 장애인들의 대변자라나. 무루카에서 알고 지내던 경찰 몇 명한테도 전화해봐서 물어봤더니, 지역사회의

510

대들보라고 하던데."

"물론 그렇게 말하겠죠. 그 인정 많은 작자한테 제일 많이 받아먹고 있는 인간들이 경찰이니까."

나는 오렌지색 초승달을 올려다본다.

"타이터스 브로즈는 아주 나쁜 짓을 하는 나쁜 사람이에요. 인공 수족 사업은 퀸즐랜드주 동남부에서 제일 큰 헤로인 밀매 조직을 감추기 위한 위장일 뿐이라고요."

"증거가 있어, 엘리 벨?"

"내가 직접 겪은 일이 증거죠."

그리고 잃어버린 내 행운의 손가락이. 찾을 수 없으니 문제지만.

"네 이야기를 아무한테도 안 했어?"

"안 했어요. 편집장님한테 하려고 했는데, 딱 세 단어로 말하라잖아요."

그녀가 웃는다.

"그 사람 원래 그래. 면접 볼 때 나한테도 그랬어. 그때까지의 내 인생과 내 신조를 세 단어짜리 헤드라인으로 요약해보라고."

'케이틀린은 아름다운 사람이다', '케이틀린은 진실한 사람이다', '케이틀린이 여기 있다'.

"그래서 뭐라고 했어요?" 내가 묻는다.

"그냥 제일 먼저 떠오르는 멍청한 대답을 했지."

"그게 뭐였는데요?"

그녀가 민망한지 몸을 움츠리며 말한다.

"스파이스는 깊이 파고든다."

그리고 카불처 노선의 다음 여덟 정거장을 지나가는 동안 그녀는 왜 그 헤드라인이 그녀의 인생사에 들어맞는지 얘기해 준다. 그녀는 파시토 캔만 한 몸으로 태어나 살아남지 못할 뻔했지만, 대신 그녀의 엄마가 그녀를 낳다가 죽었다. 그래서 그녀는 엄마가 신과 어떤 거래를 했다고, 자신의 목숨을 딸의 목숨과 바꿨다고 느꼈고, 이 거래를 알기에 항상 괴로웠다. 그녀는 결코 게으름을 피울 수 없었다. 세상사에 신경을 끌 수 없었다. 10대 시절 고스 문화에 심취해서 인생을 증오하고, 지금 그녀가 매일 밤 보엔 힐스 기차역에서 집으로 가는 기차를 탈 때마다 보는 그 웃긴 지구 귀두 낙서처럼 세상을 엿 먹이고 싶었을 때도 그녀는 포기할 수 없었다. 왜냐하면 그녀의 엄마는 딸이 대충 살라고 죽은 게 아니니까. 그래서 스파이스는 깊이 파고들었다. 언제나. 고등학교 운동회에서도. 사회인 네트볼 경기를 할 때는 승부욕이 지나쳐서 그녀가 상대편 윙 공격수를 팔꿈치로 밀 때마다 심판이 "터치!" 하고 고함을 지른다. 스파이스는 깊이 파고든다. 기사를 쓰려고 통화할 때마다 그녀는 이 말을 속으로 되뇐다. 자기계발서에 나오는 한심한 주문처럼 그 세 단어를 말한다. 스파이스는 깊이 파고든다. 스파이스는 깊이 파고든다. 너무 자주 반복하다 보니 이제 그 말은 축복이자 저주가 되었다. 그녀는 사람들을 너무 깊게 파고든다. 사람들의 장점이 아니라 허물을 찾는다. 대학 시절이든 언

512

제든 제대로 된 애인이 있었던 적이 한 번도 없었고, 앞으로도 짝을 찾을 수 있을 것 같지 않다. 왜냐하면 스파이스는 깊이 파고드니까.

"젠장, 이것 좀 봐." 그녀가 말한다. "지금도 너무 깊이 들어가고 있잖아."

"괜찮아요. 그런데 뭘 찾으려고 파고드는 거예요?"

그녀는 코트의 소맷부리를 만지작대며 잠시 생각에 잠긴다.

"괜찮은 틈새 질문인걸, 엘리." 그녀가 빙긋 웃는다. "나도 모르겠어. 그냥 이유를 알고 싶은 걸까? 왜 나는 여기 있고 엄마는 아닐까? 왜 내가 매일 기사를 쓰는 그 강간범, 살인범, 도둑, 사기꾼 들은 멀쩡히 살아서 숨을 쉬는데 엄마는 여기 없을까?"

그녀는 고개를 저으며 상념을 떨쳐낸다.

"자 이제, 엘리 벨의 인생사를 세 단어로 말해보실까?"

소년은 미래를 본다. 소년은 그녀를 본다. 소년은 깊이 파고든다.

"아무 생각도 안 나요."

그녀는 내 속을 꿰뚫어 보려는 듯 눈을 가늘게 뜬다. "왜 난 그 말이 안 믿길까, 엘리 벨? 오히려 넌 생각이 너무 많아서 탈인 것 같은데."

기차의 속도가 느려진다. 그녀가 창밖을 내다본다. 밖에는 아무도 없다.

이 세상에 아무도 없다. 그저 밤일 뿐이다.

"난 다음 역에서 내려." 그녀가 말한다.

내가 고개를 끄덕이자 그녀가 내 얼굴을 뜯어본다.

"원래 네가 타려고 했던 기차가 아니지?" 그녀가 묻는다.

나는 고개를 끄덕인다. "맞아요, 내가 탈 기차가 아니었어요."

"그런데 왜 이 기차를 탔어?"

"당신이랑 계속 애기하고 싶어서요."

"뭐, 집까지 멀리 돌아가는 걸 후회하지 않을 만큼 가치 있는 대화였기를 바란다."

"그랬어요." 내가 말한다. "진실을 알고 싶어요?"

"항상 그렇지."

"당신 애기를 30분 동안 들을 수 있다면 퍼스까지 가는 기차라도 타겠어요."

그녀는 미소 짓더니 고개를 숙이며 절레절레 흔든다.

"너 정말 햄* 같아, 엘리 벨." 그녀가 말한다.

"네? 햄요? 왜요?"

"과장이 너무 심하잖아."

"그게 햄이랑 무슨 상관이에요?"

"글쎄. 어쨌든 걱정 마, 넌 달콤한 햄이니까."

"꿀 바른 햄요?"

"그래. 그런 느낌이지."

• 'ham'에는 '엉터리 배우'라는 뜻도 있다.

514

그녀가 내 눈을 가만히 들여다본다. 나는 그녀의 불길에 휩싸인다.

"넌 어디서 왔니, 엘리 벨?" 그녀가 수수께끼처럼 묻는다.

"브래큰 리지요."

"으으음." 그녀의 의문은 풀리지 않은 듯하다.

기차가 느려진다.

"여기서 나랑 같이 내릴래?"

나는 고개를 젓는다. 지금은 이 자리가 기분 좋게 느껴진다. 지금은 세상이 기분 좋게 느껴진다.

"아니요, 잠깐 여기 앉아 있을래요."

그녀는 미소 지으며 고개를 끄덕인다.

"저기, 타이터스 브로즈를 다시 조사해볼게."

"스파이스는 깊이 파고든다."

그녀는 눈썹을 치켜올리며 한숨을 쉰다. "그래, 스파이스는 깊이 파고드니까."

기차가 멈춰 서자 그녀는 객차 문으로 걸어간다.

"참, 그건 그렇고, 엘리, 신문 기사를 쓰고 싶으면 그냥 한 번 써봐. 너무 끝내주게 좋아서 브라이언이 신문에 안 싣고는 못 배길 기사로."

나는 고개를 끄덕인다.

"고마워요."

앞으로 나는 이 뭉클함으로 헌신을 기억할 것이다. 앞으로 나는 록멜론 조각으로 사랑을 기억할 것이다. 뭉클함은 나를 움직이게 만드는 내 안의 엔진이다. 그녀가 기차에서 내리고, 내 심장은 1단, 2단, 3단, 4단 기어로 점점 더 빨리 뛴다. 움직여. 나는 객차 문으로 달려가 그녀에게 외친다.

"세 단어를 찾았어요."

그녀가 걸음을 멈추고 나를 돌아본다.

"오. 그래?"

나는 고개를 끄덕인다. 그리고 큰 소리로 세 단어를 말한다.

"케이틀린 그리고 엘리."

객차 문이 닫히고 기차가 역에서 출발하지만, 창밖으로 여전히 그녀의 얼굴이 보인다. 그녀는 고개를 젓고 있다. 미소 지으며. 그러다 미소가 사그라진다. 그녀는 그저 나를 바라보고만 있다. 그녀의 두 눈이 나를 파고든다. 스파이스는 깊이 파고든다.

소
년,

비 상
하
다

　따오기가 왼쪽 다리를 잃고 오른쪽 발로 서 있다. 검은 왼쪽 다리는 예전에 하늘로 날아오르기 위해 구부렸을 갈퀴발이 잘려나가고 뭉툭하니 밑동만 남았다. 낚싯줄이 따오기의 다리를 절단해버렸다. 새는 낚싯줄 때문에 발에 피가 돌지 않아 몇 달 동안 고생했을 것이다. 하지만 지금은 자유다. 다리를 절뚝거리지만 자유다. 새는 그냥 발을 버렸다. 그저 참으며 고통이 사라질 때까지 기다렸다. 지금 거실 창문 밖으로 앞뜰에서 깡충깡충 뛰어다니는 따오기가 보인다. 새는 공중으로 뛰어오르더니 성한 날개를 퍼덕이며, 우리 집 우편함까지 바람에 날려온 텅 빈 프렌치프라이 포장지 위의 4미터 상공에서 잠깐 비행한다. 새는 길고 검은 부리를 포장지에 찔러 보지만 아무것도 발견하지 못한다. 나는 안쓰러운 마음이 들어, 소 허벅지살과 피클이 들어간 샌드위치 한 덩어리를 새에게 던져준다.

　"새한테 먹이 주지 마, 엘리." 아빠는 커피 테이블에 발을 올려놓고 담배를 피우며, 브리즈번의 유망한 신생 럭비 팀 브리즈번 브랑코스와 맬 매닝가 선수의 무적불패에 가까운 팀 캔버라 레이더스의 경기를 보고 있다. 아빠가 거실에 나와 우리 형제와 함께 텔레비전을 보는 시간이 더 많아졌다. 예전보다 술도 덜 마시는데, 그 이유는 모르겠다. 멍든 눈이 지긋지긋해졌을까. 토사물과 오줌을 치우는 데 질렸을까. 형과 내가 여기 있는 게 아빠에게 좋은 영향을 미쳤나 보다. 가끔은, 우리가 여기 없어서 아빠의 정신이 고삐 풀린 말처럼 제멋대로 날뛰었던 건 아닌가 하는 생각이 들 때도 있다. 어쩌다 한 번씩 아빠가 농담을 던지고 우리 셋이서 다 함께 웃을 때면, 미국 시트콤에 나오는 가족들이나 경험하는 줄 알았던 따스함이 느껴진다. 내가 좋아하는 「패밀리 타이스」의 키튼 가족, 코스비 가족, 그리고 「그로잉 페인스」의 별날 정도로 열심히 사는 시버 가족. 이 드라마들 속의 아빠들은 아주 많은 시간을 거실에서 아이들과 얘기하며 보낸다. 내가 꿈에 그리던 아빠, 스티븐 키튼은 거실 소파나 식탁에 앉아서 10대의 불행에 대해 아이들과 얘기를 나누는 것 말고는 하는 일이 없는 것 같다. 그는 아이들의 말을 듣고 또 들어주고, 오렌지 주스를 따라서 건네며 더 들어준다. 그는 사랑한다는 말로 아이들에게 자신의 마음을 전한다.

아빠는 검지와 엄지로 권총을 만들어 내게 겨누고 방귀를 뀌는 식으로 사랑을 전한다. 아빠가 처음 그랬을 땐 눈물이 터질 뻔했다. 아빠는 우리는 있는지도 몰랐던, 아빠의 아랫입술 안쪽에 새긴 문신을 보여주는 식으로 우리에게 사랑을 전한다. '엿이나 먹어라.' 가끔 아빠는 술을 마시다가 눈물을 흘리며, 가까이 와서 안아달라고 내게 부탁하기도 한다. 아빠를 꼭 끌어안을 때 아빠의 얼굴 털이 내 보들보들한 피부를 사포처럼 비벼대는 기분이 낯설기는 하지만 좋기도 하다. 그리고 거의 15년 동안 우연이라면 모를까 아빠의 몸에 다른 사람의 손길이 닿은 적이 없었을 거라는 사실을 알기에, 낯설고 안타까운 슬픔이 느껴진다.

"미안하다." 이렇게 포옹할 때마다 아빠는 침을 질질 흘리며 말한다. "미안해."

아빠가 정말 하고 싶은 말은 이게 아닐까. '암울했던 수년 전의 그 기괴한 밤에 너희를 그 댐으로 처박아서 미안하다. 그땐 내가 정신 나간 미치광이라서 그랬어. 엘리야, 난 지금 정말, 정말 열심히 노력하고 있어.' 그러면 원래 용서를 잘하는 나는 아빠를 더 꼭 껴안아준다. 이런 내 우유부단함이 싫다. 나보다 자기에게 내 심장이 더 절실히 필요하다면서, 혹은 힘든 시기를 보내고 있다면서 무딘 칼로 내 심장을 도려내는 사람까지도 나는 용서해줄지 모른다. 이런 포옹의 순간에는 놀랍게도 아빠를 안아주는 게 좋은 일처럼 느껴진다. 나는 좋은 사람이 되고 싶어 아빠를 안아준다.

형 같은 좋은 사람.

형은 거실의 커피 테이블에서 돈을 세고 있다. 정오 뉴스에서 셸리 허프먼이 눈을 동그랗게 뜨고 고마워하며 짓던 그 미소는 그날 우리 형의 얼굴에도 계속 머물러 있었다. 감정적인 이유로 입을 닫아버렸던 형은 이번 일로 인해 무언가를 깨달았다. 오거스트 벨과 엘리 벨 형제는 남에게 베풀면서 살아야 한다는 사실을. 얼마 전에 형은 '아마도 그래서 내가 되돌아왔나 봐'라고 소리 없이 말했다.

"형은 되돌아온 게 아니야." 내가 말했다. "어딜 갔어야 말이지."

형은 내 말에 귀를 기울이지 않았다. 가슴이 너무 벅차올라서. 형은 좋든 싫든 자질구레한 범죄들을 실컷 저질러 온 오스트레일리아 교외의 가족들은 남에게 베풀 줄을 모른다는 사실을 깨달았다. 형은 범죄란 본질적으로 이기적이라는 결론을 내렸다. 강도, 밀매, 사기, 도둑질, 마약 거래, 받아먹기만 하고 입 닦아버리기. 그래서 지난 3주 동안 형은 퀸즐랜드주 동남부 근육 위축증 협회를 위해 양동이를 들고 브래큰 리지와 부근의 브라이튼, 샌드게이트, 분달의 집들을 돌아다니며 모금 운동을 했다. 형은 그 일에 강박적으로 집착해서 아주 철저한 계획을 세워 움직이고 있다. 방문할 집의 경로를 정해서 지도를 그리고 시간표를 짠다. 브래큰 리지의 도서관에서 인구통계 자료를 조사해 브리즈번의 부촌들을 알아낸 다음, 애스컷, 클레이필드, 오랜 부잣집들이 많은 뉴 팜, 그리고 강 건너 조용한 마을 불림바까지 기차를 타고 나간다. 예전에 한번 슬림 할아버지가 우리에게 말하기를, 불림바의 과부 할머니들은 두툼한 현금 뭉치를 요강에 숨겨둔다고 했다. 자존심 강한 강도들이나 손버릇 나쁜 가족이 노파의 오줌통을 들여다볼 리는 없으니까. 나는 입을 열지 않는 형의 모금 활동이 실패로 돌아가리라 생각했지만, 오히려 그 점이 비장의 무기가 된 모양이다. 형이 퀸즐랜드주 동남부 근육 위축증 협회 스티커가 붙은 모금통을 들어 올리며 자기가 말을 하지 않는다는 사실을 손짓으로 알리기만 하면, 마음 따뜻한 사람들은 이 동작을 형이 근육 위축증 때문에 농아가 됐다는 뜻으로 받아들인다. 형은 모금통을 들고 있는 따뜻한 표정의 젊은이로 보이고, 많은 집의 문을 두드리고 다니다 보면 인간의 마음이 본래 친절하다는 사실을 깨닫게 된다. 어쩌면 우리 모두 입을 닫고 있을수록 더 효과적으로 소통할 수 있을지도 모른다.

*

"왜 새들한테 먹이 주면 안 돼요?"

"이기적인 짓이니까." 아빠가 답한다.

"새한테 내 샌드위치를 주는 게 왜 이기적인 짓이에요?"

아빠도 앞창으로 와서, 우리 집 마당에 있는 외다리 따오기를 바라본다.

"따오기는 소 허벅지살과 피클이 든 샌드위치를 안 먹으니까." 아빠가 말한다. "넌 네 기분 좋자고 샌드위치 덩어리를 던져주고 있는 거야. 이기적인 심리지. 네가 날마다 이 창문에서 먹이를 주기 시작하면, 저 새는 여기가 빌어먹을 빅 루스터인 줄 알고 오후마다 들를 거고, 친구들도 데려오겠지. 그러면 이 새들은 스스로 먹이를 찾는 훈련도 못 하고 힘도 못 길러. 그러면 브래큰 리지의 따오기들 사이에 네 샌드위치를 제일 먼저 먹으려고 내전이 벌어지는 건 물론이고, 걔들 신진대사까지 완전히 변해버리는 거야. 게다가 네가 따오기 사회에서 비정상적으로 높은 서열에 갑자기 오르게 되면 브래큰 리지 지역 전체의 생태계 균형이 깨져버리지. 내가 항상 그렇게 사는 건 아니지만, 사람은 말이야, 모름지기 쉬운 일보다는 옳은 일을 하면서 살아야 해. 네가 네 기분 좋자고 하는 일에 갑자기 따오기들은 습지의 나무보다 망할 주차장 바닥에서 비둘기들이랑 놀면서 보내는 시간이 더 많아진다고. 그러면 종족 간 접촉이 생기고, 새들의 면역 체계가 약해지고, 스트레스 호르몬이 더 많이 분비되고, 다이너마이트 같은 그 작은 배양 접시에서 살모넬라균이 튀어나오지."

아빠는 옆집의 파멜라 워터스에게 고개를 까딱한다. 그녀는 손과 무릎에 정원용 장비를 차고 한 줄로 심긴 주황색 거베라에서 잡초를 뽑고 있다.

"그때 파멜라가 배럿 거리의 델리에서 돼지 다리 햄을 세 조각 사 온다고 치자. 그런데 맥스가 델리의 진열실 창을 지난 두 시간 전부터 열어놔서 그 맛있는 햄이 살모넬라균에 오염되고 말았지. 2주 후에 파멜라가 골로 가도 의사들은 원인을 못 밝혀. 일광욕실에서 바게트랑 같이 먹은 햄 샐러드 롤이 범인인데 말이야."

"그러니까 내 샌드위치가 언젠가 워터스 아줌마를 죽일 수도 있다는 말이에요?"

"그래, 다시 생각해보니까, 새들한테 던져줘도 괜찮을 것 같네."

우리는 머리를 뒤로 젖히며 웃는다. 그러고는 한참이나 따오기들을 지켜본다.

"아빠."

"어?"

"뭐 하나 물어봐도 돼요?"

"그래."

"아빠는 좋은 사람이에요?"

아빠는 다리가 잘린 따오기를 바라보며, 흰색 팁톱 빵을 씹어 삼키려 애쓴다.

"아니, 그렇다고는 할 수 없지."

우리는 아무 말 없이 창밖을 빤히 내다본다.

"그래서 엄마가 도망갔어요?"

아빠는 어깨를 으쓱하고는 고개를 끄덕인다. 그럴 수도 있고. 아닐 수도 있고.

"네 엄마가 도망갈 이유를 내가 많이 만들긴 했지."

우리는 고개를 까닥이며 마당을 살피고 다니는 따오기를 조금 더 지켜본다.

"내 생각에 아빠는 나쁜 사람이 아닌 것 같아요."

"뭐, 고맙구나, 엘리. 다음 입사 지원서에 그 진심 어린 칭찬을 꼭 집어넣도록 하마."

"슬림 할아버지는 예전에 나쁜 사람이었지만 착해졌잖아요."

아빠가 웃는다. "나를 네 살인범 친구와 비교하다니, 참 고맙기도 하다."

그때 노란색 포드 머스탱이 우리 집을 지나간다. 기차역에서 봤던 바로 그 남자가 차를 몰고 있다. 거구의 사내. 검은 머리, 검은 콧수염. 집을 지나가면서 우리를 빤히 쳐다보는 검은 눈동자. 아빠도 그를 빤히 쳐다본다. 사내는 계속 차를 몰고 간다.

"저 인간 왜 저래?" 아빠가 말한다.

"지난주에 저 사람 봤어요. 샌드게이트 기차역 밖에 앉아 있었는데, 저 남자가 자기 차에서 나를 빤히 쳐다보더라고요."

"누군 것 같아?"

"좆도 관심 없어요."

"욕 좀 줄여, 자식아."

*

오후에 전화가 울린다. 엄마다. 샌드게이트 기차역의 공중전화로 건 전화다. 엄마는 겁에 질려 있다. 엄마는 울고 있다. 퍼트리샤 수녀의 집에는 못 간다고. 그놈이 찾아낼 거라고. 테디는 퍼트리샤 수녀의 집을 알고 있다.

그 자식을 죽여버릴 테다. 작은 칼로 그 자식의 신장을 찔러버리고 말 테다.

나는 수화기를 내려놓는다.

아빠는 소파에서 맬컴 더글러스의 모험 다큐멘터리를 보고 있다. 나는 아빠에게서 멀찍이 떨어져 앉는다.

"엄마한테 우리가 필요해요, 아빠."

"뭐?"

"엄마한테 우리가 필요하다고요."

아빠는 내가 무슨 생각을 하고 있는지 안다.

"엄마가 갈 데가 없어요."

"안 돼, 엘리."

텔레비전 화면 속에서 오지 탐험가 맬컴 더글러스가 맹그로브숲의 진흙 구렁에 오른손을 집어넣고 있다.

"내가 서재를 치울게요. 엄마가 집안일도 도와줄 거예요. 몇 달만요."

"안 돼, 엘리."

"내가 지금까지 아빠한테 한 번이라도 부탁한 적 있어요?"

"이런 부탁은 하지 마. 난 못 해."

"내가 지금까지 아빠한테 단 하나라도 부탁한 적 있어요?"

맬컴 더글러스가 퀸즐랜드주 최북단의 사나운 머드 크랩을 진흙 구렁에서 빼내고 있다.

나는 일어나 앞창으로 걸어간다. 아빠는 그게 옳은 일이라는 걸 알고 있다. 외다리 따오기가 깡충깡충 뛰어다니다가 랜슬롯 거리의 집들 위로 날아간다. 따오기는 그게 옳은 일이라는 걸 알고 있다.

"어떤 좋은 사람이 나한테 해준 말이 있는데, 뭔지 알아요, 아빠?"

"뭐라고 했는데?"

"사람은 모름지기 쉬운 일보다는 옳은 일을 하면서 살아야지."

*

엄마의 여름 원피스는 해어지고 늘어나 있다. 엄마는 기차역 공중전화 박스 옆에 맨발로 서 있다. 형과 나는 태양이자 하늘이며 우리를 훈훈하게 데워주는 엄마의 미소를 기다린다. 우리는 공중전화 박스로 급하게 달려가며 엄마에게 미소 짓는다. 엄마에게는 아무것도 없다. 가방도. 신발도. 지갑도. 그래도 엄마는 마치 천상에서 잠깐 일어나는 사건처럼 신성한 그 미소를 지을 것이다. 입을 오른쪽 꼬리에서 왼쪽 꼬리로 벌리고 윗입술을 삐죽이며, 우리는 미치지 않았다고, 우리가 하는 모든 일은 옳다고, 잘못된 건 우주라고 그 미소로 말해줄 것이다. 엄마가 우리를 보더니 그 미소를 환하게 짓는다. 그런데 잘못된 건 우주가 아니라 그 미소다. 엄마의 앞니 두 개가 빠져 있으니까.

기차역에서 집까지 차를 타고 가는 동안 아무도 말을 하지 않는다. 아빠는 운전을 하고 엄마는 조수석에 앉아 있다. 나는 엄마 뒤에 앉아 있고, 내 옆에 앉은 형은 왼손을 자주 뻗어 엄마의 오른쪽 어깨를 쓰다듬어 준다. 차의 사이드미러로 엄마의 얼굴이 보인다. 윗입술은 퉁퉁 부어서 제대로 오므려지지 않는다. 멍든 왼쪽 눈은 흰자에 피가 고여 있다. 아빠가 우리

526

집 차도에 차를 세우고 나서야 비로소 한 마디 말이 나온다. 내 앞에서 엄마가 아빠에게 처음으로 던진 말.

"고마워, 로버트."

*

형과 나는 아빠의 책 보관소에 산더미처럼 쌓여 있는 책들을 치우기 시작한다. 책들을 전부 다 넣을 상자가 부족하다. 문고판 책이 1만 권, 그 페이지들 사이로 기어 다니는 좀벌레는 5만 마리 정도 되는 것 같다.

형이 허공에 쓴다. '이 책들 팔자.'

"형은 천재야."

우리는 아빠가 집 밑에 버려둔 낡은 테이블을 밖으로 끌어내고, 우편함 바로 옆의 인도에 가판대를 세운다. 그런 다음 아빠의 포엑스 맥주 상자로 간판을 만들고, 판지의 텅 빈 갈색 안쪽 면에 '브래큰 리지 책 대할인—모든 책 50센트'라고 휘갈겨 쓴다.

1만 권을 팔면 우리는 5000달러를 벌게 된다. 그 돈이면 엄마의 임대 보증금으로 충분하다. 엄마가 신발을 살 돈으로 충분하다.

우리가 서재와 바깥 가판대를 오가며 책을 옮기는 사이, 엄마와 아빠는 홈 브랜드 홍차를 마시며 아마도 옛 시절을 추억하는 듯한 얘기를 나눈다. 구구절절한 설명이 없어도 서로 말이 잘 통한다. 하긴, 두 사람은 한때 연인이었으니까.

"하지만 당신은 스테이크를 좋아하지도 않잖아." 아빠가 말한다.

"그래. 이게 얼마나 딱딱한지, 흔들거리는 테이블을 받쳐도 될 정도였다니까. 그런데 여자 몇 명이 도로에서 차에 받혀 죽은 지 오래된 동물의 살을 뼈에 가깝게 동그랗게 발라내서 어떻게 안심 스테이크처럼 보이게 만드는지 보여주는 거야."

엄마와 아빠는 서로에 대한 미움이 커지기 전에 서로를 아끼는 사이였다. 아빠의 눈에 전에 없던 생기가 돈다. 아빠는 엄마를 정중히 대하고 있다. 누군가의 마음을 사로잡으려고 연기하던 때와는 다르다. 아빠는 엄마의 말에 웃는다. 엄마가 하는 말은 재미있다. 교도소 음식과 지난 15년 세월의 거친 모험에 대한 엄마의 이야기는 블랙 코미디의 장면들 같다.

무언가가 보인다. 과거가 보인다. 미래가 보인다. 엄마와 아빠가 섹스하며 나를 만드는 모습이 그려져 토할 것 같지만, 미소를 짓고 싶기도 하다. 나쁜 시절이 오기 전엔, 우주에 집어삼켜지기 전엔 엄마와 아빠도 가족을 꾸리겠다는 기대감에 들떠 있었다고 생각하면 기분이 좋으니까.

전화가 울린다.

나는 전화기로 얼른 달려간다.

"엘리, 잠깐만." 엄마의 말에 나는 멈춰 선다. "그 사람일지도 몰라."

"그랬으면 좋겠어요."

나는 수화기를 오른쪽 귀 쪽으로 들어 올린다.

"여보세요."

침묵.

"여보세요."

목소리. 그의 목소리.

"네 엄마 바꿔."

"이 비겁한 새끼야." 나는 수화기에 대고 말한다.

아빠는 고개를 젓고는 속삭인다. "경찰에 신고했다고 해."

"엄마가 경찰에 신고했어, 테디." 내가 말한다. "경찰이 너 잡으러 간다고, 테디."

"신고했을 리가 없지." 테디가 말한다. "난 프랭키를 알거든. 프랭키는 경찰에 신고 안 했어. 내가 데리러 간다고 네 엄마한테 전해."

"엄마 근처에 얼씬이라도 해봐, 그랬다간……."

"그랬다간, 뭘 어쩔 건데, 꼬마야?" 테디가 소리를 버럭 지른다.

"내가 네 눈깔을 뽑아버릴 거야, 테디."

"오, 그래?"

나는 아빠를 쳐다본다. 내 뒤를 받쳐줄 사람도 필요하겠지.

"그래, 테디. 그리고 우리 아빠가 맨손으로 코코넛을 깨듯이 네 비겁한 대갈통을 반으로 쪼개버릴 거다."

아빠는 깜짝 놀란 표정으로 말한다. "그만 끊어, 엘리."

"내가 데리러 간다고 네 엄마한테 전하기나 해." 테디가 고함을 지른다.

"우리가 바로 여기서 기다리고 있을 거다, 이 비겁한 새끼야." 내가 이러는 건 분노 때문이다. 분노 때문에 딴 사람이 되어가고 있다. 내 안에서 뭔가가 점점 쌓여가는 기분이다. 어린 시절 내 갈비뼈에 차곡차곡 억눌린 그 모든 분노. 나는 악을 쓴다. "바로 여기서 우리가 기다리고 있을 거라고, 테디."

전화가 끊기자 나는 수화기를 내려놓는다. 그리고 아빠와 엄마를 쳐다본다. 형은 소파에 앉아 고개를 절레절레 젓고 있다. 다들 미친 사람 보듯 나를 빤히 쳐다본다. 어떻게 내가 제정신이길 바랄 수 있지.

"왜요?" 내가 말한다.

아빠는 고개를 젓더니 일어나 찬장 문을 연다. 그리고 캡틴 모건을 한 병 따서 그 싸구려 럼주를 반 컵 쭉 들이켠다.

"오거스트, 가서 도낏자루 좀 가져올래?"

*

예전에 한번 슬림 할아버지가 말하기를, 시간의 가장 큰 결점은 실제로 존재하지 않는다는 거라고 했다. 시간은 물리적인 것이 아니라서, 예를 들어 테디의 목처럼 잡아서 조를 수가 없다. 실제로 존재하지 않기에 통제하거나 설계하거나 조작할 수 없다. 우리의 달력에 숫자를, 우리의 시계에 로마 숫자를 박은 건 우주가 아니라 우리다. 시간이 존재한다면, 내가 그놈을 두 손으로 붙잡고 목을 졸라버릴 텐데. 두 손으로 시간을 움켜잡아 겨드랑이에 끼고 헤드락을 걸어버릴 텐데. 그러면 시간이 내 겨드랑이 밑에서 꼼짝도 못 하고 8년 동안 얼어붙어 있는 사이, 나는 케이틀린 스파이스의 나이를 따라잡고, 그녀는 자기 또래 남자와의 키스를 고려하겠지. 그때쯤엔 내 얼굴에도 드디어 털이 자라기 시작했을 테고 턱수염도 나 있겠지. 정치에 대해, 가정용품에 대해, 그리고 더 갭에 있는 우리의 작은 뒷마당에 어떤 개를 키울지에 대해 굵고 낮은 목소리로 그녀에게 말할 수 있겠지. 시계에 그 숫자들을 박아 넣지 않으면, 케이틀린 스파이스는 나이 들지 않고 그대로 있을 거고, 그러면 우리는 함께할 수 있다. 나는 뭘 하든 항상 타이밍이 안 맞는다고, 시간과 발이 맞지 않는다고 느꼈다. 하지만 오늘은 아니다. 브래큰 리지, 랜슬롯 거리 5번지의 거실 앞창 옆에 서 있는 지금 이 순간은 아니다. 정오. 바람에 굴러다니는 회전초와 마을 술집의 덧문을 닫는 할머니는 어디 있지?

아빠는 오른손에 도낏자루를 들고 초조하게 서 있다. 형은 평소에 부엌 창문이 흔들리지 않게 괴어놓는 얇은 금속 막대기를 들고 서 있다. 나는 샌드게이트의 전당포에서 15달러에 산 그레이 니콜스 배트, 말하자면 돌에 박힌 엑스칼리버 같은 크리켓 방망이를 들고 서 있다. 러닝셔츠, 플립플롭, 반바지 차림의 힘없는 배불뚝이 전사들. 우리가 책을 천천히 치우던 서재에 안전하게 숨은 우리의 여왕을 위해 목숨을 바칠 준비가 되어 있다. 아빠도 마찬가지일 것이다. 엄마에 대한 사랑을 증명해 보일 수 있으니까. 어쩌면 속죄할 수 있는 기회일지도 모른다. 아빠가 앞마당으로 몇 발자국 걸어 나가 테디의 관자놀이에 도낏자루를 박으면, 엄마는 고마워하며 아빠의 가느 다란 두 팔로 뛰어들 것이다. 그리고 아빠의 오른쪽 어깨에 문 신으로 새긴 네드 켈리는 진실한 사랑에 엄지손가락을 척 치 켜들 것이다.

"그 자식 대갈통을 부셔버린다는 말은 대체 왜 한 거야?" 아빠가 묻는다.

"그럼 겁먹을 줄 알았죠."

"내가 싸움에는 영 재주가 없다는 거 너도 알지?"

"술에 취했을 때만 그런 줄 알았는데."

"술에 취하면 더 잘 싸우지."

우린 망했다. 인생이란 게 이렇다.

*

그때 노란색 포드 머스탱이 거리에 나타나더니 우리 집 차 도로 들어온다. 목이 메어오고 무릎이 후들거린다.

"그 사람이에요." 나는 헉하고 숨을 몰아쉰다.

검은 머리, 검은 눈동자.

"테디?" 아빠가 묻는다.

"아니요, 기차역 밖에서 봤던 남자요."

그가 시동을 끄고 차에서 훌쩍 뛰어내린다. 그는 검은 셔츠 와 슬랙스에 회색 코트를 입고 있다. 브래큰 리지에 찾아온 사 람치고는 너무 격식을 차려 입었다. 그의 왼손에는 빨간 셀로 판지로 포장한 작은 선물 상자가 들려 있다.

그가 앞마당을 가로질러, 벨 가의 세 남자가 서 있는 거실 창으로 걸어온다. 우리 셋은 한심한 무기를 땀투성이 손에 움켜쥐고 있다.

"테디 친구라면 그냥 거기 서는 게 좋을 거야, 친구." 아빠가 말한다.

남자가 멈춰 선다.

"누구?" 남자가 답한다.

그때 또 다른 차가 우편함 옆의 갓돌에 멈춰 선다. 커다란 파란색 닛산 밴. 테디가 조수석에서 내린다. 밴의 운전수도 내리고, 세 번째 남자가 뒤쪽 운전석 문을 스르륵 열고 자기 뒤로 탁 닫는다. 세 사람 모두 서로에게 지지 않는 육중한 덩치를 느릿느릿 움직인다. 에카에서 항상 1등을 하는 태즈메이니아의 나무꾼들처럼 생겼다. 퀸즐랜드주의 장거리 트럭 운전수 아니랄까 봐, 원숭이처럼 두 발을 질질 끌고 펑퍼짐한 엉덩이를 흔들며 걷는다. 아마 테디는 경찰-강도 놀이를 하는 일곱 살짜리 꼬마처럼 자기편을 부르기 위해 CB 무선기로 그들에게 연락했을 것이다. 저들 중 한 명이 거시기는 크고 대가리는 텅 빈 '통나무'겠지. 그놈의 불알을 꼭 걷어차 줘야지. 저 멍청한 자식들이 알루미늄 야구 방망이를 들고 있지만 않으면, 마구 비웃어줄 텐데.

테디가 앞마당의 한복판까지 와서는 창 너머로 소리를 지른다. 왼손에 선물 상자를 들고 우리 밑에 서 있는 회색 코트의 남자는 안중에도 없이.

"썩 나오지 못해, 프랭키!" 테디가 소리 지른다.

그는 또 약에 심하게 취해 있다. 각성제를 장기간 복용하여 생긴 조증.

회색 코트의 남자가 무심하고 차분히 옆으로 스윽 다가와, 당나귀에게 길을 터주는 검은 표범처럼 어리둥절한 표정을 짓고서 테디를 지켜본다.

내 뒤로 엄마가 다가온다.

"방에 들어가 있어, 프랜." 아빠가 조용히 말한다.

"프랜?" 테디가 고함을 지른다. "프랜이라고? 저 작자는 당신을 그렇게 불렀나 보지, 프랭키? 설마 저 미친놈이랑 다시 살림 차리겠다는 거야?"

회색 코트의 남자는 이제 우리 집의 작은 콘크리트 베란다로 이어지는 두 계단 앞에 와 있다. 그는 계단에 앉더니, 조심스럽게 검지를 입술에 댄 채 상황을 지켜본다.

엄마는 나와 형 사이를 비집고 들어와서 창밖으로 몸을 내민다.

"우린 끝났어, 테디." 엄마가 말한다. "완전히 끝이야. 난 안돌아가. 영원히, 테디. 우린 끝났어."

"아니, 아니, 아니." 테디가 말한다. "내가 끝났다고 해야 끝난 거지."

나는 크리켓 방망이를 쥔 손에 힘을 준다. "엄마가 꺼지라잖아, 테디 베어, 귀 먹었냐?"

테디가 픽 웃는다. "엘리 벨, 엄마를 위해서 엄청 세게 나오는데. 하지만 네 다리는 후들후들 떨리고 있겠지, 다 알아, 이 자식아. 조금만 더 거기 서 있다간 바지에 오줌 지릴걸."

그의 정확한 간파력은 칭찬해줄 수밖에 없다. 정말 오줌이 마려워 죽을 지경이다. 따뜻한 담요를 뒤집어쓰고 엄마의 치킨 수프를 후루룩 마시며 「패밀리 타이스」를 보고 싶은 마음이 그 어느 때보다 간절하다.

"조금만 더 가까이 오면 눈깔 뽑힐 줄 알아." 나는 이를 악물고 말한다.

테디는 자기가 데려온 멍청이들을 쳐다본다. 그들이 그에게 고개를 끄덕인다.

"좋아, 프랭키." 테디가 말한다. "당신이 나오기 싫다면 우리가 들어가지 뭐." 테디와 그의 양아치 친구들이 베란다 계단으로 걸어오기 시작한다.

그때 회색 코트의 남자가 일어선다. 이제 보니, 어깨가 엄청나게 떡 벌어져 있고, 회색 코트 안의 팔은 근육이 빵빵하다. 그가 가져온 선물은 베란다의 첫 계단에 그대로 놓여 있다.

"저 여자분이 당신이랑 끝났다잖아." 회색 코트의 남자가 말한다. "그리고 저 아이는 당신한테 꺼지라고 했고."

"넌 또 뭐야?" 테디가 툭 뱉듯이 말한다.

회색 코트의 남자는 어깨를 으쓱한다. "앞으로도 계속 모르는 게 좋을 거야."

「페일 라이더」의 클린트 이스트우드처럼 이 남자가 좋아지기 시작한다.

두 남자는 서로를 노려본다.

"집에나 가시지, 친구." 회색 코트의 남자가 설득하듯 말한다. "저 여자분이 당신이랑 끝났다잖아."

테디는 웃으면서 고개를 젓고, 두 멍청이를 돌아본다. 그들은 몸이 근질근질한 듯, 각성제에 취해 물과 피가 고픈 듯, 야구 방망이를 꽉 쥐고 있다. 테디는 다시 앞으로 몸을 돌리면서, 우리 집 베란다 계단에 서 있는 낯선 남자의 머리를 향해 알루미늄 야구 방망이를 빠르고 세게 휘두른다. 그러자 낯선 남자는 방망이에서 눈을 떼지 않은 채 복서처럼 몸을 홱 숙이고 테디의 살찐 가슴에 왼손 주먹을 푹 찌른 뒤, 테디 밑에서 몸을 위로 밀어 올리며 종아리와 허벅지와 골반의 힘을 성난 오른손 주먹으로 옮겨 테디의 턱에 어퍼컷을 날린다. 테디는 정신을 못 차리고 비틀대다가 눈의 초점이 돌아오는 순간 낯선 남자의 이마에 코끝을 들이받힌다. 테디의 코뼈가 툭 부러지면서 피가 확 튀어 추상화 같은 무늬를 그리며 흩뿌려진다. 이제 이 남자의 정체를 알 것 같다. 교도소의 짐승. 자유의 몸이 된 교도소 짐승. 검은 표범. 사자. 의식을 잃은 채 땅바닥에 드러누워 있는 테디의 망가진 얼굴을 보고 나는 미친 사람처럼 행복의 눈물을 흘리며 마른 입술로 그의 이름을 속삭인다.

"알렉스."

테디의 얼간이들이 머뭇머뭇 더 가까이 다가가다, 낯선 남자가 허리띠 뒤에서 검은 권총을 휙 빼자마자 우뚝 멈춰 선다.

"물러서." 낯선 남자가 가장 가까이 있는 얼간이의 머리에

총을 겨누며 말한다. "너, 운전수. 네 차 번호판을 내가 봐놨으니까 까불지 마, 알아들어?"

밴을 운전한 남자는 겁에 질려 아무 말도 못 하고 고개를 끄덕인다.

"이 돼지 새끼를 다시 끌고 가." 낯선 남자가 말한다. "깨어나거든, 프랭키 벨이랑 좋났다고 전해. 알렉산더 버뮤데스와 레벨스의 퀸즐랜드주 지부 회원 235명이 그렇게 말하더라고. 알아들어?"

밴 운전수는 고개를 끄덕이고 더듬더듬 말한다. "죄송해요, 버뮤데스 씨. 정말 죄송해요."

알렉스는 창가에서 초현실적인 광경을 지켜보고 있는 엄마를 바라본다.

"저 새끼 집에서 가져올 물건 있어요?" 알렉스가 엄마에게 묻는다.

엄마가 고개를 끄덕인다. 알렉스는 알겠다는 듯 고개를 끄덕이고, 권총을 다시 허리띠 뒤에 꽂으며 운전수를 돌아본다. "운전수, 내일 해지기 전에 저 여자분 물건들 이 베란다에, 현관문 옆에 가져다 놔, 알아들어?"

"네, 네, 그럼요." 밴 운전수는 테디를 앞마당 잔디밭으로 질질 끌고 가며 말한다. 두 얼간이가 테디를 파란 밴에 실은 뒤 랜슬롯 거리를 떠난다. 운전수가 마지막으로 한 번 알렉스에게 공손히 고개를 끄덕이자, 알렉스도 고개를 끄덕여 답한다. 그러고는 창가에 있는 우리를 돌아본다. "내가 항상 엄마한테 그랬지, 이게 이 나라의 가장 큰 문제라고." 그는 고개를 절레절레 흔든다. "거지 같은 깡패 새끼들."

*

알렉스가 식탁에서 차를 홀짝이며 말한다. "홍차 맛이 참 좋네요, 벨 씨."

"롭이라고 불러요." 아빠가 말한다.

알렉스는 엄마에게 미소 짓는다. "두 아들을 잘 키웠어요, 벨 부인."

"프랭키라고 불러요." 엄마가 말한다. "네, 음, 좋은 애들이죠."

알렉스가 나를 쳐다보며 말한다. "감방에서 참 우울했더랬죠. 나 같은 갱단 두목은 바깥 친구들한테서 편지가 쏟아져 들어올 줄 아는데, 현실은 정반대예요. 어떤 자식도 편지를 안 쓰죠. 자기 말고 다른 자식들이 다 쓰는 줄 알고. 하지만 세상에 혼자 살 수 있는 사람이 누가 있습니까. 오스트레일리아 총리도, 천하의 마이클 잭슨도, 오토바이 폭주족 갱단 레벨스의 퀸즐랜드주 규율 부장도 혼자는 힘들어요."

그는 다시 엄마를 쳐다본다.

"감방에 있는 동안 엘리 녀석의 편지를 받을 때가 제일 좋았어요. 이 녀석 덕분에 행복했죠. 인간다운 게 뭔지 배웠다고나 할까. 엘리는 사람을 함부로 평가하지 않더군요. 내가 누군지 전혀 모르면서도 나를 신경 써줬어요."

그는 엄마와 아빠를 보며 말한다. "두 분이 그렇게 가르쳤겠죠?"

엄마와 아빠가 어색하게 어깨를 으쓱한다. 그 정적을 내가 메운다.

"갑자기 편지를 끊어서 죄송해요. 나도 좀 힘들었거든요."

"알아. 슬럼 일은 안됐다. 작별 인사는 했어?"

"한 셈이죠."

알렉스가 선물 상자를 테이블 위로 밀어준다.

"네 선물이야. 포장이 엉망이라 미안하다. 우리 오토바이족들이 선물 포장은 영 꽝이야."

나는 끝부분을 대충 접어서 테이프로 붙여놓은 셀로판지를 뒤로 젖혀 상자를 밖으로 밀어낸다. 이그젝토크 딕터폰*이다, 색깔은 검은색.

"기사 쓸 때 필요할 것 같아서." 알렉스가 말한다.

나는 울음을 터뜨린다. 감방에서 나온 남자, 오토바이 폭주족 갱단 레벨스의 아주 유력한 고위급 조직원 앞에서 열일곱 살짜리 아기처럼 운다.

"왜 그래?" 알렉스가 묻는다.

모르겠다. 나도 모르게 눈물샘이 터져버렸다. 나도 어쩔 수가 없다.

"아무것도 아니에요." 내가 말한다. "완벽한 선물이에요, 알

---

* 구술을 녹음하고 재생하는 기계.

렉스. 고마워요."

나는 상자에서 딕터폰을 꺼낸다.

"아직도 기자가 되고 싶어?" 알렉스가 묻는다.

나는 어깨를 으쓱한다. "아마도요."

"아마도라니, 네 꿈이잖아, 안 그래?"

"네, 그렇죠." 나는 갑자기 시무룩해져서 대답한다. 알렉스는 내게 믿음이 있다. 차라리 아무도 나를 안 믿어줄 때가 더 좋았다. 그때가 더 마음이 편했다. 내게 기대할 것이 아무것도 없었을 때. 내가 이루거나 이루지 못할 목표가 전혀 없었을 때.

"그런데 뭐가 문제야, 녀석아?" 그가 유쾌하게 묻는다.

상자 안에 배터리도 들어 있다. 나는 딕터폰에 배터리를 끼워 넣은 다음 버튼들을 시험해본다.

"신문사에 뚫고 들어가기가 생각만큼 쉽지 않더라고요." 내가 말한다.

알렉스는 고개를 끄덕이더니 묻는다. "내가 도와줘? 뚫고 들어가는 건 나도 좀 하는데."

아빠가 초조하게 웃는다.

"뭐가 그렇게 어려워?" 알렉스가 묻는다.

"글쎄요." 내가 말한다. "남들하고 확실히 달라야 하거든요."

"음, 남들하고 다르려면 뭐가 필요한데?"

나는 잠시 생각에 잠긴다.

"1면에 실릴 만한 기사요."

알렉스는 웃더니 식탁 위로 몸을 기울여, 나의 새 이그젝토

540

크 딕터폰의 빨간 녹음 버튼을 누른다. "그렇담, 오토바이 폭주족 갱단 레벨스의 퀸즐랜드주 규율 부장과의 단독 인터뷰는 어때? 꽤 재미있는 얘기가 많은데."

인생이란 게 이렇다.

소
년,

바 다 를
침 몰
시 키 다

우리가 보이나요, 슬림 할아버지? 형이 이렇게 미소 짓고 있어요. 엄마가 이렇게 미소 짓고 있어요. 열아홉 살이 된 나는 이렇게 시간의 속도를 늦추고 있어요. 시간을 멈춰 세우고 있어요, 고마워요, 할아버지. 이해에 계속 머물러 있을래요. 아빠의 소파 옆에 서 있는 이 순간, 우리에게 둘러싸인 형이 퀸즐랜드 주지사 사무실에서 온 타이핑된 편지를 감탄한 표정으로 눈을 반짝이며 읽고 있는 이 순간에 계속 머물러 있을래요.

그래요, 할아버지. 난 아빠에게 달 웅덩이에 대해 묻지 않았어요. 나와 형과 엄마가 안 좋은 과거를 잊어야 이런 행복이 가능하죠. 우리는 스스로를 속이고 있지만, 원래 누군가를 용서하려면 선의의 작은 거짓말은 필요하잖아요?

어쩌면 그날 밤 아빠는 우리를 그 댐으로 처박을 의도가 없었을지도 몰라요. 아니면 일부러 그랬을지도 모르고요. 어쩌면 할아버지는 그 택시 기사를 죽이지 않았을지도 몰라요. 아니면 죽였을지도 모르고요.

할아버지는 그 일로 감옥에 갇혔죠. 더한 고생도 했고요. 어쩌면 아빠도 그랬을지 몰라요.

어쩌면 엄마는 아빠가 죗값을 치를 때까지 기다렸다가 돌아왔는지도 모르겠어요. 어쩌면 엄마가 아빠에게 두 번째 기회를 줄지도 몰라요. 엄마와 같이 있는 게 아빠한테도 좋아요, 할아버지. 엄마가 아빠를 인간으로 만들어줬어요. 이제 두 사람은 서로 사랑하지 않지만, 친구로 지내고 있어요. 술 때문에 망가져 온갖 민폐를 끼치다 친구들을 전부 다 잃은 아빠한테는 잘된 일이죠.

누구나 가끔은 나쁜 사람이 되고 가끔은 좋은 사람이 되는 것 같아요. 순전히 타이밍의 문제죠. 할아버지가 형에 대해서 한 말은 맞았어요. 형은 모든 답을 알고 있더라고요. '그러게 내가 뭐랬어'라는 말을 자꾸 해요. '내가 전에 겪은 적이 있어서 이런 일이 일어날 줄 알았던 거야'라는 말을 자꾸 해요. '난 어딘가에서 돌아왔어'라는 말을 자꾸 해요. 우리 둘 다 그렇대요. 그 어딘가란 달 웅덩이예요. 우리는 달 웅덩이에서 돌아왔어요.

형은 계속 허공에다 손가락으로 이렇게 써요. '내가 뭐랬어, 엘리. 내가 뭐랬어, 엘리.'

'점점 더 좋아질 거야'라고 형이 말했었거든요. '정말 좋아질 거야.'

오거스트 벨 씨에게

6월 6일, 퀸즐랜드주 주민을 모두 모시고, 1859년 6월 6일 위대한 우리 주가 뉴사우스웨일스주로부터 공식적으로 독립한 '퀸즐랜드주의 날'을 대대적으로 기념하고자 합니다. 기념행사의 일환으로, 각고의 노력을 통해 우리 주를 빛내주신 '퀸즐랜드주의 유공자들' 500인을 표창할 계획입니다. 1991년 6월 7일 브리즈번 시청에서 열릴 퀸즐랜드주의 유공자들 표창식에 귀하를 초대합니다. 퀸즐랜드주 동남부 근육 위축증 협회를 위한 모금 활동에 끊임없는 노력을 쏟아주신 귀하께서는 '지역사회 유공자' 부문의 수상자로 선정되셨습니다.

알렉스 버뮤데스는 우리 부엌에서 네 시간 동안 자신의 인생사를 들려주었다. 이야기를 끝낸 그는 형을 쳐다보았다.

"넌 어때, 오거스트?"

'뭐가요?' 형이 허공에 휘갈겨 썼다.

"'뭐가요?'라고 말한 거예요." 내가 형의 말을 통역해주었다.

"내가 도와줄 건 없어?" 알렉스가 물었다.

소파에 앉아 「네이버스」를 보며 턱을 긁던 형은 바로 그때 '크리미널 엔터프라이즈(Criminal Enterprises)'를 설립할 아이디어를 떠올렸다. 퀸즐랜드주 동남부의 대표적인 범죄자들이 자금을 대는 오스트레일리아 최초의 비밀 자선 단체. 형은 알렉스에게 근육 위축증 협회 모금통에 기부금을 내달라고 부탁했다. 알렉스가 양동이에 200달러를 떨어뜨리자 형은 한 걸음 더 나아갔다. 내가 허공의 글자들을 열심히 통역해주는 동안,

형은 오토바이 폭주족 갱단 레벨스를 비롯한 알렉스의 부유한 범죄자 친구들이 자선 활동을 하면 좋을 거라고 그를 설득했다. 그들에게도 자신들이 아무렇지 않게 약탈하고 파괴한 지역사회에 기여하고픈 마음이 항상 있었을지도 모른다면서. 퀸즐랜드주의 광활한 암흑가는 아직 아무도 손을 대지 않은 미개발 자선 자원과도 같다고 형은 말했다. 여름에 마당을 파서 수영장을 만들려고 서슴없이 자기 할머니를 칼로 찌를 작자들과 살기등등한 폭력배들이 득시글거리는 부패하고 어두운 지하세계에도, 자기들보다 운 나쁜 사람들에게 베풀고 싶어 하는 너그러운 인간들이 있을지 모른다고. 형은 사기꾼들의 선의가 장애인들을 위한 특수 교육에 오히려 도움이 될 수 있다고 생각했다. 예를 들면, 빈곤층 젊은이들이 의과대학을 무사히 졸업할 수 있도록 지원해준다든가, 은퇴하거나 처지가 궁색해진 범죄자들의 장애인 자녀들을 위한 장학생 프로그램에 자금을 대줄 수 있다. 마치 로빈 후드처럼. 범죄자들은 주머니의 돈을 잃는 만큼 영혼이 살찔 것이다. 그러면 천국의 문에서 초인종을 울릴 때, 하늘의 대심판관 앞에 조금은 당당하게 설 수 있지 않을까.

나는 형이 하고 싶어 하는 말이 뭔지 알았고, 거기에 나만의 의견을 조금 덧붙였다.

"형이 하려는 말은 이거 같아요. '이게 다 무슨 소용일까' 하고 생각해본 적 없어요, 알렉스? 권총이랑 브래스 너클을 내려놓을 때가 오고, 마지막으로 일하는 날 그 모든 부정행위를 뒤

돌아봤을 때 남은 거라곤 산더미처럼 쌓인 현금 다발과 수많은 묘비들뿐이라면 어떨 것 같아요?"

알렉스는 빙긋 웃으며 말했다. "그걸 깔고 자면 되지."

일주일 후 오스트레일리아 우체국 택배 차가 우리 집 앞에 상자 하나를 떨어뜨려 놓고 갔다. 형 앞으로 온 그 상자 안에는 20달러, 10달러, 5달러, 2달러, 1달러짜리 지폐들이 마구 뒤섞여 있었다. 총 1만 달러였다. 발송인 정보는 '웨스트 엔드, 몬터규 로드 24번지, R. 후드'였다.

*

우리가 보이나요, 슬림 할아버지? 형의 머리를 헝클어뜨리는 엄마가 보여요?

"정말 장하다, 오거스트."

미소 짓는 형. 울고 있는 엄마.

"왜 그래요, 엄마?" 내가 묻는다.

엄마는 눈물을 닦는다.

"내 아들이 퀸즐랜드주 유공자라니." 엄마가 흐느낀다. "내 아들이 그런 자리에서 감사 인사를 받다니…… 우리 오거스트가…… 우리 오거스트가."

엄마는 숨을 한 번 쉬고는 엄중하게 지시를 내린다.

"우리 모두 가야 해."

나는 고개를 끄덕인다. 아빠는 우물쭈물한다.

"우리 모두 잘 차려입어야 해. 좋은 옷을 사고, 머리도 해야

546

지." 엄마는 이제 고개를 끄덕이며 말하고 있다. "네 얼굴을 봐서라도 멋진 모습으로 갈 거야, 오거스트."

형은 환하게 웃으며 고개를 끄덕인다. 아빠는 몸을 꼼지락 댄다.

"프랜, 난…… 아…… 난 꼭 안 가도 될 것 같은데." 아빠가 중얼거린다.

"헛소리 마, 로버트, 당신도 가야지."

*

내 책상이 보이나요, 슬림 할아버지? 책상에 놓인 타자기를 두드리고 있는 내 손가락들이 보여요, 할아버지? 난 지금 둠벤 경마장의 8번 경기에 대한 기사를 쓰고 있어요. 할아버지는 지금 《쿠리어 메일》의 경마 담당 보조 기자의 보조의 보조를 보고 계십니다. 경마 담당 최고 보조 기자인 짐 체스윅이 내가 지난주에 쓴 매카시 가의 남자들에 관한 기사를 칭찬해줬어요. 속보 경주 기수들인 할아버지, 아버지, 아들 이렇게 3대가 동시에 앨비언 속보 경주 경기에 나갔거든요. 할아버지가 2마신(馬身) 차이로 이겼어요.

브라이언 로버트슨은 평판보다 더 친절한 사람이에요. 나한테 일자리를 줬고, 일을 시작하기 전에 학교를 마칠 시간까지 줬으니까요. 내가 지금 신문사에서 하는 일은 여기저기 다니면서 정보를 줍는 자질구레하고 따분한 허드렛일이지만, 내두 손과 아홉 개의 손가락으로 꽉 붙잡고 있죠. 주 정부나 연방 정부에서 뭔가 큰일이 터지면 나는 쇼핑센터에 가서, 반백의 수석 편집자 로이드 스토크스가 정해준 질문들을 사람들한테 무작위로 던져요.

"퀸즐랜드주는 완전히 망해가고 있을까요?"

"밥 호크는 퀸즐랜드주의 파멸을 신경 쓸까요?"

"퀸즐랜드주가 망하지 않으려면 어떻게 해야 할까요?"

나는 지역에서 열리는 대회들의 주말 경기 결과를 써요. 밀물과 썰물이 드나드는 시간을 쓰고, 금요일 아침마다 사이먼 킹이라는 어부한테 전화해요. '사이먼 가라사대'라는 주간 칼럼에서 사이먼 킹이 독자들한테 퀸즐랜드주 해안에서 물고기가 잘 잡힐 만한 곳들을 알려주거든요. 할아버지도 사이먼이 마음에 들 거예요. 사이먼은 낚시의 묘미는 물고기를 낚는 게 아니라 기다림이라는 사실을, 꿈꾸는 거라는 사실을 아는 사람이거든요.

부동산 섹션에는 집에 대해서 써요. 우리 신문에 광고비를 제일 많이 내는 부동산 회사들이 지목한 비싼 집들에 관한 3000자짜리 기사를요. 부동산 담당 편집자 레이건 스타크는 이걸 '홍보 기사'라고 불러요. 레이건은 내 글이 너무 열정적이래요. 3000자짜리 부동산 홍보 기사에 직유 같은 건 낄 자리가 없다면서, 내 문장을 간결하게 다듬는 법을 가르쳐줘요. 예를 들면, "어미 왈라비가 갓 태어난 새끼를 감싸 안듯이, 드넓은 테라스가 집의 북쪽과 동쪽을 에워싸고 있다"를 "L자형의 베란다가 있는 집"으로 줄이는 거죠. 하지만 레이건은 내게 열정을 잃지 말라고 했어요. 왜냐하면 길비스 진을 제외하고 기자에게 가장 중요한 도구는 펜과 종이가 아니라 바로 열정이니까요. 하지만 난 할아버지랑 똑같이 하고 있어요. 계속 바쁘게 일하면서 내 시간을 보내는 거죠. 하루하루 케이틀린 스파이스에게 가까워지고 있어요. 우리는 같은 방에서 일해요, 할아버지. 건물에서 가장 넓은 기사 편집실로, 길이가 150미터 정도 되는 방이에요. 케이틀린 스파이스는 방의 앞쪽에 앉아 있어요. 브라이언 로버트슨 편집장의 사무실 옆에 있는 범죄부서에요. 나는 십자말풀이를 편집하는 일흔여덟 살의 에이모스 웹스터와 방의 맨 뒤쪽 복사기 옆에 앉아 있고요. 나는 웹스터가 아직 살아 있다는 걸 확인하려고 하루에 몇 번씩 그의 어깨를 찔러봐요. 난 여기가 좋아요, 할아버지. 이곳의 냄새. 우리가 기사를 쓰는 동안 우리 밑의 벽돌 건물에서 인쇄기가 돌아가는 소리. 담배 연기 냄새. 늙은 남자들이 1960년대의 더 늙은 정치인들과 1970년대에 같이 잤던 젊은 여자들을 욕하는 소리. 내가 이 일을 얻은 건 할아버지 덕분이에요. 할아버지가 내 인생을 바꿔놨어요. 할아버지가 날 볼 수 있다면 좋을 텐데. 고마워요. 나한테 알렉스에게 편지를 쓰라고 한 사람은 할아버지였죠. 바로 그 알렉스가 자기 인생 이야기를 내게 들려줬고, 내가 쓴 그 기사가 《쿠리어 메일》의 1면에 실렸어요. 최근 석방된 레벨스 두목 알렉스 버뮤데스의 삶과 시대에 관한 나의 2500자짜리 단독 인터뷰 기사에 '거침없는 반항아'라는 헤드라인이 붙었어요. 그 기사 작성자로 내 이름을 올리진 못했지만 상관없어요. 편집자 브라이언 로버트슨이 그 기사를 극적으로 바꿔놨거든요. 내가 '휘황찬란한 헛소리들'을 잔뜩 지껄여놨다면서요.

"알렉스 버뮤데스는 무슨 수로 인터뷰한 거지?" 브라이언은 내가 인쇄해서 그에게 우편으로 보냈던 원고를 읽으며 이렇게 물었다. 나는 《쿠리어 메일》의 훌륭한 범죄 기사 전담팀에 들어가고 싶은 내 소망을 다시 한번 설명한 자기소개서도 함께 보냈었다.

"그 사람이 교도소에서 힘들어하던 시기에 내가 위문편지를 보냈거든요."

"얼마나 오래 편지를 보냈어?"

"열 살쯤부터 열세 살까지요."

"알렉스 버뮤데스한테 편지를 쓰기 시작한 이유는?"

"내 베이비시터가 그런 사람한테는 편지를 써주는 가족이나 친구들이 없으니까 내가 편지를 보내주면 힘이 될 거라고 했어요."

"아주 위험한 데다 반사회적인 기질까지 있을지 모르는 죄수니까 편지를 써주는 가족도 친구도 없었던 거지." 브라이언이 말했다. "자네 베이비시터가 메리 포핀스 타입은 아니었던 모양이지?"

"네, 아니었어요."

"이 글이 우리 회사에서 일하고 싶어 하는 허풍쟁이 꼬마가 쓴 엉터리 소설이 아니라는 걸 내가 어떻게 믿지?"

알렉스는 브라이언이 그렇게 말할 줄 알고 있었다. 나는 브라이언에게 알렉스의 전화번호를 건네주었다. 그리고 책상 맞은편에서 브라이언이 알렉스 버뮤데스와 통화하며 기사의 세부 내용과 인용구를 확인하는 모습을 지켜보았다.

"그렇군요." 브라이언이 말했다. "그래요…… 네, 실어도 괜찮을 것 같네요."

그는 멍한 표정으로 나를 빤히 쳐다보며 고개를 끄덕였다. "아, 아닙니다, 버뮤데스 씨, 이걸 그대로 신문에 싣는 건 좀 곤란하겠습니다. 이 녀석이 레프 톨스토이라도 되고 싶은지, 쓸데없는 얘기만 실컷 지껄이다가 열아홉 번째 문단에 가서야 핵심을 써놨거든요. 게다가 내 신문의 1면 기사가 빌어먹을 시 인용문으로 시작할 일은 절대 없을 겁니다!"

알렉스는 내가 위문편지에 써서 보내준 오마르 하이얌의 시 「루바이야트」로 기사를 시작해보라고 제안했었다.

오, 늙은 하이얌과 함께 오라, 현자들은 떠들게 내버려 두고.
한 가지는 확실하다네, 인생은 유수와 같다는 것.
한 가지는 확실하고, 나머지는 거짓.
한때 피었던 꽃도 언젠가는 시들어버린다네.

그는 이 시를 외웠다고 했다. 복역 기간 동안 그 시에 의지했다고 했다. 그 시로 지혜와 위안을 얻었다고 했다. 그 시가 40년 전 슬럼 할아버지를 구렁텅이에서 꺼내주었듯이, 그도

구렁텅이에서 꺼내주었다고 했다. 그 시구는 알렉스가 어린 시절의 자신과 남들에게 저지른 일에 대한 후회를 드러내주기에 내 기사를 관통하는 감정적 주제와 통하는 면이 있었다.

"마음에 드세요?" 나는 브라이언에게 물었다.

"아니." 브라이언은 심드렁하게 답했다. "A급 전문 쓰레기 인간으로 살아온 인생을 후회하면서 엉엉 우는 망할 범죄자를 동정의 대상으로 만들어버린 신파 스토리일 뿐이야."

그는 내 원고를 다시 힐끔 쳐다보았다.

"하지만 괜찮은 부분들도 있어." 그가 말했다. "얼마를 원해?"

"무슨 말씀이세요?"

"원고료 말이야. 한 단어당 얼마를 원하지?"

"돈은 필요 없어요."

그는 내 원고를 책상에 내려놓으며 한숨을 쉬었다.

"편집장님 신문사의 범죄부에서 기사를 쓰고 싶어요." 내가 말했다.

그는 고개를 숙이고 눈을 문질렀다.

"자넨 범죄부 기자가 아니야."

"하지만 퀸즐랜드주의 가장 악명 높은 범죄자를 단독 인터뷰해서 2500자 기사까지 썼잖아요."

"그래, 그리고 그중 500자는 알렉스의 눈동자 색깔과 강렬한 눈빛과 망할 옷차림과 감방에서 꿨던 배 타는 꿈에 관한 내용이었지."

"그 꿈은 물에 빠져 허우적대면서 자유를 갈망하던 알렉스의 내면에 대한 은유였어요."

"그래서 내가 다 펑펑 울고 싶어지더군. 자네가 더 이상 시간 낭비하지 않도록 솔직하게 말해주지. 사실 범죄부 기자는 만들어지는 게 아니라 타고나는 건데, 자넨 범죄부 기자 재목이 아니야. 자넨 범죄부 기자가 못 될 거고, 아마 신문기자도 못 되겠지. 그 작은 머리 속에 너무 많은 생각이 돌아다니고 있으니까. 좋은 기자는 머릿속에 단 한 가지만 담고 있거든."

"있는 그대로의 진실요?"

"뭐, 그래…… 하지만 그보다 먼저 생각하는 게 한 가지 있지."

"정의와 의무요?"

"그래…… 뭐, 그것도……."

"국민에게 객관적인 정보를 전하는 하인이 되는 것?"

"아니, 이 친구야, 기자 머릿속에 있는 건 오로지 특종뿐이야."

그럼 그렇지, 하고 나는 생각했다. 특종. 전능한 특종. 브라이언 로버트슨은 고개를 저으며 넥타이를 느슨하게 푼다.

"안타깝지만 자네는 범죄부 기자 자질이 없어. 색깔 기자라면 모를까."

"색깔 기자요?"

"그래, 색깔 기자. 하늘은 파란색이었다. 피는 암적색이었다. 알렉스 버뮤데스가 고향을 떠나면서 탔던 오토바이는 죽여주는 노란색이었다. 자네는 그런 세세한 부분을 좋아하지. 자넨 뉴스 기사를 쓰는 게 아니야. 예쁜 그림을 그리는 거지."

나는 고개를 숙였다. 그의 말이 옳을지도 몰랐다. 난 항상 그런 식으로 썼으니까. 기억나요, 슬림 할아버지? 다양한 시점들. 단 한 순간을 영원으로 늘리기. 세세한 부분들이 중요하다고 했잖아요, 할아버지.

나는 브라이언의 책상 맞은편에 있는 의자에서 일어났다. 내가 범죄부 기자가 되지 못하리라는 건 나도 알고 있었다.

"시간 내주셔서 고맙습니다." 나는 패잔병이 된 기분으로 시무룩하게 말했다.

처량하게 사무실 문으로 걸어가던 나는 편집장의 목소리에 우뚝 멈춰 섰다. "그래, 언제부터 시작할 수 있지?"

"네?" 나는 어리둥절한 표정으로 물었다.

"경마 담당 보조 기자의 보조의 보조가 필요한데 말이야." 브라이언이 말했다. 거의 미소 짓는 듯한 얼굴로. "거기서 예쁜 그림들 실컷 그려봐."

*

세세한 부분들을 놓치면 안 된다고 했죠, 슬림 할아버지. 그녀가 미소 지을 땐 오른쪽 입꼬리에 주름이 두 줄 생겨요. 월요일, 수요일, 금요일에는 잘게 썬 당근을 점심으로 먹죠. 화요일과 목요일에는 셀러리 줄기를 먹고.

이틀 전 그녀가 리플레이스먼츠* 티셔츠를 입고 출근했길 래 나는 점심시간에 기차를 타고 시내에 가서 리플레이스먼츠 카세트테이프를 샀다. '플리즈드 투 미트 미(Pleased To Meet Me)'라는 앨범이었다. 나는 그 테이프를 하룻밤에 열여섯 번 듣고, 다음 날 아침 그녀의 책상으로 가서 B면의 마지막 노래 「캔트 하들리 웨이트(Can't Hardly Wait)」에 대해 얘기했다. 리 드 보컬 폴 웨스터버그가 초기의 거친 개러지 펑크 록과 얼마 전부터 관심을 갖기 시작한 사랑 찬가를 완벽하게 결합한 곡 이라고. 그래서 B. J. 토머스의 「훅트 온 어 필링(Hooked on a Feeling)」이 떠오른다고. 사실은 그 노래가 쉴 새 없이 두근거 리는 내 가슴과 쉴 새 없이 그녀를 생각하는 내 머리를 완벽하 게 결합한 곡이라는 말은 하지 않았다. 그녀를 향한 내 절박한 사랑과 그녀를 향한 내 조바심을 소리로 구현한 곡. 나는 그녀 를 위해 시간을 재촉한다. 서둘러, 빨리 움직여. 그녀가 저 문 으로 들어와 눈을 깜박이고, 다른 범죄부 기자들과 함께 웃고, 150미터 떨어져 있는 보잘것없는 나와 죽은 듯 조용한 십자말 풀이 담당을 쳐다볼 수 있도록. 여길 봐요, 케이틀린 스파이스.

"그래?" 그녀가 말했다. "난 그 노래 싫은데."

그러더니 책상 밑의 서랍 하나를 열어 카세트테이프를 내 게 건넸다.

리플레이스먼츠의 '렛 잇 비(Let it Be)'. 밴드의 세 번째 앨

• 미국의 얼터너티브 록 그룹.

범. "9번 트랙, 「개리스 갓 어 보너(Gary's Got a Boner)」." 그녀가 말하는 '보너*'라는 단어가 '라벤더'처럼 들렸다. 이런 사람이에요, 슬림 할아버지. 이 여자는 마법이라고요. 그녀의 입 밖으로 나오는 모든 말은 '라벤더', '광채', '갈망' 같은 단어가 돼요. 그리고 또…… '사'로 시작하는 그 단어. 사람들이 항상 말하는 그 단어. 그 단어가 뭔지 할아버지도 알죠?

*

브라이언 로버트슨의 우렁찬 고함 소리가 편집실에 울려 퍼진다.

"망할 펜들이 전부 다 어디로 간 거야?"

나는 의자에서 일어나 저 멀리 편집실 끝에서 휘몰아치고 있는 강한 회오리바람을 지켜본다. 우리의 자매지인 일요 신문 《선데이 메일》을 주먹에 매섭게 쥔 채 서 있는 우리 편집장님. 그 핵폭탄에서 밖으로 확 퍼져 나가는 인간 파편들과 잔해들. 내 늙은 동료이자 십자말풀이의 왕 에이모스 웹스터가 그의 책상으로 얼른 돌아가 앉더니, 탑처럼 쌓여 있는 사전들과 유의어 사전들 밑에 숨어버린다.

"내가 너라면 앉아 있겠다." 그가 말한다. "편집장님이 저기 앞이잖아."

"무슨 일 때문에 저래요?" 나는 여전히 서서, 브라이언 로버

• 발기를 뜻한다.

트슨이 퍼부어대는 말을 열심히 들으며 워드 프로세서에 대고 고개를 끄덕이는 케이틀린 스파이스를 지켜본다. 브라이언 로버트슨은 이런저런 명령을 내리고, 1등에 목을 매는 언론계의 적나라한 생리에 대해 열변을 토하고 있다. 그가 또 한 번 폭발하고, 그의 입술에서 불길과 파편이 터져 나온다. 노련한 기자들은 필사적으로 몸을 피한다.

"망할 펜들이 어디 갔는지 누가 말 좀 해주지 그래?" 그가 고래고래 소리를 지른다.

나는 에이모스에게 속삭인다.

"왜 아무도 편집장님한테 펜을 안 줘요?"

"편집장님은 펜을 찾고 있는 게 아니야, 이 친구야. 펜 가족이지. 옥슬리에서 실종된 펜 가족한테 무슨 일이 있었는지 알고 싶은 거야."

"옥슬리요?"

다라의 옆 마을. 옥슬리 술집이 있는 곳. 옥슬리 빨래방이 있는 곳. 옥슬리 고가도로가 있는 곳.

"내 신문이 2등이 되는 꼴은 절대 못 봐." 브라이언은 이렇게 소리치고는 자기 사무실로 걸어가 문을 쾅 닫아버린다. 그러자 텔레비전에서 롤프 해리스가 「타이 미 캥거루 다운 스포트(Tie Me Kangaroo Down Sport)」를 부르며 튕기는 갈색 판처럼 문이 흔들거린다.

"베로니카 홀트가 또 우리를 제치고 먼저 특종을 실었어." 에이모스가 속삭인다.

베로니카 홀트. 《선데이 메일》의 범죄부 수석 기자. 서른 살인 그녀는 얼음을 넣은 스카치위스키만 마시고, 술에 넣을 얼음덩어리를 눈빛으로 얼려버린다. 그녀가 입고 다니는 치마 정장은 숯 같은 검은색, 오닉스 같은 검은색, 흑요석 같은 검은색, 그을음 같은 검은색이다. 그녀의 뉴스 감각은 잉크처럼 검은 하이힐의 뾰족한 굽만큼이나 예리하다. 예전에 한번 경찰청장이 베로니카 홀트에게 브리즈번 교외의 사창가를 빈번히 드나드는 퀸즐랜드주 경찰에 관한 기사를 '공개 철회'해 달라고 요구한 적이 있었다. 다음 날 아침 그녀는 라디오 방송과의 인터뷰에서 경찰청장에게 직접 답했다. "내 기사를 철회하겠습니다, 경찰청장님. 청장님의 부하들이 브리즈번의 불법 사창가에서 휘두르던 무기를 바지 속으로 도로 집어넣는다면 말이죠."

나는 오스트레일리아 전역의 신문들이 한 줄로 진열되어 있는, 정수기와 문구류 수납장 근처의 참고 자료 선반 쪽으로 급하게 걸어간다. 어제 자 《선데이 메일》 한 무더기가 흰 노끈으로 묶여 있다. 나는 문구류 수납장에서 꺼내 온 가위로 노끈을 끊고 어제 자 《선데이 메일》의 1면을 읽어본다.

'마약 전쟁과 함께…….' 《선데이 메일》 1면의 톱 기사 제목 첫머리다. '브리즈번의 가족 사라지다'.

옥슬리에 사는 어느 3인 가족 모두가 묘연하게 행방을 감춘 사건에 대한 베로니카 홀트의 강력한 1면 기사는 퀸즐랜드주 경찰이 말하는 '퀸즐랜드주와 오스트레일리아 동부 해안 지역에 확산되어 있는 불법 마약 밀매망의 경쟁 조직 간 갈등 고조'를 그 배경으로 적나라하게 지목하고 있다. 익명의 제보자들을 통해 베로니카 홀트는 스릴 넘치는 한 편의 범죄 이야기를 엮어냈다. 퀸즐랜드주 경찰의 은퇴한 경위인 그녀의 삼촌 데이브 홀트가 주된 제보자였다. 그녀는 펜 가족이 수수께끼처럼 실종되기 오래전부터 브리즈번의 암흑가에 몸담고 있었다고 명쾌하게 설명하는 대신, 그녀의 기사를 기다리며 군침 흘리는 독자들에게 펜 가족이 얼마나 부정직한 사람들이었는지 보여주는 뒷이야기를 흘린다. 펜 가족은 우리 아빠가 한부모 연금을 받는 날 밤마다 화장실 바닥에 쏘아대는 오줌 줄기처럼 비뚤어진 사람들이었다.

아버지 글렌 펜은 사소한 헤로인 거래로 붙잡혀 브리즈번 북부의 우드퍼드 교도소에서 2년을 복역한 후 석방된 지 얼마 되지 않았다. 선샤인 코스트의 서퍼였던 어머니 리자이나 펜은 마루키도어의 악명 높고 난잡한 호텔 스모킹 조스에서 한동안 서빙을 한 적이 있다. 그 호텔에는 기사에서도 이름이 거론된 알렉스 버뮤데스 같은 거물급 범죄인들과 제2의 알렉스 버뮤데스를 꿈꾸는 글렌 펜 같은 삼류 범죄자들이 자주 드나들었다. 글렌과 리자이나의 여덟 살짜리 아들 베번 펜은 1면에 실린 가족사진에서 얼굴이 지워져 있는 소년이다. 그는 검은색 틴에이지 뮤턴트 닌자 터틀스 셔츠를 입고 있다. 깨끗한 피부. 생각 없는 엄마와 아빠 때문에 인생의 역류에 휩쓸린 가엾고 순진한 여덟 살 소년. 펜 가족의 이웃인 그래디스 리오던

이라는 과부 할머니의 말도 베로니카의 특종 기사에 실려 있다. "2주 전 한밤중에 그 집에서 비명 소리가 들렸다. 하지만 그 가족은 원래 밤늦게까지 시끄러웠다. 그런데 그 후로는 작은 소리 하나 들리지 않았다. 2주 연속으로 너무 조용했다. 난 그 가족이 떠나버린 줄 알았다. 그런데 경찰이 찾아와서는 실종 신고가 들어왔다고 알려주었다."

이렇게 그들은 사라졌다. 자취를 감춰버렸다. 이 세상에서 실종됐다.

사진에는 없지만 혹시 베번 펜에게도 말 안 하는 형제가 있을까? 어쩌면 펜 가족에게는 퀸즐랜드주의 위대한 탈옥수인 정원사가 있었을지도 모른다. 어쩌면 펜 가족은 실종된 것이 아니라, 글렌 펜이 옥슬리의 단층집 밑에 만들어놓은 비밀의 방에 숨어 있을지도 모른다. 그 비밀의 방에서 소년은 이름 없는 남자 어른들이 빨간 전화기로 전해주는 비밀 정보를 듣고 있을지도.

순환이라는 거죠, 슬림 할아버지. 세상은 돌고 돌잖아요. 세상이 변할수록 더 많은 것들이 엉망으로 망가져버려요.

브라이언 로버트슨이 내게 범죄부 근처에 얼쩡거리지 말라고 했지만, 이렇게 가만있을 수는 없다. 사건이 나를 부른다. 나를 끌어당긴다. 케이틀린 스파이스에게 걸어갈 때마다 나는 시간을 잊어버린다. 그녀의 책상에 도착하고 나면, 어떻게 여기까지 왔는지 정확히 기억할 수가 없다. 왼편에 있는 스포츠부와 광고부를 지나고, 자동차부 기자 칼 코비 옆에 있는 맥주 냉장고를 지난 다음, 용감한 월리 루이스 선수의 서명이 담긴 스테이트 오브 오리진* 퀸즐랜드 대표팀 유니폼을 지나왔다는 걸 직감으로는 알지만, 그 기억은 없다. 케이틀린 스파이스에게로 통하는 터널 속에 갇혀버리니까. 그 터널을 지나갈 때마다 나는 죽어버린다. 그리고 그녀는 그 터널 끝에 있는 생명의 빛이다.

그녀는 지금 책상에 있는 오래된 검은색 다이얼식 전화기로 통화 중이다.

"꺼져, 벨."

신문사에서 엄청 잘나가는 경찰서 출입 기자 데이브 컬른이다. 견고한 기자. 견고한 자아. 그는 나보다 열 살 더 많고 그 사실을 증명하듯 얼굴에 수염이 나 있다. 데이브 컬른은 시간이 나면 철인 3종 경기에 나간다. 역기를 든다. 불타는 건물에서 아이들을 구한다. 얼굴에서 빛이 난다.

"케이틀린 방해할 생각 마." 데이브는 워드 프로세서를 내려다보며 미친듯이 손가락을 놀리고 있다.

"경찰이 펜 가족에 대해 뭐라던가요?" 내가 묻는다.

"너랑 무슨 상관이야, 벨보텀스?**"

데이브 컬른은 나를 벨보텀스라고 부른다. 벨보텀스는 범죄부 기자가 아니다. 벨보텀스는 색깔을 쓰는 요정이다.

"집에서 무슨 단서라도 나왔대요?"

• 퀸즐랜드주와 뉴사우스웨일스주 간에 5판 3선승제로 펼쳐지는 럭비 경기.
•• 무릎에서 밑으로 갈수록 통이 넓어지는 나팔바지.

"단서?" 데이브가 웃는다. "그래, 벨보텀스, 온실에서 촛대가 나왔어."

"나도 그쪽에서 자랐어요. 그래서 그 거리를 잘 알아요. 로건 애비뉴. 옥슬리 크리크까지 쭉 이어지죠. 툭하면 물에 잠겨요."

"오, 이런, 고맙다, 엘리, 도입부에 넣을게."

그는 워드 프로세서를 맹렬하게 두드리며 말한다. "옥슬리에서 일어난 펜 가족의 실종 사건과 관련하여 충격적인 사실이 밝혀졌다. 그 가족과 전혀 가깝지 않은 어느 제보자에 따르면, 그들은 폭우가 내리면 빈번히 침수되는 거리에 살았다고 한다."

데이브 컬른은 거만하게 의자에 기댄다. "어이, 이 기사가 나가면 한바탕 난리가 나겠는걸. 제보 고맙다."

하지만 철인 3종 경기에 나가고 역기를 드는 똑똑이 데이브 컬른은 자기 꾀에 자기가 넘어간 꼴이다. 그가 심술궂게 비꼬며 거들먹거리는 사이 나의 두 눈은 그의 책상을 샅샅이 훑고 있다. 망토 두른 십자군의 주먹에 맞은 조커의 뺨에서 '팡' 하는 단어가 터져 나오는 그림이 그려진 배트맨 머그잔. 썩어빠진 큼직한 오렌지 하나. 책상 칸막이에 핀으로 꽂아놓은, 퀸즐랜드 수영 챔피언 리사 커리의 작은 사진. 파란색 볼펜 여섯 자루가 꽂혀 있는 버즈빌 호텔 맥주병 쿨러. 그의 책상 전화기 옆에 펼쳐져 있는 스파이랙스 괘선 수첩. 이 수첩에 속기로 여러 줄의 글이 휘갈겨 쓰여 있다. 그중 핵심 단어들이 몇 개 눈에 뛴다. 글렌 펜, 리자이나, 베번, 헤로인, 골든트라이앵글, 카브라마타, 왕, 보복.

하지만 유독 눈길이 가는 두 단어가 있다. 데이브 컬른은 이 두 단어 옆에 물음표를 그리고 밑줄도 그어놨다. 이 두 단어를 보자 온몸이 오싹해진다. 그 자체로는 아무런 의미도 없지만, 다라의 서부 외곽에서 마약상들의 손에 자라며 기괴한 어린 시절을 보낸 사람에게는 모종의 의미가 있는 부조리한 단어들.

라마 털?

그 이름이 내 입 밖으로 나온다. 불쑥 터져 나온다. 뜨거운 용암 같은 그 이름.

"이완 크롤."

내가 너무 크게 말해서, 케이틀린 스파이스가 의자에 앉은 채 몸을 휙 돌린다. 그녀도 그 이름을 아는 것이다. 그녀가 나를 빤히 쳐다본다. 스파이스는 깊이 파고든다. 스파이스는 제대로 파고든다.

데이브 컬른은 얼떨떨한 표정을 짓는다.

"뭐야?"

브라이언 로버트슨의 사무실 문이 열리자, 데이브 컬른이 허리를 세워 똑바로 앉는다.

"벨!" 편집장이 고함을 지른다.

천둥 같은 고성에 나는 화들짝 놀라며, 사무실 문간에 서 있는 괴물에게로 몸을 돌린다.

563

"내가 자네한테 범죄부에 얼쩡거리라고 했나?" 브라이언이 호통을 친다.

"'범죄부 근처에 얼쩡거리지 말라'고 하셨어요." 나는 기자로서의 뛰어난 기억력을 과시하며 이렇게 답한다.

"당장 들어와!" 브라이언이 자신의 사무실 책상으로 돌아가며 소리 지른다.

나는 케이틀린 스파이스를 마지막으로 한번 쳐다본다. 그녀는 여전히 통화 중이지만, 나를 쳐다보면서 격려의 미소를 짓고는 다 안다는 듯 고개를 끄덕인다. 신화 속 용들에게 산 채로 잡아먹히기 직전인 기사에게 금발의 소녀가 지어줄 법한 미소.

나는 브라이언의 사무실로 들어간다.

"죄송해요, 편집장님, 난 그저 데이브한테 뭘 좀……"

그가 내 말을 잘라버린다.

"앉아. 자네가 얼른 해줘야 할 일이 있어."

나는 브라이언의 갈색 가죽 의자 맞은편에 있는 텅 빈 회전의자 두 개 중 하나에 앉는다. 브라이언의 의자는 누군가를 향해 돌아가는 법이 절대 없다.

"퀸즐랜드주 유공자 표창식이 있다는 소리 들었나?" 그가 묻는다.

"퀸즐랜드주 유공요?" 나는 헉하고 숨을 몰아쉰다.

"퀸즐랜드의 날에 정부가 주최하는 개수작 같은 쇼지."

"알아요. 우리 형 오거스트가 지역사회 유공자 부문에 뽑혔

564

거든요. 이번 주 금요일 밤에 우리 가족 다 같이 시청에 가서 형이 표창 받는 걸 볼 거예요."

"자네 형이 무슨 공을 세웠는데?"

"모금통을 들고 브리즈번 거리를 돌아다니면서, 퀸즐랜드 주의 근육 위축증 환자들을 돕기 위한 기부금을 모았거든요."

"누군가는 해야 할 일이지." 브라이언이 이렇게 말하고는 소책자 하나를 들어 내 쪽으로 떨어뜨린다. 명단과 전화번호. "우리가 그날 밤 행사의 후원사가 됐어. 그래서 수상자 열 명을 취재해야 돼."

그가 내 앞에 있는 소책자로 고개를 까딱한다.

"정부가 우리한테 넘겨준 명단하고 연락처야. 가서 인터뷰를 따 와. 1인당 20센티미터짜리 기사가 나오게. 금요일 오후 4시까지 부편집자한테 넘기도록. 표창식 다음 날인 토요일에 실을 거니까. 할 수 있겠나?"

나만의 프로젝트. 위대한 브라이언 로버트슨을 위해 내가 처음으로 맡은 큰 프로젝트.

"할 수 있어요."

"이번 건 휘황찬란하게 써봐. 마구 꽃을 뿌려놔도 괜찮아."

"꽃을 뿌려…… 알겠어요."

소년은 꽃을 쓴다. 소년은 제비꽃을 쓴다. 소년은 장미를 쓴다.

나는 종이에 적힌 명단을 쭉 훑어본다. 누구나 알 만한 스포츠계, 예술계, 정치계의 인기 많은 퀸즐랜드주 유공자들이 포함되어 있다.

올림픽 금메달리스트인 사이클 선수. 유명한 골프 선수. 원주민의 인권을 대변하는 유명인사. 올림픽 금메달리스트인 수영 선수. 퀸즐랜드주의 낮 시간대 텔레비전에 오래전부터 눌러앉아 있는 요리 프로그램 「터미 그럼블스」의 진행자인 매력적이면서도 성미 고약한 TV 요리사. 올림픽 동메달리스트인 조정 선수. 한쪽 눈이 실명된 채 에베레스트산 정상까지 올라 의안을 눈 밑에 묻은 요하네스 울프. 1988년에 오스트레일리아 200주년을 기념하고 퀸즐랜드주 걸 가이드*의 자금을 모으기 위해 에어즈 록의 주위를 돌며 1788회 달린 여섯 아이의 어머니.

퀸즐랜드주 유공자 명단에 올라와 있는 마지막 이름을 머리에 새기는 데 시간이 좀 걸린다. 원로 유공자 표창 수상자. 그 이름 밑에, 기사 원고 길이로 9센티미터쯤 되는 수상자 설명이 적혀 있다. 내 오른손 검지가 아직 내 오른손에 붙어 있었다면 이 정도 길이였을 것이다.

'퀸즐랜드주에서 자선 활동을 열심히 펼쳐온 무명의 영웅. 폴란드 난민으로 퀸즐랜드주에 들어와 여덟 식구와 함께 와콜 동부 난민 가족 수용소에서 살았던 남자. 퀸즐랜드주의 장애인들 수천 명의 인생을 바꾸어놓은 사람. 원로 유공자로 선정될 자격이 충분하다.'

• 1909년 영국의 베이든파월이 소녀들의 수양 및 교육을 위해 창설한 단체. 미국에서 '걸 스카우트'로 발전하였다.

인공 수족의 제왕. 에이해브. 라일 아저씨를 사라지게 만든 남자. 모두를 사라지게 만드는 남자. 진짜인지 확인하기 위해 나는 그 이름을 세 번 읽어본다.

타이터스 브로즈. 타이터스 브로즈. 타이터스 브로즈.

"벨?" 브라이언이 말한다.

나는 대답하지 않는다.

"벨?" 브라이언이 말한다.

나는 대답하지 않는다.

"엘리" 그가 고함을 지른다. "내 말 안 들려?"

그제야 나는 내가 편집장에게 방금 받은 명단을 오른손으로 구겨 쥐고 있다는 사실을 깨닫는다.

"괜찮아?" 그가 묻는다.

"네." 나는 종이를 두 손 사이에 끼워서 펴며 답한다.

"얼굴이 새파래지던데."

"내가요?"

"그래, 유령이라도 본 것처럼 얼굴이 새파랗게 질리더군."

유령. 그 유령. 흰색의 남자. 흰머리. 흰 정장. 눈의 흰자위. 흰 뼈.

"이게 뭐야." 브라이언이 책상 맞은편에서 이쪽으로 몸을 기울이며 내 손을 본다. 나는 오른손을 주머니에 집어넣는다.

"손가락이 하나 없어?"

그의 질문에 나는 고개를 끄덕인다.

"자네가 여기서 일한 지 얼마나 됐지?"

"넉 달요."

"그런데 난 자네 오른손 검지가 없는지도 몰랐군."

나는 어깨를 으쓱한다.

"용케도 잘 숨기고 다녔네."

나 자신에게도 숨기고 있는걸.

"그런 것 같네요."

"어쩌다 잃어버렸어?"

유령이 우리 집에 들어와 가져가 버렸어요. 내가 어렸을 때.

소년, 달을 정복하다

눈이 떠진다. 내 침대의 스프링이 끊어졌는데 매트리스가 너무 얇아서, 끊긴 스프링이 매트리스 사이로 내 꼬리뼈를 계속 찔러댄다. 여기를 떠나야겠다. 떠나야 한다. 침대가 너무 좁다. 집이 너무 좁다. 세상은 너무 넓다.

수습기자로 받는 임금이 아무리 쥐꼬리만 해도, 이렇게 계속 형과 한방을 쓸 수는 없다.

자정이 지난 시각. 열린 창으로 보이는 달. 자기 침대에서 자고 있는 형. 어둠에 잠긴 집. 엄마 방의 문이 열려 있다. 엄마는 책이라곤 한 권도 없는 서재에서 자고 있다. 형이 '브래큰 리지 책 대할인'으로 그 책들을 전부 다 처리했다. 6주 동안 토요일마다 그 고생을 하고 번 돈은 실망스럽게도 550달러뿐이었다. 형은 1만 권에 가까운 책을 끌고 브래큰 리지의 주택 단지를 돌아다녔지만 판매는 영 시원찮았고, 결국 달관의 경지에 이르러 책 대부분을 공짜로 나누어 주기로 했다. 엄마가 다시 자립하는 일은 미뤄지게 됐지만, 브래큰 리지의 10대들이 헤르만 헤세, 존 르 카레, 『좀벌레 생식의 세 단계』를 접할 수 있는 기회는 늘어났다. 우리 형 오거스트 덕분에, 토요일 오후마다 브래큰 리지 태번에서 맥주를 마시며 경마 도박과 카드 내기를 하는 남자들도 조지프 콘래드의 『암흑의 핵심』이 남긴 심리적 여운을 토론하게 되었다.

나는 잠옷으로 입고 있던 사각 팬티와 낡은 검은색 아디다스 티셔츠 차림 그대로 복도를 걷고 있다. 이 옷들은 얇고, 편하고, 구멍이 여기저기 많이 뚫려 있다. 아디다스 티셔츠와 조지프 콘래드의 책들을 먹이 삼아 살고 있는 좀벌레들이 갉아 먹어 생긴 구멍들일 것이다.

나는 널따란 거실 창문에 쳐진 흐릿한 크림색 커튼을 걷는다. 그러고는 곧장 창문을 연다. 창밖으로 몸을 내밀어 밤공기를 크게 들이마신다. 보름달을 올려다본다. 텅 빈 거리를 내다본다. 다라에 있는 라일 아저씨가 보이는 것만 같다. 사냥용 코트를 입고 윈필드 레드를 피우며 밤거리에 서 있던 아저씨. 아저씨가 그립다. 난 무서워서 아저씨를 포기해버렸다. 비겁해서. 아저씨한테 화가 나서. 아저씨가 잘못했으니까. 그러게 누가 타이터스 브로즈랑 얽히랬나. 그건 내 잘못이 아니다. 인공 수족의 제왕과 함께 아저씨도 내 마음속에서 잘라버렸다. 낚싯줄 때문에 아파서 자기 다리를 잘라버린 따오기처럼 나도 그들을 잘라냈다.

내 두 다리를 밖으로 이끄는 건 저 달이다. 내 다리가 움직이자 내 마음도 뒤따라간다. 그리고 이제 내 마음은 내 손을 따라가, 집 앞의 수도꼭지에 감겨 있는 녹색 정원용 호스로 향한다. 나는 물을 틀고, 오렌지색 주둥이로 물이 쏟아져 나오지 않도록 오른손으로 호스를 꼰다. 그런 다음 호스를 끌고 우편함 옆의 배수로로 나간다. 나는 앉아서 달을 빤히 올려다본다. 보름달과 나, 그리고 우리 사이의 기하학. 꼬았던 호스를 풀자 물이 아스팔트 길로 콸콸 쏟아져 나와, 납작한 냄비처럼 파인 곳에 금세 고인다. 물이 흐르고, 은빛 달이 웅덩이 속에서 흔들린다.

"잠이 안 와?"

그의 목소리가 얼마나 나와 비슷한지 잊고 있었다. 그가 바로 나고, 내가 내 뒤에 서 있는 것 같다. 고개를 돌려보니 형이 보인다. 형은 얼굴에 달빛을 받으며 눈을 비비고 있다.

"응."

우리는 달 웅덩이를 들여다본다.

"난 아빠를 닮아 쓸데없이 걱정이 많은가 봐." 내가 말한다.

"아니야." 형이 말한다.

"난 은둔자로 살 운명인가 봐. 밖으로 절대 안 나가는 거지. 이런 주택 위원회 집을 빌려서 방 두 개를 블랙 앤드 골드 스파게티 캔으로 가득 채운 다음, 스파게티 먹고 책 읽으면서 살겠지. 그러다가 잠결에 둥글게 뭉쳐진 배꼽 때에 질식해 죽을 거야."

"네 몫으로 정해진 건 네 손에 들어오게 되어 있어." 형이 말한다.

나는 형에게 미소 짓는다.

"형이 그런 바리톤 목소리로 말하는 건 처음 듣는 것 같은데."

형이 웃는다.

"언제 노래 한번 불러봐." 내가 말한다.

"지금은 말하는 것만으로도 충분해."

"난 형이랑 말하는 게 좋아."

"나도 너랑 말하는 게 좋아, 엘리."

형은 내 옆에 앉아, 달 웅덩이로 쏟아져 들어가는 호스 물을 지켜본다.

"뭐가 걱정인데?" 형이 묻는다.

"전부 다." 내가 답한다. "과거에 있었던 일, 앞으로 일어날 일, 전부 다."

"걱정 마. 전부……."

나는 형의 말을 잘라버린다. "그래, 전부 좋아질 거야, 형, 나도 알아. 다시 일깨워줘서 고마워."

달 웅덩이에 비친 우리 모습이 괴물처럼 흉측하게 변한다.

"왜 내일이 내 인생에서 가장 중요한 날이 될 것 같은 예감이 들까?" 나는 생각에 잠긴다.

"네 예감이 맞을 거야." 형이 말한다. "네 인생에서 가장 중요한 날이 될 거야. 네 인생의 모든 날이 내일로 이어지니까. 물론 네 인생의 모든 날이 오늘로 이어지기도 했지."

나는 털이 수북한 얇은 다리 위로 몸을 숙여 달 웅덩이를 더 깊숙이 들여다본다.

"난 이제 아무런 힘도 없는 것 같아." 내가 말한다. "내가 뭘 하든 현재도 미래도 바뀌지 않겠지. 난 꿈속에서 그 차에 타고 있고, 우리는 그 댐을 향해 나무들 속을 돌진하고 있어. 그런데 우리 운명을 바꾸기 위해 내가 할 수 있는 일은 아무것도 없어. 차에서 내릴 수도 없고, 차를 세울 수도 없고, 그냥 하늘을 날다가 웅덩이 속으로 빠지는 거야. 그러고 나면 물이 밀려들어 오고."

형은 달 웅덩이로 고개를 까딱한다.

"저 안에서 그게 보여?" 형이 묻는다.

나는 고개를 젓는다.

"아무것도 안 보여."

이제 형도 점점 커지는 달 웅덩이를 더 깊숙이 들여다본다.

"형은 뭐가 보이는데?"

형은 잠옷 차림으로 일어난다. 울워스에서 산 여름용 면 잠옷. 남성 사중창단 단원의 잠옷처럼, 희색 바탕에 빨간 줄무늬가 그려져 있다.

"내일이 보여." 형이 말한다.

"어떤 게 보이는데?"

"전부 다."

"조금 더 구체적으로 말해줄래?"

형은 어리둥절한 표정으로 나를 쳐다본다.

"형은 참 편하겠다. 다차원의 수많은 자아들과 나누는 대화를 두루뭉술하게 얘기하면서 그 바보 같은 신비감을 계속 유지할 수 있으니까." 내가 말한다. "그 빨간 전화기 자아들은 왜 쓸모 있는 얘기는 하나도 안 해준대? 내년 멜버른 컵의 우승 팀이라든가, 다음 주 골드 로또 당첨 번호라든가. 아니면, 뭐, 내일 타이터스 브로즈가 날 알아볼까 아닐까 같은 거."

"경찰한테 말했어?"

"전화했지. 어떤 순경한테 수사 지휘하는 형사를 바꿔달라고 했더니, 먼저 내 이름을 말해주지 않으면 안 바꿔주겠다잖아."

"이름 안 가르쳐줬구나?"

"응. 그 순경한테 펜 가족 실종과 관련해서 이완 크롤이라는 남자를 조사해야 한다고 말했어. 그 이름을 적어두라고. '지금 적고 있어요?'라고 물어보니까, 아니라는 거야. 먼저 내가 누군지, 왜 내 이름을 말해주지 않는지 알아야겠다면서. 그래서 내가 이완 크롤은 위험하고 그 보스도 위험한 사람이라 내 이름을 알려주기 싫다고 했지. 그러니까 그 순경이 이완 크롤의 보스가 누구냐고 묻더라고. 내가 타이터스 브로즈라고 했더니, '그 자선가요?'라고 하더라. 내가 '맞아요, 그 거지 같은 자선가'라고 말했어. 순경이 나더러 미쳤다길래, 내가 그랬지. 미친 건 내가 아니라 이 빌어먹을 퀸즐랜드주라고. 과학수사 팀이 펜 가족의 집에서 발견한 라마 털이 지난 20년 동안 다이보로 외곽에서 라마 농장을 운영한 이완 크롤에게서 나온 거라는 내 말을 듣지 않으면 당신이야말로 미친 거라고."

"그럼 그 순경은 네가 라마 털에 대해 어떻게 아는지 알고 싶어 했겠네?"

나는 고개를 끄덕인다.

"그래서 전화를 끊어버렸어."

"그 인간들은 아무 관심도 없는 거야."

"응?"

"퀸즐랜드주의 범죄자들이 자기들끼리 치고받으면서 천천히 사라져주고 있는데, 경찰이 왜 신경을 쓰겠어?"

"실종자 중에 여덟 살짜리 꼬마애가 있는데 신경 써야지."

형은 어깨를 으쓱하고 달 웅덩이를 더 깊숙이 들여다본다.

"베번 펜." 내가 말한다. "그 아이 얼굴은 사진마다 모자이크 처리돼 있지만, 난 알아, 형, 그 아이는 우리야. 형이랑 나라고."

"그 아이가 너랑 나라니, 무슨 뜻이야?"

"그러니까, 우리였을 수도 있다고. 그 아이 엄마와 아빠는 내가 여덟 살이었을 때의 우리 엄마랑 라일 아저씨 같아. 슬림 할아버지가 그랬잖아, 시간과 세상은 돌고 돈다고."

"맞아, 돌고 돌지." 형이 말한다.

"그래, 그럴지도 몰라."

"우리가 돌아온 것처럼."

"난 그런 뜻으로 한 말이 아니야."

나는 일어난다.

"그만해, 형."

"뭘 그만해?"

"우리가 돌아왔다는 개소리 좀 그만하라고. 진절머리 나니까."

"하지만 넌 돌아왔어, 엘리. 항상 돌아오지."

"난 돌아오지 않았어, 형. 돌아오지 않아. 난 그냥 여기 1차원 속에 있다고. 그리고 형이 전화기로 들었던 그 목소리는 형 머릿속에 있는 거야."

형이 고개를 젓는다.

"너도 들었잖아. 너도."

"그래, 내 머릿속에서도 그 목소리가 들렸어. 벨 형제의 머릿속에서 울리는 정신 나간 목소리들. 그래, 형, 나도 들었어."

형은 달 웅덩이를 가만히 들여다본다.

"그녀가 보여?" 형이 묻는다.

"누구?"

형은 물 쪽으로 고개를 까딱한다.

"케이틀린 스파이스."

"케이틀린이 왜?" 형의 시선을 따라가 달 웅덩이를 들여다보지만, 아무것도 보이지 않는다.

"케이틀린 스파이스한테 말해."

"뭘 말해?"

맨발로 나온 형은 웅덩이를 들여다보다가 오른발로 물을 톡톡 친다. 그러자 달 웅덩이가 잔물결을 일으키며 열 개의 층으로 갈라진다.

"케이틀린 스파이스한테 모든 걸 말해." 형이 말한다.

집의 앞 창문 쪽에서 엄마의 목소리가 들려온다. 엄마는 속삭이는 목소리로 고함을 지르려 애쓰고 있다.

"밖에서 호스로 뭘 하고 있는 거야?" 엄마가 야단을 친다. "얼른 침대로 돌아가." 엄한 목소리의 경고. "그러다 내일 피곤하면……."

엄마의 엄한 경고는 항상 결말이 열려 있다. 우리가 내일 피곤한 상태로 깨어나면 치를 수 있는 대가는 그 경우의 수가 무서울 정도로 넘쳐난다.

그러다 내일 피곤하면…… 내가 너희 엉덩이를 때려서 루돌프 코만큼이나 빨갛게 만들어줄 거야. 그러다 내일 피곤하면…… 브래큰 리지의 밤하늘에서 별들이 사라질 거야. 그러다 내일 피곤하면…… 너희의 이 사이에서 달이 알사탕처럼 깨지고 달 속의 빛깔들이 인간들을 눈멀게 만들 거야. 얼른 자, 엘리. 내일이 오고 있어. 모든 것이 오고 있어. 너의 인생이 내일로 이어지고 있어.

*

아빠는 식탁에서 아침을 먹으며 《쿠리어 메일》을 읽는다. 손으로 만 담배를 피우면서 '국제 소식' 페이지를 읽고 있다. 내 위트빅스 그릇 너머로 신문의 1면이 보인다. 교도소에서 찍은 글렌 펜의 사진이 확대되어 있다. 험악하고 차가운 얼굴. 아주 짧게 깎은 금발, 반쯤 열린 낡은 차고 문들이 이어져 있는 것처럼 비뚤비뚤한 치열. 여드름 흉터. 담청색 눈동자. 교도소 사진을 찍는 것이 소원이었던 양, 약간 멍한 표정으로 살짝 미소 짓고 있는 얼굴. 마침내 예쁜 여자를 손에 넣은 것처럼, 헤로인을 꽉 채운 콘돔 열 개를 배와 항문 속에 숨긴 채 터키에 무사히 도착한 것처럼.

사진에 딸린 기사는 글렌 펜이 방치당하며 헛되이 보낸 어린 시절에 관해 데이브 컬른과 케이틀린 스파이스가 공동으로 작성한 기사다. 흔해빠진 이야기다. 아빠는 전기 프라이팬의 전깃줄로 엄마를 때린다. 엄마는 구운 햄과 치즈, 토마토를 넣은 아빠의 샌드위치에 쥐약을 바른다. 여덟 살의 글렌 펜은 우체국을 태워버린다. 필진에 데이브 컬른의 이름이 먼저 나와 있지만, 케이틀린이 쓴 기사가 분명하다. 기사에서 연민의 시선이 느껴지고, 데이브 컬른이 극적인 효과를 내기 위해 사용하는 '충격적인 폭로', '살의', '손가락 삽입' 같은 단골 표현들이 빠져 있으니까. 케이틀린은 베번 펜이 다니는 초등학교의 교사와 부모 여러 명을 인터뷰했다. 그들 모두 베번이 착한 아이라고 말한다. 착한 소년. 파리 한 마리도 못 죽일 얌전한 소년. 책을 많이 읽는 책벌레. 케이틀린은 틴에이지 뮤턴트 닌자 터틀스 셔츠를 입고 얼굴은 모자이크 처리된 소년의 이야기를 자세히 들려준다.

"오늘 저녁에 뭐 입을 거야, 엘리?" 엄마가 거실에서 묻는다.

엄마는 아빠의 낡고 고장 난 선빔 다리미로 옷을 다리고 있다. '리넨' 모드를 켜면 사용자에게 전류가 통하고, '합성섬유' 모드보다 온도를 높이면 내 작업용 셔츠에 검은 타르 자국이 남는다.

　오전 8시. 형이 브리즈번 시청에서 열리는 퀸즐랜드주 유공
자 표창식에서 상을 받기까지 열 시간 정도 남았다. 그런데 벌
써부터 엄마는 유치장에 갇힌 주정뱅이 미스터 보쟁글스*처럼
거실을 부산스럽게 돌아다니고 있다.

　"그냥 이렇게 입고 갈래요." 나는 고개를 밑으로 까딱이며
말한다. 난 지금 파란 청바지에 진한 자주색과 흰색의 격자무
늬 작업용 셔츠를 밖으로 빼서 입고 있다.

　엄마는 황당하다는 표정이다.

　"네 형이 퀸즐랜드주 유공자로 뽑혔는데, 아동 성취행범 같
은 꼴로 가겠다고?"

　"성추행범이에요, 엄마."

　"응?"

　"아동 성추행범이라고요. 아동 성취행범이 아니라. 그리고
이렇게 입는 게 왜 아동 성추행범 같아요?"

　엄마가 잠깐 나를 뜯어본다.

　"그 셔츠에 청바지에 신발까지. 모조리 다 '도망가, 조지'라
고 외치고 있잖아." 엄마가 말한다.

　나는 기가 막혀 고개를 젓고, 마지막 남은 위트빅스 시리얼
한 숟가락을 꿀꺽 삼킨다.

　"표창식 가기 전에 집에 와서 옷 갈아입을 시간 있어?" 엄

　• 제리 제프 워커가 노래한 「미스터 보쟁글스(Mr Bojangles)」의 주인공.

마가 묻는다.

"엄마, 3시에 벨보리에서 중요한 인터뷰가 있고, 6시까지 보엔 힐스로 돌아가서 기사 하나를 제출해야 돼요. 집에 와서 형의 영광스러운 밤을 위해 턱시도로 갈아입을 시간은 없어요."

"삐딱하게 굴기만 해봐, 감히." 엄마가 말한다.

엄마는 다음에 다릴 슬랙스를 겨드랑이에 낀 채 손가락으로 나를 가리킨다. "오늘은 최고의……." 엄마가 눈물을 글썽이며 고개를 숙인다. "오늘은…… 정말…… 좋은 날이잖아." 엄마가 흐느껴 울기 시작한다.

강렬한 감정에 사무친 얼굴. 엄마의 얼굴에서 원초적인 무언가가 느껴진다. 아빠는 신문을 식탁에 내려놓는다. 생각지도 못하게 엄마의 눈에서 인간들이 눈물이라 부르는 심란하고 여성스러운 물기가 보이자, 아빠는 원만한 해결책을 찾지 못하고 당황한 표정을 짓는다. 나는 엄마에게 다가가 엄마를 껴안는다. "좋은 재킷 입을게요, 엄마, 알았어요."

"너한테 좋은 재킷 없잖아." 엄마가 말한다.

"신문사의 비상용 옷걸이에서 하나 가져오면 돼요."

모든 직원이 함께 쓰는 비상용 옷걸이에는 의회와 경범죄 재판소에 출입할 때 입는 검은색 코트들이 걸려 있다. 하나같이 위스키와 담배 냄새가 진동하는 코트들이.

"갈 거지, 엘리?" 엄마가 말한다. "오늘 밤에 거기 갈 거지?"

"갈게요, 엄마. 그리고 삐딱하게 굴지도 않을게요."

"약속하는 거다?"

"네, 약속해요."

나는 엄마를 꼭 껴안는다.

"오늘은 좋은 날이잖아요, 엄마. 나도 알아요."

더럽게 좋은 날이죠.

*

주디스 캠피스는 퀸즐랜드주 유공자 표창식의 홍보 담당이다. 그녀는 오늘 밤 브리즈번 시청의 화려한 행사에서 표창을 받을 약 열 명의 수상자들에 관해 내가 쓰고 있는 내일 자 특집 기사를 일주일 전부터 도와주고 있다.

오후 2시 15분, 그녀가 내 자리로 전화를 한다.

"왜 아직 거기 있어요?" 그녀가 묻는다.

"지금 브리 다우어에 관한 내용을 정리하고 있는 중이에요." 내가 대답한다. 여섯 아이의 어머니인 브리 다우어는 1988년에 오스트레일리아 200주년을 기념하고 퀸즐랜드주 걸 가이드의 자금을 모금하려고 에어즈 록의 주위를 1788회 돌았다. 내 기자 인생 최고의 20센티미터짜리 기사는 되지 않을 것이다. '브리 다우어의 인생은 제자리를 빙빙 맴돌고 있었다'라는 어설픈 도입부로 시작해서, 큰 활을 잡아당기듯 이야기를 늘려나간다. 그녀가 부동산 중개업자 비서라는 장래성 없는 직업을 그만둔 후 울루루* 주위를 빙빙 돌면서 인생의 의

---

* 원주민이 에어즈 록을 부르는 이름.

581

미를 찾은 순간까지.

"서두르는 게 좋을 거예요." 이렇게 말하는 주디스 캠피스의 목소리에 영국 왕족의 억양이 배어 있다. 포시스 매장을 운영하는 다이애나 왕세자비 같다고나 할까.

"충고 고마워요."

"잠깐 물어볼 게 있어요. 브로즈 씨한테 어떤 질문을 할지 알려줄 수 있어요?"

"인터뷰 전에 질문을 흘리는 건 우리 회사 방침에 안 맞는데요."

"그냥 대략적으로도 안 돼요?" 그녀가 한숨을 쉰다.

뭐, 가벼운 이야기로 대화를 시작하는 것도 괜찮겠지. '라일 아저씨를 어떻게 한 거야, 이 변태 늙은이야?' 그런 다음 아주 매끄럽게 다음 질문으로. '내 손가락은 어디 있어, 이 짐승 새끼야?'

"대략적으로요?" 내가 말한다. "당신은 누굽니까? 무슨 일을 합니까? 어디서? 언제?"

"'왜'는요?"

"그것도요."

"오, 잘됐네요. 자기 행보의 이유에 대해 하실 말씀이 정말 많은 분이니까요. 많은 사람에게 귀감이 될 거예요."

"네, 주디스, 그분이 왜 그런 일을 하시는지 저도 꼭 듣고 싶네요."

편집실 저쪽에서 나를 빤히 쳐다보며 내 쪽으로 급하게 걸

582

어오는 브라이언 로버트슨이 보인다. 머릿속에 열이 가득 차 있어서 배기관으로 빼줘야 할 것만 같다.

"이만 끊을게요, 주디스." 나는 전화를 끊고 브리 다우어 기사로 다시 눈을 돌린다.

"벨." 30미터 떨어진 곳에서 브라이언이 고함을 버럭 지른다. "타이터스 브로즈 기사는?"

"인터뷰하러 지금 막 나가려던 참이에요."

"망치면 안 돼. 광고 담당자가 그러는데, 타이터스 브로즈가 거액의 광고비를 댈 거라는군. 왜 아직 책상에 있지?"

"브리 다우어 기사를 정리하고 있어요."

"그 울루루 괴짜?"

나는 고개를 끄덕인다. 브라이언이 내 어깨 너머로 기사를 읽자, 순간 내 심장이 멎는 것 같다.

"하!" 그가 미소 짓는다. 그러고 보니 지금까지 그의 이를 본 적이 한 번도 없다.

"'브리 다우어의 인생은 제자리를 빙빙 맴돌고 있었다.'" 그가 두툼하고 굵은 왼손으로 내 등을 톡톡 친다. "포장을 잘했군, 벨. 포장을 잘했어."

"편집장님?"

"왜?"

"제가 타이터스 브로즈에 대해서 정말 큰 기사를 쓸 수 있을 것 같은데요."

"좋아!" 그가 열성적으로 답한다.

"하지만 저한테는 쉬운 얘기가 아니……."

범죄부 쪽에서 데이브 컬른이 크게 외치는 소리 때문에 내 말은 끊기고 만다.

"편집장님, 방금 경찰청장의 발언을 받았는데……."

브라이언이 급하게 발을 뗀다. "나중에 돌아오면 다시 얘기하지, 벨." 그는 딴 데 정신이 팔려 건성으로 말한다. "브로즈 인터뷰나 얼른 따 와."

*

난 지금 벨보리로 가는 택시를 기다리고 있다. 벨보리는 이곳에서 40분 정도 떨어진 서부 외곽의 교외 마을이다. 30분 안에 그곳에 도착해야 한다. 나는 우리 신문사 건물의 유리 입구에 비친 내 모습을 물끄러미 바라본다. 편집실의 비상용 코트 걸이에서 빼낸 너무 크고 헐렁한 검은 코트를 입고 여기 서있는 나. 깊숙한 코트 주머니에 찔러 넣은 두 손. 열여덟 살의 나는 열세 살의 나와 달라 보일까? 더 길어진 머리. 그게 전부다. 예전과 똑같이 비쩍 마른 팔과 다리. 똑같이 긴장된 미소. 그는 한눈에 나를 알아볼 것이다. 사라진 내 손가락을 발견하고, 개들과 이완 크롤만 알아들을 수 있는 은밀한 휘파람을 불겠지. 그러면 이완 크롤이 타이터스 브로즈의 벨보리 저택 뒤에 있는 작업장으로 나를 질질 끌고 가서 칼로 내 머리를 잘라버릴 것이다. 내 몸에서 떨어져 나간 머리는 여전히 살아서, 이완 크롤이 턱을 긁으며 던지는 질문에 답할 수 있을 것이다.

"왜지, 엘리 벨, 왜?" 그러면 나는 커트 보니것처럼 대답해야지. "호랑이는 사냥을 해야 하지, 이완 크롤. 새들은 하늘을 날아야 하고. 엘리 벨은 앉아서 의문을 품어야 하지, 왜, 왜, 왜?"

작은 빨간색 포드 미티어 세단 한 대가 요란스럽게 끼익하고 내 앞에 멈춰 선다.

케이틀린 스파이스가 조수석 문을 열며 소리 지른다. "타."

"왜요?"

"그냥 타, 엘리 벨!"

나는 조수석에 올라타 문을 닫는다. 그러자 그녀가 액셀러레이터를 쾅 밟고, 차가 질주하기 시작하면서 내 몸이 뒤로 획 밀려난다.

"이완 크롤." 그녀는 오른손으로 운전대를 잡고, 왼손으로 마닐라지 폴더를 내게 건넨다. 폴더 안에는 경찰서에서 찍은 이완 크롤의 피의자 사진 밑에 복사된 서류 뭉치가 들어 있다.

그녀가 나를 쳐다본다. 운전석 창으로 들어온 햇빛에 그녀의 머리칼과 얼굴이 밝게 빛나고, 그녀의 완벽한 초록빛 눈동자가 내 눈을 깊숙이 파고든다. "나한테 전부 다 말해줘."

*

가지들이 부러진 늙은 유칼립투스와 숨 막히게 무성한 란타나 덤불이 몇 킬로미터에 걸쳐 뒤엉켜 있는 잡목숲 사이로 벨보리의 시골길이 구불구불 이어진다. 그리고 그곳을 포드 미티어가 빠른 속도로 달려간다.

저 앞에 표지판이 하나 보인다.

"코크 레인." 내가 말한다. "여기예요."

코크 레인은 차바퀴에 뜯긴 잔디 조각과 테니스공만 한 돌이 널려 있는 비포장도로다. 이런 흙길에 맞지 않는 케이틀린의 차가 덜컹거려 우리의 몸도 아래위로 통통 튀어댄다.

나는 27분 동안 케이틀린에게 모든 걸 말해주었다. 그녀는 끝까지 기다렸다가 질문을 던진다.

"라일이 그렇게 끌려 나가서는 그냥 이 세상에서 사라져버렸다고?" 그녀는 차가 계속 똑바로 나아갈 수 있도록 운전대를 열심히 움직이며 묻는다.

나는 고개를 끄덕인다.

"파일 내용이랑 일치하네." 케이틀린은 내 손에 쥐어진 폴더 쪽으로 고개를 까딱이며 말한다. "네가 데이브한테 하는 얘기를 듣고 그 이름을 적어놨거든. 이완 크롤. 현재 퀸즐랜드주 동남부 지역에 라마 농장 주인이나 라마를 애완용으로 키우는 사람이 딱 네 명 있는데, 이완 크롤도 그중 한 명이야. 그래서 나머지 세 명한테 전화해서, 펜 가족이 실종된 날로 추정되는 5월 16일에 어디에 있었느냐고 단도직입적으로 물었지. 그 사람들 모두 완벽하게 그럴듯하고 따분한 알리바이가 있었어. 그다음엔 포티튜드 밸리 경찰서에 가서, 학창 시절 친구인 팀 코튼 순경한테 이완 크롤 관련 파일에 있는 건 뭐든 알려달라고 했지. 그랬더니 서류를 한 무더기 주길래 복사하면서 읽어봤는데, 경찰이 이완 크롤의 다이보로 땅에 다섯 번이나 찾아

586

가서 받은 진술이 있는 거야. 지난 20년 동안 이완 크롤과 아는 사이이거나 연관된 사람이 실종된 사건이 다섯 건이나 돼. 그리고 다섯 건 다 해결되지 않았어. 그런데 어젯밤에 팀 코튼한테 파일을 돌려주면서 감사 인사로 러키스에서 미트볼 피자를 사줬거든. 그 인간이 나한테 계속 수작을 걸다가 잠깐 멈추더니 뭐랬는 줄 알아?"

"뭐랬는데요?"

그녀가 고개를 젓는다.

"이 건은 그냥 손 떼는 게 좋아, 케이틀린.'"

그녀는 이렇게 말하고는 운전대를 찰싹 때린다.

"경찰이라는 작자가 정말 그런 헛소리를 지껄였다니까, 엘리? 여덟 살짜리 아이가 실종됐는데 손을 떼라니."

점토 색깔의 높다란 콘크리트 보안벽에 달린 웅장한 흰색 철문 앞에 차가 멈춰 선다. 케이틀린이 차창을 내린 다음 팔을 뻗어 빨간 인터폰 버저를 누른다.

"네." 점잖은 목소리가 답한다.

"안녕하세요, 브로즈 씨를 인터뷰하러 온 《쿠리어 메일》기자예요." 케이틀린이 말한다.

"어서 오세요." 점잖은 목소리다.

철컹하는 소리와 함께 대문이 스르르 열린다.

타이터스 브로즈의 집은 그의 정장과 머리칼과 손처럼 흰색이다. 길게 뻗은 흰색 콘크리트 대저택에 기둥들이 우뚝 솟아 있고, 창문에는 작은 발코니들이 붙어 있다. 입구의 흰색 나무 두짝문은 흰 돛을 활짝 편 흰 요트가 한 대 지나갈 수 있을 만큼 커다랗다. 벨보리 백만장자의 은신처보다는 뉴올리언스 늪지대 농장의 대저택 같다.

깔끔하게 손질된 광대한 잔디밭을 구불구불 가로질러 넓은 폭의 반들반들한 흰색 대리석 계단까지 이어진 기나긴 차도를 따라 느릅나무 여덟 그루가 서 있다. 그 무성한 이파리들 사이로 얼룩덜룩한 햇빛이 반짝거린다.

케이틀린은 대리석 계단 왼편에 노란색 자갈로 표시된 방문자 구역에 차를 세운 다음, 차에서 내려 트렁크를 연다.

느릅나무에서 새들이 지저귀고, 가볍게 바람이 분다. 다른 건 아무것도 없다.

"당신을 누구라고 설명하죠?" 내가 속삭여 묻는다.

케이틀린이 트렁크에서 오래된 검은색 캐논 카메라를 꺼낸다. 롱 파크에서 경기가 열릴 때 스포츠 사진기자들이 사용하는 카메라처럼 길고 단단한 회색 렌즈가 달려 있다.

"난 사진기자야." 그녀는 빙긋 웃으며 한쪽 눈을 감고 렌즈를 들여다본다.

"사진기자 아니잖아요."

"피!" 그녀가 키득거린다. "렌즈 보고 찰칵 찍기만 하면 되는데 뭐."

"그 카메라는 어디서 났어요?"

"고장 난 장비들 모아놓은 수납장에서 슬쩍했지."

그녀가 높이 치솟은 입구로 걸어간다.

"어서 가자, 인터뷰에 늦겠어."

*

우리는 초인종을 누른다. 드넓은 저택 안의 세 곳에서 초인종이 울리면서, 종소리가 차례로 울려 퍼져 마치 하나의 소곡처럼 들린다. 희망으로 가득 찬 심장. 내 목까지 튀어 올라온 심장. 카메라를 쇠망치인 양 꼭 붙들고 있는 케이틀린의 모습은 술에 취한 스코틀랜드 사람들을 이끌고 전쟁에 나가는 것처럼 보인다. 느릅나무의 새소리 말고는 아무 소리도 들리지 않는다.

이곳은 모든 것으로부터 멀리 떨어져 있다. 삶과 세상으로부터 멀리 떨어져 있다. 이제 보니 이 대저택은 주변과 참 어울리지 않는다. 우뚝 솟은 흰 기둥들은 자연 그대로의 풍경과 어울리지 않는다. 이곳은 뭔가 잘못되고 어긋나 있다.

널따란 두짝문 중 한쪽이 획 열린다. 그때 나는 잊지 않고, 검지가 없는 오른손을 코트의 깊숙한 오른쪽 주머니에 스윽 집어넣어 감춘다.

가정부 유니폼인 듯한 회색 정장 원피스를 입은 키 작은 여자가 나온다. 필리핀 사람 같다. 환한 미소. 그녀가 문을 더 넓게 열어젖히자, 흰 원피스를 입은 가냘프고 마른 여자가 보인다. 얼굴의 살이 너무 얇아서, 툭 튀어나온 광대뼈에 유화물감을 칠한 것처럼 보인다. 따뜻한 미소. 내가 아는 얼굴.

"안녕하세요." 그녀가 우아하게 고개를 살짝 숙이며 말한다. "신문사에서 오셨죠?"

이제 그녀는 머리가 희끗희끗하다. 예전엔 옅은 금발이었는데. 어깨 위로 곧고 길게 내려오는 건 여전하다.

"난 해나 브로즈라고 해요." 그녀가 오른손을 가슴에 대며 말한다. 하지만 그 손은 진짜 손이 아니다. 플라스틱 의수지만, 이런 종류는 처음 본다. 햇볕에 변하고 타버린 우리 엄마 손 같다. 해나가 원피스 위에 입고 있는 카디건의 흰 소매 밖으로 손이 툭 튀어나와 있다. 그녀가 밑으로 내리고 있는 왼손도 똑같이 생겼다. 이 손에는 주근깨들이 있다. 뻣뻣하지만, 틀로 찍어낸 실리콘으로 만들어져 진짜처럼 보인다. 순전히 장식용이지 실용성은 전혀 없다.

"전 엘리예요." 성은 말하지 않는다. "이쪽은 사진기자 케이틀린이고요."

"괜찮으시면 간단하게 얼굴 사진 한 장만 찍어도 될까요?" 케이틀린이 말한다.

그러자 해나는 고개를 끄덕인다. "괜찮아요." 그녀는 이렇게 말하며 문에서 몸을 돌린다. "이리 오세요. 아버지는 서재에 계세요."

해나 브로즈는 쉰 살 정도 되어 보인다. 아니면 마흔인데 삶에 지쳐 늙어 보이는 걸까. 아니면 예순인데 고맙게도 젊어 보이는 걸 수도. 마지막으로 본 뒤로 6년 동안 그녀는 어떻게 살았을까?

그녀는 나를 알아보지 못하지만 나는 그녀를 기억한다. 그녀 아버지의 여든 번째 생일 파티에서 만났던 그녀를. 다라에 있는 마마 팜스 식당에서. 다른 시간의 다른 엘리 벨이.

*

이 집은 수집한 골동품들과 내 방만 한 크기의 현란한 유화들이 전시된 박물관 같다. 마상용 창을 들고 있는 중세시대 갑옷. 벽에 붙어 있는 어느 아프리카 부족의 탈. 여기 구석에는 파푸아뉴기니의 부족 전사가 쓰는 창들이, 저기에는 가젤을 찢어발기는 사자의 그림이, 기다란 거실에는 내 침대보다 더 긴 텔레비전과 벽난로가 있다.

케이틀린은 전구로 거미집을 치는 강철 농발거미처럼 생긴 청동 샹들리에를 올려다보며 목을 쭉 뺀다.

"집이 참 멋지네요." 그녀가 말한다.

"고마워요." 해나가 말한다. "우리가 처음부터 이렇게 산 건 아니에요. 아버지는 무일푼으로 오스트레일리아에 오셨죠. 퀸 즐랜드에 처음 들어왔을 땐 와콜 이민자 수용소에서 여섯 명이랑 한방을 쓰셨어요."

해나가 우뚝 멈춰 서더니 내 얼굴을 빤히 쳐다본다.

"혹시 알아요?" 그녀가 묻는다.

"뭘요?"

"와콜 동부 난민 가족 수용소."

나는 고개를 젓는다.

"혹시 서부 외곽에서 자랐어요?" 그녀가 묻는다. "어디서 본 것 같은데.”

나는 미소 지으며 고개를 젓는다.

“아니요, 난 북부에 살았어요. 브래큰 리지에서 자랐죠.”

그녀는 고개를 끄덕이더니 내 눈을 가만히 들여다본다. 해나 브로즈가 깊이 파고든다. 그러다가 몸을 돌려 종종걸음으로 복도를 지나간다.

나폴레옹의 흉상. 인데버호 모형 근처에 있는 쿡 선장의 흉상. 성인 남자를 찢어발기고 있는 사자의 그림. 남자의 팔다리를 뜯어내고 있는 사자의 발밑에 이미 두 다리와 팔 하나가 쌓여 있고, 이제 사자는 남자의 남은 팔 하나에 이빨을 박아넣고 있다.

“아버지한테 조급하게 구시면 안 돼요.” 해나는 기나긴 다이닝 룸을 지나 저택의 안쪽으로 들어가며 말한다. “아버지가…… 기력이…… 많이 떨어지셨거든요. 같은 질문을 여러 번 반복해야 할 거예요. 그리고 꼭 큰 목소리로 짧게 물어보세요. 가끔 딴 별에 가 있는 것처럼 멍해지실 때가 있거든요. 요즘 건강이 안 좋으셨는데, 오늘 저녁에 열리는 표창식 소식을 듣고는 흥분해 계세요. 모든 내빈을 위해서 준비한 깜짝 선물을 두 분한테 살짝 귀띔해주고 싶으시대요.”

그녀가 빨간 나무문 두 짝을 열자 광대한 서재가 나타난다. 어느 왕족의 서재 같다. 왼편과 오른편에 바닥부터 천장까지 벽을 가득 메운 책장 두 개가 서 있다. 낡은 표지에 금빛 글자가 적힌 양장본 수백 권. 암적색의 카펫. 핏빛 카펫. 방에서 책

냄새와 오래된 시가 냄새가 난다. 암녹색 벨벳 소파 하나와 암녹색 벨벳 안락의자 두 개. 방 끝에 거대한 마호가니 책상이 하나 있고, 거기에 타이터스 브로즈가 앉아서 눈을 내리깐 채 두툼한 양장본을 읽고 있다. 그의 뒤로 거대한 유리벽이 있다. 어찌나 티 하나 없이 깨끗한지, 눈을 가늘게 뜨고 봐도 유리벽이 전혀 없는 것처럼 보일 지경이다. 유리벽의 한복판에 문이 달려 있음을 알려주는 유일한 단서는 반짝이는 은빛 경첩 두 벌뿐이다. 문을 열면, 드넓게 뻗은 마법 같은 잔디밭이 나온다. 1킬로미터는 되어 보이는 그 잔디밭은 콘크리트 분수대, 완벽하게 각진 울타리, 벌들과 완벽한 햇빛의 보살핌을 받고 있는 화단을 지나 작은 포도밭처럼 보이는 곳까지 쭉 이어져 있다. 하지만 햇빛의 농간으로 인한 착각일 것이다. 란타나가 자라는 벨보리의 변두리에 포도밭이 있을 리 없으니까. 그의 책상 위에는 높이 25센티미터, 폭 20센티미터 정도로 보이는 직사각형 상자에 빨간 실크 천이 드리워져 있다.

"아버지." 해나가 말한다.

그는 책에서 고개를 들지 않는다. 흰 정장. 흰 머리. 내게 달아나라고 경고하며 따끔거리는 나의 흰 척추. 지금 당장 달아나, 엘리. 후퇴해. 이건 함정이야.

"잠깐만요, 아버지." 해나가 더 큰 목소리로 말한다.

그가 책에서 고개를 휙 쳐든다.

"신문사 분들이 아버지를 뵈려고 찾아왔어요."

"누구?" 그가 툭 뱉듯이 말한다.

"이분은 엘리고, 이분은 사진기자 케이틀린이에요." 해나가 말한다. "오늘 밤 아버지가 받으실 표창에 대해서 얘기 나누려고 오셨대요."

이제야 기억이 나는지 그의 얼굴이 밝아진다.

"그래!" 그가 돋보기를 벗더니, 빨간 실크로 덮어놓은 상자를 신나게 톡톡 친다. "자, 어서 앉아, 앉아."

우리는 천천히 앞으로 가서, 그의 책상에 있는 검은색의 우아한 손님용 의자에 앉는다. 그는 아주 많이 늙었고 별로 무서워 보이지 않는다. 열세 살의 내게는 너무도 무서웠던 인공 수족의 제왕. 시간이요, 슬림 할아버지, 얼굴을 바꿔놓네요. 이야기를 바꿔놓네요. 관점을 바꿔놓네요.

지금 당장이라도 책상을 펄쩍 뛰어넘어 저 늙어빠진 목을 조르고, 내 엄지손가락으로 저 늙어빠진 좀비 눈깔을 찔러버릴 수도 있다. 만년필. 책상 전화기 옆의 받침대에 똑바로 꽂혀 있는 만년필. 저 만년필로 저 자식의 가슴을 찔러버릴까. 그 차갑고 흰 가슴을. 저 자식의 심장에 내 이름을 새겨 넣을까. 그 차갑고 흰 심장에.

"시간 내주셔서 고맙습니다, 브로즈 씨." 내가 말한다.

그가 미소 지으며 입술을 바르르 떤다. 그의 입술이 침으로 축축해진다.

"그래, 그래." 그가 다급하게 말한다. "뭘 알고 싶지?"

나는 왼손으로 이그젝토크 딕터폰을 책상에 올려놓은 다음, 손가락이 하나 없는 오른손으로 펜을 거머쥔 채 책상 밑의 무릎에 올려놓은 수첩에다 메모할 준비를 한다.

"대화를 녹음해도 될까요?" 내가 묻는다.

그는 고개를 끄덕인다.

해나는 조용히 물러나 우리 뒤의 암녹색 소파에서 올빼미처럼 주의 깊게 우리를 지켜본다.

"브로즈 씨는 퀸즐랜드주 신체 장애인들의 삶을 향상시키는 데 평생 헌신한 공으로 오늘 밤 퀸즐랜드주 유공자 표창을 받으실 텐데요." 내가 아부의 말로 서두를 열자 그는 고개를 끄덕인다. "이 비범한 여정을 어떤 계기로 시작하게 되셨죠?"

그는 빙긋 웃으며 내 어깨 너머로 해나를 가리킨다. 소파에 똑바로 앉아서 우리 대화에 귀를 기울이고 있던 해나는 미소 지으며 오른쪽 귀 뒤의 머리를 수줍게 매만진다.

"반세기도 더 전에 저기 앉아 있는 저 아름다운 여인이 횡근 결핍, '무지증'이라는 걸 갖고 태어났지. 선천적으로 두 팔이 잘려 있었어. 태아의 세포막 안에 있는 섬유 띠가 우리 해나를 조여버린 거야."

그는 팬케이크 요리법을 읽듯이 무덤덤한 목소리로 말한다. 태아 안에 엉긴 핏덩이. 달걀 네 개를 깨서 휘젓기. 30분 동안 냉장고 안에 넣어두기.

"참담한 난산 끝에 해나가 사랑하는 엄마는 세상을 떠났지……." 그가 잠깐 말을 멈춘다. "하지만……."

"아내분 성함이 뭐였죠?" 내가 묻는다.

"뭐?" 타이터스는 내 방해에 발끈한다.

"죄송해요. 돌아가신 아내분 성함의 철자를 알려주시겠어
요?"

"해나 브로즈였어, 우리 딸이랑 똑같이."

"죄송합니다, 계속 얘기하시죠."

"저…… 어디까지 했더라?" 타이터스가 묻는다.

나는 수첩을 내려다본다.

"'참담한 난산 끝에 해나가 사랑하는 엄마는 세상을 떠났
지'라고 하신 다음 잠깐 멈추셨다가 '하지만'이라고 하셨어
요."

"그래…… 하지만…… 하지만 세상과 나는 천사를 선물받
았고, 나는 그 천사가 같은 날 태어난 다른 모든 오스트레일리
아 아기처럼 풍요롭고 멋진 인생을 살게 해주겠노라 맹세했
어."

그가 해나에게 고개를 끄덕인다.

"그리고 그 맹세를 지켰지."

토할 것 같다. 내 입에서 질문이 툭 튀어 나가지만, 내가 묻
는 것이 아니다. 내 안의 다른 누군가가 던지는 질문이다. 다
른 어떤 존재. 더 용감한 누군가. 쉽게 울지 않는 누군가.

"당신은 좋은 사람인가요, 타이터스 브로즈?"

케이틀린이 내 쪽으로 고개를 획 돌린다.

"뭐라고?" 타이터스는 깜짝 놀라며 어리둥절한 표정으로
묻는다.

나는 한참이나 그의 눈을 빤히 쳐다보다가 평소의 나약해

빠진 나로 얼른 돌아온다.

"그러니까 제 말은, 위대한 퀸즐랜드주를 위해서 우리가 할 수 있는 좋은 일이 뭐가 있을지 조언해주신다면요?"

그는 책상에 등을 기대고 앉아 내 얼굴을 뜯어본다. 그러다가 의자를 옆으로 빙 돌려 그 웅장하고 깨끗한 유리벽 밖을 내다보며, 벌들이 분홍색, 자주색, 붉은색, 노란색 꽃들 사이로 날아다니는 동안 답을 고민한다.

"세상을 바꾸게 해달라는 허락을 구하지 말 것." 그가 말한다. "그냥 밀고 나가 세상을 바꿀 것."

그는 두 손을 동그랗게 오므려 턱을 괴고는 생각에 잠긴다. "솔직히 말하면, 나 대신 세상을 바꿔줄 위인이 아무도 없다는 걸 깨달았거든." 그는 구름 한 점 없는 파란 하늘을 바라보며 말한다. "나 대신 그 일을 해줄 사람이 아무도 없었어. 그러니까 하나 같은 아이들을 위해 내가 직접 나설 수밖에."

그가 다시 책상으로 몸을 돌린다.

"그러다 이런 깜짝 선물까지 준비할 수 있게 됐지. 오늘 밤의 내빈들을 위한 특별한 선물."

그의 입술이 축축하다. 그의 쉰 목소리에는 힘이 하나도 없다. 그가 케이틀린에게 간사한 미소를 짓는다.

"보고 싶나?"

케이틀린은 고개를 끄덕여 그렇다고 답한다.

"그럼 봐." 타이터스는 의자에서 꼼짝도 하지 않고 말한다.

케이틀린은 조심스럽게 몸을 앞으로 구부려 빨간색 실크

천을 걷어 낸다.

직사각형의 유리 상자다. 우리 앞에 있는 유리벽처럼 티 하나 없이 깨끗한 유리. 마치 상자 전체가 유리 한 장으로 만들어진 것처럼 완벽한 모서리들. 유리 상자 안에는 작은 금속 받침대가 숨겨져 있고, 그 위에 의수 하나가 붙어 있다. 받침대에 괴여 있어 공중에 둥둥 뜬 것처럼 보이는 오른 팔뚝과 손.

"내가 퀸즐랜드주에 바치는 선물이야." 타이터스가 말한다.

저 안에 있는 건 내 손일 수도 있다. 케이틀린의 손일 수도 있고. 놀라울 정도로 진짜 손처럼 보인다. 살갗의 색깔과 질감에서부터 팔뚝의 자연스러운 기미와 변색, 손톱에 올라온 젖빛 달까지. 젖빛 달을 보니, 슬림 할아버지에게서 운전을 배웠던 날이 떠오른다. 이 의수에 낀 주근깨를 보니, 내 행운의 손가락에 끼어 있던 내 행운의 주근깨가 떠오른다. 이 완벽한 의수의 만듦새에는 뭔가 음흉한 면이 있다. 내 손가락이 사라진 자리에 흑처럼 남은 뼈가, 내 영혼이 그걸 느낀다.

"감촉도 움직임도 인간의 손 같지." 타이터스가 말한다. "지난 25년 동안 세계 최고의 공학자들과 신체운동학자들을 고용했어. 해나처럼 팔다리 없는 아이들의 인생을 바꿔주겠다는 일념으로."

그는 그 상자가 갓 태어난 아기라도 되는 양 애정을 듬뿍 쏟는다.

"메모할 때 이 단어에 밑줄을 긋도록 해." 그가 말한다. "근전도."

나는 수첩에 그 단어를 휘갈겨 쓴다. 하지만 밑줄을 긋지는 않는다. '헤로인 제국이 과학을 후원하다?'라는 문장에 밑줄을 긋기 바쁘니까. 네 단어짜리 기사. 세 단어로도 가능하다. 마약이 연구를 후원하다. 마약이…….

"획기적인 발명이지!" 타이터스가 말한다. "견본이 이 정도야. 해부학적으로 아주 정밀한 실리콘 기반의 외관. 혁명적이고, 혁신적이고, 가짜 티가 하나도 안 나지. 섬세한 외관과 기계적인 내부의 조화로운 융합. 장애인의 잔여 수족 내에 있는 수축 근육에서 발생하는 근전도인 EMG 신호로 의수족의 움직임을 제어하는 방식이지. 피부 표면에 부착된 전극들이 EMG 신호를 기록하면, 의수족 안의 여러 군데에 장착된 모터들이 이 아름답고 유용한 인체 신호들을 처리하고 증폭하는 거야. 진짜 같은 움직임. 진짜 같은 생명력. 이렇게 우리는 세상을 바꾸고 있어."

방 안에 잠깐 정적이 감돈다.

"대단한데요." 내가 말한다. "이걸로 할 수 있는 일이 무한대겠어요."

타이터스는 환하게 미소 짓다가 우리 뒤에 있는 해나를 건너다보며 웃음을 터뜨린다.

"팔 없는 인생이 어때, 해나?" 그가 말한다.

"한계 없는 인생이죠." 그녀가 되받아친다.

그가 의기양양하게 주먹으로 테이블을 쾅 내려친다.

"한계 없는 인생, 바로 그거야!"

그가 다시 몸을 빙 돌려, 끝없는 초록 잔디밭 위로 드넓게 펼쳐진 구름 한 점 없는 푸른 하늘을 바라본다.

"난 미래를 봤어." 그가 말한다.

"그러셨어요?" 내가 말한다.

서재 유리벽 너머 타이터스 브로즈의 깔끔한 정원 위로 새 한 마리가 하늘을 날고 있다. 이 작은 새는 영원한 푸른 하늘을 배경으로 허공을 힘차게 가르고 어찔하게 빙글빙글 돈다. 이 화려한 비행 쇼는 타이터스의 눈길을 사로잡는다.

"한계라는 게 없는 세상이야." 그가 말한다. "해나처럼 태어난 아이들이 뇌를 통해 직접 의수족을 움직일 수 있는 세상. 신경 반응으로 제어되는 진짜 손으로 악수하고 공원에서 개를 쓰다듬고 원반이나 크리켓 공을 던지고 엄마와 아빠를 껴안을 수 있는 세상." 그가 숨을 크게 들이마신다. "아름다운 세상이지."

유리벽 밖의 새가 스피트파이어*처럼 훅 떨어지다가 롤러코스터처럼 갑자기 휙 치솟으며 완벽한 원을 그린다. 그러더니 극적으로 비행경로를 바꾸어 뜬금없이 우리를 향해 고속으로 날아온다. 여기 사무용 책상에 앉아 있는 우리 셋, 나와 내 꿈의 여인, 그리고 내 악몽의 남자에게로 곧장 날아온다. 저 새에게는 유리벽이 보이지 않는다. 자기 모습밖에 보이지 않는다. 한 친구가 보인다. 새가 유리벽에 가까워지자 그 색깔이

---

* 제2차 세계대전 때의 영국 전투기.

보인다. 이마와 꼬리가 선명하고 눈부신 파란색으로 번득인다. 랜슬롯 거리에 폭풍우가 치면 우리 집 앞창에서 보이는 파란 번갯불처럼. 내 눈에 비치던 파란색. 그런 파란색. 그저 하늘의 파란색이 아니다. 마법의 파란색. 마력의 파란색.

그리고 그 파란 새가 유리벽에다 머리를 쾅 하고 세게 들이받는다.

"오, 이런." 타이터스가 의자에 기대앉으며 말한다.

새는 유리에 부딪힌 충격에 정신을 잃고 허공을 맴돌면서 날개와 꼬리를 미친 듯 퍼덕이다가 왼쪽으로 휙 꺾고 오른쪽으로 왼쪽으로 지그재그를 그리며 날아다닌다. 분열된 원자처럼 허공에서 날뛰어 대던 새는 자기가 어디로 가는지 모르다가 목적지를 발견한다. 바로 자기 자신, 유리벽에 보이는 다른 새. 새는 파란 하늘에서 하강하는 스피트파이어, 가미가제 폭격기가 되어, 자기 자신과 다시 한번 만나기 위해 전속력으로 날아온다. 이마와 꼬리의 신비롭고 기이한 파란색이 또 번득인다. 그리고 새는 다시 한번 자기 자신을 쾅 들이받는다. 뚫을 수 없는 유리벽을. 새는 또 정신을 잃고 맴돌다 자기 자신을 다시 찾으려고 결심한 듯 날아가 버린다. 그러고는 찾아낸다. 새는 왼쪽으로 큰 포물선을 그리며 하염없이 날다가 오른쪽으로 틀어, 기류를 타고 어마어마한 속도를 낸다. 하늘과 그곳에 날아다니는 모든 걸 품을 수 있는 마음을 지닌 케이틀린 스파이스는 당연히 새를 걱정한다.

"그만해, 작은 새야." 그녀가 속삭인다. "그만해."

하지만 새는 멈추지 않는다. 아까보다 더 빠르게 날아온다. 쾅. 지독한 충격을 받은 새는 이번에는 정신을 잃는다. 허공을 헤매지 않고, 그냥 땅으로 뚝 떨어진다. 타이터스 브로즈의 서재 유리문 밖에 있는 자갈밭에서 작게 털썩 하는 소리가 난다.

나는 의자에서 일어선다. 타이터스 브로즈는 자기 책상을 지나쳐 유리문을 열고 드넓은 잔디밭으로 나가는 내 모습을 놀란 표정으로 지켜본다. 잔디밭 냄새. 꽃 냄새. 떨어진 새 옆에 살며시 무릎을 꿇고 앉을 때 내 던롭 운동화 고무창 밑에서 자그락자그락 밟히는 노란 자갈밭의 모래와 조약돌. 오른손의 네 손가락으로 새를 조심스럽게 집어서 두 손바닥으로 감싸자, 그 완벽한 파란색 몸통 속의 가냘픈 잔뼈들이 느껴진다. 날개를 이렇게 접고 있으니 생쥐만 한 크기에, 따스하고 보드랍다. 케이틀린도 여기까지 나를 따라 나와 있다.

"죽었어?" 그녀가 나를 내려다보며 묻는다.

"그런 것 같아요."

이마의 파란색. 마법의 파란 먼지구름 속을 날아다니기라도 한 듯 작은 귀와 날개도 파랗다. 나는 내 손 안의 새를 꼼꼼히 살핀다. 생기 없는 날것. 그 아름다움으로 순간이나마 나를 홀렸던 새.

"무슨 새지?" 케이틀린이 묻는다.

파란 새. 듣고 있니, 엘리?

"뭐더라?" 케이틀린은 생각에 잠겨 말한다. "할머니네 뒷마당에서 봤는데…… 할머니가 좋아하는 새거든. 정말 예쁘다."

케이틀린은 무릎을 꿇고 앉아 죽은 새 위로 몸을 숙이고는, 새끼손가락으로 새의 배를 문지른다.

"이 새를 어떻게 할 거야?" 그녀가 작은 목소리로 묻는다.

"나도 모르겠어요."

타이터스 브로즈는 이제 유리문 입구에 서 있다.

"죽었나?" 그가 묻는다.

"네, 죽었어요." 내가 말한다.

"멍청한 놈이 자살하기로 마음먹었나 보지." 그가 말한다.

케이틀린이 손뼉을 친다.

"솔새!" 그녀가 말한다. "이제 기억나! 솔새야."

그리고 그 말과 함께, 죽은 솔새가 살아난다. 마치 케이틀린 스파이스가 자기를 알아봐주길 기다리고 있었던 것처럼. 모든 생물이 그렇듯, 나, 나, 나처럼 이 새도 그녀의 숨결과 관심에 살고 죽고 되돌아오니까. 후추 열매 같은 눈이 먼저 떠지더니, 두 발이 내 손바닥 살을 살며시 긁어댄다. 새의 머리가 한 번 살짝 까딱인다. 나른하고 멍하니. 새의 눈이 내게로 향하고, 순간 내가 이해할 수 없는 무언가, 여기 우주를 넘어선 무언가, 더 온화한 무언가가 눈빛에 깃든다. 하지만 다음 순간 그 눈빛은 사라지고, 새는 자기가 인간의 손안에 있다는 사실을 깨닫는다. 그러자 그 완벽한 구조 속에서 발생한 근전도 신호가 새에게 힘없는 날개를 퍼덕이라고 알려준다. 날개를 퍼덕여. 날개를 퍼덕여. 그리고 날아가. 우리 셋, 엘리 벨과 그의 꿈의 여인과 그의 악몽의 남자는 파란 새가 기력을 되찾고 왼쪽에서 오른쪽으로 쏜살같이 날아가다가, 살아난 기쁨으로 다시 한 번 원을 그리는 모습을 지켜본다. 하지만 새는 멀리 날아가지는 않는다. 마약을 팔아 번 돈으로 고용한 관리인이 깔끔하게 손질해놓은 이 웅장한 잔디밭의 오른편 끝까지 날아갈 뿐이다. 그러고는 공구 창고처럼 생긴 녹색 나무 헛간 너머로 날아간다. 열린 헛간 안에는 녹색 존 디어 트랙터 한 대가 세워져 있다. 그런 다음 새는 내가 지금껏 알아채지 못한 어느 콘크리트 건물 쪽으로 날아간다. 내가 놓치고 있었다. 정사각형의 콘크리트 벙커 같은 건물이 느릅나무들 속에 숨겨져 있다. 그리고 잔디밭 오른쪽 끝의 담장을 따라 심긴 야생 식물들과 재스민 덩굴에 뒤덮여 있다. 콘크리트 상자 앞면에 흰색 문 하나가 달려 있고, 지붕 너머로 흘러넘친 재스민 덩굴이 잔디밭까지 이어져 있어, 마치 건물이 땅에서 자라난 것처럼 보인다. 파란 새는 건물 문 바로 위에 늘어져 있는 덩굴에 내려앉는다. 거기 앉아서는, 지난 5분 동안의 신기한 생존이 자기도 얼떨떨한 듯 작고 새파란 고개를 좌우로 홱홱 돌려댄다.

점점 더 궁금해진다. 저 기이한 콘크리트 건물. 나는 건물을 이상하다는 듯 바라보고, 타이터스도 이상하다는 듯 보고 있다가 내 묘한 눈빛을 알아챈다.

나는 내 오른손이 네 손가락을 달고서 아래로 늘어져 있다는 걸 깜빡 잊고 만다. 지나치게 눈에 띈다. 늙어서 앞을 잘 못 보는 타이터스의 두 눈이 이 손에 초점을 맞춘다.

나는 얼른 일어나며 두 손을 주머니에 스윽 집어넣는다.

"음, 이 정도면 된 것 같네요, 브로즈 씨. 저는 이만 돌아가서 내일 자 신문에 실릴 이 인터뷰 기사를 정리해야겠어요."

그의 얼굴에 어리둥절한 표정이 어린다. 어느 다른 별에 가 있는 것처럼. 아니면, 이 별에서의 5년 전으로. 자신의 폴란드인 공갈협박범 사이코 부하인 이완에게 내 진짜 손에서 진짜 검지를 잘라버리라고 지시했던 때로.

그는 눈을 동그랗게 뜨고서 수상하다는 듯 나를 빤히 쳐다본다.

"그래." 그가 묵직한 목소리로 말한다. "그래. 좋아."

케이틀린이 카메라를 들어 올린다.

"스냅 사진 한 장만 찍어도 될까요?"

"어디서?"

"책상에 앉으시면 돼요."

그가 다시 책상에 앉는다.

"활짝 웃으세요." 케이틀린이 렌즈를 들여다보며 말한다.

케이틀린이 셔터를 찰칵 누르자 카메라에서 눈부신 플래시가 터져 나와 눈이 따갑다. 너무 밝다. 방 안에 있는 우리 모두 흠칫 놀란다.

"맙소사." 타이터스가 큰 소리로 외치며 눈을 문지른다. "그 플래시 좀 꺼."

"죄송해요, 브로즈 씨." 케이틀린이 말한다. "카메라가 고장 났나 봐요. 수리해야겠는데요."

그녀가 다시 그에게 렌즈를 겨눈다.

"딱 한 번만 더요." 케이틀린은 세 살짜리 아이에게 하듯이 말한다.

타이터스는 억지로 미소 짓는다. 가짜 미소. 실리콘으로 만든 인공 미소.

*

포드 미티어에 올라탄 케이틀린이 조수석에 앉은 내 발치로 카메라를 툭 던진다. "섬뜩하네."

그녀가 시동을 켜더니 타이터스 브로즈의 진입로에서 쌩하니 빠져나간다.

나는 침묵하고, 그녀가 말을 시작한다.

"좋아, 직감적인 첫인상부터 먼저." 후배 기자에게 말하는 동시에 혼잣말을 하는 것처럼 들린다. "내 말이 틀렸으면 그렇다고 말해줘. 그 노인네는 썩어빠졌어." 보엔 힐스로 돌아가는 길, 검은색 아스팔트 도로를 타면서 벨보리의 관목 숲을 지나갈 때 그녀가 액셀러레이터를 세게 밟으며 말한다. "오줌도 제대로 못 누게 생기지 않았어? 저렇게 소름 끼치는 인간 본 적 있어? 정장 속에 뼈다귀들만 달그락거리는 것 같지 않아? 편지봉투 뚜껑에 풀 바르듯이 입술을 자꾸 핥더라."

그녀는 큰 목소리로 빠르게 떠들어대며 하나하나 짚어 나간다. 가끔은 도로에서 눈을 떼고 내 얼굴을 쳐다본다. "그러니까, 그 인간이랑 딸은 뭐가 문제야? 집 안에 있는 그 괴상한 물건들은 또 뭐고? 좋아, 넌 어디서부터 시작할 거야?"

나는 창밖을 내다보고 있다. 다라 집의 앞마당에 있던 라일 아저씨를 생각하며. 내 호스에서 뿜어져 나가는 무지갯빛 물보라를 맞으며 서 있던 작업복 차림의 아저씨가 눈에 선하다.

"마지막에서 시작해서, 후, 처음으로 거슬러 가보자." 그녀가 말한다.

처음으로 거슬러 가기. 마음에 든다. 내가 항상 해온 일이니까. 출발점으로 거슬러 올라가기.

"넌 어떤지 모르겠지만 난 촉이 단단히 왔거든." 그녀가 말한다. "뭔가가 이상해, 엘리. 뭔가가 잘못돼도 한참 잘못됐어."

그녀는 초조하게 계속 떠들어대고 있다. 침묵을 메우면서. 그녀가 나를 바라본다. 나는 앞의 도로로 고개를 돌린 채, 아스팔트 길에 그려져 있는 흰 점선을 바라본다.

내가 뭘 해야 하는지 알겠다.

"돌아가야겠어요." 나는 의도했던 것보다 더 큰 목소리로, 감정을 실어서 말한다.

"돌아가? 돌아가서 뭐 하게?"

"그건 말 못 해요. 이 일에 관해서는 입 다물고 있어야 해요. 말 못 할 일들도 있잖아요. 이젠 알겠어요. 너무 터무니없어서 입 밖에 낼 수 없고 그냥 내버려 두는 편이 좋은 일들도 있어요."

케이틀린이 브레이크를 세게 밟더니 도로변에 흙이 쌓여 있는 경사면으로 차를 홱 꺾는다. 순간 앞바퀴가 마찰력을 잃으면서 차가 조수석 쪽의 바위 경사면을 들이받으려 하자 그녀는 운전대를 힘껏 돌린다. 차가 쭈욱 미끄러지다 멈춰 선다.
그녀는 시동을 끈다.

"왜 돌아가야 하는지 말해줘, 엘리."

"말 못 해요. 말하면 내가 미쳤다고 생각할걸요."

"내가 널 미쳤다고 생각할까 봐 걱정할 필요 없어. 널 만난
순간부터 쭉 그렇게 생각하고 있었으니까."

"정말이에요?"

"정말이지. 넌 미쳤어, 하지만 좋은 의미로. 데이비드 보위,
이기 팝, 반 고흐 타입의 미치광이랄까."

"애스트리드 타입의 미치광이."

"누구?"

"내가 어렸을 때 엄마 친구였던 사람이에요. 난 그 여자가
미쳤다고 생각했죠. 하지만 착한 미치광이, 사랑스러운 미치
광이였어요. 목소리가 들린다길래 우린 그 여자가 미친 줄 알
았죠. 어떤 목소리가 자기한테 말해줬다는 거예요, 우리 형 오
거스트가 특별하다고."

"지금까지 네가 해준 얘기를 들어보면, 네 형은 특별한 사
람이 맞는 것 같은데." 케이틀린이 말한다.

나는 숨을 한 번 고르고 말한다. "돌아가야 해요."

"왜?"

나는 심호흡을 한다. 출발점으로 거슬러 올라갔다가 마지
막으로 돌아오는 거야.

"새요." 내가 말한다.

"새가 왜?"

"죽은 솔새."

"그래, 솔새가 왜?"

"어릴 때⋯⋯." 내 침묵의 맹세는 이렇게 깨지고 만다. 무려 43초나 지켰던 맹세가. "⋯⋯어느 날 슬림 할아버지한테 수동 운전을 배우다가, 항상 그렇듯이 정신이 산만해져서 창밖을 봤어요. 형이 담장에 앉아서 허공에다 손가락으로 똑같은 문장을 계속 쓰고 있는 거예요. 형은 원래 그런 식으로 말하거든요. 나는 형이 허공에 안 보이게 쓰는 글을 읽을 줄 알기 때문에 형이 뭐라고 쓰고 있는지 알아봤어요."

나는 한참이나 뜸을 들인다. 케이틀린의 차 앞유리에 반원형의 먼지가 끼어 있다. 와이퍼가 알록달록한 묵은 먼지를 문질러 내가 있는 조수석 쪽으로 밀어놓았다. 저 알록달록한 먼지를 보니, 엄지손톱 밑에서 올라오는 젖빛 반달이 떠오른다. 그 젖빛 반달을 생각하니, 슬림 할아버지와 함께 차 안에 있던 그날이 떠오른다.

할아버지를 떠올리게 만드는 소소한 것들.

"뭐라고 쓰고 있었는데?" 그녀가 묻는다.

해가 지고 있다. 내일 자 기사를 정리해야 하는데. 브라이언 로버트슨이 이미 노발대발하고 있을 텐데. 엄마, 아빠, 형은 지금쯤 브리즈번 시청으로 가고 있겠지. 형에게 아주 중요한 밤이다. 모든 사건이 한 점으로 모이는 밤. 집합점. 차곡차곡 쌓여온 소소한 일들.

609

"형은 이렇게 썼어요. '너의 마지막은 죽은 솔새.'"

"그게 무슨 뜻이야?"

"나도 몰라요. 아마 형도 그 말의 의미나, 자기가 그런 말을 하는 이유를 몰랐을걸요. 어쨌든 형이 그렇게 썼는데, 1년 후에 형의 입에서 나온 첫 마디도 바로 그 말이었어요. 놈들이 라일 아저씨를 끌고 간 날 밤, 형은 타이터스 브로즈의 눈을 들여다보면서 이렇게 말했죠. '너의 마지막은 죽은 솔새.' 그러니까 죽은 솔새는 타이터스 브로즈한테 일종의 마지막을 의미한다는 거죠."

"하지만 네 손에 있던 그 새는 죽지 않고 날아갔잖아. 그 새가 솔새인지도 확실치 않고."

"나한테는 그 새가 죽은 것처럼 느껴졌어요. 하지만 다시 돌아왔죠. 형이 항상 하는 말이에요. 우리가 돌아온다고. 나도 모르겠어요. 나이 든 영혼들, 애스트리드가 하던 말이죠. 누구에게나 나이 든 영혼이 있는데 형 같은 특별한 사람들만 그걸 알게 된다고요. 일어나는 모든 일은 이미 일어났다. 일어날 모든 일도 이미 일어났다. 뭐, 이런 거예요. 아까 나는 일어나서 밖으로 나가 새를 집어 들었죠. 그렇게 해야 할 것 같은 기분이 들어서. 그런데 그 새가 날아가더니 잔디밭 끝에 있는 콘크리트 벙커 같은 건물에 내려앉았잖아요."

"그 벙커, 소름 끼쳤어." 케이틀린이 말한다.

그녀가 구불구불한 도로를 바라본다. 석양이 그녀의 진갈색 머리를 오렌지빛으로 물들인다. 그녀의 손가락들이 운전대를 톡톡 두드린다.

"나는 단 한 번도 형이 특별하다고 믿은 적이 없어요. 애스트리드가 영혼들의 목소리를 들을 수 있다고 믿은 적도 없고요. 단 한 마디도 안 믿었어요. 그런데……."

내가 멈칫하자 그녀가 나를 바라본다.

"그런데 뭐?"

"그런데 당신을 만났고, 그래서 그 모든 걸 믿기 시작했죠."

그녀가 살짝 미소 짓는다. "엘리." 그녀가 고개를 숙이며 말한다. "나를 좋아해줘서 정말 고마워."

나는 고개를 저으며 자세를 바꿔 앉는다.

"네가 날 쳐다볼 때마다 시선이 느껴지거든."

"미안해요."

"미안해하지 마. 기분 좋으니까. 너처럼 나를 봐준 사람은 한 명도 없었던 것 같아."

"굳이 말할 필요 없어요."

"뭘?"

"타이밍에 대해 말할 거잖아요. 난 아직 어리다고. 아니면, 이제야 막 남자가 됐다고. 우주가 망친 거라고 말할 거잖아요. 우주가 나를 당신 곁으로 데려다줬지만, 타이밍이 잘못됐다고. 시도는 좋았지만 10년이 어긋났다고. 굳이 말 안 해도 알아요."

그녀는 고개를 끄덕이고는 입꼬리를 올린다.

"와." 그녀가 숨을 몰아쉰다. "내가 그렇게 말하려고 했다

611

고? 놀랍네. 난 너를 처음 만났을 때 기분이 묘했다고 말하려던 참이었는데."

케이틀린은 차에 시동을 걸고, 액셀러레이터를 쾅 밟아 타이어를 회전시키더니, 타이터스 브로즈의 저택이 있는 방향으로 급하게 유턴을 한다.

"어떤 기분이 들었는데요?" 내가 묻는다.

"미안해, 엘리 벨. 시간이 별로 없어. 그 벙커 안에 뭐가 있는지 방금 알아낸 것 같거든."

"뭐가 있는데요?"

"뭐, 뻔하지 않아?"

"뭐가요?"

"그 안에 마지막이 있는 거야, 엘리." 그녀가 운전대에 몸을 확 기대자, 아스팔트 도로 위에서 타이어가 크게 울부짖는다. "마지막."

*

땅거미가 은은하게 질 무렵, 우리는 타이터스 브로즈의 담장 꼭대기까지 솟아 있는 큼직한 자주색 자카란다 나무 밑의 어둑한 그늘에 차를 세워놓고 있다. 보안문에서 50미터 정도 떨어진 곳이다. 흰색의 작은 다이하쓰 샤레이드 한 대가 대문에서 나오더니 왼쪽으로 꺾어, 도심으로 이어지는 도로로 들어간다.

"그들일까요?" 내가 묻는다.

"아니." 케이틀린이 말한다. "차가 너무 작고, 너무 싸구려야. 이 집에서 일하는 직원이야."

그녀가 조수석의 글러브 박스 쪽으로 고개를 끄덕인다.

"글러브 박스 안에 작은 손전등이 하나 있을 거야."

나는 글러브 박스를 열어 그 속을 샅샅이 뒤진다. 화장지 뭉치 예닐곱 개, 작은 수첩 두 개, 이로 잘근잘근 씹어놓은 펜 약 여덟 자루, 노란 테의 선글라스 하나, 더 큐어의 '디스인티그레이션(Disintegration)' 카세트테이프, 홍채만 한 작은 전구가 달려 있고 한쪽 끝에 검은색 버튼이 있는 립스틱 크기의 작은 녹색 손전등.

손전등을 켜자, 녹색 개미 한 가족이 밤에 여는 바비큐 파티를 밝혀줄 만한 초라한 인공 불빛이 번쩍인다.

"어디에 쓰는 손전등이에요?" 내가 묻는다.

"밤늦게 문에 열쇠를 꽂기 어려울 때 사용하지."

케이틀린이 내 손에서 손전등을 낚아채고는 날카로운 눈빛으로 앞을 바라본다.

"저기 나온다."

은색 메르세데스 벤츠 한 대가 차도에서 빠져나온다. 기사가 운전을 하고 있고, 타이터스와 그의 딸 해나 브로즈는 뒷좌석에 앉아 있다. 메르세데스가 차도에서 왼쪽으로 꺾어 도시를 향해 달려간다. 케이틀린이 내 발치에 뒀던 고장 난 카메라를 집어 들더니 검은 끈을 왼쪽 어깨에 걸친다.

"가자."

케이틀린은 차에서 급하게 내려, 자카란다 나무의 큰 가지 세 개가 서로 다른 방향으로 갈라지는 데까지 닥터 마틴 부츠를 신은 왼발을 들어 올린다. 그녀가 몸을 위로 끌어 올리자, 블랙진의 왼쪽 무릎에 찢긴 부분이 쫙 늘어난다. 그런 다음 그녀는 점토색 담장 꼭대기까지 솟은 굵은 가지를 기어오른다. 그녀는 생각은 하지 않는다. 오로지 행동할 뿐이다. 케이틀린 스파이스. 행동가. 나는 그녀의 움직임을 지켜보느라 잠시 얼이 빠진다. 그녀는 용기를 타고난 사람이다. 저 높은 나뭇가지를 기어오르기 전에 눈 한 번 깜박하지 않았다. 아무리 신뢰할 만한 영국제 부츠라지만 한번 미끄러지기라도 하면 목이 부러질 텐데.

"뭘 망설여?" 그녀가 묻는다.

나뭇가지들이 갈라지는 부분으로 왼쪽 다리를 들어 올리자 허벅지 뒤쪽 근육이 찢어질 것 같다. 그녀는 평균대 위의 체조 선수처럼 가지 위에 서서 걷다가 엎드려서 가지를 잠깐 껴안고, 밑에 있는 점토색 담장을 향해 두 다리를 의욕적으로 쭉 뻗는다. 그러고는 담장 위에 서 있다가 몸을 웅크린 다음, 담장 꼭대기에 배를 깐 채 두 다리를 옆으로 넘긴다. 그녀는 어떻게 뛰어내릴까 1초도 고민하지 않고 손을 떼며 담장 너머로 사라진다.

나는 조금 꼴사나운 폼으로 가지를 기어오른다. 이제 날이 어둡다. 나는 담장으로 뛰어내려 꼭대기에 걸터앉는다. 제발 사뿐히 내려앉을 수 있기를. 낙하. 두 발이 땅에 닿자 그 충격에 나는 균형을 잃고 만다. 뒤로 휘청거리다가 엉덩방아를 세게 찧는다.

어둠에 잠긴 마당. 저 앞으로 타이터스 저택에 켜진 불빛이 보이지만, 어두운 잔디밭에 있는 케이틀린은 보이지 않는다. "케이틀린?" 내가 속삭여 그녀를 부른다. "케이틀린."

그녀의 손이 내 어깨에 닿는다.

"착지에서 10점 감점." 그녀가 말한다. "빨리 가자."

그녀는 몸을 낮추고 재빨리 잔디밭을 가로질러, 바로 몇 시간 전 해나와 함께 걸었던 대저택의 왼쪽 면을 둘러간다. 우리는 마치 특수부대 군인들 같다. 「옥타곤」의 척 노리스. 몸을 바짝 낮추고 잽싸게. 집의 모퉁이를 돌아 뒷마당으로 들어간다. 석조 분수대. 산울타리로 만든 미로. 정원의 꽃밭. 우리는 그 사이를 가르며, 덩굴과 관목, 잡초에 집어 삼켜진 벙커의 흰 문으로 있는 힘껏 달려간다. 케이틀린이 문 앞에 멈춰 선다. 우리 둘 모두 몸을 앞으로 구부려 허벅지에 손을 짚은 채 공기를 빨아 마신다. 저널리즘과 전력 질주는 분필과 치즈, 물과 기름, 호크와 키팅*이다.

케이틀린이 문에 달린 은색 손잡이를 돌린다.

"잠겼어."

나는 공기를 더 빨아들인다.

"당신은 차로 돌아가요." 내가 말한다.

• 오스트레일리아 23대 총리인 로버트 호크와 24대 총리인 폴 키팅.

"왜?"

"양형 단계를 생각해야죠."

"뭐?"

"양형 단계요. 지금이라면 제일 약한 형을 받을 수 있어요. 사유지 불법침입 정도니까. 난 더 높은 단계로 올라가려고요."

"어디로?"

나는 벙커 옆에 있는 작은 공구 창고로 걸어간다.

"가택 무단침입요."

공구 창고에서 석유와 휘발유 냄새가 난다. 나는 존 디어 트랙터의 옆을 살금살금 걷는다. 정원과 잔디밭에 쓰는 연장이 창고 안쪽 벽에 한 줄로 기대어져 있다. 호미. 곡괭이. 삽. 녹슨 도끼. 다스 베이더의 대갈통을 댕강 잘라버릴 수 있을 만큼 커다란 도끼.

나는 두 손으로 도끼를 들고 벙커 문으로 돌아간다.

이제 답이 나와요, 슬림 할아버지. 소년이 의문을 찾고, 소년이 답을 찾는 거예요.

나는 도끼를 어깨 위로 높이 들어 올리며, 문손잡이와 문 모서리 사이의 5센티미터 공간으로 녹슬고 묵직한 도끼날을 휘두를 준비를 한다.

"난 이걸 해야겠어요." 내가 말한다. "하지만 당신은 그럴 필요 없어요, 케이틀린. 차로 돌아가요."

그녀가 내 눈을 가만히 들여다본다. 우리 위에는 달이 떠 있다. 그녀가 고개를 젓는다.

나는 도끼를 휘두르기 위해 어깨를 푼다. 그리고 휘두르기 시작한다.

"엘리, 잠깐." 케이틀린이 말한다.

나는 동작을 멈춘다.

"왜 그래요?"

"방금 뭔가가 생각났어."

"네?"

"너의 마지막은 죽은 솔새?"

"맞아요."

"타이터스 브로즈의 마지막이 아니라면 어떡해? '너의 마지막'이 너의 마지막이라면? 브로즈가 아니라 너의 마지막."

그 생각을 하니 온몸이 오싹해진다. 이 어두컴컴한 벙커 옆이 갑자기 춥게 느껴진다. 우리는 한참이나 서로를 처다본다. 그녀와 함께 있는 이 순간이 고맙다. 비록 나는 겁에 질려 있고, '너의 마지막'이 나의 마지막일 수도 있다는 그녀의 말이 옳다는 걸, 나의 마지막이 곧 우리의 마지막이라는 걸 잘 알고 있지만. 케이틀린과 엘리의 마지막.

내가 도끼날을 문으로 내리치자, 도끼가 이미 낡아빠진 문을 매섭고 난폭하게 파고든다. 나무 파편들이 튀면서 쪼개진다. 나는 날을 빼낸 다음 다시 문에 박아 넣는다. 솔직히 말하면, 내 마음의 눈으로는 타이터스 브로즈의 늙은 두개골에 도끼날이 박히는 것처럼 보인다. 벙커 문이 휙 열리더니, 땅속으로 가파르고 깊숙하게 이어져 있는 콘크리트 계단이 나온다.

달빛은 계단 여섯 개만 비출 뿐, 나머지는 캄캄하다.

케이틀린이 내 어깨 옆에 서서 계단을 내려다본다.

"이게 대체 뭐야, 엘리?" 그녀가 진지한 목소리로 묻는다.

나는 고개를 젓고 계단을 내려간다.

"나도 몰라요."

나는 내려가면서 계단을 센다. 여섯, 일곱, 여덟…… 열둘, 열셋, 열넷. 그리고 바닥. 발밑의 콘크리트 바닥.

"무슨 냄새 나지 않아?" 케이틀린이 묻는다.

소독제 냄새. 표백제. 세정제.

"병원 냄새 같아." 케이틀린이 말한다.

나는 어둠 속에서 두 손으로 벽을 문질러본다. 폭이 2미터 정도 되는 복도 혹은 통로, 터널의 양쪽에 사각형 콘크리트 블록을 쌓아 만든 벽이 있다.

"손전등요." 내가 말한다.

"아 참." 케이틀린이 말한다.

그녀가 주머니에서 손전등을 꺼내 켜자, 작고 둥근 흰색 빛이 한 발 앞까지만 비춰준다. 콘크리트 복도의 왼편에 달린 흰색 문 정도는 보인다. 바로 맞은편인 오른쪽 벽에도 흰색 문이 하나 보인다.

"오오오 젠장." 케이틀린이 중얼거린다. "젠장, 젠장, 젠장, 젠장, 젠장, 젠장."

"나가고 싶어요?"

"아직은 아니야."

나는 어둠 속으로 더 들어간다. 케이틀린은 양쪽 문의 손잡이를 돌려본다.

"잠겨 있어."

반들반들한 콘크리트 바닥. 폐소공포증을 불러일으키는 복도. 울퉁불퉁한 콘크리트 벽. 정체된 공기와 소독제. 케이틀린의 흔들리는 손전등 불빛이 벽에 튀어댄다. 어둠 속으로 5미터. 어둠 속으로 10미터. 그때 빈약한 불빛이 두 개의 또 다른 흰색 문을 비춘다. 케이틀린이 문손잡이를 돌린다.

"잠겨 있어."

우리는 계속 걸어간다. 어둠 속으로 6미터, 7미터 더. 그리고 복도가 끝난다. 지하 터널의 끝에 흰색 문이 하나 더 있다.

케이틀린이 손잡이로 손을 뻗는다.

"잠겨 있어." 그녀가 말한다. "이제 어쩌지?"

처음으로 거슬러 올라가기. 마지막으로 돌아가기.

나는 우리가 지나왔던 첫 번째 문으로 달려간다. 도끼로 걸쇠를 내리친다. 한 번, 두 번, 세 번. 갈라지고 쪼개진 나무 파편들이 마구 튀면서 문이 휙 열린다.

케이틀린이 손전등으로 방 안을 비춘다. 일반적인 가정집 차고만 한 크기의 방이다. 그녀가 방으로 들어가 손전등을 정신없이 흔들어대며 끊임없이 움직인다. 그래서 불빛에 비치는 모든 것이 잠깐잠깐 스쳐 지나갈 뿐이다. 벽에 작업대들이 늘어서 있고, 이 작업대 위에는 절단 공구와 전기톱, 주형 기구 사이에 다양한 제조 단계의 인공 수족이 흩어져 있다. 팔꿈치까지만 만들어진 미완성의 플라스틱 팔. 공상과학 영화에 나올 법한 금속 정강이와 발. 카본지로 만든 발. 실리콘과 금속으로 만든 손. 소규모의 인공 수족 실험실이다. 하지만 전문적인 느낌은 전혀 없다. 어느 광인의 실험실 같다. 전문가의 작업실이라기에는 너무 정신이 없다. 너무 과격하다.

나는 복도를 가로질러 두 번째 방으로 간다. 문손잡이와 문 모서리 사이의 공간으로 도끼를 다섯 번 내리친다. 원초적인 무언가, 포악하고 동물적인 무언가가 나를 몰아댄다. 두려움. 아마 해답들도. 마지막. 너의 마지막은 죽은 솔새. 문에 금이 가자 나는 신발로 문을 쿵쿵 차고 또 찬다. 문이 열리고, 케이틀린의 손전등 불빛이 또 다른 작업실을 비춘다. 이 방에는 세 개의 작업대가 수술대를 에워싸고 있는데, 이 수술대에 놓여 있는 것이 너무 소름 끼쳐서 우리는 뒤로 휘청거린다. 머리 없는 인체처럼 생겼지만, 아니다. 인공 수족이 달린 가짜 플라스틱 몸, 인공 몸이다. 피부 색깔이 고르지 않은 팔다리가 기괴하게 뒤섞여 있고, 거기에 실리콘 몸통이 대충 연결되어 있다. 연장 시험용 마네킹의 가짜 팔다리를 실험하는 것처럼 보여, 섬뜩하니 소름이 끼친다.

나는 공포 영화에 나올 듯한 이 복도, 어느 축제의 도깨비집 같은 복도로 더 들어가, 왼편에 달린 옆문으로 달려간다. 금방이라도 앞니 두 개 빠진 남자가 매표소에 나타나, 타이터스 브로즈의 '죽음의 벙커'로 들어가는 입장권과 팝콘을 팔 것만 같다. 나는 도끼로 문을 내리친다. 지금까지 몸을 풀었으니 더 세게. 내리찍고 또 내리찍고. 쩌억. 새된 소리와 함께 나무가 쪼개지면서 문이 확 열린다. 문을 발로 차서 더 활짝 연 다음 헐레벌떡 방으로 들어가, 눈앞에 보일 것에 대비해 마음을 가다듬는다. 케이틀린의 손전등 불빛이 방 안을 변덕스럽게 날뛰어댄다. 콘크리트 벽. 번쩍. 선반. 번쩍. 표본이 든 유리병. 완벽한 유리 한 장으로 완벽하게 만들어진 직사각형 유리 상자들. 유리 상자들 안에 뭔가가 들어 있다. 케이틀린의 빈약한 손전등 불빛으로는 어두워서 잘 보이지 않는다. 나는 과학적 표본들일 거라고 속으로 되뇌며, 음침한 생각을 몰아내고 합리적인 결론을 내린다. 예전에 다니던 중등학교의 빌 캐드베리 선생님은 보존액이 든 병에 왕퉁쏠치를 넣어 책상 위에 두었다. 오래된 퀸즐랜드주 박물관에 견학 갔을 땐 유기체가 든 표본병들을 본 적이 있다. 보존된 불가사리. 보존된 뱀장어. 보존된 오리너구리. 그러면 말이 된다. 정상적이다. 케이틀린의 동그란 불빛이 방 한복판에 있는 수술대를 비춘다. 이 수술대에도 팔다리가 연결된 인공 몸이 누워 있다. 발과 다리, 팔 모두 인공으로 만들어진 인체. 사지와 여성의 실리콘 몸통. 이상한 건 없다. 내가 이해할 수 있는 범위 안에 있다. 과학. 실험. 공학. 연구.

그런데, 잠깐. 잠깐만요, 슬림 할아버지. 이 인공 성인 여자의 몸에 달린 가슴이 새하얗고 축 처졌고…… 그리고…… 그리고…….

"맙소사." 케이틀린이 헉하고 숨을 몰아쉬더니 왼쪽 어깨에 메고 있던 고장 난 카메라를 풀어, 뭐에 홀린 듯 방 안을 여기 저기 찍는다.

"이건 진짜야." 그녀가 말한다. "빌어먹을 진짜라고, 엘리."

찰칵. 어두운 방에 너무 밝은 플래시가 터진다. 그 불빛에 눈이 따갑긴 하지만, 방이 더 밝아지기도 한다. 찰칵, 그녀가 한 번 더 셔터를 누른다. 이번엔 나도 플래시에 적응이 됐는지 방 전체가 눈에 들어온다. 오리너구리가 아니다. 뱀장어가 아니다. 유리 상자들은 인간의 사지로 가득 채워져 있다. 벽을 따라 늘어선 선반에 열 개, 열다섯 개의 유리 상자가 놓여 있다. 금과 구리가 섞인 듯한 색깔의 포름알데히드 용액 속에 둥둥 떠 있는 인간의 손. 유리 속에 둥둥 떠 있는 인간의 발. 손이 안 붙어 있는 팔뚝. 발목이 깔끔하게 잘려나가, 도살업자가 자른 돼지 넓적다리처럼 생긴 종아리. 찰칵. 고장 나서 너무 밝은 카메라 플래시가 수술대를 비추자 케이틀린은 그 자리에서 구토를 한다. 수술대 위에 있는 몸은 서로 짝이 안 맞는 팔다리를 단 채 시간 속에 얼어붙어 있다. 플라스티네이션. 플라스틱 용액을 가득 품고, 액상 중합체에 흠뻑 젖은 몸. 병원 냄새가 나는 이 방에서 보존 처리되고 단단해진 몸.

"대체 여기서 무슨 일이 벌어지고 있는 거야, 엘리?" 케이틀린이 몸서리를 치며 묻는다.

나는 그녀의 손에서 손전등을 빼앗아, 수술대에 누워 있는 몸을 쭉 비춰본다. 에폭시 수지에 뒤덮인 팔다리가 불빛 속에서 반짝이자 밀랍 인형의 팔다리처럼 보인다. 사지 모두 몸에서 떨어져 있다. 두 발은 정강이와 허벅지에 대어져 있지만, 완전히 붙어 있지는 않다. 두 팔은 어깨 옆에 놓여 있지만, 연결되어 있지는 않다. 플라스티네이션 기법으로 처리된 표본들이 들어 있는 장난감 상자를 이용해 완전한 인체를 만드는 으스스한 놀이방에 들어온 듯한 기분이다. 손전등 불빛이 몸을 훑어 내려간다. 두 다리. 배. 가슴. 그리고 오늘 자 《쿠리어 메일》 3면에 실린 쇼핑몰 가족사진 속에서 조화 옆에 앉아 미소 짓고 있던 여자의 머리. 플라스티네이션 기법으로 처리된 리자이나 펜의 머리.

수술대 옆의 바퀴 달린 금속 쟁반에는 독한 냄새를 풍기는 또 다른 종류의 투명 보존액이 가득 채워진 큼직한 흰색 플라스틱 통이 놓여 있다. 그 양동이로 조심스럽게 두 걸음 다가가 안을 들여다보니, 리자이나의 남편 글렌의 머리가 나를 빤히 올려다본다.

나는 케이틀린에게 손전등을 건네고 이 정신 나간 방에서 뛰쳐나가, 복도의 반대편에 잠겨 있는 흰색 문을 도끼로 사정없이 내리친다.

"엘리, 진정해!" 케이틀린이 소리 지른다.

하지만 진정할 수가 없다. 못 하겠어요, 슬림 할아버지. 두 팔은 천근만근 무겁고 지칠 대로 지쳤지만, 피로감에 몸이 둔해지는 동시에 충격과 두려움과 호기심 때문에 힘이 생겨난다.

내가 또 도끼를 휘두르자 문의 자물쇠가 박살 나버린다. 쿵쿵 차고 쿵쿵 때린다. 문이 열린다.

나는 방 입구에 서서 숨을 헐떡인다. 케이틀린이 내 오른쪽 어깨를 스치며 방 안으로 들어간다. 그리고 작은 손전등을 180도로 돌리며 여기저기 비춘다. 이 방에는 가열한 플라스틱 냄새가 강하게 풍긴다. 소독제와 포름알데히드로 작업한 냄새. 방의 한복판에 수술대는 없다. 대신 벽에 선반과 작업대가 더 많이 늘어서 있다. 케이틀린이 작업대를 비추자, 그 위에 펼쳐져 있는 연장들이 보인다. 잘라내는 도구, 긁어내는 도구, 모양을 뜨는 도구, 망치와 톱, 으스스한 작업을 위한 으스스한 장비들. 마권업자의 토트백처럼 생긴 낡은 검은색 가죽 가방이 옆으로 엎어진 채 더 많은 연장을 밖으로 쏟아내고 있다. 검은 가방 옆에는 더 작은 표본병들이 있다. 베지마이트 병이나 땅콩버터 병만 한 크기다. 나는 이 작은 병으로 다가간다.

"손전등 좀 줄래요?"

나는 불빛을 가까이 비추며, 보존액으로 가득 채워진 10여 개의 병 중에서 아무 병이나 하나 들어 올린다. 마스킹 테이프를 찢어서 만든 라벨이 병의 노란색 뚜껑에 붙어 있다. 나는 흘림체로 대강 휘갈겨 쓴 라벨을 불빛으로 훑는다. '남성, 24, 좌 귀.' 나는 불빛 가까이로 병을 들어 올려, 용액 속에 둥둥 떠 있는 24세 남성의 왼쪽 귀를 자세히 들여다본다.

두 번째 병을 들어 올린다.

'남성, 41, 우 엄지.'

나는 병들에 붙은 마스킹 테이프 라벨들을 쭉 비춰본다.

'남성, 37, 우 엄지발가락.'

유리병을 내 눈높이로 올려서 들여다보니, 잘려나간 큼직한 엄지발가락이 용액 속에서 둥둥 떠다니고 있다.

'남성, 34, 우 약지.'

나는 여섯 개의 병을 더 훑은 뒤 마지막 병을 비춘다.

'남성, 13, 우 검지.'

나는 이 병을 집어 든다. 케이틀린의 손전등 불빛에 비친 보존액이 황금 바다처럼 반짝인다. 그리고 이 황금 바다 속에 있는 창백한 오른손 검지를 보니 집이 생각난다. 그 가운데 마디에 주근깨가 있으니까. 슬림 할아버지의 여자 아이린이 왼쪽 허벅지 위에 갖고 있던 주근깨를 떠올리게 만드는 주근깨. 그녀의 주근깨는 지하 감옥에 갇혀 있던 슬림 할아버지의 마음속에서 신성한 존재가 됐다. 미친 소리 같지만요, 할아버지, 내 오른손 검지의 여기 가운데 마디에 주근깨가 하나 있는데 이 주근깨가 나한테 행운을 가져다줄 것 같은 예감이 들어요, 라고 나는 말했다. 내 행운의 주근깨예요, 할아버지.

나의 우스꽝스럽고 신성한 주근깨.

"그게 뭔데 그래?" 케이틀린이 묻는다.

"이건 내……." 나는 말을 끝내지 못한다. 이게 진짜 현실인지 확신이 안 서서 그 말을 입 밖으로 낼 수가 없다. "이건……내 거예요."

"미쳤어." 케이틀린이 말한다. "얼른 여기서 나가자."

나는 손전등으로 내 위의 선반들을 비춘다. 난 이제 두렵지 않다. 왜냐하면 내 몸은 온전히 성하고, 이건 꿈이니까. 난 지금 꿈을 꾸고 있다. 이 악몽은 환상이다.

아니나 다를까, 선반에 인간 머리들이 놓여 있다. 잡범들의 얼굴. 플라스티네이션 기법으로 보존된 표본들. 합성수지로 방부 처리한 잡범들과 흉악범들의 기괴한 얼굴. 어쩌면 전리품일지도 모른다. 연구 도구일 가능성이 더 크다. 검은 머리와 갈색 머리와 금발. 콧수염을 기른 남자. 태평양 섬 주민인 남자. 두들겨 맞고 고문당해서 얼굴이 망가지고 입술이 퉁퉁 부은 남자들. 이 얼굴들 때문에 현기증이 일어난다. 속이 메스껍고 울분이 터진다.

"엘리, 가자니까." 케이틀린이 말한다.

하지만 머리 하나가 나를 꼼짝 못 하게 만든다. 머리 하나가 나를 얼어붙게 만든다. 손전등 불빛이 내 위의 선반 끝에 있는 그 머리를 발견한다. 그리고 난 내가 트라우마의 순간 속에 서 있다는 걸 곧장 깨닫는다. 트라우마는 내 안에 있고, 앞으로 일어날 트라우마는 이미 일어났다. 하지만 이 얼굴은 나를 움직이게 만든다. 내가 사랑하는 얼굴. 작업대에 놓인 검은 가방을 거꾸로 뒤집자 그 안에 있던 연장들이 콘크리트 바닥에 덜커덩 떨어진다.

"뭐 하는 거야?" 케이틀린이 묻는다.

나는 내 위에 있는 선반으로 오른팔을 쭉 뻗는다.

"이게 필요할 거예요."

"뭣 때문에?" 그녀가 역겨워하면서 눈을 돌리고는 묻는다.

"타이터스 브로즈의 마지막을 위해서요."

내 손에 쥐어진 도끼. 내 어깨에 걸쳐진 검은색 가죽 토트백. 나는 케이틀린 뒤에서 발을 끌며 복도를 허둥지둥 걸어간다. 우리의 가슴에 가득 찬 희망. 겁이 나서 쪼그라든 우리의 가슴.

"잠깐만요." 나는 우뚝 멈춰 서며 말한다. "맨 끝에 있는 문은 뭘까요?"

"그건 경찰이 열라고 해." 케이틀린이 말한다. "우린 볼 만큼 봤어."

나는 고개를 젓는다.

"베번."

나는 몸을 돌려 복도 끝에 있는 마지막 잠긴 문을 향해 달려가며 도끼를 어깨 너머로 들어 올린다. 난 좋은 사람이 하는 일을 할 거예요, 슬림 할아버지. 좋은 사람은 무모하고, 용감하고, 본능적인 선택으로 움직이죠. 이게 내 선택이에요, 할아버지. 쉬운 일이 아니라 옳은 일을 하는 거죠. 쩌억. 도끼가 마지막 문에 박힌다. 인간다운 일을 하는 거야. 형이라면 이렇게 할 거야. 쩌억. 라일 아저씨라면 이렇게 했을 거야. 쩌억. 아빠라면 이렇게 할 거야. 쩌억.

내가 이 녹슨 도끼를 휘두르도록 도와주는 좋으면서 나쁜 남자들. 문손잡이가 떨어져 나가고 쪼개진 문이 휙 열린다.

나는 직각이 되도록 문을 더 활짝 밀고는 문간에 선다. 케이틀린이 붙잡고 있는 손전등의 약한 불빛이 내 뒤에서 흔들리다가, 내 오른쪽 어깨 너머의 파란 눈 한 쌍에 멎는다. 베번 펜이라는 이름의 여덟 살짜리 소년. 칙칙한 갈색의 짧은 머리. 먼지를 뒤집어쓴 얼굴. 케이틀린이 소년에게 불빛을 고정하자 눈앞의 광경이 더 선명하게 보인다. 다른 방들과 마찬가지로 콘크리트 바닥과 콘크리트 벽으로 된 텅 빈 방에 소년이 서 있다. 하지만 이 방에는 작업대나 선반이 없다. 쿠션이 대어진 걸상 하나뿐이다. 이 걸상에 빨간 전화기가 놓여 있고, 소년은 빨간 전화기의 수화기를 귀에 대고 있다. 소년의 얼굴에 어리둥절한 표정이 어린다. 두려움도. 하지만 다른 무언가도 있다. 이제야 알겠다는 깨달음의 표정.

아이가 내게 수화기를 건넨다. 내가 받기를 원하면서. 나는 고개를 젓는다.

"베번, 여기서 나가게 해줄게." 내가 말한다.

소년은 고개를 끄덕이더니 고개를 숙이고 눈물을 흘린다. 아이는 여기 갇혀서 미쳐버린 것이다. 아이가 또 내게 수화기를 건넨다. 나는 가까이 다가가서 머뭇머뭇 수화기를 쥐고 내 오른쪽 귀에 댄다.

"여보세요."

"여보세요, 엘리." 수화기 너머로 목소리가 말한다.

지난번의 바로 그 목소리다. 어떤 남자의 목소리. 남자다운 남자. 굵직하고 탁하며, 지친 듯한 목소리.

"안녕."

케이틀린이 멍하니 나를 지켜보고 있다. 나는 그녀에게서 고개를 돌리고, 무표정하게 나를 지켜보고 있는 베번 펜에게로 눈을 돌린다.

"나야, 엘리." 남자가 말한다. "형이야."

"내가 여기 있는 걸 어떻게 알았어?"

"엘리 벨의 번호로 걸었지. 77……."

"그 번호는 나도 알아." 나는 형의 말을 끊어버린다. "773 8173."

"맞아, 엘리."

"난 이게 현실이 아니라는 걸 알아."

"쉬이이잇." 남자가 말한다. "안 그래도 케이틀린은 네가 정신 나간 줄 아는데 그만해."

"넌 그냥 내 머릿속에서 들리는 목소리야. 내가 상상으로 만들어낸 존재. 큰 트라우마에서 달아나려고."

"달아나?" 남자가 내 말을 따라 한다. "뭐야, 보고 로드의 담장을 넘어간 슬림처럼? 네 마음의 후디니처럼 너한테서 달아나려고?"

"773 8173. 우리가 어렸을 때 계산기로 치곤 했던 번호야. 그걸 거꾸로 뒤집은 다음 뒤에서 앞으로 읽으면 '엘리 벨'이 되지."

"똑똑한데!" 남자가 말한다. "거꾸로 뒤집은 다음 뒤에서 앞으로, 우주처럼, 어이 엘리? 아직도 도끼 가지고 있어?"

"그래."

"좋아." 남자가 말한다. "그가 올 거야, 엘리."

"누구?"

"이미 와 있어, 엘리."

그때 천장에 달린 막대형 형광등이 두 번 깜박이다 켜진다. 나는 수화기를 떨어뜨리고, 수화기는 전화선에 대롱대롱 매달린다. 누군가가 주 스위치로 천장의 전등들을 켜자 지하 복도 전체가 밝아진다.

"젠장." 케이틀린이 속삭인다. "누구야?"

"이완 크롤이에요." 내가 속삭여 답한다.

*

플립플롭 소리가 먼저 들린다. 퀸즐랜드주의 위협적인 남자가 고무 슬리퍼를 신고서 이 인공 지옥 벙커로 내려오며 계단을 밟는 소리. 찰싹. 털썩. 찰싹. 털썩. 콘크리트에 부딪는 고무. 이제는 복도를 걷고 있다. 부서진 문들이 휙 열리는 소리. 왼편의 첫 번째 문. 오른편의 첫 번째 문. 찰싹. 털썩. 찰싹. 털썩. 왼편의 두 번째 문이 휙 열리고 두 번 발로 차인다. 기나긴 침묵. 오른편의 두 번째 문이 휙 열리는 소리. 부서진 경첩 때문에 한참이나 끼익하며 흔들린다. 또 한 번 기나긴 침묵. 찰싹. 털썩. 찰싹. 털썩. 콘크리트에 부딪는 고무. 이제 가깝다. 너무 가깝다. 내 약해빠진 뼈가 뻣뻣해진다. 내 미숙한 심장이 얼어붙는다. 뭣도 모르고 설쳐대던 아마추어 깡패는 이제 사라지고 없다.

이완 크롤이 이 방에 도착한다. 빨간 전화기가 있는 방. 그가 문간에 서 있다. 파란 슬리퍼. 담청색 반소매 와이셔츠를 남색 반바지 안에 집어넣어 입었다. 이제는 그도 늙었다. 하지만 여전히 큰 키에 근육질이고, 피부는 햇볕에 그을려 있다. 저 두 팔은 억세 보인다. 타이터스 브로즈를 만나는 치명적인 실수를 저지른 퀸즐랜드주 잡범들의 사지를 톱으로 자르지 않을 때는 농장을 운영하는 남자. 예전에 뒤로 넘겨 한데 묶었던 숱 적은 은발은 이제 완전히 사라져 묶을 수 없게 되어버렸다. 그의 검은 눈동자가 지하실에 세 명의 무고한 사람들이 이렇게 갇혀 있는 꼴이 마음에 든다는 듯, 광기 어리고 뒤틀린 눈웃음을 짓는다.

"출구는 하나뿐이야." 그가 씩 웃으며 말한다.

우리는 콘크리트 방의 가장 구석진 모퉁이에 서 있다. 케이틀린과 나는 우리 뒤에 웅크리고 있는 베번 펜 앞을 방패처럼 막아서고 있다. 도끼는 지금 내 손에 없다. 베번이 도끼를 든 채 내 뒤에 숨어 있다. 이 악몽에서 빠져나가기 위해 내가 세운 미심쩍은 계획에 따라.

"우린 《쿠리어 메일》 기자들이에요." 케이틀린이 말한다.

우리는 뒷걸음질 치며 구석으로 더 깊숙이 들어간다. 더 이상 물러날 자리가 없을 때까지.

"우리 편집장님은 우리가 어디 있는지 다 알고 계시죠."

이완 크롤은 고개를 끄덕이며, 그 가능성을 가늠해보는 듯 케이틀린의 눈을 빤히 쳐다본다.

"네가 하려던 말은 '《쿠리어 메일》 기자들이었어요'겠지."

그가 말한다. "그리고 너희 편집장은 시내에서 열리고 있는 그 휘황찬란한 파티에 내 주인님과 함께 있고, 너희가 내 주인님 잔디밭 밑에 있다는 걸 안다면……." 그는 어깨를 으쓱하며, 반짝이는 기다란 보이 나이프를 바지 뒤에서 꺼낸다. "빨리 끝내는 게 좋겠군."

그는 종소리를 듣고 청코너에서 나오는 헤비급 권투 선수처럼 앞으로 걸어온다. 맹수처럼.

나는 그가 가까이 다가오도록 내버려 둔다. 더 가까이. 더 가까이. 이제 3미터 떨어져 있다. 이제 2미터.

이제 50센티미터.

"지금." 내가 말한다.

케이틀린이 고장 난 카메라를 이완 크롤의 얼굴에 대고 눈부신 플래시를 터뜨린다. 맹수는 순간 깜짝 놀라 고개를 돌리면서도, 이제는 내 손에 쥐어진 도끼가 자기 몸을 향해 엄청 기다란 포물선을 그리며 다가오는 걸 놓치지 않는다. 나는 그의 몸통을 노리지만, 너무 밝은 카메라 플래시에 나 역시 멍해져 제대로 조준하지 못한다. 그의 가슴과 배와 허리를 완전히 빗나간 녹슨 도끼날은 결국 그의 왼발 발등 중앙에 박힌다. 도끼날이 그 발과 멋대가리 없는 파란색 플립플롭을 깔끔하게 잘라내 버리고는 콘크리트를 파고든다. 그는 자기 발을 내려다보더니 눈앞의 광경에 얼어붙어 버린다. 우리 역시 얼어붙어 버린다. 신기하게도 그는 고통스러워하며 울부짖지 않는다. 마치 불을 살피는 뇌룡처럼, 자기 발을 주의 깊게 관찰한다. 그가 왼쪽 다리를 들어 올리자 발목 끝이 허공으로 올라오지만, 다섯 발가락은 콘크리트 바닥에 여전히 남아 있다. 케이크 조각 같은 고무 플립플롭 위에 얹혀 있는 다섯 개의 꾀죄죄한 발가락.

이완 크롤과 내가 동시에 그의 발에서 눈을 떼다가 시선이 마주친다. 그의 얼굴에 분노가 차오른다. 핏빛 살기. 맹수. 죽음의 신.

"뛰어!" 내가 소리친다.

이완 크롤이 보이 나이프를 잽싸게 내 목으로 휘두르지만 나 역시 잽싸다. 나는 캔터베리 불독스의 프롭이 휘두르는 팔 밑으로 몸을 홱 숙이며 이리저리 빠져나가는 파라마타 일스 팀의 하프백, 피터 스털링이다. 내가 왼쪽 겨드랑이에 끼고 있는 묵직한 검은색 가죽 공구 가방은 이제 내 낡은 가죽 럭비공이다. 내가 몸을 수그리며 왼쪽으로 움직일 때 케이틀린과 베번 펜은 오른쪽으로 달려나가고, 우리는 이 어두컴컴하고 사악한 방의 문 앞에서 만난다.

"가!" 내가 외친다.

베번이 맨 앞에서 달리고, 그다음엔 케이틀린, 그다음엔 나.

"멈추지 마." 나는 소리를 빽 지른다.

나는 있는 힘껏 달리고, 또 달린다. 이 역겨운 방들의 열린 문들, 진짜 신체 부위와 가짜 신체 부위가 뒤섞여 있는 프랑켄슈타인의 방들, 지옥에 훨씬 더 가까워 광기와 사악함으로 물들어 있는 지하 소굴을 지나간다. 달리고, 또 달린다. 우리를 살려줄 계단을 향해. 내 미래로 이어지는 계단을 향해. 첫 번째 계단, 두 번째 계단, 세 번째 계단. 계단을 올라가다가 타이터스 브로즈의 비밀 지하 놀이터를 마지막으로 한번 돌아보니, 퀸즐랜드주의 폴란드인 사이코패스 이완 크롤이 도끼에 왼발이 잘린 채로 피를 질질 흘리며 절뚝절뚝 콘크리트 복도를 걸어오는 모습이 보인다. 피는 암적색이다.

*

포드 미티어의 타이어가 끼익하는 소리를 내며 모퉁이를 돌아, 카운티스 거리에서 로마 거리로 들어간다. 케이틀린은 왼손으로 기어를 바꾸고, 운전대를 신중하고 날렵하게 꺾으며, 액셀러레이터를 쾅쾅 밟아 구불구불한 길을 달린다. 그녀의 두 눈에 강렬한 무언가가 번득인다. 트라우마일까. 아니면 거대한 특종을 건졌기 때문일까. 그러고 보니 일이 생각난다. 브라이언 로버트슨이 떠오른다. 브리즈번 시청 시계탑의 시계는 보름달과 똑같은 은빛을 띠고 있다. 시계를 보니 오후 7시 35분, 나는 내일 자 신문에 실을 기사의 마감 시간을 놓쳤다. 타이터스 브로즈라는 퀸즐랜드주 유공자의 업적을 찬양하는 고작 20센티미터짜리 아부성 기사를 제출하지 않은 나를 욕하며 자기 사무실에서 홧김에 강철 막대기를 구부리는 브라이언 로버트슨의 모습이 눈에 선하다.

룸미러로 베번 펜이 보인다. 아이는 뒷좌석에 앉아서 창밖으로 보름달을 빤히 올려다보고 있다. 우리 차가 벨보리의 그

커다란 자카란다 나무에 자갈밭 먼지를 자욱하게 날리며 떠나온 뒤로, 그 애는 한 마디도 하지 않았다. 어쩌면 앞으로도 계속 입을 다물고 있을지 모른다. 말로 옮길 수 없는 일도 있다.

"주차할 데가 없어." 케이틀린이 말한다. "환장하겠네."

CBD의 중심가인 애들레이드 거리의 배수로를 따라 차들이 쭉 세워져 있다.

"젠장." 케이틀린이 말한다.

그녀가 운전대를 세게 꺾는다. 포드가 애들레이드 거리를 가로지르더니, 킹 조지 스퀘어 가장자리의 갓돌을 덜커덩 넘어간다. 브리즈번 시민들이 만남의 장소로 애용하는 이 포장된 광장에는 깔끔하게 손질된 잔디밭, 군인 조각상들, 그리고 매년 크리스마스 점등식이 열릴 때마다 레모네이드를 너무 많이 마신 아이들이 오줌을 갈기는 사각형 분수대가 있다.

케이틀린이 브리즈번 시청 입구 바로 앞에서 브레이크를 탁 밟는다.

시청의 젊은 남자 경비원이 차 쪽으로 급하게 달려온다. 케이틀린은 예상하고 있었다는 듯 차창을 내린다.

"여기 주차하면 안 돼요." 경비원은 시청의 안전을 위협하는 갑작스러운 사건에 놀란 듯 넋이 나간 표정으로 말한다.

"나도 알아요." 케이틀린이 말한다. "얼른 경찰에 신고해요. 베번 펜이 내 차에 있다고. 경찰이 오기 전까지는 꼼짝도 안 할 거예요."

케이틀린이 차창을 올리자 경비원이 허리띠에 찬 무전기를 만지작거린다.

나는 케이틀린에게 고개를 끄덕이며 말한다. "다녀올게요."

그녀가 살짝 미소 짓는다.

"이 남자는 내가 붙들어 두고 있을게. 행운을 빌어, 엘리 벨."

경비원이 무전기에 대고 고함을 질러댄다. 나는 차에서 내려 시청의 반대편으로 급하게 걸어간다. 분수대를 지나고 킹조지 스퀘어를 가로지른 다음, 주변을 재차 확인하며 큰 각도로 빙 돌아 슬금슬금 시청의 웅장한 입구 쪽으로 되돌아간다. 그리고 닫힌 차창 사이로 케이틀린에게 소리를 지르느라 바쁜 경비원 뒤를 지나간다. 시청 안으로 들어가니 안내 데스크가 있다. 데스크에서는 인도 여자가 밝은 얼굴로 환하게 미소 짓고 있다.

"표창식 때문에 왔는데요." 내가 말한다.

"이름이 어떻게 되시죠?"

"엘리 벨이에요."

그녀는 이름들이 인쇄되어 있는 종이 뭉치를 훑어본다. 나는 어깨에 메고 있던 검은 토트백을 슬그머니 벗어, 그녀의 눈에 안 보이도록 책상 밑으로 내린다.

"혹시 지역사회 부문 발표했나요?"

"지금 발표하고 있을걸요."

그녀가 내 이름을 발견하고 거기에 펜으로 체크 표시를 한다. 그런 다음 입장표 묶음에서 한 장을 떼어내 내게 건넨다.

"M열, 7번 자리예요."

나는 얼른 강당 문으로 향한다. 수준 높은 음악 연주를 위해 지어진 광대한 원형 홀. 빨간 의자가 500개 정도 있고, 검은 정장과 고급스러운 드레스 차림의 중요 인사들이 중앙 통로 양쪽으로 나뉘어 앉아 있다. 반들반들한 나무 바닥에서 이어지는 반들반들한 나무 무대 위에서는 황동색과 은색의 웅장한 음향 파이프들을 배경으로 합창단이 다섯 줄로 서서 공연을 하고 있다.

오늘 밤 시상식의 진행자는 채널 세븐의 뉴스 앵커다. 서맨서 브루스. 그녀는 매일 오후 퀴즈 프로그램인 「휠 오브 포춘」바로 뒤에 나온다. 아빠는 서맨서를 '복승식'*이라고 부른다. 이중의 승리. 예쁘면서도 똑똑한 여자. 얼마 전에 아빠는 이 앵커에게 품고 있는 흠모의 마음을 고백했다. 다른 여자와 재혼할 생각이 있느냐고 물었더니, 아빠는 이 복승 이론을 얘기하면서 브래큰 리지 태번에 있는 쿠카스 식당에서 서맨서 브루스와 저녁 데이트를 하고 싶다고 말했다. 테이블 맞은편에서 서맨서 브루스가 갈망의 눈빛으로 아빠를 빤히 바라보며 같은 단어를 계속 속삭이는 것이다. "페레스트로이카." 나는 아빠에게 '3연승 단식'**에 해당하는 여자는 누구냐고 물었다.

"쌍 천."

• 경마 레이스에서 두 마리의 말을 선정하고 그 말들이 순서에 관계없이 1, 2등을 할 경우 배당을 받는 베팅 방식.
•• 경마 레이스에서 1, 2, 3등으로 들어올 말들을 정확한 순서로 맞혀야 배당을 받을 수 있는 베팅 방식.

"쌍 천이 누군데요?"

"책에서 본 상하이의 치과 간호사."

"그 여자가 왜 3연승 단식이에요?"

"가슴을 세 개 달고 태어났거든."

서맨서 브루스가 강연대 마이크로 몸을 숙인다.

"이제 지역사회 유공자 부문으로 넘어가겠습니다. 항상 남부터 먼저 생각하는 퀸즐랜드주의 이름 없는 영웅들이죠. 자, 신사 숙녀 여러분, 오늘 밤은 우리 가슴에 그들을 제일 먼저 담도록 해요."

강당 가득 박수 소리가 울린다. 나는 중앙 통로를 걸으며, 좌석 끄트머리에 붙은 열 번호를 본다. '왜(why)'의 W열. 타이터스 브로즈에게 다가온 '시간(time)'의 T열. 내 엄마와 아빠의 M열. M열에서 일곱 좌석 건너에 함께 앉아 있는 내 부모님. 두 사람 옆에 예비 의자가 두 개 놓여 있다. 불빛을 받아 어른거리는 검은 원피스 때문에 엄마에게서 광채가 난다. 그 불빛이 어디서 오는지 찾으려고 고개를 들어보니 강당 천장이다. 은백색의 반구형 달 같은 천장 전체가 녹색과 빨간색과 자주색을 띠고 있고, 그 빛깔들이 무대에 번쩍이고 있다. 극장 안의 보름달.

아빠는 샌드게이트의 세인트 비니스 중고가게에서 1달러 50센트에 산 게 분명한 회색 비닐 재킷을 입고 있다. 연한 청록색 슬랙스. 20년째 광장공포증을 앓고 있어 인간들을 많이 못 본 탓에 유행을 따라가지 못하는 사람의 패션 감각. 하지만 어쨌든 아빠는 여기에 왔고, 아빠가 여기 와서 아직 앉아 있다는 사실만으로도 나는 눈물이 난다. 나란 놈이 이렇게 촌스럽다. 그 난리를 겪고도 이 모양이다. 땅속의 그 뒤틀린 광기에서 겨우 빠져 나왔으면서. 또 빌어먹을 눈물이라니.

안내인이 내 어깨를 톡톡 친다.

"자리 못 찾았어요?"

"아니요, 찾았어요."

엄마가 곁눈질로 나를 발견하고는 미소 지으며 손을 흔들어 나를 재촉한다.

앵커가 마이크에 대고 이름을 읽기 시작한다.

"쿠퍼스 플레인스의 막달레나 고드프리."

막달레나 고드프리가 무대 왼편에서 당당하게 걸어 나온다. 그녀는 정장 차림의 어떤 남자에게 적갈색 리본에 달린 금메달과 표창장을 받으며 환하게 웃는다. 정장 차림의 남자가 한 팔로 막달레나를 껴안으며 무대 앞으로 안내하자, 사진기사가 표창장 너머로 바보같이 웃고 있는 막달레나를 세 번 연달아 찍는다. 세 번째로 찍을 때 막달레나가 장난스럽게 금메달을 깨문다.

"스트레턴의 수라브 골디." 서맨서 브루스가 말한다.

수라브 골디가 무대로 나와 고개 숙여 인사하고는 표창장과 금메달을 받는다.

나는 친절하게도 무릎을 당겨 공간을 만들어주는 여섯 명의 사람들을 지나간다. 내 검은 토트백이 그들의 머리와 어깨에 부딪친다.

"왜 이제 와?" 엄마가 속삭인다.

"취재하느라 늦었어요."

"그 가방 안에는 뭐가 들었어?"

아빠가 이쪽으로 몸을 기울인다.

"쉬이잇. 오거스트 차례야."

"브래큰 리지의 오거스트 벨."

형이 무대 위로 나온다. 검은 재킷은 몸에 안 맞고, 넥타이는 너무 느슨하다. 크림색 치노 바지는 형의 다리보다 10센티미터는 더 길고, 머리는 텁수룩하다. 하지만 형은 행복해하고 있고, 엄마도 마찬가지다. 엄마는 안내 책자를 얼른 바닥으로 떨어뜨리고는 똑똑하고 이타적이며 말 없는 괴짜 아들을 향해 박수를 보낸다.

아빠는 검지와 엄지를 입에 대더니, 마치 오지에서 해 질 무렵 목축견을 부르듯이 이 자리에 어울리지 않는 날카로운 휘파람을 분다.

엄마가 유도한 박수가 강당 전체로 퍼져 나가면서 열렬한 갈채가 쏟아진다. 엄마는 터질 듯 벅차오르는 감정을 이기지 못하고 자리에서 일어난다.

형은 정장 차림의 남자와 악수하고, 메달과 표창장을 고맙게 받아 든다. 형이 뿌듯하게 미소 지으며 사진을 찍은 후 관중석을 향해 손을 흔들자 엄마도 열심히 손을 흔들어 형에게 답한다. 하지만 형은 차를 타고 지나가면서 손을 흔드는 여왕처럼, 누구에게랄 것도 없이 모든 사람에게 손을 흔들고 있다. 엄마는 지금 모성애의 여섯 단계를 거치고 있는 중이다. 뿌듯함, 우쭐함, 회한, 감사, 희망, 그리고 다시 뿌듯함. 각 단계를 지날 때마다 눈물을 흘리면서. 이제 형이 무대 오른쪽으로 퇴장한다.

나는 일어나서 내 오른편에 앉은 사람들의 무릎 앞을 지나간다.

"죄송합니다. 실례합니다. 죄송해요. 정말 죄송합니다."

"엘리." 엄마가 소리치듯 속삭인다. "어디 가?"

나는 몸을 돌리며, 곧 돌아올 수 있으면 좋겠다는 내 바람이 전달되기를 빌며 손을 흔든다. 나는 중앙 통로를 따라 얼른 강당 뒤쪽으로 가서 옆문을 열고 복도로 들어간다. 그곳에서는 검은 셔츠와 검은 바지를 입은 무대 뒤 스태프들이 커피 주전자와 찻잔, 스콘과 비스킷이 담긴 접시를 들고 바쁘게 돌아다니고 있다. 내가 몇 발 앞으로 뛰다가 다시 걷기 시작하자, 고위 공무원처럼 생긴 어떤 여자가 미심쩍은 표정으로 나를 쳐다본다. 나는 원래 여기 있어야 하는 사람인 양 무심하게 미소 짓는다. 자신감이 중요하다고 했죠, 슬림 할아버지. 마법으로 움직일 것. 나는 마법으로 움직이니까 그녀는 아무것도 알지 못한다. 내가 화장실로 통하는 것처럼 보이는 문으로 몸을 돌리자, 독기 어린 눈으로 나를 보던 공무원처럼 생긴 여자는 이내 강당 측면의 복도를 계속 걸어간다. 나는 방금 들어왔던 문으로 다시 나가, 무대 옆에 있는 검은 커튼 뒤로 태연하게 스윽 다가간다.

형. 형이 내 쪽으로 걸어온다. 형은 입꼬리를 올려 환하게 미소 지으며 무대 옆의 반들반들한 나무 바닥에서 폴짝거린다. 그러자 금메달이 가슴에서 통통 튕긴다. 하지만 사그라지는 내 미소를 보더니 형도 얼굴에서 미소를 지운다.

"왜 그래, 엘리?"

"그를 찾았어, 형."

"누구?"

내가 검은 토트백을 열자 형이 안을 들여다본다. 형은 가방 안을 빤히 내려다보며 아무 말도 하지 않는다.

그러더니 옆으로 고개를 까딱한다. '따라와.'

형은 무대 측면에 있는 공연자 휴게실로 다급하게 들어가서 문을 잽싸게 연다. 카펫이 깔려 있는 방이다. 테이블과 의자. 단단한 검은색 장비 케이스들. 스피커 장비. 오렌지와 록멜론 껍질, 먹다 만 수박 조각들이 담긴 접시. 형이 바퀴 달린 크롬 연장통으로 다가간다. 거기에는 빨간 실크 천으로 덮어놓은 상자 하나가 놓여 있다. 그 옆에 놓인 이름표. 타이터스 브로즈. 형이 실크 천의 한쪽 귀퉁이를 들어 올리자, 타이터스 브로즈의 역작인 실리콘 팔 견본이 들어 있는 유리 상자가 드러난다. 대공개. 그가 퀸즐랜드주에 바치는 위대한 선물.

형이 내게 소리 없이 말한다. '가방 줘, 엘리.'

우리는 검은 커튼 밖으로 다시 나가 강당 측면의 통로로 들어간다. 이제 우리는 빠르게 움직이고 있다. 벨 형제. 생존자들. 엘리와 퀸즐랜드주 유공자 오거스트. 금메달리스트와 그를 숭배하는 동생. 우리는 열심히 걷고 있다. 아까 나를 노려보던 공무원이 복도를 지나면서 똑같은 눈빛으로 또 나를 노려본다. 순간 시간이 느리게 흘러간다. 그 여자가 한 남자를 무대 뒤로 안내하고 있기 때문이다. 흰옷을 차려입은 노인. 흰 정장. 흰 머리. 흰 구두. 흰 뼈. 노인은 뒤늦게 내 얼굴을 보고, 내가 그의 어깨를 스쳐 지나간 뒤에야 내 얼굴을 알아본다. 시간과 관점. 시간은 사라져버리고, 어느 관점에서 보든 이 순간은 항상 똑같은 장면이 될 것이다. 타이터스 브로즈가 멈춰 서서 머리를 긁으며, 자기의 아주 사악한 벙커에 둔 것과 똑같이 생긴 검은 토트백을 들고 지나간 청년에 대해 궁금해하는 장면. 하지만 시간이 정상 속도로 돌아왔을 때 우리는 이미 사라지고 없을 테니 그는 어리둥절할 것이다. 우리는 달아나, 엄마와 아빠를 보러 갔을 테니.

"신사숙녀 여러분, 마침내 오늘 밤의 마지막 시상이 있겠습니다." 진행자인 앵커가 말한다. "퀸즐랜드주 원로 유공자 표창의 초대 수상자가 될 자격이 있는 유일한 분이십니다."

나는 M열의 우리 자리 옆에 앉아 있는 인내심 많은 여섯 명의 무릎을 지나가고 있다. 형은 중앙 통로에서 기다린다.

나는 엄마에게 그만 가자는 손짓을 한다. 두 엄지손가락을 내 어깨 뒤로 흔들어 형을 가리키며.

나는 내 자리에 도착해서 말한다. "이제 그만 가요."

"무례하게 왜 이래, 엘리." 엄마가 말한다. "마지막 시상까지 보고 가야지."

나는 엄마의 어깨에 손을 얹는다. 진지한 얼굴로. 더할 수 없이 진지한 얼굴로.

"부탁이에요, 엄마. 안 보는 게 좋아요."

그때 채널 세븐의 앵커가 퀸즐랜드주 원로 유공자 표창의 초대 수상자를 기쁜 목소리로 노래 부르듯 호명한다.

"타이터스 브로즈."

엄마는 무대로 눈을 돌리고, 상을 받기 위해 무대로 느릿느릿 나오는 흰 정장 차림의 남자와 그 이름을 바로 연결 짓지 못한다.

엄마가 일어나더니 아무 말 없이 움직이기 시작한다.

*

"뭐가 이렇게 급해?" 브리즈번 시청의 웅장한 입구에 도착하자 아빠가 묻는다.

하지만 킹 조지 스퀘어에서 번쩍이고 있는 경찰차 두 대의 경광등을 보고는 아빠의 생각이 딴 데로 새어버린다. 경찰차들이 V자로 서서 케이틀린의 포드 미티어를 가로막고 있다.

하늘색 제복을 입은 경찰 10여 명이 우리 쪽으로 걸어온다. 또 다른 경찰 두 명은 베버 펜을 경찰차 뒷좌석에 조심스레 태우고 있다. 이 난장판 속에서 베번의 시선이 나를 찾아낸다. 소년이 고개를 끄덕인다. 고마운 마음을 담아.

혼란. 생존. 침묵.

"이게 대체 무슨 난리야?" 아빠가 혼잣말처럼 중얼거린다.

케이틀린이 경찰들 사이를 걷고 있다. 아니, 그들을 이끌고 있다. 깊이 파고드는 스파이스. 그녀가 시청 로비로 들어와 강당 문을 가리킨다.

"이미 저 안에 있어요." 그녀가 말한다. "흰옷을 입은 남자예요."

경찰이 강당 안으로 줄지어 들어간다.

"이게 다 무슨 일이야, 엘리?" 엄마가 묻는다.

우리는 강당 여기저기에 자리를 잡는 경찰들을 지켜본다. 그들은 퀸즐랜드주의 장애인들에게 헌신한 지난 40년 인생을 자화자찬하는 타이터스 브로즈의 기나긴 연설이 끝나기를 기다린다.

"타이터스 브로즈의 마지막이에요, 엄마." 내가 말한다.

케이틀린이 내 쪽으로 걸어온다.

"괜찮아?" 그녀가 묻는다.

"네. 당신은요?"

"괜찮아. 벨보리 집으로 경찰차 세 대가 갔어."

케이틀린은 엄마와 아빠에게로 눈을 돌린다. 그들은 달 착

류이라도 구경하듯이 이 광경을 지켜보고 있다.

"안녕하세요." 케이틀린이 말한다.

"우리 엄마, 프랜시스예요." 내가 말한다. "우리 아빠, 로버트. 우리 형, 오거스트."

엄마는 케이틀린과 악수를 한다. 아빠와 형은 미소 짓는다.

"엘리가 항상 얘기하는 그분이구나?" 엄마가 말한다.

"엄마." 나는 퉁명스럽게 쏘아붙인다.

엄마는 빙긋 웃으며 케이틀린을 보고 있다.

"엘리가 그러더라고요, 당신이 아주 특별한 여자라고." 엄마가 말한다.

나는 눈알을 굴린다.

"뭐." 케이틀린이 답한다. "저는 두 아드님이야말로 정말 특별하다고 생각하던 참인데요, 벨 부인."

벨 부인. 별로 들어본 적 없는 호칭이다. 엄마도 나만큼이나 마음에 드는 모양이다.

케이틀린은 강당으로 눈을 돌린다. 타이터스 브로즈는 아직도 무대에서 떠들어대고 있다. 이타심에 대해, 우리에게 주어진 시간을 최대한으로 활용하는 방법에 대해. 강당 문 앞의 로비에 너무 많은 사람이 모여 있어, 여기서는 그의 얼굴이 보이지 않는다.

"계속 밀고 나가십시오." 타이터스가 말한다. "절대 포기하지 마십시오. 목표가 무엇이든. 계속 도전하십시오. 아무리 허황한 꿈이라도 좋은 추억으로 바꿀 수 있는 기회가 오면 반드

시 붙드십시오."

그가 헛기침을 하며 목청을 가다듬는다.

"오늘 밤 여러분을 위해 준비한 깜짝 선물이 있습니다." 타이터스 브로즈가 호기롭게 발표한다. "내 평생의 역작이지요. 미래를 위한 비전. 영광스러운 신에게 축복받지 못한 오스트레일리아의 젊은이들이 인간의 창의성을 선물로 받을 수 있는 미래."

그가 잠깐 말을 끊는다.

"서맨서, 잠깐 도와주시겠소?"

관점이요, 슬림 할아버지. 단 한 순간을 바라보는 무한한 시점들. 이 강당에는 약 500명의 사람들이 있고, 그들 각자 자신만의 관점으로 이 순간을 바라보고 있다. 나는 마음으로 이 순간을 바라보고 있다. 내 눈에는 오로지 케이틀린만 보이니까. 우리가 서 있는 곳에서는 무대가 보이지 않지만, 서맨서 브루스가 타이터스의 필생의 역작이 들어 있는 유리 상자에 씌워진 빨간 실크 천을 치우자 청중이 반응하는 소리는 들린다. 공포에 휩싸여 헉하고 숨을 몰아쉬는 소리가 A열부터 Z열까지 잔물결처럼 퍼져 나간다. 울부짖는 사람들. 흐느끼는 여자. 충격과 분노로 비명을 지르는 남자들.

"무슨 일이 벌어지고 있는 거야, 엘리?" 엄마가 묻는다.

나는 엄마를 바라본다.

"그를 찾았어요, 엄마."

"누굴 찾아?"

이제 중앙 통로를 달려 내려가는 경찰관들이 보인다. 강당의 동쪽과 서쪽에서 튀어나온 다른 경찰들이 타이터스 브로즈를 에워싼다. 형과 나는 눈길을 주고받는다. '너의 마지막은 죽은 솔새. 너의 마지막은 죽은 솔새.'

아직도 M열에 앉아 있는 사람들의 시각으로 그 모든 장면이 내 머릿속에서 펼쳐진다.

에이해브 선장이 퀸즐랜드주 경찰의 바다에서 익사하고 있다. 하늘색 제복을 입은 경찰들이 흰 정장 소매에 덮인 타이터스 브로즈의 늙고 가냘픈 팔을 붙잡아 그를 끌고 나간다. 그의 두 팔을 등 뒤로 돌린 채. 청중은 손으로 눈을 가린다. 칵테일 드레스를 입은 여자들은 구역질을 하고 비명을 지른다. 타이터스 브로즈는 무대에서 끌려나가며, 어리둥절한 표정으로 유리 상자를 보고 또 본다. 그의 필생의 역작인 최고급 실리콘 팔이 들어 있어야 할 상자에 왜 내 인생 처음으로 사랑했던 남자의 잘린 머리가 들어가 있을까. 플라스티네이션 기법으로 보존된 찌그러지고 소름 끼치는 머리.

*

시간이요, 슬림 할아버지. 시간에 당하기 전에 시간을 해치워버려. 이제 시간이 느려진다. 모두가 슬로 모션으로 움직이고 있는데, 내가 그들을 그렇게 만들고 있는 건지 잘 모르겠다. 빨간색과 파란색으로 소리 없이 번쩍이는 경찰차 불빛. 천천히 신중하게 고개를 끄덕이며, 내가 자랑스럽다고, 정확히 이렇게 되리라는 걸 알고 있었다고 말하는 형. 이 혼잡한 시청 로비에서 이런 광경이 펼쳐지리라는 걸. 핸드백과 우산을 붙든 채 허둥지둥 건물을 빠져나가며 기다란 이브닝드레스에 걸려 넘어지는 사람들. 행사 주최자들에게 충격과 실망감을 토로하며 고함을 질러대는 유력 인사들. 무대 위의 저 잘린 머리가 일으킨 대혼란에 기겁해서, 사악한 눈에 눈물을 머금은 여자. 다 알고 있는 듯한 미소를 지으며 오른손 검지로 허공에다 내게 메시지를 남기는 형.

형은 시청 입구 옆에 서 있는 엄마와 아빠에게 우아하고 차분한 걸음으로 다가간다. 그들은 내게 자리를 만들어주고 있다. 시간을 주고 있다. 내 꿈의 여인과 함께 있을 시간. 그녀는 1미터 앞에 서 있고, 우리 둘만이 갇혀 있는 비눗방울 주변으로 경찰들과 청중과 공무원들이 바쁘게 오간다.

"방금 어떻게 된 거야?" 케이틀린이 묻는다.

"나도 모르겠어요." 나는 어깨를 으쓱한다. "너무 순식간에 벌어진 일이라."

케이틀린은 고개를 젓는다.

"정말 그 전화기로 누구랑 통화한 거야?" 그녀가 묻는다.

나는 한참이나 그 문제를 생각해본다.

"나도 이젠 모르겠어요. 당신 생각은 어때요?"

그녀가 내 눈을 가만히 들여다본다.

"조금 더 생각해봐야겠어." 그녀는 이렇게 말하고는, 옹기종기 모여 있는 경찰들 쪽으로 고개를 까딱한다.

"경찰이 우리도 로마 거리 경찰서로 오라는데. 나랑 같이 갈래?"

"엄마랑 아빠가 태워줄 거예요."

그녀는 이제 킹 조지 스퀘어 끝머리에서 나를 기다리고 있는 엄마와 아빠, 형을 로비에서 내다본다.

"이런 분들이실 줄 몰랐어, 너희 부모님 말이야." 그녀가 말한다.

나는 웃는다. "그래요?"

"참 좋은 분들이네. 그냥 평범한 부모님 같아."

"평범해지려고 꽤 오래 노력하셨죠."

케이틀린은 고개를 끄덕이며 주머니에 손을 집어넣고는 발뒤꿈치를 들어올렸다 내렸다 한다. 이 순간에 계속 머물 수 있도록, 이 순간이 멎도록 뭔가를 말하고 싶지만, 난 시간의 속도를 늦출 수 있을 뿐 아직 시간을 멈추지는 못한다.

"내일 브라이언이 나한테 이 일을 기사로 쓰라고 시킬 거야." 케이틀린이 말한다. "내가 뭐라고 해야 할까?"

"쓰겠다고 해요, 처음부터 끝까지. 진실을. 전부 다."

"봐주는 것 없이."

"공평하게."

"나랑 같이 써볼래?" 그녀가 묻는다.

"난 범죄부 기자가 아니잖아요."

"아직은 아니지. 공동 필자 어때?"

케이틀린 스파이스와 공동 필자. 꿈같은 일이다. 세 단어짜리 기사.

"케이틀린 그리고 엘리." 내가 말한다.

그녀가 빙긋 웃는다. "그래. 케이틀린 그리고 엘리."

케이틀린은 경찰들이 모여 있는 곳으로 돌아간다. 나는 강당 입구로 걸어간다. 강당은 거의 비어 있다. 한 과학 수사관이 무대에서 빨간 실크 천을 걷어 낸 타이터스 브로즈의 유리 상자를 유심히 살피고 있다. 나는 달 모양의 흰 천장을 올려다본다. 흰색 조가비 네 개, 원을 네 등분으로 쪼갠 조각이 한데 모여 만들어진 달 같다. 저 천장에서 처음과 마지막이 보인다. 다라 집 앞의 담장에 둥그런 해를 등지고 앉아, 내 짧은 인생을 내내 따라온 한 마디를 허공에 쓰던 형이 보인다. '너의 마지막은 죽은 솔새.'

*

강당에서 몸을 돌려 시청 정문으로 걸어가는데, 어떤 형체가 내 앞을 막아선다. 키 크고 마르고 늙고 강한 형체. 제일 먼저 구두가 눈에 들어온다. 지저분하게 닳아빠진 검은색 정장용 가죽 구두. 검은색 정장 바지. 넥타이 없는 파란색 와이셔츠와 쭈글쭈글하고 낡은 검은색 재킷. 이완 크롤의 얼굴, 죽음의 얼굴이 보인다. 하지만 등골이 제일 먼저 그를 알아채고 이어서 10대의 종아리뼈도 알아채는 덕분에 나는 몸을 움직인다. 그를 피해 달리기 시작하지만, 그가 오른손 주먹에 숨긴 채 내 배의 오른쪽에 찔러넣는 칼을 피할 만큼 잽싸지는 못하다. 배가 찢기는 기분이다. 마치 누군가가 내 배를 찢고 손가락을 집어넣어, 내가 삼키지 말았어야 할 무언가를 찾아 배 속을 휘젓는 것 같다. 내가 오래전에 삼킨 우주 같은 무언가를 찾아. 나는 비틀비틀 뒤로 휘청거리며 이완 크롤을 빤히 쳐다본다. 어떻게 내게 이런 짓을 할 수 있느냐고 따지는 눈빛으로. 그가 어떤 인간인지 다 봐놓고도, 이렇게 잔혹한 짓을 저지를 줄은 몰랐다는 듯이. 이런 밤에, 케이틀린과 엘리가 미래와 과거를 보고 서로에게 미소 지은 이런 밤에, 한 청년을 칼로 찌르다니. 머리는 어찔어찔, 입이 갑자기 바짝 마르고, 또 한 번 마지막 공격을 날리기 위해 다가오는 이완 크롤이 뒤늦게 보인다. 나를 찌른 칼날은 보이지도 않는다. 어딘가에 숨기고 있나 보다. 아마 소매 안이겠지. 주머니 속일지도. 달려, 엘리. 달리라고. 하지만 난 달릴 수 없다. 배에 입은 상처가 너무 아파서 몸이 앞으로 구부러진다. 비명을 지르고 싶지만, 그럴 수 없다. 비명을 지르려면 배 근육을 사용해야 하는데 배 근육을 칼로 깊숙이 찔렸으니까. 나는 그저 비틀거릴 뿐이다. 왼쪽으로 비틀. 이완 크롤에게서 멀리 비틀. 시청 문 너머에 모여 있는 경찰들이 봐주기를 빌면서. 하지만 로비에서 이리저리 움직이고 있는 청중 때문에 경찰은 나를 보지 못한다. 사람들은 잘린 머리의 공포를 떠들면서, 칼부림하는 짐승과 소년 사이에 벌어지고 있는 무시무시한 참상은 놓치고 있다. 이완 크롤은 교도소 마당에서 적을 찌르는 듯한 노련한 솜씨로 나를 찔렀다. 날렵하고 조용하게. 큰 소란 없이.

오른손으로 배를 움켜잡으니 피가 묻어 나온다. 왼편의 계단으로 비틀. 대리석과 나무로 만들어진 거대한 계단이 포물선을 그리며 시청의 2층으로 이어져 있다. 나는 한 계단 한 계단 힘겹게 올라가고, 이완 크롤은 왼발이 잘려나간 발목을 붕대로 감아 억지로 욱여넣은 검은 가죽 구두를 질질 끌며 휘청휘청 따라온다. 불구가 된 몸으로 고양이와 쥐처럼 쫓고 쫓기는 두 사람, 그중 한 사람은 다른 사람보다 육체적 고통에 더 익숙해져 있다. '도와주세요'라고 하면 돼, 엘리. 소리 내서 말해. 그냥 말해. "도……." 말이 나오지 않는다. "도와……." 상처 때문에 소리를 지를 수가 없다. 2층에서 관객 세 명이 계단을 내려온다. 정장 차림의 남자 한 명과 칵테일 드레스를 입은 여자 두 명, 그중 한 명은 폭신폭신한 흰색 목도리를 흰 여우처럼 어깨에 두르고 있다. 나는 배를 움켜잡은 채 그들을 밀어젖히고 나간다. 그들은 내가 편집실 비상용 옷걸이에서 빼내 입은 낡은 검은색 재킷 안의 셔츠와 내 손에 묻은 피를 본다.

"도와주세요!" 나는 그들에게 들릴 만큼 큰 소리로 말한다.

흰 목도리를 두른 여자가 겁에 질려 비명을 지르며, 내가 불이나 병자라도 되는 것처럼 내게서 멀찍이 떨어진다.

"저 남자가…… 칼." 계단을 내려오고 있는 세 명 중 남자에게 내가 툭 뱉듯이 말하자, 그는 피에 물든 내 배와 무시무시한 지옥불 같은 얼굴을 하고서 절뚝절뚝 나를 따라오고 있는 남자 사이의 연관성을 알아챈다.

"어이, 거기 서요." 정장 차림의 남자가 명령하듯 말하며, 용감하게 이완 크롤 앞을 막아선다. 그러자 이완 크롤이 정장을 입은 용감한 남자의 오른쪽 어깨를 번갯불처럼 순식간에 푹 찌르고, 남자는 곧장 대리석 계단으로 쓰러진다.

"해럴드!" 흰 목도리를 두른 여자가 비명을 지른다. 또 다른 여자는 밴시처럼 울부짖으며 계단을 달려 내려가, 경찰들을 향해 로비를 가로지른다. 나는 비틀거리며 계단 꼭대기까지 올라간 뒤 오른쪽으로 휙 꺾어 어떤 홀로 들어가서, 이름 없는 단단한 갈색 문을 벌컥 연다. 그러자 20미터 정도 되는 하늘색 벽을 따라 굽은 또 다른 홀이 나온다. 뒤를 돌아보니 내가 뚝뚝 흘리며 온 핏방울들이 보인다. 짐승에게 빵부스러기를 남겨주고 있는 셈이다. 그 늙은 짐승이 거칠게 씨근거리는 숨소리를 들으니, 나보다 느리긴 해도 더 굶주려 있는 게 분명하다. 나는 이름 없는 문을 또 하나 벌컥 열고 나간다. 사람이 한 명도 없다. 나를 구해줄 사람이 아무도 없다. 문 너머에는 위층으로 올라가는 지그재그형 계단이 있다. 내가 아는 곳이다. 이 흰색 벽과 이 엘리베이터. 난 여기를 알아요, 슬림 할아버지. 어렸을 때 와본 곳이에요. 시청 시계가 어떻게 작동하는지, 시계 문자판을 안에서 보면 어떤 모습인지 우리에게 보여준 관리인과 만났던 곳이잖아요.

노란색의 낡은 강철 시계탑 엘리베이터로 휘청거리며 가서 문을 열어보지만 잠겨 있다. 내 뒤에서는 이완 크롤이 문들을 벌컥벌컥 여는 소리가 들려온다. 나는 보수용 계단 문으로 비틀비틀 걸어간다. 슬림 할아버지, 수년 전 할아버지 친구 클랜시 맬럿이 우리에게 보여준 비밀 계단이에요. 모퉁이를 돌고 문을 지나면, 엘리베이터실로 이어지는 계단이 나오잖아요.

칠흑 같은 어둠에 잠긴 비밀 계단통. 이제 힘이 빠진다. 숨을 제대로 쉴 수가 없다. 온몸이 쑤셔대서 배가 아까만큼 아프지도 않다. 이제는 감각이 없다. 그래도 계속 움직인다. 비밀 계단을 오르고 또 오른다. 지그재그로 이어져 있는 콘크리트 계단. 가파른 계단 여덟아홉 개를 오른 뒤 보이지 않는 벽에 쾅 부딪히고, 몸을 돌려 여덟아홉 개의 계단을 더 오른 뒤 또 다른 벽에 세게 쾅 부딪히고, 몸을 돌려 여덟아홉 개의 계단을 또 올라간다. 지쳐 쓰러질 때까지 계속 이렇게 할 거예요, 슬림 할아버지. 그냥 계속 올라갈 거예요. 그렇지만 난 멈춘다. 이 계단에 드러누워 눈을 감고 싶어서. 하지만 그러면 서서히 죽어가겠죠, 그러기는 싫어요, 할아버지, 케이틀린 스파이스에게 물어볼 것도 많고, 엄마와 아빠에게 어떻게 사랑에 빠졌는지, 어떻게 내가 태어났는지 물어봐야 하니까요. 형과 달 웅덩이에 대해, 그리고 내가 크면 얘기해주겠다던 그 모든 일에 대해. 나도 이젠 컸어요. 내 눈이 잠깐 감긴다. 암흑. 기나긴 암흑. 그때 내 밑에서 비밀 계단 문이 열리는 소리가 들려 나는 눈을 뜬다. 노란 불빛 한 줄기가 흘러들다가, 문이 닫히자 사라진다. 움직여, 엘리 벨. 움직여. 일어나. 내 밑에서 이완 크롤이 씨근거리며 계단통의 눅눅한 공기를 빨아 마시는 소리가 들린다. 내 목과 내 눈과 내 심장을 찌르겠다는 일념으로, 절뚝이는 사이코 다리와 비뚤어진 마음을 끌고 계단을 올라오는 이완 크롤. 프랑켄슈타인의 괴물, 타이터스의 괴물. 나는 무거운 몸을 이끌고 비좁은 계단을 한 층, 한 층, 또 한 층 힘겹게 오른다. 흰 여우를 목에 두른 여자. 그녀가 구부러진 계단에서 비명을 질렀다. 엄청나게 큰 소리를 냈으니까 분명 경찰도 들었겠지. 계속 걸어, 엘리. 계속 가. 이제 10층. 이제 졸려요, 슬림 할아버지. 11층. 12층. 죽을 것 같아요, 할아버지. 13층.

그리고 벽. 지그재그로 올라가는 계단은 이제 없다. 돌리는 손잡이가 달린 얇은 문 하나뿐. 불빛. 브리즈번 시청 시계탑의 네 문자판을 비추는 불빛으로 밤마다 반짝이는 방. 북쪽 시계. 남쪽 시계. 동쪽과 서쪽. 브리즈번시를 위해 환하게 빛나는 시계. 태엽 돌아가는 소리. 태엽 장치. 시작점도 종점도 없이 돌고 도는 바퀴와 도르래 들. 끊임없이. 반들반들한 콘크리트 바닥과 엔진실 한복판의 엘리베이터 통로. 탑의 동서남북 네 면에서 째깍거리는 거대한 시계 문자판, 금속에 감싸인 각 시계의 밑부분에 달려 있는 엔진들.

나는 이제 두 손으로 배를 움켜잡은 채, 엘리베이터 통로를 둘러싼 정사각형의 콘크리트 길을 비틀비틀 돌아가며 시계 문자판들을 지난다. 신발과 콘크리트에 뚝뚝 떨어지는 피. 서쪽 문자판을 지나고, 동쪽 문자판을 지난다. 눈이 감긴다. 목이 탄다. 너무 피곤하다. 눈이 감긴다. 북쪽 문자판까지 가고 나니 콘크리트 길이 끝나고, 더는 갈 곳이 없다. 엘리베이터로 들어갈 수 있게 만들어놓은 높다란 철사 문이 길을 가로막고 있다. 나는 바닥에 쓰러졌다가 몸을 밀어 올려, 북쪽 시계 문자판의 기다란 검은색 강철 분침과 시침을 움직이는 엔진을 감싼 금속 틀에 기대앉는다. 분침이 한 칸 위로 움직이고, 나는 칼에 찔린 상처를 두 손으로 덮어 피를 막으며 시계탑 안쪽에서 시간을 확인한다. 죽음의 시간. 9시까지 2분 남았다. 엔진실 문이 열리고 다시 닫히는 소리가 들린다. 이완 크롤의 발소리가 들린다. 한 발은 걷고 다른 발은 질질 끈다. 이제 엘리베이터 차체의 철사들과 강철 기둥들 사이로 그가 보인다. 그와 나는 엘리베이터 통로를 사이에 두고 서로를 마주 보고 있다. 난 그저 자고 싶다. 이미 죽은 것 같은 기분이라 그가 무섭지도 않다. 그가 두렵지 않다. 화가 난다. 미치도록. 복수하고 싶다. 하지만 이 분노를 가슴으로 돌릴 수밖에 없다. 두 손으로 몸을 일으킬 수도, 두 다리로 서 있을 수도 없다.

그가 다리를 절뚝거리며 동쪽 시계 문자판, 남쪽 문자판, 서쪽 문자판을 차례로 지난 다음 모퉁이를 돌아 내 쪽으로 온다. 북쪽 시계 문자판 앞에 뻗어 있는 내 몸. 구멍 뚫린 쓸모없는 살과 힘이라고는 다 빠져나가 버린 뼈.

그가 절뚝절뚝 가까이 다가온다. 들리는 소리라고는 씨근거리는 숨소리와 왼쪽 신발이 콘크리트 바닥을 질질 끄는 소리뿐이다. 가까이서 보니 정말 늙어 보인다. 이마에는 사막의 비쩍 마른 도랑 같은 주름들이 깊게 파여 있다. 얼굴은 농장일 때문에 생긴 주근깨로 뒤덮여 있다. 코의 절반은 수술로 잘려나가 있다. 이 늙은 나이에도 어떻게 증오로 가득 차 있을까?

그가 더 가까이 다가온다. 한 발짝 걷고, 질질. 두 발짝 걷고, 질질. 세 발짝 걷고, 질질. 그러고는 멈춰 선다.

이제 그는 내 옆에 서서 나를 찬찬히 살핀다. 내가 죽은 개라도 되는 양. 죽은 새. 죽은 솔새. 그가 무릎을 꿇으면서 오른발에 무게를 실어, 잘린 왼발에 가해지는 압박을 줄인다. 그러더니 나를 쿡 찌른다. 내 목의 맥박을 짚는다. 내 배의 상처를 똑똑히 살피려고 내 검은 재킷을 옆으로 벌린다. 내 셔츠를 위로 들어 올려 상처를 살핀다. 내 어깨를 누른다. 내 왼팔 위쪽을 두 손으로 꽉 쥔다. 내 왼팔 이두박근을 꽉 쥔다. 내 뼈를 만진다.

뭐 하는 거냐고 묻고 싶지만, 너무 지쳐서 말이 안 나온다. 당신이 좋은 사람인 것 같냐고 묻고 싶지만, 입술이 움직이질 않는다. 삶의 어느 순간에 심장이 차가운 기계로 변해버리고, 정신이 이상해졌느냐고 묻고 싶다. 그때 그의 손이 내 목으로 다시 돌아와 목뼈를 만지다가, 검지와 엄지로 내 울대뼈를 꽉 쥔다. 그러고는 칼을 내 바지에 한쪽 면씩 닦는다. 그가 숨을 크게 쉬자 그의 숨결이 내 얼굴에 느껴진다. 그리고 그가 깨끗한 칼날을 내 목으로 가져온다.

그때 엔진실 문이 열리더니, 하늘색 제복을 입은 경찰 세 명이 들어와 뭐라고 소리를 지른다.

내 눈이 감긴다. 경찰이 외친다.

"물러서."

"물러서."

"칼 내려놔."

내 목에 느껴지는 차가운 칼날.

폭발. 한 발의 총성. 두 발. 금속과 콘크리트에 튀는 총알들. 순간 칼날이 내 목에서 떨어지고, 이완 크롤이 나를 일으켜 세운다. 내 눈앞이 흐리다. 그는 내 뒤에 서 있고, 그의 칼날이 내 울대뼈에 닿아 있고, 내 앞에 있는 셔츠들은 파란색이다. 무기를 들어 올리고 있는 파란 옷의 남자들.

"어떻게든 해치워주마." 그가 말한다.

그럼 어서 해치워. 하지만 난 이렇게 말할 수 없다. 이미 죽었으니까. 나의 마지막은 죽은 솔새였으니까.

그가 나를 앞으로 떠밀고 내 다리가 그와 함께 움직인다. 내 발이 움직이자 내 재킷도 움직이고, 재킷 안에 있는 무언가도 함께 움직인다. 나는 오른손의 네 손가락을 재킷 주머니에 집어넣어, 유리로 만들어진 무언가를 움켜잡는다. 원통형의 물건. 병.

"물러나." 이완 크롤이 고함을 지른다. "물러나."

칼날이 내 목을 세게 짓누른다. 그와 너무 가까이 붙어 있어서 그의 숨결이 느껴지고, 내 귓구멍으로 그의 침이 튄다. 경찰이 더 이상 뒤로 물러나지 않자 우리도 멈춰 선다.

"칼 내려놔." 한 경찰이 상황을 진정하려 애쓰며 말한다. "그만둬."

시간이 멈춰요, 슬림 할아버지. 시간은 존재하지 않아요. 이 순간 속에 얼어붙어 버렸거든요.

그러다가 시간이 다시 움직이기 시작한다. 우리 인간들이 시간을 이해하기 위해 만든, 우리가 나이 들어가고 있음을 잊지 않기 위해 만든 무언가 때문에. 우리 위에서 귀청이 터질 듯 울리는 종소리 때문에. 엔진실에 들어왔을 때 보지 못했던 내 위의 종. 아홉 번 울리는 종. 땡. 땡. 땡. 종소리가 우리의 고막을 막아버린다. 우리의 머릿속을 억누른다. 그리고 순간 이완 크롤의 정신도 흐려놓는다. 그래서 그는 내 잘린 검지가 들어 있는 표본병이 그의 오른쪽 관자놀이를 힘껏 때리도록 내버려 둔다. 그가 뒤로 휘청거리면서 칼이 잠깐 내 목에서 떨어지자, 나는 바닥에 털썩 주저앉아 엉덩방아를 찧고는 파티에서 장기자랑으로 죽은 척하는 개처럼 몸을 옆으로 굴린다.

경찰들의 총에서 발사된 총알들이 어디로 날아가는지 보이지 않는다. 나는 죽은 사람의 눈으로 바라볼 뿐이다. 이 순간 나의 시점은 그래요, 슬림 할아버지. 콘크리트 바닥에 바짝 엎드려 있는 나. 뒤집힌 세상. 내 뒤의 무언가를 향해 움직이는 경찰들의 반짝이는 검은 신발. 엔진실 문으로 뛰쳐 들어오는 한 형체. 내 시야로 기울어지는 한 얼굴.

우리 형, 오거스트. 내 눈이 감긴다. 깜박. 우리 형, 오거스트. 깜박.

형이 내 오른쪽 귀에 대고 속삭인다.

"괜찮을 거야, 엘리. 괜찮을 거야. 넌 돌아와. 항상 돌아오니까."

말을 못 하겠다. 입으로는 말을 할 수 없다. 목소리가 나오지 않는다. 나는 왼손 검지로 허공에다 한 줄의 글을 휘갈겨 쓴다. 그 글이 사라지기 전에 형만이 읽을 수 있을 것이다.

'소년, 우주를 삼키다.'

소
년,

우 주 를
삼 키
다

여긴 천국이 아니다. 지옥이 아니다. 보고 로드 교도소의 제 2구역 마당이다.

텅 비어 있다. 이곳에 살아 있는 인간은 한 명도 없다……. 죄수복 차림으로 무릎을 꿇고 앉아, 교도소에서 배급해주는 삽으로 교도소 정원을 돌보고 있는 남자뿐. 붉고 노란 장미들이 피어 있는 정원. 둥그런 태양과 구름 한 점 없는 푸른 하늘 아래의 라벤더 덤불과 보랏빛 아이리스.

"안녕, 꼬마야." 남자가 나를 보지도 않고 말한다.

"안녕하세요, 슬림 할아버지."

할아버지가 일어나 무릎과 손바닥에 묻은 흙을 털어낸다.

"정원이 정말 멋져요, 할아버지."

"고맙다. 저 망할 애벌레들만 잘 막으면 괜찮을 거야."

할아버지가 삽을 떨어뜨리고는 옆으로 고개를 까딱한다.

"가자. 넌 여기서 나가야지."

할아버지가 마당을 가로질러 간다. 빽빽하게 자란 초록 풀들이 내 발을 집어삼킨다. 할아버지는 제2구역의 감방 건물 뒤에 둘러진 두툼한 갈색 벽돌 담장으로 나를 데려간다. 저 높이 박혀 있는 갈고리에 매듭지어진 밧줄이 매달려 있다.

할아버지가 고개를 끄덕이더니, 밧줄이 팽팽해지도록 두 번 세게 잡아당긴다.

"올라가, 꼬마야." 할아버지가 내게 밧줄을 건넨다.

"이게 뭐예요, 할아버지?"

"너의 위대한 탈출이지, 엘리."

나는 높은 담장을 올려다본다. 내가 아는 담장이다.

"할리데이의 도약대잖아요!" 내가 말한다.

할아버지가 고개를 끄덕인다.

"어서 가. 시간이 별로 없어."

"시간을 해치워야겠죠, 할아버지?"

할아버지가 고개를 끄덕인다. "시간에 당하기 전에."

나는 할아버지의 밧줄에 매어진 굵은 매듭들을 밟으며 담장을 올라간다.

올라가는 동안 손이 불타는 듯 얼얼해져 오는 것이, 밧줄이 꼭 진짜처럼 느껴진다. 담장 꼭대기에 도착하자 나는 고개를 돌려 저 아래 빽빽한 초록빛 풀밭에 서 있는 할아버지를 내려다본다.

"담장 너머에는 뭐가 있어요, 할아버지?"

"답이 있지."

"무슨 답요, 할아버지?"

"의문들에 대한 답."

갈색 벽돌 담장의 두툼한 윗면에 서 있으니 저 아래로 펼쳐진 노란 모래사장이 보이지만, 해변은 바닷물이 아닌 우주로 이어진다. 은하계와 행성들과 초신성들, 그리고 일제히 일어나는 수천 개의 천문학적 사건들을 가득 품은 채 점점 팽창하고 있는 시커먼 빈 공간. 여기저기서 터져대는 분홍빛과 자줏빛. 끝없이 펼쳐진 우주의 검은 화폭에 밝은 오렌지빛과 초록빛과 노란빛의 반짝이는 별들이 타오르는 순간들.

해변에서 한 여자가 우주의 바다에 발가락을 담그고 있다. 그녀가 고개를 돌려, 담장에 서 있는 나를 발견하더니 빙긋 웃는다.

"자." 그녀가 말한다. "뛰어내려." 그녀가 손짓으로 나를 부른다. "어서, 엘리."

그리고 나는 뛰어내린다.

그녀,
소년을 구하다

포드 미티어가 입스위치 로드를 질주한다. 케이틀린 스파이스가 왼손으로 기어를 내리며, 운전대를 다라 진입로로 빠르게 휙 꺾는다.

"그래서, 해변에 서 있던 여자가 나인 것 같다고?" 그녀가 묻는다.

"뭐…… 네. 그러고 나서 눈을 떠보니까 가족들이 있었어요."

제일 처음 보인 사람은 형이었다. 형은 시계탑 엔진실에서와 똑같이 나를 바라보고 있었다. 그래서 그곳으로 돌아간 줄 알았는데 내 손에 꽂혀 있는 정맥주사가 보였다. 병원 침대가 느껴졌다. 내가 깨어나는 걸 본 엄마가 얼른 침대 옆으로 달려왔다. 그러고는 내가 정말 살아 있다는 걸 알 수 있도록 무슨 말이든 해보라고 했다.

"다 가……." 나는 마른 입술을 침으로 적시며 말했다.

"다 가……."

"뭐라고, 엘리?" 엄마는 괴로워하며 물었다.

"다 같이 안아요."

엄마는 숨 막히도록 나를 꼭 껴안았고 형은 한 팔로 우리를 감쌌다. 엄마는 눈물을 흘리며 내게 침을 튀기다가, 병실 구석 안락의자에 앉아 있던 아빠를 쳐다보았다.

"당신은 거기서 뭐 해, 로버트." 엄마의 이 말은 아빠에게 따뜻한 초대장과도 같았다. 많은 것들로 끌어들이는 친절한 초대장이었다. 아빠가 싫은 척하려 애쓰던 그 포옹을 시작으로 많은 것을 우리와 함께하자는 초대.

"그리고 그때 당신이 병실로 들어왔죠." 내가 케이틀린에게 말한다.

"그래서 내가 너를 살렸다고 생각하는 거야?"

"그야, 뻔하지 않아요?"

"환상을 깨서 미안하지만, 널 살려준 건 로열 브리즈번 병원 응급실이었어."

자동차가 다라 스테이션 로드의 과속 방지턱에 부딪힌다. 내 배의 상처가 관심을 갈구하며 비명을 질러댄다. 시청의 그 사건이 있은 후 겨우 한 달이 지났다. 나는 침대에 누워 「우리 생애 나날들」을 보고 있어야 한다. 이 낡은 차 안에 있을 게 아니라. 일을 하고 있을 때가 아니다.

"미안하게 됐어." 케이틀린이 말한다.

로열 브리즈번 병원 의사들은 내가 살아 있는 게 기적이라고 말한다. 의학계의 희한한 사건. 칼날이 내 골반의 맨 위를 찔렀고, 그 뼈 때문에 칼이 더 깊숙이 들어가지 못했다.

"뼈가 엄청 튼튼한가 봐요!" 의사가 이렇게 말했다.

이 말에 형은 빙긋 웃었다. 자기 말대로 내가 다시 돌아왔다면서. 형은 나와 우주보다 정확히 한 살 더 많아서 모르는 것이 없다.

케이틀린의 차가 에브링턴 거리로 들어간 뒤 두시 스트리트 공원을 지나간다. 예전에 '저리 꺼져' 빅 당에게 마약을 받으러 가는 라일 아저씨를 미행하느라 한밤중에 이 공원의 크리켓 경기장과 놀이터를 지나간 적이 있다. 마치 전생의 일 같다. 또 다른 차원. 또 다른 나.

차는 산다칸 거리에 있는 나의 옛집 앞에 멈춰 선다. 라일 아저씨의 집. 라일 아저씨의 부모님이 살았던 집.

우리는 이야기를 되짚어가고 있다. 브라이언 로버트슨이 사건의 전모를 원하기 때문이다. 오스트레일리아의 모든 신문들이 지난 한 달 동안 1면에 대서특필한 남자 타이터스 브로즈의 흥망성쇠. 브라이언은 우리 기사를 5부로 구성된 연속 기사로 바꿀 생각이다. 타이터스의 인생을 바로 가까이에서 자기 눈으로 직접, 자신만의 관점으로 목격한 소년이 1인칭으로 들려주는 특별한 이야기. 공동 필자. 케이틀린 스파이스와 엘리 벨. 케이틀린이 기본 골격을 그리면, 내가 색칠을 하고 세세한 부분을 더할 것이다.

"세세한 정보를 담아, 엘리." 브라이언 로버트슨이 말했다. "하나도 빠짐없이 전부 다. 네가 기억하는 모든 것."

나는 아무 말도 하지 않았다.

"무슨 제목을 붙이지?" 편집 회의에서 브라이언이 물었다. "이 파란만장한 이야기에 어떤 헤드라인이 어울릴까? 세 단어로 말해봐."

나는 아무 말도 하지 않았다.

*

나는 그 집의 문을 두드린다. 나의 옛집. 한 남자가 나온다. 40대 중반. 새까만 피부를 가진 아프리카계 남자. 두 여자애들이 방긋 웃으며 그의 다리에 매달려 있다.

나는 내가 온 이유를 설명한다. 내가 바로 이완 크롤에게 찔린 그 소년이에요. 예전에 여기 살았답니다. 여기서 라일 오클리크가 납치당했어요. 바로 여기서 이야기가 시작됐죠. 내 옛집 안에 있는 어떤 물건을 내 동료에게 보여줘야 해요.

우리는 복도를 지나 레나의 방으로 간다. 진실한 사랑의 방. 피의 방. 하늘색 석면 벽들. 라일 아저씨가 구멍을 때우느라 칠해놓은 칙칙한 색깔의 페인트. 지금은 한 소녀의 방이다. 분홍색 누비이불이 펴진 1인용 침대에 양배추 인형들이 놓여 있다. 벽에는 「마이 리틀 포니」 포스터들이 붙어 있다.

아프리카계 남자의 이름은 라나다. 그는 예전 레나의 방 입구에 서 있다. 나는 그에게 방의 붙박이 옷장 안을 봐도 괜찮겠냐고 묻는다. 라나가 고개를 끄덕인다. 나는 옷장 문을 옆으로 밀어서 연다. 옷장의 뒷벽을 누르자 벽이 튀어나온다. 라나

668

는 이 비밀 문을 보고는 당황스러워한다. 나는 그에게 케이틀린과 내가 이 집의 지하 밀실로 내려가도 괜찮겠냐고 묻는다. 그는 고개를 끄덕인다.

우리의 발이 차갑고 눅눅한 땅에 닿는다. 케이틀린이 작은 녹색 손전등을 켠다. 라일 아저씨의 지하 밀실을 에워싼 벽돌벽에 작고 동그란 흰색 불빛이 이리저리 튀어댄다. 쿠션을 댄 걸상에 놓여 있는 빨간 전화기에 불빛이 멎는다.

나는 케이틀린을 쳐다본다. 그녀는 숨을 크게 한 번 쉬더니 전화기에서 물러난다. 마법에 걸린 물건이라도 되는 양, 흑마술의 저주가 내려진 물건인 양. 나는 홀린 듯 전화기로 더 가까이 다가가다가 우뚝 멈춰 선다. 그러고는 한참이나 아무 말 없이 서 있다. 그때 전화기가 울린다. 나는 당황해서 케이틀린을 돌아본다. 그녀는 아무런 반응도 보이지 않는다.

따르릉, 따르릉.

나는 전화기로 더 가까이 다가간다.

따르릉, 따르릉.

나는 케이틀린을 돌아본다.

"이 소리 들려요?" 내가 묻는다.

나는 더 가까이 다가간다.

"그냥 내버려 둬, 엘리." 케이틀린이 말한다.

더 가까이.

"들려요?"

따르릉, 따르릉,

내가 전화기로 손을 뻗어 수화기를 쥐고 내 귀로 들어 올리려는 순간, 케이틀린이 내 손에 살며시 손을 얹는다.

"받지 마, 엘리." 그녀가 조용히 말한다. "그 사람이 말하려는 건……." 그녀의 완벽하고 부드러운 손이 내 뒤통수에서 목덜미로 미끄러져 내려온다. "너도 이미 알고 있는 얘기일 테니까."

전화기가 다시 울리자 그녀가 내게 바짝 다가오고, 전화기가 또 울리자 그녀가 눈을 감으며 내 입술에 그녀의 입술을 포갠다. 나는 이 밀실의 천장에 보이는 별들과 그 별들에 둘러싸인 채 빙빙 도는 행성들, 그리고 그녀의 아랫입술에 티끌처럼 흩어져 있는 수많은 은하계로 이 순간을 기억할 것이다. 이 키스를 빅뱅으로 기억할 것이다. 마지막을 시작으로 기억할 것이다.

그리고 전화벨이 멈춘다.

감사의 말

그들과 더불어 지혜의 씨앗을 뿌리고,

내 손으로 공들여 키우고,

그 결실을 거둬들였으니,

'나는 물처럼 왔다가 바람처럼 간다'

우주 속으로……

- 오마르 하이얌, 「루바이야트」

아서 '슬림' 할리데이는 내 어린 시절, 짧고도 심오한 시기에 잠깐 스쳐간 독특한 친구였다. 이 작품의 집필을 위해 사실 관계를 확인하는 데 슬림의 비범한 생애에 관한 두 권의 훌륭한 책으로부터 많은 도움을 받았다. 켄 블랜치(Ken Blanch)의 『슬림 할리데이: 택시 기사 살인범(Slim Halliday: The Taxi Driver Killer)』과 크리스토퍼 도슨(Christopher Dawson)의 『보고 로드의 후디니: 슬림 할리데이의 생애와 탈출(Houdini of Boggo Road: The

Life and Escapades of Slim Halliday)』.

항상 큰 빚을 지고 있는 레이철 클라크와 《쿠리어 메일》 기록 보관소 직원들에게 고마움을 전한다.

캐서린 밀른이 고개를 끄덕이며 내게 전해준 격려와 확신은 이 우주를 탄생시키는 데 큰 도움이 되었다. 그녀는 처음부터 나를 믿어주었고, 제임스 켈로부터 앨리스 우드, 예리한 눈의 천재 스콧 포브스까지 하퍼콜린스 오스트레일리아의 모든 비범한 직원들도 마찬가지였다. 원고 정리 편집자 줄리아 스타일스와 교열자인 팸 던과 루 시에라의 예리하고 섬세하며 아주 값진 작업에 감사드린다.

《위켄드 오스트레일리안 매거진》의 편집자 크리스틴 미대프는 세계 최고의 잡지 편집자로, 나를 믿을 이유가 전혀 없던 오래전에도 나를 믿어주었다. 그녀가 아니었다면 이 책은 세상에 나오지 못했을 것이다. 폴 휘태커, 미셸 건, 존 레먼, 헬런 트링카, 해들리 토머스, 마이클 매케나, 마이클 밀러, 크리스 미첼, 캠벨 리드, 데이비드 페이건 등, 《오스트레일리안》, 《쿠리어 메일》, 《브리즈번 뉴스》에서 나와 함께했거나 함께하고 있는 멋지고 집요하며 영감을 주는 친구들, 최고의 부편집자들, 사진기자들, 공동 필자들, 훌륭한 동료들에게 깊고도 한없는 감사를 전한다.

이 작품을 쓰는 동안 수많은 창의적인 천사들이 내 곁에 있었고, 특히 니키 게멀, 캐럴라인 오버링턴, 매슈 콘던, 수전 존슨, 프랜시스 와이팅, 션 세닛, 마크 슐립스, 션 파넬, 세라 엘크스, 크리스틴 웨스트우드, 타니아 스티브, 메리 가든, 그레그와 캐럴라인

673

켈리, 슬레이드와 펠리시아 깁슨은 적절할 때 적절한 조언으로 큰 도움을 주었다. 내가 평생 문화적인 영웅으로 여겨온 팀 로저스, 데이비드 웬험, 제프리 로버트슨이 읽어준 것만으로도 이 소설은 가치 있는 작품이 되었다.

엘리 벨과 힘차게 뛰고 있는 그의 심장은 에밀리 돌턴과 피오나 브랜디스 돌턴을 비롯한 모든 돌턴 가족과, 파머 가족, 프란츠만 가족, 오코너 가족에게 감사 인사를 전하고 싶을 것이다.

필요한 때 필요한 도움을 준 벤 하트, 캐시 영, 제이슨 프라이어와 프라이어 가족, 앨레라 캐머런, 브라이언 로버트슨, 팀 브로드풋, 크리스 스토이코프, 트래비스 케닝, 롭 헨리, 애덤 핸슨, 빌리 데일, 트레버 할리우드, 에드워드 루이스 세버슨 3세에게 특별히 감사드리고 싶다.

마지막으로, 항상 소년을 구원해주는 아름다운 세 여자에게 감사드린다. 사람들이 틀렸어요. 우주의 시작과 끝은 여러분이랍니다.

옮긴이 이영아

서강대학교 영어영문학과를 졸업하고 성균관대학교 사회교육원 전문 번역가 양성 과정을 이수했다. 현재 전문 번역가로 활동하고 있다. 옮긴 책으로『걸 온 더 트레인』,『샘통의 심리학』,『도둑 맞은 인생』,『스티븐 프라이의 그리스 신화』1~2권,『익명의 소녀』,『마음의 문을 닫고 숨어버린 나에게』,『위로해주려는데 왜 자꾸 웃음이 나올까』등이 있다.

우주를 삼킨 소년

초판 1쇄 발행 2021년 1월 22일
초판 3쇄 발행 2021년 5월 4일

지은이 트렌트 돌턴
옮긴이 이영아
펴낸이 김선식

경영총괄 김은영
기획 김정현 **책임편집** 김보람 **디자인** 문성미 **크로스교정** 조세현 **책임마케터** 박태준, 유영은
콘텐츠사업2팀장 김정현 **콘텐츠사업2팀** 문성미, 박하빈, 김보람, 이상화
마케팅본부장 이주화 **마케팅3팀** 이미진, 박태준, 유영은
미디어홍보본부장 정명찬 **홍보팀** 안지혜, 김재선, 이소영, 김은지, 박재연, 오수미
뉴미디어팀 김선욱, 허지호, 염아라, 김혜원, 이수인, 임유나, 배한진, 석찬미
저작권팀 한승빈, 김재원
경영관리본부 허대우, 하미선, 박상민, 권송이, 김민아, 윤이경, 이소희, 이우철, 김재경, 최완규, 이지우, 김혜진

펴낸곳 다산북스 **출판등록** 2005년 12월 23일 제313-2005-00277호
주소 경기도 파주시 회동길 490
대표전화 02-704-1724 **팩스** 02-703-2219 **이메일** dasanbooks@dasanbooks.com
홈페이지 www.dasanbooks.com **블로그** blog.naver.com/dasan_books
종이·인쇄·제본·후가공 (주)갑우문화사

ISBN 979-11-306-3459-3 (03840)